丸山　昇著

魯迅・文学・歴史

汲古書院

『魯迅・文学・歴史』目次

Ⅰ　魯迅散論

Ⅲ　回顧と感想

魯迅・文学・歴史

Ⅰ 魯迅散論

問題としての一九三〇年代
——左連研究・魯迅研究の角度から——

はじめに

中国現代文学史において、一九三〇年代というとき、それは一九二八年の「革命文学論戦」から、三七年、日中の全面戦争、中国側からいう「抗日戦争」の開始の直前までの時期を指す。この間「革命文学論戦」を通じて、創造社・太陽社等の若いマルキストと魯迅等とのあいだに新しい統一が生まれ、三〇年三月に「中国左翼作家連盟」（左連）の結成がもたらされた。以後左連を中心に「無産階級革命文学」の運動が展開され、そしてさらに、三六年、抗日民族統一戦線形成の動きのなかで行われた「国防文学論戦」、その「終結」とほとんど同時の魯迅の死、等のあった時期である。年号のうえからいえば、抗日戦開始後も、三〇年代であるが、問題状況が違うので、普通「三〇年代」には含めない。つまり、革命史では「第二次国内革命戦争の時期」がこれにあたる。また「三〇年代文芸」という場合、主として前記左連の運動を中心とする流れを指し、同じ時期の作品でも、その外で書かれ、作家の問題意識も異質のもの、たとえば巴金「家」（三三年）、老舎「駱駝祥子」（三六年）、沈従文「辺城」（三四年）などは、当然同時代人として深部においてつながるものを持つにしても、狭い意味の「三〇年代文芸」には含めないのが普通である。

この時期の文学が、今あらためて問題となるのには、「プロレタリア文化大革命」（以下文革と略称）が契機となっている。すなわち、周知のように、「文化大革命」という言葉を初めて用いたのは、六六年四月一八日『解放軍報』社説であるが、この中で、この時期について、次のような評価がうち出された。

「いわゆる三〇年代文芸に対する迷信を打破しなければならない。当時、左翼文芸運動は政治的には王明の『左』翼日和見主義路線であり、組織的には閉鎖（原文、関門）主義・セクト（原文、宗派）主義であった。文芸思想は実際にはロシアのブルジョア文芸評論家ベリンスキー、チェルヌイシェフスキー、ドブロリューボフ等の思想であった。かれらはツァー・ロシア時代のブルジョア民主主義者であり、かれらの思想はマルクス主義ではなくて、ブルジョア思想であった。ブルジョア民主革命は、一つの搾取階級が他の一つの搾取階級に反対する革命であり、プロレタリアートの社会主義革命のみが、あらゆる搾取階級を最終的に消滅する革命である。したがって、いかなるブルジョア革命家の思想をも、われわれプロレタリアートの思想運動・文芸運動の指導方針とすることはけっしてできない。三〇年代にはいいものもあった。それは魯迅を先頭とする戦闘的左翼文芸運動である。三〇年代後期になると、当時の左翼のある指導者たちは王明の右翼日和見主義路線の影響下に、マルクス主義の階級観点にそむいて、『国防文学』のスローガンを提出した。このスローガンは、ブルジョアジーのスローガンである。そして『民族革命戦争の大衆文学』というプロレタリアートのスローガンは、魯迅が提出したものであった」(1)

その後の事態の推移のなかで判明したように、この社説に先立ち、この年の二月二日から二〇日にかけて、「林彪同志が江青同志に委託して召集した部隊文芸工作座談会」が開かれ、その「紀要」ができており、上の文章は、ほとんどその紀要に則ってそのまま書かれたものであったのだが(2)、ともかくこの指摘は、三〇年代文芸について、それまでの評価を大きくくつがえすものとして注目された。

この評価の内容およびそれ以前の評価とのちがいには後にふれるが、この時期の中国文学が持つ意味について、日本で戦後早い時期に、鋭い形でふれたのが、竹内好氏であった。

「『左連』のことは、私にはよくわからぬ点が多い。しかしともかく、発生的には『自由大同盟』からきているし、魯迅も防衛の組織だといっているし、歴史的に見ても、人民戦線の母胎になっていることはたしかだ。日本のナップのように党派的な結社ではなかったようだ。一種の大衆組織であり、本来的に人民戦線的なものを含んでいたように思う」

「日本のプロレタリア文学を歴史的に評価するときに（それは日本文学の進歩のためにぜひ必要な仕事だ）『左連』は鏡になると思う。『左連』とナップは友好団体であったが、本質はちがうものではなかったか。なぜ日本では『左連』がうまれなかったか、それはつまり、なぜ魯迅のような人間がでなかったか、ということにもなるわけだが、そのことが、魯迅のいう『国情のちがい』のちがいにおいて究められなければならないと思う(3)」

文面にも明らかであるように、竹内氏のこの指摘の基礎には、革命運動、プロレタリア文化運動の敗北、軍国主義の支配、中国侵略、太平洋戦争、そして敗戦という過程をたどった、日本の現代史と、三〇年代の運動から抗日民族統一戦線の結成、抗日戦の勝利を経て、まさに新中国誕生に至ろうとしていた中国の現代史とを対比させ、そこに日本批判の足場を求めようという姿勢があった。これは戦後のある時期の思想的・精神的特色を鮮やかに示すとともに、戦後日本における中国研究の「初心」の一つを代表するものだったといえる。丸山真男氏が、「カッコ付の近代を経験した日本と、それが成功しなかった中国とにおいて、大衆的地盤での近代化という点では、今日まさに逆の対比が生まれつつある(4)」と書いたのも、共通のものであったろう。

竹内好氏の問題としていえば、氏の中国論には、中国との対比のなかから、日本批判の足場を築くというより、氏の強烈な日本批判がまずあり、その反対の極として中国を想定する、という視角が、むしろ意識的な「方法」としてとられているように思う。その結果、氏の日本批判が鋭く的を射たものである場合、その対極に想定される中国も、その持つ特質を鋭く浮かび上がらせる反面、氏の日本批判そのものがやや的をはずれたと感じさせるような問題については、そこで描かれる中国像にも、中国の現実とのずれが目立つ、という傾きがある、というのが、私の以前からひそかに抱いている独断である。もちろん、それはできあがった日本批判から中国論への一方通行ではなく、氏の日本批判自体が、中国論を通ずることによって新たに発見され深められる面をも持つが、どちらが主たる傾向をなしているかといえば、それはやはり前者であり、そこにむしろ竹内氏の中国論の魅力と特色とをみるのである。

竹内好氏の問題は、ここでの主題ではないので、おくことにする。ともかく、先にみたような視角が、もっぱら「中国事情」の「紹介」につとめるものにはない、強烈な刺激と影響とを、戦後の中国研究に与え、多くの実りを生んだことはたしかである。

文革で現れた先のような評価と対比すると、竹内氏のような見解が左連の現実をやや美化していたことはたしかであろう。私自身は、いくつかの場所で述べてきたように、「紀要」の見解には多くの疑問・批判を持つが、「紀要」を別としても、今日からみれば、中国の現実の持つ複雑さが、このような中国研究の「初心」が描いた中国像を、大幅にはみ出すものであったことは否定しがたい。

しかし、それでは竹内氏等の描いた中国像は単なる虚像にすぎず、その視角は意味を持たなかったのか、といえば、私はそうは考えない。三〇年代の日本と中国の歴史が、敗北と勝利との対照的な歴史であったことを出発点とし、またその明暗を分けた原因を考えるという課題を抜きにしては、三〇年代を考えることはできないし、またその課題を考えるとき、人民戦線ないし抗日民族統一戦線の問題は、その重要な軸の一つとならざるをえない。したがって現在の時点で、われわれにとって問題となるのは、中国においても、勝利への道は当然のことながら無数の試行錯誤や誤りをくり返し、曲折を経つつ切り開かれたものであることが事実としても明らかになってきたことを前提として、三〇年代の運動をそういうものの一つとして見なおすこと、しかもそれを単に個々の事実の評価や学説がどう変わるかという問題にとどまらず、そこから何を汲みとるかという、いわば思想の次元にもわたる問題として見なおすこと、であるといえるであろう。本稿はその手がかりの一つとして、問題の多少の整理を試みよう、とするものである。

一　問題の所在

「紀要」の内容の中で、とくに注目すべきものは、

(1)「三〇年代文芸」が王明路線の影響下にあったことを確認したこと、

(2) 三〇年代において、王明路線の影響下にあった部分と「魯迅を先頭とする戦闘的な文芸運動」の二つを区別して考える視点を提出したこと、

の二点であろう。このほか従来用いられてきた革命的民主主義者というカテゴリーを用いず、ベリンスキーその他を、「ブルジョア民主主義者」として一括することの意味その他も、小さくない問題だと思われるが、ここではおく。

ところで、ここで指摘された上記の二点そのものは、まったく初めて指摘されたわけではない。

三〇年から三六年にかけて展開した左連の運動が、ほぼこれと重なる時期に中国共産党内で支配的であった三次にわたる極左路線と関係ないはずはないことは、中共六期七中全会の「若干の歴史問題に関する決議」(5)(一九四五年四月)を一読すれば、ほとんど誰にでも想像できることであろうし、私自身も文革以前にこの問題にふれたことがある。(6) また左連内部でも、魯迅の独特の発想が、それでなくても勇ましい革命論議に走りがちな若者たちにとって、違和感を覚えさせることがあったらしいことは、スメドレーの文章などからも、多少うかがうことができた。(7) 国防文学論戦にしても、当時の周揚等の統一戦線理解に、普通の用語を借りれば右翼的な傾向が含まれていたこと、そしてそのポイントが「プロレタリアートのヘゲモニー」という点にからむものであったことは、すでに五四年の時点で松本昭氏によって指摘され(8)、われわれのあいだでは共通の見解となっていた。もちろんこのことは、松本氏や私たちの理解が、

完全なものであったことを意味しない。たとえば、「プロレタリアートのヘゲモニー」という言葉一つにしても、当時の現実におけるその実際のあり方はどのようなものであったかを、事実に即して具体的に考えるよりも、言葉だけが先行していた傾きがなくはなかった。文革開始以後の論についても同様のことを感じているが、ともかくその程度の認識は持っていたから、反右派闘争後の中国におけるこの論争の評価には簡単に同意できなかったし、文革で「歪曲」として問題になった人民文学版『魯迅全集』の注釈の内容についても、釈然としない感じを持ち続けたのであり、また逆に、それを裏返しにしたような文革開始以後の評価についても異論を持たざるをえなかったのである。

国防文学論戦そのものについては、本稿ではとくに論じないが[9]、これに付随して、文芇開始以後光があてられている、魯迅の周揚らに対する不信にしても、中国でも、反右派闘争以前には、馮雪峰によって漠然とではあったが指摘されていたし[10]、また台湾・米国筋では、むしろことさらこの面に焦点をあてた研究も出ていた[11]。それは中国現代史研究の焦点が、コミンテルンと中共との間の不一致・矛盾の研究にあったのと、同じ動機から発したものだったろう。

しかし、だからといって、文革で、先の二点が出されたのは、外で言われていたことを中国共産党自身も認めたということにとどまらず、その「認め」た内容にもズレがあり、その「認め」方の中には、少なからぬ新しい問題が含まれていると思われる。以下それについての検討から始めたい。

二　魯迅と「左連」

七三年半ばごろから、中国で魯迅の小説、雑文、書簡等がさかんに出版されていることは、すでに報道され、その一部はわが国にもはいってきているが、その中には従来未発表の書簡が十数通含まれている。その中の一つに、魯迅はこう書いている。

「二五日のお手紙、今日拝受。梯子の論、まさにそのとおりです。このことについては、私もつくづく考えたことがありますが、もし若い諸君が、ほんとうにこれによってより高くよじ登ることができるのだったら、私が踏まれることなど、何ぞ惜しむに足りん、です。中国で梯子になれる者は、実は私を除くと、いくらもいないのです。だから私は一〇年来、未名社を助け、狂飆社を助け、朝花社を助けたのですが、どれも失敗するか、あるいは欺されるかでした。しかし才能ある者が中国に出て欲しいと願う心は、ついに死なず、それで今回もまた青年の求めに応じて、自由同盟のほか、左翼作家連盟にも加入し、会場で、上海に集まっている革命作家と一とおりお目にかかりました。しかし私の見るところ、皆パッとしません。かくて小生勢いまた梯子となる危険に遭遇せざるをえないわけですが、しかしどうも彼らには梯子をよじ登ることもできそうもありません。哀しいかな、です」(一九三〇年三月二七日、章廷謙あて(12))

「パッとしません」は原文「茄花色」で、「注」に浙江省東部の方言で、鮮やかでない、ものの役に立たないことをいう、とある。

章廷謙は紹興出身の作家で、魯迅の同郷の後輩にあたる。川島のペンネームで、雑誌『語絲』の執筆者の一人であり、当時は杭州で教師をしていたはずである。左連には加わっていない。未名社は、魯迅が北京時代に創立した団体で、雑誌『莽原』、『未名』を出し、また『未名叢刊』として多くの翻訳を出した。魯迅が訳した厨川白村の『苦悶の象徴』『象牙の塔を出て』、武者小路実篤『或る青年の夢』などは『未名叢刊』の一つである。狂飆社は、未名社の一員であった高長虹等がやったもの。高はやがて魯迅を中傷するようになる。その経緯の一端は、「両地書」その他でうかがえるが、「欺され」たというのは、これを指しているだろう。朝花社は二九年魯迅が柔石等と起こしたもの、外国の文学・美術の翻訳、紹介を行った。また、自由同盟とは、自由運動大同盟のこと。三〇年二月一五日に結成大会を行い、言論・出版その他あらゆる自由が奪われている当時の状況に抗議し、自由獲得のため闘争するという内容の宣言を出した。魯迅は郁達夫ほか五〇名とともに発起人になっている。[13] 章廷謙からの手紙の内容はわからないが、文面から推して、先生は若い者に梯子として利用されているというようなものだったのだろう。三月二七日といえば、三月二日の左連成立からひと月とたっていない。その時期に、「皆パッとしない」というだけでなく、かれらには自分を梯子として利用する能力さえなさそうだというのだから、その見方は厳しいという程度を越えている。

周知のように、従来の中国現代文学史は、このへんの事情を、革命文学論戦を経て、創造社、太陽社らの誤った態度が是正され、魯迅もマルクス主義を主体的に受け入れたこと、また共同の敵である新月派が出現したことなどによって、革命文学派と魯迅らとの間に急速に統一が生まれ、左連の結成に至った、と説明していた。

左連内部の共産党員文学者たちと魯迅との軋轢をあばくことを主目的としたような、前掲の夏論文でも、左連成立からしばらくは、両者が比較的うまくいっていたとし、三三年末から三四年初め、魯迅の身近にいた馮雪峰、瞿秋白があいついで上海を離れソヴィエト区へ向かった以後、いわば仲介者・潤滑油を失った両者の間に急速に摩擦がふえた、というとらえ方をしていた。左連成立当初における、魯迅の見方、左連に参加した魯迅の心境を示すものとして、この手紙は、新資料の中でもAクラスの重要性を持つものといっていいだろう。

ただ、それではこの手紙は何を示すか、といえば、問題はそう単純ではない。たとえば、この手紙から、左連に対して魯迅はそもそもまったく何の期待も持っていなかったのだ、という結論を導き、その原因を、当時の極左路線に対する彼の批判に還元するとしたら、それはあまりにもつまらぬばかりか、歴史の複雑さを無視した読み方のように、私には思われる。

左連結成に至る時期の動きを、できるだけ詳細にたどりなおそうとした仕事に、日本では竹内実氏の論文[14]があるが、中国で、とくにその間の魯迅と革命文学派、なかでも創造社との関係を中心にいくつか興味ある事実を明らかにした仕事に、沈鵬年の「魯迅と創造社との往来の二、三の史実」[15]がある。沈鵬年は先に『魯迅研究資料編目』[16]という大部の資料索引を編集した、地味な研究者である。この後半で、彼が馮乃超と魯迅の「友誼」について述べているところのうち、目を惹く部分を要約してみる。馮乃超は、二七年末から二八年初めにかけて日本から帰国し、第三期創造社の中心メンバーとなった若手理論家の一人で、彼が『文化批判』創刊号（一九二八年一月）に書いた「芸術と社会生活」の中で、魯迅を「薄暗い酒屋の二階から、酔眼陶然と窓外の人生を眺めている」と書いたことが、魯迅に「酔眼中の朦朧」を書かせ、革命文学論戦の口火の一つになった。ある文学史によれば、二九年下半期に、夏衍・李初梨らとともに中共江蘇省委員会から、左連結成のための工作の任務を与えられた一人でもあった(17)。

沈鵬年によれば、馮乃超は二九年の冬、柔石に伴われて魯迅を訪ね、以後、二人の間のわだかまりは解けて、三〇年初頭には馮が書いた「人類的と階級的」が魯迅の編集していた雑誌『萌芽』の第二号（一九三〇年二月）に載り、また馮が編集した『文芸講座』第一巻（一九三〇年四月）に、魯迅も本荘可宗「芸術および哲学・倫理」の翻訳を載せるなどの協力関係が成立した。

「三〇年春、かれらが会う日数はいっそう多くなった。二月一五日、かれらはいっしょに自由大同盟の成立大会に出席した。二月一六日公啡喫茶店で開かれた新文学運動に関する討論会で、かれらはまた顔を合わせた。その他、左連の結成を具体的に相談するため、かれらはますます何度も接触した。当時、党は沈端先（夏衍）・馮乃超の両同志をあてて左連の指導工作に参与させていた。馮乃超同志は左連の理論綱領起草の責任者に指定された。二月二四日、馮乃超同志は書き上げたばかりの左連理論綱領草案を持って魯迅先生に見せに行き、綱領を魯迅先生に渡して、彼の意見を求めた。馮乃超同志が『自分でも文章がまずく、うまく書けてないと思っています、どうか先生修正して下さい』というと、魯迅先生はその場で丹念に読み、謙虚に真剣にいった。『修正するようなところは何もありません。こういう文章はなかなか書けないものです。私に書けといわれたら、私もうまく書けない。』彼はごく個々の字句上のことに手を入れただけで、また文書を返す時に、彼はこの綱領に賛成することを表明した。二月末のある午後、左連が成立大会を開こうとしていたまさに前夜、魯迅先生は慎重そのものの態度で沈端先・馮乃超同志等を招いて話し合い、かれらに、左連成立大会で講演しようと思っている内容についての意見を求めた。魯迅先生はいった。『大会でどんなことを話して欲しいですか？……私はこんなことを話そうと思うんだが、第一に……第二に……これでいいと思いますか？』つづいて彼は『左翼作家連盟成立大会における講演』の内容を要約して話した。三月二日、左連は中華芸術大学で成立大会を開催し、沈端先同志が議長をつとめ、馮乃超同志が理論綱領を読み上げ、魯迅先生が講演した。魯迅先生の講演の内容は果たしてあらかじめ提起して相談ずみの数点であった」

引用が長くなったが、左連成立前の魯迅と党員グループの関係、とくに理論綱領をめぐる具体的事実を述べた資料としては、私の知るかぎりただ一つのものである。

沈鵬年はこのあと、魯迅がよく若い党員たちに、「それはカーペーの意見か？」とか、「それは『商務』のか？」とたしかめた（商務印書館出版の書籍の裏表紙にCPの商標が印刷されていたのをもじったもの）ことや、左連の会合のあと、時々いっしょに飲みに行くこともあったが、あるとき魯迅が「二、三杯飲んで酔眼朦朧となっちゃいけないよ」と馮乃超をからかったこと、スメドレーが書いた魯迅の五〇歳の誕生祝いには、馮乃超も出席したことなどを紹介している。

章廷謙あての手紙に見られるような、当時の魯迅の見解が、明らかになった現在、沈鵬年が述べている事実を、どう考えるべきだろうか？　沈がこの文章を書いた六二年という時点から、これを「周揚一派」の意を受けた歴史の偽造とする考え方も一応はありうるであろう。またこれらの事実を沈が何から知ったかを考えると、内容から推して馮乃超自身が提供した可能性が大きいように思われる。そうだとすれば、馮乃超自身による、自分の経歴の意識的・無意識的な合理化・美化もあったかもしれない。(18)しかし私は、そのいずれも採らない。どちらも幾分かの真実は含んでいようが、当時の魯迅と、上海の共産党文学者たちとのあいだに存在した複雑な関係を、その複雑さのままにとらえうるうえで、それらはいずれも無力なものと考えるのである。

それでは私はそれをどう理解するか。それを述べる前に、もう一つ似たような材料を見ておくことにしたい。

三　魯迅と「党」

文革開始後に書かれた、周建人の文章の中に、次のようなところがある。

「一九三〇年、『左』翼日和見主義路線の代表者が魯迅を訪れて話しあい、魯迅に、かれらの誤った路線の必要に適合した文章を発表するよう求め、そのうえもし危険になったら、国外に出ればよい、といった。魯迅はそれを聞いて、そのやり方にまったく同意せず、その場で訪問者の要求を拒絶した(19)」

これも文革開始後に初めて指摘された事実である。ここでいう「左翼日和見主義路線の代表者（原文、代表人物）」は、時期から考えて、李立三であったと推定するのが、もっとも確実だと思われる。周知のように、李立三路線は、瞿秋白路線ともいわれる第一次極左路線が二八年に終息したあと、二九年下半期から三〇年上半期にかけて醸成され、三〇年六月に「路線」として完成し、三〇年九月の六期三中全会で否定されたものである。周建人はこの「代表者」の氏名も、かれらが会った時も明記していないが、これを李立三と推定するのは、このころ魯迅と李立三が会ったことについて、馮雪峰と許広平が書いているからでもある。

「一九三〇年夏、李立三同志は彼と約して面会し話し合った。かれら二人は魯迅先生自身の戦闘任務と方法の問題について討論した(20)」

「上海時代、自由大同盟成立の前後に、党中央は魯迅の各段階における闘争の歴史を研究したすえ、魯迅が一貫して進歩の側に立っていたと認めて、李立三同志を指名し魯迅と会見させた(21)」

両者の記述には、時期についてズレがあるが、三〇年という点では一致している。「左翼日和見主義路線の代表者」という呼び方にふさわしい人物で、このころ魯迅に会った人物としては、他にはちょっと考えにくい。

ところで、馮雪峰、許広平の二人と、周建人とでは、同じ会見について述べながらその書いている内容は、ほぼ正反対である。許広平が、先に引用した部分に続けて、こう述べているのをみれば、その違いはますます歴然としてくる。

「この会見は、魯迅にとってきわめて重要な意義を持った。当時、党は二つの点に重点を置いて指示した。一・革命には広範な団結を実行しなければならない。味方が固く団結してはじめて敵を徹底的にうちやぶることができる。二・党はまた魯迅を教育した。無産階級はもっとも革命的な、もっとも先進的な階級である。なぜそれがもっとも先進的、もっとも革命的であるのか、それはそれが無産階級だからなのだ。この会見ののち、魯迅の一切の行動は完全に党の指示にのっとって実行が貫徹された」

つまり、馮雪峰、許広平の二人が、魯迅と党との関係がいかに密接であったか、魯迅がいかに党の方針・指示を尊重したかを強調するなかで、この会見にふれていた（許広平の文章が出てくる章は、「党の〝兵卒〟」という標題である）のに対し、周建人は、魯迅が極左路線に反対し、その要請を拒絶したことを、むしろ魯迅が真に革命的であった証拠としてあげているわけである(22)。

周建人の文章は、全体として、魯迅が青年の革命性を高く評価しつつも、それが陥りがちな観念性、現実との遊離の傾向については、常に批判を怠らなかったことを強調したものであり、陳伯達・林彪批判から連なる極左批判の一部をなすもので、それが事実の評価にもひびいてきていることは明らかであり、そこには文革当初とくらべても、もう一つ新しい要素が加わっているのだが、それにしても、この例に見られるように、ちがいはすでに事実の評価の範囲を越えて、事実がどうであったのかという問題そのものを左右するようになっているのである。

その点をどう考えるか、またこのような傾向によって錯綜する資料の中から歴史の真実をどのように拾い出すか、ということが問題であるわけだが、それはひとまずおく。先の章廷謙あての手紙や、周建人のような見解が出てきた意味を考えるためにも、ここで魯迅と左連との関係あるいは魯迅と党との関係が、これまでどのように扱われてきたかを、ざっとふり返ってみると、それは反右派闘争前、反右派闘争後、文革開始後の三つの時期に分けることができる。まず反右派闘争以前を代表する見解の一つが馮雪峰のそれである。彼は前掲「党は魯迅に力を与えた」の中で、左連での党と魯迅の協力関係を強調したが、そこでは、

「私はここでは、われわれに当時誤りがあったという問題にはふれないし、また魯迅先生にもわれわれとともに誤りがあったのかどうかという問題にも触れない」

と述べて、この問題には立ち入らなかった。そして彼は、『回憶魯迅』の中で、それにもう一度ふれた。

「魯迅が左連の首脳であり、当時の革命文化戦線の司令官あるいは主将だった、というのは、言葉だけのことではなくて、事実にもとづく評定である。というのは、実際上、あのころ上海にあったわが党中央にしても、われわれ若い党員を通じて党の指導を執行したにすぎず、そしてわれわれは政治闘争の経験がほとんどないばかりか、マルクス・レーニン主義の理論も文学芸術に関する知識も非常に薄弱な幼稚な者ばかりだったからである。あのころ、大まかにいえばわれわれの唯一のとりえは、みな比較的純潔で、相当に勇猛であり、いわゆる『子牛は虎を恐れず』の気概を持っていたことだけだった。魯迅先生が私たちを愛されたのも、この点だったと、私は信じている。

私たちは、左連に多くの誤りがあったことを知っているが、これらの誤りは魯迅先生が責任を負うべきものではなかった。それらのより重要な誤りは、あのころ上海にいた党中央の『左』と『右』の誤った傾向（わが中央が後に正しく指摘したような）と結びついていた、と私は思う。ここではくわしい叙述や分析はできないが、われわれ左連の工作にかかわった若い党員も同様に責任を負わねばならない。また副次的な誤りは、われわれはまさに始終犯したものだった。それに、瞿秋白同志個人が左連に対して実際的指導と大きな援助を与えたのを除けば、当時上海

にいた党中央は文芸闘争と文芸創作の問題について、経験がなかっただけでなく、関心も非常に不十分だったし、またわれわれに明確な方向を与えてくれることもなかった。これらは当然のちに毛主席が自ら文芸運動を指導した時の状況と比較することはできない。わが党が、真に文芸闘争と文芸問題に関心を持ち、重視し、真に文芸問題にマルクス・レーニン主義の正確な指示と明確な方向を与えたのは、毛主席自らが文芸運動に関与し指導した時期から始まったのであり、これはいかなる人にもすでに明らかになった歴史的事実である(23)」

これに対して反右派闘争時の馮雪峰批判の論点は多岐にわたっているが、ほかならぬ上記の、党と左連との関係に対する馮の見解を批判した者に、阿英がいる。周知のように、革命文学論戦当時は銭杏邨の名で太陽社の代表的論客であり、魯迅を批判する「死せる阿Q時代」(一九二八年五月)を書いた人、左連成立大会では、魯迅・沈端先とともに議長をつとめ、常務委員に選出された。のち阿英の名ではもっぱら文学史研究の分野で仕事をし、清末小説史の資料整理等にすぐれた仕事をした。文革では、正式の機関紙誌上での名指しの批判は、私の知るかぎりなかったようだが、「阿英は叛徒だ」という江青の発言が伝えられている(24)。

阿英は、馮雪峰が上記のように当時の党中央が文芸闘争と文芸創作の問題に十分な指導を与えなかったと書いたのは、党を侮辱したものである、といい、こう書いた。

「そのころの左翼の文芸組織には、最初創造社、太陽社、我們社があり、ほどなく我們社は太陽社に合併した。太陽社は全部が党員であり、自己の党組織を持ち、また秋白同志が自ら指導した。中央は文芸工作について討論し人を配置した。その後の他の組織、たとえばエンジン社、モダン時代社、さらに芸術劇社、大道劇社の成立にも、すべて党の指導があった。左連さらに文総(中国左翼文化総同盟)の成立に至るまで、各方面にすべて党の組織と指導があっただけでなく、党中央の同志には、われわれの会議に参加した人もいた。多数の中央の同志は、さらに個々に恒常的にわれわれの工作に関係を寄せた。私は当時の中央局書記をはじめ大量の名をあげることができる。魯迅先生を団結させることから文芸領域の各方面の組織さらに文総の樹立まで、どれ一つとっても中央の計画によらないものはなく、ある重要な工作については具体的な指導までした。私は今日まだ少なからぬ老同志がこのことを証明できると思う(25)」

そして、馮雪峰の魯迅研究から受ける印象として、馮がいなければ魯迅の左連参加もなく、左連の成立もありえなかった、また馮がいなければ、左連の文学運動の道は正確でありえなかった、党の文学事業の豊かな功績は、すべて馮という偉大なマルクス主義理論家の功に帰せられるべきであるかのようだ、と非難した。阿英ばかりでなく、文学史家の王瑶の馮雪峰批判(26)などにも、ほぼ同じ論旨が見られる。

阿英ら自身が当事者であるために、その論は、自画自讃とみることもできないではなく、そこにこの問題を利用して「周揚一派」が自己の権威を固めていこうとした形跡を見出そうとする見方も、ありうるが、私はそうはみない。少なくとも問題の主要な側面はそこにはないと考える。

そもそも馮雪峰批判が、反右派闘争の一部として行われたものであり、当時の「右派」との闘争の焦点の一つが、まさに党の指導の必要性および党の指導の能力を認めるか否定するかという問題だった。そしてさらに、それをとりまくもうひとまわり外側には、スターリン批判を契機として世界的に起こってきた、従来の共産主義運動、マルクス主義文化運動の歴史全体に対する否定的評価の傾向があり、それをどうとらえどう対処するかという問題があった。馮雪峰の先の文章をとらえて、党に対する侮辱である、というようないい方をすることは、批判として説得力のあるものでもないし、私も好まないが、そのことと、阿英らにそういう論理をとらせがちな空気が当時広くあったということを認めることとは別問題である。

反右派闘争の状況のもとで、批判者の側においても、反批判者の側においても、左連時代の党の指導性の否定が五〇年代における党の指導性の否定に、左連の文化運動の欠陥の指摘がマルクス主義文化運動の歴史的意味の否定に結びつくものとして受け取られる条件があったことは、否定できない事実である。それはそのこと自体の当否とは別の問題である。馮雪峰が、左連は文化・芸術団体としてより、直接政治運動の団体として使われがちであった、と書いたのに対し、阿英が居丈高に反論したのも、「政治への服務」という原則のもとに、具体的には様々な困難な問題にぶつからざるをえない当時の現実のなかで、その点がかなりアクチュアルな争点と結びつきがちだったからにちがいない。また周揚等、かつての若い党員グループと魯迅との軋轢にしても、それが指摘されることが現実に政治的意味を持たざるをえないからこそ、許広平も次のようにいったのだったろう。

「腹立たしいのは、今でもたえず下心のある人が魯迅の名を借りて周揚同志を攻撃することです。去年魯迅の墓を改葬した時、周揚同志も私も上海にいましたが、私があらかじめ起草した発言では魯迅を『一人の中国人民として』と呼んでいたのを、周揚同志は『魯迅は中国人民の中の一人であったばかりでなく、中国人民のもっとも優秀でもっとも忠実な息子であった』と改めるよう提案しました。彼が提案して改めたこの言葉は、魯迅に対してより正確な評価になっています。彼は党を代表して魯迅を記念する工作を主宰し、非常に熱意をこめてやってくれました。魯迅の墓碑の題字も、彼が主席に頼んで書いてもらいました。このことからも、周揚同志が党を代表する資格で、厳粛な態度で問題を処理したことがわかります。もし私たちが誰がということでなく何をということから問題に対処し、組織と党に忠実でありうるなら、問題の見方も当然ちがったものになるはずです(27)」

わずらわしさを忍んで、念のためくり返しておくが、私は反右派闘争時の論理を肯定し正当化するためにこういっているのではないし、またそこに、どこまで意図的であったかは別として周揚らの個人的動機が混入したことをまったく否定するものでもない。ただ、周揚らの個人的動機といっても、それはまったく単純な権力欲などではなく、それなりに思想的政治的根拠を持ったものだったにちがいない、かれらが文学・芸術界の指導的地位を派閥的力だけで何年間も維持できるほど、新中国十数年の歴史は空虚なものではなかったろう、と思うのである。そうだとすれば、個人的動機にしても、思想的政治的論理を通じて、あるいはそれと結びついた形で作用するのであり、問題は、その結びつきの構造、ないし、個人の動機や資質がそれらの論理を通じて作用する作用のしかたをできるかぎり法則的につかむことにある。それを無視して、問題を何人かの資質や悪しき意図に還元することは、問題の単純化であるばかりでなく、逆に問題の根本への批判を曖昧にもすることにもなる、と考える。これは反右派闘争なり文革なりの評価の場合だけでなく、三〇年代における様々な個人・集団の確執・対立の質を明らかにし、位置づけするうえでも重要な点として強調しておきたい。

もとにもどる。このように、党の役割の強調、党と魯迅の親密な関係の強調の空気のなかで、左連結成三〇周年にあたる六〇年に発表された多くの論文や回想録でも、左連結成時および左連に対して党の指導が果たした役割が強調された。許広平『魯迅回憶録』も、沈鵬年の先の文章も、明らかにその性格を帯びている。こうして党の地位が高められ、絶対化されていくにしたがって、それは現実に「党」の内容をなしていた個々の党員、その人びととの現実の具体的行動と切り離され、抽象的に論ぜられるようになる。阿英の論から私が受ける印象も、三〇年代の運動の当事者としての自画自讃というよりも、むしろそうしたものの一つとしての性格である。

さらにこうした論争が、「プロレタリアートとブルジョアジーの二つの道」の闘争であることの強調は、ごく自然にこの「二つの道」の闘争が歴史の全過程を貫くものであることの強調へ、さらにあらゆる問題の細部にまでその性格が貫徹していることへの強調へ、と発展していく。こうした論理の自己運動、より正確にいえば、一つの命題が権威あるものとして定立されると、それが当初定立された時の範囲・条件を越えて適用され意味が拡大されていく傾向は、反右派闘争当時の文献を改めて読み返してみると、明瞭にみてとることができるように思うが、ここでは論証ははぶく。(28)

このような角度からみると、先にあげた魯迅と李立三の会見に関する周建人の記述に示されるように、文革以前には党と魯迅との密接な関係を示すものとされていた事実が、一八〇度転換され、誤った路線への協力を拒否したところに魯迅の偉大さが見出されているのであり、そこに、前掲「紀要」にみられたような、三〇年代の運動に対する評価の転換がひびいているわけであるが、ある意味ではたしかに正反対である二つの時期の論理に深部ではむしろ共通のものが貫いている、と私には思える。三〇年代の「党」が指導した運動が、実は王明路線によるものであった、ということが指摘され、それに代わって魯迅が評価されることは、党の絶対化・無謬論の否定にみえながら問題の重点はそこにはなく、実は極左路線は反毛沢東路線であった、という評価を媒介にして、魯迅＝毛沢東路線とする評価が、暗黙に前提されているのである。文革後出された魯迅の雑感集につけられた注釈を見ても、革命文学論戦などを、当時の「左翼日和見主義路線に影響された一部の文学者の誤り」と魯迅との論争としてのみ説明しているのが目立つ。

私は以前、革命文学論戦当時の「革命文学論」と、当時の「瞿秋白路線」との間に、その現状認識、発想その他顕著な共通性が認められることを指摘しつつ、なおこう書いた。

「さまざまな個人の思想的・理論的問題を、すべてすでにある共産党の路線から流れ出たかのように考え、すべての問題を共産党の路線の問題に還元する、しばしば見られるような方法には私は賛成しない。（中略）むしろ郭沫若・成仿吾らにこう考えさせた歴史的・心理的背景が、同時に瞿秋白路線を生んだ根拠でもあったと考えるほうがおそらく真実に近い(29)」

私がここで警戒し反対した傾向が、あまりにも典型的な形で現れてきたことに、私はむしろ驚き、当惑を感じている。ここには、「誤った」路線下での運動にせよ、ともかくそういう形でしか歴史は存在しなかったのであり、「正しい」路線にせよ、それとまったく無関係のところから生まれてくるはずもなかったという視点や、あるいは「正しい」路線といい、「誤った」路線といっても、それは所詮は生身の人間によって担われるしかないものであり、現実に存在する人間の無数の実践を、すべて路線に還元することはできない、という視点は、少なくともきわめて弱い。

中国における評価には、三〇年代をどうみるかということ自体とは、やや異なったところから発想されている面があり、それをこれ以上あれこれいってみてもあまり意味はないが、三〇年代をみるわれわれの方法を考えるうえで、以上のことはやはりたしかめておきたかったのである。問題を路線に還元することに反対する私の見解は、路線というものの持つ意味を軽視するものではない。「路線」が個々人の認識・実践の総和のうえに成り立ち、それらに支えられながら、それがいったん体系的なものとして確立した時、逆に個々人に強く影響することも、むろん否定しない。ある歴史の局面において、それが決定的な差を生み出すことがあることも承知のうえである。しかしむしろだからこそ、個々人の思想・行動を決定する様々な要素とその運動法則とを、「路線」と区別し、そのうえでそれらと「路線」との関係をどうとらえるかが改めて問題にされねばならないのだというのが、私の考え方である。この点が曖昧にされて、個々の問題についての個々人の認識や見解の差、さらには個性や発想の差までが直線的に「路線」に結びつけられることは、逆に「路線」の性格と責任を曖昧にし、問題を拡散させる。文革開始以後、この問題について日本でみられる多くの論に、私が納得しがたいのは、とくに以上の点においてである。

四　三〇年代への視角

以上のような私の視点からみると、問題はどうなるか。

章廷謙あて、三〇年三月二七日の手紙に見られるのは、左連にまったく何の期待もかけていない魯迅の姿だが、その魯迅は同時に左連成立大会で議長もつとめ、常務委員にも就任した魯迅である。沈鵬年が書いている事実にしても、その書かれた背景からいって、多少の割引きはするにせよ、それに近い事実そのものはあったのだろう。そしてさらに、魯迅は約一年後にこうも書いた。

「中国のプロレタリア革命文学は今日と明日の境に発生し、中傷と圧迫の中で成長し、ついにもっとも暗黒な中で、われらの同志の鮮血をもって最初の文章を書いたのである。

わが勤労大衆はこれまできわめてはげしい圧迫と搾取をこうむるのみで、文字教育すら施されず、ただ黙々と屠殺され滅亡した。さらに繁雑な象形文字のため、かれらは独習の機会をも持ちえなかった。知識青年たちは、自らの前駆としての使命を意識すると、卒先してときの声をあげた。この声は勤労大衆自身の反逆の叫び同様に、支配者を恐怖させた……」(30)

「現在、中国においては、プロレタリアートの革命的文芸運動が、実は唯一の文芸運動である。なぜならこれは荒野における萌芽であり、これを除いて、中国にはすでに他の文芸はまったくないからだ。支配階級に属するいわゆる『文芸家』は、とうに腐り切り、いわゆる『芸術のための芸術』やさらに『退廃』の作品さえ生み出せぬまでになってしまった。現在左翼文芸に対抗するものは、中傷・圧迫・拘禁そして殺戮のみである。そして左翼作家に対立しようとするものも、ごろつき、スパイ、走狗、首切り役人だけである」(31)

これらの文章と、章廷謙あて手紙との調子との違いは、否定し難い。この二つの文章のうち、前者が柔石らいわゆる「左連五烈士」の死をいたみ虐殺者に抗議した「記念戦死者専号」に書かれたこと、後者が『ニュー・マッセズ』向けのものであることを考えに入れても、これらの文章にこもったひたむきなひびきと、「プロレタリア革命文学運動」に対する熱意とは動かし難い。(32)

必要なことは、章廷謙あて書簡を根拠にこれらを否定することでも、これらによって章あて書簡の意味を無視することでもなく、この両者を統一的にとらえることであろう。というより両者は魯迅の中ではすでに統一されているのであり、それを結びつけている強靭な力そのものを知ることであろう。それこそがいわば魯迅精神と呼べるものだったにちがいない。

私が章あての手紙を初めて読んだとき、その衝撃は小さくなかったが、最初の衝撃が静まったとき、自然に頭に浮かんだのは、文学革命時の魯迅の姿勢であった。

「私は当時『文学革命』に対して、実はべつに熱情を持っていたわけではなかった。辛亥革命をみ、第二革命をみ、袁世凱が皇帝を称したのをみ、張勲の復辟や、あれやこれやをみたため、懐疑的になり、そして失望し、ひどく落胆していたのである(33)」

そういう状態にあった彼が、「主として先駆者への共感から」友人銭玄同のすすめに応じ、「狂人日記」以下の小説、雑感の筆をとった経過については、くり返す必要はあるまい。辛亥革命をみ、第二革命をみ……失望・落胆しながら、現に『新青年』が出、その運動への協力を求められると、腰をあげ筆をとる魯迅の像は、未来社、狂飈社、朝花社等、二〇年代の文学運動をやってきて、その成果の乏しさ、裏切られた期待を歎きながら、「才能ある者が中国に出て欲しいと願う心は、ついに死なず」青年の求めに応じて、自由運動大同盟に加入し、左連に加入する魯迅の像と、ほとんど重なるといっていい。それにつけ加えれば、そういう加わり方をしながら、その結果文学革命でもっとも実質的な役割を果たしたこと、左連でも実際上中心になっていったことにおいても、重なるといってもいい。

ここにあるのは、中国の現実の重さを知りつくしているからこそ、それを真に揺り動かすことのできる力が、簡単にどこからか出て来ることをにわかに信じない意味で、たしかに素朴なオプティミズムではないが、それはまた、その点を知りつくし、現にある力に頼りそれを育てる以外に道はないことに徹しているがゆえに、幻想をも、またその裏返しとしての絶望をも超えたものなのであり、卑俗な意味でのペシミズムとは、もっとも遠いものである。

魯迅にとって、左連とはそのようなものであった。あるいはそのようなものでしかなかった、ともいえるかもしれない。

「ここでの新文芸運動についていえば、以前からもともと空文句にすぎず、成果はなかったのですが、現在では空文句さえなくなりました。新しい文人は、みなアッというまに、たちまち無産文学に変わった連中ですが、今ではまた元気がなくなってきました。この連中は新文学に大いに害があると私は思いますが、ただ看板を一つ持ち出して、人びとに注目させた功績だけは、無視することはできません(34)」

この時期に魯迅がマルクス主義を受け容れつつあったことは、従来からいわれてきたとおりだが、彼にとってはマルクス主義も終着点ではなく、このような中国の現実を、少しでも動かしうる手がかりのようなものが、しだいに魯迅の眼にうつり始めていた、ということだったのだ。

三〇年代とは、こういう魯迅と、辛亥革命はおろか、五四さえも知らず、なかには北伐さえも知らぬ者もいる世代の、ほとんどストレートにマルクス主義を知ってそれを信じ、それによる思想形成を遂げてきた青年たちとが、初めてまともに接触した時代にほかならない。当然そこには、スメドレーが書いたような青年もいたろうし、そこには「極左路線」との関係も生じたろうが、かれらの誤りや未熟さを含んだ「若さ」そのもののなかには、何か魯迅の心にひびくものもあったに違いないと私には思われる。魯迅を尺度にして、かれらの誤りや欠陥を指摘することは、あまりにも容易だが、それは三〇年代が魯迅にとって持った意味をも否定することになりはしないか、と思うのである。

今われわれに必要なのは、何かを性急に「正統」の地位に置いた、その角度からの「異端」批判でもなく、またその裏返しの「異端」再評価でもなくて、当時の問題状況そのものを、もう一度調べなおし、再構成することであると私は考える。そうした状況のなかで、個々の文学者たちが、何を目指し、何に動かされて、どのように行動し、何を書いたか、その様々な思想・発想や理論の各人におけるあり方等が、各人の個性にまでわたる深さを持って掘り起こされ、そうしたものが渦巻いていた当時の場の中に位置づけられる必要があるのではあるまいか。

私としては、三〇年代研究は、まだ手をつけたばかりなので、どうしても抽象論になってしまうのだが、できるだけそれを避けるために、いくつかの例だけをあげておく。

たとえば三二年、胡秋原が「文芸自由論」を唱えて左連機関紙『文芸新聞』との論争になり、それに割ってはいった形で「第三種人」と称した蘇汶（杜衡）に瞿秋白・魯迅等が批判を加えた、いわゆる「第三種人論争」は、従来左連が行った反動派との闘争の一つとされ、すでにむき出しのマルクス主義攻撃が成り立たなくなったための、装いを変えた左連攻撃として位置づけられてきた。その胡秋原が、「社会民主党」の中心人物の一人であり、翌年一一月の福建革命のブレーンであったこと等にからむ、この論争の性格の複雑さは、従来もいわれてきたが、蘇汶等のいわゆる「第三種人」グループの性格や、当時におけるその位置も、意外に単純ではない。

第三種人論争に直接関わりを持つのは、杜衡と、その後魯迅に「もう一度『第三種人』について」で批判される戴望舒の二人だが、このグループは、おもに雑誌『現代』に集まっていた人びとで、施蟄存・杜衡の共同編集、かつて太陽社のメンバーで左連に加わっていた楊邨人も、かれらと近かった。

まず、杜衡、戴望舒の二人は、左連成立当時、その構成員であった。[35] それだけではない。左連結成直後のメーデーには、左連関係の雑誌が共同して「五一特刊」[36] すなわちメーデー増刊号を出している。それに加わった雑誌は、太陽社系の『拓荒社』『現代小説』、魯迅・馮雪峰共編の『萌芽』、社会科学誌『新思潮』など一三種だが、戴望舒・杜衡・施蟄存・劉吶鷗・楊邨人等がやっていた『新文芸』もその中に加わっている。つまり後の『現代』派、「第三種人」グループが、この時期には、ほぼ左連の一部として、共同歩調をとっていたことがわかる。とくにこの中の『新思潮』は、中国におけるトロツキズムであった陳独秀らの、「取消派」の雑誌『動力』を当面の批判の対象として、中共の路線を擁護する論陣をはっていた雑誌であり、一方『動力』の後身が『読書雑誌』[37] で、胡秋原の左連批判の一部がこの雑誌に載ったことは、周知のとおりである。従来の文学史では「第三種人」派と胡秋原とはほぼ同列に扱われているが、少なくとも、三〇年においては、その占める位置がかなり違っていたわけである。また上記の一三種のうち、『拓荒社』『現代小説』『大衆文芸』『南国月刊』の四種までが、現代書局発行だったことも、注目しておくべきだろう。[38]

もう一つ、話が前後するが、戴望舒・施蟄存とも、二八年から劉吶鷗の主宰する水沫書店の編集に参加しているが、魯迅の翻訳した『文芸政策』『文芸と批判』[39]その他を『科学的芸術論叢書』として出版したのは、この書店だった。

つまり、「第三種人」論戦は、成立後二年間を経る間に、左連の中に生じた一種の分化を示しているわけであるが、その分化の過程と性格は、まだ明らかにされていないのである。もちろん、そのうえでもなお、本質論としては、従来の説が成り立つことも十分ありうるし、歴史を巨視的にみれば、その対立が、もともと外にあったものとの対立か、中から分化したものかの区別にさして意味がないこともありうるが、現在のわれわれとしては、やはりまずこうした事実そのものを明らかにし、その意味を確定することから始めねばならぬ、と思うのである。そうした巨視的な「歴史的本質論」に安易によりかかることと、似たような現象が現に眼前に起こったとき、むしろその現れ方の複雑さに幻惑されることとは、同じものの両面であると思われる。

また、かれらが左連から分化したのだとして、その後の状況も単純ではない。当の「第三種人論戦」における左連側の主要論文である、易嘉（瞿秋白）「文芸の自由と文学者の不自由」、周起応（周揚）「いったい誰が真理を不要とし、文芸を不要とするか?」も、さらに魯迅の「『第三種人』について」も、いずれも当の『現代』に載ったものであった。[40]この事実は、やはり軽々に見過ごすことはできないであろう。

さらに、翌三三年、魯迅は柔石らを悼んで「忘却のための記念」を書くが、それを発表したのも『現代』の二巻六期（三三年四月）であった。『現代』のこの号は、ほかに柔石の写真と筆跡、それにケーテ・コルヴィッツの版画「犠牲」を載せている。この版画は三一年九月雑誌『北斗』が創刊されたとき、柔石について書こうと思って果たせなかった魯迅が、人知れず柔石への記念の意をこめて載せたものとして知られている。

杜衡および『現代』派について、魯迅はこう書いている。

「『文芸年鑑社』と云うものは実には《ママ》無いので現代書局の変名です。其の『鳥瞰』を書いたものは杜衡即ち一名蘇汶、現代書局から出版する『現代』の編輯者で自分では超党派だと云うて居りますが実は右派です。今年、圧迫が強くなってから頗る御用文人らしくなりました。

だから、あの『鳥瞰』は現代書局の出版物と関係あるものをば、よく、かいて、居ますが、外の人は多く黙殺されて居ます。其の上、他人の書いた文章の振りをして、自分をほめて居ます。日本にはそんな秘密をわかりかねるから金科玉条とされることも免かれないでしょう(41)」

「今年、圧迫が強くなってから……」とあるように、「忘却のための記念」を書いてから、この手紙まで約一年の間に、事態がより進行したことはあったろうが、この認識は、三四年になってはじめて生まれたものではなかったにちがいない。そういう認識と、以上述べたような事実とは、どういう関係でつながっているのか。それに立ち入っている余裕はもうないが、魯迅と『現代』派との関係、あるいは広くいって、当時の状況のもとでの対立や協力のありかたが、けっして単純なものではなかったことは、明らかになったはずである。そしてつけ加えれば、文革以前にアメリカ・台湾筋によって強調され、文革後本格的に光をあてられるようになった、周揚らと魯迅との矛盾・対立、かれらに対する魯迅の不信にしても、その質を明らかにするには、その周辺の事実そのものがもっと明らかにされねばならないのに、その必要性さえ自覚されていない、と私は思うのである。

以上、状況の複雑さを述べてきたのだが、個々の文学者についての研究の必要について、もう一つだけ例をあげておく。

左連成立時の構成メンバーをみると、創造社、太陽社系が多数を占めているが、同じ共産党員でも、柔石と馮雪峰は、少し違った位置にあり、それ以前から魯迅と親しかった。『魯迅日記』では、柔石の名は二八年九月二七日に初めて見え、馮雪峰は同年一二月九日に柔石の紹介で初めて魯迅を訪ねた(42)。先に述べた馮乃超が会ったのが二九年冬だから、かれら二人はそれより約一年早く魯迅と知り合っている。柔石を魯迅に紹介したのは、同郷で、魯迅の厦門大学当時の教え子だった王方仁で、この間の経緯は、竹内実氏がすでにくわしく書いている[43]。

ところで、柔石と馮雪峰は、杭州の浙江省立第一師範学校の同窓だった。柔石の入学は一八年、馮雪峰が三年後輩である[44]。柔石の一年上にはのちにやはり左連の一員になった魏金枝がいた。文学革命の影響を受けて、当時の浙江第一師範は省の文化運動の中心になっていたが、かれらはここで晨光社という文学団体を作っている。当時浙江第一師範で教師をしていた朱自清、葉聖陶がかれらの後援者、指導者だった。社員には教師も学生も、校外の人もいた。当時学生で社員だった中に、柔石、馮雪峰、魏金枝のほか、やはり左連に加入し、三四年天津の獄中で死んだ潘漠華、詩人の汪静之などがいた。晨光社の活動は一年ほどで終わり、二二年後半にはなくなったらしいが、一九二二年春には上海の中国棉業銀行の職員をしながら詩を書いていた応修人が、杭州に旅行に来てかれらと会った。応修人は最初汪静之の詩を読んだことから汪と文通を始め、汪を仲介にして馮雪峰や潘漠華とも文通をしていた。応・汪・馮・潘の四人は共同で詩集『湖畔』を湖畔詩社の名で出版した。やがて魏金枝、謝旦如（澹如）、楼建南（適夷）などもかれらのグループに加わり、二五年までにさまざまな形で四つの詩集を出し、また『支那二月』という小型の月刊文学雑誌を出したこともあった。

やがて、柔石・潘漠華・馮雪峰の三人は北京に出て、北京大学の聴講生となり、魯迅の講義も聞いた。その後教師をしたり北伐軍に従軍したり、それぞれの形で大革命に参加し、また四・一二クーデター以後の反動の嵐をも似たような形でくぐり抜け、三〇年代を迎え、それに前後して中国共産党に入党した。方応修人は二五年、五・卅のあと入党し、二六年党から派遣されて広州へ行き、黄埔軍官学校の工作に従事した。魯迅が同校で有名な講演「革命時代の文学」を行ったとき、迎えに行ったのが彼だった[45]。彼はその後武漢政府労工部の工作を担当したあと、二七年ソ連に行き、三〇年帰国、中共中央軍事委員会、中共中央組織部、同江蘇省委員会等で活動、左連にも加盟して、童話二篇を書いた。三三年五月一四日、丁玲が国民党特務に逮捕された際、同じ場所で四階の窓から落ちて死ぬ[46]。

以上はかれらの文学の質ではなく、その周辺の事情にすぎないが、紙数が尽きたし、ここではかれらを直接論ずるのが目的ではないから、これだけにしておく。これだけをみても、左連内の共産党員の中に、創造社、太陽社系の文学者とは違った思想的、文芸的経歴を持った人びとがいたことが、一つのグループとして浮かび上がってくるように思われる(47)。

私は左連内部の人間関係、俗にいう「人脈」のことをいっているのではない。このような個々人あるいはグループの経歴、体験の差から、その思想・理論の中に生ずる微妙な、ときには大きな質の差をいっているのである。左連結成前に、魯迅の評価をめぐって、共産党員間にも意見の相違があったことがいわれているが(48)、それも、このようなものによって生まれた差の一つであったにちがいない。あたりまえのことながら、現実の個々人は、単にどこかでできあがった理論なり政治的立場なり「路線」なりの担い手、代弁者として存在していたのではなく、それまでの全経歴を背負った人間として存在していたはずである。「路線」はそうしたものの集合のうえに成り立つと同時に、個々人の持つそうした差を通じて作用する。逆に個々人の持つ差は、「路線」とからむことによって、ときに増幅され、ときには姿を消す。必要なのは当時の具体的な状況のもとでの、両者の相関関係をそのままにとらえることであり、それを忘れるとき、個々の差をすべて「路線」の差に還元したり、逆に「路線」の問題を個人の間の差に解消したりする傾向が生まれる。

このようなものとして、三〇年代をみなおすとき、今日からみればさまざまの若さと誤りを含むかれらの営みの中に、やはり抗日戦につながるエネルギーを育てていった曲折した過程をみることができるだろうし、それはやはり中国現代史・革命史の不可欠の一ページとして残るはずだと思うのである。かれらの運動が都市の枠を出られないものであったにしても、そこで育てられた大量の「幹部」なしに、その後の根拠地での運動はありえなかった。中国革命における都市と農村の関係をどうとらえどう位置づけるかという問題は、まだ完全には解決されていないのではないか、と私は考える。

われわれにとっての中国革命の意味は、それが到達した結論の輸入ではなく、その過程、経験そのもののなかから、われわれ自身によって見出されるものであろう。この文章の始めに、戦後の中国研究の初心というような言葉をあえて使ったのも、そのためである。

注

（1）「毛沢東思想の偉大な赤旗を高く掲げ、社会主義文化大革命に積極的に参加しよう」『解放軍報』社論、一九六六年四月一八日。その後各新聞雑誌に広く転載された。

（2）『紅旗』一九六七年九期他。なお先の『解放軍報』社説と「紀要」との異同をあげると、「紀要」では「……ドブロリューボフ」のあとに「および演劇方面でのスタニスラフスキー」がはいり、また「三〇年代後期になると」が「三〇年代中期になると」になっていること、の二カ所である。ただ、内容から推測すると、「紀要」そのものの原型はむしろ『解放軍報』の社説の方にあり、「紀要」の公表までの間に筆が加えられたもの、とみられる。

（3）「魯迅と日本文学」、『世界評論』、一九四八年六月。のち『魯迅雑記』（世界評論社、一九四九年）に収録、『現代中国論』（河出書房、市民文庫、一九五一年）では「文化移入の方法（日本文学と中国文学 二）」と改題、『竹内好全集』第四巻（筑摩書房、一九八〇年）等も「文化移入の方法・1」として収録。

（4）『日本政治思想史研究』あとがき、東大出版会、一九五二年。『丸山真男集 第二巻』（岩波書店、一九九五年）。

（5）『毛沢東選集』第三巻（一九五三年二月）に「付録」として収録。なおこの決議は、文革開始後の版では削除された。削除の理由については新島淳良氏によって「胡喬木らの起草に成るものであり、劉少奇が大幅に手を入れているものだ」からだ、と伝えられている（「中国現代史における毛沢東思想——近代史研究所張友坤・尹士徳両氏に聴く」、『毛沢東著作言語研究』

第三号、一九六九年）。私は同誌を直接たしかめていないので、北田定男「江西ソビエトにおける反羅明路線闘争」（『アジア研究』、一九七三年一〇月）の注からの再引用である。

（6）一九六一年度中国文学の会大会報告『第三種人論戦について』および『魯迅』（平凡社、一九六五年）あとがき。

（7）スメドレーは、三〇年九月一七日に半ば秘密に開かれた、魯迅の五〇歳を祝うパーティーでの魯迅のスピーチについて、次のように書いている。

「……すっかり終ると、魯迅が起ちあがって、しずかに話しはじめた。そして彼の半生であった半世紀にわたる知的混迷の物語り、――根だやしにされた中国の物語りを話した。（中略）そのつぎには、彼はプロレタリア文学運動に参加してくれと言われた。彼の若い友だちのなかには、魯迅にプロレタリア作家になれと言ってすすめる者もあった。しかし、彼がプロレタリア作家のような顔をするのは、子どもじみている、彼の根は、村に、百姓や学者の生活のなかにあるのだ。それに、中国のインテリ青年が、人生の経験もなく、労働者、農民の希望も苦しみも知らずに、プロレタリア文学を生み出すことができようとは、魯迅には信じられなかった。創造的な作品は、経験からほとばしり出るものであって、理論からではない。（中略）魯迅は、指導者として、教育をうけた青年たちに、労働者・農民と生活をともにして、生活のなかから素朴をひき出すように、しかし形式としては西洋の社会的な文学や美術をまなぶようにすすめたのだった。

会がおわりに近づくと、ひとりの若い男が私の方を向いて、悲しげに頭をふった。

『失望したでしょう。魯迅のプロレタリア文学にたいする態度ですがね、あれでは青年の気持をくじきます』

職業的なインテリにたいする私の終生の憎しみが、よみがえってきた。中国のインテリは、およそ肉体労働などはなにひとつやったことがない。彼らの書くものは、経験には無縁である。彼らにとっては『青年』という言葉でさえ学生だけを意味している。労働者や農民にたいしては、彼らは同情的ではあるが、優越的な態度をとってきた。いままで彼らが創りあげてきた『プロレタリア文学』なるものの大部分は作為的で、ロシア文学の貧弱な真似にすぎない。

私はその若い批評家にむかって、私は双手をあげて魯迅に同感だ、と答えてやった」（高杉一郎訳『中国の歌ごえ』、みすず書房、一九五七年、七九ページ）。

この日の会合の出席者は、『魯迅日記』によれば二二人であり、他の資料からそのうちの何人かは氏名も確認できるが、この「ひとりの若い男」が誰であったかは不明である。なおスメドレーの叙述には、多少事実とのずれが見られ（たとえば、スメドレーは、この会の席上、魯迅と初めて会ったと書いているが、『魯迅日記』によれば、かれらは少なくとも三回会っている）、私は、これは彼女の記憶違いというより、ルポルタージュ作家としての彼女のやや意図的な虚構なのではないかという感じを強めている。この時の魯迅の講演の内容に、彼の経歴を自然な形ですべり込ませているところなどにも、それがなされているように思う。ただしこのひとりの若い男とのやりとりのようなことが、当日または、この頃あったことは間違いあるまい。

（８）「『国防文学論戦』学習ノート――『答徐懋庸並関于抗日統一戦線問題』の会読の理解のために」、『魯迅研究』第九号、一九五四年九月油印、魯迅研究会。

（９）国防文学論戦についての私の見解は、「一九三五・六年の『王明路線』をめぐって――国防文学論戦と文化大革命・Ⅰ」（一九六八年二月）および、「『国防文学論戦』について――国防文学論戦と文化大革命・Ⅱ」（一九七二年三月）（ともに『現代中国文学の理論と思想』、日中出版、一九七四年九月、所収）及び同書未収の「周揚らによる『歴史の歪曲』について――国防文学論戦と文化大革命・Ⅲ」（七五年七月執筆『東洋文化』五六号七六年三月、東大東洋文化研究所）を参照願いたい。

（10）『回憶魯迅』（人民文学出版社、一九五二年）。

（11）たとえば Tsi-an Hsia,（夏済安）"Lu Hsün and the Dissolution of the League of Leftist Writers"（1959）, The Gate of Darkness――Studies on the Leftist Literature Movement in China (The University of Washington Press, 1968)。

（12）復旦大学・上海師範大学、中文系選編『魯迅書信選』、上海人民出版社、一九七三年九月、その他。なお、魯迅の書簡集として従来あったものは、A許広平編『魯迅書簡』（コロタイプ版、三閒書屋、一九三七年）、B同編『魯迅書簡』（上下、魯迅全集出版社、一九四六年、人民文学出版社新版、一九五二年）、C『魯迅全集』第九・一〇巻（人民文学出版社、一九五八年）の三種で、AはBにすべて含まれているが、CはB以後発見されたものを相当数入れている反面、Bの相当数を省いている。文革ではこれを自分たちに都合の悪い手紙を除いたとして、周揚らの『罪状』の一つになったが、それが主たる理由であったのかどうか今日まで十分解明されているとは、私は考えない。ここで「未発表」というのは上記の三種のいずれにも含まれていないもののことである。またこれらには、内山完造、鹿地亘氏等、日本人あてのものも多少含まれているが、その他の日本人あての書簡は、『大魯迅全集』第七巻（改造社、一九三七年、『魯迅書簡補遺〈対日本人部分〉』、上海出版公司、一九五二年はこの中国訳である）、『魯迅選集』第一三巻（岩波書店、一九六四年）、増田渉『魯迅の印象』（角川書店、一九七〇年）に収められており、それぞれ多少の出入がある。

（13）「自由運動大同盟」と魯迅との関係については、馮雪峰の次の記述がある。

「両者（自由運動大同盟と左連）とも、一九二九年末に準備の動きが始まった。上海にあった党中央は魯迅先生にも中国自由運動大同盟の発起人になってもらいたいと希望し、人を派遣して、私にまず魯迅先生の意見を求めるようにいってきた。私は魯迅先生に話しに行ったが、彼の当時の態度はこのやり方にあまり賛成でなかったと記憶する。成立したらすぐ解散させられてしまう、と考えたのである。しかし彼はそれでもなおただちに参加すること、発起人の一人にもなることを承諾した。（中略）中国自由運動大同盟の成立大会は秘密に開かれ、魯迅先生も出席した。私は彼には正式の発言はなかったと記憶するが、非常に愉快そうで、こういう会にもけっこう興味を感じたらしかった。数日後になっても彼はその日の会議の様子を話題にした」（「党給魯迅以力量」、『文芸報』、一九五一年六月、馮雪峰『論文集』第一巻、人民文学出版社、一九五〇年に収録）。

（14）「左翼作家連盟の成立まで」、『東洋文化』第四四号、一九六八年。

（15）「魯迅和創造社交往的両点史実」、『上海文学』、一九六二年七月。

（16）『魯迅研究資料編目』、上海文芸出版社、一九五八年。

（17）復旦大学中文系現代文学組学生集体編著『中国現代文学史、一九一九〜一九四二』、上海文芸出版社、一九五九年、二九二ページ。

（18）馮乃超と魯迅の関係については、馮雪峰も書いている。次の一節は、出所を明示しないまま沈鵬年の文章にも内容を少し補って使用されている。すなわち、馮乃超が『拓荒者』第二号（一九三〇年二月）に書いた「芸術理論講座（2）」の中で、新月派の梁実秋に対して、こういう説教をする人には、われわれは「資本家の走狗」という称号を送らねばならない、といったことに反発して、梁が「私は腹を立てない」という文章を書いた。これを読んだ魯迅は「おもしろい！　まだそれほど彼の急所にあたったわけでもないのにこんなにわめき出した、およそ役にも立たない走狗だということがわかるというものだ。……乃超という人はまったく善良な人だ……私はこれを一つ書いてやろう」といった。こうして書かれたのが「「家をなくした」「資本家の貧弱な走狗」」（一九三〇年五月）で、これが発表された後、魯迅は「ほれ、乃超とくらべて、私はずっと『辛辣』だろう」「ただ、梁実秋のような連中を相手にするには、こうでなけりゃならん。私は乃超に手を貸して、彼の不十分なところを補ってやったんだ」といった（『回憶魯迅』）。

(19) 周建人「学習魯迅、培養青年」、『紅旗』一九七三年五号。

(20) 前掲「党給魯迅以力量」。なお『左連時期無産階級革命文学』付録「左連大事年表」が三〇年夏に二人が会談したことをあげているのは、これに依拠したものと思われる。

(21) 許広平『魯迅回憶録』（作家出版社、一九六一年）、一三九ページ。松井博光訳『魯迅回想録』（筑摩書房、一九六八年）がある。

(22) 念のためにつけ加えれば、私は周建人のいう「左翼日和見主義路線の代表者」が、李立三のことであると断定するわけではない。たとえば馮雪峰は、三〇年当時、「われわれが彼に少し当時の政治スローガンを宣伝する文章を書いて欲しいと希望した」とき、魯迅が「政治宣伝をやるのは、ぼくはやはりだめだ、ただ雑文を書くのなら、わりに手なれている」といったということを書いている（「党給魯迅以力量」）。周建人がいっているのは、こういうさまざまなやりとりの中の一つだったのかもしれない。しかし、その場合でも、その協力関係を重くみるか、拒絶した方を重くみるか、という問題は同じである。

(23) 『回憶魯迅』、五〇ページ以下。

(24) 「江青同志和戚本禹同志接見中央新聞記録電影製片廠和八一電影製片廠革命群衆代表時的談話」、『毛沢東主義戦闘報』第二期（一九六七年二月二三日、革命造反派砸爛文化部連合委員会）。

(25) 「従対党的関係上掲発反党分子丁玲・馮雪峰的醜悪――並論馮雪峰対魯迅和党的関係的侮蔑」、『人民文学』、一九五七年一〇月。なお、阿英の馮雪峰批判については、今村与志雄氏も「『魯迅回想』批判と〝三〇年代〟の伝統」（『魯迅と伝統』）で論じている。

(26) 「関于現代文学史上幾個重要問題的理解――評雪峰『論民主革命的文芸運動』――」、「文芸報」一九五八年一期。

(27) 「糾正錯誤、団結在党的周囲」一九五七年八月四日、作家協会党グループ拡大会議第一一次会議での発言。『文芸報』一九五七年二〇号。

(28)「国防文学論戦」については、すべて他の機会にゆずるが、文革で批判された周揚らの「歪曲」にしても、単にかつて魯迅と対立した自分たちの経歴を正当化しようとしたもの、というより、このような「二つの道の闘争」の論理の「自己運動」の結果とみた方が、おそらく真実に近い、と私は考えている。

(29)『魯迅と革命文学』、一九七二年、紀伊国屋新書。一九九四年、「精選復刻紀伊国屋新書」。

(30)「中国無産階級革命文学和前駆的血」、『前哨』第一号(記念戦死者専号、一九三一年四月二日)。

(31)「黒暗中国的文芸界的現状」、「米国『ニュー・マッセズ』のために」と副題があり、スメドレーの依頼に応じて、『ニュー・マッセズ』のために三一年四～五月ごろ書いたという注がついているが、発表されたのかどうか明らかでない。帆足図南次「アメリカ・プロレタリア文学運動の主軸『ニュー・マッセズ』」(『文学』、一九七三年一二月～一九七四年一月)によってみたところでは、該当するものはないようである。

(32)魯迅は、周揚らとの摩擦が増大したといわれる三五年九月一二日の胡風あての手紙の中で、不快さを語ったあと、「私は他人にはわれわれについてのことは話す気はありません。外国人には、私は避けて話さないようにし、やむをえないときには、うそをつきます」と書いているが、三一年のこの文章は「うそ」はないであろう。

(33)「『自選集』自序」、一九三二年。なおこの時期の魯迅について、くわしくは拙著『魯迅――その文学と革命』(平凡社、一九六五年)を参照願いたい。

(34)曹靖華あて、一九三〇年九月二〇日付。これもこれまで未発表だったものである。

(35)丁景唐「関于参加中国左翼作家連盟成立大会的盟員名単」、『中国現代文芸資料叢刊』第一輯、上海文芸出版社、一九六二年、六六年大安復印。この事実については同じ資料にもとづいて、すでに今村与志雄氏が指摘し、「二人が左連に入っていたことがあるという事実は、いわゆる第三種人論争について、従来、中国および日本で行われている見解に再検討をせまるものであろう。」といっている(「中国における魯迅評価の変遷」補注二、同氏著『魯迅と伝統』、勁草書房、一九六七年、所収)。

(36)『中国現代文学史資料』第九巻、一九六八年、大安復印、所収。

(37) この経緯については、戴国煇「中国〝社会史論戦〟と『読書雑誌』の周辺」、『アジア経済』第一三巻第一二号(一九七二年一二月一五日)にくわしい。
(38) 現代書局は、『現代』のほか、このグループのものを多く出した出版社だが、性格その他については未詳。しかしおそらく、かれらと密接な関係にあったものとみてよいであろう。
(39) 『文芸政策』(一九三〇年六月)は、同伴者作家に対する政策を中心に開かれた、ソ連共産党中央委主催の討論会の議事録。蔵原惟人・外村史郎訳『ロシア共産党の文芸政策』からの重訳。刊行は後になったが、魯迅が記したマルクス主義芸術論関係の最初の文献である。『文芸と批評』(一九二九年一〇月)はルナチャルスキイの論文集。あちこちに発表された日本訳を集めたもの。
(40) 魯迅「論『第三種人』」は、『現代』第二巻一期(一九三二年一一月)のほか、『文化月報』創刊号(一九三二年一一月)にも掲載されている。このことは『全集』注釈にも、文革後の『雑文選』注釈にもふれられていず、経緯は不明。なお『文化月報』は、中国左翼文化同盟の機関誌。
(41) 増田渉あて、一九三四年四月一一日。同氏『魯迅の印象』。
(42) 『魯迅日記』および前掲「党給魯迅以力量」。
(43) 「魯迅と柔石」、『文芸』一九六九年一一～一二月。この部分は一一月号掲載。『魯迅周辺』(一九八一年、田畑書店)所収。
(44) 『回憶魯迅』。なお以下の部分は、とくに注記しないかぎり、主として次の資料による。
魏金枝「柔石伝略」、林淡秋「憶柔石」(以上丁景唐・瞿光熙編『左連五烈士研究資料編目』、上海文芸出版社、一九六二年)、魏金枝「和柔石相処的一段時光」(『文芸月報』一九五七年三月)、曾嵐「応修人小伝」、馮雪峰「藩漠華小伝」、馮雪峰「序」(『応修人・藩漠華選集』、人民文学出版社、一九五七年)。
(45) 丁景唐「関于『革命時代底文学』」、『学習魯迅和瞿秋白作品的札記』、上海文芸出版社、一九六〇年。および『魯迅日記』。
(46) 応修人の死が丁玲逮捕と同じ時だったことにははっきりふれたものは、私のみるかぎりでは少なく、丁玲がニム・ウエールズに当時の模様を語った談話(『続西行漫記』、復社、一九三九年四月)でも、応修人のことはふれられていない。しかし、次のような資料から判断して、間違いないものと思われる。

「……一九三三年五月一四日午後、当時修人は中共江蘇省委宣伝部長をつとめていたが、上海北四川路昆山路昆山花園七号四階二号室に仕事の連絡におもむいたところ、そこの機関がすでに国民党反動派によって破壊されていたため、室内にはあらかじめ数人の特務がひそんでいた。修人は全力で逮捕に抵抗し、特務によって四階のビルの窓からつき落とされて犠牲となった」（前掲「応修人小伝」）。

「一九三三年五月一四日の夕暮、ちょうど丁玲が二人の同志丁休および潘梓年とともに上海崑山公園のある建物のベランダでお茶を味わっていたとき、襲撃がやって来た。督察員馬紹武――すでに南京側に転向していた元共産党員――の指揮のもとに、一隊の中国秘密警察がこの部屋を襲撃し、モーゼル銃をこの人の腹部につきつけ、むりやり彼らを部屋の隅に退かせた。つづいて激烈ないい争いが起こった。丁休は自由のために闘ったが、テラスから投げ落とされ、たちまち下の石段にぶつかって死んだ。警官たちのいうところでは彼は偶然足を踏みはずして落ちたのだというが、他の人々はみな彼はつき落とされたにちがいないと断言している」（Eeal H. Leaf、歩渓訳「丁玲――新中国的先駆者」、『女戦士丁玲』、毎日訳報社、一九三八年一二月、香港複製本による）。

また竹内実「丁玲批判について」（『中国――同時代の知識人』、合同出版、一九六七年五月）にも引かれている、波多野乾一『中国共産党史』第七巻所収の「丁玲小伝」にも、丁休がベランダから落ちて死亡した記述がある。スメドレー『中国の歌ごえ』（高杉一郎訳、みすず書房、一九五七年三月）にも、固有名詞は出てこないが一人の作家が窓の外に落ちたことが出てくる。そして「応修人小伝」によれば、応修人は筆名を丁九という。魯迅の増田渉氏あて手紙（一九三三年七月一一日）にもこういう文章がある。「丁修人、丁休人も間違ひ、実は応修人と云ふのです。此の人、……詩人で曾て『丁九』という筆名を使った事有り、『丁九』と称するのは書き易い為めです」※馮雪峰《回憶魯迅》P. 114に丁玲事件の時、応が死んだ記述あり。

（47）もちろん同じような意味で、創造社と太陽社の間にも違いがある。たとえば佐治俊彦「革命文学論争と太陽社」、『東洋文化』第五三号（一九七二年三月）参照。

（48）陳農菲「憶念李偉森同志」、前掲『左連五烈士研究資料編目』。

初期左連と魯迅

はじめに

尾崎秀実の思想と行動にとって、彼が朝日新聞上海支局に勤務した約三年余の体験が，大きな意味を持ったことは、よく知られている。

「上海は左翼の立場から云えば帝国主義的諸矛盾の巨大なる結節とも云い得られました。またそこにはなお一九二七年までの左翼主義の高潮の余波が完全に残って居りました。文芸左翼の一団である創造社の如きはその一例であります。私がこの上海にあって当時若さと未熟な情熱とをもって完全にこの環境の虜となったことは振りかえって見ても極めて自然に思われるのであります。私は上海に於て始めは極めて初歩的な小グループ運動から遂に最も大きな国際的な左翼組織に入って行きました(1)」

「当時私は若かったので上海は支那革命の余波が十分に残っておりましたため革命のルツボだと思い支那の植民地半植民地化の状況が手にとるように見え、あらゆる左翼文献が自由に手に入り面白くて仕方がありませんでした。私は眼の前に公式通りに世界変革の過程の実相が見えるような気がしていたのでありました(2)」

そして上海における活動として、

(1) 支那の文芸左翼との関係、
(2) 東亜同文書院の左翼学生グループとの関係、
(3) 楊柳青との関係、
(4) 中国労働通信社上海責任者某との関係、
(5) 中共駐滬政治顧問団関係、
(6) スメドレー関係、
(7) ゾルゲ関係の活動、

の七つの分野をあげている(3)。

本章は上記のうち、上海に着いた尾崎が先ず関係を持った「支那の文芸左翼」すなわち中国左翼文化運動とはどんなものだったか、どんな状況にあったかについて述べようとするものである。

従来この点については、尾崎秀樹(4)、風間道太郎(5)、両氏の著書である程度述べられているが、両書ともいくつかの興味ある事実を明らかにしてはいるものの、全体としては尾崎が訊問調書で述べていることを、文学史の概説的説明で補足するにとどまっている。しかし、この時期の中国左翼文化運動についての研究は、日本でも中国でもそれなりに成果をあげており、新しい事実も明らかになっている。とくに、一九八〇年、八一年がそれぞれ中国左翼作家連盟成立および柔石、胡也頻等いわゆる「左連五烈士」の事件の五〇周年に当たっていたため、中国では多くの回想録・研究論文が発表され、この点に関する従来の研究を大幅に前進させた。それらによって明らかになった事実を整理することを通じて一九二〇年代末から三〇年代初頭にかけての、中国左翼文化界の動き、その空気等を、もう一度見なおしてみたい、それは、この時期の上海で尾崎が体験したものを考える上でも、何かを提供することになるのではないか、と思うのである。

一　後期創造社の周辺

尾崎が、「支那の文芸左翼」との関係について、もっともまとまった形で述べているのは、予審判事第三回訊問調書においてである。

「私は日本にいる時戦旗か国際文化かで上海に創造社という郭沫若の率いる左翼文芸派の一団のあることを知っておりました。ところが上海に着いて暫く経つと北四川路の朝日新聞社通信部の近くに其の創造社が在ることを知りました。それは階下がそこの色々の出版物を売り階上では珈琲を飲ませる組織になっており、そこに文芸左翼の連中が出入しておりましたので私も昭和四年始頃からそこに参りました。同盟通信の山上正義等は当時相当その一派の者と親しくしておりましたので、私もその同人の二、三と知合になりました。当時親しくなりましたのは彭康、沈端先、馮乃超、鄭伯奇、陶晶孫、郁達夫、王独清等でありまして、顔だけ知っていたのはその他にも沢山あり、その後支那の文芸左翼の大御所たる魯迅とも知るようになりました。この一団け弾圧を受けて昭和四年半ばごろ店を閉鎖され出版を禁止されましたが、その関係者の携っていた雑誌等は一、二残っていたので私はその中の一つである大衆文芸に日本における労働運動、英国の左翼運動は何故遅れているかというようなことにつき執筆を求められ白川次郎又は欧佐起というペンネームで執筆掲載いたしました。昭和四年ごろ四馬路の杏花楼で開かれた座談会に出席しました。それは支那において少年に左翼的啓蒙運動をする方策如何という問題でありましたので私は日本において出していた少年戦旗についてその発刊の動機や趣旨等を説明致しました。ところがその後は此の一団の人たちとは個人的な交際が残っただけでありますが、此の一団の中には現在中国共産党の中央委員をしている成仿吾等もいたのでありました(6)」

以下これにコメントを加える形で後期創造社の周辺について述べる。

尾崎は『戦旗』『国際文化』で創造社を知ったと述べているが、『戦旗』は一九二八年五月すなわち尾崎が上海に渡る半年前の創刊である。二七年一一月までの中国関係の論文、記事としては、六月の一巻二号に王独清、山口慎一訳「故国よ、私は帰って来た」、七月の三号に山田清三郎の「支那の二作家を訪ねて」および藤枝丈夫「中国の新興文芸運動」、一一月の七号に支健二「上海印象記」が載っている。(7)王独清については後述、彼は一九二六年初めごろフランスから帰国した。『戦旗』所載のものは『創造月刊』一巻九期(一九二八年二月)に載った「我帰来了、我底故国」の訳、帰国して眼にした上海では、すべてが昔のまま、変わったのは租界のビルが増えたことばかり、その下で中国人が相変わらず軍隊、警察に代表される外国の力によって圧迫されながら暮している現実を歎いた長詩である。

山田清三郎の「支那の二作家」とは、郭沫若と成仿吾であり、この時の談話の内容をまとめたのが、藤枝丈夫の文章である。ともに、四・一二クーデターを契機に、それまで「民族運動の性質を帯びた混合革命」であった中国革命が、ブルジョア・小ブルジョアの裏切り、脱落によって挫折したが、その過程で「プロレタリア文学運動が始めて意識化」して来たこと、その意味で中国のプロレタリア文学運動が極めて最近に起こった、若いものであることを強調している。(8)支健二「上海印象記」は、筆者未見だが、「暗黒に包まれた上海の動静と、創造社の李初梨、王独清、馮乃超、鄭伯奇らプロレタリア文学者たちとの、文芸運動に関する対談を伝える」(9)。『国際文化』は一九二八年一一月、すなわち尾崎が上海に渡った月に創刊、実際の発行月日が多少早かったとしても、日本では創刊号しか見られなかったはずである。創刊号では、「世界左翼新聞雑誌の研究」の四として、藤枝丈夫が「中国における左翼出版物」を書き、『創造月刊』『太陽月刊』その他の雑誌を紹介している。したがって、尾崎がこれらの雑誌を通じて創造社を知ったというのは、「日本にいる時」にはちがいないにせよ、上海赴任のほとんど直前ということになる。

尾崎が上海に渡ったころには、創造社はすでに後期または第三期創造社と呼ばれる時期にはいっていた。創造社は、一九二〇年代初頭、日本留学中の郭沫若、郁達夫、成仿吾らによって組織されるが、「霊感の尊重」を唱えたロマンチックな初期の主張が行きづまり、同人間の思想的分化も加わって、ほぼ活動を停止する一九二四年半ばまでが第一期、約一年の空白を置いたのち、五・三〇事件後の高揚を背景に、周全平等、郭・郁・成より数年若いグループを中心に『洪水』を復刊し、ついで創刊された『創造月刊』等で郭沫若を先頭に「革命文学」への傾斜を強め、実際行動の面でも、メンバーの多くが広州に移り国民革命に直接参加した時期が第二期、四・一二クーデターののち、上海にもどって来た旧同人たちに、日本留学から帰ったばかりの彭康、馮乃超、朱鏡我、李初梨らを加えて『文化批判』を創刊、『創造月刊』も内容を刷新してプロレタリアートの階級意識を内容とする『革命文学』を提唱し、魯迅、茅盾等を批判、彼らの反論を受けて「革命文学論戦」を展開したのが第三期である。(10)

尾崎が予審調書で、朝日通信部の近くに創造社があったというのは、創造社出版部のこと、一九二七年の秋、それまでの宝山路三徳里A一一から北四川路麦拿里（マグノリア・テレス）四一号に移っていた。

「出版部小売部の二階には、『上海珈琲店』もでき、一方では文芸界の連絡・談話の場所となり、一方では耳目の役割も果していた(11)」

すでに知られているように、尾崎は上海に渡ると、当初は崑山路義豊里の中古洋服店の二階に住み、二九年の春、施高塔路・花園アパートに引越している。(12) 創造社出版部のあった麦拿里とは、歩いて一〇分そこそこの距離である。

ところで、尾崎が創造社のメンバーと知り合った契機については、三つの異なった説明がある。先に引用した第三回予審判事訊問調書では、山上正義を通じて、とあり、尾崎秀樹『ゾルゲ事件』も、それによっている。もう一つは第二〇回検察官訊問調書で、

「私は創造社に出入するうち左翼画家で文筆家でもあった沈叶（叶沈の誤り――引用者注）と知り合い同人の属する左翼グループに次第に近付いて行きました」

といい、風間道太郎氏は、二つの調書にもとづいて創造社の二、三の人とは山上の紹介によって、他の多くとは創造社の小売部に出入りするうち知り合った沈叶《ママ》を通じてだった、と説明する。もう一つは、尾崎が最初陶晶孫の弟で脳神経学者であった陶烈を、そしてこの弟を通じて陶晶孫を知り、晶孫の手引きで多くの左翼文芸作家や革命家と交友を結んだ、とするもので、柘植秀臣氏が述べている(13)。

尾崎秀樹、風間道太郎両氏とも陶烈―陶晶孫の線を、創造社の他のメンバーと知り合った契機とは一応別に扱っているが、これは晶孫の帰国が一九二九年五月で、時期的にやや遅く、尾崎自身の供述と矛盾するからである。同様に、山上の線も、山上は一九二七年にいわゆる「広東コンミューン」を目撃、報道した後、二八年春ごろいったん上海にもどり、それから一時帰国して、再び上海に戻ったのは一九二九年秋ごろだったらしい(14)から、疑問が生ずる。だいたい尾崎の供述自体、創造社に出入りし始めた時期についても、一九二八年一二月ごろ（第二〇回検事調書）と、二九年初めごろ（第三回予審調書）とくい違っているのだから、細部にこだわるのは、あまり意味のあることではあるまい。第三期創造社を始め、尾崎を取りまいていた思想的・文化的空気をできるだけ具体的に知る、という本来の目的にもどる。

四・一二クーデターをさまざまの場所で、さまざまの形でくぐり抜けた文学者たちが、上海に集まって来るのは、一九二七年秋ごろからである。

先ず魯迅は、広東で四・一五クーデターを体験し、中山大学に辞表を提出した後、しばらく引きこもって『朝花夕拾』『唐宋伝奇集』などの整理・編集に没頭していたが、九月末に広東を出発、一〇月初め上海に到着、北四川路景雲里二三号に住んだ。麦拿里ともすぐ近くである。

郭沫若は南昌蜂起の報を聞いて九江から南昌に急行、撤退前夜の周恩来・賀龍・葉挺らと合流、その後江西・広東省各地での抗戦を通じ、わずか四人になって山中に潜伏し、ようやく広東省東部の小さな港から船で香港へ脱出、一〇月下旬に上海に着いた。アンナ夫人（佐藤をとみ夫人の愛称）と四人の子どもはすでに広州から上海にもどり、竇楽安路（ダラッチ路）の奥の小さい一軒を借りて住んでおり、郭もこの屋根裏部屋に潜伏した。竇楽安路というのは北四川路の一本西の裏通りで、これも麦拿里から五分そこそこの距離である。彼はここに約四カ月いたのち、二八年二月二四日に船で日本に向かう。[15]

茅盾は二六年一月、国民党第二回全国代表大会に出席するため上海から広東に赴いたあと、四月に上海にもどったが、同年末武漢に行き、中央軍事政治学校（いわゆる黄埔軍官学校）分校の政治教官を務め、さらに『民国日報』の主筆をしていたが、武漢政府崩壊直後の七月二三日武漢を去って廬山の牯嶺に行き、約一カ月滞在して、八月中旬、上海にもどった。上海で彼が住んでいたのも景雲里一九号で、魯迅の二三号の隣りの路地である。彼はここの三階に潜伏したまま一年近くを過ごし、（その間夫人を通じて、すでに日本に行ったという噂をわざと流した）、二八年七月初め、日本に脱出した。彼が帰国したのは三〇年四月である。ちなみに景雲里にいた間、一七年一〇月に魯迅が茅盾を訪問している。弟の周建人といっしょだった。建人も同じ景雲里に住んでいた。またこのころ景雲里にはほかに葉紹鈞（聖陶）もいて、茅盾の家の隣りだった。茅盾の景雲里に潜伏していた間に書いたのがいわゆる『蝕』三部作だが、これは葉の手を通して『小説月報』に掲載された。[16]

このほか、当時上海にいた文学者としては、武漢政府で活動していたのが、武漢政府の崩壊後上海にもどった蒋光慈、銭杏邨、孟超らのグループ、海陸豊ソビエトにいて、その崩壊後上海に来た杜国庠、洪霊菲、戴平万らのグループ、日本留学から帰国して、第三期創造社の中心メンバーになった李初梨、馮乃超、彭康らのグループ等がある。[17]蒋、銭、孟らは太陽社を組織して『太陽月刊』（二八年一月創刊）を、杜、洪、戴らは我們社を組織して『我們月刊』（二八年五月創刊）を発行した（のち我們社は太陽社と合併する）。

また、潘漢年も武漢で郭沫若のいた総政治部で活動していたが、武漢政府崩壊後郭とは別行動をとり、直接上海に戻って創造社の『洪水』の編集を手伝っていた。[18] 同じく武漢の総政治部にいて、郭とともに各地を転戦した李一氓、同様の経験のあと一時海陸豊に行き、マラリアにかかって二七年一一月ごろ上海に戻った陽翰笙らが創造社に加わっていた。[19]

さらに重要なのは、国民革命当時日本留学中で、国民革命の挫折後帰国して、第三期創造社の中心となった、李初梨、馮乃超、朱鏡我、彭康らである。彼らは京大文学部哲学科に同じ一九二四年に入学した李初梨、彭康を核に、同じ哲学科を二五年に卒業して経済学部聴講生になった鄭伯奇、馮と八高時代の友人で東大社会学科に入り、馮が二五年転学して来たことによって再び同学となる朱鏡我等、さまざまの関係を通じて、固い友情を育てていたらしい。[20] 彼らは日本でしだいにマルクス主義へ傾斜を強めて、日本の学生社会科学研究会の運動にも関わりを持ち、[21] それらの中で福本イズムの影響も受けたようである。[22]

これより先、上海に集まった蔣光慈、鄭伯奇、郭沫若らには、文化運動から再出発しようという構想があり、魯迅の賛成も得て、『創造週報』復刊の形で再発足しようという計画ができ、予告もしていたのだが、この計画を退嬰的だとし、創造社を弁証法的唯物論・史的唯物論の立場に立って思想・文化運動の団体とすることを主張して押し切ったのが、一九二七年末に帰国した李初梨、馮乃超、彭康、朱鏡我、それに李鉄声らだった。[23] 李鉄声は李書城の息子で、[24] 三高の理科を卒業し、大学にはいったばかりだったが、退学してともに帰国した。[25]

彼らに続いて、傅克興、沈起予、許幸之、沈叶沈らが、続々と帰国して創造社に加わった。[26] 沈起予も李初梨らの三年後、一九二七年四月に京大文学部哲学科入学、沈叶沈（沈学誠）は一九二五年に東京美術専門学校に入学、その後許幸之とともに築地小劇場で実習したことがあった。[27] 沈と許は後でふれる芸術劇社で活躍することになる。

さらにまた、王学文もいた。尾崎の調書にも、「京都大学出ですこぶる頭のよい男」として出て来る。[28] 一九一〇年に日本に留学、第四高等学校を経て、二一年京大経済学部に入学し、二五年卒業して大学院に進んだ。京大在学中に社研に加入し、京大社研のメンバーであった岩田義道、石田英一郎、太田遼一郎等と親交を結んだ。この間ずっと河上肇の指導を受けている。彼は四・一二クーデターの後、日本で中国共産主義青年団に加入、同月中に帰国して五月末武漢に赴き、六月中共党員に転籍、二八年秋再び上海に戻って創造社に参加した。

二　雑誌『大衆文芸』と上海芸術劇社

このように新しいメンバーを加えて大きく方向を転じた創造社だったが、一方ではこの方向転換への不満や、さまざまの個人的動機などから創造社を離れた者もいた。その主なものは郁達夫、王独清、張資平である。郁、王の二人は、尾崎の調書にも名が見えている。王独清、張資平の二人については、問題がややそれるので省略する。[29]

郁達夫の創造社離脱には、いくつかの要因がからみ合っていたようだが、大きなものは、いわゆる「創造社の紊乱」の整理をめぐる郁と他のメンバーとの行き違い、および郁が一九二七年末広東から上海に帰って発表した「広州事情」をめぐる、郭沫若、成仿吾らとの対立だったようである。前者は北伐期に第一期創造社のメンバーのほとんど全員が広州に移り、上海の総部には周全平ら第二期の若手のみが残っていた時点で、上海の社務・経理の乱れを疑った第一期創造社の主要メンバーの協議の末、郁達夫が上海にもどり「内部を整理」することになったことに始まる。郁は二六年末上海に戻ると、周全平、葉霊鳳らを追い出してしまうが、これを他の第一期同人たちがやりすぎとし、また郁がそれに不満をいだいた、というもの。[30] 後者は、上海にもどった郁が、「広州事情」を『洪水』二五号に発表したことに端を発する。この文章は広東で実際の勢力を握っているのは旧勢力だ、とし、広東の各分野にわたる否定面について、大胆な暴露をしたものだったが、これを郭沫若、成仿吾が批判して、郁と対立したものである。[31]

この後者の問題などは、多かれ少なかれ政治にもコミットしていた郭、成に対して、まったく政治的に思考することのなかった郁の発想の違いを物語っていて興味深いが、とにかくこれらの結果二七年八月一五日、郁は『申報』と『民国日報』に、以後創造社と関係を断つむねの「郁達夫啓事」を発表した。(32)

こうして創造社を離れた郁達夫は、魯迅に接近し、翌二八年六月、魯迅とともに『奔流』を発刊するが、さらに九月、夏莱蒂とともに『大衆文芸』を現代書局から発刊した。この雑誌は、一九三〇年六月の第二巻五・六期合併号までで国民党政府に発禁にされる。日本では飯田吉郎、伊藤虎丸氏らの努力で、第二巻以降の分は複印が揃い、読むことができるようになったが、第一巻は今日まで日本では所蔵が確認されていない。わずかに、最近中国で発行された資料(33)によって、その総目録を知ることができるようになったのみである。(補注)第一巻の編集には郁達夫が当たったが、第二巻一期（二九年一一月）からは陶晶孫がこれに代わった。

尾崎が調書でいうように、創造社は二九年二月七日、国民党政府によって閉鎖される。『大衆文芸』は以上に見たように、創造社をとび出した郁達夫によって創刊されたため、かえって生き延びたわけであろう。そして第二巻も後になればなるほど、旧創造社や太陽社メンバーの執筆もふえてきている。

尾崎が調書にいう、日本における労働運動について書いたという文章は、第二巻にはもとより、第一巻の総目録にも見当たらない。おそらく第二巻四号（三〇年五月）に載った「日本左翼文壇の一瞥」の記憶ちがいであろう。これは『著作集』第五巻に翻訳が収められているから、説明を省略する。英国はなぜ遅れているか（「英国何以落後了?」）という座談の記事も、同じ第二巻四号に載っている。前者は「各国の新興文学」として計八篇出ているうちの一篇（「日本左翼文壇の一瞥」も同じ）だが、内容は文学に関係はない。一九二八年五月三〇日の英国総選挙で、労働党は一八八議席を獲得して第一党になったが、二五人の候補を立てた共産党は一人の当選者も出せず、得票も五万票に過ぎなかった。一九二七年四、五月のフランス、ドイツの総選挙で、両国共産党がそれぞれ一〇六万、三二三万を獲得したのに比して、英国はなぜこう遅れたか、というのがテーマである。そしてイギリス資本主義は早く発達したので、国内でのブルジョアジーの覇権が確立し、労働運動に対しても攻勢に出、御用組合しか許していないこと、英国が世界で占めている優位を利用して、英国の労働者階級に、他国のプロレタリアートが持たない特権を与えることができるため、労働貴族が生まれ易いことをその理由にあげ、しかし、第一次大戦後他の諸国の工業発展は英国の独占的地位を崩しつつあり、国外における植民地問題、国内における失業問題など矛盾が深刻化しつつある。だとすれば英国の遅れは間もなく過去の歴史となるだろう、と結んでいる。尾崎にしては切れ味のよくない論文である。座談会は、「大衆文芸第二次座談会」と題するもので、三月二九日（一九三〇年）午後七時、とある。調書に昭和四年暮ごろというのは記憶違いであろう。出席者は華漢（陽翰笙）、銭杏邨、陶晶孫、蔣光慈ら、欧佐起を含めて一八名。尾崎の発言は一回だけで、短いものなので全文を訳出しておく。

「日本では、農村の教育が普及しているので、少年戦旗も多くの少年たちに読まれている。最近こんなことがあった。山梨県で少年のデモがあり、地主たちを大いにおびやかした。みんな少年なので官憲もどうしようもなかった。中国では、教育の不足が農村へ浸透する力を弱めることになるのだろう。この点を考慮することが、多分重要だろう(34)」

雑誌『大衆文芸』と縁が深かったのが、上海芸術劇社である。一九二九年の秋、新劇に関心を持っていた者の中に、新劇団を作ろうという気運が盛り上り、鄭伯奇を社長に、馮乃超、陶晶孫、銭杏邨、孟超、沈叶沈、許幸之らが組織した。その多くが『大衆文芸』の執筆メンバーである。三〇年一月第一回公演として、ル・メルテン「炭坑夫」、シンクレア「二階の男」、ロラン「愛と死とのたわむれ」を上演、三〇年四月の第二回公演では馮乃超の一幕劇「阿珍」とレマルク原作・陶晶孫脚色「西部戦線異常なし」を上演した。この劇団はその月のうちに国民党政府によって閉鎖される。この劇団について、詳細は省略する(35)。ただ、夏衍が「当時われわれと連絡のあった外国の進歩的記者、たとえば米国のスメドレー、日本『朝日新聞』の尾崎秀実、そして広州暴動に関係したことのある日本人記者山上などが、上海の外国語新聞紙上で宣伝してくれた[36]」と書いていることだけを引いておく。

三　左翼作家連盟の成立

一九二七年の末ごろ、創造社に共産党員は少なかった。郭は南昌蜂起後入党していたが、成仿吾はまだ入党していず、第二期創造社以降のメンバーでは潘漢年だけが党員だった[37]。創造社の党グループを強化するため、李一氓と陽翰笙が創造社に入り[38]、潘と三人で党小組を作った。一方太陽社は蔣光慈、銭杏邨、を始め、三〇年代に転向し魯迅の鋭い批判を浴びた楊邨人に至るまで、ほとんど全員が党員だった。創造社と太陽社の党小組は、閘北区第三街道支部に所属した。第三街道支部の書記は最初潘漢年だった。第三街道支部は当初閘北区委の指導下にあったが、のち文化支部と改めて江蘇省委員会の直接指導下に移った。文化活動の指導は区の手にあまるからというのが理由だった。当時省委員会宣伝部長をしていたのは李富春だった[39]。このころ（というのは二八年前半ごろと思われる）、馮乃超、李初梨、彭康、朱鏡我等も入党した。

こういう彼らが、魯迅、茅盾らを小ブル文学者として攻撃し[40]、魯迅、茅盾がこれに答えて展開されたのが、いわゆる「革命文学論戦」だが、それについては一切省略する。「革命文学論戦」ではげしく論争した魯迅と創造社、太陽社が、三〇年代初頭に「連合」して左翼作家連盟を結成したことは、当時、魯迅のもう一方の論敵であった「新月」派にも、また魯迅とともに創造社らと論争していた「語絲」派の一部にも驚きや当惑を与えたらしい。

この転換を促進した要因として、従来いわれてきたことのほかに、新たに中国共産党内部の動きを語っているのが陽翰笙である。彼によれば、一九二九年の秋、たぶん九月、李富春が陽と上海霞楽安路の喫茶店で会った。李富春は陽に対し、創造社、太陽社には、魯迅に対する過小評価がある。魯迅を批判することにあんなに精力を注ぐのはよくない、と批判し、すぐに論争をやめること、そして魯迅のような古くからの戦士、先進的思想家を左翼文化戦線の側に立たせられれば、その意義は大きい、その問題を解決して報告してほしい、と求めた。陽は即座に李の批判を受け入れ、二、三日後に潘漢年と会って、先ず党員の会議を開いて李の指示を伝達することにした。その時召集したのは夏衍、馮雪峰、柔石、馮乃超、李初梨、銭杏邨、洪霊菲、それに陽と潘の計九人だった。場所は北四川路にあった喫茶店「公啡」だった。この「公啡」はその後も左連を準備する過程でよく名が出てくる店である。日本人経営の店で、中国人はあまり行かず、比較的安全だったという。(41)

ここで、夏衍と馮雪峰、柔石にふれておこう。夏衍は、尾崎の調書には、沈端先の名で出てくる。一九二〇年九月日本に留学、九州の明治専門学校電機科に学んだのち、二六年九大工学部冶金工学科に入学した。(42) このように工学畑を歩みながら哲学、文学書を乱読、また日本人の左翼学生の影響で「空想から科学へ」「共産党宣言」等を読み、社会主義に接近して、社会科学研究会に参加、さらに東京に出て国民党左派に参加し、国民党駐日総支部常務委員・組織部長となった。このころ日本共産党とも接触した。これに前後して『創造日』『洪水』『語絲』等に寄稿もしている。四・一二クーデターの後追われて五月帰国、上海で入党し、閘北区第三街道支部に属した。柔石は、杭州の浙江第一師範学校出身、その後北京に出て魯迅の講義を聴講したこともあったが、国民革命当時は故郷の浙江省寧海県で中学の教員をやり、さらに県教育局長をしていた。二八年五月、寧海県に農民蜂起が起こったが敗北、柔石の身にもこれに関与したかどで危険が迫り、上海に逃れた。そしてここで友人の紹介で魯迅を知り、朝花社や『語絲』の編集に協力していた。なお柔石の入党時期については、従来三〇年五月とされているが、(43) 陽翰笙、夏衍の記述と食い違う。(44) 事態の推移から見て、柔石はこのころすでに入党していた、と考える方が自然なように思われるが、結論は保留しておく。

馮雪峰は、浙江第一師範学校で柔石の三年後輩にあたる。経済的困難のため同校を中退したのち、北京へ行き、柔石らと貧しい生活をしながら北京大学の魯迅の講義を聴講した。[45]二七年四月、李大釗が奉天軍閥に殺された事件に発奮して、六月中国共産党に入党するが、北京の党組織が弾圧された際に組織との連絡が切れた。二八年三月上海に出て、党と連絡を回復するが、故郷の義烏に帰って教員をするうち、国民党省政府の逮捕令を逃れて再び上海に出た。この時また党との連絡が切れ、回復したのが二九年九月、第三街道支部に属した。魯迅とは北京時代に家を訪れて会ったことと、二八年八月に一度手紙で質問をしたこともあったが、二八年一二月、柔石に伴われて魯迅を訪問、以後二九年二月には住まいを景雲里に移したこともあって、ますます魯迅に親しく教えを受けるようになった。二八年九月に、画室の名で発表した「革命と知識階級」は、創造社、太陽社らの魯迅攻撃を批判している。彼自身は、ソ連の「同伴者作家」理論の適用にすぎず、魯迅を正確に評価したものではなかった、とのちに述べている。

つまりこの時の会議に召集されたのは、創造社、太陽社のメンバー、それに両者にあまり関係のない、あるいはむしろ魯迅に近い党員から成っていたわけである。会議は潘漢年が主宰し、最初陽翰笙が李富春の意見を伝達した。

「私が伝達し終ると、多数の同志が李富春同志の意見を支持した。ある同志（銭杏邨同志であったかも知れないが、記憶がさだかでない）は、自分の魯迅に対する態度はよくなかったと自己批判もした」

と陽翰笙はいう。

また馮雪峰は、

「私の印象では、太陽社の蔣光慈は、ずっと後になっても依然魯迅を尊重していなかった。阿英は蔣光慈よりはややよかったが、左連成立の時期になっても、過去に魯迅を攻撃したのは誤りだったことを依然として承認しなかった」[46]

という。陽翰笙は、李富春の明確な指示があったので、はっきりはいわぬものの、内心不満で、魯迅はラディカルな民主主義者だがマルクス＝レーニン主義者ではない、どうして批判してはいけないのか、と考えた者もいた、と語っている。要するに、魯迅を批判するといい、魯迅と〝連合〟するといっても、全員が一枚岩で攻撃し、また李富春の指示以後、一枚岩で〝連合〟する、というものであったわけがない。攻撃する時にも、一方でこの論争に疑問を感じていたものもあれば、〝連合〟したのちにも、どこか釈然とせぬものを感じていた者は少なくなかった、というのが、現実の姿だったのであろう。そして、そのありようは、個々人の経歴、生活体験、人間関係等によって、さまざまのヴァリエーションを持っていたにちがいない。前にも書いたことがあるが(47)歴史はそういう生身の人間によって担われ、「路線」もそうした多様な体験を持ち、多様な発想を持った人間の思想の総和として形成されると同時に、具体的場においては、それぞれの〝偏り〟を持った個々の人間によって担われるしかないものであって、現実の歴史の曲折をすべて「路線」や「政策」に還元することはできない。私が李富春の指示についての陽翰笙の回想を引いているのも、それによって創造社、太陽社の転換のすべてが説明されると考えるからではなく、この興味ある時期の錯綜した動きの中に働いていた、多様な力をできるだけリアルに感じとりたいからにほかならない。大部分が三〇歳に満たない若い共産党員であった彼らが柔石や馮雪峰ら魯迅と個人的にも深く接触していた部分を除いて、彼らの「マルクス主義」にどうもなじまない発想をし、耳慣れない発言をする非党員の魯迅に対する評価や態度を定めかねたのも、当然だったといえる。おそらくそれは蔣光慈、銭杏邨だけでなく、程度と形の差はあれ、他のメンバーにも共通していたことにちがいないのである。夏衍が、

「〝左連〟を成立させた時、われわれは組織上党の意見に服従して、魯迅と連合しさらに彼を〝左連〟の指導者としたが、思想上は明らかにまた魯迅を差別していた(48)」

というのが、もっとも正直なところではなかったろうか。

もとにもどる。ともかくこの時の会議で、魯迅に対する創造社、太陽社の攻撃をやめ、魯迅からの批判があっても反駁してはならないこと、馮雪峰、夏衍、馮乃超の三人を派遣して魯迅に会わせ、論争をやめることと、従来の誤っ

たやり方を自己批判すること、が決められた。

以上は陽翰笙のいうところだが、馮雪峰は、ほぼ同じころの、もう一つの動きを語る。それによればこうである。一九二九年の一〇月か一一月ごろ、潘漢年が馮を訪ねて来て、党中央が創造社、太陽社、それに魯迅の影響下にある人を連合させ、この三者を基礎として革命文学の団体を組織したいと考えている、それについて魯迅と相談してほしい、と伝えた。また団体の名は〝中国左翼作家連盟〟と定めるつもりだが、魯迅の意見はどうか、「左翼」の語を用いるかどうかは、魯迅に決めてもらいたい、ともいった。当時潘漢年は中央宣伝部幹事兼中央文化工作委員会書記だった(49)。文化工作委員会とは中央宣伝部の下に、一九二九年秋に組織されたもので、略称を文委といった(50)。

馮雪峰はすぐ魯迅を訪ねて相談した。魯迅はそのような革命文学団体の結成に大賛成で、〝左翼〟の語もあった方がはっきりしていて旗幟鮮明でいい、といった。馮は当時魯迅とは自分を通じて相談したのが最初で、潘漢年も、馮乃超、夏衍らもまだ魯迅には話していなかったはずだ、と述べている。

夏衍は、銭杏邨から左連準備に加わるよういわれて加わったというが、そのころ潘漢年に「もしわれわれの提案に魯迅が賛成しなかったらどうする?」と尋ねたのに対し、潘は「安心したまえ、この気運は前から準備されて来たもので、中央はもう魯迅と話して、彼の賛成をとりつけてある」といった、と語っている(51)。潘が、どのような事実を頭においてこういったのかは明らかでないが、馮雪峰の線などが少なくともその一つであったと思われる。

もう一つ、これ以前の動きを語るのが、銭杏邨である。

それによれば、これより一年ほど前の一九二八年一〇月ごろ、大革命敗北後の戦線を整備し、文芸界の人士を団結させるため、言論と出版の自由を旗印に掲げて、できるだけ多くの人を含めて中国著作家協会を作ろうとしたことがあった。党中央宣伝部幹事の潘漢年から話があったもので、潘と創造社の馮乃超、太陽社の銭杏邨が手わけをして、もと文学研究会員だった人びとや「語絲社」の人びとに働きかけた。魯迅とは公開論争こそやや鎮まって来てはいたが、まだお互いにわだかまりがあったので、自分の方からは働きかけなかった。結局鄭振鐸、耿済之、孫伏園、孫福熙ら四〇~五〇人を発起人とし、年末に成立大会を開いた。出席者は一〇〇人近かった。この大会では宣言や言論の自由の宣伝を中心にした当面の行動計画も決めたが、この協会は何の活動もせぬうちに、間もなくうやむやになってしまった。原因の一つは、成立大会の席上、太陽社のメンバーや中華芸術大学の若い学生の何人かが、激烈な発言をしたので、出席者たちに何か論争にまきこまれるのではないかという疑いをいだかせ、発起人たちさえも積極的にやろうとしなくなってしまったからだ、という。(52)左連準備にかかる時、中国著作家協会が失敗した教訓を吸収して、十分に準備し、創造社、太陽社、それに魯迅の周囲の作家たちを基本部隊とし、さらにそれを拡大せねばならぬ、と潘は強調した。

阿英はこのほか、一九二九年四月ごろ、党が各文芸社団を解散して魯迅と合作 連合するよう説得した、といい、それが実際には秋になってしまったのは、七月中旬に銭杏邨らを含む十数人が街頭でビラ撒きをして逮捕され、九月末にようやく釈放される、という事件があったためだという。しかし、他の関係者のほとんど全員が二九年四月ごろの動きについては何もふれず、ほぼ一致して二九年秋からの動きとしているので、阿英の説はにわかには信じ難い。

ともかく、こうして何回かの会議、協議を経て、一二人の「左連籌備小組」が作られた。この小組が一二人であったことは、夏衍、陽翰笙、馮雪峰、阿英の証言はほぼ一致している(阿英はほぼそんなものだったと思うが、一人ぐらいの増減はあったかも知れない、記憶がはっきりしない、という)が、人名については出入がある。四人が一致してあげるのが、魯迅、銭杏邨、夏衍、馮乃超、馮雪峰、柔石、洪霊菲、蔣光慈、陽翰笙、それに鄭伯奇(阿英だけは鄭伯奇についてはやや記憶が不確実らしい)の一〇人、他は夏、馮が彭康を、陽、阿が潘漢年をあげ、他にそれぞれ李初梨(陽翰笙)、戴平万(夏衍)、朱鏡我(阿英)、沈起予(馮雪峰)をあげる。(53)約半世紀前のことであり、当事者もすべて七〇歳を越してからの回想であってみれば、細部の記憶が曖昧になるのはやむを得まい。

こうして、この準備小組は何回か会を重ねた。夏衍はこの時期の会を「前期籌備会」と呼び、三〇年二月一六日にやはり公啡の二階で開かれた会合[54]の後を正式の準備会としている。[55]また同じく夏衍によれば、魯迅は前期籌備会には二九年一二月末か三〇年一月初めの寒い日の午後、一度だけ出席したことがある、という。

準備会の主な仕事は綱領の起草、左連発起人名簿の作成だった。綱領起草には馮乃超が選ばれて当たることになった。これ以後、成立大会までの経緯は、私がかつて沈鵬年の文章に基づいて書いたところ[56]と大きな出入りはない。

四　「五烈士」事件など

当初の予定では、さらに左連成立、左連初期の運動の全般について、現在までに明らかになっている事実を整理しておくつもりであった。しかし、すでに与えられた紙数がない。それらは次の機会にゆずるほかないが、その一部分、尾崎が「中国左翼文芸戦線の現状を語る」[57]で述べた、いわゆる「左連五烈士」の事件についてだけ、いくつか述べておきたい。すなわち、一九三一年一月一七日、東方飯店（資料により旅社、旅店等さまざまに表記されている）に集まった柔石、胡也頻、殷夫、李偉森、馮鏗ら五人の左連メンバーを含む二十数名が、上海の英当局に逮捕され、国民党側に引き渡されて、二月七日竜華で処刑された事件である。

この事件は、左連のみならず、中国現代文学史上もっとも悲劇的な事件の一つとして記憶されており、古くは魯迅の「忘却のための記念」[58]が、また解放後には丁玲が夫であった胡也頻を偲んだ「ある真実の人の一生」[59]等々、この事件に関連して書かれたさまざまの文章が、多くの人びとの心に強い印象を与え続けて来た。尾崎の文章も、読まれた範囲は魯迅、丁玲のそれに比して狭かったかも知れないが、やはりそのような文章の一つであった。

しかし、この事件にからんでは、当時からまがまがしい噂が流れていたらしい。それを論じたのは、外国ではTsian Hsia（夏済安）であり[60]、国内では竹内実だった[61]。

彼らは、楊邨人、H・アイザックス、張国燾や国民党系の資料などにより、事件後間もないころから戦後にかけて、根強い疑惑が一部で語られ続けて来ていたことを明らかにした。

それは「五烈士」とともに逮捕された二十数名のメンバーは、当時中共党内で指導権を握り始めていた王明派に反対する何孟雄らを中心とする反対派グループであり、逮捕当日の会議も、王明派に反対するための会議であって、それが租界の英当局および国民党側にもれたのは、王明派に売られたからである、とする疑惑であった。

解放後の中国では、少なくとも公開の文献では、この疑惑は語られなかった。上述の丁玲の文章では、胡也頻はそのころ近く瑞金で開かれる予定のソビエト第一次代表大会の左連代表に選出されて出発の準備をしており、当日の朝、左連の執行委員会に出席する、といって出かけたまま帰らなかった、といい、同じ文章の後の方では、ソビエト代表大会準備会の機関で逮捕された、といっていた。

私の見た限りでは、「五烈士」と王明路線をめぐる党内闘争との関係にふれた文章としては、文革終了後の王瑶のもの[62]がもっとも早い。三〇年代文芸は王明路線の指導下にあった、とした文革中の論を反駁し、王明路線が広汎な文学者の抵抗を受けたことを強調する文脈の中で、「五烈士」は王明路線に反対する集会に参加したのだ、と述べられている。

さらに注目すべきは、羅章竜の文章である。羅章竜は、何孟雄の逮捕後、反対派のリーダーとなった人物、中共六期七中全会の「若干の歴史問題に関する決議」（一九四五年四月）の中で、陳独秀派、張国燾らとともに「反革命」と名指しされ、『毛沢東選集』第三巻に付録として収められた同決議の注2で、「中国革命の反逆者となった」「一九三一年一月党を除名された」とされている人物である。その羅の文章が、『新文学史料』に五烈士記念特集の一つとして掲載されている[63]。羅が復権した時期、経緯等、いずれも私は知らない。羅の述べるところをできるだけ要約すると、こうである。

一九三一年一月七日、ミフの主宰のもとに、中共六期四中全会が開かれ、ここで王明らの臨時中央が成立したが、これに反対する人びとは退場して抗議し、対立が続いた。ミフが四中全会の問題を説明する機会を与えようというので、上海静安寺路のある家の花園で、五、六〇名が参加して会議が開かれた。時期は四中全会と、一月一七日の東方飯店の会議の前だった。この会議もついに決裂し、ミフは何、羅らの除名を宣言、何、羅および史文彬、林育南、李求実（「五烈士」の一人李偉森）ら一〇〇余人は、コミンテルンに提出するミフ＝王明批判の文書に署名し、また内部の出版物『国際路線』を出版した。その責任者は李求実だった。そしてその彼らが、その後の方針を検討するために開いたのが、一月一七日東方飯店での会議だったのである。当時李求実が文化面の工作の責任者をしていて、彼が柔石らも参加させてはどうか、といったので、羅も同意した、という。したがってこの会議は党の会議であって、左連の会議ではなかった。会議が半ばぐらいまで進行した時、工部局に包囲され、参加者全員が逮捕された。東方飯店以外の場所でも同時に捜索・逮捕が行われ、逮捕者は三五人だった。その一部はのちに釈放され、二三人[64]が竜華で処刑されたのである。

羅は、この逮捕はむろん裏切者の密告によるものである、といい、裏切者とは誰か、という問題については、顧順章が電話で密告したという説、モスクワ東方大学帰りの学生唐虞が密告したという説をあげている。唐は帰国後中央宣伝部で工作していたが、汚職行為を働いたことがある、という。さらに、いずれにせよ、何孟雄、李求実らの尋問の際に、モスクワ東方大学帰りの女子大生が取調べ官の後にかくれ、何、李らを一々確認していたことは、疑いのない事実だ、と書いている。そして、当時の王明らのやり口とこれらの事実とを考え合わせれば、いったい誰が国民党に密告したかは明らかだ、というのが、羅の見解である。

『新文学史料』の同じ号にのっている柔石伝でも、「反逆者唐禹の密告により[65]」という。もちろん唐虞と唐禹とは同一人物であろう（音が同じ）。

羅らはこうした事実の証拠をあげていないので、彼自身の体験でない部分を始めとして、いくつか疑問を残す点もなしとしないが、衝撃的な証言であることはたしかである。

一方、丁玲は文革後に書いた文章でも、依然としてこう語っている。

「一九三一年一月一七日、胡や頻はソビエト代表大会準備会の同志と連絡をとり、彼がソ連へ行く期日その他の情報を知ろうと、東方旅舎へ行った。が旅舎に着いてまもなく逮捕された(66)」

丁玲の文章は羅章竜の文章の約一年前に書かれているから、単純に知らなかったと考えられないこともないが、夫であった胡也頻の命を奪い、彼女の一生にも大きく影響したこの事件について、さまざまな噂や情報にまったく関心がなかったほど無邪気であったとは考え難い。やはりそこには彼女の一つの態度が示されている、と考える方が自然であろう。が、いずれにせよ、羅の証言内容を含め、ここでこれ以上検討する余裕も資料もない。すべては今後の詳細な考証を待つ。

以上不十分な叙述だが、これらから尾崎が最初に接した「初歩的なグループ運動」の内部にあった動きを多少とも明らかにできていれば幸いである。

最後に、左連結成後の尾崎の協力について、夏衍の語る挿話を紹介しておく。スメドレー、山上正義と三人について語ったところである。

「私は一九二八年尾崎を知った。彼は表面を見たところでは、非常に紳士的な記者だが、彼は当時上海在住の日本共産党及び日本進歩人士の核心の人物だった。彼はスメドレーと恒常的に連絡があり、国際的な革命の動きを私たちに教えてくれた。特に私が忘れることができないのは一九三〇年五月下旬のことである。上海で挙行されたソビエト地域代表大会に胡也頻、馮鏗が参加した後、左連は全連盟員に伝達報告をすることを決定した。しかし当時、

四、五〇人を収容し得る会場を探すのは極めて困難だった。私はこのことを尾崎に話して、手を貸してもらいたい、といった。当時、虹口では日本人の勢力が大きく、彼らの機関には工部局も手出しができなかった。彼はいかにも歯切れよくいった。ちょうどよかった、今月上海駐在日本記者クラブは私が当番だ、このクラブは、土・日曜日以外は、一般には空いていて、中国人のボーイが一人で管理しているだけだ。君らが日取りを決めたら、ぼくがこのボーイを出かけさせよう。ただ時間は午後六時を過ぎてはいけない、六時を過ぎると誰かがクラブへ来るかも知れない。こうしてわれわれは虹口の上海駐在日本人記者クラブで五〇人を超える全同盟員の大会を開いた。尾崎秀実は非常に念入りな、問題をきわめて周到に考える人で、クラブの鍵を私に渡してくれる時、大声で話をしてはいけない、散会後きれいに片づけておくこと、痕跡を残してはならない、と何度も念を押した。しかし、開会されて、胡也頻が報告するとこの約束は破られてしまった。誰かが『ソビエト万歳!』『ソビエトを守れ』などのスローガンを叫び、私は右往左往する始末で、ひどく緊張した。幸いこの時の会議では何も起こらなかった。尾崎秀実は日本に帰った後も引続いて革命を行い、ついに太平洋戦争後(開始後の意であろう――引用者注)の一九四三年日本ファシズムによって叛逆罪で処刑された。……私は左連の歴史を語る時、これらの外国の同志を忘れないで欲しいと思う[67]」

注

(1)「尾崎秀実の手記(一)」『現代史資料(2)・ゾルゲ事件(2)』、みすず書房、一九六二年、七―八ページ。また著作集第四巻、二九六ページ。

(2)「尾崎秀実第三回予審判事訊問調書」、同上書、三一五ページ。

(3)注(2)に同じ。なお第二〇回検事訊問調書でも同じことを述べている。ただし検事調書においてはゾルゲおよびスメドレー関係を一項にまとめ、全部で六項目である。
（4）尾崎秀樹『ゾルゲ事件』、中央公論社（新書）、一九六三年一月。
（5）風間道太郎『尾崎秀実伝』、法政大学出版局、一九六八年一〇月。
（6）注（2）に同じ、三一六ページ。なおこの点については、第二〇回検察官訊問調書にも供述があり、その中ではここにあげられている名のほか、沈叶、田漢の名があがっている。
（7）飯田吉郎編『現代中国文学研究文献目録』、中国文化研究会（大安発売）、一九五九年二月。のち増補版（九一年二月汲古書院）が出ている。
（8）山田、藤枝の伝える、郭、成の談話の内容およびその位置づけについては、拙著『魯迅と革命文学』（紀伊国屋書店、一九七二年一月）、第二章参照。
（9）飯田吉郎「現代中国文学の紹介について――プロレタリア文学者より見た――」、『東洋大学紀要』第一二集、東洋大学学術研究会、一九五八年二月。
（10）創造社の歴史および第三期創造社の意味については、伊藤虎丸「創造社資料解題――創造社小史」、小谷一郎編「創造社年表」、ともに伊藤虎丸編『創造社研究』、アジア出版、一九七九年一〇月所収、および前掲（注（8））拙著『魯迅と革命文学』、第二章参照。
（11）鄭伯奇「創造社後期的革命文学活動」『中国現代文芸資料叢刊・第二輯』、上海文芸出版社、一九六二年八月、アジア出版影印版、一九七九年七月、一一ページ。
（12）前掲尾崎秀樹『ゾルゲ事件』（注（4）参照）、および前掲風間『尾崎秀実伝』（注（5）参照）。
（13）柘植秀臣「革命家としての尾崎秀実のある軌跡」（尾崎秀樹編『回想の尾崎秀実』、勁草書房、一九七九年九月）、一〇六ページ。
「たまたま尾崎が東京朝日の学芸欄を担当していたので、彼を尾崎に紹介した。一九二七年に小遣いかせぎのつもりで、学芸欄や家庭欄に陶烈は尾崎を介し二、三の小文をのせてもらった。この一つの人間的関係が尾崎の人生に大きな転換をもたらすとは私も想像しなかった。（中略）はっきりしないが、多分東京でそのころ、尾崎は陶烈の紹介によって陶晶孫とは面識をもったはずである。（中略）尾崎と陶晶孫は一九二九年上海で再会し、晶孫の手引きで多くの中国の左翼文芸作家や革命家と交友を結んだ。」

（14）拙著『ある中国特派員――山上正義と魯迅』、中央公論社、一九七六年八月、九〇ページ以下参照。のち増訂版（九七年六月田畑書店）が出ている。

（15）『郭沫若自伝・海濤集』、小野忍・丸山昇訳『続海濤集・帰去来――郭沫若自伝5』、平凡社、一九七一年一一月、参照。

（16）茅盾『回憶録』九・十。『新文学史料』一九八〇年四期、八一年一期。

（17）夏衍「〝左連〟成立前後」『文学評論』八〇年二期、中国社会科学出版社、三ページ。

（18）陽翰笙「中国左翼作家連盟成立之経過」『文学評論』八〇年二期、一四ページ。

（19）注（18）に同じ。

（20）前掲（注（11））鄭伯奇論文、および小谷一郎「〝四・一二〟クーデター前後における第三期創造社同人の動向」『中国文化』、大塚漢文学会、一九八二年。とくに後者は京大、東大、各高等学校の在学生、卒業生名簿等第一次史料の克明な調査を基礎としている点で、創造社研究上特筆すべき論文である。鄭伯奇を始め、中国人の回想記によっても誤り伝えられていたのを正した点も少なくない。

（21）前掲（注（20））小谷論文。

（22）拙著『魯迅・その文学と革命』、平凡社、一九六五年七月、二二七ページ、前掲（注（8））『魯迅と革命文学』、二二七ページ、および斎藤敏康「李初梨における福本イズムの影響」『野草』一七号、一九七五年六月等参照。

（23）この経緯につき、さらにくわしくは、前掲（注（8））『魯迅と革命文学』第二章、および前掲（注（10））小谷一郎編『創造社年表』補注8、を参照。

（24）李書城（小垣）、早くから黄興に従って革命運動に従事、孫文が臨時大総統に就任した時、大総統秘書官をつとめた。前掲（注（20））小谷論文。

（25）前掲（注（11））鄭伯奇論文、五ページ。

（26）前掲（注（11））鄭伯奇論文、一一ページ、および鄭伯奇「魯迅与創造社」『新文学史料』七八年第一輯、香港爾雅社影印、一九七九年五月、三五ページ。

なお、沈起予、沈叶沈らが帰国した時期は明らかでないが、上記「魯迅与創造社」、三五ページによれば、雑誌『文化批判』の装釘は二号（一九二九年二月一五日）以降沈叶沈がやった、というから、おそらく一九二八年初頭ごろに帰国したものと思われる。

（27）前掲（注（20））小谷論文。夏衍「難忘的一九三〇年」『中国話劇運動五十年史料集』、中国戯劇出版社、一九五八年二月、香港影印、一四七ページ。前掲（注（11））鄭伯奇論文、一二ページ。

（28）第三回予審判事訊問調書。前掲書（注（1））、三一七ページ。

（29）王独清、張資平が創造社を離れるいきさつについては、前掲（注（11））鄭伯奇論文にくわしい。

（30）以上の点については、前掲（注（11））鄭伯奇論文、三ページ、前掲（注（10））伊藤虎丸「創造社資料解題」、一四―三〇ページ、および同小谷一郎「創造社年表」補注七「所謂『創造社の紊乱』前後」、にくわしい。

（31）郁達夫「広州事情」をめぐる対立については、同じく鄭伯奇論文、三―四ページ、前掲（注（14））拙著『ある中国特派員』、五四―五七ページ、参照。

（32）前掲小谷編「創造社年表」。

（33）馬良春・張大明編『三十年代左翼文芸資料選編』、四川人民出版社、一九八〇年一一月。

（34）『大衆文芸』二巻四号（新興文学専号下冊、現代書局、一九三〇年五月）。大安影印（『中国現代文学史資料』第六巻）、一二四二ページ。

（35）上海芸術劇社については、前掲（注（14））『ある中国特派員』、一〇四―一〇九ページ参照。またさらにくわしくは、前掲（注（27））夏衍の回想、および同書所収の鄭伯奇「芸術劇社前後」、許幸之「友愛与温暖的回憶――為上海芸術劇社誕生二七年記念而作――」また趙銘彝「回憶芸術劇社」『新文学史料』一九八〇年一号、人民文学出版社、一九八〇年二月、参照。

(36) 前掲(注(27))夏衍回想。
(37) 前掲(注(18))陽翰笙回想。なお以下この節の記述は、主として同回想および前掲(注(17))夏衍回想による。
(38) 陽翰笙は創造社内の党の力を強化するよう周恩来が郭沫若に指示したと述べている。
(39) 陽翰笙はまた自分は正確に記憶していないがある人の説として、陳雲が閘北区委の書記をしていて、第三街道支部の指導もしたことがある、という説にふれている。
(40) 馮雪峰は、創造社、太陽社が揃って魯迅攻撃をしたのは、第三街道支部における討論の結果ではなかったか、と推測している。馮夏熊整理「馮雪峰談左連」『新文学史料』八〇年一期、人民文学出版社、一九八〇年二月、二ページ。
(41) 凌月麟「魯迅在上海活動場所的調査」『記念与研究』、上海魯迅記念館、一九七九年六月、三一ページ。
(42) 夏衍の経歴については、前掲(注(20))小谷論文および会林・紹武編「夏衍年表」『戯劇芸術論叢』第二輯、中国戯劇出版社、一九八〇年四月。夏衍「走過来的道路」『収穫』五八年三期による。
(43) 魏金枝「柔石伝略」、丁量唐・瞿光熙編『左連五烈士研究資料編目』、一九六一年七月初版、一九八一年一月増訂本、上海文芸出版社、二二一ページ。また北京語言学院「中国文学家辞典」、新版「魯迅全集」の「柔石小伝」注も同じ。
(44) 前掲(注(17))夏衍回想、四ページでも、このあと成立した「左連」準備小組として柔石を含む一二人をあげ、「一二人のうち、魯迅・鄭伯奇を除いて、みな党員だった」と述べる。
(45) 以下馮雪峰の経歴は、主として包子衍編「馮雪峰年表」『社会科学戦線叢刊一』所収による。
(46) 前掲(注(40))「馮雪峰談左連」、四ページ。
(47) たとえば拙稿「問題としての一九三〇年代——左連研究・魯迅研究の角度から——」、藤井昇三編『一九三〇年代中国の研究』、アジア経済研究所、一九七五年一一月。本書Ｉ－1。
(48) 前掲(注(17))夏衍回想、三ページ。
(49) 前掲(注(40))「馮雪峰談左連」、四ページ。なお馮はほぼ同じ事実を、もう少し簡単に別の文章(「馮雪峰同志関于魯迅・〝左連〟等問題的談話」『魯迅研究資料二』、文物出版社、一九七七年一一月。香港・爾雅社影印、一九七九年三月、一六七ページ）でも述べており、そこでは党中央の考えというところが「李立三の意見」になっている。
（50）呉泰昌記述「阿英憶左連」『新文学史料』八〇年一期、一五ページ。なお前掲馮雪峰談話では一九二九年下半期とする。
（51）前掲（注（17））夏衍回想、四ページ。
（52）前掲（注（50））「阿英憶左連」、一三―一四ページ。なお中国著作家協会という組織は、一九三二年一月にも作られたことがある（前田利昭「『第三種人』論争における馮雪峰」『東洋文化』五六号、東大東洋文化研究所、一九七六年三月、四一―四三ページ参照）。もちろんまったく別の組織である。
（53）任白戈が加わっていた、という説について、夏衍は、沈は二九年にはまだ日本にいたから誤りだ、と述べている（前掲注（17）、夏衍回想、四ページ）。
（54）この会合のことは、従来から「上海新文学運動者底討論会」『萌芽月刊』第一巻第三期等で知られていた。この文献は今日では『萌芽月刊』が複印されているほか、陳早春編述「中国左翼作家連盟文件選編」『新文学史料』八〇年一期。および「左翼文芸運動史料選編」前掲（注（33））『三〇年代左翼文芸資料選編』所収、等で見ることができる。
（55）前掲（注（17））夏衍回想、五ページ。
（56）前掲（注（47））「問題としての一九三〇年代」。沈鵬年「魯迅和創造社交往的両点史実」『上海文学』、一九六二年七月。
（57）林守仁（山上正義）訳『支那小説集・阿Q正伝』（四六書院、一九三一年一〇月）。『著作集』第三巻所収。
（58）一九三三年作。『南腔北調集』所収。邦訳は三六年九月に鹿地亘訳が『文学案内』に掲載されたのが最初。のち『大魯迅全集』（改造社）第四巻にも収められたが、広く読まれたのは、戦後の竹内好訳『魯迅評論集』（岩波新書、一九五三年）以後と考えてよいであろう。
（59）一九五〇年作。『胡也頻選集』（開明書店、一九五一年）に序として発表、のち評論集『跨到新的時代来』（人民文学出版社、一九五一年）所収。邦訳は岡崎俊夫訳が『人間』一九五一年四月号に「わが夫胡也頻の生涯」として掲載され、のち『霞村にいた時』（四季社、一九五一年）に収める。最近では中島みどり訳『丁玲の自伝的回想』（朝日新聞社、一九八二年）所収。
（60）Tsi-an Hsia, "Enigma of the Five Martyrs", *The Gate of Darkness-Studies on the Leftist Literary Movement*

in China（The University of Washington Press, 1968）所収。

（61）竹内実「魯迅と柔石」『文芸』一九六九年一一、一二月連載。のち加筆して『魯迅周辺』（田畑書店、一九八一年）所収。

（62）王瑶「掃除誣蔑、澄清是非——批判〝四人幇関于三十年代文芸的謬論」『人民文学』一九七八年五期、一二一ページ。

（63）羅章竜「東方飯店会議前後」『新文学史料』八一-一。

（64）二月七日竜華で処刑された人数については、従来から二三名、二四名、二十数名等の資料があり、一定していなかった。羅章竜はここでまだ二三人説を述べているわけである。しかし丁景唐・瞿光熙編『左連五烈士研究資料編目』増訂本（一九八一年一月）の「後記」には、現在では二十数名であったことがはっきりした、とある。

（65）鄭択魁「柔石的生平、思想和創造」『新文学史料』八一-一、一六八ページ。

（66）丁玲「関于左連的片断回憶」『新文学史料』八〇-一、二九ページ。

（67）前掲（注（17））夏衍回想、七ページ。

補注　その後中国で複印され、日本でも入手可能になった。

「傷逝」札記

「傷逝」は以前から気になっていた作品である。気になっていたというのは、魯迅の作品の中で、特に重要だと考えるということではなく、むしろ重要なのかどうかを含めて、あるいはそれより前にそもそもこの作品で魯迅は何を言いたかったのか、について、完全に納得がゆく気がしなかった、という意味においてである。何か大切なものを読み損っているのではないか、魯迅にはまだ読めていない部分が少なからず残っているのではないか、といった不安が去らない、といった感じなのである。多くの魯迅論が書かれている割には、個々の作品、文章に即してそのテーマ・モチーフをまともに検討した仕事は、そう多くないのだが、「傷逝」など、その中でも特に分析が不十分にしかなされていない作品である。そして、あるいはこの中に魯迅の社会思想批判を読みとり、(1)あるいは魯迅の最初の結婚や周建人の結婚の破綻といった、私生活との諸問題を手がかりにして、この作品を解こうとするなど、(2)さまざまの試みがなされて来た割に、作品そのものには不分明な部分が残されたままになっているように思われる。それらすべてを直ちに解きほぐすほどの自信があるわけではないが、この作品をめぐって以前から気になっていたことのいくつかを考えてみたい、というのが、本稿の意図である。

「傷逝」は、太田進氏も指摘するように、一行ずつの空白をとった二十一の断片にわかれている。叙述の便宜のため、太田氏にならって、これに①～㉑の番号をつけることにする。

周知のように、「傷逝」は、子君との愛に破れ、さらにその死を聞いた後の、涓生の手記の形で書かれている。作品中の時間は、涓生がそれまでの住まいであった会館を出て、吉兆胡同に子君と同居して再び会館にもどるまでの約一年間であり、①及び⑳㉑が手記執筆の現在、②から⑲まではその時点からの回想である。④までで、二人は周囲の好奇の眼をはね返し、また肉親の反対を押し切って愛をたしかめ合う。涓生のぎこちない愛の告白を経て、⑤で二人は吉兆胡同の小官吏の家を借りる。二人は「安らかで幸福な」生活にひたる。涓生の好きな花を子君は好まず、動物についてはその逆だというような性格の違いも、このころにはむしろ愛の「更新・生長・創造」のよすがだった。

この作品の独自性、難しさは、自由恋愛・男女平等などが時代のトピックであったこの時代に、このような設定で描かれた作品でありながら、作品のテーマが、愛の謳歌ではもちろんなく、さらに解放後の中国の一部の論者がいうように、彼らの愛が盲目的で社会的広がりを持たないことの批判にあるのでもなく、愛そのものへの懐疑にあったところにある。二人の愛が成就したとたん、それが成長を止め、それにともなって、涓生のエゴイズムがしだいに作品の前面に出て来る、という進行をたどるのは、そのためである。

二人の生活は、涓生が解雇されることでこわれるのだが、多くの論者も指摘するように、それは原因のすべてではない。むしろ、このころすでに、「安らぎと幸福」が「凝固」の兆を見せ、それにともなって、二人の生活態度に微妙なズレが見え始める。汗にまみれ、髪を乱し、手を荒らして家事に骨を折る子君に対して、「苦楽をともにする」気はあるものの「そんなに骨を折ってはいけない」としかいえない涓生、それに寂しげな沈黙で答え、依然として骨を折りつづける子君といった関係に、すでに破綻が胚胎している。

解雇通知に、それぞれ立ち向かおうとしながらも⑦⑧、涓生が子君の寂しげな表情に「彼女は最近たしかに弱くなった」と感じ、

「私の心はこれでいっそう乱れた。安らかな生活の影像――会館の荒れた部屋の静けさが眼の前にチラと浮かんだ。眼をこらして見定めようとするが、薄暗いあかりが見えるだけだった」⑦

といっていることは、二人の生活から一人暮らしの「安らか」さに逃避しようという心が、涓生に生まれていることを示すものとして見逃せない。

涓生と子君との不協和音は、⑨から⑩にかけて、しだいに大きなものになる。家庭生活を順調に営もうとする子君が、涓生にとって翻訳を妨げるものとしてしか意識されないようになるのが、それを示す。「子君も以前のように淑やかで行きとどいた心づかいをしてくれなくなった」⑨「彼女は前に知っていたことをすべて忘れてしまったようだった」⑨そして飼っていた雞をつぶし、犬の阿随を捨てたことで、子君が気を落すのに反撥して、子君に対する涓生の不満は一気に顕在化する。

「が実は、私一人ならば暮すのは容易なのだ。誇り高く親の代からの知り合いとのつき合いも絶ち、引越してからはすべての知人と疎遠になったとはいうものの、どこか遠くへ飛び立ちさえすれば、生活の道はまだ広い。今この生活の苦痛に耐えているのも、大半はむしろ彼女のためだ。阿随を捨てたのだって、そのためではないか。それなのに、子君は浅はかになるばかりで、こんなことさえ気がつかぬほどになってしまった」⑩

解放後の中国の論者のあるものに、涓生が現実的で醒めているのに対して、子君の愛が盲目的・非現実的である、とし、後者への批判に傾斜してこの作品を読む読み方があった[(3)]のは、愛は個人的なものでなく社会的広がりを持たねばならぬ、とする戦後中国の「公理」が無媒介に前提とされたことと、右のような涓生の視点を作者魯迅の視点と混同することとが結びつくことによって生まれたもののように思われる。

涓生の右の言葉は、子君の「弱さ」に対する正当な批判であるよりは、自分の苦境の原因の大半を子君のためだと意識する、涓生の身勝手、エゴイズムを示すものであろう。涓生が「機会を見つけてこの道理をそれとなく彼女に示し」「彼女は納得したようにうなずいた」にしても、「その後の様子では、理解していないか、あるいは信用していないようだった」⑩のは当然だった。こんな涓生にとっての逃げ場が、通俗図書館だった。

「部屋も閲覧者もしだいに消えて、私は怒濤の中の漁夫を見た。そして塹壕の兵士、自動車に乗った貴顕、租界の投機家、深山密林の豪傑、講壇の教授、暗夜の運動家と深夜の泥棒を……」⑪

このイメージは、少し形を変えて⑬⑮でもくり返される。いずれもかすかな「新しい道」としてである。太田氏は「解しがたいイメージ」(4)というが、私は単純にこれを涓生がかつて読み、あるいは当時読んでいたもろもろの小説の舞台及び登場人物と見る。自分はこれまで盲目的な愛のみのために、別の人生の要義をすっかりおろそかにしていた、その第一は生活だ、といいながら、その生活としては小説のロマンチックな世界をしか思い浮かべることのできない男として、魯迅は彼を描いている。「傷逝」の四日前に書いた「孤独者」に、「沈淪」の読者を鼻持ちならぬものとして登場させていることを想起すればよい。そして、涓生がこの想像にふける時「子君は――身近にはいなかった」のである。

こうして二人の間の亀裂は深まるばかりとなる。涓生も「つとめて話し相手になり彼女を慰めよう」⑪とし、子君が疑惑の表情は隠せぬながら、涓生に対してはずっとおだやかになり、愛のせりふの「復習」を始めるのも、その亀裂がすでにお互いの間でも強く意識され始めたからにほかならない。やがて涓生は、「生きるためには、手をたずさえて進むか、さもなければただ一人で前進するかしかない」⑫と思う。しかし、この場合、「彼女の鍛えられた思想も、豁達で恐れを知らぬ言論も所詮は空虚だ」と「ひそかに笑い」、「彼女はもうとうに本も読まなくなっている」と考えている涓生⑫は、「手をたずさえて進む」可能性はすでに放棄しているのである。つまりこれはいわば後者を選択するための言葉のアヤにすぎない。

「私は新たな希望はわれわれが別れることだけだ、と感じた。彼女はきっぱり出て行くべきだ、――私は突然彼女の死を思った。しかしたちまち自ら責め、悔いた」⑫

この期に及んで、なお彼女の方から「きっぱり出て行く」ことを考える男の身勝手さ、その極限として「彼女の死」が思い浮かべられ、⑬⑯でもくり返される。

そして涓生は、もはや子君を愛していない、という決定的な告白をした後も、「あどけない」「子どもが餓えの中で慈母を求めるような」子君の眼を背に、通俗図書館に逃げこみ⑫、ここでまた彼女の死を思い、「彼女が雄々しく目覚め毅然として――しかもいささかの恨みの色もなしに、この氷のような家を出」、自分け「行雲の如く軽く」自由に「新しい道」に羽ばたくのを夢みるのである。⑬

涓生のエゴイズムが頂点に達するのが、⑮である。早春の夕暮、家に帰った涓生は、留守に子君の父親が来て、彼女を連れて帰ったことを知る。残った食糧と現金のすべてを、彼女は涓生にキチンと残していた。

彼は「周囲に押し出されるように、中庭に走り出」るが、「心も落ち着いて来て、重苦しい圧迫を感じながらも、脱出の道がしだいにおぼろげに浮かんで来る」ここでもそれは「深山大沢・租界」である。そして

「気持がいくらか軽くなり、のびのびして、旅費のことも頭に浮かんだ。そしてホッと息をついた。」ここだけは原文を引いておこう。「心地有些軽鬆、舒展了、想到旅費、並且噓一口気(5)」

私の知るかぎり、まだ誰も指摘していないようだが、この表現は、「孤独者」の末尾「我的心地就軽鬆起来」と同じである。「孤独者」の「私」は、魏連殳という人物の一生を見とどけ終わったと感ずることができた時、すなわち魏連殳から自分を切り離すことができた時に「心が軽くなる」のを感じた。「傷逝」の涓生は、愛人が父親に連れ去られたことで「心が軽くなった」のである。

以上見て来たように、少しずつ強められて来た、涓生のエゴイストとしての側面は、ここで頂点に達する。しかし、すぐ気がつくように、本人の手記を通じてそのエゴイズムが読者に伝わり得るのは、その筆者すなわち本人が何ほど

かそのエゴイズムを自覚し得ているか、それとも本人の底抜けの無自覚が、第三者としての読者にそれを感じさせるかのどちらかであろう。この作品において、それは前者であり、この作品が難解だといわれるのも、登場人物としての涓生、それについて「悔恨と悲哀」の手記を書いている筆者としての涓生、そういう筆者を創作している作家魯迅、という三重四重の視点が、読者の中でともすれば混同されがちであるからにちがいない。

やや図式的に割切れば、⑮までは、涓生の「悔恨と悲哀」は、手記に直接吐露されず、自らの「卑怯」エゴイズムを見つめ描き出すことにもっぱら注がれていた。そしてそれが頂点まで昇りつめたことによって、⑯以下、彼の「悔恨と悲哀」が作品の前面に出て来るのである。

「私はどうしてあと何日かこらえようとせず、あんなに性急にほんとうのことを告げてしまったのだろう」

「私は虚偽の重荷を背負う勇気がなく、真実の重荷をおろして彼女に渡してしまった」⑯

これらを始めとする「悔恨と悲哀」をここでたどりなおす必要はあるまい。この悔恨に追討ちをかけるように、涓生は子君の死を知る。⑰

帰って来た阿随の「痩せ衰え、死にかけ、全身泥まみれ……」の姿は、楽黛雲氏の指摘するように[6]、涓生の心に、子君の姿を見るに等しい衝撃を与えたにちがいない。彼が吉兆胡同を出る決意を固めたのも、「大半は阿随のため」⑲すなわち阿随から逃れるためだった。

そしてかつてと同じ、しかもかつての希望や愛やのすべてが失われた会館の部屋で、涓生は昼間見た葬式を思い出す。紙で作った人や馬を前に、歌のような泣き声が後に続く、昔ながらの葬式を。

「私は今では彼らが賢明なことがわかる。何と気軽で単純（軽鬆簡截）なことか」⑳

ここでも「軽鬆」である。自分たちはこういう形式的な葬儀を支える家族制度などを否定したのであり、二人の「愛」はこういうものをはるかに越えたものであるはずだった。ところが、子君は「空しい重荷を一人かついで、灰色の長い道を行き」「周囲の厳しい空気と冷たい眼の中に消え」㉑なければならない。それを思うと、涓生は自責をこめたはげしい衝動に駆られる。

「私はいわゆる亡魂なるもの、地獄なるものがほんとうにあって欲しいと思う。もしあるならば、たとえ地獄の風のあれ狂う中でも、私は子君を求め、面と向かって私の悔恨と悲哀を告白し、彼女の許しを乞うだろう。さもなくば、地獄の業火が私をとり囲み、私の悔恨と悲哀を猛烈に焼き尽すだろう。

私は地獄の風と業火の中で、子君を抱擁し、彼女の寛容を乞うか、あるいは彼女を楽しませるだろう」⑳

しかし、子君の孤独な死を追うように生まれたこのはげしい衝動も、所詮は空しいことがわかっている。

「しかし、これは新しい生きる道よりもさらに空しい」㉑

涓生にできることは、「悔恨と悲哀」を書き綴り、「歌のような泣き声で子君を忘却の中に葬る」㉑ことだけなのである。そして、なおも「私は生きている」とすれば、「私は真実を心の傷の中に深くしまい、忘却と嘘とを私の先導として……」生きるしかないのである。

以上、作品に密着しすぎたかも知れないが、「傷逝」という作品を細部にわたってどう読むか、という点では、従来必ずしも議論が尽くされていない、と考えるので、私なりの責任を明らかにしたまでである。

魯迅は、「傷逝」において、愛にひそむエゴイズムを、あるいは、そもそも愛とはエゴイズムなしにあり得るものかを描いた。彼はそれを通じて、愛の脆さ、ひいては、人が何を信じ何かに頼って生きて行くことの危うさ空しさを描いたのだ、といったら、いいすぎになるだろうか。そして、そのさらに底には、それにもかかわらず、人は生きねばならぬという決意があったこともつけ加えておくべきかも知れぬ。

「傷逝」の約半年前、彼は「しかし、世界はほんとうにこんなものに過ぎぬのだろうか」(『両地書』第二二信、一九二五、五、一八)という問いをバネにして、女師大事件に参加して行った。(7) しかし、「世界はこんなものにすぎぬのかも知れぬ」という疑いあるいは不安は、彼の心を重く占め続ける。「私の考えは暗すぎる」と彼が何度もくり返していたのは、その重さに彼が苦しんでいたからにほかならない。その重い疑いに形を与え、つきつめる試みとして、「孤独者」が書かれ「傷逝」が書かれたのである。

周知のように、「傷逝」を含む第二小説集『彷徨』は、『野草』の一連の作品と並行して書かれている。中でも、「傷逝」を含む『彷徨』最後の四篇は、前後二十日のうちに書かれ、その約三十日前の一カ月間には、「失われたよい地獄」から「死後」に至る『野草』の五篇が書かれている。「傷逝」と『野草』とは、そのモチーフのもっとも本質的な点において、多くのものを共有している、と私は考える。(8)

地獄の業火の中で子君をかき抱く、というはげしい衝動にまで上りつめたものの、その衝動に身をまかせることもできず、ただちに「しかしこれは新しい生きる道よりももっと空しい」と思わずにいられないのは、「私は自分でこの空虚の中の暗夜に肉薄するよりしかたがない……」といった直後に、「だが暗夜はどこにある?」といわねばならなかった「希望」や、「粛殺の厳冬に身をかくしたい」というのと同時に、「あたりは明らかに厳冬で」あり、この眼の前の厳冬をおいて「粛殺の厳冬」なるものはどこにもないことを自覚せねばならない「凧」と同じ構造のものである。(9)

もう一つあげよう。「傷逝」と『野草』を読んでいると、おぼろげな、あるいはたゆとうイメージ、それを見究めようとするが見定められぬもどかしさ、といった表現が、くり返し出て来ることに気づく。

「安らかな生活の影像——会館の荒れた部屋の静けさが眼の前にチラと浮かんだ。眼をこらして見定めようとするが、薄暗い灯りが見えるだけだった」⑦

「闇の中にふとひと山の食物が見えるような気がした。そのかげに子君の土気色の顔が浮かび、子どもっぽい眼を見はって、懇請するように私を見た。気を落ち着けて見なおすと、何もなかった」⑯

「新しい生きる道はむろんまだ多い。それは私にも何とかわかるし、時としておぼろに見え、すぐ眼の前にあるような気がすることもある。しかし……」⑲

「時に、その生きる道が灰色の長い蛇のように、自分で私の方にくねくねと走って来るのが見えるような気がする。私はじっと待つが、近づいて来たと思うと、ふっと闇の中に消えてしまう」⑳

「いまや私の見ている物語は明晰になって来た。美しく、ゆかしく、楽しく、しかも鮮やかだった……私はそれを見つめようとした……

「私がそれを見つめようとした時、ハッとして眼を開くと、錦の雲にもすぐにしわがより、乱れ、……水はにわかに波立って、全体の影は粉々に砕けた」(「美しい物語」)

私は幼い頃から、快速船の立てる浪しぶきや、かまどから吹き出す強い火焔を見るのが好きだった。好きだっただけでなく、はっきりと見定めたかった。しかし残念ながら、それらは刻々と変化して、永遠に定まらなかった。見つめに見つめても、定まった形は残らなかった」(「死火」)

つぎもやや表現はちがうが、その動的な、しかし見定め難いイメージという点で、同じ系列に属するといえる。

「彼女が言葉にならぬ言葉を吐き出した時、その石像の如く偉大な、しかしすでに荒れはてた、くずれた身体のすべてが震えた。その震えは魚の鱗のように連なり、その一つ一つが烈火に煮えたぎる湯のように起伏した。同じく空中にもたちまち震えが起こった。暴風雨の荒海の怒濤のようであった」(「くずれた線の震え」)

これらが、『彷徨』『野草』の時期の魯迅の本質的な何かを示していることは疑いない。彼が『野草』「題辞」の冒頭の一句「沈黙している時、私は充実を覚える。口を開こうとすると、たちまち空虚を感ずる」という言葉にこめたものが、まさにこの種のものであったことは、彼自身のちに語っているとおりである[10]。

この時期の魯迅は、地獄や業火といったはげしい破壊的なものへの衝動を強く持つと同時に、それが空しく無力であることを知りつくした眼を備えていた。「暗黒と虚無だけが実在だ」(『両地書』第四信、一九二五・三・一八)という所以であるが、このような虚無と格闘する中で、彼が何かをとらえかけていたことと、これらの表現とは、恐らく彼の深部において深くつながっていた。

涓生は、そんな魯迅が、現実との格闘の意味をたしかめるべく、愛の失格者、理想の敗北者として創造した人物であった。人は愛し得るか、理想や夢を人はどこまで信じ得るか、という問いが、当時の彼にとって切実なものであったという意味において、たしかに涓生は魯迅の分身であり、自画像であるが、それは「孤独者」の魏連殳がそうであるのと同じ意味において、さらにいえば、古来すぐれた作品のほとんどすべてが作家の自画像だというほどの意味においてであって、狭義の私小説的意味においてではない[11]。涓生の視点・性格が分裂しているように見えるといわれるのも、彼がこういう複雑な性格を持って創造されたことにも起因するだろうが、それは作家魯迅にとっては、すでに計算ずみのことではなかったろうか。魯迅という人は、小説を散文のように書いているかに見えながら、実は細部にわたって小説的構成を考えていた人だ、と、彼の作品を読み返すうちに私は考えるようになった。このように創造された涓生にリアリティの不足を感じ、「傷逝」を「失敗作」と評価するのも一つの見方であり、読者の自由であろうが、涓生が始めからそういう人物として創造されたことをふまえなければ、作品論としてはやはり的外れになるように思われる[12]。

注

(1) 解放後の中国における「傷逝」論は、この中に当時の女性解放思想等の脆弱さに対する魯迅の批判を読みとる、という傾きが強い。この流れに属する最近の仕事として代表的なものに、つぎの二つがある。李希凡「幻想・破滅・求生—論『傷逝』的時代意義和子君的悲劇形象」（『社会科学戦線』一九七九年二期、一九七九・五、吉林人民出版社、長春。なお『魯迅研究年刊一九七九年』陝西人民出版社・西安、にも収める。）楽黛雲「論『傷逝』的思想和芸術」（『新文学論叢』一九八〇年一期、一九八〇・五、人民文学出版社、北京）

同じ流れに属するといっても、五〇年代の論の多くが、作品の分析において浅く、基本的な読み誤りを含んでいたのにくらべると、右二篇は手固い分析ということができる。

（2） 竹内好氏は「傷逝」について、時期によりその評語を微妙に変えながら決定的な評価を避けている。氏は「傷逝」を直接私生活上の問題と結びつけることはしていないが、「魯迅特有の原罪観念をあつかった小説」（『魯迅選集』第二巻解説、一九五六年岩波書店）という言葉が、この作品を魯迅の最初の結婚と関連させる考え方に、有形無形の影響を与えていると思われる。

日本で本格的に「傷逝」を論じたものは、そう多くないが、さしあたり

太田進「『傷逝』試論」（『人文学』第九四号、一九六七、同志社大学）

三宝政美「魯迅『傷逝』試論」（『日本中国学会報』第三二集、一九八〇）をあげておく。

三宝氏は右の論文で、新たに「傷逝」のモチーフを、実弟周建人の最初の結婚（妻は周作人夫人羽太信子の妹芳子）の破綻に得たものとする説を提出している。しかし氏が立論の前提にしている周建人夫妻の結婚の破綻の時期が確認されていないことが、この論文の最大の弱点であろう。私は一九二六年の魯迅の手紙の中に、建人の問題をうかがわせるものがあること（拙稿「『両地書』原信拾い読み」『野草』二七号の中で簡単に指摘しておいた）から、氏の立論には無理があると考える。氏の論文は女性問題についての建人の発言や、当時の章廷謙の魯迅との関係など、周辺の興味ある事実を発掘した仕事であるだけに、氏の着眼は、むしろ北京時代の周氏三兄弟の関係全体を明らかにする息長い仕事の中に位置づけられ、生かされるべきではなかったか、と考え、脆弱な考証の上に性急な推測を重ねたといわざるを得ないことを惜しむ。

（3） たとえば王西彦「読『傷逝』」『論阿Q和他的悲劇』（一九五七、新文芸出版社、北京所収）なおこの種の見方に対しては、

前掲李希凡論文（『年刊』二一四〜五ページ）にすでに批判が見える。
（4） 前掲太田論文P一九。
（5） 竹内好氏の『魯迅文集』第一巻（一九七六・筑摩書房）P三五七ではこの部分は「いくらか心が軽くなり、のびのびした。旅費のことを思ってため息をついた」となっている。少なくともここでは誤訳もしくはそれに近い不適切な訳であろう。魯迅の他の用例だけをあげておく。

「伊嘘一口気、心地較為軽鬆了」（「補天」『魯迅全集』第二巻一九五六年P三一一）
「衛老婆子彷彿卸了一肩重担似的嘘一口気…」（「祝福」同右P一六）

三例ともほとんど同じ文脈で使われていることがわかる。

いうまでもないことだが、竹内氏の訳の意義をおとしめる意図で、こういう指摘をするのではない。中国現代文学の翻訳の水準を引き上げたというべき竹内訳でさえ、このような基礎的誤りを含んでいるのが、残念ながら現在の中に現代文学研究の水準であることを冷静に見つめ、魯迅流にいえば「老老実実」に努力せねばならぬという自戒としていうのである。

また右のような翻訳・研究の水準は、魯迅生誕百年を迎えながら、魯迅についてさえまともな事項・語彙索引一つできていない状況と切り離すことはできない。上野恵司編『魯迅小説語彙索引』（一九七九、竜渓書舎）は、日本では報いられることの少ないこの種の仕事にとり組んだものとして、その労は多とするし、右の「嘘一口気」にしても「補天」の例は同索引によって知ったものなのだが、語彙について、落ちている個所があまりに多いのは理解に苦しむ。「傷逝」に関して目につく語彙だけ拾ってみたのだが、「悔恨」が三カ所あるうち一カ所が落ちており、「悲哀」も三カ所中一カ所、「寂静」は七—五、「遺忘」は四—一、「清浄」は三—二といった具合で、合計すると落ちている数の方が多い。右は落ちている例だけをあげたのではなく、たしかめてみた五例すべてがこうだったのである。この種の仕事に多少のミスは不可避であるし、分担作業であろうから、たまたま「傷逝」の部分の仕事が粗雑だったということかも知れないが、この場合少しひどすぎる。関係者の再検討を望む。
（6） 前掲楽黛雲論文、P一四三。

（7）拙著『魯迅――その文学と革命』（一九六五、平凡社）一七七～一八五ページ。

（8）太田進氏もすでに「『傷逝』は、『野草』の系列のなかにふくめて考えることもできる」と指摘している。（前掲論文P一四）

（9）前掲拙著一八五～一九四ページ。

（10）「どう書くか（怎麼写）」（一九二七・九・三、『三閑集』所収）につぎのようにいう。

「石の欄干にもたれて遠くを眺めやり、自分の心音を聴いていると、遠く四方から無量の悲哀、苦悩、死滅がこの静けさの中に混り込み、それを薬酒に変え、色や味や香りを加えているような気がする。こんな時私はそれを書いてみたいと思ったが、書けなかった。書きようがなかった。これも私のいわゆる『沈黙している時、私は充実を覚える。口を開こうとすると、たちまち空虚を感ずる』と同じものである」

（11）魯迅は、「傷逝」が自分のことを書いたものだ、とする噂にふれて「ハハ、生きるのがますます難しくなります」と笑った（「韋素園あて書簡、一九二六・一二・二九、『魯迅書信集』上巻、一九七六、人民文学出版社、北京、P一一一）。私はこれは言葉通りに受けとるべきだと考える。

（12）周作人は「『傷逝』は普通の恋愛小説ではなく、男女の死亡を借りて兄弟の情の断絶をいたんだものである」といい、「私には私なりに感ずるところがあり、これは誤っていないと深く信じている」といい切る。（『知堂回想録』一九七〇、三育図書出版公司、香港、四二六～七）彼がこういった真意は、今となっては知る由もないが、この場合も、「兄弟の情の断絶」が「傷逝」の直接の題材になっているといった関係ではなく、「兄弟の情」の問題が、当時の魯迅において、愛・理想の脆さといった問題と同じ質の問題であり、同様の深さにおいて結びついている、と解すべきであろう。周作人が一方で「傷逝」はフィクションでモデルはないといっていた（『魯迅小説裏的人物』一九五四、上海出版公司、一九三～四ページ）のも、『知堂回想録』とおそらく矛盾しないのである。

――一九八一・三――

日本における魯迅

はじめに

この文章は、私が以前に発表した二つの文章、
「日本人と魯迅（上）」（『人文学部紀要』、四・五合併号、一九七一・三、和光大学人文学部）
「日本における魯迅・上・下」（『科学と思想』四一、四二号、一九八一・七、一〇、新日本出版社）
を、編者の勧めに応じて、一つの文章にまとめ、削除・加筆したものである。この問題に関して、先行する業績としては、文中でも何回か引用した、
岡崎俊夫「日本における魯迅観」（『魯迅案内』、五六、岩波版『魯迅選集』別巻）
があり、また、日本における関係文献目録としては、
魯迅研究会編「魯迅研究文献目録」（『文学』五六・一〇所載、なお同一二月号に「補遺」）
飯田吉郎編『現代中国文学研究文献目録』（五九、中国文化研究会。なおその後増補版（九一・二汲古書院）がでた。）
がある。この文章も、それらの力に負うところが大きい。

一　青木正児から戦前左翼まで

(一)

日本に魯迅の名を初めて伝えたのは、青木正児「胡適を中心に渦いてゐる文学革命」（『支那学』一巻一号〜三号、一九二〇・九〜一一）であった。題名の示すとおり、文学革命の紹介であるが、その最後に近く、こう書いている。

「劇《ママ》曲小説の方面では余り目に立つ程のものは無い。翻訳に於ける周作人は近世大陸文学の紹介者としてその労多きに居る。訳筆も旧文明に囚はれぬ直訳体で、ひたすら原文の匂ひを出すことに力めてゐるやうだ。小説に於ける魯迅は未来のある作家だ、その『狂人日記』の如きは一つの迫害狂の驚怖的幻覚を描いて今まで支那小説家の未だ到らなかつた境地に足を踏み入れてゐる」

この部分が載ったのは、二〇年一一月発行の三号だが、二〇年といえば「文学改良芻議」の発表から三年たっているとはいえ、文学革命は、文字どおり「渦巻いて」いるさなかだった。

そういう時期に文学革命を創刊号から三号連載で紹介したところに、当時における『支那学』という雑誌の性格と青木正児個人の見識の一端が示されている。

また魯迅評価に即していえばこのとき（文末に「（大正）九年十月十日脱稿」とある）までに発表された魯迅の作品を全部読んでいたと仮定しても、「狂人日記」のほか「孔乙己」「薬」「明日」「小さなでき事」までである。それだけを読んで、魯迅について、「未来のある作家」といったのは、さすがに炯眼だったというべきだろう。

青木は同誌一巻五号（一九二一・一）に書いた漢文訓読廃止論の冒頭で「漢学の教授法は先づ支那語から取かから

ねばならぬ」という荻生徂徠の説を引き、こう書いている。

「それは今日から見れば珍とするに足らぬ当然の論だ、併しかの時代に在つては実に天馬空を行くものであつた。さうだ、今では平凡な説だ、併し爾来二百年、未だ其の実現を見ないのは何と云ふ奇怪だらう。人は支那を保守的の国だと評価する、そして我国は如何だ。いや決して我国全部とは言はぬ、所謂漢学に育てられた人々の頭は如何だ。波に残された磯辺の章魚坊主のやうな惨めさは、笑止と云はうより寧ろ滑稽ではあるまいか。僕は曩に三号に亘り、長広舌を振つて支那国民の保守的で無い一面を紹介した。そして振顧みて我が章魚坊主を見る時に、其処に腹の底を探られるやうなアイロニーが成立つ。馬鹿な！　汐時は沖の鷗に問へと云ふのか」(1)

彼の文学革命紹介が、単なる評価抜きの紹介ではなかったことがわかる。

魯迅の名が出てくるのは、先に引いた部分で、それが掲載されたのは三号だが、それより一月前の二号には、つぎの文章がある。

「今一つの新事実は白話詩の伴侶を得たことで、劉半農・沈尹黙・唐俟などが馳せ参じた。是等の中で胡はややともすると西学的新智識を閃めかして新味を出さんとする癖があり、沈は自国文学の立場に立つて而も旧習を脱せんとする努力が見えてゐるが、往々古人によつて歌ひ古された詩境に足を踏み入れた。劉は最も文士肌で新しがりであるが、往々膚薄の誹を免がれぬ。唐は詩味の薄い詩境に乗らぬ事をお茶漬を食ふやうにさらさらとやつて退ける癖があつた。悪く言へば月並だ」

いうまでもなく、魯迅が唐俟の筆名で発表した口語詩、「夢」「愛之神」「桃花」「他們的花園」「人与時」「他」に対する批評である。

もちろん青木は唐俟と魯迅が同一人物であることは知らなかったわけだが、魯迅の作品に対する批評としては、この方が先である。魯迅の作品に対して日本で最初に下された評語が「月並」であったことは、ちょっと興味ある事実である。

青木のこの紹介の載った『支那学』は、胡適に送られ、それといっしょに、魯迅宛の手紙も送られて、胡適を通じて魯迅の手に渡った。魯迅は青木あてにこう書き送っている。

「拝啓御手紙拝見致しました、『支那学』もつづいて到着しました甚だ感謝します。わたくしは先より胡適君の処の『支那学』であなたの書いた支那文学革命に対する論文を読みました、同情と希望を以って然も公平なる評論を衷心より感謝します、わたくしの書いた小説は幼稚極なものです、只だ本国に冬の様で歌も花もない事を悲んで寂莫を破るつもりで書いたものです、日本の読書界に見せる生命と価値とを持っていないものだろーと思ひます、これから書くは又書くつもりですが前途は暗澹です、こんな環境ですからもっと諷刺と呪詛に陥るかも知りません。／支那に於ける文学と芸術界は実に寂蓼の感に堪ません、創作の新芽は少しく出て来た様ですけれども生長するかどーかさっぱり解りません、『新青年』も近頃随分社会問題にかたむいて文学方面のものは少なく成りました、支那の白話を研究するには今に於いて実に困難な事であると思ひます、唱道したばかりですから一定した規則なく各人銘々勝手な文句と言葉とを以って書いて居ります、銭玄同等は早く字引を編纂する事を唱導して居るけれども未着手しません、若しそれが出来たら随分便利になるだろーと思ひます。／日本文をこんなにまづく書いて差上げる事にしました御許を願ひます。／周樹人／青木正児様／十一月十四日(2)」

㈡

周知のように、日本の中国文学研究は、長い歴史と伝統を持っていたが、その研究は古典文学研究に限られ、現代文学には眼を向けない傾向が支配的であり、その傾向はほぼ終戦まで続いた、といっていい。その主要な理由はつぎのようなことであったろう。

(1)中国の伝統文化に対する敬意は、多くその思想的背景にある儒教の肯定と不可分であり、その観点からすると、そういう伝統、とりわけ儒教に対する批判から出発した中国現代文学は、当初から「異端」と目されがちであった。

(2)近代日本において、近代中国は経済的市場ないし政治的・軍事的進出の対象としての意味しか持たず、その文化に対する正当な関心が育ちにくかった。そして中国の伝統文化への敬意はその傾向と矛盾せず、むしろそれと癒着し、それを補完した。

(3)日本で古くから作られてきた「漢文」の独特の読み方、すなわち中国の文語文を多少の無理をおかして日本語に置き換える「訓読」が、日本のアカデミズムの中では主流であり、現代中国語は貿易・軍事上の必要を満たすだけのものとしてしか扱われない傾向があった。そしてそれと表裏のものとして、中国語学の科学的研究もおくれていた。

このような状況から、日本における中国現代文学の研究は、右の三点のいずれか、またはそのすべてに対する批判的視点を抜きにしては成り立たなかった。東大の「漢学」に対する批判をこめて主張された京都「支那学」の中でも、とくに訓読に対して鋭い批判を持っていた青木が、中国の文学革命を好意的に紹介したのは、偶然のことではなかった。ついでにいえば、アカデミズムの中で、魯迅の『吶喊』を最初に演習のテキストに使ったのは、一九三〇年代初頭、京都大学助教授だった倉石武四郎であるが、倉石が中国留学と同時に「訓読は玄海灘に捨てた」と公言した徹底した訓読廃止論者であり、外国語としての中国語学の研究・教育に後半生を捧げたのは、広く知られているとおりである。歴史的に見て訓読の果たした役割をどう位置づけるかはともかく、中国現代文学への関心が、このようなはげしい訓読批判をバネにしなければならなかったことはたしかである。

ただ、京都支那学全体としていえば、現代文学への関心は、その後持続せず、むしろ冷淡であった。一つの学問として完成されていた清朝考証学の実証的伝統を受けついだために、東京の漢学に批判的であった反面、中国現代文学が持った傾向と若さ・未熟さは受けつけにくかったのだろう。一時京都に亡命して来ていた清朝の遺臣羅振玉、王国維等との親交が、心情的に現代中国に反発させたこともあったかも知れない。現代文学への本格的な関心は、のちの左翼文化運動ないし中国文学研究会をまたねばならなかった。

話が少し先走りしたようだ。もとにもどす。

ところで、これより先、魯迅が本格的に創作活動を始める以前にまでさかのぼれば、彼の仕事についての紹介が、日本でされたことがあったことが、最近明らかになった。発見者は、当時東大大学院博士課程学生であった藤井省三で、彼は初期魯迅の思想に影響を与えた日本の文献を調べる目的で、明治時代の雑誌を調べているうち、雑誌『日本及日本人』につぎの文章を発見したのである。

「日本などでは、欧州小説が盛んに購買される方であるが、支那人も、夫れにカブれた訳でもなからうが、青年の間には、矢張りちよい〳〵読まれて居る。本郷に居る周何がしと云ふ、未だ二十五六才の支那人兄弟などは、盛んに英独両語の泰西作物を読む。そして『域外小説集』と云つた三十銭ばかりの本を東京で拵へて、本国へ売付ける計画を立て、すでに第一編は出た、勿論訳文は支那語であるが、一般清国留学生の好んで読むのは、露国の革命的虚無的作物で、続いては独逸、波蘭あたりのもの、単独な仏蘭西物などは、余り持て囃されぬさうぢや」[3]

日本留学中の魯迅は、仙台医専を中退して東京にもどり、自分たちの計画した雑誌『新生』が流産したあと、初期の彼の思想・文学観を物語る一連の論文を雑誌『河南』に発表するが、それに続いてやったのが、ロシア、東欧を中心としたヨーロッパ文学の翻訳『域外小説集』の刊行だった。弟の周作人との共同作業だった。この本は、魯迅の語るところによれば、二〇数部しか売れなかったという。これには多少の小説的潤色もあるかも知れないが、それほど多くの部数でなかったことはたしかであろう。それを紹介したこの文章は、魯迅の仕事に対する、おそらく世界最初の反響だった。

(三)

魯迅の作品の日本語訳としては、北京在住の日本人が発行していた日本語雑誌『北京週報』（北京、極東新信社）の一九号（一九二二・六・四）に、「孔乙己」が周作人の訳で載ったのがもっとも古い(4)。この雑誌はその後も「兎と猫」を魯迅自身の訳で載せたり、「中国小説史略」の前半を載せたり、さらに、従来知られていなかった魯迅の談話三篇を載せていたことが最近発見されたり、魯迅とはわりに縁の深い雑誌だった(5)。

これは同誌主筆であった藤原鎌兄、その記者であり、ある面では藤原をむしろリードした丸山幸一郎（号昏迷）等、進歩的な思想を持ったすぐれたジャーナリストがいて初めて可能になったことだったろう。同誌にはほかにも「私のひげ」が「周魯迅作、東方生訳」として出た（二四・一二・二二）ほか、当時北京で崇貞女学校を経営していた清水安三が「現支那の文学」を連載し、魯迅の項が同年三月二日号に出た。私の手もとにあるのは、同年単行本になった二冊(6)のうち『支那新人と黎明運動』所収のもので、『北京週報』との異同はまだたしかめていないが、日本国内ではこれが青木正児につぐものである。「今の支那が有する、せめてもの創作家だ」というエロシェンコの言葉、「創作に白話を用ゐて最も大いなる成績を納めたるは魯迅である彼《ママ》の短篇小説は五年前の『狂人日記』から最近の『阿Q正伝』に至るまで、多くはないけれども、何れも劣つたものはない」という胡適の言葉を枕にして、「孔乙己」「白光」のあら筋を紹介したあと、「描写は自然主義で、そこに何等かの諷刺を加味しやうとする、狂人日記、阿Q伝何れもよい作だと思ふ」という。

「エロシエンコが彼に近く生くるやうになつてから、彼の作が甘い、ちよつとした小品的なものになつた「兎と猫」「鴨的戯劇」などがそれである……尤も彼がエロシエンコの来ぬ前にも、「故郷」といふ作があつた、それは二十年振に帰つた故郷で、「閏土」を思出すところであるが、しんみりしたいい作である」

清水氏には「孔乙己」「白光」「故郷」の印象が深かったらしい。つぎに触れる『支那当代新人物』でも「孔乙己」の内容を紹介したうえ、「「孔乙己」のほかに「故郷」「白光」がある」と書いている。

この「現支那の文学」は、魯迅のほか、緒論、林紓、白話、胡適、聖陶、仲密（周作人）、其他、結論の各節からなるが、林紓の項にもつぎの記述がある。

「古文で小説を繙訳したものに周作人と其兄弟の『域外小説』がある。彼の技倆もまた大層優れたものである」

『支那当代新人物』には、宣統帝、張作霖等の政治的人物とともに、胡適、陳独秀、李大釗、孫文、蔡元培らも紹介されており、その中に「周三人」の項がある。[7]

「周三人！聞かぬ名だなあ！／周三人といつたは、周樹人、周作人、周建人と一括して呼んだに外ならぬ」と冒頭にあるが、周建人のことは「よく知らぬ」として三行述べているだけで、もっぱら魯迅と周作人について述べている。

魯迅については前述したように「孔乙己」を紹介したあと、こういう。

「魯迅はいつもかも、支那の古い習慣と風俗を味噌糞に悪口つく癖がある、この孔乙己もまた科挙制の生んだ寂しい犠牲者を、テイマに取扱つて居る。作全体に人間の投げ得る暗影を、最も深い黒さで表現してゐる。心理描写を手軽にやつてのけて、表現に細い注意を払つてゐる、彼の創作に現はれて来る人生は、何時もかも、呪はれてゐる。しかし其深酷な悩ましい人生は、必ず何かの問題を解決しないでゐる犠牲から生じてゐる。のびのびと明るみに芽ぐむ草は一本もない、また苦しんでゐるとしても、開けゆく路を見出した人生ならば、まだしも息がつける、けれども魯迅の人生は、暗い、ほんとうに暗い人生の描写である。／魯迅自らが、人生問題に悩んでゐるのではなからうか。寂寥を何等か体験してゐるのではあるまいか。あの光明の微塵程もない創作を為すからには。「孔乙己」の外に「故郷」「白光」がある」

一九二二年のものとしては、魯迅の内面にある程度分け入った、まっとうな理解だったといえるだろう。清水の二冊は吉野作造の同文の序を付して出版された。日本国内に魯迅の名を伝えたものとしては、青木に次ぐものである。

最も初期のものだからという理由で、やや冗長な引用をあえてしてきたわけだが、青木氏は中国文学の専門家、清水氏は中国在住の伝道者・教育者であり、やはりこの頃までは、中国になにか特別の関係を持つ人びと以外には、魯迅の名は知られていなかったと言ってよい。

(四)

魯迅の作品が日本国内で翻訳されたものとしては、一九二七年一〇月、武者小路実篤編集の雑誌『大調和』に、「故郷」が掲載されたのが最初である。訳者はいろいろ調べてみたが、不明である。[8] 誤訳も見られ、たとえば末尾の有名な「地上にはもともと道はない……」の前、「希望とは元来あるともいえぬし、ないともいえぬものだ」とすべきところを、「希望は本来いわゆる有を無にし、いわゆる無を無にするものだ」と誤訳し、これでは意味が通じないので、後の方の「無」の下に（有？）と入れる、といった具合である。しかし、当時の中国語教育の水準を考えれば、最初の訳にはこの程度の誤訳は不可避だったろう。

『大調和』のこの号は、「亜細亜文化研究号」としてあり、小説では「故郷」と唐代伝奇の「柳毅伝」が並び、評論・エッセイでは、郭沫若の「革命と文学」と胡適その他が並ぶといったもので、その雑然としたところがおもしろいといえばおもしろいが、全体にアジアあるいは中国一般に対する関心から編集されたもののようで、[9] 魯迅を選んだ動機ははっきりしない。武者小路が巻頭言で

「印度は思想的に随分すぐれた人格者を現在持っている。支那は個人的にすぐれた人は認められないが、国民的に動きつつある。何か面白いものが生れて来そうに思う」

と書いている。魯迅についてはごく簡単な経歴のほか「民国第一流の短篇作家」とあるのみである。しかし、ともか

くも武者小路編集の雑誌に、こういうものが載ったこと自体、中国の新しい息吹きが、国民革命という政治的激動への関心にも触発されて、ようやく日本文化界にも感じとられつつあったことを示すものであろう。

㈤

しかし、国民革命・北伐として進展しつつあった中国革命、および一九二七年四月一二日蒋介石の反共クーデターによるその挫折、という経過に、日本でもっとも敏感に反応したのは、やはり、プロレタリア文学運動であった。小牧近江・里村欣三のルポルタージュ「青天白日の国へ」（『文芸戦線』一九二七・六）を初めとするかなりの報告・旅行記が書かれ、また声明の転載、アピールの交換等が、一九三〇年代にかけてさかんに行われた[10]。

しかし、魯迅の理解・評価に関する限り、この時期のプロレタリア文学運動の側からのそれは、あまり正確でもなかったし、深くもなかった。むしろ中国で一九二八年展開された「革命文学論戦」の影響をストレートに受けて、創造社・太陽社の魯迅批判そのままのようなものが多い[11]。

たとえば、『戦旗』一九二八年七月号には、山田清三郎、藤枝丈夫の両氏が、成仿吾および郭沫若と見られる人物との会見記を載せているが[12]、後者にはK（郭沫若）のこういう言葉が見える。

「創造社も以前は極左的な理論に指導されてゐたのですが、最近は外部の政治的意見に従つてかなり包含力ある運動に転換して来ました。……一般にCPの文芸政策がかなり濃厚に、敏速にどの雑誌にも反映します。その点は日本より巧く行つてゐるやうです。……今主としてなされてゐるのは旧来文学への決算ですね。魯迅、張資平等の人々が厳正に批判されてゐます。……日本には余りこんなことは判つてゐないのですね、一つ大いに紹介して下さい。日本の作品もどれを紹介したらいいか知らして下さい。――お互いにやりませう！」

また国際文化研究所[13]の機関誌『国際文化』は、主に藤枝丈夫による中国現代文学の紹介をさかんに行っていたが、その中で藤枝は創造社の「素晴らしい活気」をたたえ、「月刊『語絲』『北新』等に拠って反革命的放言を逞しうしつつある魯迅一派に対しても、徹底的に論評を加えて余すところがない」と書いたほか[14]、同趣旨のことを何度か述べている。国際文化研究所は、後のプロレタリア科学研究所の前身である。

これは藤枝のみの責任ではなく、日本と中国を問わず、当時の左翼が持っていた思想的未熟さによるものだろう。若いプロレタリア文学が、文学の中に政治的主張のストレートな表現や、「革命的」題材を性急に求めがちなのは、むしろ法則的なことかも知れない。同様の傾向は、当時満鉄の周辺にいた研究者の中にも強かった。

『満蒙』の一二巻一号（一九三一・一）に、長江陽訳の『阿Q正伝』とともに、大内隆雄（山口慎一）『魯迅とその時代』[15]が載っている（『阿Q正伝』は同年五月号まで連載）。これは末尾に「本稿、材料の点に於いて銭杏邨の『現代中国文学作家』に負ふ所が多い」と述べ、文中でも銭杏邨からの引用を明示したりして、論文の体裁をとっているが、実質的には、銭杏邨の「死せる阿Q時代」[16]の要約である。

「その二作集（『吶喊』『彷徨』）と、『野草』とを通読した者は、なほ一条の出路を見付け得ず、吶喊と彷徨とを繰返してゐる作者を見ないだらうか、つひに野草のままで喬木とはなり得ない彼を。語られるものは常に過去である。現在までである。其処に将来はない」

「魯迅は其処にそのプチ・ブル的根性をさらけ出してゐる。プチ・ブルの気儘さ、誤ちを認めないこと、その疑惑、それらを我々は所在に見出す。その面前に光明の路が横はつてゐても、彼はそちらへ行かうとはしない、そして現実に甘んじてはゐないのだが、理想に希望を置くこともない、結果は岐路をあてどなく徘徊するのみである」

大高巖などにも、同様の傾向が見られたし[17]、戦前の中国研究者の中でユニークな存在として現在でも評価の高い鈴江言一にしても、つぎのような文章を書いていた。

「革命文学のはじまりは一九一六、七年におけるいはゆるルネサンス運動中に存する。それは五・四運動において一層具体的な進展を見た。……この傾向を専ら文学の領域に示したのは、魯迅並びに彼の代表的作物『吶喊』である。しかし当時の中国革命思想は、主として封建勢力を対象とするものであつて、マルクシズムの思想はいまだその勢力を得てゐなかつた。魯迅の態度は当時の自由思想を代表するものであつて、彼の作品には貧民生活の描写、貧民生活に対する同情を表するものが非常に多いが、それにはなんらの階級的立場はない。この頃の状態を文学史上では『阿Q』時代といふ。／一九二四年頃に至つて、中国無産階級の勢力急激に増大し、革命気運漸次高潮に向ふに及んでも、魯迅の作品は依然たる感傷主義にとどまつて、経済的背景に拠ることができず、個々の人類の一般的弱点から、封建勢力、封建社会に攻撃を加へてゐたにすぎなかつた。したがつてこの頃より、魯迅一派の地位は漸次没落へと傾いた[18]」

もちろん、『満蒙』にも、このような銭杏邨の直輸入ばかりがあったわけではない。三一年五月の原野昌一郎「中国新興文芸と「魯迅」」などその例である。

この筆者について、私はまったく知識を持たないが、これには少なくとも、自分が魯迅の作品を読んで得た感想をもとにしてものを言っている温かさと確かさがある。

原野は魯迅の最大の特色を、「郷土芸術家」としての面に見出す。

「文化国としての中国、哲学者としての中国人は東洋並に世界に誇るに足るところの広大な心的な著作を有して居り、或点迷蒙な古典の無限をもつてゐる。国情の特異性について今ここに言ふならば限りないことであり贅言しないけれども、ただ文学の効果なるものはその発生する土地の現実を最も的確に別出普遍せしむるところにある……世界有数の広大な土地をもつてゐる中国のことだ。だからその文学の形態に於ても種々多種な出現を見せるは当然なことだが、然しながら最も確実性をもつて現代のわれ等に表現するものはわが魯迅である」

ある作家や作品を、その風土性や文化的伝統とのつながりにまず目を向け、その面から理解するのは、日本における中国近代文学理解の一つの型だが、原野の場合、よくあるそうした型とはちがっているようである。

「中国は言ふまでもなく、世界に類例のない伝統的香りをもつた老大国であり、東洋的なその文化の広汎と、経済・政治各方面に於ける禍乱、重圧は、実に幾百千年となく転倒、再起の廻転をつづけ、百官の横恣、民衆の圧迫は、実に無類な深酷さをもつて繰り返されてゐた。……それは我々が歴史の一頁を繙くとき、直ちに瞥見し得る痛烈な現（実）である（の）だ。封建的な圧政は世界いづこにも見られるのだが、斯くの如き程度の深烈なものは世界いづこにあらう。彼等が一面怯儒、惨忍と見られ、乃至は執拗な勤勉性、天命観、郷党間の団結等々は斯く見来るときは十分な必然性を有してゐる」

つまり、郷土性という言葉で彼が意味しているのは、中国の歴史と現実の重みであり、魯迅がそれを描き出していることへの共感なのである。

「短篇「孔乙己」の中の孔乙己、「風波」の七斤、「阿Q正伝」の阿Qは何とまぎれもない中国人の姿だらう。……とくに我等の最も関心し讃美するところのものは、彼の首題の殆ど全部が最も下層に呻吟してゐる民衆の姿を写実的な的確性をもつて我等の前に顕現させたことだ。中国民衆の過半を占むる農村人の全裸体を暴露することだ」

原野はこの中に「諸家の論評」という一節を設けて、方璧「魯迅論」、尚鉞「魯迅先生」、銭杏邨「死せる阿Q時代」、青児「阿Q時代は死なぬ」、成仿吾「吶喊の評論」を紹介し、成・銭二人のうち成に賛成してこう述べる。

「兎も角彼は可成り広汎な認識（それは一面芸術的であり一面哲学的でさへある）を以て論評して居り、この点銭杏邨の社会的排他的な評論とは違ふのである。……真の批評なるものは、成るべく部分的なものを避け包括的な（一面形而上的であるとともに形而下的な）普遍性を有し、そしてまた局部的な浸透性を併有するものでなければならない、そしてこれが批評の至難とされる所以でもあるのだ、自分は成仿吾に何等か暗示されるやうな気がするのである」

「吶喊の評論」をプロレタリア文学の立場からの評論とするなど、成仿吾の当時の立場に眩惑された面があり、「吶喊の評論」自体の評価にも問題はあるが、ともかく原野が前掲の大内の文章に反撥してこの文章を書いていることはたしかである。

しかし、この時期に、原野以上に、出色の魯迅理解を示しているのが、新聞連合の特派員として国民革命の根拠地広東にいた山上正義である。彼の「魯迅を語る」[19]は、魯迅を主題にした文章としては、日本の一般の雑誌にのった最初のものだが、広東時代の魯迅の像を鮮やかに描き出して、今日でも新しさを失っていない。とくに四・一二クーデター（広東では三日遅れて四月十五日から始まった）後の状況と、それに対する魯迅の憤りと歎きとを描く、貴重な証言になっている。山上正義については、私は一冊の本を書いているので[20]、ここでは最小限にとどめるが、プロレタリア文学運動揺籃期に『種蒔く人』に「罷業の朝」と題する俳句五句を発表し、日本共産党正式結成前夜に反戦ビラをまいた「暁民共産党事件」に加わって禁固八カ月の刑を受け、出獄したのち中国に渡った人物。広東で魯迅から「阿Q正伝」の翻訳の承認を得、三一年に刊行したほか、二七年末の広東蜂起を題材にした戯曲「支那を震憾させた三日間」を書いた。尾崎秀実とも親交があった。ゾルゲとは関係を持ちかけたところで「身を引いた」し、彼自身は、尾崎・ゾルゲ等の逮捕に先立って三八年一二月病死したが、尾崎・ゾルゲ事件の判決の中では、「日本人側連絡責任者たりし共産主義者」と認定されている。

日本最初の、それもすぐれた魯迅の専論が、このような経歴の持ち主によって書かれたことは記憶されておいてよい。山上の右の文章は、広東時代の魯迅像を生き生きと描き出していると同時に、魯迅にとって広東での体験の持った意味をも的確にとらえ得ている点で、魯迅論としても出色なのだが、それも反共クーデターによる革命の挫折に、憤りと悲しみをわけ持っていたからこそであり、それは、山上のような経歴と思想があって初めて可能だったことにちがいない。

魯迅を「小ブルジョア」と断定し去るような見解と、山上のようなそれと、それが双方とも左翼によってしか生み出され得なかったものである、というところに、イデオロギー、階級的立場というものの持つ強みと危険の両面が現れているように思われる。

二　佐藤・増田から小田まで

(六)

左翼文学の側からの魯迅への関心にくらべて、時期的には一、二年遅かったが、その影響の広さと深さにおいては、むしろより大きい意味を持ったのが、佐藤春夫・増田渉による魯迅の翻訳・紹介であった。一九三二年一月の『中央公論』に佐藤春夫訳「故郷」と「原作者に関する小記」が、同年四月『改造』に増田渉「魯迅伝」が、七月の『中央公論』に佐藤訳「孤独者」が載った。

これ以前に、二八年ごろから、「家鴨の喜劇」「白光」「孔乙己」等の翻訳が出始め、また上海の日本語紙『上海日日新聞』には、「阿Q正伝」が井上紅梅訳で掲載されたという。井上訳「阿Q正伝」は、二九年一一月『ぐろてすく』(文芸市場社)に、「支那革命畸人伝」という題名で発表される。これが「阿Q」の翻訳が国内で発表された初めである。[21]このあと『満蒙』三一年一月から、長江陽訳の阿Qが連載され、同年九、一〇月には松浦珪三訳と林守仁(山上正義)訳の「阿Q正伝」がそれぞれ単行本で出版された。[22]しかし、松浦珪三自身「訳者序」の中で、「著者の作品にして、これまで日本文に翻訳されたものは、著者自身の手になれる日語訳『兎と猫』以外には存在しない」といっているくらいだから、右の各種の訳は、ごく限られた範囲でしか読まれなかった、といってよかろう。それが、すでに第一線の作家として地位を確立していた佐藤春夫によって、代表的総合雑誌『中央公論』に翻訳されたことの持った意味は大きかった。これ以後、魯迅の名は、ようやく日本の文化界に知られるようになった。

佐藤は「故郷」を最初英訳で読んで、それを原文と対照しながら訳した。半人前の英語と半人前の漢文の読書力とを合わせて一人前の翻訳をした、と、彼は書いている。(23)

同じ文章の中で、彼は「故郷」のどこに惹かれたかについて、こう書いている。

『故郷』は中国古来の詩情（それをわたくしは異常に愛している）が、完全に近代文学になっているような気がしたからである。中国古来の文学の伝統が近代文学として更生しているというのか……ともかくもそういう点が、日ごろわが国の近代文学が古来の文学と全く隔絶しているかのように見えるのを不満としていたわたくしに、『故郷』を訳して学ぼうという気を起させたのであった」

魯迅の死に際して書いた文章の中では、さらにこういう。(24)

「魯迅の作品を少し注意して読むと、（中略）きっとどこかに必ず月光の描写と少年の生活とが表れているのは不思議なばかりである。おもうに、月光は東洋の文学における伝統的な光である。また少年は魯迅の自国においての将来の唯一の希望であった。（中略）月光を魯迅の伝統的な愛とすれば、少年は将来への希望と愛であった」

中国文学の伝統と、現代的問題意識との調和ないし統一を魯迅に見出したわけである。

岡崎俊夫は、「佐藤が魯迅を訳したのは、彼の中国文学好きの延長にすぎない。古典をいろいろ訳したのと同じ姿勢で魯迅にまで手をのばしたので、この詩人には魯迅の精神は風馬牛だったのだ、と考えていた」と書いた上で、しかし、魯迅への佐藤の触れ方からは、従来とかく見逃されがちな、魯迅文学における伝統の問題を感じさせられる、魯迅と佐藤とはある程度血のつながりがあるようにも思われる、と修正・補足をしている。(25)妥当な見解というべきであろう。ただ、魯迅文学を考えるとき、彼が生きていた現実との関係と、伝統文化の影響とを、どう全体的にとらえるか、ということは、今日なお研究者にとって大きな課題であるが、佐藤に関するかぎり、その眼が主として「伝統」

の側面に向いており、魯迅の持った強い政治性・社会性にはあまり眼が届いていなかったことは、否定し難い。

佐藤のよき協力者であり、むしろ実質的に仕事をになったのが、増田渉だった。旧制高校時代、佐藤の作品の影響で中国文学に親しむようになった増田は、東大支那文学科在学中に佐藤に師事するとともに、中国小説の翻訳の手伝いなどをしていた。一九三一年、内山完造あての佐藤の紹介状を持って中国に渡り、内山の紹介で魯迅を知り、約一〇カ月にわたって『朝花夕拾』『中国小説史略』『吶喊』『彷徨』等の講解を直接魯迅自身から受けた。

増田は魯迅については、作家としても知ってはいたがむしろ『中国小説史略』の著者、「すごい学者」だという尊敬の念を強く持っていた。とにかく彼について勉強しようという気持で、毎日内山書店へ、魯迅が現れる時間を見はからって出かけ、いろいろ質問するうち、魯迅の家を直接訪問することを許され、自作の講解を受けるようになったのである(26)。中国の政治についてもほとんど知らず、また文壇的名声にひかれて魯迅に近づこうとする「文学青年」でもなく、地味な勉強好きの青年であったことが、魯迅の眼にかなったのだろう。中国人の場合でも、声高に政治的使命を唱える政治青年や、「創作」を重んずる才走った文学青年よりも、翻訳など地味な仕事をこつこつやるタイプの青年を好む傾向が、魯迅にはあった。

この増田が中国在留中から書いたのが「魯迅伝」である。魯迅自身から聞いたことを基礎にしてつづり、でき上ってからまた彼に目をとおしてもらったもの、という(27)。そういう執筆の経緯を頭において読むと、現実の中国に対する予備知識において、けっして十分ではなかった増田が、その偏見のない心で、魯迅から数々のものを吸収し、魯迅の自分の知らなかった側面にも眼を開かれて行ったあとがうかがわれる文章である。しかし、当時のある匿名批評は、これを「隣の麦飯はうまい」というやつだろう、と評したという(28)。

時期は後のものになるが、増田の仕事として『魯迅の印象』をとくにあげておきたい。前述のように魯迅に親しく指導を受け、帰国後も魯迅が死ぬまで文通を続けていた増田が、題名通り「魯迅の印象」を語ったもので、断片的といえば断片的だが、それだけに系統的に魯迅を論じた本からははみ出しがちな、魯迅の精神の多様な側面を語る挿話を、さまざまに書き残していて貴重である。(29)

ついでに内山完造が魯迅について書いたものもあげておく。上海に内山書店を開き、陰に陽に魯迅を支えた人で、魯迅も人間的に深く信頼していた。生活者として中国を見、魯迅を語っているだけに、多くの示唆に富む魯迅の想い出が語られている。(30)

話をもとにもどす。佐藤、増田の仕事が『中央公論』『改造』に載ったのとほぼ時期を同じくして、井上紅梅が魯迅の翻訳を進めており、一九三二年一一月、その訳による一巻本の『魯迅全集』が出た。(31)『吶喊』『彷徨』の全訳であり、当初『吶喊』の中に含まれていたが、のちに魯迅が除いて『故事新編』に移した「不周山（のち補天と改題）」を含んでいるのが珍しい。

井上は、東京の下町に生まれ、一九一三年上海に渡って、「支那の五大道楽――吃・喝・嫖・賭・戯」の世界にひたる中から、「支那風俗研究家」となった、いわゆる「シナ通」の一人だった。魯迅はその人物にも、翻訳にも不満で、増田渉にこう書き送っている。(32)

「井上紅梅氏に拙作が訳されたことはぼくにも意外の感がしました。同氏とぼくとは道がちがいます。（中略）先日、同氏の『酒・阿片・麻雀』という本を見たら、もう一層慨嘆しました」（三二・一一・七）

「井上氏訳の『魯迅全集』が出版して上海へ到着しました。訳者からもぼくに一冊くれました。ちょっと開けて見るとその誤訳の多に驚きました。あなたと佐藤先生の訳したものをも対照しなかったらしい、実にひどいやりかただと思います」（一九三二・一二・一九）

同様の文言は、ほかにも何通かに見える。(33)

しかし、曲りなりにも『全集』が出るようになったというところに、魯迅がようやく日本の出版界に受け入れられつつあったことがわかる。

こうして三五年六月になると、佐藤・増田共訳による『魯迅選集』が、岩波文庫の一冊にはいるところまで来た。日本の知識人で、この文庫によって魯迅を知った、という人は少なくない。中村光夫が「浮雲」と「孤独者」の「絶望」を比較する評論を書いたのも、それによってであった。中村はその前年、東大仏文を出たばかりの、気鋭の評論家だった。(34)

こうして、魯迅の晩年には、林芙美子、長与善郎、野口米次郎、横光利一、武者小路実篤等の日本の文学者が、上海を訪ねて魯迅と会った。またこれより先、渡欧の途中の金子光晴も、一時上海に滞在して魯迅と交際を持っている。彼らはそれぞれに魯迅との会見記や印象記を残している。

また日本でも中国でも現れつつあった「転向」をめぐって、魯迅が林房雄にふれ、林房雄も魯迅の「憂国」の精神を自分の合理化に使う等のことがあった。これらは日本人の中国観・魯迅観あるいは精神史を考える上では興味ある材料であるが、ここではそこまで問題を拡げている余裕がない。やはり翻訳・研究、あるいは魯迅の受容にもう少し直接関わるものに限定する。

(七)

一九三六年一〇月一九日、魯迅が死んで間もなく、『大魯迅全集』全七巻が、改造社から刊行された。三七年の二月に刊行が始まり、八月に終わっている。中国で『魯迅全集』が出たのよりも約一年早い。山本実彦という独特な個性を持った社長をいただき、以前から中国問題、中国文学に関心の強い編集者を持っていた改造社にして初めてなし得た企画だったろう。中国の『全集』があの段階で望み得る完全に近い『全集』であったのにくらべて、日本のそれは実質上『選集』であり、しかも誤訳の多いものだったが、とにかく、魯迅を理解する上で欠かせぬ彼のエッセイ、

「雑文」あるいは「雑感」と呼ばれる魯迅の仕事は、これによって日本の読者の眼にふれたのである。

この『全集』を読んで、すぐれた仕事をした人物としては、中野重治をあげねばならない。中野の仕事に対しては、私も一人の読者として人並みの関心と敬愛を持ち続けて来た者だが、彼の晩年の政治的発言と行動は、およそ私の納得しかねるものであった。当然のことながら、晩年の中野の行動の故に、彼のかつての魯迅論に対する評価が変わることはないが、彼の魯迅論を高く評価するにもかかわらず、むしろそれを最大限に高く評価すればこそ晩年の彼の行動は眼を蔽うばかりであった、少なくともあまりにバランスを欠いていたといわざるを得ない。それが中野の中でどうつながっているのか、あるいは中野の中で何かが変わったのかは一つの問題だが、ここではそれにふれている余裕がない。

中野は、魯迅が死んだ時に、佐藤春夫が、悪化しつつある日支関係を救うには、両国の知識階級が現在の妄念から解放された人間同士の温かい心情を基礎に握手することが第一のそして唯一の良策であり、魯迅は向う側から立派な手をさし出す人だった、と述べて惜しんだのを批判して、こう書いていた。

「私は日本と中国との知識分子の握手を望むことけっして佐藤春夫に劣らぬつもりではいるが、それが日本と中国との関係をよくするための『第一のそして唯一の』策だと考えるものではけっしてない。（以下五行削除）『歌日記』はじめたくさんの文学が日露戦争を取り扱った。しかし『自国で他の二国に戦われる国民』の心はけっして描かれず、たまたま書かれれば『支那人はすべては日本軍のための食糧供給者、泊り場提供者、有効な間諜、またロシア軍のために私利私欲につられて間諜を働きかねぬ下劣な奴、さらに両軍の弾丸の飛びかう下で不発弾拾いをするしみったれた国民』として描かれただけだった。私はそういう描かれ方が国民と国民との直接の交歓を通じてたたきなおされてゆくことこそが第一だと考えるものだ(35)」

魯迅が「『吶喊』自序」で文学志望の動機として語ったものの一つの核心に対する理解、というより共感がここにはある。これは当時の日本において、やはり数多いものではなかった。

「二つにわかれた支那その他」は、『大魯迅全集』刊行前に書かれたものであり、またここに盛られたものは、とくに魯迅から得たものというより、それ以前から中野の中に、あるいは日本のプロレタリア文化運動の中にあったものが、魯迅に共鳴したといえるものだったかも知れぬ。しかし、彼が三九年に書いた「魯迅伝」という文章(36)は、題名から想像される内容とはちがって、魯迅伝が書かれる必要を述べたものだが、大部分を占めているのは、魯迅が一九二六年三月一八日のいわゆる三・一八事件、段祺瑞政府による市民、学生の虐殺事件について書いた一連の雑感を、彼がどう読んだか、のノートとでもいうべきものである。ここで、彼は魯迅の雑感の中にある詩と政論の統一、文学者・現実主義者であることによって同時に理論家・政論家でもあったというその性格を、具体的な文章に即して明らかにしている。外国文学の読み方としてオーソドックスなものといえばそれまでだが、魯迅の思想的・政治的たたかい方に対する理解として、戦前の日本において、これだけの深さを持ったものは、他にそうはなかった。

(八)

小田嶽夫の『魯迅伝』(37)は、中国で伝記が書かれるより早くできたものだが、右の中野の「魯迅伝」という文章に刺激されたと、「あとがき」で書いている。

小田の『魯迅伝』は、魯迅の著作の中の自伝的要素をたどって組み立てたもので、彼自身、「あとがき」の中で、伝記的に参考になる資料がほとんどないため、彼の全著作を頼りにするほかなかった、といい、「それによって魯迅の歩いた道を辿って編述するかたわらその時々の魯迅をとりまく環境を簡単に書き添えたというのが本伝のおおよそである」と述べている。

そして、視角については、できるだけ主観的な解釈や主張は避け、淡々とした態度を貫こうとしたが、無意識のう

ちに一つの線に沿っていたようだ、といい、

「というのは『愛国』者という魯迅の面に知らず識らずのうちに叙述が集中して行ったような気もする。が一方これは生涯を通じて魯迅の心に最も熱く燃えていたものであって見ればそうなるのも当然かも知れない。魯迅は青年期以後ほとんど終生時の為政者、権力者にたいし憎悪、反感に燃えていたようであったが、それも彼の真の『愛国』の情に根ざしていたことは、本伝を読まれた読者は容易に了解せられたことと思う」

という。「愛国」という言葉は、どうにでも解釈される曖昧さを持っており、こういう言葉の使い方にも、一九四一年、太平洋戦争開戦前夜の空気が小田に影響しているあとを見ることができるだろうが、彼が魯迅の中に見出したもの自体は、もう少したしかなものだった。魯迅の死に際して書いたある文章の中で、魯迅の同胞に対する辛辣・鋭利な揶揄・諷刺の恐しいまでの冷たさの底に、彼のあたたかい涙がにじんでいる、と指摘したのち、

「というのも一つはその原因を氏をとりまく弱国という環境にも帰せられると思う。

まことにこの文学は見ようによっては弱国人の代表的表現とも見られ得る。事実ぼくはその文学に遭って初めて強国人の文学というような思索対象にぶつかったほどである。

ぼくらの誰が、あの魯迅の砂を嚙むがような索漠とした欝憂・苦渋の前に、ぼくらの不幸を声高く叫び得るであろうか(38)」

彼が「弱国」という言葉で感じているものは、今日の言葉にいいなおせば、被圧迫民族という言葉に近いだろう。魯迅の中にそれを読みとり、それに照らして、「強国」＝帝国主義国の文化としての性格を刻印されている日本の文学をふり返る、という姿勢は、やはり高く評価されて然るべきであろう。魯迅の死に際しては、前述の佐藤春夫のほか、新居格、室伏高信等が思い出や追悼を書いていたが、小田の右の文は、それらの中で、すぐれたものであった。

たしかに「弱国」「愛国」といった言葉の曖昧さにも見られるように、小田の思想はけっして明確なものではなかっ

たし、本質的に文人気質のこの作家が、魯迅の思想の理解よりも、その心情への共感に流れがちであったことは、否定しがたい。彼が太平洋戦争中に、「魯迅の思想」を語りながら、つぎのような文章を書くに至ったのも、彼のそういう面と関わっていたと思われる。

「支那知識階級の汪然たる愛国の熱情は近世支那の光であろう。が、一つにはこれを善導する大政治家がいず、一つにはこの熱情は後にマルキシズムと結びつくことになり、ためにこれは思わしくない方向に向かって流れ出した。そうして最後にはこれは抗日に凝集した。返す返すも惜しむべきことである。しかしながら率先アジアにめざめて南京に国民政府を建立した汪精衛はじめ一派の人々が多く政治家というよりは多分に学者的知識分子であることを思うとき、重慶陣営にいる知識階級の精神にも新しい創造の芽はすでに萌えはじめているのではないかとひそかに想像されるのである(39)」

ただ、この文章を読むとき、それが一九四三年に書かれたという事実を無視することはできない。この間一九四一年一二月八日の太平洋戦開戦は、日本の国内の精神状況を大きく変えた。開戦直後の社会主義者・自由主義者の大量検挙等、権力の側からの弾圧の強化もあったし、知識人内部の変化も大きかった。日中戦争には批判的であった知識人で、太平洋戦開戦によって一気に「迷い」をふっ切って、戦争肯定に転じた人が少なくなかったことは、周知のことであるし、後の竹内好の場合によりくわしくふれるつもりである。大まかにいえば、一九三〇年代半ばにマルクス主義・社会主義思想が弾圧されたあと、それからの「転向」者の良心的部分も含めて、辛うじて守っていたリベラリズムさらには合理主義的思考が、神がかり的な軍国主義一色に塗りつぶされたのが、一九四一年一二月八日以後だった。その意味では、一九四三年の小田の文章と、四一年の『魯迅伝』とを直線でつなぎ、四三年の文章に照らして四一年の『魯迅伝』を評価することは、やはり一面的になるだろうと考える。

小田の『魯迅伝』の欠陥は、むしろ魯迅に迫ろうとする彼の姿勢の甘さにあった。その点では竹内好の次の批評が、もっとも的を射ているように思われる。

「よくできた本である。（中略）よくできた、というのは、魯迅の文章を丹念に整理して、再構成してあるからである。そして私は、いささかアマノジャクめくが、その点に問題を感じるのである。（中略）文章はよみやすく、そしていくらか感動的でさえある。たぶん作者の人柄から来るのだろうが、スラッとして、抵抗を感ぜずに、読者は魯迅という一人の人間を思いうかべることができる。（中略）

それではこれは、伝記として成功しているかというと、どうも私にはそう思えぬ。（中略）私の不満の点を強いてあげれば、作者は素朴すぎやしないか、文章を信じ過ぎやしないか、文章を、その奥のところで問題にするのでなくて、手前のところで問題にしているのではないか、ということである。（中略）『魯迅伝』は、魯迅のいちばんきらいな花鳥風月で魯迅を処理したきらいがある」[40]

一九四三年に書かれ、四四年に出版されて、その後の日本の魯迅研究に決定的影響を与えた竹内の『魯迅』は、小田『魯迅伝』への批判も一つのバネにして書かれることになる。

三　竹内好以後——戦中

(九)

小田嶽夫の『魯迅伝』の三年後、竹内好の『魯迅』[41]が出た。今日に至るまで「竹内魯迅」の名で呼ばれるほど[42]、その後の魯迅研究に決定的影響を与えた本である。彼以後のあらゆる魯迅研究者は、この本から多くのものを受けついでいる。様々な点で竹内と異なる魯迅像を提出するに至ったものにしても、「竹内魯迅」に感ずる違和感に固執し、違いを掘り下げることを通じて自分なりの魯迅像を育ててきたのであり、その意味ではやはり竹内の強い影響下にあった。

「竹内魯迅」は、なぜかくも大きな影響力を持ったのか。それは、むしろ竹内好論そのもののテーマの一つであり、ここでそのすべてを論ずることはできないが、問題の整理のためにも、いくつかの点をあげておきたい。たとえば魯迅が仙台医専在学中に、中国人が日本軍に処刑される場面の幻灯を見て、医学を捨て文学に転じたという有名な挿話は、増田、小田の「魯迅伝」においてはそのまま伝記のなかにとり入れられていたが、竹内はこれを「伝説化」であり、「その真実性に疑いを抱く」(43)という。

「彼（魯迅＝丸山注）は、同胞の精神的貧困を文学で救済するなどという景気のいい志望を抱いて仙台を去ったのではない。恐らく屈辱を噛むようにして彼は仙台を後にしたと私は思う。医学では駄目だから文学にしてやれなどという余裕のある気持ではなかったろうと思う。（中略）ともかく、幻灯事件と文学志望とは直接の関係がないというのが私の判断である」(44)

「私が、彼の伝記の伝説化に執拗に抗議したのは、決して揚足取りのつもりからではない。魯迅文学の解釈の根本にかかわる問題だからである。説話の面白さによって真実を枉げてはならぬからである。私は、魯迅の文学を、本質的に功利主義と見ない。人生のため、民族のため、あるいは愛国のための文学と見ない。魯迅は、誠実な生活者であり、熱烈な民族主義者であり、また愛国者である。しかし彼は、それをもって彼の文学の支えとはしていない。むしろそれを撥無することにおいて彼の文学が成立しているのである。魯迅の文学の根源は、無と称せらるべきある何者かである。その根底的な自覚を得たことが、彼を文学者たらしめているので、それなくしては、民族主義者魯迅、愛国者魯迅も、畢竟言葉である。魯迅を贖罪の文学と呼ぶ体系の上に立って、私は私の抗議を発するのである」[45]

もちろん、竹内は、魯迅が「吶喊自序」や「藤野先生」で書いたことが、真実でないということを主張しているのではない。ここでは少なくとも次の二つの点が主張されているのである。

第一に、魯迅の小説はもとより、散文、回想等の形式で語られているものを含めて、魯迅の文章で語られていることがらと、魯迅の体験そのものの間には距離があること、また魯迅が自らを語るとき、時には複雑な側面を持ったことがらを単純に割り切って述べ、時には重大な意味を持ったことを、さりげなく、あるいは冗談めかして述べるのであり、彼の文章と彼自身との間に存在する屈折を見失うならば、魯迅の像は単純化され、歪んだものになる、という方法論上の主張である。「文章を、その奥のところで問題にするのでなくて、手前のところで問題にしているのではないか」という、先に引いた竹内の小田批判は、それを述べたものである。今日から見れば、文学研究の方法としてあまりにも基本的なことにすぎないともいえるが、少なくとも、魯迅研究において、魯迅が何を書いているか、だけではなくて、魯迅をどう読むかということこそが問題であることが、ここで初めて意識されたといえる。「竹内魯迅」が、日本の魯迅研究を初めて本格的研究に高めたとされる理由の一つは、ここにもあったのである。

第二に、これが「竹内魯迅」の重要な柱の一つなのだが、魯迅における文学と政治の関係についての、竹内の独特な見解である。竹内はここで、魯迅の文学・思想が持っていた政治性を単純に否定しているのではないし、まして魯迅を芸術至上主義者だといっているわけではない。ここに表白されているのは、魯迅における政治と文学の関係についての、竹内のこれまた複雑な、屈折したとらえ方である。その一端は、つぎの文章などから、よりいっそう明らかである。

「政治と文学は、従属関係や、相剋関係ではない。政治に迎合し、あるいは政治を白眼視するものは文学でない。真の文学とは、政治において自己の影を破却することである。いわば政治と文学の関係は、矛盾的自己同一の関係である[46]」

「文学の生まれる根元の場は、常に政治に取巻かれていなければならぬ。それは、文学の花を咲かせるための苛烈な自然条件である。ひよわな花は育たぬが、秀勁な花は長い生命を得る。私はそれを、現代中国文学と、魯迅とに見る[47]」

武田泰淳は、この本を「悪戦苦闘の書」と呼んだが[48]、「政治と文学」に関する竹内のそのような屈折は、彼の悪戦苦闘ぶりを、もっとも明らかに示しているものの一つである。その悪戦苦闘とはどんなものであったか。

周知のように、竹内は、一九三四年に創立された中国文学研究会の発起人であり、その中心メンバーであった。中国文学研究会の結成は、日本プロレタリア作家同盟解体の約半年後であり、唯物論研究会、歴史学研究会創立の二年後、中井正一らの『世界文化』創刊の前年にあたる。日本の社会主義運動が、組織的な活動をほとんど停止させられ、日本軍国主義が全面的な中国侵略へ、さらに太平洋戦争へ向かってすすみつつあるなかで、わずかにいくつかの民主的・良心的な文化運動が続けられていた時期であった。

中国文学研究会の結成の動機として、竹内は、東大の「漢学」への反発、京都「支那学」へのあきたりなさ、プロレタリア科学研究所の中国研究への批判の三つをあげている[49]。かつて多かれ少なかれマルクス主義との関わりを持った彼らが[50]、一九三四年という時点で、あらためて、自らの思想的・文学的立脚点を探りなおそうとした試みでもあった。竹内好および中国文学研究会そのものについて、くわしく論じている余裕は今はない。その『魯迅』がどのような背景のもとに生み出されたかを見るための最小限にとどめる。それを考えるうえで、すでに周知のものかもしれぬがどうしても触れねばならぬ文章が二つある。

「十二月八日、宣戦の大詔が下った日、日本国民の決意は一つに燃えた。爽やかな気持であった。これで安心と誰もが思い、口をむすんで歩き、親しげな眼なざしで同胞を眺めあった。口に出していうことは何もなかった。建国の歴史が一瞬に去来し、それは説明を待つまでもない自明なことであった。……

率直にいえば、われらは支那事変に対して、にわかに同じがたい感情があった。疑惑がわれらを苦しめた。……不敏を恥ず、われらは、いわゆる聖戦の意義を没却した。わが日本は、東亜建設の美名に隠れて弱いものいじめをするのではないかと今の今まで疑ってきたのである。……今こそ一切が白日の下にあるのだ。われらの疑惑は霧消した。美言は人を誑すも、行為は欺くを得ぬ。東亜に新しい秩序を布くといい、民族を解放するということの真意義は、骨身に徹して今やわれらの決意である。……われらはわが日本国と同体である。……この世界史の変革の壮挙の前には、思えば支那事変は一個の犠牲として堪え得られる底のものであった。支那事変の道義的な苛責を感じて女々しい感傷に耽り、前進の大計を見失ったわれらの如きは、まことに哀れむべき思想の貧困者だったのである。……中国文学研究会一千の会員諸君、……耳をすませば、夜空を掩って遠雷のような轟きのこだまするのを聴かないか。間もなく夜は明けるであろう。……諸君、今ぞわれらは新たな決意の下に戦おう。諸君、共にいざ戦おう[51]」

日中戦争、当時のいわゆる支那事変には疑問と批判を持ちながら、太平洋戦争を肯定むしろ歓迎した例は他にも少なくなく、日本近代思想史にとっても、興味あるテーマの一つであろう。一九三〇年代半ば以降の「転向」がマルクス主義からの転向であったとすれば太平洋戦争開戦時において日本知識人の多くが示したこの態度は合理主義・科学的思考そのものからの転向でもあり、ある意味では三〇年代の転向の「完成」、行きつく先でもあった。竹内に即していえば、これが竹内自身によってものちに「政治的判断としては……徹頭徹尾まちがっている」と認められながら[52]、一方で戦後の論文「近代の超克[53]」につながり、彼の思想の一つの軸をなしていることは、周知のことに属する。そのような戦後の彼の評論活動全般にわたる問題については、別の機会に論じたいと考えており、その後の歩みを単に「転向」という言葉で片づけようとは私も思わないが、この「宣言」に関する限り、当時において、百パーセントの太平洋戦争歓迎論として機能したという思想的政治的役割を曖昧にしておくことはできまい。それを確認したうえで、ここでの問題は、この「宣言」を書いてわずか一〇カ月後、大東亜文学者大会に際して、つぎのような文章を書いた竹内の複雑さである。

「はっきりいえば、大東亜文学者大会は、日本文学報国会にとって恰好な催しであるかもしれぬが、中国文学研究会の出る幕ではないと思うのである。支那の文学者を歓迎せぬというのではない。歓迎すべくして歓迎さるべき人を歓迎するのがぼくらの歓迎の仕方だというのである。……ぼくは、少なくとも公的には、今度の会合が、他の面は知らず、日支の面だけでは、日本文学の代表と支那文学の代表との会同であることを、日本の文学の栄誉のために、また支那文学の栄誉のために、承服しないのである。……昭和十七年某月某日某の会合があって、日本文学報国会が主催したが、中国文学研究会は与らなかったということを、その与らぬことが、現在においては、もっともよい協力の方法であることを、百年後の日本文学のために、歴史に書き残しておきたいのである」(54)

これを単純に、十二月八日にいったん幻想を持ったものの、間もなくその幻想から醒めた、という風に割り切るわけにはいかない。「大東亜文学者大会について」の、引用中最後の中略の個所には、「承服しないのはまったき会同を未来に持つ確信があるからである。つまり文学における十二月八日を実現しうる自信があるからである」という言葉が見え、竹内にとって「十二月八日」が依然として独特の意味を持つものであったことを示している。それにしても、今日からふり返って、この文章がこの時期に書かれていることは、日本の中国文学者にとって一つの救いですらあった。私事にそれるが、「文化大革命」の期間中のもろもろの「交流」を眼にし耳にするたびに、私は竹内のこの文章を心に浮かべ、自分を支える力の一つにしたのだが、それを、私は今でも見当違いであったとは思わない。

もとにもどる。竹内が『魯迅』を書き始めたのはこの文章を書いて間もない一九四三年の春、脱稿は一九四三年一一月だった。(55)その直後の一二月、竹内は召集されて兵卒として「中支」に派遣された。(56)この間の日本の思想・文学状況の一端を年表によって見ておこう。

一九四一年一二月　文学者愛国大会開催、全国文学者の統一体結成を決議。／この年、報道班員として多数の文学者徴用。
四二年五月　文学者愛国大会の決議にもとづき、日本文学報国会創立。
九〜一〇月　「近代の超克」座談会。
一一月　大東亜文学者大会。
四三年三月　大日本言論報国会創立。谷崎「細雪」の連載禁止。
七月　中村武羅夫ら、禊《みそぎ》による錬成を初めて行う。
八月　大東亜文学者決戦大会開催。

すなわち、ほとんどすべての文学が、戦争遂行の手段、日本人民の思想統一の手段として動員され、また文学者のなかにも、それに積極的に呼応する部分が現れて、国家のため戦争のための文学こそが、欧米の近代文学に代わるより高度な文学であるかのような「文学論」が唱えられていた時期に、そして大部分の文学者が、政治的にはもちろん、思想的にも抵抗する力を持たず、流されつつあったときに、そのような文学のあり方に対する反発として、「また同じように押し流されそうになる自己への支えとして(57)」竹内はこの本を書いた。かれの「私は、魯迅の文学を、本質的に功利主義と見ない。人生のため、あるいは愛国のための文学と見ない」という言葉から第一に読みとるべきものは、右のような日本の文学状況への必死の抗いなのである。しかしながら、むしろ問題なのは、この書が右の点で抵抗の書であることを認めるか否かではなく、そこからすすんで、彼の抵抗が「文学者魯迅」というかたちをとった内的必然性はどういうものであったか、それをどう見るか、というところにある。この点に関して、私の知るかぎり、もっとも深い理解を示していると思うのは、本多秋五である。

「文学を無力ならしめるものは政治である。文学が無力であるのは政治に対してである。政治は近代における宿命であり、運命である。竹内好が『政治と文学』という形でとり組んだ問題は、実は同時代の日本の文学者が『宿命と自由』『運命と意志』、あるいは『絶望からの自我の再建』という形で悩んだ問題とおなじ場にあるものであった。すなわち、そこには共通の体験があった。文学史的にはそれをシェストフ体験という。竹内好の『魯迅』は、竹内流にシェストフ体験を語ったものである(58)」

そしてこの「シェストフ体験」について、別の個所では「生命の根源には、理想主義や合理主義では割り切れぬもの、ある非合理な醜いものがあって、切羽つまった状態に立ち到ったとき、否応なくそのものが現れて来ること、ニイチェのいわゆる「人が蛇の歯をもっているかどうかは、誰かがわれわれの額に踵をのせつけるまではわからない」という真理を、昭和文学はシェストフによって教えられた(59)。」と述べている。

右の文章で十分かとも思うが、文学者の発想に慣れていない読者のために、私なりの言葉にいいかえて蛇足を加えておこう。

以上のような、当時の日本の状況と竹内の体験とは、「思想」というものに対する竹内の見解に、色濃い特徴を持たせることになった。たとえばそれは、魯迅の思想を、すでにできあがった……主義、たとえばマルクス主義あるいは進化論等々に色分けすることをつとめて避けるところに現れる。

「多くの批評家は、魯迅がこの時期に転換を遂げたことをいおうとする。……この転換は、たとえば進化論から階級闘争、個人から社会、虚無から希望、その他さまざまな言葉でいい現されている。それらの言葉がいい現すようなものがなかったとは私は思わない。しかし、それらが何か決定的なもののように考えることには、私は不同意である。それは思想を人間から取り出すやり方である。思想を人間から取り出すやり方は、そのこと自体に不可はないのだが、そのための支えとして、それを行う人間の決意を見た上でなければ、当否の判断は下せない(60)」

「魯迅が如何に変ったかではなく、如何に変らなかったかが私の関心事である。彼は変ったが、しかし彼は変らなかったのである。いわば私は不動において魯迅を見る[61]」

竹内は、魯迅がその生涯の各時期において、それぞれの思想に共鳴し、ある意味でそれらを選びとった点で、「変化」したことを認めるが、なお一方で、その「変化」を貫いて不動だったものを求める。彼が「回心の軸」「文学者の自覚」等の言葉で表すそれは、魯迅のなかでほとんど性格化、気質化している何ものかである。結局それは何であるかを、竹内は言葉で定義することも説明することもしていない。彼自身にもそれは不可能なことだったのであろう。しかし、マルクス主義者・自由主義者を含めた多くの「思想家」たちが、政治的に敗北したのみでなく、もろくもその思想を変化させ、軍国主義・国家主義への思想的同調にひた走った、当時の日本のなかにあって、「思想」がいかにもろいものであるか、いいかえればある「思想」を真に自分のものにすることが、いかに困難なことであるかを、深刻に体験させられた竹内が、人にとって最後に残るものは何か、人は何によって生き得るか、という問いに突き当たり、その角度から魯迅を考えようとしたのは、当然でもあり、きわめて切実な営みであった。そしてそれは、近代中国の歴史のなかで「私は同じ陣営内の戦友もやはりこんなにも変化することがあり得るのだ、ということをまたしても経験した[62]」といった魯迅の、ある一つの根元的側面に通ずるものだったのである。

しかし、竹内の政治と文学のとらえ方は、すでに見てきたようにきわめて複雑なものであり、また彼自身その後も「政治と文学」という問題の立て方の不毛さをくり返し指摘しているのだが、それにもかかわらず、彼がこの本の軸に「文学者の自覚」を置いたことは、岡崎俊夫も指摘するように（前掲「日本における魯迅像」）、政治に対立する文学という文学観をどこかに残すことになり、「政治と文学」という枠組のなかで、魯迅がとらえられる結果につながったことは否定できない。竹内の魯迅像としていえば、青年時代、清朝打倒の革命組織光復会に参加していたという説とそれを否定する説との二説を知ったうえで魯迅文学の本質にふさわしい、として後者を採用したというあたりにも、それは表れていた（現在では魯迅の光復会参加が確認されている）。こうした点について異なる観点に立ち、新しい資料をふまえた魯迅像は、一九六〇年代以降に提出されることになる。

四　竹内好以後——戦後

(一)

戦後に魯迅が広く読まれるようになったのは、戦後も数年たった一九五三年、竹内の翻訳によってであった。[63]この二つが売れたのは、一つには戦後数年間、ほとんど魯迅の翻訳がなかったからである。戦後間もなく、『魯迅作品集』全三巻の企画があり、二巻までは出たが[64]占領政策によって中断した。竹内訳の『評論集』も、当初大阪朝日新聞社から出版の予定で訳したものが、占領政策によって出版不能になり、講和発効後にようやく岩波書店から出版されたものであった。しかし、それ以上に、そもそも魯迅への日本の読書界の関心を高めたのが何であったかといえば、中国革命の成功、中華人民共和国の建国によって、日本の進歩的人士の中国への関心が高まったことが、一般的条件としてあげられようが、特に魯迅に限定していえば、やはり竹内の影響が大きかったといわねばならない。竹内は、戦後まもなく『魯迅』の再版を出したほか、同名だが内容が別の『魯迅』[65]を出し、また、魯迅を中心に、中国文学、日本文学に広く関わる評論を精力的に発表していた。[66]とくに、一九五〇年のコミンフォルムの日本共産党批判に関連して発表した「日本共産党に与う」[67]やその翌年出版した『現代中国論』[68]等で、日本の思想界に大きな衝撃を与えていた。

これらのなかで竹内が展開していた主張を、粗雑にここで要約するのはやめよう。すでに周知のことでもあるし、問題があまりに広く、戦後日本思想史全体に関わってしまうからである。ただ、論をすすめるために、必要最低限のことだけを述べておくと、第一に、他のところでも書いたことがあるが、竹内の中国論には、中国論自体であるよりは日本論である傾きがあり、いいすぎになることを恐れずにいえば、日本文化・社会の「近代主義」批判が先にあって、その対極にあるものとして中国を想定するという性格がある。そしてそれはある場合、現実の中国とのズレを承知のうえで、むしろ意識的な「方法」としてとられているが、時によるとその方法意識が貫徹しているとはいえず、設定した「像」がひとり歩きしている場合もなくはない、といった微妙なところにあるように思われる。

第二に、日本マルクス主義のなかにも、竹内のいう「近代主義」を見出した竹内の批判は、当時まで日本のマルクス主義運動の少なくとも一部にあった弱点を鋭くついていたことは否定できない。そして、日本共産党が一九六〇年代からしだいにその自主独立の姿勢を明確にし、それを政治路線として確立した過程は、そうした弱点を、竹内のおそらく予想しなかったかたちと深さにおいて克服する過程であったと私は考えている。しかも日本共産党が、それを単に思想・イデオロギーの問題としてではなく、日本の現実に根ざした闘いのなかから、政治路線として定着させ、国際的国内的に一つの潮流を形成した点で、竹内の提起を越えた政党としての功績を見る。だが、それだけに、竹内の批判に、マルクス主義知識人の側が、竹内の思想に反批判を加えることを含めて、竹内の問題提起により即したかたちで答える仕事は、日本のマルクス主義知識人の責任としてなお残っている、と思っている。

もとにもどる。このようにして、魯迅は竹内によれば、日本の「近代」とは異質の近代を実現した中国の特徴を体現する文学者・思想家であり、それ自体、日本近代に対する批判であり、鏡なのであった。竹内によるこのような魯迅像が、戦後まもない日本で、大きな影響力を持ったのは、あの戦争をもたらすことになった日本「近代」とは何であったのかをふり返り、またそれを阻止し得なかった側の弱点は何であったのかを真剣に考え、また逆に、あの戦争を通して新中国として再生した中国に対する驚きと敬意をいだいていた日本の多くの人びとの心を、それがとらえたからであったろう。

一九四〇年代後半が右のような日本近代への反省と中国再発見の時期であったとすれば、五〇年代前半には、魯迅を含む中国現代文学研究に、新しい動機が加わっていたことも、見ておくべきであろう。それはアメリカ占領軍の占領政策への批判である。占領政策の重点が、むしろ日本を反共の防波堤として再構成することに向けられはじめたことは、四〇年代末から、少しずつ意識されていたが、五〇年代にはいり、コミンフォルム批判、六・六日本共産党幹部の公職追放、朝鮮戦争、「アカハタ」発禁、レッド・パージと急速に進展した現実によって占領軍は日本人民の自由と独立に対する抑圧者として意識された。いわば、日本人民は初めて「被圧迫民族」の悲哀を味わったのである。日本軍国主義に対する中国人民の抵抗を描いた小説が、フランスのレジスタンス小説と同様の共感で読まれるようになったのが、このころであった。魯迅について、戒能通孝が語った言葉が、当時の空気をよく伝えている。

「最近魯迅の小説が僕にとって非常に面白いものになり出した。これは実に困ったことである。……魯迅は中国を書いている。ところがその中国は我々の社会とは別なところに立っていたが……だが今では全くちがっている。……評論の言葉も前には他人の言葉であった。だがいまでは自ら口にしたい言葉に変っている。……日本は魯迅の中国になってしまったのである(69)」

岩波版『魯迅選集(70)』は、この時期のほぼ最後を飾るものだったといっていいであろう。

(二)

一九五〇年代半ばごろまでの魯迅研究が、多かれ少なかれ右のような共通の問題意識のうえに成立していたとすれば、五〇年代末以降の時期は、魯迅研究がいくつかの要因から多様化し、分化し始めた時期だったといえる。その要因とは、一つには、このころから日本資本主義の復興が顕著になり、日本と中国との差があらためて意識されて、五〇年代前半のような「被圧迫民族」としての直接的な共感を分かちあうことが困難になったこと、第二に、スターリン批判、ハンガリー事件、中国の反右派闘争と続く世界史的激動が、日本の研究者のなかにも否応なくさまざまな見解の相違を生んだこと、第三に、とりわけ中国の反右派闘争以後の文学状況に、理解し難い、納得し難いものが現れはじめ、違和感や距離を感ぜざるを得ない現象が、つぎつぎに現れてきたこと、等であった。とくに、魯迅晩年の「国防文学論戦」に関する反右派闘争後の中国における説明は、それ以前にも中国の魯迅研究に感じさせられていた政治主義的傾向、あるいは、魯迅の精神の独特のあり方に迫ろうとするよりも、マルクス・レーニン主義ないし「毛沢東思想」一般や中国共産党との一致を強調することに偏していた傾向が、いっそう極端なかたちで現れたものとして、日本の多くの研究者に納得し得ぬものであり、中国の研究に対する不満を増大させた。

ところで、これ以後の研究については個々にコメントを加えることをやめる。翻訳・研究書ともに多数にのぼり[71]、一々述べている余裕がないし、代表的なものだけにふれるにしても私自身当事者の一人であるので書きにくい、ということもある。他の研究者による文章[72]があるので、それに譲り、ここでは、一九六〇年代から現在にかけての傾向のうち、やや特徴的と見られるものを概観し、それとの関連で今後の課題のいくつかを順不同で展望しておくことにしたい。

第一に日本の研究者の間に、多かれ少なかれ実証的傾向が強まっていることである。中国でも近年、実証的研究にすぐれたものが見られるようになった。中国の場合、それは、文革期に集中的に現れ現在批判されている極左的な文化政策のもとで、思想的・理論的角度から魯迅に切り込むことが招きかねない危険を、意識的無意識的に避ける空気から生まれたものだったろうが、日本のそれは、先に述べたような、中国と日本との距離の自覚から来ている。中国と日本との現実の差を自覚することにより、日本の研究者は、魯迅や中国文学に対する直接的な共感のみに頼っているわけにはいかず、その距離を埋めるための何らかの方法を必要としたのである。また逆説的にいえば文革がこの傾向をいっそう強めたともいえる。文革中に提起された論点の多くは、むしろ実証とは正反対のものであったが[73]、中国で自国のこととしていわれていたものであっただけに、日本の研究者の一部には、今まで日本人に未知であった事実が明らかにされたのだと考えてそのまま受けとった人びともいた。とくに周揚批判が、先にふれた「国防文学論戦」についての反右派闘争時の処理に対する批判からはじまったことは、その点に不信を持っていた日本の研究者に、文革への幻想をいだかせる要因の一つになった。それだけに、それに疑問を持ち、批判的に見ようとする者にとって、中国で提起されていた「事実」そのものの再検討を含めて事実に執着し、さらにその周辺の事実を再発掘することによって、自身の歴史像を作りあげることが、どうしても必要だったのである。

第二に、このような実証による歴史の再発掘は、魯迅をとりまく諸事件から、魯迅周辺の文学者たち、さらに魯迅と対立した作家たちに及び、戦後の中国における公式の文学史の評価からはみ出るいくつかの史実を明らかにしつつあった[74]。文革後の中国で反右派闘争で「右派分子」とされた人びとの名誉回復が行われ、さらにそれが胡風にまでさかのぼるという動きによって、それらは一気に枠を取り除かれた感がある。おそらく問題は、解放後にとどまらず、五四運動以後の文学史全般の見なおし、洗いなおしにつながるものと思われる。中国では若い世代の一部に、魯迅にも極左的傾向があったのではないかとする意見すら現れているようである。魯迅をも相対化して見ることが必要だというかぎりでは私も異論はないが、こうした文学史の見なおしが、どういうものを生み出すかは、まだ未知数であるように思われる。従来あまりにも強すぎた「正統と異端」的発想をそのままにした、「異端」の盲目的再評価に終わったり、具体的な歴史的条件を離れてああすべきであったこうすべきだったの議論に陥るのでは意味がない。魯迅を含めて彼等を真に歴史の中に置きなおし、あり得た可能性を考えるにしてもそれらが実現し得なかった原因をも歴史に即して解明し、それぞれの個性が果たした歴史的役割に迫るようなものになり得るかどうか。そのためには中国文学・中国文学史研究にも、もう少し明確な方法意識が必要であり、それを持つための、しかしあくまでも具体的問題を媒介にした論議が必要であろうと思われる。

第三に、魯迅の内面にさらに分け入るために、切り開かれるべき分野や方法も多い。近年北岡正子氏が行っている仕事[75]など、日本留学中の魯迅が書いた論文が依拠した材源をたどり、若き魯迅がときには鋏と糊でその論を組み立てているような部分を含むこと、またそれにもかかわらず、その鋏と糊の使い方そのもののなかに魯迅の強い独自性がすでに現れていることを克明に示した、画期的な仕事であるが、魯迅と外国文学との関係は、今後もさらに究明されるべき問題であろう。また従来からいわれながら、問題の大きさに誰もが手をつけかねていた、古典文学との関係もある[76]。それらを一々挙げていてはきりがないが、私はここで本文批判、テキスト・クリティークの問題を一つだけあげておきたい。たとえば文革中に書かれた馮雪峰の文章は、魯迅晩年に関する重要な事実をいくつか明らかにしたが、そのなかで彼は、魯迅の一連の文章「トロツキー派への手紙」「現在のわれわれの文学運動について」「徐懋庸に答えあわせて抗日統一戦線の問題について」の三篇は、彼の起草したものであることを証言している[77]。すなわち、前二篇は彼が「完全に彼（魯迅）の立場・態度及び度々の談話の中で表明された意見に従って書いた」ものであり、最後の一篇も同様にして馮が書いたものに、魯迅が「前の方はこのままで使える。後の方は君がよく知らないこともあるから、私がやろう」といって一部自分で書いたのだ、という。反右派闘争時には、馮の代筆であるとされ、馮の原稿が残っていることが強調され、文革時には、それは周揚等の歪曲であり、その証拠に魯迅の手稿が残っている、といわれた矛盾が、これでようやく解けたわけである。一九七六年日本にきた「魯迅展」に展示されたのがこの魯迅の手稿の部分だった。馮がこの文章を書いた当時は、まさに「徐懋庸に答え……」が馮の起草になるものだという『魯迅全集』六巻の注釈が、「周揚等の歴史の歪曲」としてはげしい非難をあびていた時期だけに、馮があえて自分の起草を認めた証言には、十分の信頼を置けるだろう。となると、問題はどうなるか。馮は「このことは実は重要ではないのだが」「これらの言葉はすべて彼がいったことのあるもので、『口述』とほとんど変わりがない。だから、このことは関係は小さい。重要なのは彼（魯迅）がもともとこの文章を書こうとしていたことだ」とくり返すが、はたしてそれですむものかどうか。反右派闘争後のように、馮の代筆であるということで、これが魯迅の意思に関わりないもののようにいった説明が「歪曲」であるのはもちろんだが、それでは完全に魯迅自身の文章と同じに扱ってよいか、といえば、それはやはり疑問であろう。人は文章を書くことで、頭のなかにあるものにかたちを与え、そうして書かれた文章が、逆に彼の思考に働きかける、というのが、人の思考と文章との関係であるとすれば、魯迅の思考が、馮によって文章化されるとき、切り落されたものがなかったか、逆に馮の文章によって、魯迅の思考に影響したものがあったのではないか、少なくともこれらの文章の示すものが魯迅の思考が持っていたベクトルの外に出るものではないにせよ、その一方向に力が加えられたとはいえないか、というのは、路線論、運動論の枠から出て、魯迅独自の精神そのものに迫ろうとするかぎり、軽視できない問題であるように思われる。

すでに紙数も残り少ない。中国でも毛沢東の相対化が進行しつつある。中国の研究は、ジグザグを経ながらも、これから本格的なものになって行くだろう。資料的な面では、限界を感ぜざるを得ないが、しかしまだ日本でもやれる仕事、日本での方がやりいい仕事は少なくないはずである。相互に実のある仕事のうえに立った中国の研究者との交流・協力も、今後の課題であろう。そのための有形無形の障害が完全になくなる日の一日も早いことを願っている。

注

(1) 青木正児「本邦支那学革新の第一歩」。引用は原則として原文のままとするが、字体はあえて正字にはこだわらない。なおこの文章については、倉石武四郎氏が、こう述べている。

「青木さんが一番先に書こうとされたので、漢文のふるい読み方をやめろということが五号に出てくるんですわ。あとで小島(祐馬)さんに聞いたのですけれど、それを初号に出すと京都でもやっぱり具合が悪い、そういう配慮からあとにまわしたのだそうです」(「学問の思い出・座談会=倉石博士を囲んで」――『東方学』第四〇輯、一九七〇・九、東方学会)青木の文章には末尾に(九年一〇月稿)とあり、倉石氏の話に近い事情があったことをうかがわせる。

（2）『魯迅全集』（一九八一年版）一三巻四五三ページ。なお、一一月一四日とあるのは、一二月一四日の誤記。『魯迅手稿全集書信　第八冊』（八〇・六、文物出版社）所収の原信では片仮名使用。

（3）『日本及日本人』五〇八号、明治四二（一九〇九）・五・一、「文芸雑事」欄、なお藤井省三「日本紹介魯迅文学活動最早的文字」『復旦学報』一九八〇年二期、参照。

（4）戈宝権「魯迅的著作在日本」魯迅研究学会『魯迅研究』編輯部編『魯迅研究』1（一九八〇・二）、上海文芸出版社。

（5）『北京週報』について詳細は小島麗逸「『北京週報』と藤原鎌兄」『アジア経済』一三巻二号（一九七二）、飯倉照平「北京週報と順天時報」、竹内好・橋川文三編『近代日本と中国』上（一九七四、朝日新聞社）所収等を参照。また小島麗逸編『革命揺籃期の北京』（一九七四、社会思想社）には、『北京週報』の主な記事が問題別に整理されている。

（6）清水安三『支那新人と黎明運動』（一九二四・九、大阪屋号書店）、同『支那当代新人物』（一九二四・一一、同書店）。

（7）のち字句を修正して、方紀生編『周作人先生のこと』（一九四四・九、光風館）にも転載されている。なお大阪屋号書店のこの二冊では、当然句点とすべきだと思われるところが読点になっていることや句読点があってよいと思うところに何もないことが多い。単純な誤植かもしれないが（『周作人先生のこと』では訂正している）、著書の口調の特色の一つのように思われるので、明白な誤植（たとえば「科挙制」を「科学制」とする）を除いて、原文そのままとした。

（8）筆者は和光大学在職当時、同大学芸術学科の武者小路穣教授を通じて、武者小路実篤氏にお尋ねしてみたが、わからなかった。また当時編集実務を担当していたのが笹本寅氏だと聞いて、同氏にもお尋ねしたし、同氏はわざわざ筆者を武者小路邸まで同道して、実篤氏に直接うかがう機会も作って下さったのだが、両氏とも記憶にない、ということだった。

（9）この経緯に関して、佐藤春夫の小説「人間事」の中に、つぎの記述がある。

一九二七年六月、南京・武漢両政府が対立していた当時、南京政府電影股長として来日した田漢との交友を描いた実録風のものである。

「無口な方の武者小路実篤は、自分の作のことが言ひ出されても話は田にまかせて田が質問をしないかぎりはおしやべりをしなかつた。さうして彼は別にうまいやうな顔もせず、またまずいやうな顔もせず食つてゐた。甚だぶつきら棒でしかし温かみがあつた。『何しろ、こつちは、支那のことなどわけて何も知らないと来てゐるんだから』／彼はそんな風にいひながら、彼の雑誌『大調和』で亜細亜号といふものを出すに就いて、寄稿者を現代支那の文士から選んだり、またそれの世話をすることを田に頼んだ。／「『僕も』と私は言つた。『多少は世話を出来る。ちやうどそのころ、上海にゐるだらうと思ふから』」

(10)　くわしくは飯田吉郎「現代中国文学の紹介について——プロレタリア文学者より見た——」『東洋大学紀要』第一二集（一九五八・一二）祖父江昭二「日本文学における一九三〇年代——ひとつの見取図」『文学』一九七六・四～五、等を参照。

(11)　革命文学論戦及びその中における創造社・太陽社の魯迅批判については、拙著『魯迅と革命文学』（一九七二、紀伊国屋新書）、とくにその第二章を参照。

(12)　山田清三郎「支那の二作家を訪ねて」、藤枝丈夫「中国の新興文芸運動」。

(13)　『国際文化』所載の規約によれば、同研究所は「ソヴェート共和国及び諸資本主義国に於いて労働者階級が創造しつつある所の文化の研究、及びブルジョア文化のマルクス的批判研究を以て其の目的」としている。所長秋田雨雀、主事小川信一以下藤枝丈夫、林房雄、蔵原惟人等所員一六名。また「所員以外にて『国際文化』に執筆を快諾された人々は左の如くである」とする中に中国人として素克昂（素は麦の誤植であろう、郭沫若）銭杏村、蔣光慈、石厚生（成仿吾）、李初梨の名が見える。

(14)　藤枝丈夫「中国における左翼出版物」『国際文化』創刊号（一九二八・一一）。

(15)　大内隆雄は山口慎一の筆名。『満蒙』は中日文化協会（大連）発行で、同協会は以前は満蒙文化協会と言い、さらにのちには満州文化協会と改称している。満鉄内部および周辺の人びとによって発行されていた雑誌らしいが、協会の性格・沿革・雑誌の目的など、詳細はまだ調べていない。追記：九三年以後数年にわたり、不二出版から復刻版が出た。

(16)　『太陽』一九二八・五、銭杏邨『現代中国文学作家』（一九二八、泰東書局）、前掲李何林編『魯迅論』所収。またこの内容については、今村与志雄「中国における魯迅評価の変遷」（前掲『魯迅案内』及び同氏『魯迅と伝統』、一九六七・一二、勁草書房、所収）に、要を得た説明がある。

(17)　大高巌「魯迅再吟味」『満蒙』一三巻九号（一九三二・九）。なお大高巌についてくわしくは、本書（伊藤虎丸・祖父江昭二・丸山昇緒『近代文学における中国と日本』（九八・六、汲古書院を指す）所収の佐治俊彦「藤枝丈夫と大高巌について」参照。

（18）鈴江言一『中国無産階級運動史』一九二九・一一、満鉄調査資料第一〇九編。一九五三・九、石崎書店より『中国解放闘争史』と改題して新刊。

（19）山上正義「魯迅を語る」『新潮』一九二八・三。

（20）丸山昇「ある中国特派員——山上正義と魯迅」、一九七六、中公新書。のち増訂版（一九九七、田畑書店）がある。

（21）井上訳「支那革命畸人伝」について、私はかつてこう書いたことがある。

「阿Q正伝」の日本語訳は、一九二八年、井上紅梅の訳が上海の日本語紙『上海日々新聞』に掲載されたのが、もっとも早いものらしい。『上海日々』のものは、私はまだ見ていないが、これとほぼ同じものと推定されるものが、一九二九年十一月、雑誌『ぐろてすく』に掲載される。これが日本国内に「阿Q正伝」が公開された最初である。昭和初年のエロ・グロ・ナンセンス時代に発刊されたこの雑誌及びその編集者梅原貞康（北明）については、最近また新しい光があてられているらしいが、それはおくとして、「阿Q正伝」は「浮世風呂談議」「近代遊蕩文学史」、さては「女は男のどこにセックスアッピールを感じるか」「男は女のどこに……」「支那悪食考」等々が並ぶ目次の中に、「阿Q正伝」としてではなく、「支那革命畸人伝」として並んだ。しかも那珂良二「臍から臍へ」とともに「変人珍人」という総題がつけられ、筆者は井上紅梅となっている。つまり目次を見ただけでは、魯迅の名も「阿Q正伝」の名もない。それがわかるには、本文のページを開き、次の前書きを読まねばならないのである。

「魯迅氏の『阿Q正伝』は支那文芸復興期の代表作として欧米に喧伝され、すでに数ヵ国語に訳されているが、邦訳はまだないようである。ここに題目を支那革命畸人伝と改め本誌の余白を借りて全訳する。取材は革命の犠牲になる哀れなる一農民の全生涯にあり、第一革命当時の社会状態を魯迅氏一流の皮肉な観察をもって表現したものである。こういう犠牲者は彼国の国情として現代の訓政時期にも必ず多くあることと思われる。畸人というものの実は真の自然人であるところに本伝の妙味がある」

これを見ると、さすがに題名や目次の扱いがそのまま井上の「阿Q正伝」理解ではなかったことがわかるが、「阿Q正伝」

の日本訳が、最初に国内の雑誌に載った時、こういう形であったことは、記憶されるべきであろう。（前掲『ある中国特派員』）

（22）松浦珪三訳『阿Q正伝』、支那プロレタリア小説集第一集、一九三一・九、白揚社。林守仁訳『支那小説集・阿Q正伝』、国際プロレタリア叢書、一九三一・一〇、四六書院。

（23）佐藤春夫「魯迅の『故郷』や『孤独者』を訳したころ」、増田・松枝・竹内編『魯迅案内』（一九五六、岩波書店）、なお『文芸読本　魯迅』（一九八〇、河出書房新社）に再録。

（24）佐藤春夫「月光と少年と――魯迅の芸術」、『中外商業新聞』一九三六・一〇・二一他。講談社版『佐藤春夫全集』第一一巻所収。

（25）岡崎俊夫「日本における魯迅観」前掲『魯迅案内』所収。

（26）増田渉『魯迅の印象』（一九七〇、角川書店）一五―六ページ。

（27）同右、六一ページ。

（28）同右、二四ページ。

（29）増田渉『魯迅の印象』は一九四八年講談社初版。五六年一部増補して同社ミリオン・ブックス、さらに七〇年増補版が角川選書から刊行されている。また鍾敬文による中国語訳が、八〇年湖南人民出版社から出ている。

（30）魯迅にふれた内山の文章を集めたものとして『魯迅の想い出』（一九七九、社会思想社）がある。「魯迅友の会」の、主として山下恒夫の手で編まれた本だが、同じころ出た類書に比して、段ちがいによくできた本である。

（31）井上紅梅訳『魯迅全集』、一九三二・一一、改造社。

（32）魯迅の増田渉あて書簡（原文は片仮名まじり日本語）は、前掲『魯迅の印象』に五八通が、また、『魯迅選集』（岩波版、一九五六年版（黄表紙では第一二巻、一九六四年以降の改訂版（青表紙）では第一三巻）にその一部二七通が収められている。また中国の八一年版『魯迅全集』の全訳である学研版『魯迅全集』にも、当然収められている。中国でも『魯迅書信集』（一九七六・八、人民文学出版社）、『魯迅全集』（一九八一、人民文学出版社）に中国語訳とともに収められている（原文の片仮名を平仮名に改めてある）ほか、『魯迅致増田渉書信』（一九七五、文物出版社）が単行本で出ている。また、そのほか増田が「中国小説史略」その他の翻訳に際して不明の点を問い合わせたのに対する返信が、最近まとめて出版された。伊藤漱平・中島利郎編『魯迅・増田渉師弟答問集』（一九八六・三、汲古書院）。

（33）井上紅梅については、なお三石善吉「後藤朝太郎と井上紅梅」、竹内・橋川編『近代日本と中国』下（一九七四・八、朝日新聞社）参照。

（34）中村光夫「魯迅と二葉亭」、『文芸』一九三六・六、前掲（注23）『文芸読本　魯迅』に再録。

（35）中野重治「二つにわかれた支那その他」、一九三七・一・二二～二四『報知新聞』、筑摩書房版『全集』（旧版）第七巻による。

（36）中野重治「魯迅伝」『文学者』一九三九・一〇。筑摩版『全集』旧版第八巻、新版第二〇巻所収。

（37）小田嶽夫『魯迅伝』、一九四一・三、筑摩書房。戦後『魯迅の生涯』と改題、加筆して鎌倉文庫から（一九四九）、のち再び『魯迅伝』にもどして乾元社から（一九五三）、さらに補遺を加えて大和書房から（一九六六）、それぞれ再刊されている。

（38）小田嶽夫「魯迅を偲ぶ」『時事新報』一九三六・一〇・二一～二二。引用部分は二二日掲載分。

（39）小田嶽夫「魯迅の思想をめぐりて」『三田新聞』一九四三・五・二五。

（40）竹内好「花鳥風月」『新日本文学』一九五六・一〇。『新編魯迅雑記』（一九七六・一一、勁草書房）及び『竹内好全集』第二巻（一九八一・一、筑摩書房）所収。

（41）竹内好『魯迅』、東洋思想叢書18、一九四四年一二月、日本評論社。一九四六年一一月、同叢書の名を削り、「支那」を「中国」に改める等の部分的改訂を加えて同社より再版。以後一九五二年九月、創元文庫。一九五六年一月、河出文庫。一九六一年五月、未来社。一九八〇年九月、『竹内好全集　第一巻』筑摩書房、所収、の各版がある。創元文庫以下には一九四九年に書いた「思想家としての魯迅」を付載。：九四年講談社文芸文庫版も出た。

（42）「竹内魯迅」の名は、中国人の文章のなかでも使われるようになっているらしい。呂元明「日本的魯迅研究史」（一九八〇年一一月、成都で開催された全国外国文学会第一回年次大会における報告原稿、タイプ印刷、その後加筆されて、陝西人民出版社刊、『魯迅研究年刊』一九八一年版に掲載）、および北京大学の厳紹璗氏よりの筆者あて私信で使われている。ただし前者では竹内氏の魯迅論・魯迅像をでなく、竹内自身を指すものであるかのように誤解しているが。
（43）竹内好『魯迅』未来社版、六五ページ。『全集』第一巻、五六ページ。
（44）同右、七〇ページ、六〇ページ。
（45）同右、七一ページ、六〇－六一ページ。なお文中の「伝説化」の言葉について、増田・小田の解釈を指す、と戦後に注記している。
（46）同右、一六三ページ、一四三－四ページ。なお文中の「矛盾的自己同一」の語について、竹内は戦後に加えた自注で「この種の西田哲学から借りた用語が散在するが、これは当時の読書傾向からの影響であって、今日から見れば思想的な貧しさのあらわれである。西田哲学における用語に厳密に従っているわけではない。」と述べている。
（47）同右、一六四ページ、一四四ページ。
（48）同書創元文庫版「解説」一九七ページ、未来社版二〇四ページ。
（49）高橋和巳との対談「文学　反抗　革命」『竹内好対談集・状況的』一九七〇年一〇月、合同出版、三三一－三三四ページ。
（50）中国文学研究会の中心としてあげられるのは竹内、岡崎俊夫、武田泰淳の三人であるが、竹内は大阪高校在学中、党組織に参加していた学生との関係を疑われて一晩留置されたことがある。またマルクス主義文献は読んでいたが、運動に参加している友人に不信を持っていたため、つねにある距離を置いていたという。しかし、東大在学中はマルクス主義文献を中心とする学生の読書会であるR・Sに参加し、その会場には彼の家がよく使われた。（立間祥介編「中国文学研究会年譜・研究会設立まで」、『復刻・中国文学』別冊、一九七一年三月、汲古書院）岡崎は東大支那哲学科時代、プロ科に属し、中国問題研究会、芸術部会等と関係を持った。一九三二年にはコップ弾圧で逮捕された経験を持つ。（同右）。武田は浦和高校在学中に反帝グループに所属し、東大入学後は中央郵便局にビラ撒きに行って逮捕され、以後『第二無産者新聞』の配布等で三回逮捕された。（同右、および古林尚編「武田泰淳略年譜」『海』一九七六年二月）。
（51）「大東亜戦争と吾等の決意（宣言）」『中国文学』（八〇号、一九四二年一月。この無署名の文章が竹内の筆になるものであることは、竹内自身によって確認されている。なお全文は竹内著『日本と中国のあいだ』（一九七三年七月、文芸春秋社）の

（52）竹内の原文を左にあげておく。「編集付記」（筆者は飯倉照平）に引かれているほか、『竹内好全集』第十四巻所収。
「いまなら簡単にいえることだが、あの宣言は、政治的判断としてはまちがっている。徹頭徹尾まちがっている。しかし、文章表現を通しての思想という点では、自分ではまちがっていると思わない。他人にどう断罪されようとも、私はあの思想をもったまま地獄へ行くほかない。

これは文章書きの宿命である。いったん公表された文を取り消すことはできない。それが血肉と一体なのだから。そして取り消さぬ用意は、書くときにすでにあるはずだ。少なくとも私はそうだ。

戦後の私の言論は、自分が編集者としてあの宣言を書いたことと切り離せないと自分では思っている。たとえば、太平洋戦争の二重性格という仮説や、「近代の超克」論の復元作業などは、人はどう思うか知らないが、自分では賭けの失敗が根本の動機になっている気がする。（『中国を知るために』第三集一百「謎」、『全集』一一巻、一五七ページ。
（53）竹内好「近代の超克」、『近代日本思想史講座』第七巻、一九五九年一一月、筑摩書房。『全集』第八巻所収。
（54）竹内好「大東亜文学者大会について」『中国文学』八九号、一九四一年一一月。『全集』第一四巻所収。
（55）対談「中国と私」、前掲『状況的』、二四五ページ。なお前掲「中国文学研究会年譜」では、四三年一〇月の項に「この月、竹内、『魯迅』擱筆。」とする。
（56）前掲「中国文学研究会年譜」、竹内自身も「これが完成した直後に召集令状が来た」と書いている（「創元文庫版あとがき」）。
（57）岡崎俊夫「日本における魯迅観」、注（25）参照。
（58）本多秋五『物語戦後文学史、完結編』一九六五年六月、新潮社、四八ページ。
（59）同『続物語戦後文学史』一九六二年一一月、新潮社、九二ページ。
（60）竹内好『魯迅』未来社版、一三一―三ページ。『全集』第一巻、一一六―七ページ。
（61）同右、四七ページ、四〇ページ。
（62）魯迅「『自選集』自序」一九三二年一二月、『南腔北調集』所収。

(63) 竹内好訳『魯迅評論集』一九五三年二月、岩波新書。
同訳『魯迅作品集』一九五三年五月、筑摩書房。なおこれが好評だったので『続魯迅作品集』を一九五五年七月に同書房から出したが、「『続』のほうはあんまり売れなかった」(前掲対談「中国と私」二四四ページ)。
(64) 増田渉訳『阿Q正伝』、魯迅作品集第一巻、一九四六年一〇月、東西出版社。松枝茂夫訳『朝花夕拾』、同第二巻、一九四七年一月同社。第三巻として予定されていたのは、鹿地亘訳『随筆集』。
(65) 竹内好『魯迅』、世界文学はんど・ぶっくの一、一九四八年一〇月、世界評論社。のち一部を削除・加筆して『魯迅入門』と改題して再刊(一九五三年六月、東洋書館)。『全集』には第二巻に収める。
(66) 竹内好『魯迅雑記』(一九四九年六月、世界評論社)としてまとめられている。その後執筆の分を加えて、『新編魯迅雑記』一九七六年一一月、勁草書房、『続魯迅雑記』(一九七八年二月、同)。『全集』では、一、二、三巻所収。
(67) 竹内好「日本共産党に与う」『展望』一九五〇年四月。『全集』六巻所収。
(68) 竹内好『現代中国論』一九五一年九月、河出書房。『全集』第四巻所収。
(69) 『毎日新聞』一九五四年六月一七日夕刊。前掲岡崎「日本における魯迅観」一四七ページより再引用。
(70) 増田・松枝・竹内編訳『魯迅選集』全一二巻、別巻『魯迅案内』一九五六年五〜一一月、岩波書店。のち別巻を除き、全一三巻とした増補版が一九六四年に出ている。
(71) 最近の文献目録としては、三省堂書店が創業百年記念に開催した「魯迅生誕百年展」のための「魯迅生誕百年展目録」(一九八一年五月、三省堂書店)の四三―四七ページに、翻訳・研究書の時代順目録がある。この部分は筆者の作成に係るもの。ただし、単行本・専著に限る。また飯倉照平「主要参考文献」、『文芸読本・魯迅』一九八〇年九月、河出書房新社。同「文献案内」、同氏著『魯迅』、人類の知的遺産六九、一九八〇年一一月、講談社がある。その後のものとしては、丸山昇・丸尾常喜編『魯迅関係図書目録(日本出版)』(九九年一二月、内山書店)がある。
(72) 伊藤虎丸「魯迅論にあらわれた政治と文学――〈幻灯事件〉の解釈をめぐって――」、同氏『魯迅と終末論・近代リアリズムの成立』、一九七五年一一月、竜渓書舎。山田敬三「戦後日本の魯迅論」、同氏『魯迅の世界』一九七七年五月、大修館。

(73) 文革当時、魯迅に関連していわれたことのうち、たとえば一九三〇年代をめぐる諸問題についての私の見解は左の拙稿を参照。「一九三五・六年の『王明路線』をめぐって――国防文学論戦と文化大革命・I――」『国防文学論戦』について――同II――」右二篇は拙著『現代中国文学の理想と思想』一九七四年九月、日中出版、所収。「周揚等による『歴史の歪曲』について――国防文学論戦と文化大革命III――」『東洋文化』五六号、一九七六年三月、東大東洋文化研究所。「問題としての一九三〇年代――左連研究・魯迅研究の角度から――」、藤井昇三編『一九三〇年代中国の研究』一九七五年一一月、アジア経済研究所、所収。本書I~1。

(74) たとえば前掲『東洋文化』五六号、一九三〇年代特集所載の諸論文など。なおこの系列の先駆的な仕事としては、竹内実の一連の仕事を挙げるべきであろう。たとえば同氏著『中国・同時代の知識人』一九六七年五月、合同出版、第I部「批判された作家たち」に収められた諸篇。また同氏「魯迅と柔石」『文芸』六九年一一~一二月、のち加筆して同氏著『魯迅周辺』、一九八一年四月、田畑書店所収、等にも共通した問題意識を見ることができる。私としては氏の所論のいくつかに異論を持たぬではないが、それは別の問題である。

(75) 北岡正子「摩羅詩力説材源考ノート」『野草』九号(一九七二年一〇月)より連載、未完。

(76) 最近の林田慎之助『魯迅のなかの古典』(一九八一年二月、創文社)が、一冊の書物としては、これまで唯一のものである。

(77) 馮雪峰「有関一九三六年周揚等人的行動以及魯迅提出『民族革命戦争的大衆文学』口号的経過」『新文学史料』第二輯、一九七九年二月、人民文学出版社。馮の文章は一九六六年八月執筆。

魯迅の〝第三種人〟観
――〝第三種人〟論争再評価をめぐって――

一　再評価の経緯と現状

一九三〇年代文学、とくに左翼作家連盟（左連）を中心とする左翼文化運動についても、文革後さまざまな角度から再検討が加えられ、その持っていた弱点について、比較的率直な指摘がなされるようになった。「〝第三種人〟論争」に関する評価もその一つである。

私が見た最初のものは、李旦初、葉徳浴両氏による二篇の論文であったが(1)、その後手に入れることができた『左連時期文学論文集』(2)に収められた包忠文論文にも(3)、「〝第三種人〟論戦」についての再評価が見られ、また胡秋原にしぼって再評価したものに、吉明学論文(4)、主に魯迅の〝第三種人〟観について述べたものに、陳早春論文(5)がある。七八年末の中共一一期三中全会以降の思想解放の気運が、八〇年ごろになると、現代文学史の再検討にまで及んで来たことがわかる。

さらに、すでに論争当時の三二年、左翼運動の内部から、左連側のセクト主義（原文〝関門主義〟）を、とくに〝第三種人〟との関連で指摘していた、かなり重要な地位にいた政治運動家の筆になると思われる、歌特署名の論文が、発掘・紹介される(6)こともあり、議論はしだいに深化して来ているようである。

これらの論文の内容を一々検討する余裕はないが、つぎのような個所を見れば、ほぼ共通する傾向が見てとれるはずである。

「左連期の〝自由人〟及び〝第三種人〟との論争の性質をいったいどのように理解するか。すなわち、この論争は敵味方の闘争に属するのかそれとも文芸問題における思想闘争あるいは学術論争に属するのか。これから生まれる一連の問題として、論争の双方が当時述べていた文芸理論の観点は、〝一刀両断〟式の簡単な方法で、一方には絶対的肯定を、他方には絶対的否定を加えることができるのだろうか。胡秋原・蘇汶らの文芸観点はすべて〝反動的謬論〟あるいは〝反マルクス主義理論〟として斥けられるだろうか。瞿秋白・周揚等の同志の当時の文芸観点はすべてマルクス主義の原理に一致していたといえるのだろうか」（李旦初、二ページ）

「彼等（胡秋原・蘇汶を指す・丸山注）は反革命勢力に投ずる以前は、中間勢力の代表者であり、〝反動文学者〟ではなかった。われわれの友人であって、敵ではなかった」（同、一七ページ）

「文化〝囲剿〟（包囲攻撃のこと、以下原文にしたがう）に反対する左翼文芸の闘争を述べたいくつかの著作においては、左翼の反文化〝囲剿〟の内容と範囲をはなはだしく拡大している。それらは文学上無産階級革命文学というスローガンを擁護するか否か、マルクス主義の文芸理論を擁護するか否か、さらには左連とその活動に参加したか否かさえも基準とし、左翼の、〝新月派〟との闘争、〝自由人〟胡秋原、〝第三種人〟蘇汶との闘争、〝論語派〟との闘争を、すべて文芸思想の領域における反〝囲剿〟の範囲に含めている。このような見方は、私は妥当ではないと考える」（包忠文、原論文、一四ページ、改訂論文、二九ページ）「何人かの評論家と文芸史家が、この論戦（〝第三種人〟論戦を指す、丸山注）について少なからぬ論評の文章を発表した。その中には公正な論もなくはないが、全体として見ると、過激に失しているものが多い」（吉明学「試論〝自由人〟」一三ページ）

「（胡・蘇らに対する左連の批判にそれなりの根拠があったこと、彼等がその後それぞれの形で国民党に協力したことを認めたうえで）しかしながら、これを根拠に〝自由人〟〝第三種人〟に対する左連の批判運動が敵味方の闘争の性質に属すると論断することには、なお論議の余地がある」（陳早春、三七一ページ）

「（歌徳の）文章は、〝文芸自由〟論争と〝文芸大衆化〟の討論における左翼文芸批評家の中に存在した問題そのものについて、具体的に左翼セクト主義の二つの表われを分析している。第一の表われは〝第三種人〟と〝第三種文学〟の存在を否認したことである」（程中原、一八三ページ）

陳早春が簡潔にまとめているように、文革以前の定説では、

「一般にはみな、相手側（〝自由人〟〝第三種人〟を指す）は国民党を代表し、敵対する陣営に属する、それに対する批判は敵に対する闘争である、と考えていた。さらには、それに対する左連の闘争は、国民党の反革命的文化〝囲剿〟に対するプロレタリアートの反対の重要な構成部分であった、と考えるものさえいた」(7)

という状況であったのに対し、文革後に現れたこれらの説は、いずれもその根本に関わる再検討を主張しているのである。

注にあげた各論文のうち、従来の〝定説〟にもっとも近いのが葉徳浴論文であり、彼は、蘇汶（杜衡、以下引用の場合を除いて蘇汶に統一する）もかつて革命の〝同伴者（原文同路人）〟であったが、「『文新』と胡秋原の文芸論争について」を発表したことによって、彼と左連との間の矛盾に質的変化を生じた、とする。そしてその立場から「要するに、魯迅、瞿秋白・周揚が当時の〝第三種人〟に対してとった態度は正しかった。馮雪峯の態度も同様に正しかった」（三六ページ）と結論づけている。しかし、その葉徳浴にしても、蘇汶がこの論争の前からもともと〝反動文学者〟であったとする見解には、「今までのところ、どの論者も問題を説明するに足りるほどの確実な証拠を出していない」（二九ページ）としているのであって、やはり〝定説〟とは、重要な違いがある、と見るべきである。(8)(9)

これらの論者(10)に共通のモチーフとしてあるのが、〝反右派闘争〟以降の、とくに〝文革〟の痛切な体験を通じて彼

等が得た、中国文学に存在する極左の〝痼疾〟に対する批判意識である。

「長期にわたって、わが国の現代文学、当代文学研究ないし文芸理論研究の領域には、〝政治の蓄音機〟に甘んずるという悪しき傾向がたしかに存在した。ともすれば文芸問題・学術問題を政治問題にしてしまったのはなぜか。正しいあるいは基本的に正しい文芸観や文芸作品をともすれば反動謬論・毒草として批判したのはなぜか。あの〝左〟の側から来る反マルクス主義的謬論に、屈せずあえて堂々と筋を通して反駁する人がきわめて少なかったのはなぜか。（中略）もし、三〇年代において、革命文芸工作者が鮮血でプロレタリア文学の最初の章を書いたというなら、六〇年代後期から七〇年代前期に至る十年間に、革命文芸工作者は実際上すでにまた血と涙でマルクス主義文芸科学の新しい章を書いたのである」（李旦初、二四ページ）

「左翼作家の一部の者は、この根本的性格を持った蘇汶の誤りを批判する時、事実上、文芸の武器としての役割を承認するか否か、文芸が政治の〝蓄音機〟であることを承認するか否か、文芸の党派性を承認するか否かを、文芸の階級性を承認するか否認するかの試金石としてしまった。こうすることは、問題の解決に役立たないだけでなく、むしろ逆に文芸の階級性、複雑さ、文芸の役割の広範さ等の問題を、より深く検討する道をふさいでしまい、それによって通俗社会学・機械論的文芸思潮を助長した。その後に与えた影響もきわめてよくなかったではないか。文芸と政治の関係の問題は、ずっと今日に至るまでなお実践的にも理論的にも明確にされていない」（包忠文、改訂論文、三四ページ、原論文では、四三ページだが、字句に多少の異同がある）

ほとんど痛切ともいえるこれらの指摘に含まれる正当性を私は疑わないし、共感も覚える。

そもそも〝第三種人〟論争の再検討は、わが国では三〇年代研究の中で、ずっと重視され続けてきた問題であった。(11) 最近の中国における、右のような動きは、日中両国の研究者の問題意識の喜ばしい接近を示すものといえるし、また中国の研究には、さすがに自国の強みと思わされるところもあって、教えられる点も少なくない。

しかし、それらを認めたうえで、なお、〝第三種人〟の論争の性格について、右の諸論文は、まだ新たな定論を確立するには至っていないと私は考える。それは右の各論者の間でも、個々のポイントについては、かなりの見解の相違が残っているだけでなく、検討すべき重要な問題で、まだ検討が不十分なままに残されているものもあること、そしてそれらが残っていることは、この問題を再検討しようとする視角・方法にも関わって来るのではないか、と思うからである。(12)

その問題とは、いくつかあるが、その中でも重要なものが、この論争における魯迅の態度ないし魯迅の〝第三種人〟観をどう考えるか、という問題である。

たとえば、李旦初はこういう。魯迅は胡秋原批判には加わらなかった。彼は左連成立以前から左連文芸運動中の極左的傾向に注意していたから、胡秋原に対しても慎重な態度をとった。『文学月報』第四期が胡秋原に対する漫罵を内容とした「漢奸の自白」を載せた時、「悪罵と威嚇はけっして戦闘ではない」を書いて批判したのもその現れであった。その後〝第三種人〟批判には加わったが、魯迅は〝第三種人〟を敵の陣営に区分することなく、また文芸と政治の関係についても単純化された解釈はしなかった。彼は蘇汶の矛盾した心理を解剖し、激烈な階級闘争の中では〝第三種人〟は必然的に分化せざるを得ないことを指摘して、〝第三種人〟が〝不偏不党〟の中立的態度を改めるよう促した。魯迅の態度はまったく正しかった、という。(九一―一〇ページ)

葉徳浴も、蘇汶の謬論に対する魯迅の批判は鋭かったが、彼は終始相手が謬論を発する政治的目的を指摘することをせず、からかいの語調の中に、相手に二つの道――左翼理論家を攻撃し続けるか、それともまじめに創作に努力するか――の最後の選択をさせようとした、という。(三二ページ)

陳早春は、主に魯迅の「〝第三種人〟について」を考察する。魯迅は胡秋原に対しては冒頭で一撃を加えるという方法を用いたが、蘇汶に対する態度はそれと違っていた。彼は〝第三種人〟の矛盾を分析し、〝第三種人〟が〝筆を擱く〝原因は、左翼の批評が厳しいからではなく、実際上こういう〝第三種人〟にはなり得ないものだからだ、と指摘した。立論の態度語気から見ても、蘇汶に対する魯迅の態度は誠実で、その中には批判もあれば忠告もあった。魯迅は新月派や〝民族主義文学〟派を批判した時のように、彼らを敵として扱うのではなく、ブルジョア世界観を堅持した小ブルジョア分子として批判した。この論争は、プロレタリアートとブルジョアジーの二つの世界観の闘争であって、政治上の敵味方の闘争ではなかった。（三七三―三七五ページ）

胡秋原と蘇汶に対する態度の相違のとらえ方が、李旦初と陳早春では正反対であるところなどにも、この論争再評価の難しさの一端がうかがわれるが、それはともかく、いずれも、蘇汶に対する魯迅の批判が、敵に対するものでなく、思想上、理論上の批判にとどまるものであり、忠告、説得しようとするものであった、とする点で一致している。しかし、問題は、現実はほんとうにそういい切れるものであったか、というところにある。私も、右のような見解の根拠を当時の魯迅の文章の中から見つけ出そうとすること自体は、まったく根拠のないこととも、困難なこととも思わない。しかし、書簡を含む魯迅の文章を細かく読んでいくと、右のような見解からはみ出す側面が存在することを否定するのは、難しいように思われる。その面に対する眼くばりが、右の諸説には、やや不十分ではないか、というのが、私の感ずる疑問である。

私は、魯迅の態度を絶対化する立場から、魯迅の解釈をスコラ的にあげつらう意味でこういっているのではない。中国の論者たちが、過去の「痼疾」から脱皮しようと考える時、そのより所を、さしあたり魯迅に求めたくなる心理は、私にも十分に理解できる。しかし、現実に対する問題意識は、歴史を生きたものとして見る上でも重要な要素ではあるが、それが先行し過ぎ、その枠内でのみ歴史を見ようとすることは、やはり歴史の持っていた複雑な諸相の一部を、見えなくすることに通ずるのではないか。歴史を見る視点の問題としていっているのである。

さらにいいすぎになることを恐れずにいえば、三〇年代の左連の運動や理論の〝セクト主義〟や〝機械論〟を一つ一つ指摘することは、これらの運動が輝かしい〝革命的伝統〟の光彩に包まれていた、かつての時期において、あるいはその影響が現在でもさまざまの現実的力として残っている中国においてならば、それなりの意味を持つ仕事であろうが、現存社会主義の持つ少なからぬ、しかも深刻な弱点がさらけ出され、その指摘がむしろ流行と化している観さえある今日において、それはいったいどれだけの意味を持ち得るだろうか。現存社会主義を生み出した源流の少なくとも主要な一つである過去の運動や理論が、完全なものであるはずがないことは、自明のことに属するではないか。歴史をすべて必然的であったとして容認しようというのではない。過去のさまざまな時点における、他にあり得たかも知れぬ選択肢を検討することの意味を否定するものでもない。ただそれが、単に論理的にあり得ただけの選択肢でなく、現実的にもあり得るものであったか、その選択肢が現実的にあり得るものだったとして、実際の選択を違うものにした条件は何であったのか、等々について、十分な考慮が払われない時、その議論は無意味な結果論に終わるだろう。歴史学に〝イフ〟はないといわれるのも、そういうことに違いない、と考えるのである。

今、三〇年代をあらためて問題にすることに意味があり得るとしたら、そうした一切の弱点や欠陥にもかかわらず、当時の中国において最良の質を持った青年たちの少なくとも相当部分（その点に関しては、私の考えは今でも変わらない）が、その運動に惹きつけられ、文字どおり生命を賭け得たのはなぜであったのか、彼らを内から動かしていたものは何であったのか、それらは果たして〝幻想〟にすぎなかったのか、もし幻想であったというなら、幻想でないものとしては何があり得たのか、さらに人は生きるためにパンのみでなく、何かを必要とするとしたら、それは何であるのか、等々の問いを内に含んだ、実際の歴史の重みに耐え得るだけの強さを持った歴史観を築くための一つの試みに、それがなり得ている場合だけではないか、と私は思うのである。

私自身、今ただちに右の問いに全面的に答える用意があるわけではもちろんない。ただ、魯迅の第三種人観にこだわりつつ、しかもそれを尺度として当時の論争を裁断するのではなく、そういう魯迅をも含めて動いていた、歴史の現実に迫る視点はいかなるものであるか、を考えてみたい、というのが、この小論の意図である。

二　魯迅の〝第三種人〟観

周知のように、〝第三種人〟論争に関連する魯迅の文章としては、「〝第三種人〟について」（三二・一〇・一〇）[13]、「〝連環画〟の弁護」（三二・一〇・二五）[14]「もう一度〝第三種人〟について」（三三・〇六・〇四）[15]の三篇が『南腔北調集』に収められており、ほかに「ふたたび〝第三種人〟について」（三二・一一・二七）[16]という講演を、北京師範大学でしている。論争の発端となった胡秋原の「阿狗文学論」[17]から、一年近くたってからの発言である。魯迅がそれまで発言しなかった理由は何だったのか、果たして任旦初がいうような理由であったのか、ということについては、現在まだ断定する資料がない。しかし、少なくとも、魯迅は〝第三種人〟蘇汶は批判したが、〝自由人〟胡秋原は批判しなかったとする見解[18]が成立しないことは見ておくべきであろう。この文章の冒頭、「指揮刀の保護の下に、〝左翼〟の看板をかかげて、マルクス主義の中に文芸自由論を発見し、レーニン主義の中に兵匪を殺し尽せという説を探しあてた論客」というのは、『全集』の注[19]がいうように、胡秋原としか考えられない。また「悪罵と威嚇は決して戦闘ではない」[20]も、胡秋原を〝敵〟と見ていなかった根拠とすることはできない。魯迅が胡秋原を認めていたから、〝悪罵と威嚇〟に反対したというのは、むしろこの文章の意味を低めることになる、と私は思う。かりに〝敵〟であったとしても、〝悪罵と威嚇〟は無意味だ、ということを指摘しているところに、この文章の意味があるのではないか。

〝第三種人〟に対する態度の問題にもどす。

「〝第三種人〟について」を、多くの論者のように、階級社会にあって超階級的な文学者たろうとし、戦闘の時代にあって戦闘から離れて独立しようとすることが〝幻影〟であることを指摘した、と読むのは、ごく当然の読み方には違いないが、この文章からそれだけを読みとるというのでは、この文章をマルクス主義のイロハをくり返しただけのもにしてしまうことになる、と私は思う。この文章が魯迅らしいところは、それと同時に、あるいはそれ以上に、蘇汶が〝第三種人〟の立場を主張しながら、自分の立場をそれとして貫くことより、立場を貫けない原因を左翼作家の批判に求めることに流れていることに対する批判である。いわば魯迅は蘇汶の人間としての安易さを批判しているのではないか。「死んでも文学を抱きしめて放さない」といいながら、幻影を恐れて筆を擱くとは、その抱擁する力の何と弱いことか、というからかいの底にあったのもそれである。また魯迅は、蘇汶が左翼は当面の必要だけを追うから、フローベールやトルストイは必要としないのだ、といったのに対し、左翼も彼等を必要とする、と答え、とくにトルストイについて、

「彼は短い物語を書いて農民に読ませ、〝第三種人〟を自任することもなく、当時の資産階級のどんな攻撃も、ついに彼に〝筆を擱か〟せることはできなかった」

ではないか、という。これはかつて創造社との論争の際、創造社は人の尻馬に乗って、トルストイを〝人道主義の汚ならしい説明者〟だということは知っていても、〝人を殺すこと草の如く声も聞えぬ〟ツァーリズムの支配に対し、人道主義の立場から抵抗したトルストイの何分の一の勇気も持ち合わせていないではないか、と批判した(21)のと、同じ質のものである。

魯迅はたしかに〝第三種人〟なるものが〝幻影〟だとはいっているが、さしあたり蘇汶に求めているのは、その立場を捨てて左連に同調することではなく、むしろその立場でそれなりの努力を貫くことである。

「まとめていえば、蘇汶先生は、〝第三種人〟は人をだましたり、インチキ商標の商品を作ったりするより、努力して創作する方がいい、と主張している、これは大へん結構である。

自らを信ずる勇気があってこそ、仕事の勇気も持てる、これはとくに正しい」

ここに引用されている部分は、蘇汶の原文では、「〝第三種人〟は人をだましたり……するよりは、将来に属するもの（なぜなら彼等は現在はいらないから）を創造する努力をした方がよい」となっていたのを、〝創造〟の目的語の部分を切り離して引用したものである。魯迅はこれを引用するすぐ前の段落で、まさに〝将来のために創作する〟という考え方を批判した個所なのだから、そのまともな主張と皮肉の混り方をどう判断するか、なかなか厄介だが、ともかく、左翼の批判にグチめいたことなどこぼすよりは、先ず自分なりになりたいことをやれ、ということだ、と読むことは、一応間違っていないだろう。「もう一度〝第三種人〟について」(22)で、ソ連に関するジイドの発言をあげ、中国の〝第三種人〟にはこんな発言はないではないか、という意味のことをいったのも、単にジイドがより左翼に近いということをいったのではなく、ジイドが彼の位置で社会に対する発言をしている姿勢の点で、ジイドを見ていたからである。やや割り切っていえば、魯迅にとって問題だったのは、ブルジョアジーとプロレタリアートの間に、中間階層があり得るか否か、ブルジョア文芸とプロレタリア文芸との間に第三の文芸があり得るか否か、という問題ではなく、現にある社会的矛盾に対して、自分なりに闘うか、それとも局外者たろうとするかの問題だったのである。

その意味で、蘇汶らの〝政治的意図〟を〝暴露〟しようとすることに急だった当時の他の論者と、魯迅の主張がニュアンスを異にしていたのは事実だが、それは左連の論者が蘇汶等を〝敵〟と見たのに対し、魯迅が〝友〟と見て引き寄せようとする態度をとっていたからだ、とするのは、やや違うのではないか。それは誰が敵で誰が味方なのかが革命の第一の重要問題だ、とする毛沢東の命題による思考の枠組みにとらわれすぎた見方のように思われる。毛沢東がああいったのは、革命全体についての各階級の位置づけについてであり、巨視的な視野においてのみ成り立つのであって、各個人、さらにはその特定の主張・言論をこの枠にあてはめて判断しようとすることは、実際にはその人物に対する政治的評価を先行させることとイコールになり易い。

話をもとにもどす。蘇汶に対する魯迅の態度に、瞿秋白、周揚等とくらべて、閉鎖的な感じがしないのは、右に述べたような理由によると思われるが、一方したがって魯迅には瞿秋白や周揚等と違った意味での厳しさがあった。「〝第三種人〟について」の末尾で、蘇汶の言葉を引き、「大へん結構である」「とくに正しい」とはいったものの、果たしてそれを実行するだけのものを蘇汶が持っているのか、ということについて、魯迅は疑いあるいは不信を持っていた気味がある。前にふれた〝皮肉〟がここに関わって来るし、すぐ後に続けて、しかし蘇汶は左翼批評家の批判を恐れて、筆を擱いてしまうのだ、と書いたのもそのためである。この文章全体に流れる皮肉な調子の底に、蘇汶に対する不信があることは、私には否定し難いように思える。最後の一行「〝どうしたものだろう〟」は蘇汶に退路を与えるために、馮雪峯がつけ加えたものだ[23]というのは、もはや周知の事実だが、その一行も、全体の印象を変える力は持っていない。

この疑い乃至不信は、「もう一度〝第三種人〟について」では、より深くなっているように見える。

「中国におけるいわゆる〝第三種人〟はもっと複雑なのだ」

といい、左連理論家は〝第三種人〟に分析を加えるべきで、

「もしそれが、〝軍閥〟の内戦と同じだというなら、左翼理論家はますます内戦を続けて、陣営をはっきり区分し、背後から射かけられる毒矢を抜き去らねばならぬ」

と書いたのが、それを示している。陳早春は、三三年二月、転向した揚邨人が魯迅らの〝第三種人〟批判を攻撃して以後、魯迅の〝第三種人〟に対する警戒心が強まった、という[24]。

「〝連環画〟の弁護」も、蘇汶への反論には違いないが、内容を読むと、ここにあげられたコルヴィッツやメッフェルト等の作品そのものへの共感と、それらを紹介することに対する熱意の方が強く伝わって来る。それにくらべると、〝連環画〟〝宣伝画〟が芸術たり得るか否か、という蘇汶への反論に属する面は、ほとんど副次的な意味しか持っていないように思われる。

「官話のみ」[25]（三三〇七一九）には、

「官許の〝第三種人〟と〝民族主義文芸者〟」

という言葉があり、〝第三種人〟と〝民族主義文芸〟とを同列に扱っている。

しかし、このころは不信を強めてはいても、彼等に対する態度はまだ微妙である。『全集』には、蘇汶及び蘇汶とともに『現代』の編集者だった施蟄存あて三三年の手紙が数通収められている。瞿秋白訳『ゴーリキー評論集』の出版をめぐる事項と、『現代』への原稿依頼への返事などである。

姚克あて書簡（三三一一〇五）になると、つぎのようなことが出て来る。

「何日か前、ここ（上海、丸山注）の役人と出版社、書店の編集者とが宴会を開きました。先ず役所側が反動書籍を出してはならないと訓示し、つぎに施蟄存が新聞検閲の例にならって、雑誌原稿を事前に検閲することをいい出しました。つぎにまた趙景深が、日本の例にならって、削除するか、あるいは××で代えるように、と補足しました。彼等も左連の出版物を完全に禁止したら、書店は店じまいするしかないことを知っている、だから、左連作家のものは、やはり出さねばならないが、その骨を抜き去って、利益だけをあさろう、というのです。役人の中には前から書店の株主だった者もいるので、このわなを作ったのです。この方法は、私の見るところ実行されるでしょう。とすれば今後の出版物の状況は想像がつくというものです。たぶん施・趙の諸君は、はかにもいわゆる第三種人と連合して、出版物検閲反対の宣言を出すでしょうが、これは読者を欺き、献策した秘密をおおいかくそうというものです[26]」

蛇足ながら、文中〝反動書籍〟というのは、主に左翼の書籍を指す、国民党側の用語である。

このことには、魯迅は「中国文壇の幽霊[27]」（三四一一二一）、「且介亭雑文二集・後記」（三五一二三一）でもふれている。

「木版画の複製について」(28)（三三・一一・〇六）には、後に増田渉あて書簡にも出て来る『中国文芸年鑑』の「鳥瞰」が、魯迅の「〝連環画〟の弁護」に対して、コルヴィッツなどを持って来ても大衆化はせぬだろう、と批判したことにふれ、これは『中国文芸年鑑』の編者ならではの悧口な言葉だ、自分は連環画が芸術たり得ることを述べたので、ドイツの版画が中国の大衆芸術たり得るかどうか本気で考えたとしたら、〝低能〟の部類に属するではないか、という。

しかし、この後でも、蘇汶あて書簡（三三・一一・一二）にはこうある。

「今月の『現代』は読みました。内容ははなはだ豊富ですが、大分雑然としています。しかし書店が出すものは、こんな環境の中では、こうなるしかないのでしょう。出版界の情勢の厳しいのは、恐らく現在だけではなく、今後もっとひどくなるかも知れません。建設がなく、破壊ばかりになること必定です」

前にもふれたが『現代』は蘇汶・施蟄存等〝第三種人〟によって編集されていた雑誌、「今月の」というのが、十一月号を指すとすれば、〝社会主義リアリズム〟を中国に紹介した周揚の論文や、この年の八月上海で開かれた極東反戦大会に来中したヴァイヤン・クチュリエの「中国知識階級へ」、周作人「苦茶随筆」の一篇「性の心理」、郭沫若の「上海を去るまで」等が載り、魯迅もO・ビーハの「ハイネと革命」を高沖陽造訳から重訳して載せ、小説も張天翼・魏金枝・魯迅・蘇汶等のものが載っている。〝豊富〟だが〝雑然〟としているというのが納得できると同時に、当時の出版の状況や、魯迅と『現代』グループとの関係が、単純なものではなかったことがわかる。

「楊邨人先生の公開状に答える公開状」(29)（三三・一二・二八）では、楊邨人は今後せいぜい〝第三種人〟になりすますくらいのことしかできまい、そのためにはちょっと懺悔せねばならなかったが、それで、〝左右からの挟みうち〟を受けたのは、支配者にとって利用価値が小さかったからだ、

「〝第三種人〟の存在を信じないのは、独り左翼だけではないことが、先生の経験によって証明されたわけで、これも大きな功徳でありました」

という。

増田渉あて書簡（三四〇四一一）にいう。

「〝文芸年鑑社〟ト云フモノハ実ニハ無イノデ現代書局ノ変名デス。其ノ『鳥瞰』ヲ書イタモノハ杜衡即チ一名蘇汶、現代書局カラ出版スル『現代』（月刊文芸雑誌）ノ編輯者（モウ一人ハ施蟄存）デ自分デハ超党派ダト云フテ居リマスガ実ハ右派デス。今年、圧迫ガ強クナツテカラハ頗ル御用文人ラシクナリマンタ。ダカラ、アノ『鳥瞰』ハ現代書局ノ出版物ト関係アルモノヲバ、ヨク、カイテ、居マスガ、外ノ人ハ多ク黙殺サレテ居マス。其ノ上、他人ノ書イタ文章ノ振リヲシテ、自分ヲホメテ居マス。日本ニハソンナ秘密ヲワカリカネルカラ金科玉条トサレル事モ免カレナイデシヨウ」

この「鳥瞰」については、約一カ月後の「新変名法」[30]（三四〇五一〇）でもとり上げてからかっているほか、「梅蘭芳のことその他（下）」[31]（三四一一〇一）でもこれにからんで皮肉をいっている。

〝第三種人〟グループに対する魯迅の不信は、この前後に、ほぼ決定的なものになったらしい。三三年一〇月、施蟄存が青年にすすめる本として『荘子』と『文選』をあげ、これをめぐって魯迅と論争を交したことも影響している[32]のだろう。彼等に対する辛辣な批判や皮肉も、この秋ごろからいちだんと増えて来る。「〝シェイクスピア〟」[33]（三四〇九二〇）で主に施蟄存を、「〝眼には眼を〟」[34]（三四〇九三〇）と「またしても〝シェイクスピア〟」[35]（三四一〇〇一）で蘇汶を、「くまどりの臆測」[36]（三四一〇三一）で〝第三種人〟を、といった具合である。

そしていよいよ「准風月談・後記」（三四一〇一六）では、

「しかし時間は容赦ないものである。いわゆる〝第三種人〟、中でも施蟄存と杜衡即ち蘇汶は、今年になるとそれぞれその本来の顔つきをあらわにした」

という。

さらに「中国文壇の幽霊」（三四一一二一）では、

「（〝民族主義文芸〟によっては革命文学を倒せなかったので）そこで別の方から、いわゆる〝第三種人〟が出現した。もちろん左翼ではないが、といって右翼でもない、左右の外に超然とする人物である。彼等は、文学は永遠であり、政治的現象は一時的である、だから文学は政治と関係を持ってはならず、関係を持てば、その永遠性が失われる、中国には今後偉大な作品はなくなるだろう、と考える。ただ彼等、文学に忠実な〝第三種人〟も、偉大な作品を書くことはできない。というのは、左翼の批評家が文学がわからず、邪説に惑わされて、彼らのよい作品に対し、苛酷で不正確な批判を加えるので、彼等はその打撃で書けなくなってしまうからである。だから左翼の批評家は、中国文学の死刑執行人なのである。

政府による発禁、作家の殺戮等に対しては、彼等は何も語らない。これは政治に属し、これを語れば、彼の作品の永遠性が失われるからである。まして、〝中国文学の死刑執行人〟の輩を弾圧あるいは殺戮するのだから、むしろまさに〝第三種人〟の永遠・偉大な文学の保護者であるわけなのだ」

そして前述の役所側と出版社・編集者との協議のこと、その席上での〝第三種人〟の事前検閲の提案のことを述べた後、

「しかも（この方法は）ただちに実行された。今年七月、上海に書籍雑誌検査処が設立され、多くの〝文学者〟の失業問題が消滅した。また悔い改めた革命作家たちや、文学が政治に関わることに反対した〝第三種人〟たちも、検査官の椅子にすわった。彼等は文壇の状況をよく知っている。純粋の官僚ほどバカではなく、ちょっとした諷刺、一言の反語でも、彼等はその裏の意味をわりに理解することができる。それに文学の筆で塗りつぶすのは、何といっても創作ほど面倒ではない。そこでその成果は非常に良好だ、ということだ」

〝第三種人〟が直接検閲にまでコミットするようになってからの文章であることが、評価を厳しくしている面はあ

るだろうが、この文章は全体として、支配者側が、弾圧・殺戮のほかに文学の武器を必要とした、とし、その武器としての文学が、最初は〝民族主義文学〟のちには〝第三種人〟の文学だった、とするもので、少なくともこのころになると、〝第三種人〟を完全に支配者の道具の一つとしているところが目立つ。

「病後雑談の余」[37]（三四一二一七）には〝言行一致〟を誇っていた施蟄存をからかった言葉が出て来る。そしてそれが検閲で削除されたこと、それは〝第三種人〟をからかったためだ、ということが「且介亭雑文・付記」（三五一一三〇）にあるが、引用は省く。

「葉紫『豊収』序」[38]（三五〇一一六）では、かつて〝第三種人〟が、左翼の批評をプロクリュストスのベッドだといったが、

「今このベッドがほんとうにしつらえられた。ところがそれに寝て長からず短からず、ちょうどぴったりというのは、〝第三種人〟だけなのだ」

という。検閲にからんでの言葉である。

黄源あて書簡（三五〇二〇三）にいう。

「杜衡の類は、とかくああいうことをいいたがるのです。いわなければ、杜衡でなくなってしまいます。われわれが何もせずじっとしていても、彼はやはり攻撃して来るし、何かすれば、むろんもっと攻撃して来るのです。いちばんいいのは、彼が翻訳したことのある作品を選んで、もう一度訳すことなのですが、残念ながらそんなひまはありません。やはり言わせておくことにしましょう」

「杜衡の類」がいったことが、どういうことだったか、黄源も、もう憶えていないがとにかく「複訳」（すでに翻訳のあるものを新たに翻訳すること）を攻撃したものだったろう、という。[39] 魯迅がそれに反論したのが、「複訳がなければならぬこと」[40]（三五〇三一六）だった。

これと前後するものに「月をだます」(41)(三五年二月後半または三月初)がある。二月一四日の『大晩報・火炬』に、蘇汶が、月蝕の時に中国人が爆竹を鳴らすのは迷信から出たものではなく、次に月と出会った時に面子が立たなくならぬよう月に声援を送るのだ、と書いたのを、それでは天狗《テンコウ》(月食はこれが月を食うために起こるのだとされる・丸山注)と会った時に困るではないか、月にもう一度会った時にはその時で、適当にうまい理屈を考え出してごまかすことだってできるのに、といい、

「もし彼等(中国の民衆)がこの二点を知っていたら、その態度は超然としていられるし、だました痕跡も見つけ難いにちがいない」という。

蘇汶等が、うまい理屈をつけて、昔いったことをごまかしている、という皮肉である。

さらに四日後の曹靖華あて書簡(三五〇二〇七)

「去年以来、いわゆる〝第三種人〟が、本当の姿をあらわしました。彼等は主人を助けてわれわれを圧迫して来ます。しかしわれわれの中のある人びとは、私の彼等への攻撃がはげしすぎて、彼等をここまで追いやってしまった、というのです。(中略)去年の後半以来、私はどうもある人々が〝第三種人〟といっしょになって、悪意で私をおもちゃにしているような気がします」

(中略)の部分には、魯迅の「さかさに提げる」(42)(三四〇六〇三)に対して、林黙(廖沫沙)が「〝花辺文学〟について」(43)を書いて攻撃したことと、魯迅の文章が楊邨人の文章と同じ雑誌に載ったことに対して、田漢が「調和派」とからかったことへの不信・不満が書かれている。このころから目立つのは、〝第三種人〟への言及が、周揚をはじめ、左連内部の党員文学者たちに対する憤懣といっしょになって出て来ることである。

鄭振鐸あて書簡(三五〇三三〇)には、『小説月報』複刊の噂があることについて、噂にすぎない、郁達夫もやらぬだろう、といった後、

「施・杜二公ならば、あるいはこの野心があるかも知れません。が、二公の名前では読者に呼びかけることは難しいでしょう」

という。

胡風あて書簡（三五〇六二八）

「私はわれわれの中のある連中は、戦線が実は彼や第三種人と一致しているような気がするのです。連絡はないにせよ、精神が実はあい通じているのではないかと。」

「彼」というのは韓侍桁のことで、楊邨人に続いて、三三年に左連を離脱した。この部分の前には、韓は他人の飯の種をぶちこわすだけでなく、もっと大きなこともしでかすかも知れない、といっている。他人の飯の種をぶちこわすとは、当時中山文化教育館の「編訳」をしていた胡風が左連のメンバーであることを韓が暴露し、胡が解雇されたことを指す(44)。

黄源あて書簡（三五〇八一五）

「〝五論……〟は戦闘の秘訣で、現在『文学』を借りて杜衡の輩に伝授してやったのです。もし彼等の腕前に相変わらず進歩がないなら、まったく頭のてっぺんから足の先まで、どうにも見込がありません。」

〝五論……〟とは「五たび〝文人相軽んず〟について(45)」（三五〇八一四）のことで、論争のテクニックについてあれこれ書いたあと、〝もっと光を！〟で結んでいる。〝もっと光を！〟は、蘇汶が長篇小説の題名に使った言葉である。

胡風あて書簡（三五〇九一二）

「李〝天才〟はちょうど私と手紙のやりとりをしているところです。〝あの仲間〟ではなく、寄稿は書かされたのだ、といっています。私も少し答えてやりましたが、恐らく結局のところ、われわれはうまくやれないでしょう。さしあたりこれもせいぜい〝今日は天気がハハハ……〟です。（中略）

今日は『文学』の〝論壇〟を書かねばなりません。第二・第三を書く資格はないと知りながら、やはり状元を持ち上げねばならない、一方で第三種人のことも考えねばならず。弱味は見せられない、いわゆる〝唖が黄連を食べた〟――苦くても口に出せない、です」

李〝天才〟とは李長之のこと。彼の『魯迅批判』がこの年の五月から天津の『益世報・文学副刊』に断続的に発表されていた。〝今日は天気がハハハ……〟というのは、中国ではさしさわりのない話題といえば、天気のことぐらいしかないが、それも相手によって晴れがいいか雨がいいかわからないから、無難なのは、〝今日は天気が〟までで、あとは〝ハハハ……〟とごまかしておくしかない、という話をふまえる。この手紙の前の方では、周揚等を人夫頭にたとえ、後から鞭で叩く、ふり返ってどこが悪いのだ、ときくと、いやよくやっておられます、〝今日は天気がハハハ……〟だ、といっている。

李長之自身にも同じ日に手紙を書いている。

「自分の翻訳に追われているのと、怠けているのとで、長いこと上海の雑誌を見ていませんが、あなたも〝第三種人〟の一人だという話を聞いたことはあります。上海の習慣では、ある出版物に寄稿すると、仲間だと見なされるのです。ただこれもどうでもいいことです。やがて皆も作品と事実とでわかって来るでしょう」

胡風への手紙を読み合わせると、魯迅もなかなか人が悪いとも思うが、人にどう思われるかなどを気にするよりも、作品と事実が大切だ、というのは、「〝第三種人〟について」から一貫した姿勢であることはたしかである。

「〝題未定〟草（六～九）」[46]（三五・一二・一八～一九）では、

「数年前の文壇ではいわゆる〝第三種人〟杜衡の輩が、超然を標榜したが、実は醜類の群で、間もなく正体が暴露されてしまい、恥を知る者はみなそう称することを恥じたことは、ここではもういうまでもない」

という。

この年の暮れ、一二月三〇日から三六年の元日にかけて、魯迅は『且介亭雑文』の「序言」と「付記」、『且介亭雑文二集』の「序言」と「後記」をまとめて書いた。『二集』の「序」だけは別として、あとの三篇はすべて〝第三種人〟にふれている。「且介亭雑文序言」では、〝雑文〟というジャンルが多くの文人に嫌われ〝攻撃〟されたことをいう中に、「〝第三種人〟の施蟄存と杜衡すなわち蘇汶」の名が出て来る。「後記」は前述の「病後雑談の余」が、〝第三種人〟をからかったので検閲で削られた、という話である。

「〝且介亭雑文二集〟後記」は、全体が国民党の検閲について語った文章だが、その中で、検査官をしているという噂に抗議した蘇汶の公開状を全文引用しながら、そんな噂が出るほど、現在の検閲は嗅覚が鋭敏で、徹底している、という。そして

「だが私の経験からいえば、検査官が〝第三種人〟を〝愛護〟していることは、どうやら事実のようで、私が去年書いた文章で、彼等に対して失礼にわたったものが二篇あったが、一篇は削られ（「病後雑談の余」）、一篇は禁止された（「くまどりの臆測」）」

「検査官についていえば、私は〝文学者〟がかなり加わっているのではないかと疑っている。さもなければ、こんなに人を感服させるほどにできるはずがない」

このあとは、時にわけのわからぬ削除や禁止があるが、それは検査官がミスを恐れるのと、点数かせぎのためだ、という話が続く。蘇汶の弁明を魯迅がどう見ていたのか、はっきりしない部分が残るが、どうもあまり信用していなかったようである。

いよいよ魯迅最後の年の三六年である。

曹請華あて（三六〇四〇一）

「〝第三種人〟については、ここではもう信用する者はいません。私たちが攻撃したためではなく、年月がたって、

自分でしっぽを出したのです。施蟄存・戴望舒といった連中がやっている雑誌も、彼等の投稿を嫌っています。それだのに『導報』は彼等を知己としているのだから、まさにクソ坊主を菩薩とするものです」

『導報』とは、『文学導報』のこと。〝左連五烈士〟の追悼号を出した『前哨』の後身の『文学導報』とは別もので、張露微がこの年の三月に創刊したばかりのもの。その「編集後記」に、「蘇汶・楊邨人・韓侍桁三先生に感謝する」という言葉があった(47)ことを指す。

この頃になると、〝第三種人〟といわれたグループの中にもある程度の分化が起こっていたこと、魯迅の〝第三種人〟観の中に、蘇汶のほか、韓侍桁・楊邨人に対する見方が占める比重が大きくなっていることがわかる。

台静農あて（三六〇五〇七）

「〝第三種人〟はもう人前に顔を出せないので、戴望舒を代表に使って、文芸での復活をねらっているのです。近よらぬがよろしい」

「徐懋庸に答えあわせて抗日統一戦線の問題について(48)」（三六〇八〇三〜六）の中で、〝国防文学〟でも〝漢奸文学〟でもない文学がある、「これは杜衡・韓侍桁・楊邨人といった〝第三種文学〟などではない」といっていることについては、多くのコメントは不要であろう。ここでも〝第三種人〟として名をあげられているのが、杜・韓・楊の三人であることが目につく。

そしていよいよ最後、死の十三日前である。

曹白あて（三六一〇〇六）

「『現実』も『ゴーリキー論文集』も、ある書店（当時は〝第三種人〟が握っていました）に数年間押えられていたのを、今年になってようやく何とか買いとったものです。上海のお化けの、何と恐ろしいこと」

三三年に瞿秋白の訳稿を出版しようとして、魯迅が現代書局の蘇汶に数回手紙を出していたことは、前に見た。

「今年になって」というのは魯迅の思い違いか書き違いのようである。三五年八月一二日の日記に
「河清来る、望道の手紙及び瞿秋白訳稿二種を受けとる、現代からとりもどしたもの、二百元を支払う」
とある。魯迅は三五年一〇月から、この〝二種〟を含む瞿秋白の訳稿を集めた『海上述林』の編集にとりかかり、十二月には、校正刷りが出始めている。

三　〝第三種人〟論争から何を読み取るか

では、以上のような魯迅の〝第三種人〟観を、どう考えるか。

右に見て来たところを虚心に読めば、魯迅の〝第三種人〟観は、彼等を〝友〟と考えていた、という考えでは説明し切れないように思われる。その考え方では、魯迅がくり返し〝正体を現した〟という意味のことをいっていることが説明できない。何人かの論者のいう、その後の変化によって生じた結果を、当時の状況の判断にさかのぼらせることへの批判は正当であり、その指摘に私も共感することは先に述べたとおりだが、問題はそこでとどまるのではなく、〝当時〟と〝その後〟の関係をどうとらえるか、という問いが次に続かねばならないはずである。変化が生じたのは〝その後〟であったとして、〝当時〟の彼等に内的要因はなかったのか。あるいはいかなる外的要因も内的要因を媒介にして働くのだから、内的要因があったことは自明である、と考えるとすれば、内的要因と外的要因との関係をいかにとらえるか、といった問いは、それが一歩誤れば、不当な〝遡及的〟非難に道を開きかねないという危険を認めたうえで、なおかつ否定できない問いであろう。

蘇汶個人の場合、その関係がどうであったのか、さらに問題を拡げて、〝第三種人〟グループあるいは『現代』派、さらに拡げて〝三〇年代中国における転向〟に内在する問題をどうとらえるか、という問題は、日本でも中国でもまっ

たく今後に残された課題であるが、さしあたって本稿で問題なのは、その関係を魯迅がどうとらえていたか、という点である。

前述したように、魯迅は〝当時〟からすでに蘇汶にうさんくさいもの、信用できぬものを感じていた。そしてそれが〝その後〟の状況の深化の中で実証された時、〝正体を現した〟と感じたのである。それは、かつての〝定説〟における〝当時〟と〝その後〟の関係のとらえ方とも、文革後の論者におけるそれとも、違うものであった。

今日から見れば、魯迅が〝正体（原文、本相）〟といった言葉を、比較的無造作に使っていることはたしかである。前にもふれた〝本質顕現〟論とは、後における分化や〝裏切り〟を経た時点での評価・判断を過去に〝遡及〟させる思考方向の〝泉源〟として指摘されるものであり、〝正体〟やこれに類する言葉を使うことすべてを〝本質顕現〟論とすることができないのはもちろんだが、その〝正体〟を顕現させた契機は何か、それによって蘇汶の内面に起こった変化は何か、といった問題を、それ自体として明らかにしようとする志向はない。それは魯迅独得の人間把握そのものの一面であって、蘇汶という人物の思想・行動に対する全面的な分析のようなものを、魯迅に期待することは、ほとんどないものねだりに近いが、〝正体〟といった言葉が、魯迅の使い方を離れて一人歩きを始めれば、それは〝本質顕現〟論と区別のつかないものになることも事実であろう。

同様に、もし魯迅が、蘇汶の人格や姿勢と切り離し、蘇汶の提起のしかたとを切り離して、〝文芸の自由〟等の問題を十分に展開していてくれれば、その後の中国文学の歴史はもう少し変わっていたかも知れない、という気もしないではない。

しかし、それを求めるのは、三〇年代に描かれた未来像そのままには歴史が流れなかったことを知り、マルクス主義がその後たどった曲折を経験した眼、もっと具体的にいえば、スターリン批判を経、〝文化大革命〟を経て可能になった眼を、三〇年代の魯迅に求めることになるだろう。魯迅がくり返し蘇汶にいったように、魯迅自身三〇年代の

〝現在〟のために生きていたのであり、五〇年代以降、あるいは八〇年代のわれわれのために問題を考えてくれたのではないのである。

魯迅も三〇年代に生きていた人物である、という、あたりまえの事実を頭において、魯迅の〝第三種人〟観を見なおす時、魯迅が蘇汶の中に感じとっていた一種の〝うさんくささ〟は、中国近・現代史における、中間層・知識人層の、数的質的弱さと結びついた、思想的脆弱さではなかったか。いいかえれば、骨の太い中間層というものが育ち難かった中国近・現代の土壌そのものだったのではないか。

私の論は、すべてを〝歴史的限界〟という曖昧な言葉でおおうことによって、結局過去を肯定することになる論法の一種に見えるだろうか。しかし、私は、そういうことをいっているつもりはない。むしろ過去を検討する場合、ともすれば無意識のうちに、あるべき〝正しい理論〟〝正しい路線〟なるものが想定され、それを尺度に過去の〝誤り〟や〝弱点〟が論じられるが、それが果たして真に〝あり得た〟ものであったかどうかの十分な検討を踏まえているか、という点では、疑問を感ずることが少なくない。その結果は、当時のマルクス主義が全体として持っていた弱点・限界の認識が弱くなり、ひいてはマルクス主義そのものを歴史的存在として、まさにマルクス主義的にとらえることがしにくくなっていはしないか。過去の〝マルクス主義〟の〝弱点〟や〝欠陥〟を鋭く指摘することはできても、現在のそれにも存在しているさまざまな枠に対する自覚が弱くなり、そのことが内的な発展の契機を見出しにくくしていないか、という問題との関わりにおいて、三〇年代の見方を考えたいのである。

歌特論文を全面的に論ずる余裕はもはやないが、右の角度から見なおす時、私の見解は、桂中原のそれとは、多少異なったものにならざるを得ない。当時の左翼の理論が理論として持っていた欠陥の指摘としての正当性は認めるし、その後約半世紀の体験を経たうえで、この永年埋もれていた資料を知った時の中国の研究者の感動も十分理解できるが、この論文が〝第三種人〟〝第三種文学〟の存在を理論的に否定する傾向への批判において鋭いのに比して、現にあった〝第三種人〟の評価に十分に踏み込んでいない、という不満は残る。魯迅が「〝第三種人〟について」を書いたのは、この論文の発表前だし、その後これを読んだかどうかを決定する資料はないが、かりに読んだとしても、魯迅の考えは変わらなかった、という気がする。

そして、さらに論証抜きでつけ加えるのだが、その辺に、歌特論文に沿って自己の見解を修正し、展開しなおした馮雪峯(49)と魯迅との微妙な違いもあったのではないかと思う。ということは、馮雪峯をおとしめる意味ではもちろんない。それは二人の資質の違いであると同時に、割り切っていえば、あくまでも〝マルクス主義〟の理論の枠組みの中で考えていた馮雪峯と、晩年になってマルクス主義を受け入れた、しかし当然のこととしてそれをはみ出す部分を持った魯迅との違いでもあった。その違いをたしかめたうえで、違っている両者に生じた信頼関係が、それぞれに何を与えたか、を考える方が、初めから両者の〝一致〟を想定し、それを強調するよりも、三〇年代を豊かなものとして見なおすのに有効ではないか、という関心から、そういうのである。が、この点についてくわしくは別の機会にゆずるしかない。

注

(1) 李旦初「〝左連〟時期同〝自由人〟与〝第三種人〟論争的性質質疑」(執筆は八〇年五月)
葉徳浴「関于対〝第三種人〟闘争的幾個問題」ともに『中国現代文学研究叢刊』八一年一輯(八一・三、北京出版社)所収。

(2) 陳痩竹主編『左連時期文学論文集』表紙には〝現代文学研究叢書〟、裏表紙には〝南京大学学報叢書〟と記す。八〇・九、南京大学学報編輯部出版。包忠文論文及び方明「革命文学論争中的現実主義問題」のほか、駱寒超「左連時期的詩歌」以下ジャンル別に左連期の成果を論じた論文八篇を収める。発行所から見ても、論文のテーマの立て方から見ても、文革前に出た『左連時期無産階級革命文学』（六〇・三、江蘇文芸出版社）の一種の修正として出されたもののようである。

（3）包忠文「左連文芸闘争中的幾個問題」なお、『雨花』八一年三期にも、同筆者による同題の論文があり、内容は前掲『論文集』所収のものに手を入れた（主に叙述を整理し、分量を約半分に縮めた）ものと思われる。『雨花』原載のものは未見。中国人民大学書報資料社復印報刊資料『中国現代・当代文学研究』八一年七期所載のものによる。以下『論文集』所収のものを〝原論文〟、復印報刊所載のものを〝改訂論文〟と略称する。

（4）吉明学「試論〝自由人〟」（執筆は八〇年八月）『揚州師院学報』八〇年四期原載。同じく復印報刊資料『中国現代・当代文学研究』八一年一期による。

（5）陳早春「魯迅対〝第三種人〟的態度怎様?」朱正責任編集『魯迅研究百題』（八一・一、湖南人民出版社）所収。

（6）歌特「文芸戦線上的関門主義」

程中原「党領導左翼文芸運動的重要史料——読歌特《文芸戦線上的関門主義》」

右二篇はともに『新文学史料』八二年二期。またこれを補足する論文が

吉明学「歌特・科徳及其它」『新文学史料』八三年二期。

なお歌特論文の執筆は三二年十月三一日、原載は『闘争』（中共中央機関誌）三〇期（三二・一一・三、上海）であるが、吉明学によれば、この論文はその後『世界文化』（左翼文化総同盟の機関誌『文化月報』が一期のみで発禁になった後、その後身として二期から発行）二期（三三・一・五）に、署名を科徳と改め、一部を削除・加筆して転載されたという。なお、その後歌特・科徳は張聞天の筆名であることが明らかにされ、今日では広く承認されている。

（7）前掲陳早春論文、三七一ページ。

（8）ただし、この点については、多少の補足が必要であろう。左連の内部に理論上・組織上のセクト主義があったことは、少なくとも〝反右派闘争〟以前には、一般的には認められていた。葉徳浴は〝第三種人〟論争について、従来二つの見解があった、と整理している。一つは、これを敵味方の厳しい闘争であり、国民党の文化〝囲剿〟に反対する重要な一部であった、蘇汶はもともと反動文学者であり、偽装した陰険な敵であった、とするものであり、もう一つは、この論争は、人民内部の

思想・理論上の交戦であって、敵との闘争ではなかった。蘇汶はもとは反動文学者ではなかったし、当時もそうではなかった。彼が反動文学者に転落したのは、後のことである、とするものである。「後者の見解は解放前と五〇年代初頭にはかなり広く行われていたが、五七、五八年になって大難がふりかかり、壊滅的な打撃を受けた。その後、前者の見解が絶対的優位をとって論壇を統一した」（二五ページ）ここで〝定説〟というのは、主に五七、八年以降、すなわち〝反右派闘争〟以降に支配的となった「前者の見解」を指している。

（9）葉徳裕は、この見解を支える考え方を、つぎのように説明している。現実にいる反動文学者の中には、内心革命に対する深い敵意をいだいているが、表面上は進歩的な装いをし、その蔭で甘い汁を吸うか破壊活動をしようとしている者がいる。ある日、時至れりと判断すると、彼は仮面をなぐり捨て、本性をあらわにして乗り出して来る、という手合いである。しかしまた別のタイプの反動学者もいる。彼はもともとプロレタリア文学運動乃至プロレタリア革命運動に多少の不満と違和感を持っているが、それは不満と違和感にとどまっており、なお革命との間に共通の言葉を持つ〝同伴者〟たり得ている。革命がいっそう進行すると、各種の条件が複合して、彼の不満と違和感が急速にエスカレートし、一連の反動的見解を形成する。この人物がその反動的見解を文章にし公表すれば、きわめて重大な社会的影響をもたらす。矛盾は突然変異によって転化し、この人物はこれ以後反動文学者の泥沼に滑り落ち、同伴者（同路人）から〝異路人〟に転化する、というものである。「私は杜衡の状況は後者に属するものであって、前者に属するのではない、と考える」（二七ページ）

この見解が蘇汶の場合を完全に説明し得るかどうかは、蘇汶を始めとするいわゆる『現代』派全体について、もっと本格的な研究を待たねばなるまいし、この見解自体にも検討の余地は残されていようが、かつての中国における多くの見解が、丸山真男氏の指摘する〝本質顕現〟論（「〝スターリン批判〟における政治の論理」『増補版・現代政治の思想と行動』（六四・五、未来社）的性格を強く持ち、善玉・悪玉風のとらえ方に近いものさえ少なくなかったのに比して、ここには少なくとも〝反動文学者〟の運動法則ないしはそれを動かす力の性格を、それなりに分析してとらえようとする志向がある、といっていいであろう。〝反右派闘争〟から〝文革〟に至る体験を通じて、文学史・思想史の〝方法〟的自覚が生まれていることを示すものとして、私は重視したい。

（10）なお、このような見解に反対し、一種爽快なまでに従来の〝定説〟に近い評価を保持しているのが、李何林「我的教与学的文学生涯――〈李何林文論選〉代序」『新文学史料』八四年二期、である。『李何林全集』第一巻（〇三年一二月河北教育出版社）では「我的文学研究与教学生涯」と改題。同氏は、胡秋原・蘇汶等に対する左連の態度にセクト主義の表れを見るという見解に反対し、彼等はあくまでも真の〝自由人〟〝第三種人〟ではなかった、「もし当時彼らの攻撃・中傷するままにまかせていたとすれば、それはむしろ右傾軟弱の態度であった」（p．三四―三五）という。

また一九八一年版『魯迅全集』（以下『全集』と略称）の注釈も、

「一九三一年から三二年にかけて、胡秋原・蘇汶（杜衡）は、反動文芸と左翼文芸の二つの陣営の外にある〝自由人〟〝第三種人〟と自称した。彼等は〝文芸自由〟論を宣伝し、文芸が政治を離れることを鼓吹して、左翼文芸運動を攻撃した」（五巻p．二五、六巻p．四、一二巻p．二五八等ほぼ同文）という。彼等の本質規定はしていないが、ほぼ〝定説〟の枠を出ていないと見てよい。

（11）私自身はこの問題について、中国文学の会一九六一年度大会で「〝第三種人〟論争について」と題する報告を行ったほか、拙著『魯迅――その文学と革命』（六五、平凡社）の「あとがき」でふれている。この問題に関する主な仕事として

竹内実「〝第三種人〟をめぐる論争」『東洋文化』四一号（六六・三）

前田利昭「〝第三種人〟論争における馮雪峯――および〝中間派〟文学者をめぐって――」

佐治俊彦「胡秋原覚え書き――胡秋原における一九三〇年代文芸」ともに『東洋文化』五六号（七六・三）がある。たとえば、前掲の歌特論文にしても、前田論文はすでにこれを紹介・引用していた。

（12）見解の相違を、重要なポイントだけについて、細部の違いを無視してやや乱暴に整理してみると、以下のようになる。

イ、胡秋原・蘇汶について。両者とも〝中間派〟ないし〝同伴者〟だった、とするのが、李旦初、包忠文、吉明学、程中原（ただし吉は蘇汶にふれず、程は胡秋原にふれない）。胡秋原には否定的で、蘇汶は同伴者ないし味方にし得る対象だった、とするのが陳早春。葉徳浴も胡の評価ではそれに近いが、前述のように蘇汶が〝第三種人〟の旗を掲げて左連を攻撃した時から、敵味方の闘争となった、とする。のちに胡秋原が国民党の立法委員になり、蘇汶も国民党の図書雑誌審査委員会

に参加し、書報検査官になったとされることなどについては、李旦初・陳早春がふれ、いずれも当時の事情とその後の事情とは区別すべきで、その後の変化によって特定の時期の事の性格を定めるのは、非科学的である、という（李、一六ページ。陳、三七二ページ）。〝本質顕現〟論にもとづく、〝遡及的〟批判に対する反省が生まれていることがわかる。吉明学は、胡がのちに変化したことにふれるのみで、それと論争の見方との関係には特にふれない。あるいは、すでに自明のことと考えているのかも知れない。

なお『全集』注釈におけるこの論争の扱いは、注（10）に述べたとおりだが、胡秋原と蘇汶の扱い方には区別があるようである。胡秋原については、「（馮雪峯が）〝自由人〟の仮面の下にかくれた反動的実質を暴露した」「当時胡秋原は〝マルクス主義者を僭称し、さらにトロッキー派と結托した。トロッキー派は国民党反動派と気脈を一にして、中国工農紅軍を〝土匪〟と中傷した」（ともに第四巻、四四二ページ）というのに対し、蘇汶に対しては、その主張を引用するのみで、ふみこんだ評価を避けているように見える。各巻の注釈の直接の担当者は不明だが、この辺の仕事に関与したと思われる陳早春の見解が前述のとおりであることなどがひびいているのかも知れない。

ロ、左連側の態度については、胡・蘇の議論には当然批判されるべきものがあったが、左連側の批判にも、逆の一面化・セクト主義があった、とする点で、多くの論者が一致しているが、なかでも、左連側の〝主観〟には、小ブルジョア、民族ブルジョアは大部分が非革命的ないし反革命的だとすること、「われわれの現在の路線は絶対に正確だ」とすること、の二つの「枠」があったことを指摘し、具体的に瞿秋白・周揚の名をあげている李旦初（p.一五）と、歌特論文に沿って考える程明原が、もっとも批判的である。李は、その中で魯迅と論争後期において態度を改めた馮雪峯とが正しかった（九一一ページ）とし、程も、魯迅にはとくにふれないが、馮についてほぼ同じ見解をとる。陳早春も、馮雪峯の態度が魯迅のそれと基本的に一致していた、とする（三七七ページ）。包忠文は、左連は〝第三種人〟に対して〝同伴者〟をかちとるという方針をとっており、論争初期においては極左的傾向もあったが、それは急速に是正された（原論文八―九ページ、改訂論文二八ページ）とする点で、李・程とはニュアンスを異にするが、「是正」した例としてあげるのが馮雪峯である点から見ると、認識そのものはそう違っていず、表現上慎重になったに過ぎないのかも知れない。極左の例としても、李文という無名の人物を挙げるのみで、瞿秋白・周揚等の名に直接ふれることを避けているのも、同じ配慮に出るものか。葉徳浴だけは、前述のように、蘇汶の左連非難によって矛盾の質が転化したのだ、とし、したがって瞿秋白・周揚も、魯迅・馮雪峯も正しかった、とする。とくに馮雪峯と魯迅との不一致を問題にする「ある評論家」（誰を指すか不詳、教示を待つ）の見解には、かなり執拗に反駁している。

魯迅の態度についての見解は、本文中に述べたので省略する。

（13）「論〝第三種人〟」『現代』二巻一期（三二、一一）以下魯迅の文章については、執筆年月日を括弧内に示す。方式は『全集』の書簡の方式に従う。すなわち二桁ごとに、西暦の下二桁、月、日を示す。

（14）「〝連環図画〟弁護」『文学月報』四期（三二・一一）。

（15）「又論〝第三種人〟」『文学』一巻一号（三三・七）。

（16）「再論〝第三種人〟」朱金順輯録『魯迅演講資料鉤沈』、八〇・四、湖南人民出版社。この講演が先にあったので、三三年六月の文章が「又論……」になったのであろう。『全集』には未収。

（17）胡秋原「阿狗文学論」『文化評論』創刊号（三一・一二）。

（18）任白初はこうはいっていないが、それに近い。

（19）『全集』第四巻、四三八ページ。なおこの点は五八年版の注も同じである。

（20）「辱罵和恐嚇決不是戦闘」（三二一二一〇）『文学月報』一巻五・六合併号（三二・一二）。

（21）「〝酔眼〟中的朦朧」（二八〇二二三）『語絲』四巻一一期（二八・三・一二）、『三閑集』所収。

（22）蘇汶「〝第三種人〟的出路」蘇汶編『文芸自由論弁集』三三・三、現代書局。一三一ページ。香港神州図書公司の影印本による。

（23）「馮雪峯同志関于魯迅・〝左連〟等問題的談話」『魯迅研究資料』2、七七・一一、文物出版社。

（24）前掲書（注5）三七八ページ。

（25）「官話而已」署名家干『偽自由書』所収「不通両種」に付載。

（26）このことについて施蟄存自身が語ったものに、「施蟄存談《現代》雑誌及其他」『魯迅研究資料』9（八二・一）がある。
また、施蟄存にはほかに当時のこと全般についての回想「《現代》雑憶」『新文学史料』八〇年一～三期、もある。

（27）「中国文壇上的鬼魅」『China Today』一巻五期。『且介亭雑文』所収。

（28）「論飜印木刻」、『涛声』二巻四六期（三三・一一・二五）署名旅隼。『南腔北調集』所収。

（29）「答楊邨人先生公開信的公開信」『南腔北調集』所収。

（30）「化名新法」『中華日報・動向』（三四・五・一三）署名白道。『花辺文学』所収。

（31）「略論梅蘭芳及其他（下）」『中華日報・動向』（三四・一一・六）、署名張沛。『花辺文学』所収。

（32）「〝感旧〟以後（上）」（三三・一〇・一二）ほか『准風月談』所収の関連文章参照。施蟄存側の文章も〝備考〟として収められている。なお施蟄存の前掲文（注26）および『拙稿「施蟄存と魯迅の〝論争〟をめぐって」（本書Ⅰ－8）。

（33）「〝莎士比亜〟」『中華日報・動向』（三四・九・二三）署名苗挺、『花辺文学』所収。

（34）「〝以眼還眼〟」『文学』三巻五号（三四・一一）、署名隼。『且介亭雑文』所収。

（35）「又是〝莎士比亜〟」『中華日報・動向』（三四・一〇・四）、署名苗挺。『花辺文学』所収。

（36）「臉譜臆測」『且介亭雑文』所収。

（37）「病後雑談之余」『文学』四巻三号（三五・三）。『且介亭雑文』所収。

（38）「葉紫『豊収』序」『且介亭雑文二集』所収。

（39）黄源『魯迅書簡追憶』八〇・一、浙江人民出版社、p．二七。

（40）「非有復訳不可」『且介亭雑文二集』所収。

（41）「騙月亮」『太白』一巻一二期（三五・三・五）。『全集』八巻『集外集拾遺補編』所収。

（42）「倒提」『申報・自由談』（三四・六・二八）、署名公汗。『花辺文学』所収。

（43）林黙（廖沫沙）「論〝花辺文学〟」『大晩報・火炬』（三四・七・三）、魯迅の「倒提」の付録として『花辺文学』所収。なおこのやりとりの解釈について、私はかつて簡単にふれたことがある。（「〝国防文学論戦〟について」『現代中国文学の理論と思想』、七四・九、日中出版、二四〇～二四三ページ）。また廖沫沙自身は、最近の「我在三十年代写的両篇雑文」『新文学史料』八四年二期で述べている。ほかに本書Ｉ－６「『花辺文学』について」について参照。

（44）胡風「魯迅書信注釈」『新文学史料』八一年三期。呉奚如「我所認識的胡風」『芳草』八〇年一期原載、加筆して『魯迅研究資料』９（八二・一）転載、による。

（45）「五論〝文人相軽〟――明術」、『文学』五巻三号、署名隼。『且介亭雑文二集』所収。

（46）「〝題未定〟草（六～九）」『海燕』一～二期（三六・一～二）『且介亭雑文二集』所収。

（47）『全集』一三巻所収の同書簡の注６による。

（48）「答徐懋庸並関于抗日統一戦線問題」『作家』一巻五期（三六・八）。『且介亭雑文末篇』所収。

（49）前掲（注６）程中原論文参照。

（八四・八・三一）

一九三三・三四年の短評集『偽自由書』『准風月談』『花辺文学』について

一　三三・三四年という時期

『魯迅全集』学研版の第七巻には、魯迅が一九三三年一月から三四年一一月までに書いた、短い雑感を集めた三つの集を収めている。時期としては、『南腔北調集』の後半約三分の二、『且介亭雑文』の大部分と重なる。

一九三三、四年とは、どういう時期だったか。この期間に起こった事がらの個々については本文及び注釈にゆずるしかないが、その特徴的な点を列挙しておくと、つぎのようなことになるだろうか。

1、三三年初頭から始まった日本関東軍の「熱河作戦」及びその結果としての「塘沽協定」は、三一年の九・一八（満洲事変）以来の日本の対中国侵略の、中国本土への拡大を示すものとして、強い抗日の流れを生み出した。

2、国民党政府は、「先に内を安んじ、後に外を攘《はら》う」という政策を変えず、第四次・第五次「囲剿」（＝ソヴィエト地域への包囲攻撃）を行った。

3、これに対し、国内では、日本への抵抗の要求が、内戦停止の要求と結びつく形で、各階層から起こっていた。三三年一一月の「福建事変」なども、その表れの一つであった。これらに対して、国民党は弾圧とテロの強化で答えるとともに、儒教倫理を軸とする「新生活運動」を展開して、思想的支配の強化をはかった。
4、中国共産党は、抗日統一戦線への模索を始めてはいたものの、全体としてまだ「極左路線」から脱却せず、第五次「囲剿」によって、三四年一〇月、ついに江西ソヴィエト地区を放棄し、「長征」を開始した（陝西省北部到着は三五年一〇月）。
5、国際的には、ヒトラーの首相就任が三三年一月、同年一月にはルーズヴェルトがアメリカ大統領になり、ニュー・ディール政策が始まっている。そして日本は三三年三月、国際連盟を脱退、三四年一二月にはワシントン軍縮条約を破棄した。

こういう情況に対して、あるいは正面から、あるいは屈折した言葉によって、あるいはさらに当面の情況とは直接に関わらない主題を取り上げながら、中国の現実に対する深部での批判になっている、といった多様な短評を書いたのが、この三冊に収められた文章だった。

二　『申報』「自由談」、『中華日報』「動向」について

この巻に収められた三つの集を、魯迅が『南腔北調集』や『且介亭雑文』とは別に編んだのは、これらが『申報』「自由談」と『中華日報』「動向」という特定の新聞の副刊用に、始めから短評とすることを意識して書かれたものだったからだろう（『花辺文学』の「試験場の三醜態」のみは、雑誌『太白』に掲載）。このような区別を、魯迅はかつて『墳』と『熱風』とについてもしている。

『申報』「自由談」とは、新聞『申報』の副刊「自由談」のことである。副刊とは、一八七二年『申報』が新聞の最後の面に詩や詞を載せたのが始まりで、ついで、一九〇〇年、日本人経営の『同文滬報《こほう》』が毎日『同文消閑録』とい

う娯楽版をつけた。つまり、新聞の付録として、文芸や娯楽など、それぞれやや独立した内容を持つ紙面をつけたのが副刊である。新聞のある一面をそれにあてることもあり、また独立した紙面になることもあった。たとえば、魯迅の「阿Q正伝」を載せたことで有名な『晨報副刊』は、当初は『晨報』の第七面であったのが、一九一九年「晨報副刊」と名を改め、さらに二一年一〇月から独立して発行された。五四時期には「晨報副刊」のほか、『民国日報』、『時事新報』、『京報』等の有力紙がそれぞれ副刊として「覚悟」、「学灯」、「京報副刊」を出したし、創造社の「創造日」も『中華新報』の副刊として出たものだった。これらの副刊は、もちろん親新聞の経営という大枠の中ではあったが、文学者や文学グループが相対的に独立した編集権を委ねられることも多く、それぞれ特色のあるものになった。中国の現代文学史に新聞の副刊が持った意味は大きい。

ところで『申報』は、一八七一年、英国人メイジャーが上海で発刊した新聞で、その後曲折はあったが、一九四九年五月二六日に停刊するまで、二五五九九号を出した、中国でもっとも長い歴史を持った新聞の一つである。一九〇七年に席子佩が買い取って実質上中国人の経営となり、一二年には史量才が席から買い取り、陳冷血を総主筆に招き、この体制は、三四年一一月、史が暗殺されるまで続いた。

「自由談」が始まったのは一九一一年八月二四日で、席子佩《せきしはい》に招かれた王鈍根が編集者だった。王が『礼拝六』の編集者になるために、一五年三月一七日に去った後、呉覚迷（一五・三・一八－）、姚鵷雛《ようえんすう》（一六・四・一－）、陳蝶仙《ちんちょうせん》（一六・一〇・三一－）等を経て、二〇年四月一日、周瘦鵑《しゅうそうけん》が編集者となり、三二年一二月、黎烈文《れいれつぶん》に替わるまで続いた。周瘦鵑は、『為自由書』の「後記」に引かれている徴知なる人物の「『春秋』と『自由談』の話から」にも述べられているように、旧派の「鴛鴦《えんおう》蝴蝶《こちょう》派」の中心人物の一人だった。周は「自由談」の歴史を通じて、もっとも長い期間編集者だった人物で、それから見ると、編集者として少なくとも、無能でも、怠慢でもなかったのだろう。ただ末期になると、徴知もいうように、知合いの者の原稿は何でも載せるが、そうでないものは内容も見ずに没にするなど、だいぶんずさんな仕事ぶりになっていたようである。外部から批判が加えられるのとともに、ひどいときには一カ月に一、二回しか編集室に出ないこともあったという周の仕事に史量才が不満を強めた結果、三二年一二月一日から、黎烈文に替え、周のためには「春秋」という名の別の副刊を設けて、これを委せることにした。その背景としては、すでに鴛鴦蝴蝶派が倦きられていたことがあったろうし、さらに大きくいえば、時代が史を動かしていた、といえるだろう。袁省達は「『申報』はもともとブルジョアジーの保守的な商業紙で、史量才はこれを引き継いだ後も、ずっと細かく気を遣って来ていたが、災難の度量なる中国の血と涙に彩られた現実、そして遅れ、攻撃されている事実の教訓が、史量才の心を動かし、彼を促して『申報』の改革に着手させた」と述べている（「申報『自由談』源流」『新文学史料』1　一九七八、なおこの解説はほかにも同氏の文章に負うところが多い）。三二年一一月三〇日、『申報』は創刊六〇周年を記念する今後の計画一二項を発表したが、その第五項に「時代の潮流に反しないことと大衆化を原則とする」という。そうした改革の一環として、黎烈文が選ばれたのだろう。『為自由書』「後記」に引かれている「黎烈文声明」によれば、史は親の代から交際のある先輩だった、というが、それ以上のくわしいことはわからない。

黎烈文は一九〇四年、湖南省湘潭の出身だから、毛沢東の同郷の後輩にあたる。もっとも毛は湘潭県韶山村の生まれだが、黎についてはは村の名前まではわからない。かつて文学研究会に参加したことがある。三二年冰之夫人とともにフランスに留学、帰国して上海に住み、フランスのアヴァス通信社で翻訳などをしていたが、上司と合わず辞職、そこに史量才の招きがあって、「自由談」の編集者となった。

黎が引きついでからの「自由談」の変化については、『為自由書』の「後記」等から、ほぼその傾向を知ることができる。黎は一九三三年一月、妻を産褥熱で失うという痛手を受けながらも（米国の藪医者に誤られた、と袁省達は書いている）、「自由談」の革新と充実に努力した。彼の求めに応じて執筆した人々は、先の徴知の文でいわれている魯迅、茅盾ほか陳望道、夏丏尊、周建人、葉聖陶等から、老舎、沈従文、郁達夫、巴金、そして杜衡、施蟄存等の『現代』

派ないしいわゆる「第三種人」さらに章太炎、柳亜子、呉稚暉にまで及んだ。「『自由談』は実は『五四』以来広汎な団結をもっとも重視し、『兼容并包（多くのものを広く包容すること）』を真に実現した出版物だった」と、文学史家の唐弢はいっている（『申報』「自由談」複製本の序）。当時の小型新聞がいうほど左派に偏したものではけっしてなかったわけだが、左派にある程度門戸を開いていたこと自体、国民党当局にとっては眼ざわりなものだったのだろう。さまざまな圧力が史量才を通じて黎にかかり、三三年五月二五日、黎が「海内の文豪に呼びかける、今後は多くの風月を語られ、不平は少なくされるように」という苦しい声明を発表したことは、『准風月談』「前記」原注〔1〕に見られるとおりである。

その後も黎は約一年間「自由談」の編集を続けるが、このころから、旅行記、随筆といった散文・小品文が多くなった、と袁省達は書いている。ざっと見た印象でも、やはりその傾向はあったようである。しかし、圧力はさらに強まり、ついに三四年五月九日、黎は「多忙のため」という声明を発表して職を辞した。

黎の後を引きついだのは、張梓生（一八九二―一九六七）である。彼は浙江省紹興出身というから、魯迅の同郷、十一歳年下の後輩ということになる。袁省達は、魯迅が紹興師範学校で校長をしていたとき、張が同校で「礼記」「経学」等の課程を担当し、魯迅と同僚だったことがある、としているが、その拠った資料は不詳。『魯迅生平史料彙編』では当時の学生とする。同書所収の「山会初級師範学堂同学録」（山会初級師範学堂が、一二年一月、紹興師範学校と改名）にも、名が出ているから、この方が正確かと思われる。同校の簡易科を卒業後、紹興の小学校、女学校の教師となり、ここで、魯迅の末弟周建人と同僚だったことがある。袁の記述はこれと混同したものか。一九年一二月に、魯迅が紹興の家をたたんで北京に引き払ったとき（彼の小説「故郷」がこの時の体験を題材にしていることはよく知られている）、彼に預けた書籍やノート類三箱が、五四年に見つかって、紹興の魯迅紀念館に返還された。張は二二年ごろ上海に出、当初、商務印書館で植字工となり、のち『東方雑誌』の校正、編集を担当、三一年から『申報』社にはいって『申報年鑑』の編集をしていた。

張が編集者になってからも、『申報』「自由談」の編集方針が大きく変わった形跡はない。袁省達はこの時期の寄稿者を、一、魯迅等の左翼ないし進歩的作家、二、曹聚仁に代表される、左右に揺れていた作家、三、「自由談」の熱心な読者、最後に、投稿した翌日にはいつ載るかと問い合わせ、翌々日には原稿料をいつくれるかという文化ゴロ、の四種類だった、としている。魯迅は『花辺文学』の「序言」で、彼の投稿を「新任の編集者は見分けられず、以前どおりしばしば掲載した」と書いているが、袁省達は、張は魯迅等の作品はすぐ掲載し、とくに魯迅のものは目立つように、周囲を「花辺」(『花辺文学』「序言」訳注参照)で囲んだ、と書いている。唐弢も、「花辺」で短文を囲むようになったのは、編集者が張梓生に替わってからと記憶する、と書いている。「自由談」を見なおしてみると、「花辺」で囲んだものは他にもないことはないが、魯迅のものは、数篇を除いてすべて「花辺」で囲んであり、しかもその多くがトップに置かれていて袁省達の記述には根拠があるように思われる。あるいは魯迅が張の立場を慮《おもんばか》って、わざとこういう書き方をしたものか。三四年九月二九日には、詩「秋夜有感」を書いて、張に与えている(『集外集拾遺』参照)。

しかし、張に対する圧力もますます強まり、やがて掲載予定の原稿はすべて国民党上海市党部新聞検査処の検閲を受けねばならなくなったほか、各副刊の編集者はしばしばCC派(陳果夫・陳立夫兄弟の持つ特務機関)の軍法処長陶百川の召集する会議に呼び出されるようになった、という。こうして三四年一一月一三日には前にもふれたように史量才が暗殺され、三五年一〇月三一日、張は停刊声明を出して南京に去って、開明書店南京支店の支配人となり、「自由談」は中断した。

この後、三八年一〇月一〇日、王任叔主編で復刊、以後、日本占領下や、戦後の国民党治下においても、編集者は替わって存続するが、これは魯迅とは関係がないので、省略する。

その後の黎烈文について、少し書いておく。「自由談」の編集をやめた四カ月後の三四年九月、魯迅、茅盾、黄源等と雑誌『訳文』を創刊してその編集に加わり、また三六年九月に創刊された雑誌『中流』の主編をつとめた。三六年、文学芸術界における抗日統一戦線のあり方をめぐって起こった「国防文学論戦」（『且介亭雑文末篇』所収の関連する文章及び解説参照）の際、魯迅等は「文芸工作者宣言」を出したが、これは巴金と黎とが話しているうちに宣言を出そうということになり、二人がそれぞれ草稿を書いたものを、魯迅が一つにまとめたのだ、と巴金が書いている（「四三、懐念烈文」『探索集—随想録第二集』八一・七 人民文学出版社）。魯迅の葬儀のときは、巴金等といっしょに、棺をかついだ。三七年日中戦争が始まると、『文学』、『文叢』、『中流』、『訳文』の四誌が合同した『吶喊』（第二号からは『烽火』と改題）の編集に、第二号まで従事、その後湖南の郷里に帰ったが、やがて福建で雑誌『改進文芸』の編集に当たった。その後はずっと福建にいたらしい。抗日戦が終わって、台湾が中国にもどると、福建省主席だった陳儀が台湾行政長官として台湾に渡ったのに伴って台湾に行き、新聞社で仕事をしていたが、上司と衝突、陳儀も彼のことをかまわなくなった。その後は台湾大学で教えたが、生活が楽でなかっただけでなく、精神的にも苦痛が多かったらしい。この間四七年には、巴金も一度台湾に行っており、黎もその後間もなく一度上海にもどって半月ほど滞在した。四九年四月、フランス文学者馬宗融の死に際して、黎は台北から挽歌を送って来たが、その中に「正に南天いまだ曙《あ》けざる時にあたり」という句があった。「意味はきわめて明らかである」と巴金は書いている。本土の解放によって、台湾との音信は絶え、一時は民主運動で逮捕されたという噂が伝わったこともあったが、これは誤報だったようである。台湾大学教授のかたわら、フランス文学の翻訳にあたって、七二年一一月、病気で死んだ。彼の病気を聞いて、いくつかの機関が黎家に金を届けたが、烈文の性格を深く理解していた夫人がどうしても受け取らなかった、という。

五八年版の『魯迅全集』第十巻に収められた黎烈文あて三三年五月四日付書簡の注には、「のち反動文人に堕落、一九四九年全国大陸解放時に台湾へ逃げた」という記述があった。これにはつとに曹聚仁が批判を書いているという（『海光文芸』六六年三月号、筆者未見、黄俊東『現代中国作家剪影』の引用による）が、巴金も、この記述には長く心を痛め、その冤罪を晴らす文章を書かねば、と思いながら書かぬままでいた、という。巴金自身が「右派」とはされぬまでも、その一歩手前のような批判を受けていた中では、とてもそんな文章は書けなかったのだろう。しかし、巴金の右の文章は、そういう自分に対する誠実な悔恨と自責を綴った、心に残る文章である。

『中華日報』は、八一年版『魯迅全集』『花辺文学』「序言」の原注〔3〕にあるように、もともと国民党の汪精衛派の新聞だった。その副刊「動向」は『中華日報』の発刊後二年たった三四年四月一一日から始まり、同年一二月一八日に停刊するまで、水曜日を除く毎日、計二一五回にわたって出ている。『動向』の編集者は聶紺弩（左連のメンバー、ちょうどこのころ中共に入党している）で、執筆者も周而復、廖沫沙、欧陽山、田間、宋之的、章泯等、多くの左連のメンバーまたはそれに近い文学者だった。汪精衛派の新聞の副刊が、どうして左連のメンバーを編集者に、また主な執筆者にするようになったのか、その辺に三〇年代の中国の複雑さとおもしろさがある。

聶紺弩は湖北省出身。小学校を出てから、マレー、ビルマ等を転々とした後、大革命期には黄埔軍官学校に入学、モスクワに派遣されて中山大学に留学して二七年帰国した。二八年南京中央党務学校で教鞭をとるが九・一八（満州事変）後離職して渡日、日本で留学中の胡風等と知り合い、東京左連の活動に参加、雑誌『文化闘争』を編集したことで、三三年逮捕、同年暮れに強制送還された。

その聶紺弩が、帰国後間もなく、上海の路上で、パッタリ孟十還に出会った。孟はモスクワ中山大学の同窓で、当時『中華日報』の「十日文学」の編集をしていた。孟は、中華日報の社長の林柏生が聶が日本から「十日文学」に投稿した文章をほめ、『中華日報』をやってもらいたいともいっている、といった。聶の文章は何を書いたものだか忘れてしまったが、非常に「赤い」ものだった、周揚さえ、あれは「赤すぎる」といったほどだった、と聶自身が回想している（「聶紺弩、『動向』と『海燕』を語る」、『新文学史料』八一年四号。この項の記述はこれによるところが多い）。

数日後、林柏生が聶と孟を夕食に招待し、席上、林は、『中華日報』を改革して、『時報』、『時事新報』、『大晩報』等に対抗できるような新聞にしたい、副刊も出したい、といい、聶にやってくれぬか、という話になった。聶が「難しいでしょう、上海の空気から見て、ゆるやかだと誰も読まないし、尖鋭になれば新聞にさしさわりができる」というと、林は「大丈夫だ、今は汪先生（汪精衛）が行政院長だから少しぐらい左でもかまわない」といった。聶は帰って左連と相談すると、討論の結果、やってもいいということになった。毎日約六千字、その稿料として六元、月百八十元のほか、聶に月給百元、という条件だった。聶は助手を一人雇うことを要求、林は四十元の給料を払うことに同意した。聶は助手に葉紫をあてることにした。葉紫は当時家族をかかえ、自分も結核で、苦しい生活をしていた。彼の小説集『豊収』が、魯迅の援助で、その序をつけて出版されたのが三五年三月である。彼は三九年、二七歳で死ぬ。ほとんど窮死といえる死だった。

葉紫のことその他は省略し、魯迅との関係に話をもどす。聶は原稿を依頼せず、すべて投稿の中から選んでいた。ある日、原稿用紙でなく、普通の白紙に毛筆で書いた原稿があった。一字の訂正もなく、まるで模範文のようである。文体も字体も並の人間に書けるものではない。聶は魯迅の文章ではないか、と考え、すでに魯迅を知っていた葉に見せた。葉も一眼みて、きっとそうだ、といったが、確定はできないというので、直接魯迅に問い合わせ、同時にお目にかかれないかと尋ねた。返事がすぐに来て、やはり魯迅の原稿だった。そして内山書店での面会も承知してくれた。こうして魯迅は「動向」の主な執筆者の一人になった。聶は林柏生に交渉して、魯迅には、一篇三元の原稿料を出させることにした。普通の稿料は千字一元だった。聶がそれを魯迅に告げると、魯迅は「じゃあ、これから君のところに送る原稿はだんだん短くなるぞ」といった、という。ちなみに、当時の中国の原稿料は、句読点等を含まない、漢字だけの字数計算が普通だった。『花辺文学』の「古人も決して温厚ではなかった」は約六百字である。

「動向」の内容としては、暴露と悪口に重きを置いた、と聶紺弩は語っている。当初は明らさまに国民党、蔣介石、汪精衛をたたかない限りまだ大丈夫だったのだ、という。こうして、「動向」は、実質上左連のメンバーの発言の舞台になっていたにもかかわらず、八カ月という、比較的「長寿」を保った。しかし、それもやがて限界に達したのは当然だった。蔣と汪との矛盾が激化するにつれ、蔣介石直系からの攻撃も強まった。汪精衛を直接非難するわけにいかない分が、林柏生に集まり、共産党に「尻尾」（原文「屁股」＝尻、副刊のことを当時、報屁股または単に屁股と呼んだ）を売っている、という非難が飛んだ。林もついに停刊することにし、聶もやむなく辞職した。

その後のことに一言だけふれておくと、林は三八年末、汪が重慶から脱出して日本に協力したのに随い、汪派「国民党」の宣伝部長などをつとめた。戦後漢奸として罪に問われ、四六年四月、死刑の判決を受けた。処刑は一〇月八日だった、という。

一方聶紺弩は、「動向」での活動と前後して三四年中共に入党、国民党関係に知己が多いことから、秘密工作を担当する中央特科の活動に参加、丁玲の延安への脱出も援助した。抗戦中は雑誌の編集に従事、解放後は作家協会理事等の要職についたが、五八年「右派分子」とされ、さらに文革では一〇年間収監され、無期懲役の刑を宣告されて、七九年にようやく名誉を回復した。

三　魯迅と瞿秋白

『偽自由書』に収められている「王道詩話」の原注〔1〕（八一年版『全集』）で述べられているように、この巻には、瞿秋白の文章が『偽自由書』に九篇、『准風月談』に一篇収められている（ほかに『南腔北調集』に二篇）。魯迅と瞿秋白の関係については、「王道詩話」の訳注でも記されており、また学研版『全集』第六巻（『二心集』『南腔北調集』）の解説でもふれられているが、もう一度整理しておくことにする。

瞿秋白は一八九九年一月、江蘇省常州に生まれた。魯迅より一八歳若い。北京のロシア語専修館在学中、五四運動に参加、二〇年に『晨報』の記者としてソ連に行き、ソ連滞在中に中国共産党に入党した。帰国後、『新青年』、『嚮導』、『前鋒』など党機関誌の編集のほか、主に理論面で活動し、二七年、蔣介石の反共クーデター後、陳独秀に代わって中共中央総書記となったが、情勢の急変と、度重なる党の試行錯誤の中で、三一年一月、六期四中全会で党の主導権を握った王明派により、「調和路線」という批判を受けて、党の指導的地位を退いた。五四期以来、しばらく中断していた彼の文学者としての活動が本格的になったのは、これ以後である。ただ彼には、依然として、国民党による二万元の懸賞がかかっていた。

魯迅とは、三一年の夏ごろから交際が始まった。この年の四月、それまでのアジトが危険になった彼は、しばらく茅盾の家に避難するが、ここで初めて馮雪峰に会い、馮の世話で、上海の南市に住む馮の友人で銭荘（旧式の民間金融業）の職員だった謝澹如の家に住むようになった。彼は一・二八（上海事変）の際一時ほかへ移ったのを除いて、ほぼ二年間ここに住んだ。そして馮を通じて、魯迅から翻訳の仕事をすすめられたり、お互いの仕事に意見を交換したりするようになった。

二人の往復書簡「翻訳にかんする通信」（『二心集』）はこのころのものである。

魯迅と瞿秋白が最初に会った時期については、いくつか説があって一致していないが、三二年の晩春か初夏という許広平の話が、もっとも信頼できそうである。瞿秋白が夫人の楊之華とともに、魯迅が住んでいた北四川路のラモス・アパートを訪れたものだった。二人の対面を祝うため、肺結核を持っていて日ごろは酒を飲まない瞿秋白も、「例を破って軽く盃を手にした」という。

その後九月一日には、魯迅夫妻が息子の海嬰を連れて瞿夫妻を訪ねて昼食をともにし、一四日には、瞿夫妻がまた魯迅を訪問している。「引きとめて食事」と魯迅日記にある。

三二年一一月下旬、身に危険が迫った瞿秋白は、魯迅の家に避難した。魯迅は北京の母の病気見舞に行って留守だったが、三〇日に帰った。瞿が魯迅の家を出るのが一二月中旬、彼らはほぼ半月同じ屋根の下で暮らしたことになる。

瞿秋白はこの後、三三年二月上旬から三月上旬までの約一カ月、やはり魯迅の家に避難している。ちょうど訪中したバーナード・ショーをめぐる報道や発言に、魯迅が序を書いた『上海のバーナード・ショー』を編集したのが、この期間である。

三月初め、魯迅が内山完造氏夫人に依頼して、北四川路はずれのスコット路東照里（日照里ともいう）の日本人が住んでいた「亭子間」（上海で、家屋の裏手の台所の上や階段の踊り場にあたる所に作られた小部屋、屋根裏部屋のようなもので狭くて暗いが、天窓があってそこから半身を外に出せるようになっているものもあった。当時の貧乏な文学青年など亭子間暮しをした者は多い）を借りた。三月六日に魯迅はここを訪ね、すみれの鉢を贈った。

四月一〇日には、魯迅がラモス・アパートから、スコット路大陸新村九号に引っ越した。瞿秋白のいた東照里とは「対弄」（向かいの路地）だった、という。以後の約二カ月は、瞿秋白にとって、比較的落ち着いた生活が送れた期間だった。二人は毎日のように往き来して話し合った。「王道詩話」以下の各篇は、そういう二人の接触の中で書かれた。

『魯迅雑感選集』の編集と序文の執筆もここで行われた。

瞿秋白が東照里を出るのは、三三年六月初めである。七月後半にはまた危険が迫って、三たび魯迅の家にかくまわれた。三度目の「避難」である。この時は短期間だった。

三四年、江西ソヴィエト地区へ行くため上海を去ることになった瞿秋白は、別れを告げるため一月四日に魯迅を訪れている。魯迅は瞿秋白に一泊をすすめ、特に自分のベッドを瞿秋白にゆずり、自分はゆかに臨時の寝床をしつらえた、という。

三五年二月、病気のため長征に参加せず別行動をとっていた瞿秋白は福建省長汀で国民党に逮捕され、六月一八日、銃殺される。魯迅は彼を記念するため、その遺した訳稿を集めて『海上述林』上下二巻を編集し、上下巻とも自ら序文を書いて、出版社名を諸夏懐霜社として出版した。霜とは瞿秋白の本名である。

二人のこのような交友は、解放後「革命的友誼」の代表として語られて来たが「文化大革命」では、彼が獄中で書いた手記「多余的話」（余計なこと）を理由に、「叛徒」とする非難が加えられ、墓まであばかれた。家族、友人等もすべてはげしい攻撃にさらされ、楊之華夫人も投獄されて健康を害したすえ、骨癌におかされ、出獄三日後、七三年一二月二〇日に死んだ。名誉回復は八〇年であった。

以上、瞿秋白の文章が魯迅の用いていた筆名で発表され、さらにそれが『偽自由書』等に収められた背景を述べた。以上、あくまでも背景にすぎず、二人の内面に深くはいっていないのは承知のうえである。二人の美しい「革命的友誼」は、二人の考え方がまったく同じであったことを意味するものでは、もちろんないだろう。その違いと、それにもかかわらず二人の間に成立したこのような信頼との関係、そして、それを通じて二人がそれぞれ相手から何を得たかを全面的に明らかにする仕事は、解説の域をあまりにも越えるし、今後に属するもの、といわねばならないだろう。最後に、魯迅が瞿秋白に贈った書について述べておく。

前述のスコット路東照里の瞿秋白の住まいを魯迅夫妻が訪れたとき、部屋はいかにも家庭らしく整えられており、壁には魯迅が贈った対聯がかけられていた、という。本巻の口絵写真に出ているのがそれである。

　　疑仌道兄属　　　　疑仌《ぎひょう》道兄の属に

人生得一知己足矣　　人生、一知己を得れば足れり

斯世当以同懐視之　　この世、まさに同懐をもってこれを視《み》るべし

洛文録何瓦琴句　　洛文《らくぶん》、何瓦琴《かがきん》の句を録す

仌は冰の古体字。疑冰は瞿秋白が魯迅との間で使っていた名の一つ。『魯迅雑感選集』などに彼が何凝の名を使ったことはよく知られているが、凝を冫（冰）と疑に分けた名である。人生は一人の知己を得ればそれで足りる、同じ志を持ってこの世に対して行きたいものだ、という句に、瞿秋白を一人の知己と認める気持が籠められていることはいうまでもあるまい。何瓦琴については、かつては不詳とされ、中国の研究者丁景唐は瓦琴は凝の切音（一字の音を、子音を表す上字と母音を表す下字とに分けて示す方法、たとえば魯は籠五の切とする）であり、実は瞿秋白自身のことだ、とする説を提出していた（『学習魯迅和瞿秋白作品的札記』　一九六一　上海文芸出版社）。瓦琴では、凝の正確な切音になっていず、疑問を残していたのだが、最近の『魯迅年譜』第三巻（魯迅博物館魯迅研究室編　八四・一　人民文学出版社）では清人とする。その「自集禊帖字」というから、何瓦琴が、王羲之《おうぎし》の「蘭亭帖」（＝禊帖《けいちょう》）の字体を集めて、自分の句を書いたものか。

これに前後して、瞿秋白も魯迅に二首の詩を書いて贈った。一首は「頽唐」の気分と自らいう青年時代の七言絶句を書いたもので、三二年一二月七日の日付がある。もう一つは『申報』「自由談」を読んでその傾向を諷刺する七言絶句。日付ははいっていないが、諷刺の対象になっているのは、三二年一二月二五、六日に載った郁達夫の文章と、二六日の施蟄存の文章である。魯迅の一二月二八日の日記に、「維寧（秋白を指す）の手紙および詩を受けとる」とあるのが、この詩であろう。この二首についての解説は、あまりに長くなるので割愛する。

四　「『花辺文学』について」について

最後に、『花辺文学』という題名のもとになった林默署名の「『花辺文学』について」をめぐるいきさつについて、

最近明らかになった事実を紹介しておく。

この文章の筆者は、『花辺文学』「序言」の八一年版『魯迅全集』原注〔5〕にいうとおり、本名廖沫沙で、当時は左連のメンバーであった。中華人民共和国建国後、北京市統一戦線部長、北京市政治協商会議副主席等をつとめたが、六二年に鄧拓、呉晗と共同して書いた「三家村札記」が、六六年に至って「反党・反社会主義」の「毒草」とされ、呉晗の歴史劇「海瑞罷官」、鄧拓の「燕山夜話」に対する批判についで文革の口火となり、廖沫沙自身もはげしい攻撃を受けた。その際、この文章も、彼の「罪状」の一つに挙げられていた。

私は、七四年七月に書いた論文で、この問題にふれたことがある。そこで私は、魯迅がこの文章をどう受けとったか、ということを一応離れて、廖の意図はどうだったたか、それをどう評価するか、という問題として考えると、当時、廖に加えられていた非難には、承服し難いものがあることを述べ、つぎのように書いた。

「西洋人が中国人を虐待する。それに対して、西洋人は中国人を鶏以下に見ていると不平をいっても、そもそも意味がない、人間には団結して闘う能力があるではないか、という魯迅の主張は、日本留学中、徐錫麟殺害に対して清朝に抗議電報をうとうという意見に対して、敵に憐みを乞うようなことをしても無意味だ。清朝は打倒あるのみ、として反対したことや、袁世凱が民国初年に革命派を殺したことについて、これは人を誤って殺したのであって、中国の不幸だ、と説いた曹聚仁に反駁し、袁は袁なりに殺すべき敵を殺したのだ、誤ったのは袁の殺し方ではなく、袁を味方と見誤った革命派の方だと書いた（『為自由書』「『殺しまちがえ』異論」）ことの、延長上にあり、いかにも魯迅らしい発想だが、匿名で書かれた文章に示されたこの発想をただちに受け止め、この文章の真意を誤りなく理解することは、今日われわれが『魯迅全集』で読む場合のように、容易なことではなかったのではあるまいか」（「『国防文学論戦』について」）

このような魯迅の発想を理解できなかった廖の思考の狭さ固さはそれとして批判さるべきであるにしても、そのことで、この文章全体を否定あるいは非難することには無理がある、というのが、私の見解だった。

文革終了後になると、中国でもようやくこの点の見なおしを主張する論も現れて来た。私の見たもっとも早いものは、『復旦学報』八〇年第二期に載った司徒偉智「『花辺文学』事件の真相は明らかにせねばならない」と題する論文だった。そして最近になると、廖沫沙自身「私が三十年代に書いた二篇の雑文」（『新文学史料』八四年第二号）を書き、また陳海雲、司徒偉智による伝記「廖沫沙の風雨の歳月」（『新文学史料』八五年第一号より連載）が、その第二回で、廖自身の文章も資料としながらこのことにふれている。それらによって事実とされていることを整理しておくと、つぎのようであった。

廖が左連の活動に参加したのは三三年だった。「『花辺文学』について」以前に書いた主なものには、三四年四月一四日『申報』「自由談」に発表した「人間何世」がある。周作人の「五十自寿詩」を巻頭に載せた『人間世』創刊号を皮肉ったもので、廖沫沙の文章の「付記」にある「私怨を報ずる」「指示」等の言葉は、周作人の詩をめぐる左派の青年たちと林語堂等との論争の中で、後者から加えられた非難の言葉だった。

そうこうするうちに前述の黎烈文の更迭事件が起こる。廖は五月九日の黎の声明は読んでいなかったのか、それとも記憶が薄れたのか、黎がやめさせられ、「自由談」には魯迅を含む左翼作家の文章の発表が禁止されそうだ、という「噂」を聞いた、と書いている。彼はそれを聞いて怒った。黎とは同郷でよく知っていたし、「自由談」から閉め出されることは左翼作家が「地盤」の一つを失うことでもあり、愛読していた魯迅の文章が以後読めなくなる、と思ったからだった。彼はその怒りをいだいて、毎日「自由談」をくわしく読み、どこかにアラを見つけたら、やっつける文章を書いてやろう、と思っていた。そこに公汗という署名の「逆さ吊り」が現れたのだった。「自由談」中に反左翼または非左翼の傾向が強まるのではないか、と神経質になっていた廖には、魯迅独得の発想で書かれたこの文章の真の意味を読みとることができず、単に西洋人弁護論としか理解できなかった。彼はただちに筆をとって「『花辺文学」について」を書き、わざと黎烈文あてにして投稿した。これで黎がほんとうに解任されたかどうかを確かめようとしたのだ、という。数日たって、原稿は返されて来た。編集室の名の手紙がついており、「逆さ吊り」はある老先生が書いたもので、批判するのはまずい、としてあった。廖は「老先生」とは、新しく『申報』の経営者となった老人のことだろう、と思い、自分の文章を『大晩報』に投稿しなおした。

その後間もない八月、彼は党の上海中央局の「交通員」（連絡員）の任務に移された。中央がつかんだ情報によって発する、弾圧に備える「警報」を、各省委員会に連絡する仕事だった。完全な秘密工作であるこの仕事につくため、彼はそれまでの友人等すべてと連絡を断つことを命ぜられた。この仕事は約二カ月余続いただけで、彼はこの年の暮れに逮捕され、釈放されたのは、三六年の晩春初夏のころだった。彼が自分の犯した失策に気づいたのは、その釈放後あるいはさらに約二年後の三八年、『魯迅全集』が出版された後、その『花辺文学』で、「逆さ吊り」とそれにつけられた自分の文章を見た時だった、という。

ところで、魯迅はこの文章について、三五年二月七日曹靖華あて書簡でも、不満をもらしている。

「去年の春、ある人が『大晩報』上に文章を載せ、わたしの短評は買辦《ばいべん》意識だといいました。のちにこの文章は友人が書いたとわかって、多くの人が詰問すると、すでに手紙でわたしに釈明した、と答えた。ところが、その手紙は今にいたるも受け取っていません」（学研版『全集』第一五巻、竹内実訳による）

文革中に出た『魯迅書信選』のこの手紙につけられた注では、「四人の男（＝周揚、夏衍、田漢、陽翰笙）の一味廖沫沙が林黙と名を変えて、……魯迅に悪どい攻撃を加えた」としてあった。ただ同じ文革中に出た本でも曹靖華が自分の受け取った魯迅の手紙に注をつけて出版した「魯迅書簡（曹靖華あて）」では、「ある人」に「廖沫沙」とだけ書いている。

この手紙について、廖沫沙はこの手紙にあるような事実はなかったと確言できる、といい、七九年にこう説明しているらしい（筆者未見、前掲「廖沫沙の風雪の歳月」による）。すなわち、魯迅とも廖沫沙とも交際のあった「多くの人」が、魯迅との間でこの問題が話題になったとき、おそらく好意から、廖に連絡して釈明させる、と約束したのではないか、しかし、その時には廖はもう秘密工作にはいって彼らとの連絡を断っているか、あるいは獄中にいたので、連絡のしようもなかった、こうして誤解が誤解を生んでしまったのだ、二つの誤解とも、三〇年代の歴史的環境がもたらしたものだった、という。

悪意を持って見れば、まだ疑問は完全にはなくなっていない、ということも可能かもしれない。しかし、あまりに成見を持った勘ぐりは、往々にして事実を遠ざかるものである。今となっては、強いてこれ以上の「真相」を求めるよりは、やはり「歴史的環境」が生んだ誤解という説明を素直に受け入れ、その「歴史的環境」をもっと広く深く知るために精力を注ぐことの方が、意味があるように思われる。（一九八五年一一月）

「答徐懋庸並関于抗日統一戦線問題」手稿の周辺

――魯迅の晩年と馮雪峰をめぐって――

一　問題の所在

本稿は、魯迅晩年の文章「徐懋庸に答え、あわせて抗日統一戦線の問題について」[1]手稿の検討を通じて、魯迅晩年の心境・思想及びそれに関わる方法上の諸問題を考察しようとするものである。

1　「手稿」とは

ここで「手稿」というのは、現在上記の標題で『魯迅全集』[2]に収められている文章の馮雪峰と魯迅による手稿を指す。はじめに、なぜことさらに「手稿」が問題になるかについて述べる。

魯迅の死の直前一九三六年に展開された「国防文学論戦」（建国後の中国では「二つのスローガンの論争」と呼ばれることが多い）における魯迅の見解は、『全集』所収の三篇、すなわち「トロツキー派に答える手紙」（六月九日）、「現在のわれわれの文学運動について」（六・一〇）、それに本稿で論ずる「徐懋庸」（八・三―六）に示されている、とするのが、ほぼ従来の常識であった（ほかに全集未収の「いくつかの重要問題」（五月）があるが、これについては後述）。ただ建国後の中国では、国防文学論戦の評価とその中における魯迅の見解の理解と位置づけは、さまざまな顧慮や思惑がからみ、また政治運動のあおりを受けて、むしろ二転三転した。

二転三転の経緯は省略するが[3]、手稿に関わる範囲でだけ繰り返すと、馮雪峰が「右派」とされた「反右派闘争」後には、「徐懋庸」は馮雪峰が起草したもので、魯迅は当時病中でもあり、事実を確かめることはできなかったと説明された[4]。つまり馮雪峰が自分の見解を魯迅の名で発表したことによって、事実が混乱させられていたが、「幸い……馮雪峰が代筆した長文の原稿もこの世に残っていた」ので、正しい結論が出た、といわれた[5]。文革では、これらの説明は周揚らによる歴史の歪曲であるとし[6]、「徐懋庸」は魯迅の口述筆記で魯迅自身が校訂したものであり、さらに魯迅が自筆で書き加えた肉筆も残っている、とされた[7]。そして、「反右派」当時は、魯迅の肉筆には一言も触れられず、逆に「文革」当時は、馮雪峰の原稿には触れられなかった。つまり、二つの時期の主張は、それぞれ都合の悪い事実については触れないが、またその存在を全面的に否定するのでもなく、かといってその関係を全面的に明らかにしようとするのでもない、という奇妙な主張だったのである。したがって、われわれとしては、わずかに「口述筆記」の部分があるといわれていること、またこれに先立つ「現在のわれわれの文学運動について」の筆記者が馮雪峰であることはすでに五八年版『全集』で示されていた[8]ことなどから、恐らく「徐懋庸」の「口述」の筆記者も馮雪峰だったのではないか、劉綬松のいう「馮雪峰が代筆した長文の原稿」というのは、その筆記部分ではないかと想像したが、正確な事実は知りようがなかった[9]。

一九七六年秋、魯迅逝世四十周年記念として、「中華人民共和国魯迅展」が日本で開かれ[10]、「徐懋庸」の一部、魯迅自身の手稿の部分も展示されたが、それ以外の部分との関係についての説明はなかった。

それが明らかになったのは、一九六六年八月一〇日の日付のある馮雪峰の文章「一九三六年の周揚等の行為及び魯迅が〝民族革命戦争の大衆文学〟のスローガンを提出したことに関する経過」が、文革後、公表されたことによってであった[11]。その中で、馮雪峰は、「トロツキー派に答える手紙」「現在のわれわれの文学運動について」の二篇について、「ともに彼の立場・態度と何度もの談話の中で彼が表明した意見に完全にしたがって書いた。発表後彼自身すべて読み、彼の立場・態度及び意見と一致していると認めた。さらに雑誌から切りとり、将来文集に入れるのに備えて、彼の原稿の山の中にいれた。」[12]といい、また「徐懋庸」について、こう書いていた。不要な部分をできるだけカットするが、微妙な問題に関わるので、最低限必要な部分だけでも少し長くなることをお許し願いたい。省略部分を……で示す。

「魯迅が徐懋庸のあの手紙を受け取ったのは、八月初めだった……、その日の午後私が魯迅の所へいくと、彼が徐の手紙を見せてくれた。……彼はその時たしかに非常に憤慨していて、私に手渡しながら、〝本当に攻撃してきた！彼らは私が病気なことをよく知っているのに！　これは挑戦だ。一両日したら答えてやる！〟といった。……

当時魯迅は大病のあとで、私は彼の身体がたしかにまだまだ回復していないと見た。それに六月に〝O・V・筆録〟の形で、彼に代わって仕事を二つ処理して、まあ彼の考えに合致していたことがあったので、徐の手紙を読み終わってから、〝やはり私が先生の考えにしたがって起草しましょう〟と言った。

しかし魯迅は〝いや、いいよ、君はもう二度私の代わりをしてくれた。今度は、自分でやれる。〟といった。……

しかし、私は帰りぎわにやはり徐懋庸の手紙を貸してくれとたのみ、〝持って帰ってもう一遍読んでみましょう〟と言った。家に帰ると、その夜のうちに筆をとり、彼の参考になることをいくらか書いておこうと思った。意図は、彼の身体はたしかによくないし、彼が徐懋庸に答える時いわねばならぬこと、また必ずいうだろうことで、しかも彼がふだん何度も語っていたことがたくさんある、私が彼の考え、彼の態度にしたがって少し書いておいて、彼の参考にすればぼ、彼の労力を少し減らせるかもしれない、ということだった。これがあのペンで書いた草稿の由来である。多分翌々日だったろう、魯迅の家に持って行った、……。意外にも彼は読み終わると、〝これを骨にしてもいい、私が手を入れて、書き加えよう〟と言い、また〝前の部分は全部使える、後ろの部分は、君はよく知らないことがあるから、私が書こう。〞と言った。……。

魯迅はほぼ一、二日かかって修正、加筆した（現在保存されている原稿で証明されるが、全篇いたるところに修正された個所があるだけでなく、後半分はほとんど全部彼自身が書きなおしたり書き加えたりしたものだ）。私が二、三日たってもう一度彼の所へ行くと、すでに許広平に一部清書してもらってあったが、まだ発表するための発送はしていなかった。彼は、〝君を待っていたんだ、ことばにいくつか吟味したいところがあってね。〞といった。……。

私の記憶ではあの時清書した原稿を何字か改めた（後にこの文章が文集に収められたものが、保存されている原稿と何字か違っているのは、このためである）、……」(13)

この記述については、以下の二点に注目すべきであろう。

1、「トロツキー派に答える手紙」「現在のわれわれの文学運動について」の二篇を、馮雪峰が起草し、しかも発表後魯迅に見せた、といっていること。

2、「徐懋庸」についても、馮雪峰が起草し、その全体について魯迅が手を入れ、後半部分を中心に一部魯迅が書き変えあるいは書き足したといっていること。したがって、「ほぼ〝口述〞と変わらなかった」というものの、完全な口述ではないこと。

なお巴金が馮雪峰を悼む文章の中で、こういっている。

「少し前、ある出版物に馮雪峰の遺作が発表された、手に入れて見てみると、彼が〝供述（原文〝交代〞）〞として書いたものか何かだった。私はそれを読んで、非常に辛かった、これほど作者を尊重しないことはない。……雪峰は長い間迫害され、彼が当然残すべきものを残せず、そのため一九七二年に人が彼を訪れた談話の記録まで発表された。要するに、今日に至るまで、馮雪峰は当然受けるべき尊重を受けていないのだ」(14)

文化大革命中、批判・打倒の対象となった者についての資料を集めるために、さまざまの形で関係者が「交代（供述）」を求められた。それが時に肉体的・精神的に拷問ともいうべきものであったことは、さまざまの経験者によって明らかにされている。それによって作られた文書が、作者の承諾なしに発表されることに対する批判である。ここで直接指しているのは、「七二年」の文書だが、前記の文書についても、同じことがいえる(15)。

しかし、その点を慎重に考慮しつつ、最低限の事実を確定する資料として使うことは、やはり許されるだろう。なんといっても、馮雪峰は胡風とともに、当事者の一人であり、かけがえのない証人であることは間違いない。かつて彼を批判し、「右派」のレッテルを貼った当人である周揚が「反党・反社会主義・反革命」とされ、その「罪状」を「暴露」する材料を求められていた中で書かれた文書であるにもかかわらず、この文章に、時流に乗って私怨をはらす要素がほとんどなく、極めて冷静・客観的に書かれていることは、文革後馮雪峰に対する尊敬を強めた。ここでの問題に即していえば、「トロツキー派に答える手紙」などの二篇を彼が事前に魯迅に見せていたなら、それをわざわざ「発表後に」見せた、という動機は何もない。むしろ、そういうことは、状況が変われば、「魯迅を利用しようとした」といわれる原因になるものであり、その種の危険は、彼は十二分に知ってもいたし、経験ずみでもあったはずである。

2 「手稿」の意味

ところで、これらの三篇が以上のような経過で書かれたものであるということを前提に考えなおすと、違った問題が出てくるのではないか。わたしはかつて次のように書いたことがある。

「（馮雪峰は自分の書いたものは魯迅の考えと違わない、とくり返すが、）はたしてそれですむものかどうか。反右派闘争後のように、馮の代筆であるということで、これが魯迅の意思に関わりないもののようにいった説明が『歪曲』であるのはもちろんだが、それでは完全に魯迅自身の文章と同じに扱ってよいか、といえば、それはやはり疑問であろう。人は文章を書くことで、頭の中にあるものに形を与え、そうして書かれた文章が、逆に彼の思考に働きかける、というのが、人の思考と文章との関係であるとすれば、魯迅の思考が、馮によって文章化されるとき、切り落とされたものがなかったか、逆に馮雪峰の思考によって、魯迅の思考に影響したものがあったのではないか、少なくともこれらの文章の示すものが、魯迅の思考の持っていたベクトルの外に出るものではないにせよ、その一方に力が加えられたとはいえないか、ということは、路線論、運動論の枠から出て、魯迅独白の精神そのものに迫ろうとする限り、軽視できない問題であるように思われる(16)」

そしてこのことは、「国防文学論戦」についてだけでなく、魯迅と馮雪峰、あるいは一九三〇年代の魯迅全体を考える上でも、必要なのではないか、というのが、かねてからの私の考えであった。「第三種人論争」に関する論文の末尾にもこう書いたことがある。

「それは二人の資質の違いであると同時に、割り切っていえば、あくまでも〝マルクス主義〟の理論の枠組みの中で考えていた馮雪峰と、晩年になってマルクス主義を受け入れた、しかし当然のこととしてそれをはみ出す部分を持った魯迅との違いでもあった。その違いを確かめた上で、違っている両者に生じた信頼関係が、それぞれに何を与えたか、を考える方が、初めから両者の〝一致〟を想定し、それを強調するよりも、三〇年代を豊かなものとして見なおすのに有効ではないか(17)」

このような問題意識から、問題の手稿が一日も早く公開されることを待ち望んでいた。一九八八年秋、魯迅博物館を訪れた機会に、『手稿全集』の「日記」「書信」以外の部分はまだ出ないのか、と尋ねると、「もう出た、だが市販されるのはもう少し後になる」という返事だった。二、三日後、副館長の王得后氏のお宅に招かれたとき、「徐懋庸」の部分のコピーを見せていただいた。私も一部欲しかったが、ついいいだしかねてそのまま帰った。最近の王氏からの手紙に、あの時、コピーはあげるつもりだったのに、とあり、いらぬ遠慮をしたらしい、と知った。

とにかく、「手稿」を手もとにおいて細かく検討できるようになったのは、それが市販され[18]、東大文学部中文研究室が購入した後のことだった。たしか一九八九年の後半になっていたのではないか、と思う。

二 「手稿」の構成

「手稿」は『手稿全集』で一五頁にわたり、次のような構成になっている。

p五五―六二　馮雪峰の草稿
p六三　魯迅の手稿
p六四、六五　馮雪峰の草稿
p六六、六七、六八　魯迅の手稿
p六九　馮雪峰の草稿

なおその後ろに雑誌『作家』一巻五期に掲載されたもの全文の切り抜きを原稿用紙に貼りつけたものが八ページつけられている。馮雪峰の草稿はペン書き、魯迅はそれに毛筆で手を入れている。

馮雪峰の草稿、それに魯迅が手を入れたもの、さらに許広平が清書した後に何個所か「吟味」して発表したもの、の詳細な対照、校勘は別の機会にゆずるしかないが(補注(1))、ここで簡単に『全集』所収の文章との関係を見ておくと、次のようになる。以下、馮雪峰の草稿は(F)、魯迅の書き入れ、書き換えは(L)と表示する。

冒頭からp六五まで(F)は、『全集』p五二八―五三四、下六―五行目、「徐懋庸之類的人。」までにあたる。

p六三(L)は、そのあと、「去年的有一天」から『全集』p五三五の一〇行目「我又看自己以外的事…」まで。

この間に（F）のp六二末尾三行半とp六四の最初の三行強を削除し、「胡風我先前幷不熟識」（L）の書き入れが入る。

p六四―六五（F）は、同一〇行目の「有一個青年」から、p五三六の一〇行目、「也要巴金負責?」まで。

p六六―六八（L）は、それに続く「還有、在中国近来已経視為平常」から『全集』p五三八、下七行目「臨末、徐懋庸還」まで。

p六九（F）は、以下最後まで、である。

三 「手稿」を読む

以下「手稿」について、細かい異同は省略し、目につくところをあげてみる。本誌の執筆要領にしたがい、原則として訳文で示し、特に必要な部分だけ原文を添える。参照の便宜のため、各項の最初に『全集』のページを記しておく。

1 p五五―六二（F）について

A p五二八 冒頭、「これが徐懋庸がよこした手紙である、私は彼の同意を得ていないけれどもここに発表することにする。（這是徐懋庸給我的一封信、我没有得他同意也在這里発表了。）」（F）を、「以上は……私は彼の同意を得ずに（以上是……我没有得他同意就在這里……）」（L）とする。徐懋庸の手紙に対する魯迅の怒りが現れている、と見ていいだろう。

B p五二九 「中国現下の革命的政党が全国人民に提起した抗日統一戦線の政策を、私は見た、私は支持する、私は無条件にこの戦線に参加する。その理由は、私が一人の左翼作家であるだけでなく、一人の中国人でもあり、したがって（所以）この政策が私には（在我認為）非常に正確だと思われるからだ。」の部分は、「作家」掲載時にも、「全集」でも強調の傍点がついており、従来から重視されてきたところだが、（　）内を補っただけで、（F）がそのまま生きている。ただそのすぐあと、「この筆が役に立たなくなったら、私は自ら信じているが、別のものを手にしても、徐懋庸の輩にけっしてひけはとらぬ」というのは、「だがもし抗日の民族革命戦争が起こり、もし私の筆が役に立たなければ、私は一人の義勇軍となる決意は持っている」（F）を書きなおしたものである。

C　以下最初の（F）には、大きな加筆はほとんどない。文芸家協会に対する態度、「国防文学」「民族革命戦争の大衆文学」の二つのスローガンの関係についての見解等、（F）がほぼそのまま生きている。最後の胡風・巴金・黄源等との関係についての部分に、加筆・修正がやや多くなるが、特にあげねばならないほどのものはない。

2　p六三（L）について

A　この部分は、次の（F）を削って書きなおしたものである。

「胡風は他の二人に比べて、ひと頃私との往来がわりに多かったが、それはちょうど徐懋庸や周起応等の連中が彼を〝左連〟から追い出し、さかんにデマを飛ばして、彼は南京から派遣された〝スパイ〟だなどといい、小型新聞も、私が南京に投降しようとして、胡風を通じて条件を交渉中だといった頃だった。そしてある日突然一台の自動車が走って来ると、中から四人の男（四個漢子）が跳び出した。田漢・周起応と他に二人いた。胡風はスパイだと私に知らせに来たのだという。しかし私は見た」（このあとp五三五、一〇行目の『ある青年は』以下に続く）

内容に大きく関わるものではないが、（F）が「四個漢子」と書いていたのを（L）が「四条漢子」と改めているのが目を引く。この意味をあれこれ想像するのには、慎重でなければなるまいが、「四条漢子」という言葉が文革で猛威をふるったのには、「条」という量詞も多少あずかって力あったと思われるだけに、この書き換えは、やはりいささか感慨を誘う。

B　またこの部分のうち、『作家』および『全集』掲載のものにある、周文の小説を傅東華が削った云々の一行半が、（L）にもなく、一旦清書したあとで書き加えた分だということになる。「半夏小集」[19]の最初の一則が、この件を書いたものだ、と胡風がいっている[20]のとあわせて、魯迅のこだわりがわかる。

3　p六四、六五について

この部分は周揚・胡風・徐懋庸等のいわば人間的評価に関する部分で、小さな書き換えのほか、次のような大きな書き換えがある。

A　p五三五　下一行　胡風が抗日にも統一戦線にも反対したことがない、というところに続いて、

（F）「しかし胡風は胡風、私は私である、いかなることについても一緒にしてもらいたくない。私はもはや三歳のこどもではなく、人に瞞されるのを代わって心配してもらう必要はない。徐懋庸の口ぶりでは、私が胡風や黄源といった〝小人〟どもの口先に乗せられて徐懋庸を千里の外に拒んでおり、しかも彼は私になお未練たっぷりであるらしい。私がそんなに暗愚なのに、君は何でそんな〝主人を慕う〟情を持つのか――この点は私を失笑させる。私ははっきり徐懋庸にいわねばならない、私と往き来しているのは、すべて友人の身分においてであり、それ以外の何物でもない、君自身にも経験があろう、君が私と往き来していた頃、私と君は友人であり、同志であった」

が削除され、

（L）「これはたとえ徐懋庸の輩がどう智恵をしぼろうと、抹殺しようがないことである」

の一行に縮められている。

徐がかつてその人がらと才能を魯迅に愛され、徐がこの手紙を書いたのにも、自分なら魯迅にわかってもらえるという、ある種の自信と甘えがあったろう、ということは、私も以前書いたことがある。(21) おそらくその辺の事情を知っていた馮雪峰が、いわば徐の情に語りかけようとしたのを、魯迅は不要としたのだろう。

B　以上の部分に、巴金・黄源についての記述が続く。大きな書き換えはないが、巴金についての書き換えは、多少考えさせる。

(F)「巴金は熱情もあり進歩的思想を持った作家であり、中国では数えるに足りる作家である。彼はたしかにアナキズムを信じたことがあるが、われわれの抗日運動に反対したことはなく（没有反対我們的抗日運動〔〕）、かつて彼の発起で多数の文芸家連名の抗日宣言を発表した。

(L)「巴金は熱情もあり進歩的思想を持った作家であり、屈指の好作家の中に入る作家である。彼はたしかに〝アナキスト〟といわれているが、われわれの運動に反対してはいないし、（并没有反対我們的運動、還）文芸工作者が連名した戦闘の宣言に名をつらねた。」（屈指の好作家云々は「手稿」にはなく、発表時に加えられた）

どこまで意識してのことかは別として、(F)では、巴金が少なくとも過去にはアナキストであった、としているのに、(L)では、「アナキストといわれている（有〝安那其主義者〟之称）」として、巴金をアナキストと断定するのを避けている。

とくに後半は注目に値する。「文芸工作者宣言」は、巴金と黎烈文が相談し起草して魯迅の同意を得たものであることは、巴金自身も後に明言しているところであり、(22) 馮雪峰は事実をそのまま書いたのだろうが、魯迅は巴金が発起したというのを名を連ねたと改めた。「文芸工作者宣言」が巴金の発起になるとすることがまた無意味な紛糾を引き起こすのを避けるために、敢えて自分が前面に出たのだろう。

4　p六六、六七、六八について

p六五の最後の一行と、p六九のほぼ三分の二を削除し、書き加えた部分である。徐懋庸らの作風に対する批判をもう一度総括的に述べなおした、といっていいだろう。

（F）の削除部分は次のとおり。

「ここで、私は徐懋庸の類のくだらない青年の、文壇におけるいさかいを引き起こす行為を連想し、それを容赦なく暴露すべきだと思う。たとえば私と茅盾、郭沫若、鄭振鐸諸氏との関係である。私自身は私と彼らとの関係は悪くないと思っている。ある人とはよく会っており、いっしょに闘っているし、ある人とは会えずにいて、手紙のやりとりさえないが、しかし同じ目標のためにいっしょに闘っている。しかし〝悪劣〟な何人かの青年はデマをとばしてわれわれの間を割き、それで彼らの個人的目的を達成しようとまでしている。実際上はわれわれの力を分散させるまさに〝スパイ〟に近い行為さえしているのである。

徐懋庸を、私は低劣な青年だといった。だがあるいは彼のこういう性質は幼時の苦しい生活によって作られたもの、つまり彼が何度も苦いめにあったため、性質が歪んでしまったのかも知れない。私は今日もう一度苦いめを見させたが、彼がこれを薬にまともになるよう希望するのは、周起応等に対する希望と同じである」

（L）は『全集』p五三六－五三八にそのまま収められているので、必要な部分だけあげる。

A　p五三七「たとえば私と茅盾、郭沫若両氏は、一方は旧知、他方は面識がなく、一方は衝突したことがなく、他方は筆で非難しあったことがあるが、大きな戦闘ではすべて同一の目標のためを考えていたのであって、個人的恩怨を日夜忘れずにいるようなことは決してない」

ここでまず目につくのが、（F）では茅盾、郭沫若、鄭振鐸三人の名を挙げているのに対し、（L）では鄭振鐸の名は、このあと小型新聞が「《死せる魂》を鄭振鐸が腰斬した」などと書きたてた、という形で出てくるだけだ、ということである。これが意外に深い背景を持つことについては、後述する。

B（F）の後半、徐懋庸についての部分は、3のAで見たのと同様、馮雪峰が徐懋庸のために用意した救いとでもいえるもので、馮雪峰の人柄を示すが、魯迅の採るところとはならなかった。

C　徐懋庸が、胡風らに打撃を加えるのは容易だが、先生が後ろ盾になっているので実際解決にも文字の闘争の上でも困難を感じている、といったのに対して、私が彼らを知っていると、どうして「打撃」を加えるのが「困難」になるのか、と反問した部分、

P五三八「デマをとばして騒ぎを起こすことには、私はもとより決して調子を合わせようとは思わないが、徐懋庸らがきちんと筋道を立てて説くなら、私が彼らのために天下の耳目を覆うことができるものか？　しかも〝実際解決〟とは何か？　辺境送りか、それとも首切りか？」

最後の一句「是充軍、還是殺頭？」は、「手稿」では最初の行にはなかったのを、あとから行外に書き加えている。これは、先に触れた魯迅展で見たときに気がついたのだが、これを読んだ徐懋庸が、本来胡風たちと同一原則に立ち、関係者が集まって、双方の理非曲直を評定して、文芸界の紛糾を「実際解決」できるといっただけなのに、胡風らを「充軍・殺頭」しようとしているとはあんまりだ、と嘆いたところだけに、少し気になっていた。こう書いたこともある。[23]

「原稿を見ると、この部分は欄外にあとから書き加えてある。魯迅が推敲を重ねるうち腹立ちを抑えかねて書き加えたものか、それとも持ち前の辛辣さから、比較的軽い気持ちで書き加えたものかはわからない」[24]

だが、これはやはりそう軽い気持ちで書いたものではなさそうである。魯迅の手紙の中にこういうものがある。

「たとえば徐懋庸ですが、彼は血迷うばかりの横暴ぶりで、なんと〝実際解決〟で私を脅すのだから、他の青年

に対しては、推して知るべしです。彼らはグループをなし、徒党を組んで悪事を働き、文学界を牛耳って、真っ暗闇にしてしまいました。病気が少しよくなったら、もっと暴露してやるつもりです。そうすれば、中国文芸の前途にも何とか救いがあるかもしれません。現在彼らは〝小型新聞〟を利用して私を傷つけているのですから、そのくだらなさがわかります」(王治秋あて書簡三六〇九一五)(25)

5　p六九について

最後の、「徐懋庸は私にスターリン伝を読めという」云々以下の数行である。前半に小さな加筆があるほか、(F)「否則、只一味的這様卑劣下去、就尽無救薬、這様的青年于中国毫無用処。」にかなり手を入れて、(L)「さもなければ、旗を一つ握ったことで、何か人より偉くなったような気になり、奴隷の監督よろしく、鞭を鳴らすことを唯一の業績とするばかりで――これではなおす薬もなく、中国にとっていささかも益がないだけでなく、害にさえなるのである」

とする。

四　魯迅と鄭振鐸

先に、馮雪峰の草稿では茅盾・郭沫若・鄭振鐸をあげて、大きな問題では一致していることが強調されていたのに対し、魯迅が書きなおした文章では、鄭振鐸の名が落ちていることを見た。ここでその意味と背景を考えてみる。

この頃の書簡で関連するものに次のようなものがある。

「諦君のこと、新聞のいうのも理由がなくもないので、『訳文』の停刊については、彼が間で動いているという者がかなりいます。生活書店は左翼のような顔をしながら、一方ではわれわれを圧迫するので、私は手を引きました。ただ『死せる魂』第一部は、実はもう完結したのです」（曹靖華あて三五・一一・九）

諦君とは西諦、鄭振鐸の筆名である。『訳文』は三四年九月創刊の翻訳文学専門雑誌。商業的理由で翻訳が出版しにくい状況を憂えた魯迅が、茅盾、黎烈文、らと語らって創刊したもので、魯迅は最初の三号を自ら編集したほか毎号一篇から数篇の翻訳を寄せている。四号から黄源が編集を引き継ぎ、三五年九月、計一三号まで出して停刊、三六年三月復刊するが、ここで問題になっているのは、三五年の停刊の経緯である。

この雑誌については、魯迅の死後間もなく、当事者だった黄源に詳しい文章があるが[26]、停刊の経緯については、魯迅の言葉を借りる、として、「私もその間の原因ははっきりいいたくない」と、ものいいたげな一言を述べているだけだった。彼がこのことについて書くのは、約四〇年後、文革後である[27]。文革中に出た曹靖華あての書簡集の曹靖華による注に、これに触れた個所があり[28]、また茅盾の回想録[29]も、比較的詳細に語っている。『全集』の「日記」三五年九月の注釈や、『魯迅年譜』[30]にも、おそらくこれらの人々の証言に基づくと思われる関連する記述がある。

経緯の詳細はこれらにゆずるが、ごく簡単にまとめれば、次のようなことだった。

『訳文』の出版を生活書店が引き受ける過程にも、書店側の出した条件が苛酷だったという問題があったが、とにかく売れ行きも悪くなく、一年間続いた。三五年九月、二年目の出版契約を結ぶ段階で、生活書店側が魯迅たちを招待した席上、突如編集を黄源でなく魯迅にしてくれ、という条件を持ち出した。生活書店が、黄源を忌避したのは、先に魯迅たちが『訳文叢刊』を出す計画を黄源を通じて生活書店に持ちかけ、書店が色よい返事をしなかったので、文化生活出版社から出すことになった、といういきさつがあり、それをめぐる行き違いで、生活書店側が黄源に悪感情を持っていたこと、書店が商業主義から魯迅のネームヴァリューを欲した、ということだった、と茅盾が書いている。魯迅はそのやり方を怒って拒否し、席を蹴って帰った。鄭振鐸と茅盾が調停案を作り、魯迅も承知したが、生活書店は同意せず、『訳文』は停刊した。

魯迅自身は、この事件についてこういっている。

「（茅盾と鄭振鐸の調停案の内容と、それが不調に終わったことを述べた後）彼らの方は人も多く、この人が出てきたかと思うと、あの人が出てきます。思い出してみると、第一回は、私は契約にもう署名してあったのに、彼らは大勢出てきてひっくり返しました。第二回は、鄭先生の提案を、われわれが受け入れると、また急に人が替わって胡先生が現れて全部やめになりました。短い間に、われわれに二度もふざけたまねをして、みんなに無駄足させたのです」（黄源あて三五〇九二四）

「『訳文』の停刊については、あなたはだいぶショックを受けたようですが、私はそれはどでもありません。ふだんこういうことにはたくさん出会っているので、鈍感になりました。ましてこれは小さなことであるから。しかし、戦闘を続けるか、といえばもちろん続けます。相手が何であろうとも。（中略）

あの晩、彼らは会を開いて、私も呼ばれました。黄さんをどうするかという問題で、これで私は資本家とその幇間たちの正体を見ました。その専横、卑劣と腹の小ささは、私の想像をはるかに超えるものでした。私自身ではこう思っています、多くの人が私を疑い深い、冷酷だといいますが、私が他人のことを推測する時は、実際よい面に傾きすぎ、彼らが自ら姿を示すと、それよりはるかに悪いのです」（蕭軍あて三五一〇〇四）

茅盾は、この事件でいちばん損な目にあったのは、この事件の背後で動いていたと魯迅に思われた鄭振鐸と、これ以後魯迅の原稿をもらえなくなった『文学』だった、といっている。(31)

曹靖華あて書簡三五一二一九でいう「死せる魂」は、いうまでもなく、ゴーゴリの小説。第一部は生活書店発行の『世界文庫』第一―六冊（三五・五―一〇）に連載、三五年一一月文化生活出版社から、『訳文叢書』の一つとして出版された。ここで、第一部は完結した、というのは、「徐懋庸」でも触れている、鄭振鐸が「死せる魂」を腰斬した云々という「小型新聞」の記事などが曹靖華に伝わって、彼が何か尋ねてきたものであろう。

鄭振鐸に対する不信の当否は一応おいて、関連する書簡をもう少し見ることにする。

「今から〝春が来た〟と感ずるのは、少し早すぎはしないでしょうか——日はたしかにもう長くなって来ましたが。多分まだ疲れているせいでしょう。

これからは、排日＝造反ということになるでしょう。私の見るところ、作家協会はきっと流産します、左連のように、弾圧されても、誰かが地下に残るという風にはならないでしょう。これで地上に出て、しかも社交場に入ろうとしている作家が、どうするつもりかは知りません」（沈雁冰あて三六〇二一四）

茅盾が、抗日救亡運動の高揚について、魯迅に「どうやら春がほんとうに来たようです」と書いたのに対する返事である。(32)「作家協会」というのは、「文芸家協会」を指す。初めはこの名で準備されていた。左連を解散して作ろうとしていたこの組織に対する魯迅の不信がよくわかると同時に、茅盾の感じ方ともズレが生じて来ていたことを示す手紙である。

しかし少なくともこの段階では茅盾に対しては不信は抱いていない。

「茅盾は『訳文』の発起人の一人です。停刊は彼が仕組んだのではなく、それは北平の小型新聞の作ったデマです、むしろ仕組んだ人間が作ったのかも知れません、信じてはいけません。『訳文』は来月復刊します、ただ出版元は換えましたが、茅盾も翻訳者です」（阮善先あて三六〇二一五）

以下の手紙になると、鄭振鐸に対する不信がますますはっきりしてくる。

「諦君はかつては「当代並ぶものなし」の鼻息でしたが、彼の陣列は最近崩壊しました。多くの青年が彼の権謀に不満で、敬遠しているのです。今陣列再構築中ですが、結果はどうなることやら」（曹靖華あて三六〇四〇一）

「こちらでは作家協会なるものを作っていて、以前の敵と友がみな同じ陣列に立つことになりました。内幕がどうなのかは、わかりませんが、采配を揮っているのは茅と鄭だともいいます。彼らが積極的なのは『文学』を救うためだ、というのです。私はかつて受けた傷に鑑み、加入しないつもり、このことがきっとまた一大罪状になるでしょうが、いわせておくまでです」（曹靖華三六〇四二三）

この手紙では「……ともいう（原文「或云」）」という形ではあれ、茅盾が鄭振鐸と同列に出てくることが注目されるが、それ以上に重要なのは、彼らに対する不信、『文学』にたいする不信が、文芸家協会に対する不信、さらに「統一戦線」にたいする不信に結びついていることであろう。約一週間後の手紙では、不信がさらにはっきり書かれる。

「二七日のお手紙拝受、この間蓮姉さんの家はすでに散りぢりになり、傅、鄭が握る大家族になりましたが、実はこれを借りて『文学』を支えようとしているのです。毛おばさんも加わっているようです。昔の仲間で向こうに行ったものも多く、私をいいたい放題攻撃しています、破壊しようとしているというのです。ただ彼らの形勢も良くはありません。

『作家』『訳文』『文叢』は『文学』とは合わないので、現在も合作していません。それで傅鄭に大いに妬まれ、手下を使って統一を破壊するという罪名を加えさせています。しかしこういった私心のやからに統一され、めちゃくちゃにされてたまったものですか。たぶん近くまた別の団体が現れるでしょう。これはいいことだと思います、読者が比べてみることができるようにすれば、情勢も変わるでしょう。

七月から、『文学』は王統照の編集に換わりますが、たぶん傀儡に過ぎず、操る人間が別にいるのでしょう。（中略）

大会に一言欲しいという件は、毛兄に会ったとき相談してからにします。

われわれも垂簾聴政をするつもりです、ただ蓮嬢ではなくて、別のです。南方人は北方人ほどさっぱりしていな

いので、仕事がやりにくい、がやってみるつもり」（曹靖華あて三六〇五〇三）

文中、蓮姉さん（蓮姉）とは、左連を指す。左連の隠語として音の近い周蓮・周連などを使った例はほかにも見られ、その女名前から、こう呼んだのだろう。同様に毛おばさん（毛姑）も茅盾のこと、姉からの連想で姑と呼んだ。『作家』『訳文』が「国防文学」に批判的な論者が集まっていた雑誌であることは周知のとおりだが、『文叢』は『文学叢報』[33]のこと、『中国現代文学期刊目録彙編』（天津人民出版社、八八年）の解題によれば、聶紺弩がおもに原稿集めにあたったらしい。寄稿者には、「文芸工作者宣言」に署名した人が多いが、郭沫若、艾思奇、徐懋庸等、「文芸家協会宣言」署名者も寄稿しており、また四号には、「文芸家協会宣言」「文芸工作者宣言」を並べて掲載している。「近く別の団体が現れる」だろう、というのは、「文芸工作者宣言」を指すだろう。これは、従来宣言を出しただけで、組織・団体ではなかったといわれてきたし（実体としては、まさにそうだったが）、私もそう考えていたが、後の方でいう「垂簾聴政」云々と合わせて、これを魯迅が少なくともある時期「別の団体」と意識していたことは、注目しておいていい。

王統照を裏で操る者ということばには、曹靖華が「周揚一派を指す」という注をつけたことがあるが[34]、これは文革中のものであり、直ちに周揚と結びつける根拠は弱いようである。むしろこれまで見てきた文脈の中でみるべきではないか。『文学』の主編が王統照に換わったが裏で傅東華・鄭振鐸らが操っている。ということばは、台静農あて三六〇五〇七にも見える。大会に一言というのは、三六年の夏の初め、北平で「北平作家協会」結成の動きがあり、曹靖華が魯迅に祝辞を依頼したことへの返事[35]。毛兄はこれも茅盾だろう。魯迅の茅盾観が、一方では信頼しきれないものを感じながら、他方政治的な意味を持つ行動については茅盾の判断を尊重するという、微妙な状態にあったことがわかる。

特にこれが五月三日の手紙であることは軽視できない。馮雪峰はこの四月二五日前後に上海に着き、翌日魯迅を訪ねている。そして、ほとんどその日のうちに、長征のことや、抗日統一戦線の方針のことなどを語った[36]。つまり魯迅は、馮雪峰の説明を聞いた後も、問題を統一戦線のあり方として政治的に捉えるよりも、『文学』と『訳文』をめぐる鄭振鐸・傅東華の「権謀」の問題として捉えていた。あるいは、抗日統一戦線に関する政治的問題、特に「統一戦線」についての周揚らの理解の問題、それらと関連する周揚らの作風の問題等々に対する疑問・不信と、『文学』をめぐる鄭振鐸・傅東華らに対する不信とが、整理されぬままいっしょになって彼の心を占め、暗くしていた、というべきかも知れない。

が、その問題にはいる前に、鄭振鐸に対する魯迅の評価を、もう少しさかのぼって見ておこう。

胡風は先にあげた文章で、魯迅のいくつかの手紙をあげ、「鄭振鐸は新文学の実権派で、……鄭の発見した新資料は彼（魯迅）は抹殺しなかっただけでなく、特に紹介もしたが、彼の投機者、地位・名誉狙いの本質は、見通していた」[37]と書いている。

「この数日上海のある小型新聞が、鄭振鐸がなんとかいう社を作って、ロシア文学を紹介しようとしている、翻訳者には耿済之・曹靖華がいる、と書いています。靖華が含まれているのは、デマではないかと思います、彼に翻訳があれば、未名社からいくらでも出版できるし、印税も彼の分を優先的に考えているのですから。投機者といっしょにやるのは、つまらないことです」（李霽野あて二九一〇二〇）

「鄭君の学問は、思うに胡適のやり方で、しばしば孤本秘笈をたのんで、人を驚かす道具とします。これはまことに人にひけらかすにはいいもので、若い学者にもてはやされるのも、むべなるかなです。私のやり方は少し違って、広く読むものはどこにでもあるテキスト、手に入れ易い本ばかりです。それで学界からは孤立することになり、『中国小説史略』が断代史でないといって、けなされたことがありました。ただこの本の改訂版は、すでに去年出版されたものですが、書店に一冊お送りするようにいっておきましたので、どうかお受け取り下さい。改訂といっても、改めたところは実はあまりありません、ここ数年、海外の奇書、砂中の残巻が、しばしば中国に紹介されましたが、そのために『史略』を大幅に改訂する必要もないので、ほとんどそのままにしてあります。鄭君の著になる『中国小説史』は、先頃から上海で予約受付中ですが、私は前に『小説月報』でその小説に関する数章を読みました。なるほど滔々たる論ですが、これは文学史資料長編で、『史』ではありません。しかし歴史眼のある人が歴史を書くのに使えば、これも役に立つでしょう」（台静農三二〇八一五）

「海外の奇書、砂中の残巻（域外奇書、沙中残楮）」とは、日本における元刊全相平話五種の発見や、敦煌における変文の発掘等を指す。鄭振鐸の『中国文学史』とは『挿図本中国文学史』のことで、この年の一二月に出版された。文学史家としての魯迅の見識と秘かな自負を示すものとして興味があるが、鄭振鐸の学問に対する批判は批判として、これらを根拠に鄭をまったく認めていなかったとする胡風の見解は、やはり彼がこの時まで二〇余年にわたって受けてきた不当・苛酷な処遇と、特に文革中という時期が生んだものと理解すべきだろう。

魯迅が鄭振鐸と共同で『北平箋譜』等を出した（三三年）ことは別としても、手紙に現れたものだけを見ても、『文学』の三四年六月「中国文学研究専号」に対しては、充実していて中国人の考えの根底がわかる、と賛辞を送っていたし（鄭振鐸あて三四〇六〇二）、鄭が『文学季刊』に書いた論文(39)については、こう書いていた。

「先頃『文学季刊』を見て、先生が明らかにされた士大夫と商人の争いは、まことに隠されたところを見抜いたものと思いました。たしか元人の戯曲の中には商人の姿を風刺して上品がっている作品がなお多いようですが、すべては士人が敗北した後のでたらめに過ぎません」(40)（鄭振鐸あて三五〇一〇九）

これなどは、この頃の魯迅の歴史の読み方と共通するものを鄭振鐸の仕事に見ているのであり、単なる社交辞令ではない。

さらに三五年初頭、鄭振鐸が学内の対立から燕京大学をやめて上海に移ろうとした時には、北平は何といっても文化の旧都で、まだやれることがある、それを離れるのは惜しいといい（鄭振鐸あて三五〇一〇九）、当時北平女子文理学院院長だった許寿裳に、同学院の文学教授に推薦する手紙も書いている。

「最近の話では鄭振鐸氏が、燕大に長くはいたくないと思っているということです。この人が学問に熱心なことは、世に知られているところで、もし閑居することになれば、まことに惜しむべきです。そこで思うのですが今年秋から、学院で文学を教授してもらうようにはできないでしょうか？　色もついていないし、みだりな者に与することもしないし、教員間に反対はないと思います。そこでぶしつけを顧みず、愚考するところを申し上げましたが、もし妥当とお考えならば、ご採択いただきたく、将来直接交渉されるのでも、あるいは小生が紹介するのでも、どちらでも結構です。どうお考えか、ご返事をお待ち致します」（許寿裳あて三五〇一〇九）

これまでしていた魯迅の鄭振鐸に対する気持ちが、三六年の手紙に見えるような不信にまで変わった経過と原因については、なお慎重な考慮が必要だろうが、少なくとも、『訳文』停刊のいきさつが、魯迅の気持ちに大きくひびいていたことはたしかである。草稿で馮雪峰が茅盾・郭沫若と並べた鄭振鐸の名を魯迅がわざわざはずした理由はそこにあったのである。

五　「いくつかの重要問題」について

「いくつかの重要問題」というのは、最初芬君「前進思想家魯迅訪問記」と題して『救亡情報』四期に載り、のち『夜鶯』一巻四期ほか数種類の出版物に「幾個重要問題」題名で転載された文章を指す[41]。

これについては、かつて魯迅自身がこれは自分のことばではなく記者自身のことばだといった、と馮雪峰が語っており[42]、おそらくそれが原因で『全集』にも収められていなかった。しかし、のちに厳家炎教授がこれは魯迅の校閲を経ており、内容も当時魯迅の書いていたことと一致すること等から魯迅自身の談話と認めていい、とし[43]、さらにそれを受けて「訪問記」を書いた記者自身が名乗り出て、取材の経緯を述べ、『救亡情報』掲載の「訪問記」には改められたところは少なかったと述べた(44)等の経緯があった文章である。

このように、この文章を魯迅の談話と考えていいとすれば、この時期の魯迅の考え方を論ずる上では、無視することのできない資料といわねばならないだろう。もちろん談話筆記に伴う誤差は考えに入れねばならないが、少なくとも魯迅が手を加えることなく発表された「トロツキー派への手紙」「現在のわれわれの文学運動について」の二篇と同等以上の意味を持つはずである。

この文章は、一、学生の救亡運動、二、連合戦線について、三、現在必要な文学、四、新文字運動の四項に分かれている。本来全文を検討すべきだが、紙数に余裕がない。特に本稿の主題に関わる第二、三項の、特徴的な表現だけにとどめる。

（補注2）、『海燕』所載のものについて見ると、上下二段組で、多少の長短があるが、一項がほぼ一段の長さになっ

「……民族解放闘争という連合戦線において、狭義の正しくない国民主義者、とりわけ何度も変わる投機主義者に対して、彼らがその考えを改めてくれることを望む。なぜならいわゆる民族解放闘争には、戦術の運用の点からいって、岳飛文天祥式のものもあれば、もっとも正確な、もっとも現代的なものもあるからである。われわれが現在採用すべきなのは、いったい前者なのか、それとも後者なのか？　この点を、われわれは特に重視しないわけにいかない。戦闘の過程では、戦略上も、あるいはいかなる面でも、いささかの粗略もあってはならない、たとえ小さな粗略、毛筋ほどの誤りでも、すべて戦闘全体の敗北の源になるからである」（第二項）

岳飛や文天祥等を民族意識を高揚させるシンボルとして使おうとする、当時現れていた傾向に、魯迅があちこちで皮肉や批判を浴びせており、「魯迅の一貫した思想」であったことは、厳家炎教授がすでに例をあげて論証するとおりであり、これが魯迅の発想の重要な側面を伝えるものであることは確かである。

「私は文学で革命を援助することを主張するが、いたずらに空論高説を唱え、『革命』という輝かしい名詞で、自分の文学作品を飾ることは主張しない。現在わが中国は、民族の危機を反映し闘いを激励する作品をもっとも必要としている。『八月の郷村』『生死場』等のような作品だが、私はまだまだ足りないと思う」(第三項)

これはまさに魯迅らしい発言である。彼はかつて、革命文学の病根は「文芸を階級闘争の武器にする」ところにあるのではなく、「階級闘争を借りて文芸の武器にする」ところにある、つまり文学を「階級闘争」の庇護下にすわらせるところにある、と指摘した。(45)「革命文学論戦」における発言の中でも、魯迅の独自性をもっともよく示す発言であり、その後を含めて、左翼文学の中で見ることの少ない発想だった。その意味で、この文章が魯迅の談話をかなり正確に伝えていることを証明するものでもある。

厳家炎教授は、前述の論文で、特に第二項について、これを統一戦線における「プロレタリアートの指導権」の必要を明確に指摘したもの、と述べている。

たしかに「プロレタリアートの指導権」ということばを広く一般的にとれば、この談話をこの概念でとらえるのは、当然でもある。だが私は、それを再検討してみたい。これらの文章にこめられた魯迅の当時の思想をそれ自体として理解するために、はたしてこの概念が有効か、むしろこの概念でとらえることで、魯迅の思想の中にあった重要な要素を見落とすこと、あるいは逆に魯迅の中になかったものをつけ加えること、少なくともその比重を過大に評価することにならないか、という問題に、もう少しこだわってみたいのである。

六　晩年の魯迅と馮雪峰の役割——一つの仮説

「徐懋庸」の前半に魯迅の書き換えや加筆が少なく、特に抗日統一戦線の性格の問題、一つのスローガンの性格と関係の問題等、従来この論争の中心点についての魯迅の考えを表すと考えられて来た部分に書き換えがほとんどないのを、どう考えるべきか? 馮雪峰の草稿が魯迅の考えと一致していたから、というのもたしかに有力な解釈である。その解釈を一挙に覆すだけの積極的な根拠はない。しかしその解釈自体の中に、「トロツキー派に答える手紙」「現在のわれわれの文学運動について」および「徐懋庸」が魯迅自身によって書かれたということを自明の事実としていたために、それが前提となってできあがった思考のパターンが、すでに忍び込んでいる危険はないか? いい換えれば、初めからこれらの文章の成立過程がわかっていたとしたら、これらをストレートに魯迅自身の考えとしていい、という理解は、簡単には成立しなかったのではないか? 逆に、前半に対する書き換えが少なかったのは、魯迅の関心が、それらの問題についてよりも、後半の問題、周揚らの作風の問題、胡風、巴金、黄源らに対する態度を含む文芸界の人間関係の問題にあったからだ、という解釈を、積極的に覆すだけの根拠も十分にはないのではないか?

魯迅と馮雪峰が「基本的に」一致していたことを否定するのではない。まして馮雪峰のいうことが嘘だというのではもちろんない。先に述べたように、路線論・運動論のレベルでなら、「基本的に」一致していたで済むかも知れないが、晩年の魯迅の思想・文学を、その全人格、発想の襞にまでわたって生きた形でとらえたいという問題意識から、いっているのである。

その立場から晩年の魯迅を考えるには、もちろん本稿で述べてきたことだけで十分であるとは考えていない。三五、六年の多くの雑感に「故事新編」を加えた全著作、翻訳、書簡の全面的な検討が必要であるし、周辺の状況についても、もっと明らかにしなければならないことは多い。本稿に直接関わる問題だけを考えるにも、鄭振鐸や生活書店、鄒韜奮等の側から見るとどうだったのか、という問題さえ、まだ手がついていない。

しかし、それらを認めた上で、以上に見てきたところを整理してみると、以下のようなことが、少なくとも仮説として成り立つのではないか。

当時の魯迅にとって深刻だったのは、一方に抗日統一戦線に国民党を含めることに対する疑問、左連解散に対する不信、それと密接に関わる周揚ら当時の党員文学者たちへの不信等々があり、一方に「鄭傅」ということばや彼らに対するこだわりに表れているような、文学界、出版界に対する不満不信があり、それらすべてが整理されぬままにいっしょになって彼の心をふさぎ、茅盾をも含む広い範囲について、人間不信に近い状態を生み出していたことではなかったか。「文芸家協会」に対する彼の評価が、正当な批判を含むことを承認した上でも、それを「鄭傅」の『文学』エゴイズムの産物とする見解などは、やはりバランスを欠いているといわざるを得ないのではないか。(46)「国防文学論戦」の中で、もしそれらがストレートに出てきていたら、魯迅の声望をもってしても説得力は持ち得ず、問題はさらに紛糾したかも知れなかった。

馮雪峰がここで果たした役割のもっとも大きなものは、問題を純粋に「統一戦線」についての理論・思想の次元で扱い、魯迅の「不平衡」を生む原因になったのも上海の共産党員たちの統一戦線理解の不十分さおよびそれと結びついた「宗派主義」的作風だった、とすることで、問題の大きな筋を通したことだったのではないか。しかもそれは、おそらく彼の半ば無自覚の、彼が信頼し尊敬する魯迅の考えるべき、いうべきはずのこと(そして少なくとも一部は実際言ったことでもあった)を書いていると信じての仕事だった。それは同時に、魯迅の疑問・不信を整理し、「不平衡」を正す役割も果たしたはずである。それは馮雪峰ならでは、のものであった。

しかし、もう一方で、馮雪峰が落としたもの、あるいはウェイトの置き方で魯迅と違ったものはなかったか。この時期の魯迅について、「プロレタリアートの指導権」という概念を用いることに対する私の疑問は、そこに関わる。従来魯迅における「プロレタリアートの指導権」重視の証拠と考えられてきたのは、左連の解散に魯迅が反対したことと、「現在のわれわれの文学運動について」に見られる「左翼文学運動」の独自の役割の強調だが、魯迅の考えていたものと馮雪峰が理解していたものとの間には、微妙な、しかし今からみれば無視できない違いがあったのではないか。もう細かく論証する余裕がないが、早口にいえば、馮雪峰にとって、それはあらゆる運動を指導すべきプロレタリアートないし共産党の輝ける任務であり、したがってその力量も本来備わっているべきものであったのに対し、魯迅のそれは、「左翼文学」全体の力がまだまだ弱いことについての自覚に基づくもの、ただでさえ若く力弱い彼らが、海千山千の既成作家や出版社との折衝や駆け引きにつぶされていくこと、ひいては、生まれてまだ二〇年そこそこの「新文学」自体が、商業主義や権威主義に呑み込まれていくことを恐れてのものではなかったか。むしろ魯迅が目指していたのは、「指導権」を握ることではなく、最低限の「主体性」を守ることだった、というべきではないか。

小さな違いにこだわって、レトリックをもてあそんでいるように見えるだろうか。たしかにこの違いは、当時においては紙一重に過ぎず、魯迅も馮雪峰もそれを違いとして強く意識しない程度のものだったかも知れない。魯迅が馮雪峰の書いた「現在われわれの文学運動について」をそのまま「原稿の山のなかに入れた」という馮雪峰の記憶は、それを示しているとも考えられる。しかし、ある時点では紙一重の差であったものが意外に深い意味を持ち、異なった状況の下で大きな違いを生み出すことがあることも、歴史の示すところであろう。私としては、「プロレタリアートの指導権」という概念がその後の半世紀にたどってきた歴史を踏まえていっているつもりである。

この概念の本来の内容やその成立過程はとにかく、現実の歴史においては、この概念はスターリン的前衛党観と結びついて、アプリオリの前提とされ、あるいはその「軽視」が重大な逸脱・偏向とされる傾向が強かったこと、特に権力獲得後において、それが一人歩きし、ともすれば絶対化されたこと、その過程でそれ自体の中に本来克服すべきだったものや、すでに克服したはずのものがいつのまにか忍び込み、それを少なくともある程度変質させたことは否定できないように思われる。

岳飛・文天祥（時には方孝儒を加えて）等を民族の英雄として持ち上げることを批判し、「現代的」な闘争を説いたことにしても、それを「プロレタリアートの指導権」思想とイコールに置いて済ますよりは、そこに中国歴史の負の遺産についての魯迅の認識を、あるいはすでに気質にまでなっていた執念を見、そのこと自体の持っていた意味を、その後の歴史を思い合わせながら考える方が、魯迅の実際にも一致し、それを今日に生かす道にも通ずるのではないか。もちろん当時の魯迅がすでにその後の歴史を見通していた、などというのではない。魯迅をも、また魯迅以外の個人、集団、イデオロギーをも絶対的な尺度とするのでなく、歴史を、時に共同し時に対立し争う、人間たちの営みの総和としてとらえることで、歴史の持っていたさまざまの可能性と、現実の歴史がたどった道の意味を考えたい、そのためには、さまざまの人物や集団・潮流が構成する交響をそのものとして聴きとり、その中の各自の奏でる調べを正確に聴きとって行きたい、というのが私の立場である。そして、魯迅の奏でた調べは、まだ完全に聴き取られてはいないのではないか。本稿は、それを聴き取るための方法はいかなるものかに関する、一つの試論のつもりである。

（本稿は、一九九二年三月、東京大学文学部で行った最終講義をもとに、書きなおしたものである。）

注

（1）「徐懋庸に答え、あわせて抗日統一戦線の問題について」三六・八・三―六作、（『作家』三六・三原載。『且介亭雑文末編』三七・七、『魯迅全集』第六巻所収。）以下「徐懋庸」と略称。

（2）『魯迅全集』…本稿においては、特に指示しない限り、人民文学出版社、一九八一年版を指す。以下『全集』と略称。

（3）「国防文学論戦」に対する評価の変転については、拙稿「周揚らによる〝歴史の歪曲〟について――国防文学論戦と文化大革命・Ⅲ」（『東洋文化』五六号、七六・三）参照。

（4）『魯迅全集』（一九五八年版）六巻所収「徐懋庸」注（1）、他。

（5）劉綬松「関于左連時期的両次文芸論争――批判馮雪峰的反党活動和反馬克思主義文芸思想」、（『文学研究』一号、五八・三）。

（6）阮銘・阮若瑛「周揚顚倒歴史的一支暗箭――評《魯迅全集》第六巻的一条注釈」、（『紅旗』六六年九期）他。

（7）魯迅博物館「魯迅墨跡猶在、周揚罪責難逃」（『人民日報』六六・八・一八）他。

（8）五八年版『全集』所収「徐懋庸」注（16）。

（9）この点に関しては、注（3）前掲拙稿第三節の注（14）の中で簡単に触れたことがある。また竹内実氏も、同じ頃、要するに手稿に魯迅が書いた部分と馮雪峰が書いた部分とがあるのだろうという推測を提出されていたと記憶する。

（10）一一月一二日――一二四日、西武美術館。この時は、すでに四人組が逮捕されている時期だったが、まだ変化は表面には出ず、この展覧会は完全に文革時の主張に基づいて構成されていた。

（11）馮雪峰「有関一九三六年周揚等人的行為以及魯迅提出〝民族革命戦争的大衆文学〟口号的経過」（「新文学史料」二号　一九七九・二）

（12）前項に同じ。

（13）前項に同じ。

（14）巴金「二九　紀念馮雪峰」（一九七八・八・八）（『随想録（第一集）』、香港・三連書店、七九・一二所収）。本稿では、人民文学出版社八六年一二月版による。

（15）おそらくそれを意識してであろう。『雪峰文集四』（人民文学出版社、八五年）は、当時の文章を収めるにあたって、次の注記をしている。

「この一篇（七二年一二月の魯迅博物館における談話…丸山注）及び以下の二篇、「有関一九三六年周揚……」「一九二八至三六年間上海左翼文芸運動両条路線闘争的一些零砕参考材料」は、いずれも作者が〝文化大革命〟中に各方面の要求に応じ口述あるいは記述したものであり、あるものは〝供述資料〟でもある。〝文革〟後期に、いずれも作者が訂正してはいるが、なお不可避的に動乱の時期のある種の痕跡をとどめている。作者が一九七六年に逝去しているので、さらに修正を加えることができない。今回本集に収めるにあたっては原文をそのまま収録した。」（四九四ページ）

（16）拙稿「日本における魯迅　下」（『科学と思想』四二号八一・一一。のち伊藤・祖父江・丸山編『近代文学における中国と日本』汲古書院　八六年所収）。本書Ⅰ－4。

（17）拙稿「魯迅の〝第三種人〟観――〝第三種人〟論争再評価をめぐって」（『東洋文化研究所紀要』第九七冊、一九八五・三）。

本書Ⅰ－5。

（18）魯迅手稿全集編輯委員会編『魯迅手稿全集　文稿』（文物出版社、一九八六年、第一函、第七冊）

（19）『作家』三六年、二巻一期、のち『且介亭雑文末編』（三閑書屋、三七・七）、『全集』第六巻、所収。

（20）胡風「関于三十年代前期和魯迅有関的二十二条提問」（『新文学史料』九二年四期、人民文学出版社）。

なおこの文章は、『全集』日記部分の注釈作成のため、当時まだ獄中にあった胡風に注釈グループが出した質問に対する回答、この部分には七七年一〇月七日の日付がある。本来九一年秋に上海魯迅紀念館から発行の予定だった『上海魯迅研究』五に掲載されたが、「紀念館の上級部門の関係ある顧問と指導者」によって内容が人事問題に関わるからとして、同号の発行が止められたままになっていたのを、『新文学史料』が掲載したもの。その間の事情を『文匯読書週報』など数次にわたって追跡報道をした内容が、転載）は「《文匯読書週報》対《上海魯迅研究》第五輯被勒令封存事件的追踪報道」（『魯迅研究月刊』九二・一一○　北京魯迅博物館）に紹介されている。

（21）拙稿「徐懋庸と魯迅」（『文学』岩波書店、七六・四）。

（22）巴金「四三　懐念烈文」（『探索集（随想録第二集）』人民文学出版社　八一・七）。

（23）徐懋庸「還答魯迅先生」（『今代文芸』三六・九、本稿は、『国防文学論戦』新潮出版社、三六・一〇、大安六六年影印版による）なお、中国社会科学院文学研究所現代文学研究室編『〝両個口号〟論争資料選編』（人民文学出版社、八二）では、本文は収めず、巻末の「資料編目」にのみ記載。

（24）「研究ノート」『朝日新聞（夕）』八〇・五・一二。

（25）書簡の日付は『全集』の方式にしたがう。すなわち各二桁が年月日を示す。以下煩を避けるため、書簡の引用には特に必要事項がない限り注はつけず、引用の末尾末にあて先と日付を記す。

（26）訳文社（黄源）「魯迅先生与《訳文》」（『訳文』三六・一一）、のち黄源『憶念魯迅先生』（人民文学出版社、八一）等所収。

（27）黄源「関于魯迅先生給我信的一些情況」（『西湖文芸』七九・三から連載（未見）、のち二種類の単行本となり、さらに少し増補し「魯迅書簡追憶」として、注（26）前掲書所収。

（28）『魯迅書簡（致曹靖華）』（上海人民出版社、七六・七）。
（29）茅盾「一九三四的文化〝囲剿〟和反〝囲剿〟――回憶録一七」（『新文学史料』八三年一期、人民文学出版社、のち『我走過的道路　中』、人民文学出版社、八四）。
（30）『魯迅年譜』第四巻（人民文学出版社、八四）二〇〇〇年九月に増訂本全四巻が出ている。
（31）事実、『文学』に対する魯迅の寄稿は、五巻一号（三五・七）で終わっている。周知のように魯迅と『文学』との間には、これに先だって、『文学』一巻二号（三三・八）の傅東華（署名伍実）「中国におけるヒューズ（休士在中国）」に、魯迅に黒人蔑視があるととれるような表現があったことで魯迅の怒りを買い、魯迅が編集委員をやめ、その後丸一年間寄稿しなかった、という事件があった。その後一旦修復していた関係が、『訳文』の事件で、決定的に壊れたのである。
（32）茅盾「〝左連〟的解散和両個口号的論争――回憶録一九」（『新文学史料』八三…二、人民文学出版社、八三年、のち注（9）前掲書所収）
（33）『文学叢報』は三六年四月創刊、上海雑誌公司出版。魯迅はこれに「白莽遺詩序」「関于《白莽遺詩序》的声明」「我要騙人」（前二編はのちそれぞれ「白莽作《孩児塔》序」「続記」と改題、いずれも『且介亭雑文末編』所収）を寄稿している。
（34）注（28）前掲書三六〇五〇三書簡注（6）。
（35）同注（8）。また同注によれば、この結成前にも、「国防文学」を支持する「北平作家協会」の動きがあり、それがつぶれた後この組織ができる、などのいきさつがあったらしい。
（36）注（11）前掲馮雪峰文および馮雪峰『魯迅回憶』（人民文学出版社、五二、八一新版）。なお馮雪峰が上海に着いた日付については、夏衍から疑問が出されたことがあるが、馮雪峰の記述が正確であるという結論になっている。
（37）注（20）前掲文。
（38）胡風は、『北平箋譜』での共同作業は、「鄭らがこの種の仕事を続けるよう激励し、あわせて文芸上さらには政治上の正義感で彼を激励」したもの、と書いている。
（39）鄭振鐸「論元人所写士子商人妓女間的三角恋愛劇」（『文学季刊』三四・一二）。

（40）「魯迅の歴史の読み方」とここでいう内容を詳しく述べる余裕はないが、たとえば「病後雑談」「病後雑談之余」（いずれも三四年一二月作）などを念頭においている。

（41）転載紙誌については、厳家炎「魯迅対《救亡日報》記者談話考釈」（『新文学史料』八〇年一期、のち『求実集』、北京大学出版社、八三所収）参照。

（42）胡愈之・馮雪峰「談有関魯迅的一些事情」第九項（『魯迅研究資料』一、文物出版社、七六、なおこの談話は七二年一二月に行われ、七五年八月本人の修訂を経ているという。）。

（43）注（41）前掲厳家炎論文に同じ。厳教授はこれをほぼ魯迅の談話と考えていいとする根拠として、『救亡情報』四期掲載の「訪問記」に魯迅の校閲を経たことが明記されているだけでなく、同紙三期には、本来同号には魯迅の訪問記を掲載する予定だったが魯迅が病気で校閲を得られないため慎重を期して次号にまわす、という「編後記」もあること等をあげている。同教授はまた、七六年一月、馮雪峰にその考えを話したところ、馮は自分は印象を話しただけだから、不正確かも知れないといい、資料をよく調べて問題をはっきりさせるようにと激励した、ということも書いている。

（44）陸詒「為《救亡情報》写《魯迅先生訪問記》的経過」（『新文学史料』八〇・三）。これを受けてさらに厳教授が「有関《救亡情報》与《魯迅先生訪問記》的一点補遺」（原載未詳、注（44）前掲『求実集』所収）を書いている。

（45）魯迅「〝硬訳〟与〝文学的階級性〟」（三〇・三、のち『二心集』所収）。『全集』第四巻二〇七ページ。

（46）馮雪峰も『回憶魯迅』で、当時の魯迅の「心情」について「不平衡」ということばを使っている。

補注（1）馮雪峰による草稿と魯迅が書きなおした部分との対照・校訂は、拙稿「〝答徐懋庸並関於抗統一戦線問題〟馮雪峰・魯迅手稿異同対照表」（『桜美林大学　中国文学論叢』第一九号、一九九四・三）を参照。なおこれに先立って、中国の朱正氏に『魯迅手稿管窺』（八一・六　湖南人民出版社）があり、「徐懋庸」における馮・魯対照も収めてある。私自身すでに購入していたのに、長堀祐造氏に指摘されるまで思い出さなかったのは失態であった。もちろん個々の部分については、認識の違うところもある。

補注（2）『救亡情報』掲載の文章は、全体としては訪問者芬君の文章として書かれ、この中見出しはない「幾個重要問題」は、芬君の前書きやコメントを除き、文中に引用符つきで引かれている魯迅の言葉だけをまとめて中見出しをつけたものである。なお『救亡情報』所載のものは、今では劉運峰編『魯迅佚文全集』上下（二〇〇一・九　群言出版社）で読むことができる。

補注（3）　この文章については、後に「魯迅の談話筆記（幾個重要問題）について」として、やや詳しい文章（本書Ⅰ－10）を書いているので、参照されたい。

施蟄存と魯迅の「論争」をめぐって

——晩年の魯迅についてのノート・一——

青年に対して中国の古典を学べという論者に、魯迅が一生を通じて激しい反撥と嫌悪を見せ、時にはややいい過ぎとさえ思えるほどの批判を加えたことはよく知られている。

従来、共感するにせよ反撥するにせよ、それはおもに魯迅の伝統文化に対する評価の問題として論じられて来た。いい換えれば、中国のように膨大にしてかつ重い伝統文化を批判するか継承するか、あるいは継承と批判の関係はいかにあるべきか、という問題の一部として論じられてきた。そのこと自体に非はないのだが、それによって見落された問題、あるいは結局その問題に含まれるかも知れないにせよ、少なくとも見落された側面はなかったか。

本稿では、問題をもう一度当時の魯迅にもどして、そうした反応を示したとき、魯迅を中からつき動かしていたものは何かを考えてみたい。その中に今までの見方と多少違ったものが見えてくるのではないか、と思うからである。

一　施蟄存・劉半農と魯迅

魯迅に「重三感旧——一九三三年憶光緒朝末」[1]という文章がある。副題が示すように、重三すなわち三三年に、旧事、この場合は光緒朝末年のことを思う、という意味である。学生も読むことを期待して発行される紀要掲載の論文であることを考慮して蛇足を加えておくと、光緒とは、清朝第九代皇帝愛新覚羅《あいしんかくら》載湉《さいてん》の統治期（一八七五—一九〇八）

の年号。光緒帝の後はすぐラストエンペラー溥儀の宣統になり、わずか三年で辛亥革命になるから、「光緒末」といえば、清朝がいよいよ末期的症状を見せ始めていた時期である。ついでにもうひとつ蛇足を加えておくと、旧事、清末といっても、魯迅がこれを書いていた当時からは、僅か三、四十年前に過ぎない。

「私は過去の人びとを賛美しようと思うが、これはおそらく『骸骨の迷恋』にはなるまい」

「骸骨の迷恋」とは、葉紹鈞が二一年に書いた雑感の題名で、(2)当時白話文を提唱する人々が、時に文言文を使ったり、旧詩を作ったりすることを批判したもの、以後過去に恋恋とする保守派を嘲る言葉として用いられた。

ここで「過去の人びと」と魯迅がいうのは、光緒末年に「新党」と呼ばれた人びとを指している。民国初年には「老新党」と呼ばれた人々である。

甲午戦争に敗れたことで、彼らは目覚めたと考え、「維新」をやらねば、ということになって、三十代、四十代の人までが数学や化学の勉強を始め、さらに英語、日本語をならい、人前でも恥じることなく、廻らぬ舌を使い怪しげな発音で朗唱した。八股文が必要だった科挙出身の張之洞が繆荃孫《びゅうせんそん》に代作を頼んだ『書目答問』でさえ、つとめて各種の訳本を取りいれている。当時「維新」の風潮がいかに盛んだったかがわかる。(以下引用は「 」で示し、要約はただ一字下げで示す)

ここでいう「維新」は変法維新派あるいは単に維新派ともいわれる清末の康有為・梁啓超派や、彼らが目指した明治維新型の改革だけを指すものではなく、ことばの本来の意味「これ新たなり」、つまり改革一般を指していると見てよいだろう。普通には変法派以前の洋務派とされる張之洞が例に挙げられているのはそのためである。

その張之洞さえ必死に外国語を学ぼうとした。それを「賛美」したい気がする。

「しかし今では別の現象が現れている。新青年の中には、〝老新党〟とは反対の境遇にあり、科挙を経験する必要もなく、新しい教育を受けてきて、しかも国学(中国の伝統的学問を指す)専門家でもないのに、篆字の勉強を始め、詞をいじり、『荘子』『文選』を勧め、封筒は手刷りにし、新詩も字数を揃えて四角にしようとする。新詩を作る嗜好を除けば、まったく光緒初年の風流人と同じ、違うのは辮髪がなくときどき洋服を着ることだけの者がいる」

「排満はとうに成功し、五四もすでに過去となった。そこで篆字だ、詞だ、『荘子』『文選』だ、古式の封筒だ、字数を揃えた新詩だ、今や我々は新しい企てを持ち、〝古雅〟によって天地の間に立とうとしている。もしほんとうに立てたら、それは〝生存競争〟に新例を加えるものである」

ここで、『荘子』『文選』を勧める、といっているのは、この前月、作家で雑誌『現代』の編集者だった施蟄存が、上海の夕刊紙『大晩報』のアンケートに、青年に紹介したい本として、この二つを挙げ、「青年の文学修行のたすけになるから」と書いたことを指している。これについて、施蟄存が同じ『申報・自由談』に「『荘子』と『文選』」という文章を寄せ、なぜこの二種を挙げたかというと、最近編集者として若い人の文章に触れる機会が多くなったが、彼らの文章はあまりに拙劣で語彙も貧弱だ、そこでこの二書に文章を作る上で参考になるものがあるだろう、語彙も少しは拡大するだろう、と思ったからだ、と釈明し、さらに、

「ここで、魯迅先生を例に挙げてもよかろう、魯迅先生のような新文学家は百パーセント新しい瓶といってよさそうである。だが彼の酒は？　純粋のブランデーだろうか？　私にはそうとは信じられない。古典文学の修養を経ていなければ、魯迅先生の新文章はけっして現在のようにりっぱなものにはならなかったろう。だから、私は敢ていうが、魯迅先生のような瓶の中にも、必ず五加皮か紹興老酒の成分が相当はいっているのだ」

実は、施蟄存は豊之余の筆名で発表された「重三感旧」が魯迅のものであることを知ってこれを書いていると思われるふしがある。上の引用に続く部分で、篆字や紙や手製の封筒を使うのは、科挙出身者や国学の専門家のようにいうのは独断だ、といった後、「新文学者の中にも、木版画をいじったり、版本に凝ったり、蔵書票を収集したり、駢体文で白話の書簡集に序を書いたり、さてはデスクに小物を並べる者さえいる」ではないか、という。挙げられてい

る例がそれぞれ誰を指すかは興味ある問題だが、にわかにはわからないというしかない。ただ、最初の木版画を云々は、魯迅が鄭振鐸といっしょに『北平箋譜』を出そうとしていたことを指しているだろう。(3)

魯迅はこれに対して、「『感旧』以後」(上)(下)を書いた。(4) その中で、彼は「重三感旧」はもっと頭の固い〝遺少〟群を指していったもので、施蟄存を頭において書いたものではない、だが施氏を含めてもかまわない、といい、施蟄存が、豊之余が挙げた篆字を書き詞を作り云々はいずれも個人の次元の問題で、他人に強制しない限りかまわないではないか、それを新青年たちの古さとするのはあたらない、というのに答えて、

「……これは正しいように見える。しかし中学生や投稿者は自分たち個人の文章が拙劣で語彙が乏しいにせよ、他の人に語彙の乏しい拙劣な文章を書けと無理強いしているわけではないのに、施先生はなぜにわかに感慨を催し、『文学に志す青年』に『荘子』『文選』を読むべきだと勧めるのだろう。試験官として、詞がうまいことで合格とするのには反対だといいながら、教員や編集者になると『荘子』や『文選』を青年に勧める、その間にどんな境界があるのか、私にはわからない」

と書いた。この論理を、揚げ足とりに近いと感ずる見方もあるだろうし、さらにそこに魯迅に流れる「紹興師爺」の血を見ることもできるだろう。それがまったく当たっていないとはいわないが、私はここに、掲げている大義名分と自分のやっていることとの矛盾に鈍感な姿勢に対する魯迅らしい鋭い批判感覚を見、それを魯迅の魅力の一つと感ずる。が、このやりとりをどう見るかは、ここではあまり重要ではない。魯迅が「重三感旧」で書きたかったことが、それとは少し違ったところにあったことは、つぎの「『感旧』以後」(下)を見るともう少しはっきりする。

これで槍玉に上がっているのは、『新青年』時代の盟友だった劉半農である。劉半農が、雑誌『論語』に『桐花芝豆堂詩集』を発表した。北京大学入試の採点をした彼が、答案の中の誤字を拾って、それをたねに作った「打油詩」(戯れ歌)を集めたものだった。魯迅は、劉半農の挙げた中に、必ずしも誤りとはいえないもの、むしろやや無理なあ

らさがしというべきものがあることを指摘した後、

「当時の白話運動は勝利したが、戦士の中には、これによって這《は》いあがった後、這い上がったためにもう口語のために闘おうとせず、かえって古書古字を持ち出して青年を嘲笑する者がいる。それで一部の青年たちは、古書を読むことを不可欠と考え、文語を常用する作者を見習うべき模範と見なして、もはや新しい道で発展をはかり新しい局面を切り開こうとしなくなってしまった」

と書き、今ここに二人の人間がいる、一人は留学生を流学生と書き誤った高校生、一人はそれを見て得たりとばかり詩を作った大学教授である、滑稽なのはどっちか、と書いている。

劉半農は翌年の七月に死ぬ。魯迅は、右の経過にも触れながら「劉半農君を憶う(5)」でこう書いた。

「『新青年』当時、陳独秀は表に「中に武器あり、注意」と大きな旗を立てているが、扉は開けっぱなしで中が見え、警戒心はいらない。胡適は扉を固く閉ざして、「中に武器なし、懸念無用」と書いた札を貼っているが、私などはつい首を傾げて思案することになる。半農は人に「武器庫」があると思わせない人だった。だから私は陳、胡に敬服したが、むしろ半農に親しみを感じた。

「たしかに半農は浅い。だが彼の浅さは清流のようなもので、澄みきって底まで見える。多少のゴミや腐った草があっても、全体の清らかさを覆うものではない」

「ここ数年、半農はしだいに要職を占めるようになり、私もしだいに彼を忘れた。しかし新聞で彼が〝ミス〟の類を禁止したのを読み、むしろ反感を持った。こんなことは半農がやらなくても、と思ったのだ。去年からも、彼がまた続けて戯れ歌を作り、古文をいじるのを見て、しばしばため息をつかずにはいられなかった」

「今や彼は死んだが、彼に対する私の感情は生前と変わらない。私は十年前の半農を愛し、彼の最近数年を憎む。彼は戦士であり、たとえ〝浅〟くとも、それ以上に中国にとって有益である。私は、憤りの炎で彼の戦績を照らし出したい、そして一群の妖怪に彼の以前の光栄をそのしかばねもろとも深い泥沼に引きずり込ませまい、と願う」陳、胡、劉三人の特徴をつかんだ比喩の鮮やかさもさることながら、この文章に私が感ずるのは、それ以上に、彼が、やや軽率であり、勇敢も時に無謀に走り、〝浅い〟ともいわれた、劉半農の人柄を愛しながら、むしろ愛するが故に、同時に彼の後年を惜しみ、それ全部を含めて半農を追悼しているそのあり方である。ここに示されているのは、人の行動に対する魯迅のあくまでも醒めた評価と深くて温かい人間理解との見事な統一に他ならない。

このような魯迅がこの時期に感じていたことは、劉半農ら『新青年』当時の盟友まで含めて、文化界全体として見られた保守化、老化の傾向であった。施蟄存の『荘子』『文選』推薦に対する反撥は、その一部に過ぎず、これらを読むことがいいか悪いか、という問題ではなかった。

二　二つのアンケート：「青年必読書」と「青年愛読書」

魯迅がかつて「青年必読書」を挙げよという『京報副刊』のアンケートに、「中国の書物は読むな」と答えたことはよく知られている。(6) これが極めて刺激的な発言であったことは、当時寄せられた非難の文章を見ればよくわかるが、(7) 魯迅の言論に「売国」の罪を匂わせるものから、(8) 魯迅自身が古典に通じていることを指摘して彼の言行不一致をついたり、あるいはだからこそいい白話文も書けるのだと強調する一種の妥協折衷案に至るまで、さまざまの形で執拗に繰りかえされる批判・非難に対して、彼はこちらも劣らず執拗に反論を繰りかえした。この点に関しては、木山英雄が二十年前の論文で、すでに的確な指摘をしている。

「そんな議論に何故こうまで〝峻急〟な反応を起こすのかといえば、口語文を真っ向から支持も攻撃もしきらないで、運動の趨勢に応じ手をかえ品をかえて迎合横領折衷妥協をはかるやり口が、特殊に彼を憤激させるからである。そういう〝卑怯〟のさまざまな類型が彼の頭にはふんだんに蓄えてあるのだ(9)」

木山論文の題名「〝荘周韓非の毒〟」は、魯迅自身が「荘周韓非の毒にあてられている」と書いているのを使ったものので、「峻急」は、すぐ続いて、だから時には「很随便であり時には很峻急」である、と書いているのにより、竹内好訳では「峻烈(10)」、木山論文冒頭の訳(学研版『全集』の伊藤虎丸訳も同じ)では「苛酷」である。

だいたい魯迅自身が『荘子』をよく読んでいたことは、この言葉からもわかるとおりで、彼がそういう「古い亡霊」をいつも背負って振り捨てられずにいることに苦しみ、だからこそ、自分のこの苦しみを次代の青年に味わせたくないのだ、と繰り返していたことも周知のことに属する。

三三年の「重三憶旧」以下、これまで見てきた一連の文章も、そうした魯迅の一貫した意識に直接つながるものであることは明らかだが、同時に、この時期、この意識に五四時期から三〇年代半ばにさしかかろうという約十五年間の時の流れによって、もう一度屈折が加わっていることを見ておくことが必要である。それが何かを完全に解き明かすにはまだほど遠いが、私の考えを熟さぬままに述べてみると、ほぼ以下のようになろうか。

第一に、「新文学」が、誕生後十五年たって、なお強固なものに成長せず、むしろかつての「新文学者」に、後退、分化が起こっていることへの失望、それによる前途についての憂慮ないし悲観である。

「私と施蟄存との筆墨の争いは、まったくつまらぬもので、この種の論争は五四運動のころとっくにやったものです。それをまたやっているのですから、後退でなくてなんでしょう。私の見るところ、施君もたぶんほんとうに『文選』を研究してはいないので、これで当局の歓心を買おうというだけです。もしはんとうに研究していれば、青年にこの中から新しい語彙を探せと勧めるはずはありません。この人は商家の出で、たまたま古書を読んで宝物と思いこんだもの、にわか大尽がやたらに士人ぶりたがるようなものです。彼の文章を見てみれば、『荘子』や『文選』風のところなどありはしないのです(12)」

この部分の直前には、数日前、上海の役所と書店の編集者が宴会を開き、反動書籍（左翼文献を指す）を出すなという官側の訓辞の後、施蟄存が新聞検閲の例にならって雑誌の原稿も事前に検閲してはといい、ついで趙景深が日本の例にならって削除したり伏せ字にすればいいといった、という話が書かれている。施蟄存にしろ趙景深にしろ、ただ進んで国民党の言論弾圧の手先になったとは考えにくい。彼らの発言が「献策」になっているのは否定のしようがないが、その中には、雑誌に書いて（あるいは採用して）発行されたものが事後に発禁にされる被害に対する「悲鳴」も含まれていただろう。しかし、それを含めて権力に対する彼らの骨の弱さが、魯迅にとって許せぬものに見えたのも、無理はなかった。施蟄存は、この時代のことについて文化大革命後に回想を何篇か書いており、彼の側からすれば事実そのものを含めてまた言い分があるのは当然だが、今はそこまで立ち入る余裕がない。ここでは、魯迅からみてそれがどう見えていたかに問題をしぼらざるを得ない。

第二に、左翼文学運動が直面していた、停滞ないし崩壊の傾向に対する危機感である。

三一年三月に左翼作家連盟（左連）を成立させた左翼文学運動は、初めから国民党側の激しい弾圧にさらされながら、租界という特殊条件も生かして運動を繰り広げていたが、三一年二月の「五烈士」処刑を始めとして、犠牲も少なくなかった。中国共産党内部の「第三次極左路線（王明路線）」によって、メンバーが街頭のデモ、ビラ撒きなどに動員され、本来の創作活動ができないという問題もあった。発禁、検閲で発表の場が奪われ、糧道が断たれるという問題も決して小さいものではなかったはずである。主に三二年に展開された「第三種人論争」も、そういう中で「左連」に属していた文学者に生じた変化・分岐の現れだったし、三三年には、楊邨人・韓侍桁等「転向」者も現れた。(13)同年の五月には、国民党特務機関による、丁玲の拉致監禁事件が起こり、それに対する抗議・救援活動の先頭に立っていた、民権保障同盟の楊銓が暗殺される事件もあった。機関紙誌の発行もほとんどできなくなり、左連が組織的活動を維持するのは困難になっていたといっていい。もちろん、一方では夏衍がいうように三一年の九・一八（満州事変）、三二年の一・二八（上海事変）以後、抗日意識の高揚で、左翼に対する世論の支持が強まったり、夏衍らが映画界に入って活動するようになって、中国映画が戦前の黄金時代を現出するなどの面もあり、左翼作家がむしろ一般誌に執筆して幅と深みを加えたことも事実で、この時期を単純に左翼の停滞あるいは後退と見ることはできないが、それはむしろ後になっていえることで、渦中にあって、犠牲になった青年たちや、生活に苦しみながら身を削って書いている青年たちを見ている魯迅からすれば、先に見た「新文学者」たちの後退現象とあいまって、その「寂寞」を強めるものになったとしても、不思議ではなかった。かつての中国における「第三種人論争」評価が、左翼文学運動のあまりにも単純化された正統化と、それにはずれるもの、そこから「脱落」したものへの批判・否定に急で、そうした矛盾や分岐を生んだもの自体をほとんど問題にしていない欠陥があったことは事実である。私自身その再評価の必要をもっとも早く指摘したものの一人であるつもりだし、他の研究者による何篇かの業績もある。(14)(15)中国でもこの論争における左連側の対応の再検討は文化大革命終了後盛んになって、新しい資料や視点も提出されているが、今度はそれが運動論の次元での議論に偏し、肉体を持ち感情を持った当事者の内面において持った意味を考えようという志向が弱い傾きがある。

歴史をふり返るときに必要なのは時間感覚を鋭敏にしておくことではないだろうか。「第三種人論争」の口火になった胡秋原の一連の論文が発表されたのが三二年四、五月、それに反論する左連と胡の間に蘇汶が割って入って「第三種人」という概念を提起するのが七月と一〇月、魯迅が信頼し愛していた柔石や殷夫等を含む「五烈士」の処刑からまだ一年半前後しかたっていない。また魯迅が「忘却のための記念」を書いて彼らを痛切に悼んだのは、「重三感旧」のわずか八カ月前なのである。魯迅にとって「五烈士」事件はまだあまりにも生々しい記憶として残っており、消えようもなかった。とすれば、事件後一年あまりで、「第三種人」を称した人びとに魯迅が決定的な不信を抱いたとしても無理はなかった。一九八九年の「六四」天安門事件から五年たった今日、あの事件の衝撃と記憶がまだ生々しく残っている者にとっては、中国を考えるにも、中国人の作品を読むにも、あの事件を忘れるわけにいかない。そのことに照らして三三年の状況を、魯迅がどう感じていたかを考えてみれば、それは理解できるはずである。

本題からそれるが、誤解を避けるために一言つけ加えておく。だから魯迅や左連の側の批判が百パーセント正しかったというのでも、「第三種人」の側に一分の理もなかった、というのでもない。魯迅と他の批判者がまったく同じだったというのでももちろんない。同じ左連の側の論者に微妙なあるいは重要な差異があったかどうか、という問題もこの場合別問題とする。運動論の角度から運動の欠点を分析することは必要であり、その分析はあくまで冷静かつ徹底的であることが要求されるのも当然だが、その運動をになう当事者が、肉体も感情も持つ人間であること、その彼らの具体的な体験や心情をまったく無視した分析は、冷静な分析としても十分なものとはならず、そこで考えられる歴史の「有り得た選択肢」は、論理的にのみあり得たことと現実的にもあり得たこととの区別に鈍感になる危険があり、逆に問題状況が違ったときには、にわかに心情論に傾いたり、政治責任の厳しさを忘れた論になったりしがちだ、といいたいだけである。

本題にもどる。「五烈士事件」から三三年までの時間感覚について述べたことは、もうひとまわり長い尺度でみると、五四以来の「新文学」及び「新文学者」についてもある程度いえるのではないか。歴史が流れた後で、文学史として見るのに慣れた感覚からすれば、三三年といえば、「狂人日記」以来一サイクルも二サイクルも経てきており、「新文学」はもはや揺るがぬ存在になっているものと感じがちである。それ自体は間違ってはいないのだが、まったく違った角度から見れば、『新青年』発刊からでも、まだ一八年なのである。一八年、見方によっては決して短い時間ではないが、長い時間でもない。一八年前の時間を実感するために、年表をくってみると日本ではロッキード事件が発覚、田中角栄が逮捕されて三木内閣が成立した年、国鉄料金が値上げされて、初乗り料金が六〇円になった年、歌でキャンディーズ「春一番」が流行った年、小説では森村誠一「人間の証明」、村上龍「限りなく透明に近いブルー」、司馬遼太郎「翔ぶが如く」が出た年、そして檀一雄、船橋聖一、武者小路実篤、武田泰淳が死去した年であり、中国では、周恩来、朱徳、毛沢東が死去し、「四人組」が逮捕されて文革が終わった年である。[16] つい昨日のことのように思うか、それとも遠い歴史の彼方にかすむことと思うかは、それぞれの年齢、体験の種類等によって違うだろうが、とくに年をとるにつれて時のたつのが速くなり、過去が近く感じられるようになるのが一般的法則であるとすれば、当時すでに五〇代に入っていた魯迅にとって、この二〇年はそう長いものではなかったと想像するのが先ず自然であろう。そういう彼からみて、五四の盟友を含む「新文学者」たちが見せている後退・老化現象は、やや強くいえば、二〇年の「新文学」の歴史を一気に否定するものにさえ見えたのではないか。三〇年代中期は、第二で述べた左翼文学運動への危惧が、そのまま五四以来の「新文学」の脆弱さへの失望、危機感と重なって、彼の気持ちを暗くしていた時期だったのではないか。

三　外国文化と魯迅

「青年必読書」とそれに対する反応を読みなおしてみると、魯迅の重点は、「外国の書物を読め」という点にかかっており、「中国の書を読むのはもっと少なくせよ――あるいはいっそ読むな」というのはそれを強調する逆説と読めるのに、反応の方の重点は、むしろ中国の書を読むなとはけしからん、というところにあることに気づく。魯迅の逆説の効果には違いないが、少し効果がありすぎたともいえよう。日本でも、竹内好氏の、魯迅は「外から加わる新しいものを拒否することによって、否定的に自己を形成していった」[17]という言葉などの影響もあってか、外国の書を読めという側面より、中国の書を読むなという面が強く印象づけられているように思う。そもそも奈良平安の昔から近代に至るまで外来文化受け入れをお家芸とする日本では、外国の本を読め、という言葉にこめられた、海外の文化にもっと広く目を向けよという主張は、あまりに当たりまえ過ぎて、かえって読み過ごされがちである。

しかし、中国ではそうでなかった。一つの文明の発祥地であり二千年の文化を持つ中国では、新しい問題が起き日本人が外国に解答を求めるようなとき、古典にそれを求める。魯迅が「中国の書を読むな」と書いた「青年必読書」のアンケートは、実は青年読者にあてた「青年愛読書」のアンケートといっしょに行われたものだったのだが、それを見ると興味ある事実がわかる。[18]回答者は三五〇と多くはないが、トップの紅楼夢以下のベスト五〇の中、外国のものは、一九位にストープス「結婚愛」、二〇位にゲーテ「ウェルテルの悩み」、四二位にカーペンター「愛の成年」、四四位に「イプセン集」、四九位が同数四種ある中に胡適訳「短編小説」があるだけ、一八位と三一位に見える『小説月報』『新青年』には翻訳も載っていることを計算にいれても、二位水滸伝以下、西廂記、四位に「吶喊」が出るが、その後はまた史記、三国志、詩経、儒林外史、左伝、一〇に「胡適文存」なのである。同じころの日本の青年の読書傾向を客観的に示すデータは知らないが、約二年後の二七年に発刊された岩波文庫を見ると、七月発行二三冊中日本の本一一に対して西洋の本が一二冊である。この対比一つ見ても、その傾向の違いには歴然たるものがある。

清水によれば「青年愛読書」は、アンケートの企画発表の際には、一月四日から二五日まで受け付けて、二月一日の「青年愛読書特刊」に発表と予告されたが、「青年愛読書特刊」が実際に出た日付は、正確にはわからず、むしろもう少し後にずれたようだという。「名士学者」の「青年必読書」の方は一月四日—二月五日受付、二月一一日—四月九日逐次発表されたという。「青年愛読書」が予告どおり二月一日に発表されていたとすれば、二月一〇日に書かれた魯迅の回答は、すでに発表された青年の読書が、あまりに国内に偏っていることを意識してのものだったのかも知れない、と思いたくなるのだが、清水の調査を信用すれば、その断定は控えねばならないだろう。ただ、魯迅がアンケートの結果はみていなかったとしても、同様の傾向を漠然と感じていたことは十分考えられる。ちなみに彼が「青年のあまりの消沈に驚いて」[19]『野草』の「希望」を書いたのが、この年の元日だった。

もちろん外国のものを読めば「消沈」でないというわけではない。しかし、ここで魯迅が感じていたのは、すべてが中国文明・文化の中にすでにあるもので説明されてしまい、そこに自足してしまう根強い傾向や、それをある程度許す伝統文化の厚さと深さ、またそれによって外国の新しいものがすべて「古已有之（いにしえにすでにこれあり）」と見え、その持つ異質さに鈍感で、受け入れる能力を失いがちなことなどなど、すべてに対するいらだちに近い危惧であり嫌悪だったのではなかったろうか。施蟄存が青年に『荘子』『文選』を勧めるのに反撥したのも、青年に先ず勧めるべきものは他にたくさんあるのに、それが『荘子』『文選』になってしまう中国文人の精神的マンネリズムにいらだったのだ、ともいえる。

魯迅は自分でも生涯を通じてその著作にほぼ等しい分量の翻訳をし、また翻訳の重要なことを説き、中国に良質の翻訳の少ないことを嘆き、翻訳専門の雑誌を二度も編集した。若者でも、むやみに「創作」に逸る者よりも、地味な翻訳をする者を信頼し、実際的な援助も与えた。日本人が翻訳に素早くて熱心なこと、その中で外国の文学・文化を取り入れるのにふさわしい文体を作り出したことを評価し、同じ努力を中国人にも求めた。林語堂に小品文を書くよりむしろ翻訳をしろと勧めたのも、その延長上にあり、もっと取り入れるべきものが外国にあり、それをできる人材が中国には乏しいのに、その一人である林がやはり小品文に回帰してしまうことに賛成できなかったのである。

「語堂は古い友人なので、友人として遇すべきです。『人間世』がまだ出ず、『論語』がもうつまらなくなっていたころ、私は誠意を尽くして手紙を一通書き、そんなことはやめろと勧めたことがあります。彼に革命をしろといったわけでも、命をかけろといったわけでもない、ただイギリス文学の名作を訳すよう勧めたのです。彼の英語の水準をもってすれば、訳本は今日の役にたつだけでなく、将来も恐らく有用でしょう。彼の返事は、そういうことは歳をとってからのことにしようというのでした。その時、私の意見は語堂から見れば年寄り臭いのだと悟りましたが、私は今でも良言だったと信じています。彼を中国に有益たらしめん、消えてしまわせず中国に残したいと思ってのことだったのです。彼がもっと急進的になれるものなら、それはもちろん大いに結構ですが、私の見るところそれは有り得ないでしょう。私は人にはけっして難題を出しません。ただほかにはもういうこともありません」[19]
先に述べたような、すべてが中国にすでにあるもの、中国文明の枠内で説明され、それに自足する伝統を、歴史上最初にはみ出た例が五四時代だったことはいうまでもない。しかし今からみれば、そのエネルギーが主として当事者の客気によって保たれていた面があったこともたしかで、彼らの多くが成熟あるいは老化するとともに右の伝統に回帰して行くのを、ある時は苦々しく、ある時は寂しく、またある時は腹立たしく感じて見ながら、ただ一人、五四の「光栄をそのしかばねもろとも泥沼の深淵に引きずり込ませまい」とし続けたのが魯迅だった。いい過ぎになることを恐れずにいえば、魯迅は、近代史上中国文化・中国文明の枠の外から中国を見る視点を、深く身につけ得た、唯一とはいわぬまでも、少数の一人であったのではないだろうか。

もちろん問題はこれで終わりではない。中国文明・文化の枠から出て外国の文化に目を向けたとして、その中のどういうものをどう取り入れるか、という問題、その点での魯迅の遺産は何か、という問題が残るのを無視するわけではない。文革が終わり、「改革・開放」政策がとられるようになってから、文化界には、西側の文化への強い関心が生まれていること、それが五四時期の再評価に結びついていることは周知のとおりである。「河殤」[21]のような、中国文明を全体として否定するかに見える見解も出てきている。以上述べてきたような魯迅像は、それらとどういう関係になるのか、今後の中国で、魯迅はどのような意味をもつのだろうか。
実はこの小論は九四年九月仙台で行われた「魯迅仙台留学六〇周年記念国際学術・文化シンポジウム」で行った、一般聴衆も対象にした講演をもとに、資料等も補って、新たに書き下ろしたものである。ここに書いた部分が前半に当たり、この後、右の最後に触れた問題やそこに出てくる魯迅とマルクス主義の問題などを、未整理のまま述べた。

始めはそれも含めて一つの論文にする予定だったが、それでは時間も紙数もあまりに超過してしまいそうである。ここまでで打ち切って、以下は別の機会にまとめることにしたい。（九四・一一・八）

注

（1）三三年一〇月六日『申報・自由談』、署名豊之余。原載時の題は、「感旧」で、副題なし。『准風月談』所収。

（2）二二年一一月一二日『時事新報・文学旬刊』一九期。署名斯提。

（3）『北平箋譜』は、魯迅が三三年二月五日（以下書簡の日付は『全集』の表記に従って、三三〇二〇五と、年月日を二桁ずつの数字で表わす）の鄭振鐸あて書簡で、北京の琉璃廠でいい箋紙が見つかった。それで思いついたのだが、いい箋紙を集めて本にしたらどうだろう、と提案したことから二人の間で準備が進み、三三年一二月箋紙三三二枚を集めて六巻とし、自費で刊行された。刊行は施蟄存のこの文章より後だが、中国文壇の常として、こういう噂は割に早く伝わっていた可能性が高い。版画の例を最初に挙げているのも、魯迅を意識しているから、というのはかんぐりだろうか？　なお学習研究社版『魯迅全集』第七巻の訳注では、「版画を弄ぶ者」は、魯迅が指導した版画運動を指すだろう、と記しているが、新版画運動では、新文学家に残る古さの例にはならないのではないか。この巻の責任編集者であった私にも責任があるので、一言記しておきたい。

（4）一〇月一二日作。一一月一五、一六日『申報・自由談』に掲載。『准風月談』所収。

（5）三四・一〇『青年界』。『且介亭雑文』所収。

（6）「青年必読書」、二五・二・二一『京報副刊』。『華蓋集』所収。

（7）その一部、柯柏森「偏見的経験」、熊以謙「奇哉！　所謂魯迅先生的話」が、それに対する魯迅の反駁とともに、『集外集拾遺』に収められている。

（8）注（7）柯柏森「偏見的経験」。

（9）木山英雄「〝荘周韓非の毒〟」『一橋論叢』六九巻四号、七三年。

（10）『墳』の後に記す」二六・一一・一一、『墳』所収。

（11）竹内好訳『魯迅評論集』岩波書店　五三、『魯迅選集』五巻、岩波書店五六、を経て、晩年改訳された『魯迅文集』に至るまで同じ。なお竹内好訳は、「荘子や韓非の毒に、時には峻烈に、時には気まぐれにあてられていないとはいえない」と訳す。これは木山が、「随便」は荘子の、「峻烈」は韓非子の、それぞれ「毒」に配当されており、竹内訳ではその対応関係がわからなくなる、と指摘するとおりである。

（12）姚克あて三三・一一・〇五。

（13）「第三種人論争」についての私自身の見解は、全面的なものではないが、左の論文をご覧いただきたい。
「問題としての三〇年代――魯迅研究・左連研究の角度から」藤井昇三編『一九三〇年代中国の研究』七五・一一　アジア経済研究所。本書Ⅰ－5。

「魯迅の〝第三種人〟観――〝第三種人〟論再評価をめぐって」『東洋文化研究所紀要』九七冊　八五・三。本書Ⅰ－5。

後者の論文でも触れておいたが、「第三種人」に対する魯迅の不信は、やがて楊邨人・韓侍桁に対する不信と合流し、それによって増幅されている。

（14）「中国文学の会」六一年度大会報告「〝第三種人論戦〟について」。

（15）注（13）一三の拙論「魯迅の〝第三種人〟観」注（11）にも挙げたが、
竹内実「〝第三種人〟をめぐる論争」『東洋文化』四一号　六六・三
前田利昭「〝第三種人〟論争における馮雪峰」『東洋文化』五六号　七六・三
佐治俊彦「胡秋原覚え書き―胡秋原における一九三〇年代文芸」（同右）など。

（16）神田文人編『昭和史年表』八六・五　小学館による。

（17）竹内好「魯迅と日本文学」『世界評論』四八・六　のち「日本文学と中国文学　二」と改題して『魯迅雑記』（世界評論社四九・六）他所収、『竹内好全集』四巻（筑摩書房）所収。

（18）清水賢一郎「一九二五年北京における読書と読者層――『京法副刊』青年愛読書アンケートをめぐって」日本中国学会九

四年度大会における口頭報告およびその資料による。

（19）曹聚仁あて三四〇八一三。

（20）蘇暁康・王魯湘「河殤」八八年六月一一日―二八日放映のテレビ番組。シナリオの邦訳は、辻康吾・橋本南部子訳、（弘文堂、八九・三）。

魯迅と鹿地亘

はじめに

鹿地亘が最晩年の魯迅に親炙し、その葬儀にも「治葬弁事処」の一員をつとめ、巴金・胡風らとともにその柩をかついだことは、わりに広く知られている。魯迅との会見記、魯迅についての回想等をいろいろ書いていること、また魯迅の死の直後に出た『大魯迅全集』(1)の第7巻に「伝記」を書いており、それが、増田渉の「魯迅伝」(2)には遅れるものの、小田嶽夫の『魯迅伝』(3)よりは早く、また生涯のすべてを述べている点では増田のそれに優る面を持っていることは、客観的に見れば否定できない事実である。

ただその割に鹿地亘の魯迅に関する叙述は、これまでまともに論じられて来なかった。私自身、以前に書いた「日本における魯迅」(4)でも、鹿地には触れなかった。それを収めた『近代文学における中国と日本』の批評をしてくれた飯倉照平氏に、その手落ちを指摘されたこともある。

魯迅についての鹿地亘の文章のうち主要なものは、鹿地が中国に渡ってから魯迅の死の直後までの期間、つまり日中全面戦争開始直前に書かれており、間もなく戦争が始まってしまったから、当時この面での彼の仕事を話題にする余裕もなかっただろう。まして彼が開戦後中国側に身を投じ、一九三八年初頭からは公然と反日・反戦宣伝を始めた後になっては、もはやその名に触れることさえ軽々しくできなかったに違いない。また敗戦直後には魯迅についても書いていた鹿地が、五一年に散歩中に米占領軍の特務機関によって拉致され約一年間監禁された、いわゆる「鹿地事件」が起こったり、病気療養の期間があったりして、この分野であまり仕事をしなくなったことも、彼の仕事が半ば忘れられる原因になったろう。

私自身が「日本における魯迅」で鹿地の魯迅論に触れなかったのには格別の理由があったわけではないのだが、今考えてみると、彼の叙述には、書かれた時期によってかなりの不一致があり、それをいちいち問題にして正確な事実を復元し、さらになぜそれらの不一致が生じたかという理由を明らかにして行く仕事が、あまり気の進むものではなかった、ということだったかも知れない。魯迅についての、より正確にいえば魯迅の周辺の人物についての鹿地亘の描き方には、執筆時の心境が直接に影響している面があり、しかもその心境は、中国におけるその人物の評価の変遷をかなり強く反映している。それをご本人の死後になっていちいちあげつらうのは本意でないし、その魯迅論には、日本の魯迅研究史の上で、どうしても触れなければならぬほどのウエイトはない、というのが、正直な気持ちだったように思う。

しかし、別の面から考えれば、飯倉氏の指摘を待つまでもなく、この面での鹿地の仕事は、やはり魯迅研究史の上にきちんと位置づけておくべきものだし、とくに彼（および当時の妻池田幸子）が書いている事実の中には、魯迅の晩年の姿の貴重な一場面や、他の文献には出て来ない魯迅の見解を伝えるものもある。鹿地の文章の前述の弱点も、今となればそれはそれとして指摘しても、毀誉褒貶を離れて客観的事実として受け取られるだろう。そんな気持ちが次第に強くなって来ていた時期に、たまたま鹿地が中国から持って帰ってきた中国在住時代の資料整理に関わることになり、文部省の科学研究費助成金も得ることができた。(5) その一部として、鹿地の魯迅論も集めて整理し、ある程度まとめたが、まだ意に満たないところがあり、発表をためらっていた。最近その一部の目録部分と解題をまとめて発表する機会があって、[6] 資料を読みなおすことにもなったので、この際、彼の文章について整理し、いささかの考えを述べることで、紀要執筆の責めを塞がせていただくことにする。

一　出会い

鹿地亘（一九〇三―八二）が日本を離れて中国に向かったのは、三六年一月一五日だった。[7] 東大独文科在学中からプロレタリア文学運動に参加、三三年、日本プロレタリア作家同盟（ナルプ）の最後の書記長としてその解体を看取った直後に逮捕・起訴され、転向、懲役三年執行猶予五年の判決を受けて出獄したのが三五年一一月、そのわずか二カ月後のことだった。もちろん当時執行猶予中の政治犯に旅行や出国の自由はない。大陸巡業に出かける剣劇の遠山満一座に早見達夫の名で加わっての脱出行だった。

「上海に上陸した日は、大雪であった。ちょうど旧正月のさいちゅうで、……」と鹿地は書いている。[8]『魯迅日記』によると、この頃雪が降ったのは一月二三日（魯迅は「微雪」と書いている）、翌日が旧暦の元旦である。北四川路の歌舞伎座に荷を下ろすのもそこそこに、彼は内山書店に内山完造を訪ねた。

「中国の革命的文化人、左翼作家連盟の人たちの非合法闘争については、かすかに聞き知っていたが、どういうひとがいるのかは、まるで知らなかった。ただ魯迅の名だけはおぼえており、そしてかれが内山書店の主人と昵懇のあいだがらであると聞いていたので、内山書店を訪ね魯迅にあわせてもらおうと思ったわけである。しかし、実をいうと、その内山氏にも、実は一面識もなかった」

正月で店はしまっていたが、裏の千愛里の住宅を訪ねると、内山完造が出てきて話を聞き、とにかく魯迅にその旨通じてみよう、追って返事を知らせる、と言った。

内山に知らされて、旧制七高時代の級友だった同盟通信社の牧内正雄が駆けつけてくれ、牧内の紹介で『上海日報』の政治部主任をしていた日高清磨瑳《せいまさ》を知った。そして頭山一座が帰国した後、日高の好意で、彼の家に世話になることになった。

それから一ヵ月ばかり後、「学生運動で逮捕されて明治大学女子部を追われ、家庭にいたたまれずに家出して、上海に来て中国研究の志をすすめている若い婦人と知り合いにな」り、数カ月後に結婚する。これが池田幸子である。なお最初の夫人河野さくらとは、出獄直後に河野の要求で離婚していた(9)。

二　魯迅との対話

鹿地が魯迅に会ったのは、二月六日だった(10)。

「小雨が降っていた。／約束の時間に私は内山氏を訪ねた。期待に満たされながら私は大きな火鉢のある客室の椅子で、魯迅の風貌を画いていた。魯迅はやってきた。二年前まで日本にいたという評論家の張君もいっしょだった。私は語学に達者な親友の日高君にも来てもらったのだが、内山氏から紹介された私の知人たちはみな日本語が達者だった。私たちのあいさつは簡単だった(11)」

「評論家の張君」というのが胡風のことである(12)。

「店には客がいた。私がいらだつ思いで、すぐに話しかけようとして、ためらいながら店内を見まわしていると、内山氏がそれと察して『自宅の方でお話しになっては』とすぐさま一同を奥に案内した(13)」

胡風にもこの出会いに触れた文章がある。

「ある日魯迅先生が私にいった、『鹿地亘が上海に来て、会いたいといってるそうだが、どうしよう』そこで時間を約束して会った。場所は内山の主人の住宅の客室で、同席者に鹿地が寄寓している新聞記者の日高君もいた[14]」

この時に話されたことについて、胡風は、鹿地が聞きたがっていたのは、中国文壇と文学運動の状況だったが、話は散漫になりがちで、気軽なおしゃべりになった、と書いた後、「現在一つだけ憶えている」こととしてこう記している。

「彼はいった。日本では以前は文化運動に対して残酷ではあったが、政治活動に参加しないと声明さえすれば、保釈で出獄することができた。今では違って、文化運動の面でも唯物論の観点を放棄しなければダメ、彼自身が最初にその標的にされた」

「転向」の問題は、鹿地にとってやはり重大な関心事だったから、「魯迅と語る」のかなりの部分がこの問題に占められている[15]。鹿地の記憶を通していることから生ずる変形を頭に置いた上で、魯迅の談話として資料的価値があると思われるものを拾ってみると、中国の作家たちは今どうしているか、という鹿地の問いに、魯迅は「誰も書いていない。中国の作家は書くことが出来ない。私も殆ど書いていません」と答え、鹿地がやはり圧迫のためか、と尋ねたのにこう答えている。

「それもある。だがそれだけではありません。勿論、作家の生活は不断に脅かされています。何でもないことに……しまう。少し活動していると思うと、政府は作家を……………南京につれて行く。……………………それで、多くの者が転向し、他の者は田舎にこもり、文学雑誌は発行禁止され、文学はまるでなくなった」

鹿地は「日本の作家同盟の解体当時のことを思い出さないわけには行かなかった」と書いている。なお右の文中「……」は原載誌での伏せ字を示す。

「われわれのところでも転向者が続出しました（中略）私たちの一団を日本の文学界では転向派と呼んでいます」

「転向派！」魯迅は軽く笑った。「でも勿論仕事はしている？」

「皆、懸命にやっています。今の情態では社会的な制約はまぬかれないが、文学に対する理解の成熟にともなって、プロレタリア文学の支配的な地位はかえって強固になって来ているようです」

「ああ。中国作家の転向は日本の場合と違う。……日本では政治に関係しなくなることを転向というのでしょう。だから作家は転向しても文学が出来る。中国では、それは出来ない。南京政府のために働くことを転向というのです」

「南京政府のために!」

「そうです。国民党のために」

私は打ちのめされたのを感じて、暫く言葉が継げなかった。やがて、

「……次第にそうなってきます。直接、政治的活動をしなければ許されたのは昔のことです。今では文学の思想をかえることが要求されています。ただ、……………………になれとはまだ言ってない」

鹿地がどういう事実を頭においてプロレタリア文学の支配的地位が強固になっているといったのかはわからない。とにかく胡風が「ただ一つだけ憶えている」といったのは、この鹿地の言葉の最後の部分を指しているのだろう。

魯迅が日本の転向の状況にふれた文章としては、三四年一一月一七日の蕭軍蕭紅あての手紙[16]がよく知られている。

「中野重治の作品は、その一冊以外、中国にはありません。彼も転向しました、日本のすべての左翼作家で、現在転向していないのは、二人(蔵原と宮本)しか残っていません。あなた方は彼らは中国の左翼ほど頑強ではないと思って、きっとびっくりするでしょう。しかし物事は比較して考えることが必要です。彼らのところの圧迫法はまったく組織的で、細かいところまで徹底しており、ドイツ式に精密・周到です。中国がそれに倣えば、状況は変わるでしょう」

蕭軍が、「春さきの風[17]」以外に中野の作品の翻訳があるかを尋ねた手紙への返事である。日本の状況についての魯

迅の深い理解が窺えることについては、すでに指摘されているとおりである。[18] なお『中国の十年』では、鹿地は「蔵原惟人や中野重治の名が魯迅の口から聞かされた時、私の喜びがどんなであったことか！」と書いている。「魯迅と語る」でそのことに触れていないのは、三六年には日本の雑誌で彼らに触れることはタブーだったからだろう。

「魯迅と語る」は、この後話題が中国の転向の状況に移り、穆木天等三人が公表した一種の転向声明「左連彙編」について、魯迅が「すべて虚構」で、「左連に対する卑劣な中傷」だといったこと、さらに「まだ穆木天のもの等は憎めない方だ。私は田漢なぞのやり方が、もっとよくないように思う」といったことが記されている。田漢に対する魯迅の不信は、この文章の前半にも出てくるし、同じ頃に原勝が書いた「一軒隣の魯迅先生」[19]という文章にも、転向者の例として田漢をあげ「林房雄は支那の田漢だ」といったことが記されている。この時期の「転向」をめぐる状況は中国でも複雑で、真偽入り混じった噂が飛び交い、それが左連内部の不信を増幅していた面があり、今日では穆木天にせよ田漢にせよ、関係者からはそれぞれの認識が出されているが、それを本格的に論ずるのは別の機会にするしかない。とくに注目されるのは、瞿秋白についての魯迅の談話である。

「瞿秋白がとらえられて死の直前に書いたという文章が政府の新聞に掲載された。それを日高君は読んでいた。『今となっては人生は夢のようなものである。……そして最後に、魯迅の阿Q正伝と矛盾《ママ》のなんとかとは是非もう一度読みたい。中国の豆腐は世界で一番うまかったと書いてありましたよ』

『そんなことを瞿秋白がいう筈はない』

と魯迅ははっきり打ち消した。確かにその言葉の空疎で虚無的な言いまわしは………のものではなかった。魯迅は再び言った。

「瞿秋白の言葉では決してない。それに、中国の豆腐云々に至っては、それはつまらない模倣だ。清の時代に、金聖嘆という男が獄中で残した手記に、……その味捨てがたし、という言葉がある。国民党の無学な奴等がそれをつくり変えたのでしょう」

瞿秋白の「多余的話」のことである。三五年二月国民党軍に逮捕され六月一八日に処刑された瞿秋白の遺稿として「多余的話」と題する文章は最初『社会新聞』に発表された。[20] 鹿地らとの間で話題になったのは、これだったと思われる。

自分は「歴史の誤解」のために無理をして政治工作をやってきた。死の前夜にさしかかった今、「心の奥の言葉をしゃべり、心の奥の真相を徹底的に暴露しよう。ボルシェヴィキの嫌う小ブルジョア・インテリの自己分析癖を働かさずにはいられない」などの文言があり、全体に自分は一文人に過ぎず、自分のようなものが革命党の指導者の地位についたのは、「悪夢」であった。とするなど、一般の「革命家」のイメージに合わぬところが多いものだったこともあって、当初からその真偽が論議されていた。建国後は、少なくとも国民党の手が加わっていることは確かだ、として、夫人の楊之華を始め、これを瞿秋白の作とすることには否定的な意見が強かった。「文革」に至ると、これを真作とする意見がにわかに支配的になり、瞿秋白は「叛徒」であったとして、その墓が紅衛兵らによって暴かれ、夫人の楊之華も「迫害により死亡」するまでに至った。文革終了後は、瞿秋白の作であると認める見解が多数になり、「それは烈士の革命の大節を損なわないばかりでなく、反対に、まれに見る自己解剖であり、……人びとは作者の魂の深部にある種の本質的なものを比較的はっきり見ることができる」[21] というのが、ほぼ代表的な見解になっている。

「多余的話」のようなものを瞿秋白が書くはずがない、と魯迅が言ったというのは、おそらく事実だろう。「豆腐云々は金聖嘆が獄中で遺した手記にあるのをつくり変えたのだろう、というようなことは、鹿地には、そしてたぶん日高にも言えることではなかったと思われる。

今日の陳鉄健らの見解が正しいとすれば、魯迅の判断は違っていたわけだが、この場合、これは大して重要ではない。『社会新聞』に載った「多余的話」を魯迅が読んだかどうかはっきりしないが、魯迅が全文を読んでいたら違ったことを言っただろうと断言する根拠もない。うまく言えないが、「瞿秋白がそんなことを言うはずがない」というのは、ある意味では、いかにも魯迅らしいことばだ、とも感じられる。魯迅は自分の「瞿秋白像」を語ったのだし、「転向」が相次ぎ、そして『多余的話』が「瞿秋白までが」と受け取られかねない当時の状況の中で、そんなことはない、と先ず反応するのは自然でもあった。

そしてまた瞿秋白が、「悪用」される危険を感じながらも（感じていたという証拠はないが、それをまったく感じなかったはずはない、と考える方が自然だろう）やはりこれを書き残しておきたいと思ったとして、それは「革命家」にまったく許されないことだろうか。かつての中国における（また世界的に見ても）「革命家」像はそれをあるべからざることと考えた。だから文革時には、これは彼を「叛徒」とする証拠になった。しかし、戦後半世紀の世界史の体験、とくに文革の体験は、「完璧な」革命家は世に存在しないこと、そうした「革命家」を信頼し、それを基準に人間を判断することの危うさを中国の人びとに教え、人が矛盾を持ち、それを自覚し分析できることの意味を新たに認めさせたのだと私は思う。それを「後退」と見る人は今でもいるだろう。しかし私はそれを「成熟」と見たい。

「魯迅と語る」は、このあと魯迅が、中国に将来も労働者・農民の文学が生まれるのはむずかしいだろう、それは文字の制約が非常な重荷になっているからだ、まず言語、文字の改良が大きな仕事だ、といったことを記して終わる。この時期、魯迅の談話に、漢字の問題が現れてくるのは、『全集』未収録の「幾個重要問題」[22]にも見られ、魯迅がとくに晩年この問題を強く意識していたことを窺わせる。

三　死直前の魯迅

鹿地は、これ以後、魯迅と改造社の間で進められていた中国の若い作家の作品を日本に紹介する仕事を手伝い[23]、

『野草』の一部や瞿秋白の「魯迅雑感選集序言」等の翻訳をした。

「時々私のところには、ぜひ読んでおく必要のある書物や雑誌がとどけられ私の翻訳には細かく目を通した校正の細字が返された。時には、『面白いものではないが、訳したら金にはなるでしょう』という優しい言葉を添えられた雑誌も送ってくれた」と鹿地は書き、「魯迅先生は人のために何かする時は決して気配にみせない。秘かにわからないようにする。あの時（初対面の時を指す）、先生は君のためには心配していた。君の生活のことも考えていた」という胡風のことばも記している。[24]

鹿地の「魯迅の回憶」[25]「魯迅と私」には、六月、八月に魯迅を訪問したときのことも書かれているが、とくに注目されるほどの記述はない。興味深いのは、魯迅が死の二日前、鹿地夫妻の寓居を訪れた時のことが、比較的詳しく記されていることである。この時のことは、鹿地自身のほか、池田幸子も書いている。[26]それらをまとめるとほぼこういうことになる。

十月十七日、朝から胡風が鹿地の寓居にきて、二人で魯迅の雑感の翻訳をしていたが、疑問のところが出てきたので、昼過ぎ、胡風が魯迅のところへ聞きに行った（鹿地のいたダラッチ路から大陸新邨までは一キロにも満たない距離である）。池田は「先生の処へなら、『中流』もらって来てね」といった。（九月五日に創刊されたこの半月刊雑誌は、この時までに三号が出ており、魯迅は二号に「死」を、三号に「女弔」を書いている）鹿地はまだ「死」を読んでいなかった、という。胡風は一時間足らずでもどってきたが、その後ろに魯迅がついて来た。あわててキャンバス製の長椅子をすすめる鹿地に魯迅は「それは危なそうだから…」と、自分で固い木の椅子を引き寄せて座り、「これは、日本のお友達に送ってあげて下さい」といって、『中流』と英文の『Voice of china』それに縮刷の『ケーテ・コルヴィッツ版画選集』二冊をテーブルに置いた。

「今度は、女の首吊りのことを書きました」魯迅は顔中を皺にして笑った、と池田は書いている。

「先生、先月は『死』、今度は『首吊り』、次はいったい何をお書きになるつもり。いやだなあー」魯迅は笑って答えず、

「日本にも首のない幽霊（鬼）がありますか」と尋ねた。

「首のない幽霊は聞いたことがありません――足は有りませんが」

「支那の幽霊にも足がない。大抵どこの国のも、足はないようですねー」

ここから話は古今東西の文学に出てくる幽霊の話になった。「幽霊というものが、こうも面白おかしく話されるのは聞いたことがなかった」と池田は書いている。また魯迅はこうもいった。

「一層すごみのあるのは日本の幽霊です。芝居にある、何とか言った？……そうそう牡丹灯籠……それからお岩、僕、仙台にいた時よく八銭で立ち見に往った。でもお岩は汚ないから困る」

気楽な雑談といえばそうには違いないが、「女弔」や「無常」やさらに「阿Q正伝」等に見られる魯迅の「鬼」に対する関心を考えると、魯迅が死の二日前にこんなことを話していたという事実には、注意しておいてよいだろう。(27)

四 『大魯迅全集』と鹿地亘

魯迅の死の翌年、改造社から『大魯迅全集』が出る。胡風「関於鹿地亘」（注14前出）は、鹿地は中国に着いた当初から魯迅の雑感の選集を出したいと考えていて、改造社から出す計画になっていたが、魯迅の死によって改造社が計画を急遽拡大し、『大魯迅全集』を出すことにしたのだ、と書いている。

『大魯迅全集』で鹿地が担当したのは、「野草」（二巻）、「随筆・雑感集」（三・四・五巻、うち四巻は日高清磨瑳と共訳）、「日記（抄）」（七巻）の翻訳と、「野草」「日記（抄）」「書簡（抄）」の解題および「伝記」（七巻）の執筆だった。

鹿地は、蕭軍「羊」以下の翻訳について、

「魯迅が選択し、私が翻訳する……といっても、実は私には中国文がよく読めなかったので、日高清磨瑳が協力し、それを一年生の手引きをするように、魯迅がみてくれるのであった。（中略）その最初の原稿が私の手もとにもどって来たとき、私ははっと心をうたれざるを得なかった。丹念至極な正誤表がつけられてある。小さい紙片に毛筆で実に注意深い説明が加えてある。聞けば、そのため魯迅はまる一晩を徹夜してくれたということだった」

といい、魯迅の健康がそれを続けることを許さなくなってからは、

「それ以来、胡風が私の直接の教師になった。彼はわざわざ遠くフランス租界の住いから、一週のうち二日もやって来てくれて、丹念に、一行もおろそかにせず、私との読み合わせをやってくれた」(28)と書いている。

先に引いた一〇月一七日についての鹿地、池田の記述からみて、それは魯迅の雑感の翻訳の時まで続いていたのだろう。翻訳した「随筆・雑感集」のうち、四巻だけが日高清磨瑳と共訳になっている事情はわからないが、右のような仕事のやり方でやった結果、日高の援助はいらなくなった、ということだろうか。翻訳はまだ詳細に検討してはいないが、少なくともまったく中国語を知らないで中国にわたってから一年あまりとは思えない出来である。

『大魯迅全集』各巻の「解題」は、今日の用語法でいうと、むしろ「解説」に近い。だいたいそれぞれの訳者が書いているが、三、四、五巻「随筆・雑感」の解説は胡風が書いている。

鹿地の「野草」解題は、まず「野草英訳本の序」を引用した後、「野草」の背景にあるのは、「中国が革命と動乱に満たされ」、「日に変化している時代」であり、この後やがて魯迅らは「階級論に確乎たる思想的基礎を持つ革命文学運動を組織するにいたる」。「野草はその転換の前夜、いわばその準備期」の産物である、という。

「全篇を貫く一つの沈鬱な暗い思想がある。……日本の文人学士は、好んでこれを『東洋的虚無』……という。

だが魯迅の暗さには、彼が極力蔑棄してきたところの『東洋的虚無』の思想的停滞はない。暗さとともに全編を一

貫して沁み出ているものは、進歩への激しい情熱である。……彼の虚無と見えるもの、東洋的暗さと見えるものは、実は本質的には常に彼の進歩への激情の裏返しにされた面に外ならなかった」

「『野草』は、まさしく民族革命の、そして魯迅の転変を劃する前の苦悶を象徴するところの、随って激情と絶望感との複雑に織りなされた小品集である(29)」

「野草」各篇の具体的な分析がないことは仕方がないとしても、「野草」の「絶望」「虚無感」を乗り越える「希望」「進歩への激情」を強調するにとどまって、この矛盾する両側面がどうからみあい、それが全体として魯迅の中でどういう運動を生みだしたか、という視点がないのが不満といえば不満だが、この時点での鹿地にそれを求めるのはないものねだりというものだろう。日本における最初の「野草」全訳、最初の「野草」論であることを考慮にいれれば、この頃までに書かれたいくつかの魯迅論にけっして見劣りしない、というべきである。

「書簡(抄)」「日記(抄)」の「解題」は、それぞれ数行のもので、内容にも、今日ではとくに注目すべきものはない。

「伝記」も、戦後に『魯迅評伝』(注24前掲)に収められた。『大魯迅全集』七巻のものと比べてみると、「6上海にて」に多少の字句上の改訂があり、とくに三一年以降の左連の運動を総括的に述べた、『大魯迅全集』では一ページ弱の部分が、『魯迅評伝』ではそっくり書き直されて二ページ弱になっているし、『大魯迅全集』では左連が政治行動や大衆宣伝に偏っていたことが、かなり具体的に書かれていたのが、『魯迅評伝』では、表現が抽象的になっている。他に目を引く例をあげると、創造社・太陽社等の「機械論に対して(魯迅が)ソヴェートの文芸政策、プレハーノフ、ルナチャルスキー等の諸論文、ファジェエフの『壊滅』、ヤコブレフの『十月』等をみづから翻訳・紹介し……」と書いていたところから、『魯迅評伝』ではプレハーノフの名が落ちている。同様の例は、三七年八月、盧溝橋の戦火が上海に拡大するきっかけとなった、竜華の飛行場で日本の将校が射殺されたというニュースについて、『中国の十年』では、胡風からの電話で知った、と書いていたのが、七四年の『上海戦役のなか』[30]では「中共からの使い」から聞いたとされていることにも見られる。本稿の冒頭で鹿地の仕事の欠点として触れたのはこういうことである。

しかしこの種のものは、本稿に関する範囲では他にはあまりない。冒頭にも書いたように、三二年に書かれた増田渉の「魯迅伝」が、当然のことながら、三一年の「左連五烈士」処刑のことで終わっているのに対して、鹿地の「伝記」は、ともかく魯迅の全生涯を述べた最初の伝記と呼ばれる資格はあるはずである。

しかし、残念ながら、この伝記、通読してもどうも印象が薄い。何か筆が滑っている、いわばこくがない。重要な事実はほぼ書かれているし、大きな間違いもない。だがいわば平板な辞典の文章を読んでいるような感じなのである。

同情すべき条件もあった。『魯迅評伝』所収の「伝記」の末尾には、「一九三七年六月、上海にて」と記されているが、『大魯迅全集』第七巻の奥付には三七年六月一六日印刷、同二〇日発行とある。他の巻を見ても、たとえば五巻の胡風の解題末尾には「八月五日上海にて」とあり、八月一七日印刷、二一日発行である。改造社の突貫作業には驚くばかりだが、とにかく、鹿地は三月発行の三巻「随筆・雑感」、四月発行の二巻「野草」、五月発行の四巻「随筆・雑感」、六月発行の七巻に「伝記」その他、八月発行の「随筆・雑感」と、翻訳、解題、伝記とりまぜて、半年余の間に『大魯迅全集』で約一五〇〇ページ分、四〇〇字原稿用紙にして約二四〇〇枚の仕事をしている。「伝記」の筆が滑っている、何か薄い、こくがない、と感じさせるのは、やむを得なかったかも知れない。

「伝記」は、魯迅の死の直前に、文学界における抗日統一戦線のあり方をめぐって展開された、いわゆる「国防文学論戦」について、やや詳しく述べている。その現場での見聞として興味あるものもあるが、ここではこれ以上ふれない。この論争およびその背後の事情については、今日では当事者の回想、証言その他新しい史料が大量に出て来ており、研究も進んでいる。鹿地の見聞や感想だけを取り上げてみてもあまり意味がなく、論争の全体像と合わせて考えないと、この時点における鹿地の観察の意味も、その弱点も、正確に理解することはできないと考えるからである。

すでに約束の日も枚数も超過しており、それらはすべて別の機会にゆずることにしたい。

注

（1）『大魯迅全集』全七巻　一九三七年二月―八月　改造社。鹿地は二巻の「野草」の翻訳と解題、三、四、五巻「随筆・雑感集」の翻訳（解題は胡風、四巻は日高清磨瑳と共訳）、七巻「日記」の翻訳と「伝記」を担当。

（2）増田渉「魯迅伝」『改造』三二年四月。のち冒頭の約二ページ半を削除し、多少の修正を加えて佐藤春夫・増田渉訳『魯迅選集』三五年六月　岩波文庫所収。

（3）小田嶽夫『魯迅伝』一九四一年三月　筑摩書房。戦後『魯迅の生涯』と改題、加筆して鎌倉文庫から（一九四九）、のち再び『魯迅伝』にもどして乾元社から（一九五三）、さらに補遺を加えて大和書房から（一九六六）、それぞれ新版されている。ここでとくに小田の『魯迅伝』をあげているのは、それが、単行本としては世界最初の『魯迅伝』だからである。

（4）拙稿「日本における魯迅」伊藤虎丸、祖父江昭二、丸山昇編『近代文学における中国と日本』八六年一〇月、汲古書院。

（5）一九八九―九一年度「鹿地亘資料から見た抗日戦期中国文学の問題点の研究」。

（6）拙稿「反戦同盟以前の鹿地亘――上海―香港―武漢」『日本人民反戦運動資料・別巻』一九五五年一二月　不二出版。

（7）鹿地亘『中国の十年』一九四八年三月　時事通信社、三ページ。なお以下関連する拙稿をいちいち参照していただく煩を避けるために、注（6）所掲の拙稿その他に書いたものを、最低限必要な限りで重複して述べる場合がある。

（8）『中国の十年』一八ページ。以下上海に落ち着くまでの叙述はほぼこれによる。

（9）『中国の十年』六ページ。

（10）鹿地亘「魯迅と語る」『文芸』三六年五月、一一八ページ。なお『中国の十年』では「魯迅に会ったのは、それから数日後のことだった」とだけ書き、『自伝的な文学史』（五九年一一月　三一書房）二三二ページでは、「魯迅が病気をおして会いにきてくれたのは二月一一日だった」と書いている。後者の記述の根拠はわからないが、当時の記述（執筆は二月一六日）の方が信頼できるとするのが常識だろう。

（11）注（10）に同じ。

（12）胡風。本名張光人（一九〇二―八五）湖北省出身。二九年秋来日、三一年四月慶応大英文科に入学、プロレタリア文学に触れて、プロレタリア科学研究所芸術部会に参加し、平野謙、本多秋五らと知り合う。三三年三月、留学生の抗日運動に対する取り締まりで逮捕され、七月強制送還されて上海にもどった。地下で活動していた共産党員文学者周揚、夏衍らと対立し、スパイの疑いもかけられたが、魯迅がその率直な人がらを愛してかばったことはよく知られている。抗戦中から建国後にかけて、左翼文学主流と違った文学理論のために何度か批判されていたが、五五年毛沢東によって直接「反革命分子」と非難され、逮捕投獄された。この「胡風事件」は多数の連座者も出し、建国後の代表的冤罪事件とされる。八〇年九月に至ってようやく名誉回復された。胡風事件について詳しくは拙著『「文化大革命に到る道」――思想政策と知識人群像――』（01・岩波書店）を参照願いたい。

（13）『中国の十年』一二二ページ。

（14）胡風「関於鹿地亘」『七月』九期（三八・二・一六）。なお「魯迅と語る」の中に引かれている胡風の言葉では胡風は「魯迅さん」といっている。胡風の感覚では、「魯迅先生」は日本語の「魯迅さん」にあたるものだったらしい。それを忠実に生かそうと思えば、「関於鹿地亘」中の「魯迅先生」も「魯迅さん」とすべきかも知れないが、ここでは通用にしたがっておく。

（15）鹿地自身の転向とそれに至る文学運動内部の問題について、彼は前掲注（10）『自伝的な文学史』第十章「後日からみて」でかなり詳しく述べている。

（16）『魯迅全集』一二巻　八一年　人民文学出版社　五六六ページ。なおこの「蔵原と宮本」について、同『全集』は、蔵原惟人と宮本百合子のことという注をつけているが、学習研究社の日本訳『魯迅全集』では、蔵原惟人と宮本顕治と改めている。中条百合子が正式に籍をいれて宮本百合子となったのは三四年一二月、著作にもそう署名するのは、三五年以降である。

（17）中国訳『初春的風（日本新写実派作品集）』沈端先（夏衍）訳。二九年九月　上海大江書局。この本は数人の作家の作品集で、中野の作品は一篇である（賈植芳他編『中国現代文学総書目』九三年一二月　福建教育出版社）。実は、中野の作品の中国語訳は、このほかに、『中野重治集』（尹庚訳、三四年三月　上海現代書局。鉄の話、春さきの風、砂糖の話など五編を収める）がある。蕭軍『魯迅給蕭軍蕭紅信簡注釈録』（八六年六月　黒竜江人民出版社）五二ページでは、読んだ本は題名は同じ「初春的風」だが、中野の短編集とし、しかも印象の強かったものとして、「糖」という作品のあらすじを書き添えている。内容から見て、「砂糖の話」（『改造』三〇年二月）に違いないと思われるが、蕭軍がその後読んだ『中野重治集』の記憶が混入したものと思われる。

（18）代表的なものとしては、竹内好「魯迅と日本文学」『世界評論』四八年六月。のち「文化移入の方法（日本文学と中国文学二）」等と改題して各種評論集に収め、『竹内好全集』（筑摩書房）では第四巻（八〇年一一月）所収。

（19）原勝「一軒隣の魯迅先生」『日本評論』三六年四月。

（20）陳鉄健『瞿秋白伝』八六年五月　上海人民出版社　四八四ページ注一による。それによれば、『社会新聞』は国民党特務機関「中統」の手になるもので、その一二巻六、七、八期（三五年八、九月出版）に出たのが、「多余的話」の最初の公表であり、のち三七年三月五日から四月五日にかけて出版された『逸経』半月刊二五、二六、二七期に全文（一部削除あり）が発表された。中国内外で話題になったのは、主にこれであった。

（21）陳鉄健「重評《多余的話》」丁景唐・陳鉄健他『瞿秋白研究文選』八四年九月　天津人民出版社　一六九ページ。また同氏「《多余的話》的両段佚文」（同書所収　一八九ページ）によると、陳氏は檔案部門に保存されていた「手抄本」を見たといい、当時瞿秋白の拘留にあたっていた人物の、「多余的話」のオリジナル原稿は上部には送らず、二部複本を作ってそれを送り、原稿は瞿秋白の要求にしたがって彼の某地の親友に送った、という言葉を紹介し、自分（陳鉄健）が見たのは、上部に送った二部の中のどちらかだろう、と書いている。筆跡については、彼は何もいっていないが、自筆ではない可能性が大きい。また丁玲も同様の見解に立っている。（「我所認識的瞿秋白同志」『丁玲散文集』八〇・一一　人民文学出版社　二五七頁以下）

（22）『救亡情報』三六年五月三〇日原載。『夜鶯』一巻四期等に転載。この文章についての私の理解は、拙稿「魯迅の談話筆記『幾個重要問題』について」（《東方学会創立五〇年記念論集》未刊、所収）に書いた。本書Ⅰ－10。

（23）蕭軍「羊」以下、彭柏山、周文、欧陽山、艾蕪、沙汀。詳細は前掲注（6）拙稿「反戦同盟以前の鹿地亘」参照。

（24）「魯迅と私」『中央公論』三六年一二月。中国訳は『作家』二巻二号（一一・一五）中国訳者名は不明。のち鹿地亘『魯迅評伝』四八年四月　日本民主主義文化同盟、所収。

（25）「魯迅の回憶」（一〇・二三作）『上海』一六三号、中国訳は雨田訳「魯迅的回想」『訳文』二巻…三期。これものち『魯迅評伝』所収。

（26）池田幸子「最後の日の魯迅」『文芸』三六年一二月。中国訳は「最後一天的魯迅」『作家』二巻二期（一一月一五日）。中国訳者名は不明。

（27）「女弔」は『且介亭雑文末篇』、『全集』第六巻所収。「無常」は二六年六月二三日作、『朝花夕拾』『全集』第二巻所収。「阿Q正伝」と中国の民俗における「鬼」との関係については、丸尾常喜『魯迅「人」「鬼」の葛藤』九三年一二月　岩波書店、参照。

（28）『中国の十年』二七ページ。

（29）『大魯迅全集』第三巻、四三三－四三四ページ。

（30）『上海戦役のなか』七四年一一月　東邦出版社　一〇。（一九九五年一二月）

魯迅の談話筆記「幾個重要問題」について

まえがき

一九三六年五月三〇日、魯迅のインタビュー記事が『救亡情報』の四期（五卅特刊）に載った[1]。彼の死の四カ月半前である。タイトルは「魯迅訪問記」で、筆者は「芬君」だった。この文章は広く注目を集めて多数の紙誌に転載されたほか[2]、『魯迅先生紀念集』[3]、『魯迅全集補遺』[4]にも収められた。「幾個重要問題」というのは、それらのうち、『夜鶯』一巻四期に転載されたときの題名だが、その後『魯迅全集補遺』にもこれが収められ、また題名として簡明であることもあって、この名が比較的通用している。本稿でも、各紙誌に掲載されたこの文章の総称としてこれを用いることにする。

この「幾個重要問題」は五八年に刊行された『魯迅全集』全一〇巻には収められなかった。その理由については、馮雪峰が、「私が魯迅先生に会いに行ったとき、彼はテーブルの上からこの『救亡情報』を取り上げて、『ほら、全然私の言葉じゃない、記者自身の言葉だ』といった。今ぼんやり憶えているところでは、あの訪問記中の魯迅先生の言葉は魯迅先生の口ぶりではなく、大半が一般的道理だった。今考えるのだが、鄧潔も魯迅先生の重要な言葉を記録しなかったのかも知れない」といい、それで魯迅が自分の集に収めなかったのだろう、また『魯迅全集』が収めなかっ

たのは、魯迅自身が収めなかったからだろう」と述べた。(5)

しかしその後、北京大学の厳家炎教授が、この文章が魯迅自身の校閲を経ていること、内容にも魯迅自身の当時の文章と一致するところが多いことなどから魯迅自身の談話と考えていいと指摘し、(6)さらにそれが契機となって、「訪問記」の筆者が名乗り出て前後の経緯を明らかにする、(7)といったいきさつがあった。

私も、以前この文章と以上のいきさつに触れ、これを魯迅自身の談話と考えてよいという厳教授の見解に基本的に賛成した上で、この文章をどう読みとるかについての、若干の異見を述べたことがある。(8)前稿は、魯迅晩年の考え方、とくに馮雪峰と魯迅との微妙な、しかしある意味では重要な意味を持つかも知れぬ違いを考えることに重点があり、この文章自体の検討は、論の中心ではなかった。本稿はそれらの内容をとくに大きく出るものではないが、この文章について、もう一度検討を加え、再確認すべきことを再確認するとともに、その位置づけについて整理しておこう、とするものである。

一　筆者陸詒について

筆者「芬君」については、長く不明のままになっており、馮雪峰が談話で「鄧潔」としていたのも誤りだった。厳家炎氏は、かつてこの筆者に擬せられたことのある董秋芬・鄧潔の二人について、それがありえないことを論証した上で、筆者が誰であるかは疑問として残したが、筆者自身が事実を語っている現在では、厳教授の見解をたどりなおす必要はあるまい。

筆者陸詒《りくい》について、私は手元の辞書(9)以上の知識を持たないが、上海の人で一九一一年生まれ。三〇年上海の私立民治新聞学院で、当時『新聞報』の副総編集で同紙の各種の副刊の主編だった厳独鶴に編集を教わった。翌三一年「九・

一八」の前夜に「新聞報館」に入社したのも、厳独鶴との縁だったかも知れない。『新聞報』は、張恨水の「啼笑姻縁」を掲載したのがあたって発行部数を飛躍的に伸ばしたことで知られる新聞である。(10) 三三年には、蔡元培・宋慶齢等が国民党の弾圧に反対して作った「中国民権保障同盟」に参加した。三五年の「一二・九」運動後、上海文化界救国会が成立、彼も『新聞報』記者のまま、それに参加した。新聞界から同時に参加したものに、建国後上海の『解放日報』社長兼総編輯をつとめた惲逸群がいた。前掲の五つの救国会が連合して『救亡情報』を出そうということになった時、文化界救国会で宣伝と組織の実際工作を担当していた銭峻瑞《せんしゅんずい》・徐雪寒からの話で、陸詒と惲逸群《うんいつぐん》の二人が編集委員に加わることになった。実際の仕事にあたったのは、準備から創刊まで、銭峻瑞、徐雪寒、呉大琨《ごだいこん》、柳乃夫《りゅうだいふ》、劉群、惲逸群それに陸詒の僅か七人で、経費調達と発行業務は徐雪寒、編集校正は劉群、惲逸群は「写写文章、提供消息」を、陸詒は取材、報道を担当した。それぞれの仕事がどう違うかはっきりしない点もあるが、当時の状況の中では、整然とした任務分担が出来あがっているはずもなかったろう。定まったオフィスもなく、専任の職員もいない、仕事の打合わせも喫茶店か友人の家で済ませて、すぐ仕事に散った、という。

『救亡情報』が正式に創刊されたのは三六年五月六日、第一期は五月一七日に出ている。(11) 陸詒は、創刊号に何香凝《かこうぎょう》の、二期に李杜《りと》将軍の、それぞれインタビューを書いている。何香凝は廖仲愷《りょうちゅうがい》夫人、ずっと国民党左派として活動、二九年出国したが三一年の「九・一八」(「満州事変」)後に帰国、以来抗日民主運動に尽力した。建国後も全国政治協商会議副主席、人民代表大会常務委員会副委員長などを歴任、七二年病死した。最後に『救亡情報』のために揮毫をもとめると「求民族生存、必須打倒帝国主義」と書き、紙上を飾った。(12)

　李杜将軍は、一八八〇年生まれ。清末からの軍人で、三二年吉林自衛軍総司令として日本軍に対する抵抗を続け、三三年ソ連領内に退いた後帰国して蔣介石と面談、東北義勇軍の組織を要求して拒否された人物。三六年当時は、上海で抗日連軍総司令に就任、東北に帰って抗日することを意図していた。建国後は全国および四川省政協委員等。五六年没。

何香凝・李杜の訪問記には、ともに「静芬」の署名を用いた。

二　当日の訪問について

インタビューの日付について、陸詒は五月中旬とだけ記し、正確な日付は忘れた、と書いているが、厳氏はこの原稿が元来は二三日発行の第三期に発表される予定であったことと、文中で触れられている魯迅の健康状態とから、五月一二日以降二〇日以前と推定し、さらに「訪問記」に当日「細雨霏霏」とあるのと『魯迅日記』の記載から、五月一八日に疑いない、としている。妥当な判断であろう。

魯迅には事前に、主として当面の抗日救亡運動と文化界における連合戦線を組織する問題についての見方を尋ねたいという目的が、徐雪寒を通じて連絡してあった。このテーマは、徐・劉群・陸詒の間で話し合われたものだった。当日、陸詒は徐雪寒の紹介状を持ち、暗号としてその日の『申報』を手に持って会見場所の内山書店に行った。注(2)に記したように、現在我々が普通に利用し易いのは、魯迅の談話の部分だけを抜き出した形のものだが、そこで省略されている記者の記述の部分には、「約束した場所に着いてみると、彼はそこに座って、もう一五分以上も待っていた。会うとすぐ、私は恐縮して、電車を待っていて遅れたとお詫びを述べた」とある。(13)

インタビューは順調に進行し、陸詒は帰ると一気呵成に原稿を書き上げ、その晩のうちに劉群にわたした。署名はどうする、と聞かれて、いつもの「静芬」で、というと、彼は激しく首をふり、「ダメだ、今度は筆名を換えなくては」といった。「そこで私はあまり考えず原稿の最後に『芬君』と署名した」という。当時の記者の習慣として、原稿を書き上げ、編集係にわたせばそれで終わり、本人に校閲を求めるかどうか、それをいつ発表するかなどはすべて編集担当者の仕事で、記者はいっさい関わらなかった。「この原稿を誰が魯迅先生に届けて校閲を頼んだか、私は尋ねたことがないし、彼らもその後私にむかってその件を話題にはしなかった。同年五月三〇日に発行された『救亡情報』第四期にこの訪問記が発表されたが、手はあまり加えられていなかった」と陸詒は書いている。しかし、すでに厳家炎氏が指摘しておられるように、『救亡情報』第三期の「編後記」に、魯迅先生が病気のため訪問記を自ら校閲することができないので、慎重を記し、予定を変更して第四期に発表することにする、とあり、第四期に掲載されたこの訪問記の末尾には、「この文章は、浄書を終えた後、魯迅先生ご自身の校閲を経た」とあるからには、少なくとも一応はこれを魯迅の校閲を経たものとするところから出発すべきであろう。(14)

三 「幾個重要問題」の検討

「幾個重要問題」は、一 学生救亡運動、二 関于連合戦線、三 目前所需要的文学、四 新文字運動の四節に分かれ、『夜鶯』では、B5判雑誌二段組みの見開き二ページを使い、一節が一段半弱、後の三節は多少の長短はあるがほぼ半段強、を占めている。

「一 学生救亡運動」は、いわゆる「一二・九」運動以後、全国的に燃え上がった学生運動についての感想だが、魯迅らしさははっきり出ていない。「(学生運動が)全国に、さらには現在暗黒と光明の交差点を徘徊しつつある全世界にさえ影響を与えるのは難しくない」「だが欠点と誤りはもちろんある。彼らが今後の血の闘争の過程で、苦しみにたえて克服して行くことを希望する」などの表現に魯迅らしさがあるといえばいえる感じもするが、断定はできない。四節のうちではもっとも特徴が少ない節、といっていいだろう。

「二 関于連合戦線」は、表現の細部はともかく、内容としては、厳氏もいうように、これ以前の二、三年の主張と重なる点が多く、魯迅の談話をかなり正確に伝えていると思われる。

「（連合戦線は当然必要だといった後で）しかし私はいつも考えるのだが、民族解放闘争という連合戦線において、あの狭義の正しくない（不正確的）国民主義者、とりわけくるくる変わる投機主義者には、その考えを改めてくれるように希望する。なぜならいわゆる民族解放闘争には、戦略の運用からいって、岳飛・文天祥のものもあれば、もっとも正確な、もっとも現代的なものもある、我々が現在採用すべきなのは、前者なのだろうか、それとも後者なのだろうか。この点を、我々はとくに重視せざるを得ない。戦闘の過程では、戦略においてもあるいはいかなる面においても、いささかの粗略もあってはならない。なぜならたとえ小さな粗略でも、針の先ほど（毫厘）の誤りでも、戦闘全体の敗北の源になるからである」

岳飛・文天祥等を無批判に讃える傾向への反発、さらにはその流れに呑み込まれることへの警戒は、厳教授もいうように、三五、六年の魯迅の文章にしばしば見られるものである。またそれが単に保守の側から出ているだけでなく、蕭三《しょうさん》がモスクワから左翼作家連盟あてに書いた左連の解散とより広い統一戦線を勧告した手紙にも、「もっと民族の救国英雄、たとえば東北義勇軍の事実を描き、岳飛、文天祥、史可法……を復活させ、秦檜《しんかい》、呉三桂、袁世凱を痛罵して、革命民族戦争時代の革命民族文学たらしめる」[15]ことの提唱などがあったことも、すでに厳氏が指摘されているところで、それらが複合して魯迅の危惧をより強めさせていただろう。

これを魯迅が「プロレタリアートの指導権」の問題を提起していたと位置づけるよりは、「中国歴史の負の遺産についての魯迅の認識を、あるいはすでに気質にまでなっていた執念」[16]を示すものとしてとらえる方が、魯迅の実際に近いのではないか、というのが私の考えだ、ということはすでに書いたし、さらに二〇年代中期以降の文化界の傾向全体に、魯迅が反発と「寂寞」を感じていた面についても、別の論文に書いた[17]。

「三　目前所需要的文学」は、私がとくに魯迅独自の発想を伝えている、と考える部分である。

「私は文学で革命を援助することを主張するが、いたずらに空論高説を唱え、『革命』という輝かしい名詞によって、自分の文学作品をもちあげる（擡高）ことは主張しない。現在わが中国は、『八月の郷村』『生死場』などのような、民族の危機を反映し戦いを激励する文学作品をもっとも必要としているが、私はまだまだ足りないと思う」

とくに前半は、まさに魯迅らしい発言である。魯迅は二〇年代末から三〇年代初頭にかけての「革命文学論争」の中で、文学を「階級闘争」と関係ないものとする梁実秋に反対しつつこう書いた。

「中国ではスローガンだけがあってそれにともなう実証がないのは、私の考えでは、病根は『文芸を階級闘争の武器にする』ところにはなく、『階級闘争を文芸の武器とする』ところにある。『無産者文学』という旗の下に、にわかにとんぼ帰りをした少なからぬ人間が集まった。去年の新書広告を見れば、革命文学ではないものはほとんど一冊としてなく、批評家はまた弁護することを『清算』だと思っている。つまり、文学を『階級闘争』の庇護の下に鎮座させる、それで文学にも闘争にも関わりが少なくなったのである。（後略[18]）」

政治にコミットする文学にすぐれた実作が出ないのは、それが闘争の武器とされているからだ、という、当時だけでなくその後を通じての代表的な批判の論理に対して、政治性の否定自体が逆の意味で政治的性格を持つことや、批判者の「階級性」を指摘することで応えるのが大方の傾向であった中で、これは目のさめるばかりに新鮮な、しかももっとも本質をついた発想ではないだろうか。

「中国においては、昨年の革命文学者は一昨年とはかなり違うものになりました。これはもちろん境遇が変わったためですが、『革命文学者』自身の中にも、何かにつけて発病しがちな病根が潜んでいるのです。『革命』と『文学』が、つかず離れず、まるで寄り添った二隻の船のようで、作者はそれぞれの船の上にそれぞれ片足を置いているのです。環境が比較的よいときには、作者は革命という船の方の足に体重をかける、明らかに革命者です。革命が圧迫されると、文学の船の方の足に体重をかける、彼はただの文学者になってしまうのです[19]」

これは直接には文学者の変わり身をいっているのだが、作品に対する価値基準の使い分けで自分あるいは仲間の作品を持ち上げることと、態度の根本において通ずるものがあるのはたしかだろう。

魯迅のこの発想は、「革命文学論争」中に同様なものがなかっただけでなく、その後を含めて、左翼文学の中であまり見ることのできなかった発想だった。その意味で、これはこの文章が、魯迅の談話をかなり正確に伝えていると判断する有力な根拠たり得るものである。

「四　新文字運動」　談話の三の後半は、必要とされている文学作品が少ないのは、中国青年の文学的素養が乏しいこともあるが、最大の要因はやはり漢字が難しすぎ、一般大衆が生々しい体験を持ちながらそれを書けないからだ、というところに移って、「新文字」の問題になる。「訪問記」では、この節の冒頭に「話題が一転して漢字のことになると、彼の態度には非常な憤慨と興奮が見られた。彼は断固たる語調で私に告げた」という筆者の文章があった後、魯迅の談話につながる。

「漢字が滅びなければ、中国は必ず滅びる。なぜなら漢字の難しさは、全中国の多数の人民を永遠に進歩的文化から隔離し、中国の人民が聡明になって自身が受けている圧迫と搾取、全民族の危機を理解する可能性を失わせているからである。私は自分が漢字に深刻な苦痛を受けた人間である。だから私は新文字をもって大衆の進歩の障害となっている漢字に代えることを断固として主張する（後略）」

「新文字」とは、直接には「拉丁《ラテン》化新文字」すなわち、瞿秋白等がソ連で考案したものをもとに、ソ連在留中だった呉玉章・林伯渠・蕭三やロシアの言語学者ドラゴノフ等による改良が加えられて、三一年九月ウラジオストックで開かれた中国新文字第一次代表大会で議決された中国語のアルファベット表記法を指す。中国でもこれに先立って「国語ローマ字」が、注音字母に次ぐ国音字母の第二式として定められている[20]。これと「ラテン化新文字」との優劣、どちらを選択するかという問題もあり、魯迅は他の文章では、「新文字」を支持する理由を述べているが[21]、ここでは、問題の中心はあくまでも漢字に対する批判にある。

「漢字が滅びなければ、中国は必ず滅びる（漢字不滅、中国必亡）」この言葉は、魯迅の漢字否定の言葉として広く知られているが、その割に出処が知られていず、私も人に聞かれたことが何度かある。その原因もこの文章が全集に収められていないところにあったのだろう。魯迅の「新文字」ないし漢字に対する強烈な批判の文章は、主なものだけでも数篇あるが[22]、この言葉に劣らぬ激しさを持ったものだけあげても、「中国人がこの世界に生存しようとするなら、……すべては人々の実際的な智力が頼りであることは、明々白々である。だとすれば、生存のためには先ず智力の伝播を阻害する結核―非口語文と四角い漢字を除去しなければならない。もし人々を旧文字のために犠牲にしたいのでなければ、旧文字を犠牲にしなければならない」（「中国語文的新生」）「四角い漢字はまったく愚民政策の利器である」（「関于新文字」）などがある。

「文化大革命」を経て、「極左」に懲りた中国人の中では、「文字改革」の熱意もまったくさめたように見える。日本でもワープロの普及によって漢字学習の困難は過去のものとなったかに見え、若い世代のなかにさえ、ある種の漢字ブームが起こっているのもたしからしい。その現在から見ると、魯迅のこれらの言論はあまりに「過激」で、歴史の進行を見誤ったものにも見える。私は、もっと長い尺度でみれば、結論はまだ出ていないのではないか、少なくとも中国十二億余の中における文盲のパーセンテイジが問題にならなくなる日までは、漢字が社会の文化の進歩にたいして貴重な遺産であるか、それとも重荷であるかの結論は出ないのではないか、と思うものだが、その問題はここでの主題ではない。

これらの表現に示されている民族的危機感、民衆を文化的貧困状況に置いている当時の支配層およびその現状に何の痛みも感じないでいる一部の知識人に対する憂慮と怒り、そしてそれらと一体になった漢字に対する強烈な批判は、やはり魯迅のもの以外ではない。その意味で、この節もこの「談話」が魯迅の思考をかなり正確に伝えていると認定する根拠となり得るであろう。
だとすれば、魯迅の晩年を考えるとき、談話筆記であるこの文章を『全集』に収めなかったことには根拠があることも認めた上で、なおこの文章の持つ意味は小さくない。「トロツキー派への手紙」「現在の我々の文学運動について」が、馮雪峰によって書かれ、魯迅が見たのは発表後であったことが馮雪峰自身によって確認されている現在では[23]、「幾個重要問題」も、少なくとも右の二編に劣らぬ意味を持つはずである。

以上見てきて、周辺の事実が多少増えた以外、前稿からあまり発展がないことは認めざるを得ないが、許された枚数もほぼなくなった。あまり論じられることのなかった「幾個重要問題」を、一応全体として見直した、ということで満足し、関連する問題は、晩年の魯迅全体の中で考えるしかない。

注

(1) 『救亡情報』は、三六年五月六日上海で創刊。「発刊詞」に連署した「主弁単位」は、上海（以下同じ）文化界救国会、婦女界救国会、職業界救国会、各大学教授救国会、国難教育社で、以後同年一二月九日発行の二九期まではこの五単位連名の編集発行、同年一二月一八日の「西安事変号外」の「本報啓事」に、「本報は、本号以降全国各界救国連合会主編および発行に改める」とあり、ついで一二月二五日に「休刊号」を発行して終わった。なお全国各界救国連合会は六月一日成立。（中共上海市委党史資料徴集委員会編『一二・九以後上海救国会史料選輯』八七・一二上海社会科学院出版社。および注（6）後掲厳家炎『求実集』所収の「有関《救亡情報》与《魯迅先生訪問記》的一点補遺」による）。

(2) 『新東方』一巻五期、『生活日報』六月一三日（「前進思想家魯迅先生訪問記」と改題、署名も静芬とする）、『夜鶯』一巻四期（訪問記中から魯迅の談話部分だけをとって、題を「幾個重要問題」とし、署名も魯迅とする）（注（6）後掲厳家炎「魯迅対《救亡情報》記者談話考釈」による）。

（3）『魯迅先生紀念集――評論与記載』三七年一〇月魯迅紀念委員会編印　文化生活出版社総経售。第四輯の魯迅先生治喪委員会叩印「魯迅先生生前救亡主張」に、「幾個重要問題」中の一（冒頭の一行半を省略）、二節だけを収録。

（4）『魯迅全集補遺』唐弢編　四六年一〇月　上海出版公司。「編後記」に「最後の一篇『幾個重要問題』だけは新聞記者の訪問記だが、語られている問題が現下の戒めとするに足りるので、巻末に付した」とある。

（5）胡愈之・馮雪峰「談有関魯迅的一些事情」の九「《夜鶯》月刊第一巻第四期所載《幾個重要問題》為什麼没収入《魯迅全集》」『魯迅研究資料』1　七六年　この談話は、七二年一二月二五日魯迅博物館で行われた座談会の記録であり、七五年八月本人の校閲を経て定稿とした旨の前書きがある。

（6）厳家炎「魯迅対《救亡情報》記者談話考釈」『新文学史料』八〇年一期（後同氏『求実集』八三年　北京大学出版社　所収）。

（7）陸詒「為《救亡情報》写《魯迅先生訪問記》的経過」『新文学史料』八〇年三期。

（8）拙稿「《答徐懋庸並関于抗日統一戦線問題》手稿の周辺――魯迅の晩年と馮雪峰をめぐって」『中国―社会と文化』八号九三年六月　中国社会文化学会。本書Ⅰ―7。

（9）『中華当代文化名人大辞典』九二年　中国広播電視出版社。また彼が最近書いたものに「憶厳独鶴先生」『新聞研究資料』三九輯　八七年九月　中国社会科学出版社があり、これにも『新聞報』の社内の雰囲気等を伝える回想がある。

（10）『新聞報』は一八九三年二月一七日創刊。当初は英国資本の手にあったが、後米国人J・C・ファーガソンが引き継ぎ、一九二九年に至って、中国人の経営に移った。人民共和国建国前、全国に影響力のあった商業紙。

（11）廖仲愷は、一九〇五年に中国同盟会に参加して以来の孫文の支持者で、国民党の重鎮。とくに孫文の晩年、「連ソ・容共・扶助農工」の新路線推進に貢献、二五年八月二〇日、国民党右派によって暗殺された。

（12）陸詒前掲注（7）文。

（13）私自身は仕事と健康に制約されて、図書館に行く時間がほとんどない。この部分および以下に出てくる記者のコメントの部分は、お茶の水女子大学院生戸田佐知子さんが、私の演習での報告のために東洋文庫所蔵の『救亡情報』を調査してきてくれたものに負っている。

（14）　前稿でも触れたが、厳教授は以上の事実を直接生前の馮雪峰に話し、肯定的な答を得ている。その部分を引用しておく。「私は一九七五年末馮雪峰同志から彼と魯迅博物館の工作員とのこの座談記録を借り出し、一九七六年一月五日この資料を返しにいったとき、直接馮雪峰同志にこの点の異見を提起したことがある。私が自分が握ったある程度の資料に基づいて彼の言い方に疑問を出し、また私の初歩的ないくつかの見方を話すと、雪峰同志は非常に興味を持って私の意見に耳を傾け、謙虚に自分は印象にもとづいて話しただけだから正確ではないかも知れない、と言い、その上資料をもっと調べて問題をはっきりさせ、事実にあった結論を得るようにと激励してくれた。」

たしかに馮雪峰の談話にある、「ほら、全然私の言葉じゃない、記者自身の言葉だ」という一句には、かなりの重みがあるが、一方注意深く読みなおすと、馮の話の後半には、「我現在模糊地記得」という表現があったり、「可能」「可能是」が三行の間に三回も出てきたりしていて、馮の記憶も絶対的なものではないことを感じさせる。将来決定的な資料が出てこない限り、結局は文章の内容から考えて行くのが、もっとも正道であろう。

（15）「蕭三給左連的信」　馬良春・張大明編『三〇年代左翼文芸資料選編』八〇年一一月　四川人民出版社。

ただ蕭三書簡に見える「岳飛、文天祥、史可法」らの「復活」の提唱自体の評価については、もう少し慎重な考慮が必要であろう。「書簡」は、「敵に対処するのに毒をもって毒を制することおよびその看板を利用する方法を用いるべきである」と述べた後、その例として「民族主義文学」に対してもただこの看板に反対するだけでなく、「それを奪い取って自分のものとする、すなわちその内容を充実させるべきである」とした後、本文中に引用した文章が続くのである。ここに示されているのは、「階級」を強調する左翼に、「民族」の概念自体を階級対立を隠蔽にするものと考える固定観念が強く、その結果本来は日本の侵略に対する抵抗のための有効なシンボルとして機能し得るはずの「民族」の概念を「敵」に委ねてしまっている状況を変えようとする大きな転換の試みなのであり、それは当時においては必要であり、かつ意義のあるものであった、と私は現在でも思っている。その中で生まれた「偏向」は、また別の問題である。

（16）　前掲注（8）拙稿。

（17）　拙稿「魯迅と施蟄存の『論争』について――晩年の魯迅についてのノート一」『桜美林大学中国文学論叢』第二〇輯　九五

年三月。本書I－8。
(18) 魯迅「〝硬訳〟与〝文学的階級性〟」(三〇年三月、『二心集』所収)。
(19) 魯迅「上海文芸之一瞥」(三一年七月、『二心集』所収)。
(20) この経過については、倉石武四郎『漢字の運命』五二年四月、岩波新書による。
(21) 代表的なものだけあげると、
「関于新文字」(三四年一二月九日作、『擁護新文字六日報』 ハバロフスク発行号数不明に掲載)『且介亭雑文』所収。

「論新文字」(『時事新報』「毎週文学」三六年一月一一日)。『且介亭雑文末編』所収
(22) 「答曹聚仁先生」(『社会月報』三四年八月、『且介亭雑文』所収)
「中国語文的新生」(『新生』週刊　三四年一〇月一三日、『且介亭雑文』所収)
「門外文談」(『申報』「自由談」三四年八月二四日－九月一〇日、『且介亭雑文』所収)
前掲注(21)「関于新文字」
前掲注(21)「論新文字」
(23) 詳細は前掲注(8)拙稿参照。

Ⅱ　中華人民共和国と知識人

「建国後一七年」の文化思想政策と知識人　序説的覚え書

一　「一七年」研究の意味

私は先頃、雑誌『東方学』五九号に、「『一七年』をめぐる諸問題　その一端」という小論を書いた。そこで書いたことも、この論文と同じ問題意識に発している。ただ主としては紙数の制限から、また一つには学会誌という性格から、書き足りないところ、書いたものを無理に削ったところなどが少なくなかった。本稿は、そこで割愛した部分、書き足りなかった部分のほか、新たに必要な加筆を行ったものである。『東方学』の論文と重複する部分があることを、お断りしておく。

『東方学』論文の題名に使った「一七年」とは、一九四九年から六六年までの一七年、すなわち中華人民共和国建国から「文化大革命」（以下「文革」と略称）直前までの一七年間を指す[1]。この期間における文学芸術を中心とする文化の問題、それに決定的な影響力のあった政府および中国共産党の文化政策の正と負、そしてその被害者でもあり、ある面では分担者でもあった知識人のあり方の問題を中心に、この期間の歴史的意味を考えるというのが、ここ数年来の、私の研究課題の一つである。

特に近年、かつては公表されていなかったさまざまの資料集の刊行、少なからぬ回想録や自伝の発表等[2]により、

「一七年」の間に負の要素が蓄積されて来た過程（ここでは文化の分野に限るが）と、その性格・構造の一端を窺うことができるようになって来た。小論は、その一端を検討しつつ、「一七年」をいかに捉え、中国現代史にいかに位置づけるか、それらの仕事を進めるために何が必要かを考えてみようとするものである。

だが、そのためにも、今なぜこのことを問題にするのか、それにどういう意味があるのかについて、一言述べておきたい。

「文革」の終結、「改革・開放」路線への転換からほぼ二〇年がたった。この二〇余年の間に明らかになったことは多い。「文革」終結後暴露された「文革」の実態は、我が国において「文革」に初めから批判的だった者の想像をさえ超えるものだったし、なぜあのようなことが起こったのかという問いは、必然的に文革以前の再検討へと進んだ。それも当初は、建国後の約一〇年はいい時代だったが、五七年の「反右派闘争」を曲がり角としてそれ以後に問題が出始めた、とする見解が多かったが、やがて再検討は建国直後へ、さらには建国前の中国革命の過程全体へと遡ることになった。

この必要をいっそう深刻に認識させたのが、八九年の「天安門事件」（七六年四月の天安門事件との混同を避けるためもあって、中国では「六・四」と呼ばれている。以下それに従う）だった。この事件は、文革を否定した後の「改革・開放」路線及びその指導層の実質あるいは限界をどう捉えるか、また現在の中国の体制をどう見るか、さらにはそもそもその体制を生み出した中国革命自体をどう見るべきか、という問いにあらためて眼を向けさせた。

しかもこの課題は、本格的にそれと取り組む営みが緒についたばかりの段階で、より大きな波にさらに足場を洗われることになった。いうまでもなく同じ年の末東欧に起こった「社会主義」の崩壊、そして九一年のソ連の解体と続いた激動がそれである(3)。この激動はヨーロッパの「社会主義」を消滅させた。中国・北朝鮮　ベトナム・キューバだけが依然として「社会主義」を標榜してはいるものの、中国・ベトナム・キューバも相次いで「市場経済」の導入を急ぎ、北朝鮮に至ってはもはや論外、といった「現実」の下で、「社会主義」時代はもはやまともな研究対象たり得ないかのような空気さえ見える。

特に近年、先進国における経済成長の鈍化と対照的に、東南アジア諸国の発展、中国の「改革・開放」政策の成功、急速な経済成長が目立つと（その後にアジア諸国に起こった経済の悪化により、この見方は早くも何らかの見なおしを迫られているが）、これこそが中国が本来歩むべき道だったのであり、四九年の革命も、それに続く中華人民共和国の歴史も、中国「近代化」の過程に生まれた幻想の産物、鬼っ子あるいは廻り道に過ぎなかったのだとする類の見解が世を風靡している。

もしそれが正しいのだとすれば、「社会主義」の時代、中国でいえばここで扱おうとしている「建国後一七年」間の政策など、根本が誤っていたのだからそもそも学問的検討に値せず、それによって生まれた当時の知識人の思想的・文学的営みや苦悩も、さしたる意味のある研究対象にはなり得ない、と考える傾向が生まれてくるのも当然である。

中国や日本の若い世代にこのような傾向が現れるのにそれなりの根拠があることは私も認める。中国の場合、結果として文革を生み出した「一七年」を体験した世代、あるいはその世代を父母・兄姉とする世代が、文革に連なる一七年を、まず忌まわしいものに感ずるのには無理もないところがあり、それには第二次大戦後の日本で日本近代史がまず否定すべき対象と感じられたのと共通する面がある。ましてその時期を科学的批判の対象としようとする動きに対して、公式の禁令こそ出ないにせよ、いまだにさまざまな制約が加えられている状況の下では、若い世代がその制約に正面からぶつかることで生ずる「麻煩」を嫌って、中国の過去を直接分析することを意識的無意識的に避け、主として欧米の新しい理論・思想・方法の研究や受容に関心を持ち、彼らの知的エネルギーの多くをそれに向けるのはむしろ当然であろう。また日本でも、四〇歳台の人びとは四九年から五八年までの生まれであり、三〇歳台の人々はその後の一〇年間の生まれであること、つまり四〇歳台の人々にとってはもの心ついたのが「反右派闘争」から文革開始前後までの間であり、三〇歳台の人々にとっては生まれたのがその期間であることを考えれば、彼らが自分のもの心つく前の一七年よりも、同時代の思想・文学により関心を引かれるのは当然であり、むしろ健全とさえいえるかも知れない。

しかし、それを認めた上で、あるいは認めるからこそ、私は、「一七年」の諸問題が十分に検討されぬままに忘れ去られてはならないと考える。一つには、四八年つまり中華人民共和国建国前夜に中国語を学び始めて以来、「新中国」への共感と敬意を主要な動機の一つとして現代中国を研究対象とし、「反右派闘争」前後から疑問や批判を次第に強めて、文革では当初から批判の側に立ったものの、「六・四」によってその批判がけっして十分ではなかったことをはっきり意識させられた者としては、文革につながる諸要素を準備した「一七年」の検討を抜きにして、現在・未来だけを語るわけには行かない責任がある、という個人的な思いがある。

それだけではなく、二つには、学問的問題としても、私は最近の日本における中国への関心のあり方に、強い違和感を覚える。たしかに「改革・開放」政策採用後の中国は、文革を経て「一七年」とはまったく違った国になったようにも見える。しかしその変化を肯定的に評価するにせよ否定的に評価するにせよ、「一七年」の歴史は複雑な形で現在の中国にも影を落としているのであって、これを完全に否定され意味を失ったものと見なすことは、中国の現在に対する認識も未来についての予測も、不正確なものにする危険がある。

たとえば中国の「改革・開放」政策は、鄧小平の死にもかかわらず、たしかにかなり遠い将来にわたって不変であろう。しかし、イデオロギー分野での「ブルジョア自由化」批判、「四つの原則の堅持」という原則が変わっていないことは六・四によって明らかに見たことであり、九二年の鄧小平の「南巡談話」にもそのまま謳われている。しかし日本ではその「原則」を支えている論理・思考方法の成り立ちや構造（その基本的論理は「一七年」の間に形成された）にはほとんど関心が払われず、したがってこれが現に中国に生きる知識人にとって、なお大きな桎梏になっているという事実もほとんど無視されてしまう。たしかにこの間これらの「原則」の現実のあり方にはかなりの変化もあった。中国の知識人にとっては、現状でも「反右派」や文革当時よりは遙かにましであろうし、多くの風雪を経て来た彼らはその下でもしぶとくしなやかに生き抜き、さまざまな形でいい仕事をしているが、現在の党・政府の文化・イデオロギー政策に批判を持ち、より多くの自由を求める知識人は、歴とした中国共産党員をも含めて、広く厚い層を成している。今はその姿はまだ外部には明らかに見えないが、状況と条件の変化によっては、それが何らかの形で大きな役割を果たす日もあるかも知れないのである。

もし日本政府の対中国政策や日本企業の経営戦略が、当面の政治的・経済的考慮のみによって決定され、彼らの持つ目立たないが深刻且つ正当な欲求に対して理解を持たず、これを無視して進められるならば、それは日本という国家あるいは民族全体に対する彼らの道徳的信頼を得る道ではなく、長期的に見れば大きなマイナスを生むことになりはせぬかという危惧を覚える。

アメリカ並みの「人権外交」をしろというのではない。日中関係は日米関係とは違うし、そもそもここは政策論をする場ではない。そうではなくて、状況が大きく変わると先ずそれを追うことにのみ急で、それまでの状況との断絶と継続を正確に分析し、それまでの視角や認識をどの点でどう改めねばならないのかの検討はおろそかにしがちだというのが、我が国に根強い精神的風土であり、学問もその風土からけっして自由でないと考える故に、学問のあり方の問題として言っているのである。

このような学問的状況は、旧ソ連研究にも顕著に見られるものらしい。ソヴィエト史の専門家渓内謙氏は、最近のソ連史あるいは「社会主義」期研究の注目すべき仕事である、雑誌『思想』「ソヴィエト・イデオロギー」特集の巻頭論文で、「ソヴィエト史をいま研究の主題とすることの意義あるいはその論拠に言及しておくことが……歴史的過去に対する清算主義的心理が支配的な知的潮流の中では、無意味ではあるまい」として、その基本的態度を次のように述べている。

「（この特集の：丸山注）寄稿者に共通する精神があるとすれば、それは、ロシア革命史を『共産圏の崩壊』にも拘わらず、（あるいはむしろ『崩壊』を奇貨として）現代史の重要な学問的主題として承認する知的態度であろう。ロシア革命史（一九一七年一〇月のロシア革命とその後の歴史：カッコ内原文）は、「崩壊」に導いたさまざまな愚行、悲惨、蛮行にも拘わらず、単に否定の対象として消去すべきではない、豊富かつ多様な歴史的内容に満たされており、それらに対する評価は多様であることはいうまでもないが、ロシア社会の現状と未来を思考しようとする場合避けて通ることを許さない問題領域を構成している、とみなす一点において、寄稿者の間に基本的異論はないと思われる。このような態度は、『崩壊』という『既成事実』を固定化し、それを過去に向けて直線的に遡及させてロシア革命以降の歴史的体験を一般化する見方に対する同調の拒否、あるいは『崩壊』を唯一の尺度として過去を裁断し、ロシア革命史に内包されていた可能性と多様性を消去する見方、単純化された直線史観に導くこの見方に対する同調の拒否を含むものであろう(4)」

中国の場合が、ソ連の場合と多くの違いがあることは当然だが、それらを超えて、建国前後から文革直前まで一七年の歴史を考えるにも、多くの示唆を含む言葉だと、私は考える。

二　史料と視角

ただ小論の関心の重点は「一七年」の「単に否定の対象として消去すべきでない豊富かつ歴史的内容」に向くよりは、むしろ丸山真男氏のいわれた「（ある時点で持っていた多くの可能性が）次の歴史的段階あるいは時代において、そのうちのある一つの可能性というものが問題にもならないほど小さくなった」過程自体にある。言い換えれば、正の遺産を正当に位置づけるということよりも、負の遺産が生まれた過程自体とそうさせた力および論理の構造とその歴史的・政治的・人間的等々多様な背景との複合した総体、いわばメカニズム全体を、事実に即して明らかにすることにある。その作業をおろそかにして、過去を全体として論ずるに足らぬものとして否定するに止まった場合、その後新しい状況の中で、かつて否定したのと同質のものが違った形で現れた時、それが何か「新しい」ものであるかのように錯覚され、同じ「誤り」がくり返される例が、人間の歴史には（というのが飛躍に過ぎるならば、「社会主義」の歴史だけを見ても）あまりにも多いと思われるからである。

また現代中国研究には、歴史的事実についてもソ連研究に比してまだ不明な点が多い。個々の政策の形成・決定の過程など、糸口になりそうな資料も前述のようにようやく公開され始めたものの、多数の研究者によってそれらが活用され、これまで知られていなかった事実がつぎつぎに明らかにされるという、他分野に見られるような光景はあまり見られないからである。

問題を文化の分野に限って考えても、「一七年」の間に多くの人物や作品に対する批判キャンペーンが行われたことは周知のとおりだが、それらの人物・作品に対する批判がいつどこから出たのか、それを問題として展開するかしないか、展開するとすればどのような形で展開するか、等は誰によってどのような経過で検討され立案されたのか、その結果としての評価や処置はどんな経過で決定されたのか、そして一方の当事者である知識人たちは、それをどう受けとめどう反応したか、ということについての本格的研究は、ほとんどこれから始まるのが実状だといっていい。

これらの研究がなかなか進展しない原因には、資料特に一次資料の不足ももちろんある。ソ連の場合、その崩壊以後に公文書史料が公開されあるいは流出して、外国人研究者やマスコミが利用できるようになったのに比べれば、中国の場合、地方の檔案館には公開されている例も出てきているようだが、党・政府中枢の檔案の公開は少なくとも当分は望めそうもない。歴史家の厳密な眼で見れば編纂を経た史料は一次史料とはいい難いだろうし、まして回想録の類には信憑性に疑いが残る、と考えられるのも無理はない。しかし、魯迅はかつて、河を渡るのに汽船がないなら、丸木船に頼ってでも渡るしかない、と言った。いたずらに完全な一次資料の公開を待つよりは、二次、三次史料でも批判しつつ使って、その限りで認定できる範囲と問題の所在をはっきりさせ、想定・仮説だけでも立てておくことは、いつか一次史料が出てきた時に、その意味を早く正確に理解し位置づけるためにも必要な仕事であろう。それに文学者の暴論といわれるかも知れないことを承知の上でいえば、公文書・議事録の類は、たとえば当事者個人の見解・態度の内面等に関しては必ずしも一次史料とはいえず、むしろ回想記の類の方が、それが持つ偏差を考慮に入れつつ利用すれば、歴史の理解に有効な場合もあるのではないか。回想録その他によって、事実は決して単純なものではなく、さまざまな要素・力が重なり合い、時には矛盾した要素が複雑に作用したものであることがより細かく明らかにされる場合も少なくないのではないか。個々の事実について細心の吟味を加えながら使えば、時には公文書より信用できる場合もあることをを無視すべきではないであろう。

史料が十分でないことはたしかだが、現在はすでに使える史料でさえ十分には生かされていない傾向があり、その傾向を生んでいる原因は、むしろ前に述べた「一七年」に対する一面的な否定的態度にあるのではないか、と考えるのである。

三　ケーススタディとしての胡風事件

以下は前述の観点から見た一、二のケーススタディである。

建国後の代表的冤罪事件として知られる胡風事件については、文革後、いくつかの曲折を経た後に彼の名誉が完全に回復されるのとともに、多くの著作が現れ、それまで闇に閉ざされていた事実が明らかにされて来た(5)。とくに、胡風あるいは「胡風集団」の側から見たもののほか、彼らを批判した側、それも当時党・政府機関のある程度責任ある地位にいた「幹部」が、直接関わった事実について率直に語り始めたのは、注目すべき事実である。ここでは、それらのうち、康濯「《文芸報》与胡風冤案」を中心にしつつ、黎之「回憶与思考——関于『胡風事件』」も併せて見る。

康濯は三八年に延安入りし、同年中に入党した作家で、五四年、作家協会党支部書記となり、「紅楼夢研究批判」をきっかけとして始まった《文芸報》批判による同誌編集部改組で編集委員になり、侯金鏡・秦兆陽とともに「常務編委」として日常の編集業務の責任者の地位にいた(6)。いわば中間幹部の中でも、かなりの上層に属していたわけである。そういう人物が書いたというだけでも、康濯の文章は興味を引くが、内容も予想以上に生々しい事実を伝えている。

康濯の回想は、一九五五年五月一三日の朝に始まる。八時前にとどいた《人民日報》を、彼は一種の緊張を覚えながら開いた。この日の《人民日報》には、胡風の「私の自己批判」と、「胡風反党集団に関するいくつかの材料」がいっしょに載るはずになっていた。

周知のように、これより先、胡風は五四年七月に党中央にあてて、「解放以来の文芸実践情況に関する報告(7)」と題する長い文章を提出した。一般に「胡風意見書」と呼ばれ、総字数が二七万字であるところから「三〇万言」なども呼ばれるのがこれである(以下「意見書」と略称)。彼の文芸理論を主観的、観念論的とする批判は抗日戦中からあり、それらが原因となって建国後も文芸界の主流を占めていた周揚等党員文学者との間に溝が存在して、胡風に疎外感を与えていたことは、「意見書」第一部に詳しい。五二年の九月から一二月まで、「胡風文芸思想討論会」が四回にわたって開かれ、そこでの林黙涵・何其芳の発言が、それぞれ《文芸報》五三年二号、三号に載って、それらでは胡風の理論を「反マルクス主義」「反リアリズム」としていた。「意見書」は直接にはこの二人に反論しながら、彼の立場と理論を展開したものだった。

その三カ月後の一〇月、「紅楼夢研究批判」が始まり、それは一方では胡適思想批判に拡大し、一方では兪平白の紅楼夢研究を批判した若い李希凡・藍翎の論文の掲載に消極的だった《文芸報》編集部に対する批判に拡大した。胡風は、この時「意見書」の効果があったと思ったらしい。一〇月三一日から一二月八日まで開かれた、文学芸術界連合会・作家協会合同拡大主席団会議で、一一月七日と一一日の二回にわたって発言した。ところがこれはただちに周揚の反撃にあう。周揚の発言は、最終日に総括的発言として行われ、胡適思想批判、《文芸報》の「誤り」の批判、胡風批判、の三つの部分からなっていたが、胡風批判は前の二つの合計を越す分量を占めていた(8)。

右の事実は、文革以前に公開されていた資料からも、だいたい知られていたことだが、康濯は、前述の文章の中で、その前後のもう少し立ち入った事情を明らかにしている。それによれば、康濯は五四年一一月、文連・作協の合同会議が終わる前後に、たしか作協の党組会議で、周揚が、胡風の二度の発言に毛沢東も注目して具体的に理解しており、そのことから「意見書」にも注目し、すでに「意見書」も読み始めている、といったのを聞いた。つまり毛沢東は一一月中に読み始めていたのだ、と書いている。

一方注(2)に挙げた『建国以来毛沢東文稿』の第四巻には、「対全国文連・作協主席団連席会議決議等批語」が収められている。

「周揚同志:

すべて読んだ。決議はこれでよい。

君の演説稿は結構、何カ所か手を入れた。考慮されたし。郭老の演説稿も大変結構、小さい修正あり、郭老に考慮されるようお伝え願う。〝思想闘争の文化動員〟という題名はあまり目を引かない、変えてはどうか郭老と相談されたし。/毛沢東 一二月八日早朝(9)」

周揚は当時中共中央宣伝部の文芸担当の副部長で全国文連の副主席でもあった。文学芸術分野についての、党内における実質上の責任者である。「決議」とは、文連・作協の合同拡大主席団会議で一二月八日採択された《《文芸報》に関する決議》[10]を指す、と注がついている。「君の演説稿」というのは、右に触れた周揚の総括的発言「われわれは戦闘しなければならない」を指す。彼の演説が個人のものではなく、党・政府の公式発言であることは、以前から当然考えられていたことだが、この種の演説原稿にも直接毛沢東の目が通っていたことは、これによって初めて確認された事実である。また小さいことだが、この「批示」が、周揚が会議で発言する当日の早朝に書かれているのも目を引く。郭沫若の演説は、注によれば当日は「思想闘争の文化動員」のままなされたが、一二月九日の《人民日報》掲載時には、毛の提案に従って「三つの提案」と改められた。

胡風自身も発言直後、形勢を見誤っていたことに気づいたらしい。康濯によると、胡風は一一月一五日つまり二度目の発言の四日後、路翎、緑原、欧陽荘等の力を借りて、一万字余りの「私の自己批判」の草稿を書き、手を入れた後五五年一月に提出した、という。

康濯によれば、胡風は、「自己批判」提出に先立って一月一四日周揚を訪ね、「意見書」を発表しないで欲しい、もし発表するなら、冒頭に声明をつけさせて欲しい、といった。周揚は、翌一五日、その経過とその処理方法についての意見、それに胡風の「声明」の写しを、中央宣伝部長陸定一を経て毛沢東に報告し、指示を求めた。

これに先立って、毛沢東のところには「意見書」を公開することについての「請示」が陸定一から行っており、毛は一部加筆した後、「劉（少奇）、周（恩来）、鄧（小平）ただちに閲覧の上、陸定一同志に返送のこと、このまま実施」と指示していた[11]。

一五日付の周揚の「請示」は、康濯の文章に引用されている。

「定一同志を通じ

主席：

昨晩胡風が話しに来て、誤りを承認する旨表明し、彼は小ブルジョアの観点でプロレタリアートの観点に替え、思想方法が一面的で、個人英雄主義もあったため、党の指導する文芸思想と対抗するまでに発展してしまった、と申しました。彼は今では根本から問題を認識したので〝気持が楽（軽鬆）〟になった、自分は従来から〝楽観主義〟だ、といいます。彼は再三彼の今のこの認識と彼個人に対する私の見方を尋ねました。私は彼が自分の誤った思想に批判的態度をとるようになったのは結構だが、自分の誤りを認識するのは容易なことではなく、辛く苦しい過程を経なければならない、人びとの批判に耳を傾けようとすべきだ。性格を言えば、各個人がそれぞれ自分の個性を持っているが、人としてはいつも公明正大さっぱりしているのがよく、陰険な心理を持ってはならない、と申しました。彼はまた私が政治的に強いと褒めましたので、私はそんなことはない、《武訓伝》、《紅楼夢》研究などの誤った思想に対して、私がいつも時期を逃さず闘争しなかったのがその証拠だ、と申しました。ことばは婉曲にして、彼に何か圧力を加える印象を避けました。

これらのやりとりは前口上に過ぎず、彼は最後に彼の中央への報告（「意見書」を指す：丸山注）を発表しないでくれ、どうしても発表するなら、少し修正したい、という要求を出しました。事実でないところがある、というのです。私は発表してから公開で討論するのがプラスになる、君が自分の観点と挙げた事実に修正があるなら、べつに文章を書けばよい、われわれも発表してもよい、といいました。彼は自己批判はすでに書きあがっていて、次の水曜日にはわたせる、報告と同時に発表して欲しい、といいましたが、私はたぶん間に合わないだろう、次号には載せられる、といいました。彼はもしそうなら、冒頭に声明をつけさせて欲しいといい、その場で声明の書面をよこしました。私は彼の意見を考慮してもいい、と申しました。

明らかに、この声明を発表しようとする目的は、これを借りて読者大衆の中に彼がすでに誤りを承認したという印象を作りだし、大衆の感情を和らげまた麻痺させ、その認識を曖昧にし、彼らの批判をくい止めようとするものです。われわれはこの声明を発表することは、われわれにとって不利でありますから、もう印刷ができていて、入れようがないといった理由で断ろう、そして彼の声明は誤りがいったいどこにあったのか、彼の挙げた事実のいったいどれが不確実なのかを具体的に説明していず、こういう漠然とした声明は読者に益がないと言おうと思います。以上妥当かどうか、ご指示を願います。胡風の声明の写しを同封しますので、ご覧下さい。

敬礼

周揚一・一五

それに対する毛の回答は、次のようなものだった。

「劉、周、小平閲　周揚同志に返送のこと：

（一）このような声明はのせてはならない。（二）胡風のブルジョア観念論、反党反人民文芸思想に対しては、徹底的な批判を行うべきである、彼を「小ブルジョアの観点」に逃げ込ませてはならない[12]」

この頃、胡風の内面がどんなものであったかは、もう少し細かく調べなければならないが、とにかく、彼にしてみれば最大限の「自己批判」だったと思われるものも、毛には受け入れられなかったのである。康濯によれば、現在では、当時個別の責任ある同志の中に、胡風の『上書』を返してやり、書き直させてやったら、と表明したものもいたことがわかっている、という。康濯は、劉少奇は返すことに反対だったとも書いているので、この「責任ある同志」とは、周恩来を含めて何人かの名が考えられるが、詳細は不明というしかない[13]。こうして一月二〇日には、党中央宣伝部が、「胡風の文芸思想は徹頭徹尾ブルジョア観念論であり、反党反人民文芸思想である。……（彼の活動の）目的は党の文芸思想と党の指導する文芸運動に反対・抵抗し、……社会主義建設と社会主義改造に反対しようとするものである」といった文言を含む胡風思想批判に関する報告を提出、党中央はこれを承認した上で、各級党委員会に「この思想闘争を、労働者階級とブルジョアジーとの重要な闘争として扱う」よう通達した[14]。

当時の中国で、「反党」という規定は、実質上「反革命」と紙一重であり、ましてこれらの文言があれば、胡風を階級敵と見る流れはすでに定まったというべきだろうが、それでも当時はまだ、問題は「思想問題」であって「政治問題」ではなく、まして「刑事事件」になるとは想像もしなかった人々が、相当の範囲で存在していた。それが急転する契機として舒蕪による胡風の私信の暴露があったことはすでに知られている(15)。

また「胡風反党集団に関する若干の資料」として公表された舒蕪あての私信、およびそれに続いて胡風と交友のあった人びとから、「任意に」提出され、あるいは「押収された」私信類からなる「第二」「第三」の資料の、少なくとも一部についての当時の党・政府側の誤解あるいは曲解も、最近の諸資料で明らかにされているが、詳しくは別の機会に譲る(16)。

先に触れたように、五五年五月、胡風の「私の自己批判」と「若干の資料」が《人民日報》に発表される前後の内部事情を述べているのが、康濯の文章である。

康濯によれば、胡風の「自己批判」は、最初の稿が不十分であるとして書き直しを求められ、二月に第二稿、三月に第三稿と「付記」を提出した。舒蕪あての私信が暴露され、それを胡風の「自己批判」といっしょに五月発行の《文芸報》一九号に発表することが決まった後も、

「当時私たちの心づもりでは、舒蕪の資料と胡風の自己批判を発表した後、もう一、二号胡風の自己批判に対して意見を述べる文章を数篇発表して、胡風の文芸思想に対する批判を終わりにしようと思っていた」

この意見には周揚の同意も得たので、胡風「自己批判」を批判する許広平と夏衍の文章の手配も済ませていた。そして康濯は、胡風の「自己批判」に対する《文芸報》編集部の「按語」をすでに書きあげていた。「按語」は四、五百字のもので、胡風の問題は依然として文芸思想と思想作風の問題、すなわち人民内部の問題である、胡風の自己批判に進歩を認めるが、なお不十分であり、ブルジョア文芸思想の実質にはまだ触れていない、特に私信に見られるセ

クト的グループの問題は重要であり、それが文芸思想の誤りを認識することを制約している。といったものだった。つまり、このレベルでは、舒蕪あての私信を見た後も、周揚等を含めて、問題をあくまでも「人民内部」の文芸思想の問題として認識し、処理しようとしていたわけである。

それに変化が起こる。周揚にまわした《文芸報》一九号の「清様」（校正を終わった刷り見本、日本でいう「清刷り」）が期限の九日にもどらないのを、夜半近くまで待って催促した康濯に、周揚は、「清様」は見たが、「胡風の自己批判の前につける按語はやや弱い、少し右じゃないかな?」と言った。

「私は貴方の意見を求めたんだから、修正してくれればいいでしょう」

「二、三字変えたがね」

「二、三字変えれば右でなくなるんですか?」思わずぶしつけな言葉が口をついて出たが、康濯が怒りっぽいのをよく知っている周揚は、それには取り合わず、

「問題はそこにはないんだ、考えたんだが胡風批判は毛主席から来た任務だから、やはり主席にとどけて見てもらわないと」といった。

「それはもちろん結構だけれど、早くしてもらわないと。明日の晩には主席に清刷りをもどしてもらわないと、発行が遅れます」

このやりとりが、事実そのままだったかどうか、細部には疑問も残るが、康濯が周揚の態度にある種の不満を感じて、これに近いやりとりがあったこと自体は彼の記憶に残っていたのだろう。こういう叙述にどれだけの意味を認めるかは人によってさまざまだろうが、こういう微妙なやりとりまで記録している点で、数少ない例であることはたしかである。

康濯が念を押し、周揚も承知したにもかかわらず、毛の返事はなかなか来なかった。一一日の一時過ぎに康濯がも

う一度周揚に電話すると、周揚は毛沢東が読んで、だいぶ変えた、と伝える。結局一一日の八時半過ぎ、林默涵が周揚の九日付毛沢東あての手紙と、毛の一一日付の「批語」、それに毛が書き換えた「按語」を持って来た。林默涵は当時中央宣伝部文芸処長、周揚はその上の文芸担当の副部長という関係になる。

「周揚同志：

按語はよくない。書き換えたので、君と定一同志でこれで好いかどうか検討を願う。もしよいと思われたら、別に写しをとって印刷にまわし、原稿は私にお返し願いたし。／毛沢東　五月一一日」

さらに

「人民日報に掲載して、その後文芸報に転載するのがよかろう。按語はやや大型の活字を使うこと。もし不同意であれば、定一といっしょに今晩一一時以後、あるいは明日午後私のところに相談に来られたい」

この時に毛沢東が書き換えた「按語」は、すでに当時から知られているものなのでくり返さないが、《文芸報》の「清様」では「胡風小集団に関する若干の資料」となっていた胡風の舒蕪あて私信を、「胡風反党集団に関する若干の資料」と言い換えたこととといい、「自己批判」を「資料」といっしょに発表することにしたのは胡風がわれわれの新聞を利用して読者を騙し続けるのを許さないためである、という書き出しといい、全体に胡風の欺瞞を暴く調子で貫かれている。当然前述のような「按語」を書いた康濯等にとっては、意外ないし心外な結果だったろうが、同時にある種の緊張を感じずにはいられなかったに違いない。

「默涵が帰った後、私は侯金鏡と話し合った。始めは二人とも呆然としていた。我々が半年近く扱って来た胡風文芸思想批判というものが、突然反党集団を暴露する闘争に変わってしまったのだから、どうしても急には受け入れられなかった」と康濯は書いている。しかし、とにかく問題の性格が一変したのだから、《文芸報》の発行計画の変更、胡風評価の変更に応じた原稿の手配など、緊急の措置を講じなければならなかった。彼は周揚に電話し、それらの措

置を報告して同意を取りつけた後、

「（毛が胡風の問題の性格を「反党」すなわち「敵」と変えたことについて）私は急には受け入れられません。侯金鏡同志もだいたい同じです」といった。

「そんなことはいってはいけない。主席の指示を認識するよう努力すべきだ」と周揚はいったが、一方彼も主席がこんな風に（問題の）性格を変えるとは思っていなかった、ともいった。康濯はさらに

「主席の言い方は厳しすぎる」

「主席の言い方が厳しすぎるのではなく、我々の思想と主席の思想との距離がありすぎ、大きすぎるのだ。我々は自分を高めるよう努力して、できる限り主席の思想との距離を縮めるべきだ」という周揚とのやりとりを書いている。

しかし、そう言った当の周揚を含め、《人民日報》《文芸報》の関係者たちを当惑させていた問題がもう一つあった。五月一三日の《人民日報》には胡風の自己批判の三稿が掲載されるはずだったのが、《人民日報》のミスで当日載ったのは二稿に三稿の付記をつけたものだったため、それを見た胡風から周恩来に電話が行き、周から《人民日報》に自己批判を求める電話があったことである。《人民日報》特に文芸部主任だった袁水拍を始め周揚・林默涵・康濯等は困惑して、一一時半過ぎまで鳩首協議したものの、結論は出ない。周揚が、

「清刷りは主席まで行ってしまったのだから、ここはやはりもう一回主席に聞いてみることだろう。私がちょっと行って来る、君らは待っていてくれ」と言った。

周揚は一時を少し過ぎて帰ってきた。

「主席はこう言うんだ、二稿も三稿もあるか（什麼二稿三稿）、胡風はもう反革命なんだ《人民日報》の原稿をもとにして、《文芸報》は《人民日報》に合わせて組み直せ、と」

これも思いがけない決定だった。「私はそれを聞いて頭がぼうっとした」と康濯は書いている。こうして、最後は毛沢東の一喝で決まったのだが、胡風の三稿と、康濯が書いた按語は、現在は見つからなくなって「歴史の空白」になった。

康濯の文章は、二つの点で貴重である。一つは、毛の指示が出た時、それを「急には受け入れられない」と感じた彼等の個人的心境がかなりリアルに語られていることである。私の狭い見聞の範囲ではあるが、「一七年」期の文芸界の特定の問題について、党内部の方針決定の経過、特にその間における毛個人の役割について具体的に明らかにした資料は従来ほとんどなく、注（2）に挙げた《毛文稿》によって、ようやくその糸口ができたといえるが、それを受け取った中間幹部（といっても、文芸部門である程度責任ある地位にあった、比較的高いクラスの心境をこれだけ具体的に語った資料は、これ以前にはほとんどない。たしかに康濯の文章は、当時から二〇年余り後の、「文革」という大きな変動を経た後の回想であって、意識的無意識的な記憶の変形が加わっている可能性は否定できないが、全体としてはかなり信頼できるものだというのが私の印象である。

また注（5）にあげた黎之「回憶と思考」には、「第二」「第三」の材料に証拠として挙げられた私信の、誤解・曲解の例や、当時胡風について加えられた「反党」「反革命」という規定に反対意見ないし疑問を持った人々の例がいくつかあげられているが、もう一々検討している余裕がない。

もう一つは、「主席の思想と我々との距離を縮めるよう努力すべきだ」という周揚の反応が、毛沢東あるいは一般化して最高指導者の判断や政策決定に疑問を感じた時の下部の者の反応の代表的な型を示していることである。組織内にこの傾向が強い時、それは上部の判断が誤っていた場合にも、その誤りを早い段階で是正し得ない原因になる。その傾向は政党だけに見られるものではなく、宗教団体はもとより、企業にも、さらには真理だけを求めるはずの学問のグループにおいてもしばしば見られるものである。それはほとんど人間の本性に根ざしているとさえいえるかも知れないが、その集団に思想・行動の強固な一致を目指す傾向が強ければ強いほど、その危険が大きくなることは確かである。「正しいリーダーシップはよいが、独裁はいけない」などということはこの場合ほとんど意味を持たない。必要なのは、この種の危険が、強い目的意識と強固な行動力に不可避的にともなうものであることを自覚し、集団内部での独立した思考とそれにもとづく疑問・反対意見の表明が奨励され、それが組織の原理として確認されていることであろう。

文革後の中国で、文革に結びついた欠点として指摘されたものに、「人治」などとともに「一言堂」ということばがあった。ぴったりする訳語が見つからぬままに「鶴の一声」などと訳されることばだが、このことばが口にされる時、康濯や黎之の文章に見られるような例に代表される多数の経験と記憶が、その中に蓄積され、それに重みを与えていたことは確かである。

渓内謙氏は、ソ連社会が波乱のない均一化した姿を見せていたときにも、「その下ではたえず思想の発酵がおきていたこと」を指摘したE・H・カーのことばを引いている。[17] 康濯が語るところは、「思想の発酵」というにはあまりにもか細いものだが、毛沢東の権威の下、「一枚岩」だったように見えた当時の中共党員たちの思想や心理が実はもっと複雑なものであったこと、一つ一つはか細いものだったにせよ、それらが蓄積されていたことが、「反右派」「胡風」を始めとする多くの冤罪事件の名誉回復を、少なからぬ曲折はあったものの文革後の比較的短期間に成し遂げる内的エネルギーになったことはやはり見落すべきではあるまい。その複雑さをそのまま捉え、その上でそれらの要素が実際に果たした役割の「限界」と、それらが力を持ち得なかった内的・外的要因とを分析するという仕事にはまだ本格的には手が着けられていない、といわねばならない。

四　同じく丁玲批判

もとにもどって、こういう形、つまり毛沢東の「一言堂」によって個人の評価あるいは「罪状」が決まってしまった例は、ほかにも少なくなかった。

胡風が逮捕された約二カ月半後、作家丁玲にからむ、「丁玲・陳企霞反党集団」問題が起こる。これについては、李之璉・黎辛・黎之にそれぞれ興味ある証言がある。(18)

それらによれば、五五年八月三日から九月初めまで、丁玲・陳企霞に対する闘争のため、七〇人規模の作家協会党グループ拡大会議が一六回にわたって開かれ、作協党組の名で九月三〇日、「丁玲・陳企霞が反党小グループ活動を行ったこと及び彼らに対する処分意見に関する報告」（以下「報告」）が中央に提出された。会議の終了後、周揚が中心になって起草（主持起草）し中宣部の部務会議で承認された後、提出されたものだったという。

そもそも丁・陳がこの時期に批判の対象になった経緯についても、わかりにくいところが多い。李之璉・黎辛はともに中央あての「匿名信」がきっかけだったといい、その内容について黎辛は、五四年に中央が行った《文芸報》が新生の力を押さえつけたことに対する批判は文芸界の指導者が「責任を逃れ」「禍いを転嫁」しようとしたものであり、同時に中央が「偏った情報を一方的に聞き入れた（偏聴偏信）」結果だ、というものだったと書いている。またこの手紙の筆者について、李之璉は「陳企霞が書いたと考えられた」と書き、黎辛は「当時《匿名信》は陳企霞が書いたものだと考えるものがいた」と述べているが、どういう理由で陳企霞と結びつけられたのか、については、両者とも何も語っていない。一方黎之は「匿名信」には一言も触れず、両者が触れていない「作協のある党組副書記と党総支書が共同署名」で五五年六月末に中央宣伝部に出した丁玲・陳企霞の問題を摘発する「報告」について、かなり詳しく述べている。以下、この共同署名の「報告」と前記の拡大党組会議の「報告」とを区別するために、共同署名の報告を「六月報告」、党組会議の報告を「九月報告」と呼ぶ。

それによると、「六月報告」は、丁・陳に関する資料を添えて提出され、中宣部は七月下旬、部長陸定一の署名で、「中国作家協会党組が丁玲等の誤った思想作風に対して批判を加える準備をしていることに関する中共中央宣伝部の報告」を中央に提出した。これに基づいて、前述の拡大党組会議が開かれたわけである。

黎之はこの「共同署名」者二人の名は挙げていないが、「党総支書」が「党組書記」と同じであれば周揚ということになり、「党組副書記」については、黎辛が、同年八月の段階で党組副書記の邵荃麟が病気のため劉白羽が代理副書記だった、と書いている。ただ前者が周揚、後者が劉白羽であれば、普通なら「党総支書とある党組副書記」の順に書きそうなものだとも思うし、「ある」（一位）というからには副書記が複数いたことも考えられる。今後の調査に残す。

また李之璉は、中宣部常務副部長だった張際春が、丁玲と周揚の問題を扱う時、始終「複雑だ、難しい」と嘆息していたことを書いている。張際春は一九〇〇年湖南生まれ、二六年入党、二八年の「湖南起義」に参加、井岡山にも上り、長征にも参加した「老革命」で、ずっと紅軍内の教育宣伝活動に従事、五四年に中宣部常務副部長に任ぜられた人物。五六年、ソ連のスターリン批判に対する中共の見解、「プロレタリアート独裁の歴史的経験について」をまとめる過程にも関与している（《毛文稿》第六冊、五九ページ）、以下に見るように、丁・陳問題などでは、李之璉や黎辛らのよき理解者だったらしい。「五七年末か五八年始め、中宣部から国務院文教辦公室に転出、文教行政に従事するが、それが文革では「修正主義教育路線」として攻撃の的となり、六六年七月以降、くり返し「批闘」を加えられ、先ず七月に夫人の羅屏が心臓発作で死去、彼自身も六八年九月、衰弱の中で発病したが、適時に治療を受けることもできず、病状が急変して「含冤逝世」した。[19] 長い闘争歴とそれによる声望を持っていた張際春にして、なお丁玲と周揚の意見の不一致あるいは不和は手を焼くほどのものだったことがわかる。

「九月報告」は一二月中央によって批准・通達（批発）された。黎辛によれば、「一二月一五日、副部長が全国各地の作家協会分会の責任者、文芸工作の責任者及び関係者千百余人に伝達した」という。副部長というのは、文中で周揚に対する直接の名指しを避けて李之璉や黎辛がよく使っている呼び方である。

「九月報告」の全文は未見だが、李之璉・黎辛によると丁・陳の「反党」活動は次の四つの面から成るとされていた。
一、党の指導と監督を拒絶し、党の方針・政策及び指示に逆らった。
二、党の原則に違反し、感情で抱き込んで反党小集団の勢力を拡大した。
三、両面の手法を弄して挑発離間して、党の団結を破壊した。
四、個人崇拝を生み出し、ブルジョア個人主義思想をばらまいた。
そして、さらに「反党の誤りは彼女の経歴における国民党に逮捕された後南京での経過と一定の関係がある」といった文言もあった。丁・陳問題についての党の一応の公式見解が作られたわけだが、この問題をめぐる動きは複雑だった。

そもそも中宣部の内部にも、「党組報告」を部務会議で承認して中央に送ったものの、その内容に疑問を持つ人びとがいた。

丁・陳批判自体、胡風事件のあと、胡風のような「暗蔵反革命分子」を許すな、ということで始まった「粛反」（反革命分子粛清）運動の一部としての点検・相互批判運動から生まれたものだった。各機関に「粛反」小組風のものが作られ、それぞれの機関の粛清を進めていた。

部務会議の後間もなく、作協総支部から、彼らが命を受けて文章化した「陳企霞、李又然を党から除名する決定」が審査・批准を求めて中宣部の機関党委に送られてきた。（このあたり、作協党組と作協総支部、それらと機関党委との関

係など、ある程度想像はできても、確かなところがわからないものが多い。中共の組織関係に詳しい方のご教示を待つ）

「私と機関党委の同志は、粛反運動の高揚の中で、政治的にまだはっきりしていない党員に対して党除名を急ぐことは、運動の正常な展開に不利な影響を生むだろう、部務会議は同意したが、もっと多方面の意見を聞くべきだ、と考え、機関の粛反五人小組と連合して、共同でこの決定を討論することを提議した」と李之璉は書いている。五人小組の組長は中央宣伝部常務副部長の張際春だった。

この合同会議では、「トロツキー派」嫌疑での陳・李の除名は根拠不十分で再検討必要あり、というのが大勢だった。以下事態は次のように展開する。

五六年五月初め、作協の粛反五人小組と公安機関の共同審査でも陳・李の「トロツキー派」の嫌疑は否定され、「隔離審査」されていた陳・李も釈放された。

五六年六月二八日の部長（中央宣伝部長は五四年から陸定一だった）主宰の部務会議の討論でも、張際春が主宰する調査小組で、事実を再調査した上で処理に関する意見を提出する、陳企霞等が党生活に引き続き参加することに同意する、という結論になる。これは張際春から鄧小平に報告され、鄧の同意も得た。[20]

機関党委はこの決定をさらに確実に実行するため、郭小川・厳文井・康濯等八名に責任を持って調査を進め一カ月以内に結論を出すこと、報告時には張際春が主宰し、周揚・康濯・劉白羽・林默涵・李之璉・崔毅・張海等も参加させること、を定めた。この調査の結果は、彼の《文芸報》の仕事における成果を評価した上で、一、しかし彼にはそれによっておごりが生まれ、党の指導を拒否し独立性を主張した。二、丁玲との関係では、いくつかの問題で二人にセクト的結合が生じ、党の団結を傷つけた。この誤りは重大だが、反党小集団というまでには達していなかった、とした。この結論は邵荃麟等から部長（陸定一）に伝え、その同意を得た後陳企霞自身の意見を求めたが、陳はこれに不満で、「徹底平反」を求めたという。

一方丁玲は、五五年の批判の後「閉門思過」として頤和園にこもっていた。五六年夏、中央宣伝部は丁玲の「歴史」問題を審査する専門小組を組織した。三三年上海で国民党特務機関に拉致され、南京に監禁・軟禁された時期の問題を指す。この時期に彼女に「転向」があったかどうか、また二人目の夫で彼女を売った疑いのある馮達との微妙な関係は、これまでにも彼女への批判が出る度に、ある時はあからさまに、ある時は隠微な形で話題にされていた。[21]専門小組に指名されたのは張際春・周揚・劉白羽・李之璉、それに「作協党総支部のある同志」（後の記述から、幹部処長の張海だったらしいことがわかる）の五人だった。[22]この小組における論争は周揚・劉白羽対他の三人という形で、だいぶ激烈に行われたらしい。周・劉は丁玲の「自首」裏切りがあったと固執、李と二人の張は根拠がないと主張、妥協の産物として、「変節性行為」があり、それは政治的誤り（つまり「自首」や裏切りとは違う）だったと規定し、一方南京から延安地区への脱出は党の援助で実現した、と結論した。「結論の文書は討論・修正して七稿まで改め、一字一句修正を加えて通った」と李之璉は書いている。これを丁玲に伝えると彼女は「自首」が否定された点では満足したが、「変節性行為」があったという点は受け入れられないと主張した。

「歴史問題」に関する結論を中央に送った後、中央宣伝部は「丁・陳反党小集団」についても審査のための小組を作った。張際春を組長とし、小組員は周揚・劉白羽・林默涵・李之璉だった。またその下に具体的な仕事をするための工作組が作られ、その責任者となった張海も小組の討論に加わったらしい。この小組でも、先ずいかに仕事を進めるかから意見が対立したという。「ある同志たち」（と李之璉は書いているが、前後から見れば、周・劉・林の三人だったことは明らかである）は、五五年の作協党組の「報告」はすでに中央の批准を経ているのだからそこに書かれた事実を基礎として組織的処理の結論を出すべきだといい、李と張は、「報告」は政治面で結論を出したに過ぎず、組織的処理の根拠とするには事実を一つ一つ調査検討し、本人の意見も聞くべきだと主張した。報告を受けた張際春は李・張に賛成し、張海等の工作組はその方針に従って調査を進めた。

この問題の調査は、五六年の冬、ようやく終わった。このことは、作協内部を震撼し、周揚がこれまで指導してきたさまざまの闘争に対する疑問も生まれてきた。五五年丁玲批判で積極的に事実を暴露した人々の中には、当時は誰々にそう言わされたのだと言い、訂正を求めるものも現れた、という。

再調査の結果は、五五年の「報告」に述べられた事実の大部分を事実無根だったとするものだった。李之璉はその主要な例を挙げているが、ここでは省略する。

こうなれば、問題はもともとの「九月報告」の正確さも問題になるが、それは調査のための専門小組の権限外というわけで、また中宣部の部務会議に持ち込まれた。

この会議で、周揚は落ちつかぬ態度を見せ、五五年の丁玲批判は彼が提起したものではなく、党中央毛主席が指示したものだといった、「私は奇怪に思った」、それならなぜあのとき関係組織にこれは毛主席の指示だといわなかったのか、その他一切の疑問を総合して、「周揚は丁玲問題で人には理解し難い深い謎を持っている、と私は思った」。と彼は書いている。

もう与えられた枚数は尽きかけている。思い切って省略して大きい変化だけをたどる。

こうして五七年六月六日の作協党組拡大会議で、周揚は「五五年の丁玲批判には闘争だけで団結がなかった、丁玲のような古い同志をあのように扱うべきではなかった」と発言し、事実上の自己批判を行った。ところが、そこに事態の急変が起こる。「百花斉放・百家争鳴」から「反右派闘争」への転換である。二日後、六月八日の《人民日報》には有名な社説「これはどういうわけか」が載り、同日、「力を組織し、右派分子の攻撃に反撃を準備することに関する指示」が党中央から出た。六月の会議は三回開かれたまま休会になっていたが、七月二五日に再開された。しかしこの会議は完全に性格を変え、丁・陳に反撃する闘争会になっていた。周揚の報告は、六月六日の発言から一八〇度変わり、五五年の批判は基本的に正しかった、とするものだった。さらにこの批判は上部の指示で行われたことを表明、「したがって、周揚の演説はこう暗示していた、彼は党を代表するだけでなく、絶対正確でもあるのだ」

この間、丁玲問題に関する毛沢東の見解はどうだったか。私の調べた範囲で、批判が起こってからもっとも早く丁玲に触れているのは、五七年一月である。

「蕭軍・丁玲の類に対しては、殺すのも、投獄するのも、取り締まるのも、どれもよくない。そのたくさんのしっぽをつかんで（原文抓辮子）、社会的に鼻つまみものにしなければならない」（「省・市党委員会書記会議における発言」[23]）

ついで同年一〇月、「大鳴大放しても、第一に乱にはならない、第二に舞台を下りられなく（引っ込みがつかなく）なることもない、個別の例を除いては。たとえば丁玲は舞台を下りられなくなった。またたとえば馮雪峰、彼は出版社の社長だったが、彼はそこで火をつけたので、舞台を下りられなくなった」（「最高国務会議における講話」[24]）

つまり、毛沢東は、「百花斉放・百家争鳴」の運動にも拘わらず、「反右派闘争」に転換する以前も以後も丁玲に対する否定的評価を変えなかった。そして、「反右派闘争」の矛先が「党内の右派分子」に向いてきた五八年一月には、《文芸報》編集部に、丁玲の「三八節有感（国際婦人デーに思う）」「在医院中（病院にて）」を含む、延安時代に批判の対象になった王実味・蕭軍・羅烽等の文章の「再批判」特集を組むよう指示し[25]、閲覧・審査を求めてきた編集部の「按語」に自ら加筆した。加筆した部分は四カ所にわたっており、そのすべてで丁玲に触れているが、決定的な部分だけ引用する。

「丁玲・陳企霞・羅烽・艾青は党員である。丁玲は南京で自首書を書き、無産階級と共産党を蔣介石に売った。彼女はそれを隠し、党の信任を騙しとり、延安《解放日報》文芸副刊主編になり、陳企霞は彼女の助手だった」[26]

南京時代すなわちいわゆる「歴史問題」についての先に見てきたような調査も議論も一切を無視した断定だが、胡風の場合同様、これが動かし難い「結論」になったことは確かである。事実、丁玲を弁護した李之璉等は、間もなく「党内の右派分子」とされ、党を除名されることになる。[27]

このような毛沢東の態度と、先に見た五七年六月から七月の間に起こった周揚の態度の急変との間に、直接の関係があるかどうか、現在のところ確かな資料はない。後に『毛沢東思想万歳』に収められたような文書が、当時党内のどの程度の範囲に知られていたのかについても、寡聞にして知らない。「反右派闘争」への転換を毛が決意したのが五七年五月一五日、周揚がそれを知ったのは五月一八日だったことは、当時《文芸学習》の編集委員で、邵荃麟と親しかった黄秋耘の証言がある。[28] それが原因とすると六月六日の周揚の態度は説明がつかない。敢て想像を加えれば、五月一五日に毛が書いて限られた範囲の幹部に配布した「事情正在変化」[29]に、党内の修正主義思想、右翼日和見主義思想を持った人々を、「彼らの思想はブルジョア思想の党内への反映」だとし、それとの闘争にかなりの部分を割いていたことなどが、周揚には一つの警告あるいは激励と意識されただろうが、当初はなお毛の意図をつかみかねたままの、半ば勘に頼った微妙な情勢判断の上でのほとんど本能的な選択の揺れだったのかも知れない。

もう一つ、潘漢年の場合もそうだった。二〇年代末に入党し、以後「福建革命」時の「福建人民政府」との協議、遵義会議後のモスクワ、西安事変後の国共交渉など、複雑微妙な局面になると決まって交渉の場に起用されたほか、常に「統一戦線」の要に位置し、解放後は陳毅の下で上海副市長を勤めていた彼が、抗日戦中に使っていたダブルスパイ的な人物との複雑な関係を陳毅に報告し、陳毅も、毛沢東に報告しておくが心配するなといっていたのに、報告を受けた毛沢東は「この人物は今後信用してはならない」と「批示」し、ただちに逮捕・審査の決定が出された。[30] そして、それに対しては、陳毅もまた恐らく周恩来も無力だった。

五　歴史における個人

しかし以上の例から、「一七年」の文学界における思想統制ないし冤罪の責任のすべてを毛沢東個人の性格や、それと結びついた専制に還元するのは、やはり問題を正確に認識する道ではないであろう。渓内謙氏は、『現代史を学ぶ』の中で、コリングウッドが出来事の内面の思考を個人のそれに限定する傾向を持つのを、E・H・カーが批判していることに触れつつ、こう書いている。

「とくに現代史においては行為者の心中にある思考は、純然たる個人的思考の過程ではなく、さまざまな複合的要因、たとえば、幹部集団の心理、理念、利害関係、被治者またはその部分の気分、世論の動向、社会・経済・文化の水準と状況、制度的制約、国際環境、時代精神などの要因が重層的に出来事の内面に影響を及ぼし、その制約条件となるでしょうから、行為者の思考の展開は、行為者個人に還元され得ない複雑な過程と見るべきです。(31)」

当然の指摘のように聞こえるかも知れないが、「私生活」も含めて暴露されるさまざまな事実や現象に目を奪われて、単純化された「独裁者毛沢東」のイメージだけが一人歩きし、まともな毛沢東研究や本格的な毛沢東批判を考える研究者が少なくなっている現状に照らせば、至言というべきである。

本稿での問題に即していえば、建国後の文化・イデオロギー問題の大部分に、毛沢東が深く関わっていること、その誤り・失敗の責任の多くが彼に帰せられるべきであることは、これまで見てきたところからも認められるだろうが、そこから個人崇拝の害や、文化・イデオロギー問題に政治が介入することの危険を再確認するだけで問題を終わらせたのでは、歴史からの学び方として、あまりに貧しくはないか。毛沢東の誤りと責任がはっきりした後には、それにもかかわらず当時彼の誤りを認識し、それを正そうとする人物や流れが生まれなかった、少なくとも力を持てなかったのはなぜか、という問いが続かねばならないであろう。つまり丸山真男氏がすでに五〇年代にルカーチを引きながら言ったように、そこでは「問題はすでに組織論として提示されている」のである。(32)この場合、「組織論」ということばを、単に制度論の側面のみから理解することは、問題をまた単純化することになるだろう。必要なのは、その組織を支える思考方法、構成員の心理といった問題をも視野に入れ、それらの関係の総体が生み出す運動法則に検討を加えることであろう。

具体的問題で言えば、胡風や丁玲に対する批判における周揚の役割という問題がある。周揚が毛の意思を忖度し、それから外れまいと腐心していたことは見てきたとおりだが、そもそも文化分野の状況についての毛の認識は何によって形成されたか、周揚の公式非公式の「報告」が少なくともその一部を占めある程度の役割を果たしたことは否定できない。李之璉・黎辛・黎之の三人の間にその点の認識の違いがあるのも、問題の複雑さを示すものだが、それは周揚が「文化官僚」だったからだけではない。彼も一方において知識人だったし、周揚ほどではなくても、知識人の多くが、思考方法・行動様式等に矛盾を含みながら、「政治」と関わりを持ったのが中国の知識人だったと考えた方がいい。その複雑なあり方と、彼等の足跡の意味を考える仕事は、まだ始まったばかりである。

現代中国における知識人の問題を検討した仕事は、中国国外では文革中から始まり、文革後は中国国内でも相当数のものが見られるようになった。[33] それぞれ貴重な仕事であり、私もそれらから多くのものを得たが、それらによっても残されている問題は少なくない。

残された問題の一つを言えば、繰り返しになるが、知識人が経験してきたさまざまな「愚行、悲惨、蛮行」が明らかにされて来た割には、それらを生み出した「力と論理」を始めとする「メカニズムの総体」に迫ろうとする点でやや不足し、いわばそれらが所与のもの、既定の前提のように扱われ、それらがなぜどのようにして出て来たか、知識人の側がそれをどう感じ、どう受けとめたか、それらがほとんど力を持てなかったのはなぜか、といった問題への関心が弱い、ということだろうか。

もちろん、資料的制約があったことも事実である。しかし部分的にもせよ史料が現れ、そのメカニズムの少なくとも一部を検討する手がかりができた今日でも、それらの史料を生かして、過去の仕事の欠点を是正し発展させるような仕事があまり現れて来ないのは、先に触れたような空気の影響のほか、当時の中国共産党ないし毛沢東の政策を考える時、意識するにせよしないにせよ、それらがどこか異世界のブラック・ボックスから発信され、その内部に働く論理や力は、始めから資本主義世界とは根本的に異質の不可解なものという前提が存在してはいないだろうか。そこで力を持つのは、たとえば「社会主義」＝プロレタリア独裁＝最高指導者の個人独裁、「社会主義」における文学＝政治主義、功利主義といった「常識」等である。

私もそれらの「常識」が単に偏見から生まれたものとは考えない。外部世界への過度の警戒心、情報公開の決定的立ち後れ等々を始めとして、中国共産党自身の中にブラック・ボックスのイメージを作り上げる数々の要因があったことも事実である。それは今日でも完全にはなくなっていない。しかし、だとすればますます、「一七年」を動かした政治的思想的その他多面的な要素を含むメカニズムを、もっと事実に即して具体的に明らかにする課題を、無視あるいは忘れてしまって好いはずがない、と私は考える。

注

（1）近年の中国では、文学史の分野で、この期間に書かれた小説について「一七年小説」という総称も用いられている。ただ、「一七年」というだけではわかりにくいという意見もあったので、本稿では「建国後一七年」とした。

（2）たとえば

『建国以来毛沢東文稿49・9－65・12』一一巻　87－96　中央文献出版社（「内部発行」とあるが、私は日本の書店で普通に購入した。以下《毛文稿》と略称）

『毛沢東書信選集』83　人民出版社

薄一波『若干重大決策与事件的回顧』上下　91－93　中共中央党校出版社

R・マックファーカー等編、徳田教之等訳『毛沢東の秘められた講話』上下　92－93　岩波書店

回想記類は数多いが、特に注目すべきものとして、李之璉・黎辛・黎之三氏が、最近数年間に主に《新文学史料》に発表し

ている回想記がある。三氏の経歴及び回想記の題目・掲載誌の巻号については別の拙論「李之璉・黎辛・黎之について」(『日本中国学会五十年記念論文集』)を参照されたい。

(3) ここで「社会主義」という語を敢て使うのは、一九八九年あるいは九一年まで「社会主義」とされていた諸国の体制をそう呼ぶこと自体が適切かどうかという問題を無視するからではない。ロシア革命以後の旧ソ連および第二次世界大戦後に中国と東欧に成立した諸国の体制を真の社会主義ではなかったということは簡単だが、その前提に立てば「社会主義」社会は今までどこにも実現していないことになるのだから、尺度となるべき真の社会主義はどういうものかをめぐるスコラ的議論に陥るか、あるいは自分の考える社会主義とはこういうものではないという判断あるいは決意を示すに止まり、政治的・思想的態度の表明以上の意味を持たない。そうした態度の表明が今日の日本で持つ意味を私は否定しないが、学問的には問題はそれでは片づかない。これらの諸国が社会主義ではなかったというだけでは、これらの諸国がなぜ理念あるいは指導原理として「社会主義」を掲げたのか、「社会主義」を掲げたことがこれらの国家・社会にいかなる力を及ぼし、どのような問題を生じさせたか、ということを内在的に検討する課題を忘れさせる惧れがある。スターリンの粛清や中国の文革を始めとして、あたかも「社会主義」諸国に固有の病理であるかのように共通して発生した多数の冤罪事件は、いずれも「社会主義」の名の下に、「反社会主義」的思想・行動あるいは「社会主義」からの偏向・逸脱との闘争として起こったのだし、農業集団化をめぐるスターリンや毛沢東の誤りなどは、少なくとも主観的には「社会主義」を目標にしたからこそ起こったものだった。

(4) 渓内謙「ソヴィエト史における〈伝統〉と〈近代〉――〈上からの革命〉の一断面」『思想』九六年四月号。なおここに述べられている学問的態度が、学問的方法の問題として具体的に展開され、「歴史学入門」としての側面も持つように書かれているものに、同氏『現代史を学ぶ』九五年六月 岩波新書がある。小論は、同書および前掲『思想』掲載論文から多大の示唆を受けている。

また同氏はここに引用した部分の終わりに、「丸山真男『思想史の考え方について』『丸山真男集』第九巻、一九九六年、七六―七八頁」と注記している。その部分は左のような文章である。

「……過去の伝統的な思想の発掘を問題にする場合に、われわれはその思想の到達した結果というものよりも、むしろその初発点、孕まれてくる時点におけるアンビヴァレントなもの、つまりどっちに行くかわからない可能性、そういったものにいつも着目することが必要であります。（中略）

思想が創造される過程のアンビヴァレントなところに着目するということは、ある思想の発端あるいはそれが十分に発展しきらない前の段階において、そこに含まれているいろいろな要素、それがもっているところの、どっちにでも行きうる可能性、そういうものに着目するわけです。そうして次の歴史的段階あるいは時代において、そのうちのある一つの可能性というものが問題にもならないほど小さくなったとすれば、それははたしてどこまで思想内在的な、あるいは思想家内在的な要因によるか、ということが当然問われることになるわけです。ところが結果から判断いたしますと、結果においてそういう方向をとらなかったから、その思想は本来その方向への可能性を持っていなかった、と理解されやすい。そういう結果論では、『勝てば官軍』ということになってしまい、過去における豊かな思想を本当の意味で十分に学ぶことが困難になってまいります」

これは「思想史」についての文章で、歴史そのものの問題とは細かい点ではズレが出てくることは当然だが、渓内氏がそれを挙げられたのは、この基本的な考え方は歴史そのものについても貴重な指摘だと考えられたからだろう。一部省略して引用することは氏の意図を歪めることにならぬかと恐れるし、ここに引用すること自体蛇足かも知れないが、敢てもう一度引いておきたい文章である。

（5） 胡風の問題が「事件」すなわち文学理論の問題から政治問題に転化する時点の前後に関するものだけに限り、その主なものだけ挙げておく。

康濯：「〈文芸報〉与胡風冤案」『文芸報』89・11・4－11・18

林黙涵：「胡風事件的前前後後」『新文学史料』89年3期

梅志（胡風夫人）：「歴史的真実」『新文学史料』90年1期

朱甫暁：「我的父親与胡風」『新文学史料』90年1期

舒蕪答問、奚純整理：「第一批胡風材料発表前後」『新文学史料』90年1期
黎之：「回憶与思考――関于『胡風事件』」『新文学史料』94・3
葉遙：「従〝宗派主義〞到〝反革命集団〞――我所記得的有関胡風冤案〝第一批材料〞及其他」『文芸報』九七・一一・二九

(6) 常務編委三人のほかの編集委員は、馮雪峰、黄薬眠、劉白羽、王瑶。作家協会での地位を含めて、この項の叙述は、李愷・梁超慧編『康濯研究資料』84湖南人民出版社所収の「康濯生平年表」による。

(7) 「関於解放以来的文芸実践情況的報告」内容は四部からなり、うち二部に当たる「いくつかの理論的問題に関する説明資料」と四部に当たる「参考としての提案」だけが、「文芸問題についての胡風の意見」と題して、《文芸報》五五年一・二期合併号付録として公表された（日本の読者にはこの付録はとどかなかった）。これに第一部に当たる「数年来の経過の概況」を加えたものが、《新文学史料》八八年四期に載ったが、三部に当たる「実例および党性について」はなぜかそこでも「略」とされている。（その後『胡風全集』6、九九年一月湖北人民出版社に上記で「略」とされた部分を収められた。さらにそれにも少量あった削除部分を含めた胡風『三十万言書』二〇〇三年一月、湖北人民出版社が出ている。）

(8) 周揚「我們必須戦闘」《文芸報》五四年二三・二四期合併号。『周揚文集』第二巻（八五・一〇、人民文学出版社）所収。

(9) 『毛文稿』第四冊、六二五―六二六ページ。

(10) 《文芸報》五四年二三・二四期合併号。

(11) 『毛文稿』第五冊、五―六ページ。なお同書では毛の加筆部分を宋朝体で印刷されており、細かく見ればそれなりに興味もあるが、特に重要な意味を持つとはいえないようであり、明朝体で印刷された原文とのつながりの悪い箇所もあって、疑問も残るので、ここでは原文は引かないことにする。

(12) 『毛文稿』第五冊、九―一〇ページ。康濯の文章にも同じものが引かれている。

(13) 当時から文革までについての多くの回想録類には、この後に触れる五五年五月一三日朝の周の電話の話を始め、「右派」とされた後にも周に「同志」と呼ばれ激励された、等の話がよく出てくる。それが実質的にあまり意味を持たなかった例も多いようで、文革時を含め、周恩来の役割、位置づけをどう考えるか、さらに広く中共最高指導部内における意思形成過程が

どういうものであったか、についてはまだ不明の点が多い。「一七年」を客観的に明らかにするために残された重要問題の一つである。

（14）『毛文稿』第五冊、一一三—一一四ページ。

（15）その経過を説明したのが、注（5）にあげた、舒蕪答問、奚純整理：「第一批胡風材料発表前後」であり、さらに九七年秋に書かれた葉遙「従〝宗派主義〟到〝反革命集団〟——我所記的有関胡風冤案〝第一批材料〟およびその他」《文芸報》九七・一一・二七である。林黙涵：「胡風事件的前前後後」にも、この点に関する記述がある。それらの中、もっとも詳細に述べている葉遙の文章を中心に、舒蕪あての私信が公開されるまでの経緯を簡単にまとめると以下のようであった。

五五年三月下旬か四月初旬、胡風文芸思想批判の最中、《人民日報》文芸部記者だった葉遙は、《人民日報》文芸組の責任者だった林淡秋・袁水拍の部屋に呼ばれ、胡風批判の原稿集めの状況等について打ち合わせをしていた。その時、袁水拍がふと、胡喬木が前に胡風のセクト主義は重大だ、彼らのセクト活動がわかれば文章にできる、と言っていたことを思い出した。ただ三人ともそれは難しいだろうと思った。胡風とつきあいのある、よく知っている人物でなければ書けないが、そういう人物は書きたがらないだろう、というのである。がとにかく、緑原・路翎・舒蕪等に当たってみようということになった。葉遙は中央宣伝部で国際宣伝にたずさわっていた緑原に当たるが、「水準が低いから、党機関紙に原稿を書くなんて、とても」と断られる。次に青年芸術劇院創作室に路翎を訪ねたが、創作室の責任者李某に、路翎は最近「情緒不好」だから会っても何も話せないだろう、と言われ、そのまま帰った。

そしていよいよ舒蕪になる。葉遙は、舒蕪夫人の陳沅芷とは北平師範学院（後の北京師範大学）中文系で同級で宿舎もいっしょだった。彼女はちょうど舒蕪と恋愛中で、舒蕪から送られてきた《希望》《呼吸》などの雑誌を葉遙にもよく見せてくれた。四七年頃、北師院の活動的な学生は「総合的な文芸誌」《泥土》を出し、葉遙も編集に加わったが、陳といっしょに舒蕪に原稿を頼みに行ったこともあった。四七年五月二〇日に行われた舒蕪と陳の婚約の茶会には、彼女も招かれたという関係だった。

葉遙は北師院卒業後、冀東解放区に行き、《冀東日報》等の記者をつとめた後、五〇年七月、異動で、《人民日報》に配属された。

五二年五月二五日、舒蕪は《長江日報》に「従頭学習〈在延安文芸座談会上的講話〉」という文章を発表し、四五年に《希望》に書いた「論主観」について自己批判していた。これに、中宣部副部長の胡喬木が、《希望》は「胡風を頭とする文芸上の小集団が出した雑誌であり」「〝主観精神〟の役割を一面的に誇張し、……実際上は革命実践と思想改造の意義を否認する……ブルジョア・小ブルジョア文芸思想に属する」という按語をつけ、六月八日の《人民日報》に転載して、舒蕪が過去の誤った観点を批判したことを歓迎すると述べた。この時の「小集団」という言葉も、多少議論を呼んだらしい。賛成する者が多かったが、小集団とまでいうのは重すぎるという意見もあった、と葉遙は書いている。一方、胡風文芸思想に対する公開の批判を要求する投稿も多かったが、それらの取り扱いについて指示を求められた胡喬木は、投稿は水準が低く説得力がないとして、それらを使うことに反対、あらためて人民日報社の名で舒蕪にもっと詳細な自己批判と胡風批判の文章を書くことを求めるよう袁水拍に指示した。この時、袁水拍の指示で、人民日報社名の手紙を起草したのが葉遙だった。

こうして、舒蕪の「路翎への公開状」が《文芸報》五二年九月二五日号に載った。これには、次のような文言があった。「我々の誤った思想が、我々に文芸活動においてすべてを排斥する小集団を形成させた」「根深い強固なブルジョア文芸思想が、我々に党の文芸政策・指導に対して、完全に敵対的態度をとらせた。……当時胡風を核心として、《希望》によく作品を発表していた我々数人は、たしかにこのような文芸小集団を形成していた。しかし、当時我々が〝セクト主義〟〝小集団〟といった文字を見るたびに、それらは何にもまして我々を怒らせ、憤激して争おうとさせたことが、まさに痛いところを突かれていたことを証明している」

葉遙は、以上の経過を明らかにするのは、胡風文芸思想批判中の一部の文章には、自分も仕事でタッチしたこと、および胡風に対する〝セクト主義〟〝小集団〟などといういい方はすでに三年前から新聞・雑誌や会議の席上などでは見聞きされたものであることを明らかにするためだと言っている。緑原や路翎と違って、すでに胡風の〝セクト主義〟についてはっきり書いている舒蕪に原稿を求めるのは、夫人との関係もあって、わりに気が楽だったようである。

舒蕪は五三年に広西の南寧から北京に移り、人民文学出版社で古典文学の編集の仕事をし、陳沅芷夫人も同社で仕事をしていた。葉遙が彼らを人民文学出版社の宿舎に訪ねると、夫婦の他に舒蕪の母も、それに子どもも在宅しており、一家で暖かく迎えてくれた、と彼女は書いている。
しばらくは舒蕪の母も交えて昔話などに花を咲かせたあと、彼女は、今日来た目的は、一つは旧友に会うこと、もう一つは胡風批判の原稿を頼むことだ、と切り出した。舒蕪の母は、「あなた方はどうぞお仕事の話を」と言い、お昼を食べて行け、と熱心にすすめてくれ、陳沅芷に支度をさせながら自分は時々出てきてダブルベッドの縁に腰を下ろし、彼女と舒蕪の話を聞いていた。この後は重要な部分なので彼女の文章をそのまま引用する。

「私はズバリ本題に入って舒蕪同志に言った。私たちは胡風文芸思想を批判する原稿を集めていて、すでにかなり集まっているが、別の文章、たとえば胡風のセクト主義についてなどを書いてもらえないだろうか。貴方は〈路翎への公開状〉でこの問題に触れているが、もう少し具体的に、詳しく回想してくれないか、根拠がたしかなことが必要だが。
舒蕪同志は承知した。彼ももともとこのテーマを書こうかと考えていた、とも言ったような気がする。彼は抗日戦争時期、重慶で胡風・路翎等とつきあっていたこと、一九四五年彼の〈論主観〉が発表された後、胡喬木同志が彼を訪ねてきて批判したこと、彼は不服で胡風等と手紙でやりとりしたことなどを回想した。私が彼に『その手紙まだありますか』と聞くとあるという。彼がその時、それらの手紙は安徽の実家に置いてあって持ってきていないと言ったか、それとも持ってきたが整理していないと言ったか、今ではははっきり憶えていないが、ただ、舒蕪のお母さんが機敏な動作で腰をかがめてダブルベッドの下から小さなトランクを引っぱり出し、ふたを開けて、『みんなここにあります』と言ったことははっきり憶えている。舒蕪同志は、これらの手紙を根拠にして胡風のセクト主義を書こうと思う、と言った。(中略)
食事の後、私は舒蕪に、胡風等にあてた彼の手紙をあらかじめ借りて読むことはできないか、と持ちかけた。彼は『いいですよ』と言った。私が手紙の数をきちんと数えると、およそ百通あまりあり、みな封筒に入ったままの手紙で、製本はしてなかった。私は包みから緑色のタオルで作った小さい袋を取り出し、手紙を入れると、袋はぱんぱんに膨らんだ。私は舒蕪同志に、『安心して。信用して下さい。一通もなくしはしません、読み終わったらそっくりお返しします』と言った」。
葉遙は、家に帰ると深夜までかかって預かった手紙を読み終え、翌日袁水拍に見せ、袁も読み終わるとまた林淡秋にわたした。「これらの手紙は、当時文芸組では我々三人だけしか見ていない。私は手紙をなくして約束を破ることになるのを恐れ、すぐ舒蕪の家に行き、一通の間違いもなく舒蕪に返した」。

手紙の内容についての感想としては、葉遙は、彼女も林・袁もびっくりした、「誰についてどの事実を指したものかはわからなくても、皮肉や悪口はだいたい読みとれた。当時は胡風同志とその友人たちには間違いなく重大なセクト主義があると考えた。それだけで、別の議論や見方はなかった」と書いている。この過程で、葉は袁に、引用を原文と対照したいから、手紙をもう一度借りてくれ、と言われて、借りてきている。この時には手紙はもう製本されていた、という。

こうして舒蕪は「胡風のセクト主義」と題する文章を書く。葉・林・袁の三人もこれでよいとし、その後袁はこの文章と胡風の舒蕪あての手紙を、中宣部の林黙涵に廻した。

林は、舒蕪と話して、「胡風のセクト主義」を、手紙を中心にした「胡風小集団に関する若干の資料」と書き改めさせる。これが毛沢東の手元にまで廻って「胡風反党集団に関する若干の資料」となり、さらに「第三批材料」に至って全部が「反革命集団」と呼ばれるに至った経緯は、以下の本文に見るとおりである。葉遙も、「資料」につけられた毛沢東執筆の按語を読んだときは、「青天の霹靂」と感じ、呆然とした、と書いている。

注の一項目としては不適切なまでに長くなったが、この事件の転換点になった舒蕪による私信の提出という事実の評価と位置づけに関わると思うからである。たしかに舒蕪の私信が公開されなければ、第二、三の材料の「自発的」提出も「押収」も、したがってもちろん公開はなく、それらに述べられていた事実の誤解も曲解もなくすんだかも知れない。しかし、それを単純に舒蕪の「背信」「裏切り」あるいは人間的・思想的「弱さ」に還元して終わって、問題の政治的側面を視野の外に置くならば、それはむしろ複雑な政治との関わりの中に含まれる多様な人間的・思想的問題を無視ないし軽視することになり、この事件から汲みとるべきものを汲みとらずに通り過ぎることになるのではないか。

葉遙らの語る事実は、舒蕪が私信を提出したのが、当初考えられたようには「自発的」なものではなかったことを示している。あのような状況下で舒蕪が提出を拒否したとして、ことがそれで終わるはずもなかった。舒蕪が提出を拒否すれば、彼自身も「胡風分子」と認定され、家宅捜索その他によって、私信は結局当局の手に渡っただろう。さかのぼって舒蕪が胡風の「セクト主義」を批判したことに、彼の自己防衛の意図を見るのは、間違ってはいないかも知れない。しかし一つの論理が、強力な「正義」として迫ってくる時、その全体には同意しかねながらもその一部には抗いがたいものを感ずる人物が、その一部に同意することによって、全体への同意を避けようとする選択をした場合、その結果がその人物の意に反する結果になったとして、彼の選択自体を責められるだろうか。その人物への批判は、少なくともそういう状況を生みだした政治的・思想的力そのものの分析とそれへの批判と結びつけてなされなければ、むしろ問題の本質をそれると私は考える。事件の被害者だった人々が、今でも舒蕪を許せないのは理解できるが、彼らの怒りを真に生かすのは、問題の持つ複雑なすべての側面を解きほぐすことではないだろうか。（その点で注目すべき最近の仕事に、木山英雄の一連の仕事がある。「旧詩の縁－紺聶弩」『中国－社会と文化』九号　九四年六月　中国社会文化学会。「楊憲益とその『銀翹集』のこと」『文学』一九九六年秋。『打油』三昧――黄苗子――」『文学』九八年冬。「打油三昧」が、「漢詩の国の漢詩――煉獄篇二」とされているところからみて、連作の予定らしい。小論とは違った発想と視角から、中国知識人のこの種の問題に関する文人的関わり方を解き明かした、深みのある仕事である。）

（16）　一例だけを挙げておく。当時、決定的な証拠と受けとられた一つが、四四年五月一三日付、緑原の胡風あての手紙にあった、「私は中米合作所に配属されることになりました。場所は磁器口、一五日に着任です、航委会行きはやめです」という文言だった。中米合作所は、当時重慶に設けられていた中米の特務機関の合作所で、その役割や実状は、六〇年代になって書かれた小説「紅岩」に詳しい。当時から、この機関の性格や役割はかなり知られていたから、この文言は、緑原がそれに関係のあった証拠として、広い範囲で怒りを呼び起こした。

しかし、事実はそうではなかった。当時緑原は、重慶に移っていた復旦大学外国文学系に在学し、大学によって他の学生たちとともに在華米軍の通訳に当たらせられていたが、訓練期間中から当局によって「思想問題あり」とされていたため、配属先を決めるとき、中米合作所に変更になった。彼は不安を感じたが、他に知り合いもなく、胡風に助けを求めたのだった。彼は返事を待てず、その日の中に胡風を訪ねた。胡風は中米合作所の実状についてはまだよく知らなかったが、「思想問題」で配属先変更というのは、疑いもなく危険だ、行ってはならない、と決め、別の仕事を探しにかかった。そのさなか、緑原がまだ「合作所」に着任していないことを知った当局がひそかに逮捕状を出し、それがすでに大学まで来ている、という情報が、復旦大の章靳以教授を通じて伝わってきた。もはや重慶にはいられない、緑原は胡風が書いてくれた紹介状を持って、四川省北部の岳池県に行き、変名を使って教師になった。以上は緑原が、名誉回復後に書いた「胡風と私」（《新文学史料》八九年三期）で述べたところだが、これが事実であることは、黎之も注（5）前掲の文章で確認している。それによれば、黎之は、胡風集団に関する「第三の資料」の発表後公安部の胡風事件に関する資料整理に参加した。緑原の言う事実は、早い段階で、公安部の調査でも明らかになり、彼の胡風あて書簡が「反革命」の証拠にはならないこと、したがって「第三の資料」につけられた毛沢東の筆になる「按語」が根拠を失うことも、公安部では明らかになっていた。「だが（この事実は）、当時もその後も、ずっと広範な読者には知らされず、緑原に長期にわたって「特務」の帽子をかぶせることになった」、しかも文革後に緑原が適当な範囲で事実を明らかにすることを組織に求めたのに対しても、「組織として正式に説明を公表することは不適切である、関係者に文章を書いて説明してもらえばいい」という回答だった。黎之はそれで八六年四月四日《人民日報》に一篇の文章を書いた、という。事件発生後間もない段階で、公安部レベルでこういう認識に到達していたという事実は重要である。にもかかわらず、毛の執筆である「按語」そのものにさかのぼって訂正することは不可能だったのだろう。それが、具体的にはどのような力あるいは空気だったのかは、さらに今後の解明に待たなければならないが、あれだけ喧伝された胡風事件の裁判がなかなか開かれず、六五年まで判決が出なかったということにも、こういった事情がからんでいたのだろうと私は推測する。

（17）注（4）前掲『現代史を学ぶ』八九ページ。

（18）李之璉：〈不該発生的故事〉《新文学史料》八九年三期。

〈我参与丁・陳「反党集団」案処理経過〉《炎黄春秋》九三年五号（総一四期）。邦訳は江上幸子訳『中国研究月報』九三年一一月、五四九号（私がこの筆者と文献を知ったのも、《炎黄春秋》のコピーを江上幸子からもらったことによるものであり、小論の丁玲関係の部分は、それを最初の手がかりとしてできたものである）。

〈一場是非顛倒的鬧劇〉《新文学史料》九四年三期。

黎辛〈我也説説「不応該発生的故事」〉《新文学史料》九五年一期。

〈対《回憶与思考》的回憶与思考〉《新文学史料》九六年一期。

黎之〈回憶与思考――整風・鳴放・反右〉《新文学史料》九五年一期。なおこの三人について詳しくは、その後の拙稿「李之璉・黎辛・黎之について」(『日本中国学会創立五十年記念論文集』、九八年一〇月)を参照願いたい。

「丁玲・陳企霞集団」とされている陳企霞については、丁玲に比して、資料も研究も少なく、私の知る限り、江上幸子「陳企霞批判と《創造新英雄人物討論小結》」(『中国研究月報』四九二号　八九年二月　中国研究所)がほとんど唯一のものである。中国では最近、陳恭懐〈関于父親的《陳述書》〉(《新文学史料》九八年一期)が出たが、彼については、まだ本格的に検討する準備がない。本稿では、丁玲にしぼる。

(19) 張際春については、文化界の人ではないために私の手元にはほとんど資料がない。以上の経歴は、注(18)前掲の三氏の断片的な記述の他、王宗柏「張際春」(『中共党史人物伝』第二三巻　八五年　陝西人民出版社)、および廖蓋隆等主編《中国人名大詞典・当代人物巻》九二　上海辞書出版社による。ただし中宣部常務副部長時代の活動内容に触れているのは三氏の記述だけである。

(20) 李之璉は鄧小平を「中央総書記」としているが、鄧が総書記に選任されたのは、同年九月の中共八全大会であり、それ以前は中共中央秘書長。鄧小平への報告が六月二八日の部務会議の「会後」という記述とは、矛盾が残る。

(21) 軟禁当時の問題については、丁玲自身が名誉回復後に書いた〈魍魎世界〉(《新文学史料》八七年一期、のち単行本も何種か出ている)で、当時の彼女自身の複雑な心境を語っている。また関連資料も付載されている。

(22) 中国語の「自首」は、日本語と同様の意味のほか、逮捕されて自分が共産党員であることを認めることから、「転向」声明風のものを出すことまでさまざまの内容を含む。簡単には訳しがたいので、原文の意味でそのまま使用する。

(23) 『毛沢東思想万歳』(丁本)。七六ページ。邦訳は東大近代史研究会訳『毛沢東思想万歳』上、七四年三一書房。「丁本」という名称も同書二ページによる。

(24) 前掲書注(16)一二八ページ。

(25) 〈対《文芸報》〝再批判〟特輯編者按的批語和修改〉注一による。『毛文稿』第七冊二一ページ。

（26）注（25）前掲文。
（27）李之璉「一場是非顛倒的批判鬧劇——一九五八年中宣部批判処理機関党委幾個領導人的経過」《新文学史料》九四年三期
（28）黄秋耘『風雨年華』八八年増補再版　人民文学出版社、一七五－一七七ページ。
（29）「事情正在変化」注釈、『毛文稿』第七冊　四七六ページ。
（30）潘については、拙稿「潘漢年について・初稿」『伊藤漱平教授退官記念中国学論集』八六年　汲古書院　所収参照。彼の名誉回復後まだ日も浅く、何人かの回想・追悼が出ただけという時期に書いたもので、その後出た資料を加えて全面的に書き直す必要があるものだが、ともかく日本語で書いた文章としては、まだほとんど唯一の論文。九六年には生誕九〇年に当たったこともあって彼に関する本が多く出た。毛の批示については、たとえば中共上海市委党史研究室編『潘漢年在上海』九六年　上海人民出版社　四一四ページ。
（31）注（4）前掲『現代史を学ぶ』二〇七ページ。
（32）丸山真男「『スターリン批判』における政治の論理」原載『世界』56・11、五七年改稿。『丸山真雄集』第六巻、九五年岩波書店。
（33）主なものだけ挙げておく。
竹内実：『中国　同時代の知識人』六七年67　合同出版社
M.Goldman：*Literary Dissent in Communist China* 67 Harvard University Press.
竹内実：『現代中国の文学』七二年研究社
M.Goldman：*China's Intellectuals* 81 Harvard University Press.
戴晴・田畑佐和子訳：『毛沢東と中国知識人』九〇年　東方書店（原作は八八－八九年に各誌に発表されたもの）
小山三郎：『現代中国の政治と文学』九三年　東方書店
なお平野正氏もこのテーマを継続して研究しておられ、専著もあるが、直接には主に建国前すなわち「一七年」に先立つ時期を扱ったものなので、ここには挙げなかった。

中国知識人の選択
——蕭乾の場合——

蕭乾（一九一〇—）は、日本では最近まで研究・評論はもちろん、翻訳・紹介さえあまりなかった文学者である(1)。中国でも、特に一九五七年に彼が「右派」とされて以来、ほとんど論じられることがなかった。文革前に出た作家別の研究文献目録の類にも、ほとんど彼の項は見られない。

最近の中国では、若い読者・研究者の人気が、従来軽視されていた作家たちに集まり、魯迅・郭沫若・茅盾等には、過去の反動からか、一部に反撥がある、ということもいわれている。その場合、従来軽視されていた作家の例として、よく名をあげられるのが、徐志摩・戴望舒・郁達夫・沈従文・銭鍾書・蕭乾等である。

歴史がある転換点を通過した時、それまで軽視されて来たということが、それ自体で人々の注目を集める理由となり得るのは、人間の自然な本性に根ざすものであろう。しかし、それが往々にして、過去の歴史の裏返しになり終わる例も、我々が従来見なれてきたものである。ここでは例を蕭乾に限るが、彼を非ないし反左翼文学とする成見が先行して、彼の精神の軌跡を内在的にたどることがおろそかにされるならば、それは彼を「右派」として否定して来たかつての中国の見方の裏返しに終わり、彼の文学をそれに即して理解する道をかえって遠ざかる(2)。それは、むしろ彼の歩んで来た道とその文学が、今日の中国に対して持つ意味を失わせることにもなる、と私は考える。

こういう角度から蕭乾の足跡を見なおすと、そこに見られるのは、まぎれもなく中国近代の知識人としての問題に直面しながら、二九歳から三六歳まで、しかも抗日戦期をほとんどヨーロッパで過ごした点で、やや独特な体験を経て来た、一つの型ともいえる精神のありかたであり、そのありかたを検討することは、自ら中国近・現代の精神史[3]をより重層的・立体的に見なおすための一つの手がかりを与えるものである、と思われる。

ただ、紙数に限りがあり、また蕭乾についてすでに提供されている材料が十分とはいえない現状で、説明不足になり、抽象的な言葉の一人歩きになることを避けようと思うと、彼の精神の軌跡を今ただちに全面的に論ずることはできない。本稿では、そのある時点での選択に限定してとり上げることを通じて、問題を考える手がかりを探りたい[4]。

一　ケンブリッジ大からの招聘

「一九四九年初め、私は生命の一大十字路に立って、自分と一家の運命を決する選択を行った」

と、一九七八年に蕭乾は書いている[5]。四九年、いうまでもなく、中華人民共和国成立の前夜である。「四九年初め」というのは、梅子・彦火編「蕭乾年表簡編」によれば三月。当時蕭乾は、香港『大公報』の仕事に参加する一方、英文誌『China Digest』（中国語名『中国文摘』）の編訳にも秘密に参加していた。『中国文摘』は、「地下党の対外宣伝出版物」だった[6]。蕭乾は、すぐ続けて、こう書いている。

「が実は、前年にこの選択はすでにすませていたのである。家庭がこわれた後、私が急いで上海を離れようとしていた時、ケンブリッジから手紙がきた。大学が中文系を作ろうとしている、私に参加して現代中国文学を講じて欲しい、という。当時私はすでに新聞革命（原文「報紙起義」）の前奏だった学習会に参加しており、政治的には真暗闇の中に一すじの曙光がほの見え始めていた。また国外で七年も漂泊生活をしたし、実際もう出たくなかった。楊剛に励まされて、断りの返事を書いた」

家庭がこわれ云々は、「年表簡編」では四七年一一月に「家庭関係が悪人に破壊されて強いショックを受け、急いで上海を離れようとした……」とある。[7]『大公報』の「起義」は四八年である。その中心になったのが楊剛等だった。香港『大公報』だけが上海の同紙に先んじて「起義」したため、この後一時『大公報』は上海が国民党支持、香港が中共支持という状態になる。楊剛とは、一九〇九年生まれの女性の作家、ジャーナリスト。燕京大学卒業、北方左連の活動に参加。三九年蕭乾渡英の後を受けて『大公報、文芸』（香港）の主編となり、重慶・桂林版も主編を続けた。四四年渡米、四八年帰国、香港『大公報』を変革した後、四九年九月の中国人民政治協商会議に新聞工作者代表として参加、その後周恩来に高く評価されてその主任秘書をつとめ、さらに五四年からは党中央宣伝部国際宣伝処と『人民日報』で対外宣伝の責任者となったが、五五年交通事故にあい、その後遺症から五七年死去した。[8]蕭乾は、二九年冬、米国人女性教授 Boynton の家で開かれていた英詩朗読会の席で彼女を知り、以後「一生の重要な問題で彼女の援助を受けた」（『楊剛文集』後記）。

太平洋戦後の内戦の帰趨がようやく定まろうとしていた時、国内にいた〝老百姓《ラオバイシン》〟（庶民）は、かりにこの革命を歓迎しない者でも、その現実の中で生きる術を求めるしかなかったろうが、知識人とくに国外にいた人々にとっては、そのほかに、恐らく台湾に脱出するであろう国民党と行動をともにするか、あるいは他の外国に安住の地を求めるか、少なくとも二つの選択肢があった。当時多くの人々が国民党の腐敗に愛想をつかしていたにしても、後者の選択肢は、かなり大きなものであり得ただろう。「自分と一家の運命を決する選択」というのは、それを指している。

ところで、すぐ後に、「実は前年にこの選択はすませていた」と書くのに、冒頭に四九年のこととしてこの文章を書き起こしたのは、四九年にもう一度あったチャンスを敢て捨てたことの意味、その時に彼の前に置かれた選択肢が、より大きいものとして記憶されていたこと、あるいは七九年の時点でふり返った時、四九年の選択が持った重さを、あらためて確認した、ということだったのだろう。

その選択とは、むろん、ケンブリッジ大の招聘に応ずるか、新中国建国に参加するか、ということだったが、その選択肢を構成していた因子はどういうものだったのか、蕭乾は続けてそれを語っている。

四九年三月のある日、九竜花墟道の寓居で、『中国文摘』の原稿に手を入れていた蕭乾を、ケンブリッジ大中文系のハルーン（Gustav Haloun）教授が訪れる。息を切らして階段を上って来た彼は、お茶を一杯すると、香港には二つの使命を帯びて来たのだ、といった。一つは大学のために中文の書籍を買い入れること、もう一つは、「君と君の家族をケンブリッジに迎える」ことだ、という。彼は前年の招聘を蕭乾がすでに一度断ったことを承知の上で、あの時の中国（蕭乾は「彼が指していたのは白色の中国だった」と括弧内に注記している）はまだ今日のような危機（同じく「平津戦役後の国民党総崩れの局面を指す」と注記）に陥っていなかったからのことで、こうなった以上もう一度考えなおすだろうと踏んでいたのだった。

「しかし当時彼のいう『危機』こそ正に私及び全中国人民が渇望していた黎明だった。私は率直に彼にこう告げた。私は中国で生まれ育った中国人であり、中国は今再生しつつある、私はこんな時期に中国を去ることはできない」

しかし、二、三日後、ハルーン教授がまたやって来る。この「階段を上るのが何より苦手な老教授」は、今度は大学を代表してではなく、「共産党のことを少し「理解」している古い友人として」蕭乾に忠告に来たのだ、といった。彼があげたのは、戦後の東欧の一連の事件だった。マサリークの死が不審であること、ハンガリーにもミンドセンティ枢機卿事件が起こったことなどをあげ、要するに西洋で学んだり仕事をしたりしたことのある者は、共産党政権下では最後は不幸になる、「インテリと共産党の蜜月はとても長くは続かない」と説いた。そして明日の今ごろまた来るから、といい残し、蕭乾が「私の考えは変わりませんよ」というのにも耳をかさずに帰って行った。

見方によっては、蕭乾や当時の中国知識人の考え方をまったく理解しようとせぬ強引な押しつけとも見える、ハルーン教授の像を、蕭乾はむしろ好意的に描いている。

ハルーンは、チェコ出身で英国籍を取得した中国学者だった。蕭乾は三九年にロンドン大学東方学院中文科の講師に招かれ、一〇月ロンドンに着くが、当時同学院はドイツの爆撃を避けてケンブリッジ大学に疎開していた。彼は四〇年同スクールとともに一旦ロンドンに戻った後、四二年同スクールを辞し、ケンブリッジ大学皇家学院（キングス・カレッジ？）の大学院生となり、イギリスの心理主義小説を専攻するが、翌四三年修士論文執筆中、中国訪英友好代表団の一員として来英した『大公報』社長胡霖に、学位は捨ててジャーナリストに徹し、第二戦線開設後のヨーロッパ戦線に行くよう強く勧められて、六月、ケンブリッジを離れる。

ハルーン（蕭乾は「魯迅の名さえ知らない『詩経』学者」と書いている）は、蕭乾がケンブリッジにいた時期を通じて、終始彼に友好的だった。蕭乾はよくハルーンの家を訪れてお茶を飲み、いっしょにクリスマス・イブを過ごしたこともあった。ハルーンは二〇ポンドの七面鳥を切りながら、「詩経」中の「之」の用法を語った。食事が終わると、かつてベルリン・オペラの名歌手だった夫人が自らピアノを弾きながら歌った。彼女に導かれて西洋クラシック音楽に夢中になった、と蕭乾は書いている。

ハルーンがあげたマサリークの死とは、四八年の「チェコ二月革命」[9]直後の三月一〇日、外相だったヤン・マサリークが執務室の窓から墜落死したことを指している。第一次大戦を契機にしたチェコ独立運動の指導者であり、一八年成立したチェコスロヴァキア共和国初代大統領で、いわば「建国の父」だったトマス・マサリーク（一八五〇―一九三七）の息子で、二月革命の際ベネシュ大統領とともに調停者として働いた彼の突然の死は、さまざまな疑惑や臆測を生み、共産党による謀殺説もあった。

またハンガリーのミンドセンティ枢機卿事件とは、四九年一月、ミンドセンティが叛逆罪で逮捕された事件である。当時西側では、宗教に対する社会主義政権の弾圧として取り上げられていた。[10]

ハルーンが、マサリークとミンドセンティの事件をあげたのは、当時の西側における非社会主義ないし反社会主義的知識人の常識的見解を示すものだったろう。このような見解を持って、蕭乾に「忠告」したのは、ハルーンだけではなかった。「西方には一人のハルーンがいただけだが、東方のハルーンは一人だけではなかった」と、蕭乾は続けて書いている。ある者は、ダレス弟の『スターリン伝』とくにその三五年の粛清の項を読めと勧めたし、蕭乾のための「参謀」役を買って出るものもあった。社会主義中国に入って行くのは簡単だが、出て来るのは難しい。延安に古い友人がいるにしても、君がやっつけられる時になれば、古い友だちであればあるほどよけいに発言せねばならなくなる。現在では香港で大物党員たちと友だちづき合いをしていても、彼等が高官になってその下につくことになれば話は別だ。不当なめにあっても、国会放火事件で無罪を主張したディミトロフのように言いたいことを言わせてくれはしないし、ドレフェスのような事件にぶつかっても、誰もゾラのように弁護を買って出てはくれない。彼等はこう言い、さらに、上策はケンブリッジの招聘を受けて、将来できれば客人として帰って行くことだ、共産党の客人となるのは幹部となるより快適だ、といった。中策は、半分客人となること、すなわち暫く香港に留まって仕事をすることを要求することだ、そうすれば、現在の生活方式を保持しながら一定の礼遇も受けられる、そして一方で静観して考えることだ。「どうせ君のように燕京を卒業したうえに外国に七年もいた人間は、スパイ、特務とされないまでも、『洋奴』と罵られずにはすまない。」これが「参謀」たちの忠告だった。

二　「マサリークの遺書に擬して」——蕭乾の西欧体験

後に見るように、これらの忠告は、蕭乾がその後中国で体験することになった事実を、ある面でいいあてていた、ということができる。というより、逆に、そうした体験をなめた後で、蕭乾の記憶の中から特別の生々しさを持つ言葉として選択されたものが書かれている、という方が正確かも知れない。しかし、それは、蕭乾がその後の体験に合わせて、過去の恣意的な再編成を行った、ということではない。マサリークの死については、彼はほとんどその直後に、「J・マサリークの遺書に擬して」[11]という文章を、雑誌『観察』に書いている。この事件は、彼にとってハルーンや「参謀」たちに指摘されるまでもなく、強い関心の対象だったことがわかる。しかもそれはジャーナリスト蕭乾の関心を惹いたというだけでなく、後に見るように、彼自身の内面にも通ずる問題だった。

そもそも、英国を中心に七年の欧米生活を送って来た蕭乾にとって、マルクス・レーニン主義あるいは国際共産主義というものの像は、もっぱら国内で中国共産党ないし毛沢東を通じて見ていた人々にくらべて、もっと複雑な影を持ったものとして認識されていた。

三〇年代中期には、彼も中国の他の知識人同様、

「おぼろげにソ連に対して天国に対するようなあこがれをいだいていた。英米の商人が政府の黙認の下でわが国を侵略する日本にガソリンと砲弾を運んでいる時、ソ連の飛行士は我々の抗戦を援助していた。当時、ソ連は正義と多くの美しい理想の化身だった」

と、蕭乾は『選集』の序に代えて書いた「ある楽観主義者の独白」[12]で書いている。文中のソ連の飛行士とは、抗日戦初期、主に武漢防衛戦当時E一五、E一六戦闘機等を持って参加した「正義の剣」となのるソ連顧問団、義勇隊を指す[13]。

しかし、三九年秋、彼がロンドンに着いた時、西欧・北欧は反ソ熱の高揚のさなかにあった。独ソ不可侵条約（三九・八）、第二次大戦開始（三九・九）、独ソによるポーランド分割占領（三九・九）と続いた歴史的事件が、西欧・北欧の文化・思想界に衝撃を与えていたのである。

「かつてソ連を訪問した、またスペイン内戦に参加したことのある左翼人士が、新聞紙上に大量の反ソの文章を書いたが、そのうちもっとも多くまたもっとも具体的に書かれたのは、三〇年代中期の粛清の拡大だった。当時、

私の心の中で天国の像に一抹の影がさした」(同前)

つまり、蕭乾にとって、スターリンの粛清の話は、四九年にハルーンにいわれるまでもなく、三〇年代当時すでに耳にしていたものだった。蕭乾が中国の知識人の中で、やや独特の思想形成・思想的遍歴を経ている、と私がいうのは、このような、三〇年代四〇年代において、西洋の知識人が体験した思想的激動を、程度の差こそあれ、現場で同時代人として経験しているところに注目するからである。

さらに蕭乾は、「独白」で、当時の西欧の思想状況の一面について、こう書く。

「当時私を困惑させたことは、イギリス共産党の戦争に対する冷淡――あるいは消極的反対だった。三〇年代を通じて、全世界の進歩的人類は胸いっぱいの義憤を懐いて枢軸国に反対していた。私もかつて仲間たちと上海の弄堂で大声で『マドリッド防衛の歌』を歌ったことがある。ヒトラーはチェコを併呑した後、さらに貪婪にその血のついた口をポーランドに向けた。一九三九年、戦争――なかなかやって来なかった反ナチ戦争が、ついに爆発した。が、かつて反ナチ運動の最先頭に立っていたイギリス共産党はむしろ拱手傍観し、さらには清教徒の反戦デモに参加さえしていた。私は苦悶した、不可解だった。私と非常に仲のよかったあるイギリス共産党員は私以上に苦悶していた、大きな息さえつけないほど縛られていたからである。戦争の話になると、彼は苦しげに首を振り、何とか避けようとした。私は絶えず疑問に思っていた、全世界がロシアを愛しているのに、どうして他の人々が自分の祖国をも愛することは許されないのだろう」(同前)

第一次大戦当時の「祖国防衛」のスローガンが、第二インターナショナルの「裏切り」の標幟とされ、帝国主義戦争に対する共産主義者の正しい態度は「帝国主義戦争を内乱へ」であるべきだとしていた、コミンテルンの伝統的思考方法と、第二次大戦がナチを敵として始まった事実との間に挟まれ、しかもそれにソ連がナチ・ドイツとともにポーランドを占領したという事実が加わり、どういう態度をとるべきか決しかねていた西欧コミュニストの「困惑」がこことらえられている。それに対して、右の文章の末尾部分に見られるような比較的明確な批判を蕭乾に持たせたものは、彼が中国人だったこと、すなわち祖国が帝国主義国ではなく、現に日本の侵略にさらされている中国だったこと、つまり祖国擁護と反帝・反ファシズムの間に矛盾を感じないですむ立場に、最初から置かれていたことだった。

西欧のコミュニストの右のような困惑は、四一年六月、ナチ・ドイツが突如ソ連侵攻を開始したことで「解決」する。「私のそのイギリス共産党の友人はたちまち奮い立った、戦争の性質が一夜の間に帝国主義戦争から反ファッショ戦争に変わったからである」と、蕭乾は書いている。イギリスについて見れば、六月二二日、チャーチルがラジオ放送でソ連を同盟国と呼び、ソ連援助を提起する、といった変化も起こっていた。

独ソ戦におけるドイツ軍優勢という情勢のもとで、西側内部の左翼は、「第二戦線」要求の運動に力を入れた。「良識ある人々はみな世界の曙光はやはり東方にあり、そここそ何億人民の希望が寄せられている、と感じていた」（同前）と蕭乾はいう。誤解のないよう蛇足を加えておくと、この場合の「東方」とはもちろんアジアではなくソ連を指す。一人の外国人だった蕭乾も、イギリス共産党の組織した第二戦線促進のための「国民大会」に参加し、集まった民衆とともに「インターナショナル」を歌い、「感動して涙を流した」。翌日彼はイギリスの私服警官の婉曲な尋問を受け警告されている。

西欧のコミュニストの困惑は、情況の変化によって一旦解消はしたものの、その根本にあった国際政治の複雑さ、その中でのソ連外交政策の矛盾が解消していなかった以上、やがて困惑がまたやって来る。

「しかし戦争末期、とくに混乱したイタリア政局の中で、私はソ連の外交が革新の原則よりもはるかに民族の実利を重んじていることを驚きをもって眼にした。（当時私はヤルタにおける人を失望させるあの取引きをまだ知らなかった！）」（同前）

イタリア政局というのが具体的に何を指しているかはわからないが、ここにいう傾向はイタリアにとどまらなかったはずである。この認識が世界のコミュニストないし左派の中で常識となるのは、まだ大分後のことだが、国際報道の第一線にいて[14]、西側の報道に触れる機会も多かった蕭乾であってみれば、右の言葉は後からこしらえたものではないと見てよいだろう。

「J・マサリークの遺書に擬して」に、我々はこういう体験を通って来た蕭乾の、当時の思想・精神のありようを見ることができる。彼は、西側で言われていたような共産党の謀殺説はとらず、また単に共産主義者の独裁の陰謀の犠牲者ととらえるのでもなく、かといって当時の左翼にあったと思われる、歴史の発展について行けなくなったブルジョアあるいは小ブルジョア政治家の死にすぎない、といった見方とも違って、マサリークにある種の感情移入を行っている。そもそもその遺書の形で文章を書こうとすること自体、一種の感情移入を示しているだろうが、内容全体も、その性格が色濃く現れているといえるものである。

「さらば、親愛な兄弟たち」で始まるこの「遺書」は、先ず自分の死に加えられるであろう説明のうち「神経異常」を否定し、さらに君たちはとりわけ魯斯先生（未詳）の言葉を信じて共産党が私を窓から突き落したのだと疑ってはいけない。彼らが自ら連合政府をぶちこわし、各地の戦争好きの政治家たちに口実を与えるほど愚かであり得るだろうかと書いた後、その心境をこう述べる。

「人が自分の国をあまり長く離れているのはよくない。ベネシュ大統領に従ってロンドンに亡命していた頃、私は自分が代表しているのはチェコ人民の利益だと信じていたのだが、私はあの七、八年のチェコから、やはりズレていたのだ。あの期間に憎しみがどう育っていたか私は知らなかった。ともに天を戴かぬところまでそれが育ってしまっていることも。あのころ、民主国家が永遠に同盟して行くという甘い夢を見ていたのは、この私だけではなかったはずだ。たくさんの識者がヨーロッパの首都を往来して奔走したではないか。人民の血を大切に思わない者がいるだろうか。十年間辛い戦争をして来た世界に少しの休息が必要だと思わない者がいるだろうか。誰が世界を二つに分けて、フランコの類の屍を生き返らせたいと願うだろうか。スティヴンソンもデーヴィスもスターリンも常に世界は併存を許すと表明しているではないか。米国がニュー・ディールを施行して以後、人類生活の社会主義化はもはや動かぬ形勢になり、資本主義はとうに白旗を掲げた。サンフランシスコ会議からもどった時、英国保守党の空前の惨敗を眼にして、私はヨーロッパの進歩・光明のためにどんなに熱い希望をいだいたことか。多くの人々と同様、私はヨーロッパに無血革命が来るだろうと妄想していた。

……原子爆弾とその後に続く原爆外交が出現すると、両極化の大勢が完成してしまった。二、三年前の盟友が、今日では敵になり、二、三年前神聖な〝是〟であったものが、今日では許すべからざる〝非〟となった。英国のベヴァンは死ぬ必要がない、彼は始めからこの不幸を見通し、しかもすでに〝適応〟したのだから。チトーと摩爾那（不詳）も死ぬ必要がない、彼等は終始河の一方の岸に立っているのだから。だが私は夢想家だ。私の父トマスの夢想は完成した、あの頃の世界は複雑に錯綜しており、単純に両極化してはいなかったから。……私はあまり聡明ではないが、自分の力の限界は知っている。平和には橋が必要だが、殺し合いの時にはそれは使えない。今日では考えること、猶予することは許されない、コートを脱いで戦団に身を投ずる時なのだ——どちらの側に投ずるにせよ、私の生活よりも有意義だろう。私の死は一つの政治哲学の行きづまり、一つの平和の理想の崩壊であり、協調の道が行き止まりであることとの承認なのだ。

……現在全民族が眼を見開いて選択すべき時にある。左右に対して私は同時に一言耳に逆らう忠告をしておきたい。たとえ一時の私怨をはらしたにせよ、テロに近いデマ攻勢が成功したにせよ、それで得るものはやはり失うものより小さい。なぜならそれが生み出すものはせいぜい恐ろしい凶悪な顔であり、その役割は警戒心を植えつけることでしかない。デマをとばす者たちのいうとおりにならせぬために、自己に忠実であるために、人としてのいささかの気概を守るために、攻撃された人もさっさと逃げてしまうことはできない。君たちが代表しているのは科学的精神ではないか。君たちは正義の側に立っているではないか。それにあのもっと強力なもっと人を心服させ得る武器を持っているではないか。今日〝左翼〟あるいは〝右翼〟であることだけでなく、〝人間〟としての原則は、長期的に見れば、なお保持するに値する。

……それ（窓外の広場の鐘）はオーストリア・ハンガリーの植民地だったチェコを見たし、ミュンヘン前後のチェコを見、八年の占領を経て、新しいチェコも見た。そしてまた一人のチェコ人の死も見ることになる。しかしそれは終始カーン・カーンと鳴り続けるだろう。祖国チェコが時間の如く永遠であることを。チェコ人民に祝福あれ」

長くなったが、蕭乾の当時の気分を表していると思われるこの文章の、ややパセティックな調子を正確に伝えようと思うと、なかなか途中を省略し難かったからである。

この「遺書」がマサリーク自身の思想をどのくらい代弁し得ているかは、この場合問題としない(15)。ここで見ておく必要があるのは、蕭乾が、四八年四月という時点で、かつて社会主義の必然性を信じ、ヨーロッパの無血革命を「夢想」し、そして今、その「政治哲学」「平和の理想」の挫折を承認しつつ、なお左右両派に対して「耳に逆らう忠告」として「人間としての原則」を説く人物を設定し、そこに自己の分身を見ていた、言いかえれば、そういう人物の「遺書」に自分の思いをこめた、という事実である。蕭乾自身、この文章について、「それは私が苦悶の一九四八年（家庭悲劇が起こって間もなく）、自分のために書いた告白であり、当時の心境の自画像である」（「独白」）といい、『選集』では、これを「自剖」としてまとめられた、一連の序跋・回想記群の中に入れたのである。

三　「祖国」を持たぬ人々

こういう蕭乾にとって、ハルーン教授の忠告は、やはりある種のリアリティを持って迫って来る性格のものだったろう。しかし、彼はそれらを知った上で、なおかつ新中国の建国に馳せ参ずる道を選んだ。「往事三瞥」は、これまで見て来たハルーン教授その他の忠告にもかかわらず彼が敢て帰国の道を選択したことを第三話とし、過去の二つの記憶を第一、二話として、その全体が彼の「選択」の根拠を明らかにするように、オムニバス形式で構成された作品である。

第一話は少年時代の話。当時の北京では特に冬季「行き倒れ」の死体を眼にすることがよくあった。作者はある日、日ごろのものとは違う死体を眼にする。ある白系ロシア人の死体だった。作者の住まいの近く、東直門近くの北京の東北隅にギリシア正教の教会があり、乞食同然に落ちぶれた白系ロシア人たちがここに多数集まっていた。その死体を見る二、三日前のある朝、貧民に粥を施す「粥廠」に並んだ作者は、死体の主である白系ロシア人が列につこうとして、他の貧民たちに追い返されるのを見た。中国人だけだって足りないのに、というのである。「彼は歩きながら袖で鼻水と涙を拭いていたが、時々私たちの方をふり返った。その眼には妬ましさと怨めしさがあった、悔恨もあったかも知れない――

第二話は三九年九月、第一話から二〇年近く経って、作者が英国に向かう船上の話である。作者が乗船した当日、ドイツのポーランド攻撃が始まり、翌日に英仏両国の対独宣戦が報じられる、という状況下での旅だった。九竜で乗船した船がサイゴンでフランス海軍に徴用され、別のフランス船に乗り換えた後には、開戦を知って下船してしまった者も多く、三等船客は蕭乾を含め三人しかいなかった。手間を省くために、彼等も一等船室の食堂で食事をすることを許された。乗客たちはスピーカーの伝える戦争のニュースに耳をそばだて、将来の不安をつのらせるばかりで、欧州航路の一等船室という華やかさはどこにもなかった。その中で三人の三等船客の一人である、亜麻色の髪をし、顔中そばかすの若者だけが、喜々として跳ねまわっている。作者がその理由を尋ねると、彼は、自分は戦争を待っていた、ヒトラーがチェコに進駐した時から待っていた、それがかなった、と言う。思いがけぬ言葉に、なぜ戦争を喜ぶのか、と詰問するように尋ねた作者に向かって、若者はこういう。自分の母は白系ロシア人のダンサーだった。父親は知らない。米国の水兵だったかも知れないし、ノルウェーの商人だったかも知れない。とにかくそうして生まれた自分は無国籍人だ。それが今、国籍のある人間に変わるのだ。平時にはそれはできない、しかし戦争になれば、男の足りないフランスは、傭兵を募集するだろう。船がマルセーユに着いたら、自分はすぐ応募する。

インド洋の波を見ながら「私は一人の国籍を持たぬ青年が、鉄かぶとをかぶり、湿ったマジノ線の塹壕に蹲って、待機している姿を頭に描いた。もし決死隊が募られれば、彼はきっと真先に名乗り出、手柄を立てるだろう。しかし彼が足の下に踏まえているのは彼の国土ではなく、フランスは彼の祖国ではない。彼は祖国のない人間なのだ――」

僅か二ページ強の挿話だが、革命のロシアを逃れて来た末に、上海あたりで外国人相手の娼婦となったのであろう母親から生まれた、この青年とその悲哀が、読む者に鮮明な像として伝わる。

第三話にもどる。ハルーン教授がケンブリッジ行きを強く勧めて帰った夜、蕭乾は睡眠薬を三回飲んだが効かなかった。夜半まで、さまざまの「忠告」が蛇のように彼の心にからみついて離れなかった。眼を閉じると、あの破れむしろから突き出ていた、行き倒れた白系ロシア人の足が、絵のように頭に浮かんだ。「揺りかごの中の赤ん坊も悪い夢でも見ているようだった。わけもなく急にすすり泣く、その訴えるような泣き声の中に、私は『ぼく国籍が欲しいよ』という声を聴いたような気がした。」翌朝、彼はハルーン教授あてに、むだ足をさせたことになって済まないが、考えは変わらない旨の置き手紙を残して『中国文摘』編集部へ行く。そして八月、地下党の準備した「華安号」で、建国前夜の北京に向かった。

「三十年の寒暑が過ぎた。それは静かでもなく、平凡でもない三十年だった。もっとも絶望した時でも、私は生命のあの大十字路で自分が足を踏み出した方向を後悔したことはない」

と彼は書いている。[16]

四　帰国後の蕭乾—「反右派」「文革」

「静かでもなく平凡でもない三十年」と、ここでの作者の書き方はさり気ない。あるいは、七九年五月という時点では、彼の口はここまでしか開かなかった、という方が正確かも知れない。しかし、蕭乾自身も、時の経過と「開放」の進展とともに、よりはっきり、具体的にその体験を語るようになる。それらによって、彼がその後たどった跡を見ると、「三十年の寒暑」という言葉の重みがわかる。

帰国した蕭乾は『人民中国』英語版の副主編となる。

「反革命鎮圧、土地改革、三反、私はいずれにも胸いっぱいの熱情で参加した。この東亜病夫のためにうみを出し、傷をえぐり、つもった垢をきれいに取り除いているのだ、と感じた。一九五六年にはマルクス・レーニン主義の学習に参加し、革命との関係がいちだんと深まったと思った[17]」

注（1）でふれた土地改革を描いた長篇ルポルタージュ（特写）「土地回老家」は、こうした中で書かれたものだった。これはただちに十一カ国語に訳された。しかし、この本は初めから外国人に読ませることを意識して書かれたものだったらしい。蕭乾は七九年に書いた文章で、建国後の数年は専ら外国人向けの文章を書いていたと述べ、外国人のために書いたものをもう一度国内に持って来るのは、どうもしっくりしない、という。

「それ（土地回老家）が上海『大公報』に連載された時、先ず私が読み続けられなくなった。その味はイギリス人に『リンガフォン』を読ませるようなものだったかも知れない[18]」

そして、彼は前に引いた「革命との関係がいちだんと深まったと感じた」という文章にすぐ続けて、こう書いている。

「しかし、一年もたたぬうちに、嵐が私の身辺にも吹き寄せた。九竜のあの眠られぬ夜に恐れた状況が、はたして発生した」

いうまでもなく「反右派闘争」を指している。[19]また、こうもいう。

「不幸にして、中年で劣等公民に落ち、また誰にでも叱られる人間になった[20]」

「五七年夏に私が大楼で闘争にかけられた時、善良な人までが牙をむき出し爪をふるうようになり、誠実な人までが眼も伏せずに嘘をいい始めるのを見て、私は絶望した[21]」

蕭乾は、三年前に文潔若と結婚していた。「彼女が私の唯一の支柱となった。[22]」彼女は心身にわたる過労のためであろう、この年の九月死産する。[23]

そして六六年、「文革」が始まる。「右派」の帽子は、六四年国務院文化部党委員会によってはずされていたが[24]、「帽子を脱いだ右派」だった蕭乾に、もう一度嵐が吹き寄せることになる。

「独白」で、彼は反右派の時はまだよかった、屈辱は受けたが、拘禁も「皮肉之苦」もなかったし、「株連」もなかった、と書いているが[25]、これはそれとの対比で文革の非道さをより強調するためのもの、と読むべきであろう。

彼は六六年八月には家を焼かれて原稿・手紙・資料等一切を失い[26]、九月、湖北咸寧の向陽湖畔の五七幹校に送られる。[27]七二年には幹校における「双搶」（搶収・搶種、収穫・種子まきを急ぐ）によって心臓を痛めた。名誉回復は七九年二月である。

この間、彼は自殺をはかったことがある。「絶望の中で、私は彼女（文潔若夫人）にこっそり提案した、いっしょに死のう、と。彼女はきっぱりと言った、いいえ、生き続けましょう、生きてこの悪魔どもの滅亡を見とどけてやりましょう[28]」

この文章では、彼は夫人の言葉で自殺を思いとどまったように見えるが、八五年に書いた文章では、こう書いている。

「あの頃、少なからぬ人にとって、死ぬことは生きていることよりもずっと美しく、吸引力を持っていた。私もほとんどその列に加わるところだった。家がめちゃめちゃにこわされ、長年苦労して集めたヨーロッパの版画が粉々に引き裂かれたのを見、「三門幹部」の文潔若が三角帽子をかぶせられ、中庭の荷車の上に引っぱって行かれて吊し上げられるのを見た時、私は自分のまわりのこの世界に対する興味を失った。

六六年八月下旬、私はこの世に留まり続けるべきか否か昼も夜も考えていたような気がする。その後、考えは次第に世の中を離れる方に傾いた。牛小屋にいた時、便所に行くたびに、私は死の方法と方式を調べていた。どの管ならベルトを掛けても大丈夫か、もし跳び降りるとすればどこから跳ぶか。文潔若が機関の中庭の荷車に連れて行かれて吊し上げられたあの午後、私はたしかに五階から跳び降りたいと思った。しかし私はまたこうも思った。一、三人の子どもを残してどうする。二、万一死ねないで障害が残ったら、それこそどうする?

しかし死の考えはやはり私にまといついて離れなかった。死は滔滔たる雄弁で反問して来た、お前が細々と息を長らえていたところで、子どもたちに何で役に立つ? むしろ彼等を巻き添えにするではないか? こうして八月二三日の夜、私は一瓶の睡眠薬を飲み、白乾を半瓶流し込んだ[29]」

しかし、彼は生命を取りとめた。同じ文章の中で、彼は運ばれた隆福医院が、当時しばしば見られた例のように受入れ拒否もせず、また受入れてもいい加減にお茶を濁すというのでもなく、真剣に胃の洗滌をしてくれたことに感謝し、さらにこう言っている。

「私はさらにここで自分の見方を一つ述べておきたい。文革についていえば、自殺と他殺とに本質的な区別はない。赤い恐怖が、生きる術もなく生き続けたいとも思わないところまで人を追いつめる時、死は唯一の解脱となる[30]」

五　蕭乾にとっての「祖国」

「往事三瞥」で、それでもあの選択を後悔しなかった、という「もっとも絶望した時」という言葉には、ごくかいつまんで見ただけでも、これだけの内容がこめられていたのである。

このことから「往事三瞥」の末尾をきれいごとに過ぎるとするのは、読者の自由であり、一つの見方である。たしかに、『人民日報』にこれが載った時の読者からの反響が前述のようなものであり、蕭乾自身が何度か説明を加えた[31]ということ自体、ここに表現された文章と彼の内面との間に、ある種の隙間があったことを示している、ということはできるだろう。私も先に、七九年五月という時点では、蕭乾の口はここまでしか開かなかった、と書いた。蕭乾自身も「この六年は私の主観の雪どけの過程であった[32]」と書き、また他の場所では以前に書いた文章の例を引いて、自分の「魂の深部」にある種の怖れが残っていたことを認めている[33]。

「往事三瞥」を書いたのは七九年五月だが、この年の「初夏」、彼は九月訪米の通知を作家協会から受けている[34]。五〇年九月、劉寧一を団長とする訪英代表団の一員となる予定で、周恩来の接見まで受けながら、出発の前夜になって、代表団は予定どおり出発するが蕭乾については「不要去了」という電話によって取消されて[35]以来、約三〇年ぶりの外国行きの話だった。彼が出発するまで及び米国での「歩歩設防[36]」ぶりは、以下の文章にくわしい。

「往事三瞥」を書いたのと、右にいう「初夏」との前後関係は不明だが、米国行きの話の方が早ければ、それが「往事三瞥」に影響しなかったと考える方が無理だろう。人の心はそれほど強いものではない。また訪米の話が出た方が後であったとしても、まったく自由に心境を吐露できるほど、当時の彼の心が開かれてはいなかったことは同じである。しかし、それによって、「往事三瞥」で彼が述べたことを嘘とし、政治的発言として無視し去るとしたら、それは文学者の表現という行為に対するあまりにも卑俗な見方であり、逆の意味で「政治的」な見方であって、かえって作者の内面の真実から遠ざかることになる、と私は考える。

むしろここで第一に読みとるべきものは、知識人を含めた中国の人民にとって、国家ないし民族という問題が持っている意味の大きさであろう。「往事三瞥」の第二話の冒頭、九竜で乗船したアラミス号がサイゴンでフランス政府に徴用され、別の船に乗り換えたことが出て来ることは前にもふれたが、この時に、二等船客であった蕭乾たちのみならず、等級に関係なく中国人乗客が受けた差別と屈辱を、彼は「坐船犯罪記」[37]で書いているが、「未帯地図的旅人」で、蕭乾はこの作品にふれて、暗黒の時代の各側面を、植民地主義とはどんなものだったかを、当時中国人であったことの不運（原文厄運）を、若い世代に見てもらいたい、といい、国家は、日頃それと気づかず恩恵を蒙っている空気や日光のようなものだ、それがなくなった時にはじめてその意味に気づく、植民地・半植民地あるいは外国で暮した者には、今日の中国人であることがどんなに昔と違っているかがわかる、という。[38]

蕭乾は、米国に留学した子息に、修士をとったら必ず帰国せよ、と言ったという。[39] 子息がそれに従うかどうかは子息自身の問題だが、[40] 彼自身としては、四九年に行ったのと同じ選択を、子息にどういう道を選ばせるか、という問題に関して、くり返したのである。

人によっては、ここに、その国家によってあれだけの苦しみをなめさせられたにもかかわらず、なおもそこに思いを寄せ続ける、旧世代の古さを見るかも知れない。しかし、若い世代への旧世代の「お説教」にもなりかねない蕭乾の右のような言葉を、そうならないところで支えているのは、「白華」にはなりたくないという思いの切実さ、いいかえれば彼がかつての外国での生活で事あるごとになめて来た「中国人であることの不運」の思いである。それは、北京の東北隅での幼時の貧しい生活とともに、彼の原体験といえるものであった。国家に対する彼の思いを簡単に否定するよりは、前にも述べたように、むしろそこに半植民地時代から生きてきた、中国の知識人の思いの一端を見るべきだろうし、さらにまた、それと表裏をなして、今から見れば単純に過ぎたかも知れぬにせよ、新生した祖国に対して明るい誇らかさを抱き得た時代とその時代の持っていた可能性への愛惜の思いが強く生きていることを見なければなるまい、と私は思う。

社会主義そのものについても、彼は「改正之後」でこういう。近年よく頭に浮かぶことに、もし五〇年代からずっとこういうやり方でやっていたら、つまり、実際から出発し、一人の人間のひらめきによるようなことをしないでいたら、今日の国家と世界はどうなっていただろう、ということがある。「誤った路線は我々自身だけでなく、世界の足を引っぱってしまった」。五〇年代初期、対外宣伝にたずさわっていた彼のところには、世界各国から毎日手紙が寄せられていた。あの、あらゆる皮膚の色をした読者からの手紙は、どんなに中国革命へのあこがれに満ちていたことか。それが七〇年代、外国語文献翻訳の部署にもどった彼が見たのは、「六〇年代に大量の第三世界が植民地主義の鎖を脱して、独立国となった時、本来左に向くはずのいくつかの国家が、右へ行ってしまったことだった」。八三年以降東南アジアを訪れて見ると、そこには少なからぬ人々が今なお「革命」と「文革」とをイコールで結び、少しでも赤い色をしたものを、すべて洪水猛獣と見なしていた。今、世界が注目している中国式の社会主義が、世界の人民に称賛され、羨まれるものになるか、それとも彼等が恐れて逃げるようなものになるか、それは第三世界の方向に関わり、人類の方向に関わる問題だ(41)。

彼等が今日の国家あるいは社会主義に寄せる思いは、建国直後のように単純なものではなく、何らかの程度においてアンビヴァレントな、あるいはもっと多くの矛盾を含んだ複雑なものたらざるを得まいが、その矛盾する側面の、どれか一つのみを単純にホンネとし、他方をタテマエとして無視するのではなく、その複雑さそのものをそれとして認めるのでなければ、彼等の心には近づけず、またそのアンビヴァレンスに耐えている彼等の強靱さ、ある意味でのしたたかさを理解することもできない。それでは中国現代文学の性格のある重要な一面を見落すことになる、と思うのである。

以上に見たのは、いわば一つの大状況における蕭乾の選択である。もちろん人間には大状況のほかに、個人の日常レベルに至るまで、無数の小状況がある。それらの小状況における選択の積み重ねは、ある面において大状況の選択を決定する力を持つであろう。大状況におけるそれを論ずるのみで、小状況におけるそれを無視すれば、少なくとも前者が後者によって十分に裏づけられないならば、文学として粗いものになってしまうことは承知しているつもりである。しかし、反面では、大状況における選択は、小状況の選択では日常性の蔭にさり気なく隠れてしまいがちの、作家の気質や性格の特徴を、時により鮮明に浮かび上らせる。従来の中国現代文学研究においては、大状況におけるそれは、ともすれば、「歴史の必然」の中に塗りこめられがちであって、個人の内面における選択の契機とそのあり方が語られたり論じられたりすることは必ずしも多くなかった。それがもっと広く深く明らかにされることは、小状況の持つ意味をより鮮明にするのにも役立つ。そしてそれが積み重ねられる時、中国現代文学史は、はじめて中国革命史の文学版や逆に現象だけの作品・流派の羅列でもない、それ自体の立体的構造を明らかにして来るのではないか。

蕭乾の足跡も、そうした問題を考えるための、重要な例の一つを提供してくれるものではないか、と思われる。小論の扱ったのは、その一断面に過ぎないが、それでもこれが、何らかの意味で以上のような問題を考える手がかりに通ずる一つのケース・スタディたり得ていれば幸いである。

注

（1）私の知る限り、翻訳には早く宮崎世民訳『土地農民にかえる（原題「土地回老家」一九五〇作）』（一九五三、ハト書房）があるだけで、しかもこれは、作品としてよりも、中国の土地改革の状況を知るのに好適の材料として訳された傾きが強い。蕭乾の「代序（著者から訳者への手紙）」がついてはいるものの、訳者の「あとがき」はもっぱら土地改革についての説明に終始し、作家蕭乾については何の説明もない。一九五〇年代の日本におけるこの分野のすぐれた仕事である、『中国新文学辞典』（中国文学研究会編、五五・一一、河出文庫）にも、蕭乾の項目はない。蕭乾の人と作品がまともにとりあげられたのは、雑誌『早稲田文学』八六年六月号の特集「脈動する中国文学」の中に、「帰依」「栗」の二篇の翻訳（ともに文潔若・鈴木貞美共訳）と文潔若「蕭乾について」が載ったのがはじめてである。ただし、その文潔若女士の文章も、夫人であるための禁欲もあってか、略歴の紹介にとどまる。なお蕭乾は九九年二月に死去した。

（2）たとえば、C.T. Hsia: A History of Modern Chinese Fiction, 1961, Second Edition 1971, Yale University Press. 中国語版は夏志清原著、劉紹銘他共訳『中国現代小説史』七九、友聯出版社、は、第二編第五章「三十年代の左派と独立作家」で、沈従文が『大公報・文芸』の編集者として京派のリーダーとなり、「彼の指導の下で、この週刊は前衛的であると同時に反共の、重味のある（原文：serious）批評紙となった」と書き、同紙に作品を発表した主な作家数人の中に蕭乾をあげて、「一九三九年、蕭乾は沈従文の後をついで編集者となり、同様に詩と散文の高い水準を維持した」という（2nd. Ed. p.136. 中国語版では一一三ページ）。この本自体は、中国できわめて狭い政治的評価が支配的であった時期に、それへの反撥をこめて書かれた本であるとしても、文革後の中国で一部の読者、研究者にこの本が従来の文学史と違う魅力を持ったものとして受けとられたらしいことを考えると、こういう記述の持つ一面性は、やはり指摘しておかねばならないであろう。

（3）ここで「精神史」という言葉を使い、文学史・思想史等の言葉を避けたのは、文学史・思想史という言葉が与えがちな、すでにでき上っているイメージを避けたいからである。現在の私の主たる関心は、できあがった作品そのものよりも、もう少し、作品を生み出す作者の内面自体に向いている。それは、思想という言葉を広く考えれば、作者の思想と呼んでもいいかも知れないものだが、一方で思想という言葉が、ともするとすでにある完成された体系を予想させがちであるのを避け、個人が、その遭遇する現実の中で、考え、選択し、行動する、その発想・思考方法・行動様式等を含めた、もう少し作者の個人的領域に属するものに即して考えたいのである。

（4）以下の叙述の便宜のために、先ず蕭乾の経歴を簡単に述べておく。北京東直門の門番をしていた父（漢族化したモンゴル族）の「遺腹子」として生まれる。母とともに父方の親戚に身を寄せ、貧しさの中で、絨毯工場・北新書局等で働きながら、小・中・高校に学ぶ。北新書局時代、中国現代文学・外国文学にふれた。高校時代、五・三〇後の政治的空気の中で共産主義青年団に加入、張作霖政府による逮捕を経験、この時は釈放されるが、北伐後の二八年国民党にマークされて汕頭に逃れ、二九年北京にもどり、燕京大学国文専修班に入る。この頃後に出て来る楊剛を知り、彼女から革命運動への復帰を働きかけられるが、「私がなりたいのはもはや革命家ではなかった。……革命の前に私が提出したのは白紙答案だった」（後出「一本褪色的相冊」）。三〇年輔仁大学英文系本科に転じ、雑多なアルバイトのほか、米国人経営の『中国簡報』（China in Brief）とくにその文芸面の編集を担当、この仕事を通じて沈従文を知った。三三年燕京大学新聞系に転じ、ここでエドガー・スノーを知り、現代中国短篇集『Living China』（中国語名『活的中国』）の編訳を手伝った。一方「蠶」以下短編を発表し始める。卒業後『大公報』に入り、抗日戦開戦前後にかけて、天津・上海・昆明・香港で同紙『文芸』副刊を編集した。三九年ロンドン大学東方学院（School of Oriental and African Study）の中国語教師として渡欧、一方『大公報』にも記事を送る。四二年同大学を辞し、ケンブリッジ大大学院に入学するが、四三年、第二次大戦後半のヨーロッパで記者に徹することになる。四六年帰国、『大公報』につとめる一方、復旦大学新聞系教授となる、四八年一〇月香港に移って『大公報』の革新に参加、四九年、人民共和国建国直前の北京にもどった。建国後は英文版『人民中国』の副主編や『訳文』『文芸報』の編集委員等をつとめるが、五七年「右派」とされ、文革でも迫害された。七九年名誉回復。

蕭乾の年譜については、本書Ⅱ－3「建国前記の文化界の一断面」注（6）参照。

彼自身が自己を語った主なものとしては、「憂鬱者的自白」（三六）「未帯地図的旅人」（七九）「一本褪色的相冊」（八〇）その他があり、『選集』第三巻に「自剖」としてまとめられているほか、この後書き下ろしの『未帯地図的旅人―蕭乾・想録』（八八・一一、香港三聯書店（邦訳は、丸山・江上幸子・平石淑子共訳『地図を持たない旅人』九二・花伝社）が出ている。「選集・全集」と言えるものとしては、『蕭乾選集』全四巻（八三－八四、四川人民出版社）、『蕭乾選集』全六巻・五冊（九二、台湾商務印書館）、『蕭乾文集』全一〇巻（九八、浙江戸人民出版社）。「年譜」数も現在では多数作成されている。

（5）「往事三瞥」『人民日報』七九・五・二八。『選集』第三巻、四五二ページ。

（6）『中国文摘』については、主編龔澎という（鮑霄編「蕭乾年表」）以外未詳。

（7）したがってこの部分だけ見ると「前年」とあるのとくいちがうし、ケンブリッジ大からの招聘も四七年のことのように見えるが、「年表簡編」「年表」ともケンブリッジの招聘を四八年とする。「楊剛に励まされて」とあり、楊剛が帰国（四四年から『大公報』特派員を兼ねて米国に留学）したのは四八年というから、この記述は四八年のことになる。蕭乾の中で、家庭問題から『大公報』の改革、ケンブリッジ大の招聘は連続した事件であったため、こういう記述になったものであろう。

（8）楊剛については、『楊剛文集』（八四・七、人民文学出版社）があり、年表、蕭乾の後記のほか、回想記六篇を付載。また『新文学史料』八二年二期にも関連資料がある。両者とも収める蕭乾の「楊剛与包貴思」は、クリスチャンである燕京大の女性教授包貴思（Grace M. Boynton）と、コミュニストであった楊剛の間に成立した信頼と友誼を語り、人間・思想についての蕭乾の幅広い理解もうかがわせる佳篇である。（補注）楊剛について、より詳しくは江上幸子「二〇世紀初期の中国知識人誕生の苦痛―一九三〇年の楊剛の夢と苦悩」（魯迅論集編集委員会編『魯迅と同時代人』九二・九、汲古書院）参照。

（9）ドイツの占領から解放されたチェコスロヴァキアでは、大戦中のロンドン亡命政権を組織していたベネシュを大統領とし、四六年五月の総選挙で第一党となった共産党のゴットワルトを首相とする民族戦線連立内閣が組織されていたが、戦後国際政治の変化の中で、左右の対立が次第に激化した。四八年二月、治安政策をめぐる対立から、非共産三党の閣僚一二名が辞表を提出、内閣を総辞職に追いこもうとした。これにより、戦後フランス・イタリア等で見られた、連合政府からの共産党の排除が意図されたものであった。これに対し、労働組合等の激しい街頭デモを背景に、共産党はベネシュに一二名の閣僚の辞意を受理することを要求、ベネシュは内乱を恐れてこれを容れ、ゴットワルト内閣は改造によって存続した。この後、五月には人民民主主義共和国憲法が成立、また総選挙で共産党を中心とする国民戦線の単一名簿の候補者が八九パーセントの支持を得、新憲法への署名を拒んで辞職したベネシュに代わってゴットワルトが大統領となる。この事件は、チェコスロヴァキアが決定的に社会主義圏に入ったものとして、西側に大きな衝撃を与え、以後東西の冷戦はいっそう激化した。（この項、主として『岩波講座・世界歴史二九』七一・九、及び『世界各国史一三・東欧史』（七七・六、山川出版社）による。該当個所の執筆者は、前者が斉藤孝氏、後者が木戸蓊・伊東孝之両氏。さらに詳細はF・フェイト著、熊田亨訳『スターリン時代の東欧』七九・六岩波書店、とくに第三章第六節「プラハの《クーデタ》」参照。

（10）ミンドセンテイ（当時の日本における呼称ではミンゼンテイ、ここでは前掲『東欧史』における呼称に従う。）枢機卿事件及びその背景にあった人民民主主義体制とカトリック教会との矛盾・対立の様相についてよりくわしくは、F・フェイト著、村松・橋本・清水訳『民族社会主義革命――ハンガリア十年の悲劇』五七・五、近代生活社、または前掲フェイト『スターリン時代の東欧』（この事件に関しては両者ほぼ同一内容）参照。

（11）「擬J・馬薩里克遺書」『観察』四巻七期（四八・四）。また『選集』三巻所収、ただし『選集』では、ヤンのイニシャルであるJをTと誤植している。なお『観察』は上海で発行されていた総合週刊誌（儲安平主編）。蕭乾は四六年三月ロンドンを発って夏上海に帰り、『大公報・文芸』編集に復帰するが、実際には国際問題を担当し、それに関連する社説などを書く一方、四六年から四八年六月まで復旦大学英文系及び新聞系の教授をつとめていた。

（12）「一個楽観主義者的独白（代序）」八二・九、『選集』一巻、一一ページ。以下「独白」と略称。

（13）ソ連の義勇隊については、たとえば郭沫若『洪波曲――抗日戦争回憶録』第一三章「撤守前後」の一節「正義之剣」（邦訳は小野・丸山訳『抗日戦回想録、郭沫若自伝六』七三・一、平凡社）参照。執筆当時の筆者の評価が前面に出すぎているが、事実そのものは参考になる。

（14）前述のように四三年修士号取得を断念してジャーナリストの仕事に専念して以来、彼はドイツのV1・V2（補注：ロケット砲。今日のミサイルの原型とされる）攻撃下にあったロンドンに『大公報』弁事処をかまえ、重慶に通信を送った。また四四年秋には米第七軍に従軍してライン戦線等を取材、四五年三月にはライン戦線から引返して、四月国際連合結成のサンフランシスコ会議を取材、さらに七月にはベルリン陥落後最初にベルリン入りした記者団の一員となり、引続いてポツダム会談も取材している。

（15）一つの見解として注（9）前掲F・フェイト『スターリン時代の東欧』を引いておく。

「……（マサリークは）すべての人々から快活な現実主義の精神の持ち主として知られ、小さい祖国の市民と大いなる自由の理念にひとしく愛情をかたむけて来た……。共産党は幸福と公正のいい知れぬ約束をいっぱいに内包する魅惑的なことば、《進歩》の名において、チェコスロヴァキアの数十万のすぐれた市民たちをかれらの行動のなかにひきいれることに成功したが、マサリークもそうした《進歩》のためならば一身をささげる用意があったのである。しかし、マサリーク外相は、新しい政権がかれにむかって、人民に奉仕するのみならず、かれの過去と共感と友情を否定すること、すなわち、《西欧世界》をまるごと拒否し、暴力を承認し、あらゆる反対派を一掃し、ほしいままに粛清をおこなうことを要求しているのだと知ったとき、ついにくずれおちてしまった」（同書二〇六―二〇七ページ）

（16）前掲「独白」によれば、「往事三瞥」が発表されると、読者から熱情あふれる手紙が何十通も来た。「ただ人々が読みとれていなかったことが一つあった。一九四九年に私が帰る道を選択したのは、革命に対する認識から出たものではなく、決定はある程度危惧の念を持ちながら行ったものだったのである。私は前にある道が平坦なものではなく、危険さえも含んでいるのをよく知っていたが、それでもあのように決めた、それは私が白系中国人（白華）になるのを恐れたからである。……当時、私の論理はこうだった。白系中国人になりたくなかったら、祖国という船にもどって、それと運命を共にせねばならない。海が静かな時には、舷側にもたれて、温い海の風に吹かれていよう。風浪に出遇ったら、いっしょに揺られ、吐き、さらには塩からく苦い海水を飲まねばならない」（『選集』一巻一五ページ）

「マサリーク遺書に擬して」などと合わせて「往事三瞥」を読んで来た我々にとっては、多くの読者が右の点を読みとれなかったというのが不思議なくらいだが、これが『人民日報』に載った文章に対する中国の読者の、少なくとも一九七九年という時点での読み方のある傾向を示しているのであろう。

（17）「独白」『選集』一五ページ。

（18）「未帯地図的旅人」（七九・四『蕭乾散文特写選』代序）同書出版に先立って『当代』創刊号（七九・九）に掲載。『選集』三巻、三九三ページ。

（19）反右派闘争時における蕭乾批判の主要なポイントは、張光年「蕭乾是怎様的一個人」（八月一九日に開かれた中国作家協会の蕭乾批判会議での発言）、『文芸報』五七年二三号（九・一五）に見られる。

（20）「独白」『選集』一巻八ページ。劣等公民の原語は次等公民。同様の言葉の例として、つぎのような文章もある。「ある日彼女（近くに住んでいた女性）が、南の棟で子どもをぶっている音が、私の住んでいる東の棟まで聞こえて来た。

『おまえ、大きくなったら何になってもいいけど、右派にだけはなるんじゃないよ』……あの頃、私は人下人《ママ》あるいは等外人の味を十分味わった」（後出「改正之後」『新華文摘』八五・一二、一五九ページ）

（21）「改正之後——一個知識分子的心境素描」（八五・四）、『現代人』八五年一期原載未見、『新華文摘』八五・一二転載。のち散文、回憶集『負笈剣橋』八七・一〇、北京三連書店に収める。同書では「略有補充」といい、事実後に見るように、未確認だが恐らく原載誌と同じと思われる『新華文摘』にない部分がある。以下その区別をするため『新華文摘』にもある部分（この部分は『負笈剣橋』にもある）の引用は同誌のページを、『負笈剣橋』にのみある部分の引用は同書のページを示す。

（22）「自序」（八一年春）、注（4）前掲『中国現代作家選集蕭乾』四ページ。『選集』三巻にも収める。

（23）同前。

（24）前掲「年表簡編」及び「年表」等。

（25）『選集』一巻、一五ページ。なお「株連」は、家族等が巻き添えで批判・処分を受けること。

（26）前掲「未帯地図的旅人」「一本褪色的相冊」等。『選集』三巻、三五三ページ、三二〇ページ、二四九ページ等。

（27）前掲「『中国作家選集、蕭乾』自序」『選集』三巻、四八四ページ。

（28）同前。なおこの個所、『中国作家選集・蕭乾』五ページでは「不、要活下去、要活着看到這幇悪魔的滅亡」とするが、『選集』三巻四八四ページでは、「……看到江青這幇悪魔的滅亡」とする。「這幇悪魔」が誰を指すかについての詮索や「誤解」を慮ったのであろう。

なお文潔若女士は、中華民国時代の外交官であった父君に連れられて、幼稚園（白金幼稚園）からの二年間を東京で過ごし、のち清華大学英文科卒。五〇年以来人民文学出版社で日本文学の研究・翻訳・編集に従事。八五年六月から一年間、日本国際交流基金の招きで東洋大学外国人研究員として来日された。作家協会会員、日本文学研究会理事。（『東洋大学校友会報』一四七号、六六年五月所載の紹介及び八六年六月一四日、同女士の筆者に対する談話による）

（29）前掲「改正之後」前半は『新華文摘』一六一〇ページ。後半「六六年八月下旬」以下は『負笈剣橋』九ページ—一〇ページ。八一年の「『中国作家選集・蕭乾』自序」以後、八五年、八七年と、作者が重い口を次第に開いて来た経過を見ることができる。なお文中「三門幹部」とは、家庭・学校・職場の三つの門を通過して来ただけで、革命工作の試練を経ていない幹部をいう。

(30) 前掲『負笈剣橋』一〇ページ。

(31) このことについて、前掲「独白」のほか、「改正之後」にも同様の記述がある。『新華文摘』一六二ページ。

(32) 「改正之後」『新華文摘』一六〇ページ。

(33) 「漫談種種二、解凍」『負笈剣橋』三七一―三七五ページ。原載は『読書』八五年五期、原題は「一封信引起的感触」。

(34) 「改正之後」『新華文摘』一六三ページ。

(35) 同前。

(36) 「改正之後」の該当個所である第四節の小題。

(37) 執筆は三九年九月二十日、『選集』二巻三一一―三一三ページ。

(38) 『選集』三巻三八二ページ。

(39) 前掲、文潔若夫人の筆者に対する談話による。

(40) 文潔若女士は、ただ少年だった文革当時、両親の体験を実際に見た彼は、あまりにも傷ついてしまったので……とだけ語った。

(41) 『新華文摘』一六〇―一六一ページ。『負笈剣橋』六―一二ページ。前述のように、後者には約一ページ分の加筆があるが、ここに要約した部分については異同はない。

付記　本稿中の二、三の疑問点について、蕭乾・文潔若夫妻に出していた質問の手紙に対して、本稿入稿後に回答をいただいた。ここに記して感謝する。またその際、「J・マサリークの遺書に擬して」を書いた当時の背景についても、貴重な教示をいただいた。本稿の範囲では訂正を必要とはしないと思うので、その点については、他の機会にあらためて論ずることにする。

建国前夜の文化界の一断面

——「中国知識人の選択——蕭乾の場合」補遺——

はじめに

私は去年（一九八八）の五月、「中国知識人の選択——蕭乾の場合」という一文を書いた。[1] その「付記」に書いたように、その過程で、二、三の疑問点について蕭乾・文潔若夫妻に出した質問に対し、校正の段階で懇切な手紙をいただき、同時に、当時の背景について、私の知らなかった事実の教示を受けた。あの「付記」では、私はそのことを述べ、「本稿の範囲では訂正を必要とはしないと思うので、その点については、他の機会にあらためて論ずることにする」と書いた。本稿は、それについて、その後多少調べたことをあわせて書いてみようとするものである。

夫妻の手紙は、私がとりあげた「マサリークの遺書に擬して（以下「遺書」と略称）」の背景には当時の「左派」からの蕭乾批判があり、「遺書」にはそれに対する答えの意味も含まれていたことを述べ、関係する文献の一部の切り抜きも同封して下さった懇切なものだった。それらを手がかりとして私なりに調べなおしたのが以下に述べることである。したがって、これはもちろん夫妻の手紙に多くを負っているが、事実認識・評価についての責任は私個人にあることをお断りしておく。[2]

一　「中国文芸はどこに行く?・」

蕭乾は、一九四六年三月、ロンドンから七年ぶりの故国に向かった。もちろん船で、スエズ運河経由である。途中、前年秋、記者として訪れた敗戦直後のドイツの模様を、日記風にまとめた「南ドイツの暮秋」(3)を書いている。途中マラヤ半島に上陸、胡愈之の世話で約一カ月シンガポールを始め各地を訪問、「侵略後のマラヤ」(4)を書いた。香港でも知識界との座談会に出席している。上海についたのは夏だった。

上海では、形式上『大公報・文芸』の編集部にもどったが、実質は国際問題についての社説を担当した。当時の『大公報』の社説は、胡霖社長・王芸生編集長の下に、国内問題は胡・王と李侠文、賀善輝、国際問題は、日本が李純青、米国が当初は章丹楓で、蕭乾は英国を含む欧州だけの担当だったが、のち章が教職について去り、米国も蕭乾が担当した。ほかに塔塔木林の筆名で「紅毛長談」などコラムも執筆した。また一方、復旦大学英文系と新聞系の教授も兼任した。(四八年六月まで)。

「私が国際問題の社説だけを書いていたら、それでも(というのは、当時大動乱の中で筆をふるうのは危険な職業だった、と前に述べているからである…丸山注)ごたごたをひき起こさずにすんだろう」

と彼は最近の『回憶録』で書いている。ところが、四七年五月、社説委員会で、五四文芸節に際して、蕭乾に文芸に関する社説を書けということが決まった。それが「中国文芸はどこへ行く?・」と題する社説で、五月五日付『大公報』に掲載された(5)。

この社説は、五四の現代中国に対する貢献は文芸の面でも比べるもののないほど偉大である、といい、「五四は白杜以来、中国文人が初めて社会の不公平を鳴らすことを執筆の動機としたものだった。それは白話を普及し、また中国新文化の方向、―すなわち通俗化・大衆化・一般化を定めた」とする。その上で、歴史を五四からさらに進めるためには、その「自我検討」が必要だ、といい、五四のもたらしたマイナス面として、先ず遺産の否定の行き過ぎを指摘した後、つぎのように書く。

「過去三〇年来、中国文壇はずっと論戦続きだったといえる。あるものは『語絲』と『現代』（『現代評論』を指すだろう？……丸山注）のような派と派の争いであり、あるものは〝芸術のための芸術〟か〝人生のための芸術〟かのような、問題についての論争だった。これらの論争は、浪費だったようにも見えるが、一方では当時の作家が事をおろそかにしなかったことを示し、また一方各派の主張が違っていたことが、中国の文壇の一時隆盛を極めた民主を表しているということもできる。近来批評家の中には自分の好みに合わない作品に対して、その文章に即して欠点を指摘するのではなく、ややもすると〝毒素に富む〟とか〝反動落伍〟などの罪名によって非難し打撃を与えるものがある。国家が貧血を患い、国民が神経衰弱を患っている今日、この現象は許すことができる。われわれは政治が民主の大道を歩むようになることを望み、文壇に対しても民主の期待を寄せる。民主の含義はたとえ異なっても、一つ不可欠の要素がある、それは自分と意見や作風が異なる者の存在を許すことである」

「人類が集団主義の道を歩むようになる時には、必ず頭だった者が手下を集めるものであり、したがって必ず偶像崇拝が起こる。これは政治においては大事を誤るし、文壇においてはこの現象は特によろしくない。真の大政治家は、その宣伝は必ず政績に頼るべきであり、真の大作家は、その作品こそが不朽の記念碑である。最近文壇で互いに公・老と呼びあっているのは、すでに少なからず腐敗の風に染まっているものであり、また中年にありながら、大々的に誕生祝いをするなど、ことに人に衰えを感じさせる。バーナード・ショウは去年九〇の大寿を迎えながら、誕生日になお原子爆弾の問題で新聞社に投書している。中国の文学革命から総計わずかに一八年、この現象はたしかに恐るべきもので人を慄然とさせる。五四を記念して、われわれは文壇における元首王義をとり除き、文壇における社交応酬を減らさねばならない」

これについて、各年譜とも、この社説で「上海の進歩的文芸界で大々的に誕生祝いをやり〝公〟〝老〟と呼び合っている風潮を批判」したことを記している[6]が、特に年譜A1・A2は、その後に「その結果某方面の〝神聖〟に触れる」と記している。文革後でも、こういうことになるとやはり大陸内部より香港の方が自由だということだろうか。この「老」「公」と呼ばれているのは、恐らく間違いなく郭沫若・茅盾を指すだろう。彼らの誕生祝いが大々的に行われたという資料は、この前後については、少し調べた範囲では見つからなかったが、四一年一一月一六日に、郭沫若の五〇歳（数え年）の誕生日と創作生活二五周年祝賀の会が重慶で開かれ、周恩来、董必武を始め、茅盾・老舎、夏衍ら六、七〇人が出席している[7]。また茅盾については、四五年七月九日、陝甘寧辺区文協・文抗延安分会が茅盾の同じく数え年五〇歳を祝う祝電を寄せている[8]。

蕭乾はこれについてこう書いている。

「もし私が事前に某大権威が魯迅の逝去後文芸界の最高指導者になっていることを知っていたら、私は何があろうとこの間違いをしでかすはずはなかった。というのは当時人びとは彼を『×老』と呼んでいたのだから。

どうして私は誕生祝いにかくも反感を持ったのだろうか？　これには背景があることに少し触れておくべきだろう。一九四六年私が上海に帰った後、ある演劇界の名士が私を通じて『大公報』に一頁を使って『戯劇週刊』を編集する話を持ちかけた。この週刊は私が社長に推薦したものだったから、私はこれについて道義上ある程度の責任を負っていた。週刊は、演劇のもう一人のもっと大物のために『誕生祝賀特集号』を出した。当初は各号とも新五号活字で組むことにきまっていたのだが、お祝いの言葉があまり活発に集まらなかったからか、この号は全部四号活字で組んだ。そのため社長は推薦者である私にきつく詰問し、それで私はこれ以後お祝いの活動に反感を持つようになったのである。もし私が当時少し世間の事情を知っていたら、もちろんどうあっても余計な口をたたくべきではなかった[9]」

ちなみに、この「演劇界の名士」とは洪深、「もう一人のもっと大物」というのは田漢のことらしい。田漢の誕生日は三月一二日、一八九八年生まれ[10]だから、四七年のこの日にやはり数え五〇歳の誕生日を迎えていた。このために洪深が復旦大学から方々に電話をかけて、祝賀電報を依頼したが、あまり乗り気でない人びとが多かったため、洪深が腹を立てて、「それで君は芝居で飯を食って行くつもりなのか」といった。その席にいあわせたのが靳以と蕭乾で、それを聞いて厭気がさしてしまった、という。また郭老・茅公と呼ばれているということも、靳以が蕭乾に話したものだった、という。ついでにいうと、この時郭沫若が田漢に贈った詩「田寿昌五十初度」の手跡が残っている[11]。

二　郭沫若「反動文芸を斥ける」

ところで、この文章が引き起こした「ごたごた」というのは、郭沫若からの反論、というよりさらに深刻な問題に関わる非難、罵倒だった。郭沫若の「反動文芸を斥ける[12]」がそれである。

「今日は人民の革命勢力と反人民の反革命勢力がつばぜり合いをしている時であり、是非善悪を判定する基準は非常に鮮明である。人民解放の革命戦争に有利ならば、善であり、正動である。これに反すれば、悪であり、非であり、革命に対する反動である」

郭沫若はこう大上段に振りかぶって書き出し、今日の反動勢力——国家独占資本主義は封建と買弁の集大成であるから、反動文芸という大きなかごの中には、まさに色とりどり、紅黄藍白黒、何でもそろっている、と書いて、個別に例をあげて行く。

紅、といってもここでは粉紅すなわち桃色なのだが、その例に挙げられたのが沈従文の『摘星録』『看雲録』等で、

彼らがどんな口実を用いようと、

「彼らの下心はよろしくない、その意図するところが読者を蠱惑し、人びとの闘争の気持を軟化させるところにあることは、いささかの疑いもない。とくに沈従文、彼は一貫して意識的に反動派として活動している」

沈従文について、後に少しふれるが、本格的には別の機会に論ずるしかない。先に進む。黄色は一般のいわゆる黄色文芸をあげ藍色は藍衣社の藍だとして、直接国民党とつながりを持った者、その代表には朱光潜があげられる。そして白というのは光学上は諸色の混色だから、文学上の無色派に桃色の沈従文、藍色の朱光潜、黒色の蕭乾等すべてがまざっている、といい、その黒色についてこう書く。

「黒は何か？　人びとはこの色の下にどうかアヘンを思い起こしていただきたい、そして私が代表に挙げようと思うのは、大公報の蕭乾である。自ら〝貴族の芝蘭〟の代表をもって任じているが、実は何が芝蘭、何が貴族なものか！　舶来商品中の阿芙容（アヘン）、帝国主義者のコンプラドールにすぎない！　モダン至極で、まさに月も外国のものだけが丸いというたぐいである。高貴そのもので、四億五千万の民はみな〝夜泣く赤児〟と見なされる。この〝貴族〟は御用文人の集大成たる反動のとりで大公報にもぐり込みあらん限り精微・微妙な毒素をばらまき、そして桃色の二枚目、藍衣の監察、黄幇の兄いたち、白面の三下どもと気脈を通じ、銃眼から各種各様の烏煙瘴気を発散しており、一部の人びとはそれに麻酔をかけられている。大公報と同様、大公報の蕭乾もこの読者に麻酔をかける役割を果たしている。この黒色反動文芸に対しては、今日私は大声疾呼するだけでなく、彼らに代わって怒号しようと思う。

御用、御用、三つ目にも御用、

今日君の元勲は政学系の大公だ！

アヘン、アヘン、三つ目もアヘン、

今日君の献上のアヘンは大公報の蕭乾だ！」

「今日反人民勢力が一切の御用文人を動員して全面的に「鎮圧」して来ている以上、人民の勢力も当然一切の御用文芸を反動として斥ける権利を有する。しかしまたわれわれは軽重を分たず、主従を論ぜずに、全面的に打撃を与えようとは思わない。われわれの今日の主要な対象は藍色・黒色・桃色の〝作家〟たちである。彼らの文芸政策（白色を偽装し、黄色を利用する者なども含む）、文芸理論に、われわれはいささかの容赦もなく大反攻を行わねばならない」

蕭乾の『大公報』社説「中国文芸はどこに行く」が四七年五月、郭沫若のこの文章が四八年三月、反論としては間があきすぎているようにも見えるが、郭がこの社説を意識し、しかもそれを蕭乾の執筆と知って書いていることは、文中〝貴族の芝蘭〟という言葉にふれていることでわかる。この社説は、最後に近くこう書いていた。

「文芸の佳節を祝い終わって、われわれは一方で中国文化に責任あるいは関心を持つ国民に、祖先のため子孫のため、窒息し枯渇している文壇の生きる道を開くために、何とかして作品の売れ行きを増し、その著作を保障し、官側の登録・検閲という難題を減少させるよう求めるとともに、また一方では全国の文芸工作者が方向を積極の例に向け、筆を作品に置き、なすべからざるを知ってこれをなすの精神で、この世代の中国人民の希望と悲哀、境遇と奮闘を描き、文壇を一面の戦場から花園に変えるよう希望する。

そこでは平民化した日まわりと貴族化した芝蘭とが肩を並べて立つことができるだろう」

郭沫若の文章は、魯迅のいわゆる「悪罵と恐嚇」(13)そのもののようなものだが、蕭乾もいっているように、当時郭沫若が魯迅なき後の左翼文芸の「最高指導者」と目されるようになっていたことを考えれば、郭のこの発言が、この中で名指しされた沈従文・朱光潜・蕭乾に与えた心理的影響とその社会的効果は大きかったに違いない。

前稿で、私は「J・マサリークの遺書に擬して」（以下「遺書」と略称）について「（蕭乾の）当時の思想・精神のありようを見ることができる」と書き、自分の分身としてマサリーク像を描いた、と述べた。蕭乾夫妻によれば（夫妻というのは、手紙は文潔若夫人の流暢な日本語で書かれていたからである）、「遺書」は、郭沫若のこの非難に答えることを一つの目的として書いたものだ、という。

そのことと、前稿で私が書いたこととは矛盾するものではないだろう。ただ、中国現代の思想・理論問題を見る時、それがしばしば単なる思想・理論問題ではなく、具体的な生臭い個人間の問題と重なっており、しかも当事者には時に後者の方が強く意識されているのに気づいて、焦点のあて方に戸惑うことがあるが、今回もまたそれを味わったことは事実である。

「遺書」の中で、前稿では引用しなかった部分に、「私の名を署名していないものに、私は責任を負うことはできない」という一句がある。[14] これは「社説」に対してすべて責任を負うことはできない、という蕭乾の抗議だった。『回憶録』でもこういっている。

「『大公報』のために書いた社説の責任を、すべて個人のものとして勘定するのは、公正とはいえない。なぜなら社説は先ず会で討論し、それから編集長が指示し、原稿を引渡した後もそっくりそのまま発表されるわけではないからだ。ある同僚が学生運動全面支持の社説を書いたが、掲載された時には、面目がまるで違っていたのを記憶している」[15]

「遺書」では、右の署名していないものには責任を負えない、という句の前に、亡命前後、及びロンドンにいた期間の講演・手紙はすでに刊行されており、公的な投票の記録も残っている、それらによって私を裁け、と書いていた。以上の事実と文章を頭に置いて読むと、在欧時代に書いたものはすべて公表されている、自分を裁くにはそれ全体によってくれ、ということでもあったことがわかる。

またこのような経緯を知った眼で見ると、また末尾近く、これは前稿にも引用したが、つぎの部分などは、まさに郭沫若の右のような非難のしかたに対する抗議として一層の生々しさを持って迫って来る。

「現在全民族が眼を見開いて選択すべき時にある。左右に対して私は同時に一言耳に逆らう忠告をしておきたい。たとえ一時の私怨をはらしたにせよ、テロに近いデマ攻勢が成功したにせよ、それで得るものは失うものより小さい。なぜならそれが生み出すものはせいぜい恐ろしい凶悪な顔であり、その役割は警戒心を植えつけることでしかないからだ。デマをとばす者たちのいったことが本当だったということにならぬために、自己に忠実であるために、人としてのいささかの気概を守るために、攻撃された人もさっさと逃げてしまうことはできない。君たちが代表しているのは科学的精神ではないのか？　君たちは正義の側に立っているのではないのか？　それにもっと強力なもっと人を心服させ得る武器を持っているではないか？　今日〝左翼〟あるいは〝右翼〟であるだけでなく、〝人間〟としての原則は、長期的に見れば、なお保持するに値する」

「遺書」は四八年四月一六日の『観察』に発表されている。前述のように、郭沫若の「反動文芸を斥ける」が載ったのが、三月一日発行の『大衆文芸叢刊』第一輯だから、原稿の整理・印刷の日数を考えると、蕭乾は郭の文章を読んで一カ月足らずでこの文章を書いたものと思われる。

三　それぞれの戦後――沈従文・朱光潜・蕭乾

「遺書」における蕭乾の反駁にもかかわらず、この問題は中華人民共和国建国後にも大きく影響した。

「このごたごたが私に残した後遺症は、私が当初予想もせぬものだった。私は沈従文よりは幸運で、一九四九年七月にはとにかく第一次全国作家代表大会に参加したが、しかし一九五六年のほんの数カ月を除いて、私は基本的には文芸の隊伍の外に排除されていた」[16]

五六年云云というのは、建国後英語版『人民中国』や雑誌『訳文』の編集部に配属され、外国向けの記事の執筆や外国文学・文献の翻訳にのみ従事していた彼が、この頃「作家」として待遇されることになり、『文芸報』の副編集長などに就任したことを指す。この後間もなく起こった「反右派闘争」で彼が「右派」とされたことは、すでに前稿で述べた。

沈従文よりは幸運だった、というのは、沈従文も建国前夜台湾あるいは米国に移らず、北京に留まることを選択したのだが、その前後に、北京大学の「進歩学生」の手で、「新月派・現代評論派・第三路線の沈従文打倒」という垂れ幕が校舎にかけられる等の攻撃もあり、また建国前夜の第一次文芸工作者代表大会にも招かれなかったことで、中共の自分への不信と批判が次第に強まるのではないかという不安から、強度のノイローゼ状態になり、自殺をはかったことなどを指す。自殺は未遂に終わり、彼はこの後、知識人の再教育機関として北京西郊に設けられた中央革命大学研究班で十カ月の「学習」を終え、自己点検書「私の学習」を発表するが、結局彼は創作の筆を折り、古代服飾史の研究に沈潜することになる(17)。

もう一人、蕭乾・沈従文と並んで郭沫若の非難を浴びた朱光潜の場合を簡単に見ておく。二五年から三三年まで英・仏で哲学・心理学・美学を学び、帰国と同時に北京大学に迎えられて、以後ほぼ一貫して中国の代表的な美学者として活動、一方三七年五月『文学雑誌』を創刊（この雑誌は抗日戦開始により八月で停刊、四七年六月に復刊、四八年に廃刊、この「復刊巻頭語」なども、当時左派の批判を受ける）するなど、文学面での活動もした。抗戦中は四川大学教授となり、この頃延安に行く希望を持ったこともあったが果たさず、三八年末、四川省嘉定楽山に移っていた武漢大学に移り、四二年教務長となる。この頃国民党に入党、中央監察委員にも任ぜられた。郭沫若が「反動文芸を斥ける」で「藍衣の監察」といったのはこのことを指している。建国後もむろん波乱曲折はあったがずっと北京大学教授。クローチェを始めとする欧米の観念論哲学・美学の研究・紹介者として知られていたが、八三年香港での講演で「私は共産党員ではないが、マルクス主義者だ」と述べた、という。[18]
三、四〇年代に学者・知識人として地位を確立しており、しかも多かれ少なかれ中共と距離があり時には対立したことのある人びとの中で、建国後最も早く態度を表明した一人が朱光潜だった。彼の「自我検討」は四九年一一月二七日『人民日報』に発表された。[19] 三人の中でも、はっきり国民党に籍を置いたことのある(「朱光潜伝略」では、当時の国民党政府の規定で、学校で「長」のつく役職につく者は、全員国民党に入党させられた、と説明している)朱光潜が特に厳しい選択を迫られたのは当然であり、その態度表明が早かったのも、それと無関係ではなかったただろう。

注(19)に引いた『冤案始末』は、「紀実文学」として発表されたものだが、研究としても最近の注目すべき仕事の一つである。同書は、この時点での朱・沈・蕭の三人についてこう書いている。


「批判された三人の〝反動文芸〟の代表は、今や当然新しい選択に直面していた。

朱光潜は困惑と不安に満ちた眼をいっぱいに開き、きらめく陽光を仰いだ。彼は過去を悔い、過去を反省して、時代について行くこと、新しい歴史の長河に合流することを表明した。

沈従文は沈黙した。第一次文代会が招集された時、二〇年間創作に従事してしかも顕著な成果をあげていた彼は、〝反動文芸〟に属するが故に招請されず、このため彼は軽生(自殺)の苦酒を飲んだことがあった。この後、泉のごとき文才を持った沈従文は文壇から消え、故宮の奥深いひっそりした高い壁の中で、何白何千年の薄暗い遺物を前に後半生を送り、輝かしい業績をあげる服装史の専門家になることになる。

蕭乾も沈黙していた。しかし、彼は一九四八年つとに上海から香港に行って、『大公報』の革新にも参加しており、第一次文代会の代表になっていた。彼の心には思い圧力がかかり、自卑と未来に対する恐れもあったけれども、彼はやはり新時代について行く努力をし、自分の筆で新時代を歌おうとしていた」[20]

蕭乾個人のことにもどる。建国後の彼に影響を与えた問題が、郭沫若らの非難のほかに、もう一つあった。彼は

『回憶録』の右に引用した部分の後に続けて、こう書いている。

「たっぷり三十年(一九四九年から一九七九年まで)、私はずっと『新路』というまがまがしい禍いの種を背負っており、これもわずかに一九五六年に数カ月下しただけだった」

彼の『回憶録』と年譜を総合すると、事実はこういうことだった。四八年一月末、蕭乾は北京で社会経済学会に参加する。(年譜Aでは、これを四七年一一月の項の後に記すが、年譜Bの方が詳細で月まで明記しているので、一応これによる。ただ後掲平野正氏の著書によれば、同会の発足は四八年三月である。)会では呉景超を主編として雑誌『新路』を出すことを決定し、蕭乾は国際政治欄と文化欄を担当することになった。これに少し先立って、最初の夫人謝格温が、英国に去るという事件が起こっていた。中国人の父親と英国人の母親との間に上海で生まれたが、生まれて間もなく英国に行って中産階級の娘として育った女性だった。そんな彼女に戦火に荒れた上海での生活はあまりにも厳しく、始終「これは私の国じゃない、イギリスに帰りたい」といっていた。こうして、四七年一一月「一人の悪人が易々と私のこの風にそよいでいた家を破壊した。彼女は英国へ帰ってしまった」。前稿で年譜での簡単な記述だけを紹介しておいたことの内容が、こういうことだったわけである。この打撃から、上海を離れたいが国を出たくはない、と思っていた蕭乾に『新路』の話が起こったのだった。

「彼(これを勧めた友人の姚念慶を指す)は私にはこの上なくぴったりだ、と思っていた。私は、一年半ばかりこの仕事をしてから上海にもどってもいい、と思案した。そこで同意した」しかし、彼が上海に帰ると、香港の進歩文化界から『新路』批判が起こり、三月、地下党の学生の勧めもあって、『新路』への参加を断った。

中国社会経済学会とその機関誌『新路』については、平野正氏の研究(21)がある。それによれば、この研究会は、「中国民主同盟に対する蒋介石政府の圧迫が強まり、一方民主同盟内の先進的部分が〝中間路線〟を放棄して、革命的な立場を確立した時期に対応し」「中間層の知識人の革命的立場への移行、変化に対抗して、それ以外の中間部分を国民党側に組織することを意図して準備されて来た」ものだったが、結局「国民党系の知識人と国民党官僚を主体とするものにすぎず、中間的な知識人の結集体とすることには成功しえなかった」ものであった。しかし、香港の民主勢力の間では、この団体の影響が大きくなる可能性を警戒して、同研究会＝「新第三方面」への批判とその本質に対する暴露を展開し、民主同盟もまた精力的な「自由主義者論」批判をくりひろげた。

公正を期するために、蕭乾がもう少し深く『新路』にコミットしていたとする資料も引いておく。前掲『沈従文伝』である。

「抗戦勝利後、以前沈従文といっしょに『大公報』で文芸副刊を編集した蕭乾も北平にもどった。全国内戦の勃発後、蕭乾は〝第三の道〟の活動に参加して、あちこち奔走し、銭昌照らと積極的に雑誌『新路』を準備した。その日、蕭乾は沈従文の住まいに来て、沈従文を雑誌の準備に加わるよう、そして発起人名簿に署名するよう誘った。目の前の名簿を見て、沈従文の眉の間には一筋の雲が浮かび、心にいささかの憂鬱といくらかの懐疑が起こった。『ぼくは参加しない』、彼は小声でしかし強くきっぱりといった。

蕭乾はしかたなく話をそれまでにして、いとまを告げて帰った。この後この問題で生じた意見の相違と矛盾により、結局二人の間の往来と友情が薄らぐことになった(22)」

年譜や自伝も、この時期蕭乾が思想的に矛盾・苦悶の中にあったことを隠していない。彼は国内では国民党の腐敗を眼にしていたし、若い頃は運動に参加したこともあった。しかし一方、前稿でも述べたように、国外でソ連の粛清のこと、戦後ハンガリーのミンドセンティ枢機卿事件などを知り、革命に懐疑を生じ、「羅針盤がゆらぎ始めた(23)」という。

しかし、彼はこの後間もなく、『大公報』社の地下党が組織した学習会に参加し、さらに米国から帰国した旧友楊剛の影響もあって、香港で『大公報』の革新（原文起義）に参加し、香港の地下党の対外宣伝出版物『チャイナ・ダイジェスト（中国文摘）』の編集・翻訳にも加わることになる。

ところで、前稿にもふれたように、この楊剛という共産党員の女性は、蕭乾が二九年冬知り合って以来、「一生の重要な関頭でいつも彼女の援助を得た[24]」といい、しばしば彼女のことを語って懐しんでいるが、彼女自身のことについては、私もまだ前稿で簡単にふれた以上のことは調べていない。私自身としてもいずれ調べてみたいと想っているが、とくに中国女性史研究者のどなたか、蕭乾の断片的な回想だけで見てもなかなか魅力的なこの女性のことを本格的に調べてみて下さらないだろうか。（補注）

本題にもどる。このように蕭乾がともかくも『新路』に参加しなかったのに、

「すでに香港に行っていたあの大権威はしっぽをつかまえたとして、香港の新聞でこの雑誌は米帝国主義と国民党の出資でやっているもので（実は、いくらもたたぬうちに『新路』は国民党により発禁になった）、金ののべ棒をいくらいくら受けとった、と叫び立て、さらに私が主編だ、と断定した。これは事実の真相を問題にせず、先ず人をくそみそにやっつけるという戦術のひどさを味わった最初だった[25]」

五五年、胡風事件以後に展開された反革命粛清の中で、彼の歴史が洗われたが、その時の結論は、つぎのようなものだった。

「『新路』は一九四八年北平の高級民主人士が創刊した雑誌であり、後に国民党により発禁にされた。蕭乾は地下党の勧告を受け入れ、その後その編集工作に参加しなかった[26]」

しかし反右派闘争で、この結論は覆える。今度はこの雑誌は「四大家族の代弁者」ということになり、蕭乾はその「骨幹」ということになっていた。

四 「自由主義文芸」批判が残したもの

問題は、以上のような事実を、どのように見るか、ということである。文革前における評価はもはや問わないとして、文革後のものだけを少し見てみると、前掲『冤案始末』は、「反動文芸を斥ける」について、

「郭沫若は鋭く辛辣に朱光潜、沈従文、蕭乾の像を描き、詩人の嫌悪の情で、概括的な数個の文字…紅・黄・藍・白・黒をとらえた」(27)

と書いている。蕭乾伝の著者でもあるこの著者は、「詩人」の感情による言葉だとすることで、一方で郭沫若を傷つけることを避け、一方これが政治的、理論的規定ではないとして蕭乾らの名誉を守ることを意図しているようにも見える。

また各種の現代文学史は、私の見た数種類の多くが、当時「中間路線」への幻想が知識人の中に残っていた状況の中で、こうした批判は必要だった、という見解を述べ、その好例としてのみ、郭沫若の「反動文芸を斥ける」を挙げている。ただその中で、唐弢、厳家炎主編のものだけが、右のような基本的見地は踏襲しつつ、「批判者は思想問題と政治問題の境界をはっきり区別できず、〝左〟の単純化を含んでいた」といい、「進歩的文芸界がブルジョア自由主義文芸思想と創作を批判する際に、思想問題を簡単に政治問題にしてしまう現象があった」と指摘して、その例として「ある文章は、誰々は〝黒色〟文芸を代表し、誰々は〝藍色文芸〟を、誰々は〝桃色〟文芸を代表すると指摘した」と述べている。(28)

郭沫若の名をはっきりとあげていないこと、また引用はしなかったが、批判の根拠を毛沢東の「正しい」観点に求めていることなど、抵抗を感じさせる点もあるが、八〇年の、あるいは脱稿から出版までの時間を考えればもっと早

い時点で書かれたものとしては、卓見というべきであろう。

ただ、今日の時点で考えれば、もう少し踏み込んだ考え方があり得るのではないか。それを展開するには当時の言論をもっと広く再検討せねばならないし、問題があまりに大きく、一方原稿の締切りをすでに大幅に遅れていて、これ以上編者に迷惑をかけられない事情もある。直接この問題を扱ったものではないが、建国前後の思想問題を別の角度から論じた別稿も二篇あるので[29]、それらにゆずるが、私がさしあたって考えていることの基本的な点だけを書いておくと、

1、当時、「第三路線」は、結局米国の主導下に、ある種の勢力を温存し、その勢力による国民党政府の改良に終わらせるか、あるいはせいぜいそれに政治的キャスティングボートを握らせようとする性格を持たざるを得なかったこと。

2、西欧型民主主義、多党制などが、当時の中国で実現し得る可能性は現実にはほとんど存在しなかったこと。

3、従ってそのような状況の下で、これらの主張に批判を加えることが必要だ、と当時の左派が考えたのは、当時としては無理もなかったことを、私も認める。

しかし、私が別の拙稿[30]で、佐藤慎一氏の提起に依拠して述べたように、中共の政策だけが唯一の選択肢ではなかったかも知れない、という視点を持つこと、特にある状況下で中共の政策が正確な選択肢であったとしても、そのことが別の状況下での失敗の原因を作り出す場合もあり得ることを見て行くことが必要である、という視点に立って見なおすとすれば、また別の視角が開けて来る面もあるのではないだろうか。

たとえば、左派の「自由主義者」批判の中には、当時の中国で現実にはその道はとり得ない、という状況論・政策選択の次元での判断としてではなく、「自由主義者」の言論の中にしばしば見えかくれする、「自由」等々の言葉に、ただちに「ブルジョア・イデオロギー」を嗅ぎとる、当時の中国の（そしてある面では世界的にもあった）マルクス主義

の「常識」が作用して、問題を思想の「本質」の次元でとらえ、その結果彼らの「民主主義」や「自由」への願望の持つ意味を十分包み込み得なかった面があったことは否定できない、と思われる。そしてこの時点であれかこれかの選択はぎりぎりのものであったとしても、そのことが、逆にあらゆる場合、一切の選択が二者択一のものであり中間はない、とする思考を固定化させた面はないだろうか。

同様の問題は、同じ年に東北において起こった蕭軍批判にも見出すことができるように思われる。

私のこのような考え方が、もし一面の真理を含むとしたら、「反動文芸を斥ける」を始めとする一連の批判が蕭乾に残した傷は、蕭乾にだけでなく、中国のその後にも残した傷だった、というべきかも知れないのである。

一九八九・一〇・一

注

（1）『日本中国学会報』第四〇集、八八・一〇。本書Ⅱ－3。

（2）前稿脱稿後、入手した蕭乾関連の資料・著書等にはつぎのようなものがある。（出版順）

李輝『浪迹天涯・蕭乾伝』八七・七、中国文連出版社。

鮑霽編『蕭乾研究資料』八八・二、北京十月文芸出版社。

蕭乾『我要採訪人生』（遠見叢書六）八八・五、経済与生活出版事業股份有限公司（台北）。

蕭乾『未帯地図的旅人－蕭乾回憶録』（以下『回憶録』と略称八八・一一、香江出版公司（香港））。

（3）『南徳的暮秋』文末に「一九四六年四月五日、帰国途中地中海上で補記」と記す。これは同年文化生活出版社から出版された。『蕭乾選集』第二巻（八三・七、四川人民出版）他所収。

（4）「切後的馬来亜」末尾に「六月五日、中国海上で追記」と記す。『選集』第二巻所収。

（5）「中国文芸往那里走?」本稿では北京大学・北京師範大学・北京師範学院各大学の中文系中国現代文学教研室主編『文学運

動史料選』第五冊（七九・一二、上海教育出版社）所収による。

（6）蕭乾の年譜については、前稿注（4）に記したが、その後注（2）に掲げた資料に載ったものをあわせて、左に整理しておく。以下論及・引用する際には、上のアルファベット及び番号を使用し「年譜A1」等と呼ぶことにする。

A1…梅子・彦火「蕭乾年表簡編」彦火『当代中国作家風貌』（八〇・五、昭明出版社・香港、所収。末尾に「八〇年一月三日－五日梅子初稿、八〇年一月二十日彦火増訂」とある。七九年まで。根拠を示した三〇項の注がある。

A2…同『中国現代作家選集　蕭乾』（八三・一、香港三連書店）所収。A1に八一年までを増補。注はA1と同じ。

A3…同。『蕭乾選集』第四巻（八四・六、四川人民出版記）所収。A2と同じ、ただし注は省く。

B1…鮑霽編「蕭乾年表」、同氏編『蕭乾作品欣賞』（八六・八、広西人民出版社）所収。八三年八月まで。

B2、同「蕭乾生平年表」、同氏編。『蕭乾研究資料』（八八・二、北京十月文芸出版社）所収。B1に相当量の増補を加える。八四年まで。

B3、鮑霽編・文潔若増訂『未帯地図的旅人－蕭乾回憶録』（八八・一一、香江出版公司、香港）所収。B1によりつつ、八カ所に、各一～二行を追加。また八八年までを追加。

（7）襲済民・方仁念編『郭沫若年譜』上巻八二・五、天津人民出版社。

（8）査国華編『茅盾年譜』八五・三、長江文芸出版社。

（9）前掲『回憶録』二六八ページ。

（10）小谷一郎「田漢年譜稿」伊藤・祖父江・丸山編『近代文学における中国と日本』（八六・一〇、汲古書院）所収。

（11）郭沫若「田寿昌五十初度」、郭庶英　郭平英　張澄寰編『郭沫若遺墨』八五・一〇、河北美術出版社。

（12）郭沫若「斥反動文芸」『大衆文芸叢刊』第一輯『文芸的新方向』（四八・三）原載（未見）、前掲『文学運動史料選』第五冊及び『沫若文集』一三巻（六一・一〇、人民文学出版社）所収。文革後刊行の『郭沫若全集・文学編』では第一六巻所収。

（13）魯迅「辱罵和恐嚇決不是戦闘」、三二・一二・一四執筆、『南腔北調集』所収。

（14）『選集』第六巻（八四・六）四四五ページ。本書Ⅱ－2では三一二ページ、四行目の「…」の一部分にあたる。

（15）前掲『回憶録』二六八ページ。
（16）同右、二六九ページ。
（17）この部分沈従文に関する記述は、主として凌宇『沈従文伝』（八八・一〇、北京十月文芸出版社）による。なお、同書によれば本文中にふれた北京大の左派学生による攻撃の一方、地下学生党員楽黛雲らは、前後して沈従文を訪ね、台湾に行かぬよう、留まって解放を迎え、新時代の文化に教育事業のために力を出して欲しい、と働きかけた。当時のような情況下で、一口に「進歩学生」といっても、個々人の評価等具体的問題については、必ずしも一枚岩でなかったのは当然だったろう。なお楽黛雲は、その自伝『To the Storm-The Odyssey of a Revolutionary Chinese Woman.』（八五、University of California Press　邦沢は丸山・白水・宮尾訳『チャイナ、オデッセイ』（上下、九五、岩波書店）によれば、四八年北京大学入学後間もなく学生組織の活動家になり、四九年七月入党（したがって、凌宇が中共地下党員と書いているのは厳密には正確でない）、五二年卒業して北京大教員になるが、五八年「右派分子」とされ、党籍を剥奪される。七九年夏、名誉回復、党籍を回復した。現在北京大学比較文学研究所長。八九年二月、魏京生の釈放を求める知識人三三名の公開書簡に署名している。
（18）朱光潜については、主に李醒塵「朱光潜伝略」『新文学史料』八八年二期、による。
（19）李輝『胡風集団冤案始末』八九・二、人民日報出版社、二八ページ。以下『冤案始末』と略記。邦訳は千野・平井訳『囚われた文学者たち』（九六、岩波書店）。なおこの「自我検討」は未見、しかし、『大公報』五一・一一・二九に掲載された文章が「私はどのように封建意識と買弁思想を克服したか—最近の学習と自己批判—」という題名で、中国研究所編訳『人間革命—中国知識人の思想改造』（五二・三、中国資料社）に収められている。同書には沈従文「政治と文学の分離から結合へ—私の学習」（五一・一一・一一、『光明日報』原載）も収められている。
（20）前掲『冤案始末』、二九—三〇ページ。
（21）平野正『中国民主同盟の研究』、第六章第二節　イデオロギー闘争の新局面と統一戦線運動の前進—「自由主義者論」との闘争—、特に三四二ページ以下、及び巻末「資料説明」四三四ページ。なお、同書によれば、この会の名称は「中国社会経済研究会」。

（22）前掲『沈従文伝』　四一三ページ。

（23）蕭乾「一個楽観主義者的独白（代序）」『選集』一巻、一三ページ。

（24）蕭乾「編後記」『楊剛文集』（八四・七、人民文学出版社）五九三ページ。

（25）『回憶録』二六九―二七〇ページ。

（26）同右　二九八ページ。

（27）前掲『冤案始末』　二九ページ。

（28）唐弢・厳家炎主編『中国現代文学史』三、（八〇・一二、人民文学出版社）・四二一―四二二ページ。

（29）拙稿「中国における思想・思想改造についてなど―一つの感想」『季刊中国』八九年冬号（通巻一九号）、（八九・一二）及び「中国社会主義と知識人」『窓』一二号、八九年一二月。ともに『中国社会主義を検証する』（九一、大同書店）所収。

（30）拙稿「中国学生・知識人の苦悩と選択」『文化評論』八九年八月号。注（29）前掲書所収。

（補注）その後、江上幸子「二〇世紀初期の中国人誕生の苦痛――一九三〇年代の楊剛の夢と苦悩――」（『魯迅と同時代人』九二、汲古書院所収。）が発表された。

最近の中国の思想状況

——「人道主義」「疎外」を中心に——

昨年（一九八三年）後半から、日本でも話題となっている、いわゆる「精神汚染」一掃のキャンペーンを中心に、最近の中国における思想・文化領域の諸問題を、概括的に紹介・検討せよ、というのが、私に与えられた課題である。

一　論議の経過

「精神汚染」批判あるいは一掃（原文「清除」）の動きは、底流としては、以前からあったものだが、この言葉が重要なスローガンとして使われ、焦点が定まって来たのは、昨年一〇月の中国共産党一一期二中総以降のことである。この中央委員会総会は、「整党に関する決定」を討議・採択することを主な任務として開かれた総会であったが、「公報」の伝えるところによれば、席上鄧小平と陳雲が整党問題についてそれぞれ重要な演説を行い、とくに鄧小平はその中で、「思想戦線の工作を強める問題を提起した」[1]という。

この鄧小平演説の全文はまだ公表されていないので、この中で鄧がこの問題にどのような形でふれているのか正確なところは不明である。しかし、王震政治局員が一〇月下旬、ある会合の席上行った演説の中で述べているところによると、鄧演説には、「思想戦線では精神汚染をやってはならない」、「当面、思想戦線でまず重点的に解決せねばならない問題は、右の、軟弱・弛緩（原文「渙散」）の傾向を是正することである」等という指摘があったようである。[2]

これを受けて、二中総決定を伝達・説明するためのものを始め、二中総後に開かれたさまざまの集会の席上、「精神汚染」一掃の必要が強調された。前にあげた王震演説はそれらの中で代表的なものであるが、そうした流れの中で、一〇月三一日『人民日報』が「社会主義文芸の旗を高く掲げ　精神汚染を断乎防止・一掃せよ」と題する「本報評論員」の文章を発表したことによって、この問題がいちだんとクローズ・アップされることになった。

二中総は元来一九八三年冬以降に予定された整党についての決定を採択することが主要な任務であったものなのだが、二中総以後しばらくの期間に関する限り、二中総の最大の重点は「精神汚染」問題であったのかと思わせるような扱いが続き、これにくらべると「整党についての決定」の中で指摘されている他の問題、とくに「三種類の者」すなわち、林彪・江青集団に追随して、造反でのし上がった者、派閥意識のひどい者、殴打・破壊・強奪分子（原文「打・砸・搶分子」、文革中ひどい暴力行為を犯した者を指す）の整理という課題などは、むしろ後景に退いた印象さえ与えた。

しかし、取り上げられ方が大きかったわりに、当初は、肝心の「精神汚染」とされるものの内容が何であるのか、その「反対」「一掃」の対象としてどんなものが考えられているのかは、必ずしも明らかでなかった。このため一時は、一方に「第二の文化大革命」の前ぶれと感じて、恐れ、緊張する人びとがいると同時に、一方四人組打倒以後のいわゆる開放政策にともなって現れていたさまざまの「新しい」現象になじめぬ思いをいだいていた人びとが、それぞれの感じていたそれこそ多種多様な違和感を、この時とばかり吐き出す、というような現象もあったようである。それは小はパーマや若者の風俗から、大は文芸作品・思想・理論分野におけるものにまで及び、方法・程度も、個人としての発言から、大なり小なり職権の行使と結びついたものに至るまで、各種各様のものがあったらしい。そしてその両者以上に多かったのが、これを提唱した党中央の意図と、この動きがどういう方向に発展するかをはかりかね、じっと形勢を観望する、という人びとであったようである。この態度は、庶民にとどまらず、かなりの幹部の中にも少なくなかった、ということを、当時北京にいたある人から聞いたことがある。また一九八三年夏以降、中国各地で犯罪者の大量逮捕と公開でのものを含む大量の処刑のニュースが伝えられていたことも、「精神汚染」反対の中心がどこにあるのかについて、戸惑いを増す原因になっていた。

しかし、二中総以降公表された資料や、外にもれて来る「内部伝達」の情報などによって、その焦点は、しだいに明らかになってきた。たとえば、前掲王震演説では、「ブルジョア自由化反対」「マルクス主義の理論隊伍を強める」「科学的社会主義の理論と社会主義建設の実践とを結びつけ、全人民に普及すること」の三項をあげるとともに、具体的問題としては、「わが国はまだ社会主義ではない、あるいはわが国は農業社会主義であるとする者」「いわゆる『社会主義の疎外』を絶えず宣伝し、社会主義に思想的疎外のみならず、政治的疎外・経済的疎外もあるという者」「さらには「疎外の根源は社会主義体制自体にある」とさえいう者」などをあげ、これらの観点はマルクス主義の科学的社会主義とまったく対立するものである、と述べ、いわゆる「疎外論」が焦点の一つであることをうかがわせた。また党中央書記兼中央宣伝部長である鄧力群は一〇月二八日にAP北京支局長の問いに答えた談話の中で、「精神汚染」は①エロ・グロと反動的なもの、②芸術の公演にみられる一部低俗なもの、③個人的な満足・個人主義・無政府主義・自由主義などを追求するもの、④文章あるいは発言による、わが国の社会制度に背く言論の発表の四種類に分けられる、と述べ(3)、①は法律をも犯すものであって、法によって取り締まる、他の三種は思想問題であって、教育と批判・自己批判の方法で解決する、と述べた。これと前後して、二中総における鄧小平演説が内部伝達され、その中で特に「疎外論」と「人道主義」を挙げて批判の必要が指摘されていることが報じられて(4)、「精神汚染」という言葉が、思想・理論の分野において、これらの理論を意味することが、しだいに明らかになってきた。

一方、文学芸術の分野については、前掲の一〇月三一日『人民日報』評論員の文章が、中国における従来の文芸観と異質な、多かれ少なかれ西洋「現代派」の主張をとり入れた各種の文学観・文学論を、「精神汚染」の例としてあげたことにより、この分野での批判の対象もしだいにしぼられてきた形となった。とくに、この中でも、「現代派」の方法を大胆にとり入れた「朦朧詩」が、その対象として浮かび上ってきた。

こういう中で、一一月五日、「疎外論」の提起者の一人であった周揚が、「自己批判」を発表し、それと前後して、『人民日報』の社長、副編集長であった胡績偉、王若水の二人が更迭されたことが明らかになって、問題の局面は一転換した。これ以後、事態は収束に向かったといってよさそうである。一一月一六日の『人民日報』は「精神文明を建設し　精神汚染に反対せよ」という、やはり評論員論文を掲載した。これは二中総における鄧小平の発言として「精神汚染の実質は色とりどりのブルジョアその他搾取階級の腐った没落思想をふりまき、社会主義・共産主義の事業に対する、また共産党の指導に対する不信任の気分をふりまくものである」という言葉を引き、「長いあいだ、人びとは精神汚染を道徳問題と見なすことに慣れてきた」が、それだけではなく、「より重要なのはやはり政治的影響の問題である」といい、ポルノ等に対する法的取締りも必要だが、肝心なものは思想闘争を展開して思想戦線における軟弱・弛緩の状態を改めることだ、としている。この点ではそれ以前の論調と変わらないが、見逃せないのは、一方で、こうした「精神汚染」の多くが「探求の過程で道を踏み誤ったもの」であり、「このような誤った観点の文章や作品を書いた同志は、主観においては意図的に精神汚染をまき散らしたとは絶対にいえないけれども……」といった言葉を多用していたことであった。また具体的な例としても、「人道主義」について、これは六〇年代に批判されたことがあり、文革中にはことに誇大な非難が浴びせられたが、その結果、問題を解決できなかっただけでなく、たとえば社会主義的人道主義など多くの正しい観点をも「謬論」とし、批判を加えてしまった、この教訓は忘れてはならない、と指摘する。そして、「誤った観点はけっして放置しておいてはいけないが、批判は性急であってはならず、一、二篇の文筆で片がつくと思ってはならない。そういうやり方は思想問題解決の障害になる。精神汚染に反対する闘争は『運動』ではなく、……恒常的な仕事である」と強調していた(5)。解放後のくり返しによって、「思想闘争」の強い型ができてしまっており、問題がともすればその型の枠内で判断もされ、実際にも問題の展開をその型にはめていくように作用する力が強いこと、とともに、少なくともその型を打破しようとする意図そのものはなお生きていることが、これらから見てとれよう。

その後も「精神汚染」批判の文章は、断続的に発表されているが、全体としては沈静に向かった。そして、年が明けた一九八四年一月三日、党政治局員で社会科学院院長であり、『中国共産党の三十年』の著者として日本でも知られている胡喬木が中央党学校で行った講演「人道主義と疎外の問題について」が、中央機関紙誌に発表された(6)。『人民日報』のほぼ四面を使った長文の論文で、胡喬木自身は、あくまでも個人として『討論に参加』するものであり、「私の話の基本的観点に不賛成な同志も、論争に参加してくれるのを、心から歓迎する」と述べているが、現段階における中央の基本的見解と思われるものを、かなり詳細に展開したものになっている。

以上が「精神汚染」問題が現在までにたどった経過の、きわめて大ざっぱなまとめである(7)。その「政治的性格」については、すでにいろいろな見解や観測が発表されている。「整党」で「左」=文革派を叩くために、まず「右」を叩いておこうというものだ、とするものもある(8)。途中での「手直し」とも見える現象をも含めてすべては鄧小平・胡耀邦を中心とする党中央の予定どおりの経過をたどっているのだ、とするもの、またまず「右」を叩き、その尻馬に乗って「左」派が躍り出て来るのを待ってそれを叩くのだ、とする、「反右派闘争」などになぞらえたうがった見解なども、大きくはこの中に含めてよいであろう。しかし一方ではこの運動そのものが、胡耀邦に対する「ミニ・クーデター」として起こされたが、胡耀邦らの反撃にあって、失敗に終わったものだ、という観測もある(9)。さらに、胡耀邦と趙紫陽との間の矛盾がからんでいる、という説もあるという話を、最近北京から帰った友人から聞いた。

断わっておきたいが、これらの解釈や観測さらに流説の当否を判断し、「真相」を明らかにしようというのが、本稿の目的ではない。これらの当否を判断するだけの資料も私には持ち合わせがないし、そんな情報源もない。「ペキノロジー」とか「チャイナ・ウォッチング」などという言葉で呼ばれる作業、それは、さまざまの現象からその背後にひそむ中国指導層内の矛盾・摩擦およびその力関係を探り、指導層内におけるリーダーシップの所在、その方向等を見定めようとする仕事といいかえてよいだろう。そういう仕事の意味を私も一概に否定はしない。かつて日本ではあまり重視されなかったこの種の仕事が見直されるようになったのは、「文革」を通じて、中国の公式見解と現実との間のズレが想像以上に大きいものであることが明らかになり、公式見解の裏にある現実を探ろうという志向が強まったこと、また、「文革派」対「走資派」の図式に基づく分析が、「文革」の流れをある程度正確に予測していたことなどによってであったろう。公式見解のみを判断の基準にするのにくらべれば、それはたしかに一つの進歩だったというべきかも知れない。しかし、中国の指導機関内に文革時に存在したような矛盾・対立が常に存在するとは、まだ証明されたわけではないし、また個々の問題について、認識や評価が、すべて始めから一致しているわけはないにせよ、そうした見解の違いが、個々の違いにとどまっているか、その違いが相互補完的にプラスに作用しているかそれとも対立というべきものになっているか、その違いに一貫した傾向を認め得るか、あるいはその傾向が一つの系統を持った「路線」の対立にまでなっているか、さらにそれが人事をめぐる争い、つまり、いわゆる「権力闘争」にまで至っているか、等々、総じていえば、そうした問題のあり方、「相」といったものは、まだけっして明らかになっていない。そもそも中国指導層内の矛盾やリーダーシップの所在、その方向などが主たる関心の対象になるのは、たとえば対中国外交方針の確定の必要上、その相手側の権力の安定度やその政策決定のメカニズム、方向などが、重要な関心事たらざるを得ない各国の外交機関、あるいは中国政府の政策がどちらに動くかが、直接日常の経済的・文化的環境を左右しかねない、香港在住華僑等にとって、いわば死活の利益に関わる問題だからであって、したがって彼らはそのために彼らなりに必死の分析を行い、時には非公式なものをも含めた情報源を作ってもいるのである。ところが最近の日本では、そういう立場にはなく、自前の情報源も持たない中国研究者が、他人の作った図式を無批判に使って、あれこれの観測をしている傾きが強くなっているように私には思える。そして、関心が狭い意味での「政治的背景」に集中しすぎる結果、公表されている資料そのものについても、その理論的内容の正面からの検討がおろそかになり、いわゆる「裏読み」のみが先行しているように思われるのである。

「精神汚染」問題にもどれば、その裏の「政治的背景」にのみ関心を持つよりは、「精神汚染」とされているものの内容、それへの批判のあり方等を、社会主義にとっての思想・文化のあり方全般との関わりの中で検討し、それが今日の日本の思想状況の中で、どのような問題を持つかを考えることの方が先ではないか、少なくともそれを抜きにした議論は、結論としてもどこかで狂ってくるのではないか、と思うのである。

二　周揚の疎外論

では、問題の中心の一つである疎外論は、どのような内容を持ち、どのように展開したか。それをさしあたり焦点となった周揚および王若水の理論から見てみることにする。

周揚が、この問題について述べたのは、一九八三年三月、マルクス逝去百年記念会で行った講演「マルクス主義のいくつかの理論問題に関する検討」においてであった。『人民日報』の一面半強に及ぶこの講演は、次の四節に分かれる。一、マルクス主義は発展する学説である。二、認識論の問題を重視せよ。三、マルクス主義と文化批判。四、マルクス主義と人道主義の関係。疎外論に関わるのは、第四節であるが、問題の提出され方そのものを見るために、全体について要約する。

一ではまず、この百年の間、他の多くの学説が過去の光を失った中で、マルクスの学説のみが、活力を持ち続け、前進し続けた、と指摘した上で、しかし、マルクス主義のたどった道も平坦ではなく、厳しい試練を受けた、「一定の時期、一定の場合には、停滞・後退さらには質的変化さえも現れたことがあった」と明言する。マルクス主義は発展する科学であるから、批判と自己批判によって欠点や誤りを克服するだけでなく、「実践の発展にしたがって、自己の形式を変える」。「マルクス主義が発展するものである以上、社会主義革命と社会主義建設についても固定したモデルはない」、民族解放闘争にせよ、社会主義革命にせよ、社会主義建設にせよ、「各民族は自身の実際から出発して自身の道を選択せねばならない。この問題においては、人を自分に従うよう強いるべきではないし、強いられて人に従うべきでもない」という。

さらに、この節の末尾近くには注目すべき言葉が見られる。「不断に発展しつつあるマルクス主義は、さまざまな時期の革命の任務が必要とするところにもとづいて、さまざまな学派と一定の同盟を結ぶことが必要である。今日の歴史的条件の下で、マルクス主義は同盟軍を探し求め、かちとり、拡大せねばならない」。エンゲルスはかつてドイツ・プロレタリアートの指導者に、一八世紀中葉の戦闘的無神論の文献を翻訳して、広く人民の中に伝えるようすめた。レーニンも、「マルクス主義者が、もし純粋のマルクス主義教育という一本道を通じてのみ、何百何千万の人民大衆を愚昧状態から脱出させ得ると考えるなら、それは最大のしかも最悪の誤りである、と考えていた」。われわれはエンゲルスとレーニンのマルクス主義が同盟軍を持つべきだとする思想を重視すべきだ、「現在、世界的範囲において、マルクス主義者ではない、進歩的民主主義者、民族主義者、人道主義者である人びとがいる。しかし彼らはわれわれと合作できる」「一定の条件のもとでは、マルクス主義者はブルジョアあるいは小ブルジョアの人道主義者と同盟を結ぶことができる」という。もちろんそのような同盟の中で、自己の体系の独立性に注意し、主動的地位に立つよう努力すべきだ、ともつけ加えている。

二では、認識論の問題に、従来中国では弱点があった、と指摘する。ロシアには、先行する思想家としてゲルツェン・チェルヌイシェフスキイらがいた。彼らはマルクス主義者でなかったが、マルクス主義に接近していた。プレハーノフやレーニンも革命前に多くの文章を発表していた。これにくらべて、中国共産党には、この面で党創立に先行する理論的準備がなかった。陳独秀は党創立者ではあったが、実質は急進的革命的民主主義者に過ぎなかったし、李大釗はもっとも早いマルクス主義宣伝者だったが、著作は多くなかった。この面での仕事は毛沢東思想の形成と確立を待たねばならなかった。七回大会を経て毛思想で全党の認識が統一されたことにより、新民主主義革命の勝利が得られたが、社会主義革命と社会主義建設の時期になって、わが党はふたたび理論的準備の不足という問題に直面した。マルクス主義の三つの源泉のうち、中国では特にドイツ古典哲学についての研究が弱かった。レーニンはヘーゲル哲学を重視していたが、その死後、スターリンはドイツ古典哲学を蔑視し、レーニンの指示を実行しなかった。中国においては、ドイツ古典哲学をブルジョア革命の反動と見なすスターリンの観点に毛沢東が反対したものの、その観点は依然影響を与えていた。スターリンの「弁証法的唯物論と史的唯物論」には功績もあったが、誤りもあった。「これが発表されると、ソ連の全哲学界がスターリンの体系に従って説くようになり、哲学は停滞した」、毛沢東の「実践論」「矛盾論」はそれを是正し、発展させるもので、スターリンが矛盾の対立面のみを重視した点を批判し、矛盾の同一性を重視したが、晩年には自らそれに反して「一が分かれて二となる」を絶対化し、それが階級闘争の拡大という結果につながった。「実践論」の欠点は、過度に主観能動性を強調したことで、これが大躍進期に主観主義の氾濫を招いた。また理論が実践に服務するということを、単純に政治あるいは階級闘争に服務すると理解し、理論の相対的独立性を軽視した。このため理論と実践の関連について単純化・通俗化された理解が生まれ、基礎理論の研究を実際を離れるものと批判するなどの誤りを生んだ。認識論の問題のうち、検討すべきものは、感性的認識と理性的認識およびその間の関係である。われわれは一たん概念が形成されれば、判断は理性的認識の段階にはいり、本質を反映する、とする考え方に慣れているが、これは誤解である。概念にも発展の過程がある。この点ではカントが感性・悟性・理性という三つの範疇を使っていることを参考にし、悟性の概念を生かすことが、単純化・概念化の防止に役立つのではないか。

三では、マルクス主義における文化批判の意味を強調する。文革の中でいわゆる大批判なるものは恫喝と中傷の手段に転化してしまったが、これは是正せねばならぬ。われわれはマルクス主義の文化批判を貫徹する上で、偏向と誤りを生んだ。文革中の「大批判」は、建国後の再三の思想批判運動の消極的要素の悪性の膨張で、それが少数の野心家に利用されて、あの大災厄をもたらした。これはスターリンが否定の否定の法則を排斥し、毛沢東もそれを是正せず、従来中国では否定の否定の法則があまり問題にされなかったことに影響されている。そこから、文化発展の曲線の過程を、単純化された直線の過程と見なす傾向が生まれた。

文化遺産の批判的継承の問題では、いくつかの点でここ数年に従来の枠を突破した、として、たとえば、唯物論か観念論か、リアリズムか反リアリズムかで過去の遺産を判断し、思想史を唯物論と観念論の二つの路線の闘争であり観念論はすべて悪いもの、とするのは単純化だ、という。レーニンは「聡明な観念論は、愚昧な唯物論よりも聡明な唯物論に近い」といった。同様に、文学史をリアリズムと反リアリズムの闘争に塗りつぶすのも単純化である。従来魏晋時代の玄学や仏教についても、いずれも観念論だからということで、正当な関心を払わずにきたが、これは科学的な態度ではない。

四が問題の焦点である疎外論を含む「マルクス主義と人道主義の関係」である。量的にも四節の中でもっとも長い。人道主義(10)およびそれと関わる人間性論（原文人性論）は、各分野の学問に関わる重大な問題である。文革前の一七年（つまり中華人民共和国建国後ずっと＝丸山注）この問題についての研究はまわり道をした。「長い間、われわれはずっと人道主義をすべて修正主義と見なして批判し、人道主義はマルクス主義と絶対にあい容れないと考えてきた。この批判は非常に一面的であり、中には誤っているものさえあった。私が過去に発表したこの方面に関する文章や講演には、正しくないのがあった」、ヨーロッパの文芸復興期に現れたブルジョア人道主義（人文主義とも訳される＝原文）は封建主義、中世神学の束縛を打破する点で大きな役割を果たした。その後のブルジョア人道主義は、さまざまな歴史的条件、環境の下で、さまざまな役割を果たしたのであり、具体的に分析すべきで、一概に否定すべきではない。ある条件下では、ブルジョア人道主義もマルクス主義の同盟軍たり得る。ただブルジョア人道主義は、抽象的人間性・人道を基礎にしているため、思想体系全体としては、まだ科学たり得ず、マルクス主義の思想体系とは根本的に異なるものである。「私はマルクス主義を人道主義の体系の中に入れてしまうのにも賛成しないし、マルクス主義をすべて人道主義に帰結させてしまうのにも賛成しない。しかし、マルクス主義が人道主義を含むことを、われわれは承認すべきである」。

マルクス主義は人間を重視し、全人類の解放を主張する。マルクスはフォイエルバッハの唱えた生物的人間・抽象的人間を、社会的人間・実践的人間に変えた。抽象的人間性を基礎とするフォイエルバッハの人道主義を、史的唯物論を基礎とする現実的人道主義、あるいはプロレタリア人道主義に変えた。「この転化の過程で、『疎外』概念の改造が、鍵になる役割を果たした」、こう述べて、以下疎外の問題について整理された見解が展開される。

「いわゆる『疎外』とは、主体が発展する過程において、自己の活動により自己の対立面を生み出し、その後この対立面が、外在する、自己に属さない力として、逆に主体自身に反対しあるいはこれを支配するようになるものである。『疎外』は弁証法的概念であって、観念論の概念ではない。観念論者もこれを使えるし、唯物論者もこれを使える」。ヘーゲルの「疎外」は理念・精神の疎外であり、フォイエルバッハの「疎外」は抽象的人間性の疎外である。マルクスのいう「疎外」は、現実の人間の疎外、主としては「労働の疎外」である。マルクスは『一八四四年経済学・哲学手稿』で詳細に論述している。彼はこの思想をのちに剰余価値学説に発展させた。これは『資本論』の中ではっきり述べられている。「マルクスが後期において『疎外』の概念を放棄したといういい方は、根拠がない」。

「マルクスは、私有制下の疎外現象は、資本主義に至って頂点に達した、と考えていた。……マルクスとエンゲルスの理想にあった人類の解放は、搾取制度（搾取は疎外の重要な形式であるが、唯一の形式ではない）からの解放のみならず、一切の疎外形式の束縛からの解放、すなわち全面的解放であった」。

こう述べて周揚は、マルクスの次のような言葉を引く。「（共産主義は）人間の本質的力、人間の肉体的力及び精神的力……を十分に自由に発揮させ実現させるだろう」「個性の全面的発展をして古い分業制度の下での個人の一面的発展にとって代わらせるだろう」、人間の全面的発展は、共産主義の「目的自体」である。「（共産主義は）各個人の全面的で自由な発展を基本原則とした社会形式である」。

そして彼は、以上のように、この問題は歴史上の人道主義と思想的継承関係がある、という。ルソー・シラー・フーリエ等がさまざまの形で人間の全面的発達の理想を追求してきたが、それはマルクス主義に至って初めて現実的根拠と方法を探りあてた。「この意味で、マルクス主義はたしかに現実的人道主義である、といってよい」。マルクスが人道主義という言葉を使っているのは初期であり、一八四五年以後、マルクス・エンゲルスは「真正社会主義者」の人道主義のたわごとを批判したし、成熟したのちには彼らが「人道主義」の言葉を使っていないことは事実である。しかしマルクスの初期と後期の著作のつながりを否認し、両者を完全に対立させて、後期マルクスが人道主義を根本から放棄したと考えるのも、同様に不正確である」。「社会主義は搾取を消滅させた。このことは疎外のもっとも重要な形式を克服したことである。……しかしこのことは、社会主義社会にはいかなる疎外もなくなった、ということではない」として、経済政策の誤り、人民の公僕が権力を濫用して人民の主人になること、個人崇拝をそれぞれ、経済・政治・思想における疎外である、という。そして、もちろん社会主義の疎外は、資本主義の疎外と根本的に異なる。疎外の根源は社会主義体制にあるのではなく、われわれの制度その他の問題にある。一一期三中全会以降の思想の解放、現在進行中の経済制度・政治制度の改革は、それぞれの疎外を克服するものである。「疎外」に関するマルクスの思想を掌握することは、この改革に大きな意味を持つだろう。この問題の検討がさらに深まり、この点でも「百家争鳴」の原則が貫かれるよう希望する。

これが周揚論文の要旨である。結論だけでなく、問題の発想、論理をできるだけ正確に伝えたいと思ったので、思わず長くなった。

三　王若水の疎外論

ところで「疎外論」「人道主義」は、周揚論文で初めて提起されたものではなく、中国の文化思想界で、数年来論議されていたものである。疎外論について書かれた文章は、すでに数百篇に及んでいるという。また「人道主義」をめぐっては、論文三九篇を収めた五百ページ余の『人性・人道主義問題討論集』(11)が出ており、その巻末につけられた関連論文の索引には、四百篇弱（疎外論に関するものを含む）の論文があげられている。それらのすべてを総括的に論ずるだけの準備がないので、もっとも代表的と思われる周揚論文を紹介したのだが、周揚に先立って、この問題をもっとも鋭く提起した一人である王若水の見解を、読むことのできた三つの論文「人間はマルクス主義の出発点である」「疎外問題を語る」「人道主義のために弁護する」(12)について、見ておくことにしたい。

これらの論文で王若水が説いているのは、マルクス・エンゲルス（中でもマルクス）において、「人間」「人道主義」「疎外」等の概念がいかなるものであったか、彼（ら）が、近代唯物論あるいはドイツ古典哲学からそれらを継承しながら、いかに内容を組みかえ発展させたか、ということであり、その結果、これらの概念は、マルクスにおいて、発展させられ、独自のものに作り変えられたのであって、否定され捨てられたのではない、これらの概念はマルクス主義と対立するものではない、ということであった。王若水が依拠した主な文献は、「神聖家族」「ヘーゲル法哲学批判序説」「経済学・哲学手稿」等であるが、これらの思想は、こうした初期のもののみにあるのではなく、「共産党宣言」『資本論』にもつながっている、「ここからマルクスがプロレタリア革命・共産主義と人間の価値、人間の尊厳、人間の解放、人間の自由などの問題を一つに結んでいることをはっきりと見ることができる」(「人道主義のために弁護する」)というのが、王の見解であり、一方で「人道主義はブルジョアジーのイデオロギーである」といった見解を批判すると同時に、一方で「西側の一部のマルクス主義研究者のいう初期の『人道主義のマルクス』と晩年の『非人道主義のマルクス』などという区別はない」(同)と強調する彼の立場が、そこから生まれる。

彼の主張の論理を細かくたどる余裕はない。その論理は、議論の余地がまったくないほど完成されたものではなく、問題の大きさ・複雑さに比して、論の進め方がやや性急な印象は否めない。また問題の立て方が適切であったかどうかにも、後に述べるように、私は疑問を持っている。しかし、それにもかかわらず、見逃すことができないのは、彼に敢てこうした主張をさせた動機・問題意識である。

たとえば、彼はこういう。

宗教神学に対立するものとして生まれた人道主義思潮が西洋でふたたび活力を得たのは、二度の世界大戦、とりわけファシズムといういたましい体験を経たことによってである。国際共産主義運動の中では、スターリン問題が起こったことによって、この問題に対する関心が強まった。人道主義が対立するのは、「神道主義」と「獣道主義」だが、中国は文革時に個人崇拝と封建ファシズム的「全面独裁」という形で、この二つを体験した。「これがわが理論界が人道主義再評価の問題に興味を感ずるようになった原因である」(以上「人間はマルクス主義の出発点である」)。

また「人道主義のために弁護する」の末尾では、社会主義の人道主義が今日持つ意味は何か、と問うて、こういう。

「それは一〇年の内乱期間(文革を指す=丸山注)の『全面独裁』と残酷な闘争を断固捨て去り、一人を神化して人民を低く評価する個人崇拝を断固捨て去り、真理と法の前での平等を堅持し、公民の持つ人身の自由と人格の尊重が犯されないことを意味している」

「それは封建的な等級と特権的な観念に反対し、資本主義の拝金思想に反対し、人間を商品あるいは単純な道具とするのに反対することを意味し、それはまた人間を人間として、その人間の出身・地位あるいは財産によってその価値を評価せず、その人間そのままを見るように要求する」

「それは人間が目的であること、社会主義生産の目的であるだけでなく、あらゆる活動の目的であることを認めること、社会主義的精神文明の相互尊重・相互愛護・相互援助・友好協力の新しい型の社会関係を樹立し、発展させること、人間を軽視する官僚主義と他人に損を与え私利を計る極端な個人主義に反対することを意味している」

「それは社会主義建設の中での人の要素、人民の主人公としての精神の創造性の発揚を重視すること、また教育と人材の養成および人間の全面的な発展を重視することを意味している。……」

さらにまた「疎外問題を語る」では、疎外の概念と従来のその扱われ方を概観したあと、この問題がいままた大きな関心を集めているのは、中国社会主義の実践が、社会主義にもまだ疎外があるか、という問いを生んだからだ、と述べ、「われわれは、実践はやはり疎外があることを証明していると認めるべきだと私は思う。思想上の疎外だけでなく、政治上の疎外も、経済上の疎外もある」という。

そして、思想上の疎外として、個人崇拝を、政治上の疎外としては、分業、頭脳労働と肉体労働の分離の結果、公共の事務を管理するために生み出された人びとが権力を握って、人民に君臨するようになる現象をあげ、「この危険は、プロレタリア革命、社会主義社会に至ってすら、なお存在する」という。そして『フランスの内乱』が普通選挙制と、指導者の一般労働者なみの賃銀制の必要性を指摘していることをあげ、今ただちにこれは実行できないが、「その精神をとって、特殊化に反対せねばならぬ」という。

王若水はそれにとどまらず、さらに踏み込んでいう。過去においては、大衆は階級に区分され、階級は政党によって代表され、政党は指導者によって指導される、と説明されてきた。こうして階級の独裁が党独裁に帰結し、党独裁が指導者の独裁に帰結する。レーニンはかつてドイツ共産党内の一部にあった、指導者の独裁か大衆の独裁かと問題を立てて、指導者と大衆を対立させる考え方を批判した。それは正しかった。「しかし、現在、こういう問題がたしかに存在する。すなわち、いかなる条件の下でも、いかなる時にも、党がつねに階級を代表し、指導者が党を代表するものでは必ずしもない、ということである」、「したがって、ここにおける一致の面とともに、ここに矛盾もあることを見なければならない。指導機関と大衆の間、党と大衆の間、指導者と人民の間には矛盾があり得る。矛盾があれば、疎外の危険が存在する」。

経済においても同様である。生産手段の共有制が樹立されても問題がすべて解決するものではない。人びとは社会発展の法則を完全には認識できないことがあり、盲目性がまだ残る。したがってまだ自由の王国に入ったとはいえない。「もちろんこの疎外は資本主義の疎外とは異なり、主として搾取がもたらすものではなくて、客観的経済法則を認識しないことによってもたらされるものである」。

以上から、われわれは、文革の体験と文革後の現実から、中国の理論家が受けたインパクトの質とその深さを感じとれるはずである。社会主義社会にあれほどの誤りがなぜ生まれたか、それらはなぜ芽のうちに克服され得なかったのか。これらの文章は、そうした問いに答えようとする努力の一つとして書かれたものに違いない。そしてさらにその外側には、文革を通じて、民衆の中における、とくに青年層の中における中国共産党、毛沢東思想（それは中国においては、マルクス主義そのものであった）、社会主義そのものに対する信頼が揺ぎ始めているという現実を感じとっているに違いない。マルクス主義の理論家として、それにどう答えるか、何よりも過去の理論に存在したと思われる欠点・弱点を探り、えぐり出すことから始めることではないか。王若水の文章から私が受ける印象はそういう一種切迫した使命感のようなものである。もちろん、そのような理論家の意図だけで、その理由の正否・功罪を評価することはできない。まともな問題意識からスタートした問いが、ある地点から横にそれたり、あるいは、ある問題意識が先行してそれが現実全体の中でどういう位置を占めるかについての認識を誤ったり、あるいは、本来正しかった見解が独り歩きを始めた結果、逆の一面化や誇張に陥って反対物に転化したりする例は、われわれにとっても、あまりにも見なれたものである。ただそれにもかかわらず、それを考慮した上でなおかつ、中国のマルクス主義にとって、（さらにいえば世界の科学的社会主義にとっても）現在必要とされているのは、従来科学的社会主義が真理と考え、原則としていた個々の命題を、「不信」や「動揺」から単に守ることだけに力を集中するのではなく、近・現代史全般、とくに戦後の世界史の全過程が科学的社会主義に投げかける問いを、たじろがずに受けとめ、そこから新たな活力を引き出すことではないか、と考えるのである。そしてその角度から見る時、王若水らの理論に弱点が見られるにせよ、もしそれらの営みが単に「汚染」として葬られるならば、長期的に見てそれは科学的社会主義にとってマイナスしかもたらさないだろう、と私は思う。

問題をもとにもどす。王若水の「疎外問題を語る」における、思想・政治・経済各分野での疎外のとらえ方や実例のあげ方を見ると、周揚論文のそれとほとんど一致している。「マルクス主義のすべてを人道主義に帰結することはできない。しかし、マルクス主義は人道主義を包含している」（「人道主義のために弁護する」）という言葉や、さらに「それ（疎外＝丸山注）は本質的には弁証法の概念であり、観念論の概念ではない。つまり、観念論者もそれを利用できるし、唯物論者もそれを利用できる、ということである」（「人間はマルクス主義の出発点である」）という言葉が、前掲の周揚論文中の言葉とほぼ同じであることなどを見ると、周揚論文の起草に協力した主な人物が王若水だったという説も、[13]かなりの説得力を持ってくる。が、ここで問題なのは、そのこと自体ではない。またそのことから、疎外論のもとは王若水にある、と速断することもできない。

周揚が疎外の問題にふれたのは、一九六三年の「哲学・社会科学工作者の戦闘的任務」[14]と題する講演である。中ソ両国共産党の公開論争のさなかの六三年一〇月二六日[15]に行われたもので、いわば中ソ論争当時の中共の立場の哲学的裏づけを意図したものである。したがって、全体としては、たとえば「共産主義のイデオロギーはもっとも人道的なイデオロギーである」（ソ連共産党綱領）、「共産主義は人道主義の最高の体現である」（ソ連科学院哲学研究所編『マルクス主義哲学原理』）、「共産主義制度は人間性の勝利を意味する」（クーシネン）、「われわれは共産主義者である。そして共産主義者は何よりもまず人道主義者であるべきである」（チトー）等の言葉を、「現代修正主義」の主張として強く批判するものであった。そして「疎外」に関わって、つぎのようにいっていた。

「現代修正主義者と一部のブルジョア学者は、マルクス主義を人道主義であるとし、マルクスを人道主義者としようとくわだて、ある者は青年時代のマルクスと、成熟した、プロレタリアートの革命家としてのマルクスとを対立させている。彼らはとくにマルクスが初期に書いた『経済学・哲学手稿』の中の『疎外』問題に関するいくつかの論述を利用して、マルクスをブルジョア人間性論者として描き出し、懸命になって『疎外』概念を利用しいわゆる『人道主義』を宣揚している。これはもちろん徒労である[16]」。

一見すると、一九八三年の周揚自身や王若水と正反対のもののようにさえ見える見解だが、そう簡単ではない。興味があるのは、周揚がさらに後の方で、疎外について述べているところである。ヘーゲルはこの概念を観念論者として使った。弁証法がヘーゲルにおいて逆立ちしているのと同様に、疎外の概念も逆立ちしている。したがって「唯物論の観点にもとづいて疎外を解釈し、事物はつねに一が分かれて二となり、自己の反対の側にいくという弁証法の法則に照らして疎外を理解すれば、ヘーゲルの逆立ちした疎外概念をもとにもどし、両足が地につくことになる。このように、疎外は自然界と人類社会の普遍的な現象であり、疎外の形式は多種多様だ、ということを認めるべきである」[17]（傍点丸山）。

周揚が一九八三年三月の論文の中で、かつて「人道主義」について自分が発表したものの中には正しくないものがあった、といった時、具体的な例としてまず意識していたのは、おそらく六三年におけるこの論文などだろうと思われるが、疎外に関するこの見解は、周揚にとっては一貫したものだったらしく、八二年にもはっきり六三年のこの講演をあげ、傍点部分を引用した上で、「今でも私はこう思う」と述べている。[18] 王若水も中国において疎外問題にふれた早い時期のものとして、六三年の周揚のこの講演をあげている。[19] おそらく、六〇年代の周揚の文章が、文革後の王若水にヒントを与えると同時に、王によって新しい生命を与えられ、それがまた周揚の見解が、より系統的なものに形成されるのを助ける、といったところが、彼ら二人の関係だったのではなかろうか。そしてその背景にあって、彼ら二人を含む中国の理論家たちを強く動かしていたのが、とくに反右派闘争から文革に至る時期の体験から、何を汲みとるか、という問題意識だったのであろう。

四 胡喬木の批判

周揚・王若水らの「人道主義」「疎外」論に対する反対意見もいろいろ出ているが、一つ一つについての説明は省き、それらの集大成ともいえる胡喬木論文を中心に検討する。

胡喬木論文の性格を考える上で、まず確認しておくべきなのは、題名の示すとおり、これが「人道主義」と疎外の問題に限っていること、つまり周揚論文でいえば、批判の対象になっているのは、第四節のみだということである。[20] 第一節から第三節で述べられていることは、ほとんど問題にされていないし、さらに、文化部顧問の林默涵が、文化部の招集した全国文化庁(局)長会議で行った講演が、[21] 精神汚染の内容として、一、抽象的人道主義、二、いわゆる「社会主義疎外論」、三、実存主義、四、現代主義(モダニズム)の四つをあげているのと比べれば、対象が限定されていることは明らかである。精神汚染問題が拡大しすぎて、悪影響を生むことを警戒した党中央の姿勢が現れている、と見てよいと思われる。

胡喬木はまず、「人道主義」という場合、そこには、世界観・歴史観としてのそれと、倫理原則、道徳的規範としてのそれの二つを区別すべきだ、と指摘する。そして、現在、世界観としての人道主義によってマルクス主義を「補足」しようとしたり、さらにはマルクス主義を人道主義に帰結しようとする流れがたしかに現れている、という。そしてこの論争の核心と実質は、世界観・歴史観の根本に関わるものだ、とし、したがって自分の論文もこの論争の核心と実質をめぐって論じられる、として、一、いったい何が人類社会進歩の原動力であるか？　二、いかなる思想に依拠してわれわれの社会主義社会が前進を続けるよう指導するか？　三、なぜ社会主義的人道主義を宣伝・実行せねばならないか？　四、「疎外」論のいい方によって社会主義社会における消極的現象を説明し得るか？　の四節を立てて論を進める。

一の「いったい何が社会進歩の原動力であるか」という問いに対して、歴史上多くの答案が書かれたが、根本的には史的観念論と史的唯物論の二種類であった、と胡喬木は言う。ルネサンス期の人文主義、啓蒙主義から空想的社会主義に至る思想の説く人間・人間性はいずれも抽象的人間、抽象的人間性であった。空想的社会主義は資本主義の暗黒を暴露し、多くのすぐれた思想を提起して、マルクス主義の三大源泉の一つになったが、革命闘争の武器としては、幻想でしかなかった。幻想の武器を捨てて現実の武器を握るには、空想的社会主義の抽象的人間性論、その観念論的歴史観と決裂することが必要だった。この決裂が社会主義が空想から科学へ発展する鍵であった。史的唯物論は一定の社会関係から出発して人間・人間性・人の本質等々を説明するのであり、ここに、抽象的な人間・人間性・人の本質等々から出発して社会を説明する史的観念論との根本的分岐点がある。「『人間はマルクス主義の出発点である』――これはマルクス主義とブルジョア人道主義、史的唯物論と史的観念論との境界を混淆する典型的な命題である」(22)「人間がマルクス主義の出発点である、と強調する同志は、人間を出発点とすることと人類社会および人びととの社会関係を出発点とすることとの間の原則的な区別を曖昧にし、両者を同じようなものにしようと企てている。ある同志は、こういう時の「人間」とはマルクスのいう「現実の人間」「実際活動に従事する人間」だというが、とすれば人を分化のない区別のない人間と見ることはできず、「具体的な社会関係から出発せねばならなくなって、『人間』から出発することはできない」[23]。要するに、世界観・歴史観としての人道主義と、マルクス主義の史的唯物論とは根本的に対立する。人道主義を宣伝する同志は、この対立を抹殺し、二つの異なる世界観・歴史観を混合しようとするものである。これが第一節の要旨である。

問題点の検討は後にまわして、先に進もう。

二、では、「人間は目的である」「人間の価値と人間の解放の程度は社会主義の優越性を考察する総合指示器である」等々という「人道主義」の主張者たちの言葉を引き、「彼らは社会主義がまだそのような立派な境地に到達していないのは、これらの観念が欠けているからであって、もし全社会にこれらの観念が普及すれば、もっとも立派な境地の実現が保証される、と考えているようである」という。そして、今中国に必要なのは、力を集中して社会の生産力を発展させることである。それによってのみ、食・衣・住・学習・研究・労働・往来・旅行・娯楽・休息等の需要を満足させることができる。現実の経済的・文化的条件を具体的・歴史的に分析せず、これらの条件から出発して、さまざまな実際問題の解決をはからなければ、人間は目的であり価値であることや、人間の尊厳に関するいかなる抽象的討論も、現実に目的・価値・尊厳を一歩も前進させることはできず、結局空想的社会主義に陥る。そして「社会主義がさまざまの歴史的制約によってこれらの要求をまだ完全には実現できない時、それはマルクス主義の基本常識を欠いた人びとに影響して社会主義の実践を疑わせ、社会主義建設の正常な進行の過程を攪乱する可能性がある」[24]。

同様の趣旨は、この節で何回かくり返される。

「これらの建設と闘争を離れ、『人間の価値』を尊重せよというスローガンの下にさまざまの実際にそぐわない個人的満足・個人の自由の要求を提出する。あたかも社会主義体制は一たびうち立てられれば無条件にこれらの要求の実現を保証すべきであり、そうでなければ社会主義体制は『人間性に合致しない』ことを示しているかのようである」[25]。「概念から出発して、社会主義の一定の段階に対し実際上実現しようのない要求を提出する。個人の願望が満足させられないと、『人間の価値』がおとしめられた、『人間が目的である』ことが無視された、『人間を人間として見ていない』と怨む」[26]。

おそらくこれらは、「精神汚染」を警戒する発想のもとでもあり、もっとも現実的な目標でもあるにちがいない。ここには現在の中国の当局者たちのホンネがこめられており、その点である種のリアリティを持つ。それが具体的な要求とそれに対する反応として、オープンにではなく、一たん「精神」「思想」の問題に置き換えて論議されることによって、それが本来ある程度持っているはずの説得力も失われ、逆に閉鎖的な異端攻撃の性格を帯びざるを得ないところに問題があるのではないかと思われるが、くわしくは後にゆずる。

三では、前に述べた、世界観・歴史観と倫理原則・道徳規範としての人道主義を区別した上で、後者の意味での人道主義・社会主義的人道主義を強調する。倫理道徳は経済的土台の反映であり、また経済的土台に服務する、社会の経済的土台が違えば、それが決定し要求する倫理道徳は、当然本質的に違ってくることは、史的唯物論の指摘するところだ、といいながら、一方史的唯物論はつぎのことも指摘する、という。

「社会生活は複雑であり、一切の社会現象がすべて生産力・生産関係・上部構造およびイデオロギーに分類され得るわけではない（言語・理論数学と理論自然科学・体育競技活動はいずれもこの種の社会現象の例である）。そのほか、異なる社会体制の社会生活の中にもまったく共通のものがないわけではない。したがって、社会体制の改変はこれまで社会生活の全面的な中断と全面的な再建を招きはしなかったし、またそうであるはずがない。イデオロギーの歴史的発展の側から見ると、新しい社会はつねに人類文明の精神的富に属する多くのものを、古い社会から批判的に継承し、発展させ、改造しなければならない。倫理道徳もそうである」[27]。

倫理道徳が前代のそれを批判的に継承・改造するものだ、というのはいいとして、言葉等、上部構造に属さないものを挙げ、そのほか旧社会と共通のものがまったくないわけではない、という文脈の中でそれがいわれることの意味は無視できない。この部分は、理論的に整理されきっていない印象を禁じ得ない。少なくとも、マルクス主義的人道主義を唱える論者に対して、本質的に異なる二つの世界観の区別を曖昧にするものだ、という時の論理と、この論理とは、バランスがとれていない。

その疑問ないし批判を意識したかのように、胡喬木は、もし世界観・歴史観としてでなく、マルクス主義の世界観・歴史観に従属し、社会主義の政治体制・経済体制に従属する倫理道徳原則としてであれば、マルクス主義の人道主義というういい方もいけないことはない。「しかし、必要な説明がなければ、このいい方はマルクス主義と人道主義という二つの異なる世界観・歴史観を相互に混合・浸透あるいは帰着しあうものとし、したがって概念の混淆を招く可能性がある(28)」と言う。そして、「要するに、われわれは社会主義的人道主義を宣伝・実行せねばならない、と同時に、人道主義を抽象的に宣伝し実際上はブルジョア人道主義を宣伝する傾向とははっきり一線を画さねばならない(29)」と言う。

たとえば、同じ問題を扱った林黙涵が、人道主義をまったく否定するわけではない、と言いながら、しかし、「ブルジョアジーが人道主義のスローガンを提出するのは、意識すると否とにかかわらず、実際上は一種の欺瞞に過ぎない(30)」というところにとどまっているのにくらべれば、胡喬木が世界観としての人道主義と、倫理道徳規範としてのそれとの区別を立てたのは、どこまで意識してのことかは別として、「階級的本質」+マヌーバーというとらえ方と違った枠組みの必要を認めていることを示していると思われ、この問題に関して書かれた多くの文章の中で、比較的キメの細かいものになっていることは事実である。しかし、世界観としての人道主義と、倫理道徳規範としてのそれとを区別する基準は何か、は示されていず、理論的に曖昧なところが残るのを否定し難い。とくに王若水らのいう「人道主義」が、後者としてマルクス主義世界観の中に生かされるものではなく、前者であるということについては、論証はない、といわざるを得ない。

第四節は、中心問題の疎外論である。胡喬木はまず、「疎外」という概念のマルクスによる使い方を検討する。マルクスは一八四四年の『経済学・哲学手稿』で、フォイエルバッハが疎外を用いて宗教を説明した方法とヘーゲルの労働分析との影響を受け、労働の疎外という思想を提起し、疎外を基本的範疇として歴史を説明し、資本主義を批判した。これはマルクスにとって重要な一歩ではあったが、まだ成熟したマルクス主義ではなく、思弁哲学の方法から脱していなかった。一八四五年の『フォイエルバッハに関するテーゼ』以後、この方法から完全に脱した。一八四六年の『ドイツ・イデオロギー』の中では、疎外を「哲学者にわかり易い言葉」としてのみ、それも「さしあたり使っておく」という形で使った。一八四八年の『共産党宣言』にはこの概念はないだけでなく、ドイツの「真正社会主義者」の「人の本質の外化」といった「人の本質の実現についての無意味な思弁」を批判した。『哲学の貧困』(一八四七年)、『フランスの内乱』(一八七一年)、『ゴータ綱領批判』(一八七五年)、その他の重要な著作においても、またマルクスが全部眼を通した『反デューリング論』においても、疎外という概念は使っていない。一八六七年に完成した『資本論』第一巻では四カ所でだけ疎外という言葉を使っていたが、一八七二年から七五年まで自ら大量に手を入れたフランス語版『資本論』第一巻では、一カ所に残っているだけで、他は別の記述方法に改められた。

要するに、疎外という概念も、基本的範疇・基本的法則、理論・方法としてのそれと、特定の歴史的時期の特定の現象(ある種の法則的な現象を含む)を表す概念としてのそれと、その二種類を区別せねばならぬ。マルクスは前者を拒否し、後者の意味でのみ、それも厳格に階級社会、中でも資本主義社会に限って使ったのだ、という。

この議論は、日本でもいろいろなされてきたはずのもので、この分野の専門家の判断をまちたい。

周揚や王若水の疎外論を批判する論文の中には、これだけで停まっている論文も少なくないが、胡喬木論文はさすがにそれらとは違って、もちろん、マルクス主義は教条主義ではなく発展するものであり、「マルクスが言わなかったことはわれわれは現在言ってはならぬ、マルクスが言った言葉は一言一句すべて変わることのない真理だ、などと考えてはならない[31]」という。その上で、王若水・周揚があげている、思想・政治・経済における疎外を、一つ一つ批判する。

個人崇拝は、たしかに誤りだが、「文化大革命」中においても、人びとの毛沢東に対する態度はなお複雑だったのであり、宗教と同一に論ずることはできない。思想的疎外で個人崇拝を説明するのは、いささかもことの原因を説明できないし、党がなぜかくも順調にそれを是正できたかも説明できない。

政治における疎外についてはこういう。現在見られるさまざまの欠陥、民主と法制の不健全な点、党・国家の制度の不合理な点、官僚主義、職権濫用等々は、「長期の搾取制度の社会的影響の名残りであり、新しく生まれた社会主義社会の成長過程で発生した疎外ではない」。「政治的疎外」を唱える同志は、多くが「文化大革命」を深く憎んでいる、これは完全に正当である。だからこそ、これらの同志の注意を喚起したいが、こういう「疎外」を法則的な現象だと考えることは、文革中の「プロレタリア独裁下の継続革命」「ブルジョアジーは党内にいる」といった言い方とあまりにも似ていないか。それらこそ「文化大革命」の理論的根拠ではなかったか、それらの理論に指導された文革が、われわれの社会の消極的現象を克服できなかったことは、はっきりしているではないか、という。

経済工作において経験が不足し、客観法則を認識できずに誤りを犯すのを経済領域における疎外と言うに至っては、疎外概念が際限もなく濫用されたものである。彼らは、実際から離れた軽率な態度と思弁哲学のおしゃべりで非常に重大な非常に実際的な問題を扱っている。今、われわれは大量の新しい状況・新しい問題に直面している。「これらすべての問題は、われわれが深く調査研究し、実際の状況を理解し、実事求是の科学的方法で着実に解決することを要求している[32]」。今日の各種の消極的現象とその原因とは、それぞれ性格と次元を異にしたものが含まれているのであり、それぞれ異なった方法で解決せねばならない。それらをすべて疎外でくることは、深刻なようで、実は思想的に貧困なだけでなく、実際上すべてのマイナス要因を社会主義体制そのもの、党と政府の罪とし、社会主義、共産主義に対する悲観的気分をふりまくことになる。

胡喬木は末尾の部分で、「これらの問題において不正確な観点を発表した同志も、全体としては思想認識の問題に属する」といい、「私の話の基本的観点に不賛成な同志も、討論に参加してくれることを心から歓迎する……」(33)と結んでいる。

五　論議の意味

与えられた紙数はとうに尽きてしまった。もっと要領のよい要約をすべきだったかと悔まれるが、問題はむしろ発想や論理そのものにあるように思われたし、翻訳が出ていない状況下で、哲学を始めとする各分野の専門家に判断の資料を提供したいという考えから、このような形となったのである。

ところで、以上を読んでの私の見解は、ということになるのだが、複雑だというのが、正直な気持である。

前にもふれたように、私も王若水の議論は、問題提起の鋭さに比して、理論的つめが甘く、多くの点で検討の余地があると考える。とくに、経済法則の把握の誤りにまで疎外の言葉を用いるのは、疎外概念の拡げすぎではないかとは、胡喬木論文を読む前から、感じていたことであった。そもそも、疎外論という形をとったことは、中国を含む現存社会主義の消極面をどうとらえ、その克服の方向をどう見出していくか、という本来の問題にとっては、不幸な出発だったのではないか、と私は思っていた。不幸な出発というのは、その提唱者の身辺に不幸な事態が生ずるということよりは、問題に夾雑物がはいり込み、副次的な争点にそれて、本来の問題を討論するレールが曲りがちになることを指している。問題を個別科学の問題として扱わずに、ともすれば哲学に還元しがちな、従来から見なれた傾向から、王若水も自由ではないのか、という感じもあった。その点では、胡喬木が、問題を具体的に、実際に即して扱うことの必要をくり返し説いているのは、理由のないことではないし、それなりの説得力もある。また周揚が、疎外の提起のしかたに慎重さを欠いた、と自己批判したことを、単に「風見鶏」的行動と見る見解(34)にも、私は必ずしも賛成しない。

しかし、同時にいくつかの点が指摘されるべきであろう。第一に、そのような、個々の問題に即しての討論が弱く、哲学に還元しがちな傾向は、個々の政策に対する開かれた批判・討論が不十分な結果として、一言でいえば、社会の「開放」度（外国に対しての意味だけではない）が不十分なことの結果として生じている面はないか、ということである。だとすれば、先に見たような、「ただちには実現不可能な」「実際的でない」要求が出てくることへの警戒が先行し、民衆の屈折した不満を反映している立場を「精神汚染」とすることは、必要な具体的・現実的討論からますます遠ざかることにならないか。社会主義の持つ「自由」のなさといったイメージは、そのような、個々の政治的課題への見解の相違が、ともすれば思想次元の問題におきかえられ、ただちに個々人の「立場」や「思想」が問われがちな傾向から生まれている面がある、と私には思われる。第二に、社会主義社会の消極面を、すべて疎外に還元してしまうことは、たしかにあまり意味を持つこととは思えないが、マルクスにとって、それは剰余価値学説の中に発展的に吸収されたものであるという一面のみが強調されることには、やはり疑問を持つ。マルクス主義は、世界観・歴史観としての側面に比して、政治学・社会学・宗教学等々上部構造の各分野に属する個々の科学において弱いことは従来からしばしば指摘されてきたところである。それらを克服し、マルクス主義をいちだんと活性化するためにも、かりに世界観・歴史観の次元では「否定」「克服」された範疇や概念であっても、その有効性をもう一度たしかめる試みは、やはり必要である、と考える。たしかに、胡喬木のいうように、すべての消極面に「疎外」という概念をあてはめればすむものではないことは事実であろう。しかし、社会主義の消極的現象がどこから生まれるか、その克服の方法は、という問題には、これまた胡喬木がいうように、次元と性格を異にするさまざまの問題が含まれているのであって、世界観・歴史観としての正しさやその歴史的意義をくり返し強調するだけでは、問題はかたづかないのであり、それに対する完全な答えはまだどの国のマルクス主義者も出していないのである。その中で中国共産党の一一期三中全会以降の歩みが持つ意味を、私はいくつかの点について小さくない疑問や批判を感じつつも、全体としては高く評価するものだが、それがまだ完全なものでないことは、中国自身が認めているはずのことである。それを考えていく過程では、「疎外」概念をふくめて、あらゆる概念や範疇を使った探求の試みが認められるべきである。もし「疎外」が意味のない概念であるならば、その結果としておのずから否定されていくに違いない。「疎外」その他特定の概念や範疇を使った試み自体を「精神汚染」として否定することは、それらの概念や範疇をタブーとする結果になり、問題の検討にとってプラスにはならない、と私は考える。

このほか、政治と学問、党と学問の関係のあり方をめぐる問題など、関連して述べるべきことは少なくないが、今回はやめることにする。すでに紙数もなく、言葉たらずの意見になることを恐れる。また、文中でもふれた、文芸界において議論の焦点になっている現代詩の問題には、かねてから関心もあり、私の専門にもむしろこの方が近いもので、初めはそれも論ずるつもりだったのだが、これも次の機会にゆずるほかはなくなった。

注

（1）「中国共産党第十二届中央委員会第二次全体会議公報」（一九八三・一〇・一二採択）『紅旗』一九八三年二〇号。

（2）「王震在両個会議上伝達鄧小平同志的指示、高挙馬克思主義社会主義旗幟　防止和清除思想戦線精神汚染」『人民日報』一九八三・一〇・二五。

（3）「鄧書記、精神汚染の除去について語る」『北京週報』一九八三・一一・八。
（4）たとえば羅冰「周揚批判と党機関紙の地震」、『争鳴』（香港左派系誌）一九八三年一二月号。
（5）ここで「運動」という言葉は、大衆的政治運動、キャンペーン、といったほどの意味で使われている。「四人組」打倒後の多くの文献で、過去の「思想闘争」について、それらの理論に対する批判そのものは必要だったが、これを大衆的政治運動として展開したのは誤りだったというい方が、しばしばなされている。また中央の文書等から、中央の意図を先取り（時には誤解）して、すぐ旗を振りたがるタイプの人間を、「運動員」と呼ぶということを、ある中国人から聞いた。
（6）最初中央党学校の機関誌『理論月刊』一九八四年二期に発表、『紅旗』一九八四年二期、『人民日報』一月二七日にも転載された。また『胡喬木文集』第二巻（一九九三・七、人民出版社）所収。
（7）斉藤道彦「整党決定と「精神汚染」批判」『中国研究』一九八四・二、日中出版、には、その他の主要論文、さらに広く各分野における「精神汚染」批判論文の内容が要約・紹介されている。個々の評価については、意見を異にする点もあるが、参考になる。
（8）たとえば「日本経済新聞」一九八三・一一・一八夕刊、「整風吹き荒れる中国文芸界」。筆者は同紙三森北京特派員。
（9）羅冰「中南海での一つのたたかい」『争鳴』一九八四年二月号。これによれば、「クーデター」の火元は、党中央宣伝部長鄧力群だったが、胡耀邦・趙紫陽・万里らが「精神汚染一掃の拡大化」に反対する形で「反撃」し、「ミニ・クーデター」は鎮圧された、というものである。
（10）中国語の「人道主義」という言葉は、時と場合により、広狭についても、歴史的限定についても、さまざまに使われているようである。したがって訳語も正確には、それぞれの場合に、限定や訳し分けが必要なのであろうが、ここではその点を断ったうえで、「人道主義」のまま使っておく。
（11）中国社会科学院哲学研究所《国内哲学動態》編輯部編、一九八三・三、人民出版社。
（12）「人是馬克思主義的出発点」（『人是馬克思主義的出発点——人性・人道主義問題論集』、人民出版社、刊年不詳、原載）。「談談異化問題」（『新聞戦線』一九八〇年第八期原載）、以上二篇はともに前掲『人性・人道主義問題討論集』所収。

「人道主義のために弁護する」(『文滙報』一九八三年一月一七日原載)。原文は未見、『旬刊・中国内外動向』一九八三・一二・一〇掲載の訳文による。

(13) 注(4)参照。

(14) 周揚「哲学・社会科学工作者の戦闘的任務――中国科学院哲学・社会科学部委員会第四回拡大会議での講演」、原載は『人民日報』一九六三・一二・二七。邦訳は『世界政治資料』一八三号(一九六四・一)掲載。『周揚文集』全五巻(一九四、人民文学出版社、以下『文集』と略称。)には未収。本稿での引用は、『人民手冊』一九六四年版による。

(15) 周知のように、中共中央委あてのソ共中央委の書簡(三・三〇)と、それに対する中共の返書が公表され、論争が直接の公開論争になったのが一九六三年六月一四日、それに対してソ連が「党各組織および全共産主義者に対する公開状」を発表したのが七月一四日、以後中共はこの公開状を評する論文を、テーマを追って九篇発表した。周揚のこの講演は、第四論文と第五論文の間になる。

(16) 前掲『人民手冊』二五六ページ。『世界政治資料』一八三号、一〇八ページ。

(17) 前掲『人民手冊』二五六ページ。『世界政治資料』一八三号、一〇九ページ。

(18) 周揚「一に堅持し、二に発展させなければならない(一要堅持、二要発展)」、一九八二年五月一二日、中国文連・文学研究所共催「毛沢東文芸思想討論会」における講演。『人民日報』一九八二・六・二三。『文集』では第五巻所収。本稿は『新華文摘』一九八二年八号所載のものによる。

(19) 「疎外問題を語る」、前掲『人性・人道主義問題討論集』三八三ページ。王若水は一九六四年としているが、彼の記憶ちがいであろう。また彼は毛沢東も一九六四年に疎外という概念に賛成もしたことがあり、疎外が普遍的現象であると考えていた、と述べている(「人間はマルクス主義の出発点である」同書二六ページ)が、毛のどの文章を指しているのか確認できなかった。あるいは、周揚のこの講演に同意したことを指すものか。

(20) 胡喬木論文が、周揚論文を批判する形で書かれているという意味ではない。胡喬木自身も「ある何人かの作者のある何篇かの論文の具体的内容を対象とするものではない」と断っているし、周揚や王若水の名もあげていない。ただ実際に批判の対象になっている言葉や観点には、王若水のものが多く含まれていることはたしかであるが。（補注：その後、本書Ⅱ－5・6で述べたような具体的経緯が明らかになっている）。

（21）林默涵「文芸戦線における精神汚染一掃問題について（摘要）」『文学報』一九八三・一二・一五。なおこの講演が行われたのは、一九八三年一一月一九日。

（22）『紅旗』一九八四年二期、五ページ。

（23）同、六ページ。

（24）同、一一ページ。

（25）同、一二ページ。

（26）同、一四ページ。

（27）同、一六ページ。

（28）同、一八ページ。

（29）同、一九ページ。

（30）注（21）参照。

（31）『紅旗』一九八四年二期、二三ページ。

（32）同、二五ページ。

（33）同、二七ページ。

（34）注（8）前掲「整風吹き荒れる中国文芸界」。

周揚と「人道主義」「疎外論」

――「関于馬克思主義理論問題探討」（八三年）執筆グループの回想から――

中華人民共和国における文学を考える時、最大のキーパーソンの一人が周揚（一九〇八―八九）であることは、おそらく大方の認めるところだろう。

延安期さらに三〇年代の左翼作家連盟（左連）期にまでさかのぼることはここでは控えるしかないが、四九年七月、建国前夜の第一次文学芸術工作者代表大会（文代会）で、「解放区」の文芸の成果を総括した「新しい人民の文芸」と題する報告を行った（この大会で「解放区」文芸の方向が新中国の文芸の方向であることが確認されたのだから、これは建国後の文芸の総方向を決定した報告でもあった）のを始め、その後も、くり返された思想・文化面における運動・批判キャンペーンのほとんどすべてに指導的報告を行い、それによって少なからぬ文学者を「失脚」させ、時には「下放」という名の強制労働に送った人物。文連・作家協会副主席等、一貫して文化団体の要職にあっただけでなく、何よりも党中央宣伝部の文芸担当副部長として、文芸界の政治・思想面における「党の指導」の責任者だった人物。その故に「文革」では、建国後の文芸界を支配した「ブルジョアジーの黒い糸」の最大の元凶として、一〇年に近い秦城監獄生活を強いられた人。さらに「文革」終了後、七九年の第四次文代大会で、文革以前の文芸政策の誤りを認め、かつて彼が批判し処分した人びとに謝罪した人、さらにまた、文革後の「人道主義」「社会主義における疎外」論争において、かつての同僚胡喬木等当時の「タカ派」と真っ向からの対立になるのを避けず、「人道主義」を肯定して、社会主義における疎外の存在を認める立場に立ち、「自己批判」を余儀なくされ、以来心身ともに急速に衰え、「長く生き過ぎたのだろうか」と嘆いたと伝えられる人物。こう並べただけでも、現代中国における文化・思想問題の正負の経験を総括するために、彼の経歴・思想・理論を本格的に再検討することが、避けて通ることのできない課題であることがわかるはずである。

その点で残念なのは、彼が自伝・回想録の類を残さず（あるいは残す余裕もなく）[1]死去してしまったことだが、最近、近親者、知人その他による「回想記」など、さまざまな形の文章が書かれ、一つ一つは断片的であっても、それぞれ貴重な証言や興味ある挿話に富み、周揚研究のための重要な手がかりを与えてくれている。[2]

私もまだそれらの全部を熟読して周揚の全体像を持つに至っているわけではないのだが、特に最近目についたものに、「人道主義」「疎外」論争当時の彼をめぐるいくつかの文章がある。いささか古くなった話題には違いないが、そこには、周揚というけっして単純ではない人物の、少なくとも日本ではあまり知られていなかった側面が描かれており、またそれを通じて中国の文化・思想政策が論議・形成されるシステム（システムと呼ぶには、あまりにも「人治」の要素が大きいのだが、その評価はとにかく、そういう根深い傾向を持ったもの自体が一つのシステムとして存在し機能していたこと、現在でも少なくとも一部ではまだ残っていることは、無視することができないだろう）の一端が示されていると考えるので、それらの一部を整理・紹介することで、すでに期限の過ぎている紀要への寄稿の責めをふさぐことにしたい。

一　執筆グループの形成

今回私にこの問題をあらためて取り上げる気を起こさせたのは、馬立誠・凌志軍「周揚的人道主義悲歌」（以下「悲歌」と略称）だった。[4]そこに描かれた経過や、周揚・胡喬木「対決」の場面は、当時（記憶を整理しておくと、この前前年の八一年には、映画「苦恋」に関わる作家白樺に対する批判があり、またこの問題の約半年後の八三年　○月には「清除精神汚染」キャンペーンが始まる、その中間の時期、つまり今日いわれる「改革・開放」路線が採用されて五年近く経ってはいたが、それが定着するかどうか、いつまで続くか、についてまだ不透明な要素が多かった時期である）の情況が、当時私が想像していた以上に緊張したものであり、周・胡二人の対立も、それぞれの政治的姿勢の違いに根ざす深刻なものであったことを示していた。それに関心を呼び起こされて、前後して買ってあった『憶周揚』所収の文章その他関連資料を少しまとめて読んでみたわけである。『憶周揚』を読むと、「悲歌」は基本部分を、ほとんど同書所収の王若水「周揚対馬克思主義的最後探索」によって、それに当時の周揚をめぐる個人的情況をつけ加えたものであり、問題の中心に関わるのは、問題の報告である「関于馬克思主義幾個問題探討」執筆の助手を務めた顧驤「此情可待成回憶」・王元化「為周揚起草文章始末」および王若水の前掲文である。以下主にそれらによって、周揚報告の形成過程、それが引き起こした問題等を見て行くことにする。

八二年一一月のある日、賀敬之（当時中央宣伝部副部長）が中宣部文芸局に来て、八三年三月一四日はマルクスの死後百年にあたるので記念活動を行う、という中央政治局の決定を伝えた。記念会と学術討論会を開く。記念会は党中央主催で胡耀邦（当時総書記）が報告を行い、学術討論会は党中宣部・中央党校・社会科学院・教育部共催で周揚が報告を行う、というものだった。賀敬之は、さらに周揚の報告起草を援助するスタッフとして、中宣部の徐非光・梁光第と顧驤を指名、さらに陳涌（当時は中央書記処研究室文化組長）・陸梅林・程代熙（この二人不詳）が参加する、と言った。この三人は賀敬之が文芸理論に力があると認め、しかも観点が比較的近い人物で、とくに陳涌は賀敬之が信頼していた人物、「主席顧問というところだった」と顧驤は書いている。

顧驤はこの時、王元化を加えることを賀敬之に進言、賀敬之も承認した。「当時はまだわりに開けていた」（顧驤）。王元化は胡風事件に連座して苦労したが、その間も文芸理論史研究に没頭、文革終了後、中共上海市委員会宣伝部長を務めた人。八三年九月（といえば、ここで問題にしている時期のほとんど直後だった。もちろん私はそんなことはまったく知らなかったが）「文心雕竜研究代表団」の団長として来日したこともある。その際東大に来られ、私も一度会ったが、彼が「胡風分子」だったと聞き、そういう人物が、上海の「党宣伝部長」になっているのを知って、中国の変化を実感した。ごく一般的なことしか話さなかったが、貴方が最も高く評価する文革後の作家は、という問に、張潔の名を挙げたのが記憶に残っている。顧驤がとくに彼を推薦したのは、周揚がその学問的成果を高く評価していたこと、また一度、「文芸理論骨幹」をリストアップしていた時、周揚が彼の名を入れさせたことなどが記憶にあり、起草グループに「違った声もあった方がいい」と考えたからだという。

王元化も呼ばれて北京に来たが、この時はこの記念会についての中央の目的についても説明はなく、周揚本人の考えもわからなかったので、メンバーが一度集まってはみたもののとりとめのない話をしただけに終わり、王元化の希望で、入院中の周揚に顧驤といっしょに面会したが、周揚はまだ報告起草のことも、王元化が何のために北京に来たのかも知らなかったので、これという話はしないままになった。「王は二、三日北京にいただけで上海に帰った」（顧驤）

明けて八三年一月、全国文連主催の文芸理論工作座談会の期間中、顧驤は、周揚秘書の丁春陽から、病院に来て欲しいという周揚の伝言を受けた。報告起草のことだろうと思った顧は、起草グループの中心になるに違いない陳涌もいっしょの方が好かろうと、陳涌も連れて病院に向かった。車中、陳は顧に、自分は周揚報告起草には不適当だ、「百花斉放・百家争鳴」の方針についてと、人間性・人道主義の問題とで、周揚と考え方が違うから、と言った。「陳涌の率直さに、私は好感を持った」。しかし、周揚に会ってみると、ちゃんとした話は何も出ず、一時間雑談をしただけで終わった。「周揚は、賀敬之の組織した起草グループには不同意で、陳涌の前では私と話がしにくいのだと気づいた」（顧驤）。当時の複雑な思想・政治情況の中で、人間関係も微妙になっていたことがわかる。

「その後、周揚は療養と報告の準備とで、天津に移った。もともと彼は中共八回大会には天津から代表に選ばれていたし、文革直前の〈四清〉の際も天津に行っており、天津は関係の深い土地だった」。

ただこの部分、王元化の文章では、細部に違いがある。王元化はこう書いている。

「私がこの起草に参加したそもそもの原因について、私は何人かの当事者の回想文を眼にしたが、私の記憶と少し出入りのあるところがある。たとえば私がたまたま病院に周揚の見舞いに行ってこの話になり、それで起草に参加した、という。このいい方は多分すべて周揚が八三年三月二八日に胡耀邦・胡喬木・鄧力群にあて書いた手紙が源になっている。原文は次のとおり。〝二月中旬、中国社会科学院と中央党校が連合で手紙をよこし、馬克思逝去百周年の学術報告会で私に話をするよう求めてきました。当時私は転んで骨折し入院していました。たまたま見舞いに来た王元化同志とこの話になり、彼と王若水同志に起草を手伝ってくれるよう希望しました〟周揚同志がどうしてこう説明したのか知らないが、事実はこうではなかった。

私の記憶によれば、八二年の秋、当時私は大百科上海分社で指導工作を分担していた。……ちょうどその時、大百科の党委員会が市委員会の電話を受けた。中宣部から電話で私に北京に来いといっている、という。心当たりがないので陳国棟（上海市委員会書記）に尋ねたが、彼もくわしい状況はわからない、ただ周揚が何か文章を書くために、中宣部が来いといっているのだとだけわかった。彼は私に……仕事はおいて、先ず北京へ行けと言った」

「北京に着くと直接中宣部に行って会議に参加し、それで初めて中宣部副部長の賀敬之の手配だとわかった。同席者には他に陳涌・陸梅林・程代熙・顧驤等がいた。席に着くと、人道主義の問題で、陳涌と私が意見の違いから論争になった、彼は西側が現在提出している人道主義には反動的目的があるという意味のことをいったと記憶している」

「……皆は先ず周揚の文章のために起草の中心になる者の人選を考えたが、ある人が私に担当しろという。私は二〇年あまり工作を中断していて、復活して日も浅く、情況を理解していないから、この仕事を受けるのは困難だと言った。私は陳涌に引き受けてもらうのが最も適任だ、と提案した。、彼は北京にいるし、中央政策研究室で仕事をしていて、政策も情況もいち早く掌握しやすいからだ。しかし彼ら数人は、あれこれ言い合った末、やはり私が引き受けるのが最もいいと言う。私は上海市委員会にまだ私がやる任務があると言った。が梁光第は、それはかまわない、われわれ中宣部が市委員会に文書を出して君を移動させる、という。こういう状況下で、私はこの任務を引き受けざるを得なかったが、顧驤も起草工作に参加させるという希望を出した」

王元化によると、この会のあと、彼は顧驤に伴われて北京病院に行ったが周揚の病室に行くと、

「周は私を見るなり、〝君は何できたんだ〟と聞いた。私は非常に奇妙に感じた」と書いている。彼がいきさつを説明すると、周揚はそれで思い出して、「そうだ、少し前、、部で私に馬克思逝去一〇〇周年記念の文章を書けと言われ、その時、私がたとえば上海の王元化など数人と話し合いたい、と言ったことがあった。しかし今は病気で病院に寝てる。書けないじゃないか」

中宣部は王元化の宿舎も手配し、顧驤が具体的な世話をしてくれたが、「私は北京では資料の調べようもないし、周揚も入院中だし、仕事はできないので、上海に帰った」

顧驤が書いている、「王は二、三日北京にいただけで上海に帰った」と書いているのが、この時のことだろう。

王元化は続ける。紙数の節約のため、内容をまとめて書く。

八三年の春節の四日前、彼は周揚の手紙を受け取る。仕事を始められるようになったから、天津迎賓館に来い、というのだった。春節後、彼は天津に駆けつけ、周に王若水・顧驤もいっしょに討論に参加させるよう提案した。

顧驤によるとこうである。

春節も過ぎた二月一〇日、顧驤はまた丁春陽の電話を受ける。周揚が、王若水も連れていっしょに天津に来て欲し

いといっている、というのだった。その日の午後五時、北京駅で王若水と待ち合わせ、六時発の列車で天津に行き、周揚の宿舎の〝天津迎賓館〟に着いた。王元化もその日に上海から飛行機で、彼らより数時間早く着いていた。

王若水の文章には、彼が呼ばれるまでの経過は書かれていず、ただ、中宣部が用意したテーマは、マルクス主義と文化問題に関わるものとなっていたが、周揚はそれでは範囲が狭くなると不満で、また起草グループにも自分で王元化・顧驤と彼を選んだ、としている。この三者のいうところには、とくに矛盾はない。

顧驤は、ここで、〝天津迎賓館〟は〝天津釣魚台〟とも呼ばれて、園内に湖や果樹園もある広壮な土地で、五、六〇年代、毛沢東を始めとする最高幹部が地方に出張するときのための「別墅」であること、当時各地方にそれぞれこれに類する「別墅」が建てられたこと、園内には四つの建物が、毛・劉（少奇）・周（恩来）・朱（徳）用にそれぞれ建てられていたが、規模・設備その他すべて序列にしたがって差がついており、「等級の森厳に驚嘆させられた」ことなどを書いている。周揚と彼らが泊まったのは、「周」用の「別墅」だった。　周揚は、何をどう書くかという具体的な問題より先に、大枠を討議しようと言い、二日間自由に討論した。「私は周揚に人道主義について話すように提案したが、彼は疎外により興味を持っているようだった」（王若水）が、それを取り上げることには、かなり躊躇もしたらしい。その晩周揚はよく眠れなかったらしいということを、王若水も顧驤も書いている。が、翌朝周揚は、疎外問題を話す決心をした、と言った。王若水は、「疎外を話す決心をしてくれて、嬉しいです」と言った。顧驤は、この「決心」の意味について、もう少し踏み込んで書いている。

「かれは官僚の世界に数十年生きてきた。出世、保身の最も重要な秘訣は、風向きに沿って歩くこと、上の調子に声を合わせ、いわれるとおりにして、指導者の歓心を買うこと、あの頃の流行語を使えば、〈ぴったりくっつく〉（文革当時からいわれた「緊跟領導走」指導機関にぴったりくっついて歩むという言葉を指す）ことであることを知らないはずはない。……危険を冒して理論的〈探求〉をする必要はまったくなかったし、まして風に逆らって〈左〉に反対することはなかった。もし〈自由化〉を大いに批判できれば、もっと勝ち馬に乗れる。彼は真理を追求していた。これが私の知る周揚である」

二　執筆の経過

ともかく、こうして話の骨格が定まり、一、マルクス主義は発展する学説である。二、認識論の問題を重視しなければならない。三、マルクス主義と文化批判。四、マルクス主義と人道主義の関係という、現在われわれが見る章立てができあがって、題も「関于馬克思主義幾個理論問題的探討」と決まった。一は顧驤が、二・三は王元化が、起草することが決まった。四は本来王若水に割り当てられる予定だったが、「私は他に大量の仕事があったので、顧驤に押しつけ、繰り上げて北京に帰った」（王若水）。この「仕事」については顧驤がこう説明している。

「討論が終わったところで、予想外の事が起こった。若水と前妻との離婚問題で、裁判所から開廷して審理するから、若水に出廷するよう呼び出しがあった」

些末なことのようだが、必ずしもそうではない。後に「人道主義」「疎外論」が問題になった時、若水は周揚報告の起草工作に参加したことで、「実質的には王若水が自分の観点を周揚という権威の口を通すことで、合法的な、権威ある観点とした」と非難されることになる。顧驤は、上記の事情を根拠に、「この非難は事実を顧みない武断である」と書いている。

ただ事実の正確を期するために、王若水自身が書いているところも引いておく。

「だが原稿ができあがった後で、周揚がまた私にこの人道主義の部分に手を入れるよう求めた。私は北京でこの部分に大きく手を入れ、少なからぬ個所を書きなおした。時間が迫っていたので、私はやむなく私の過去の文章中に書かれている言葉をそのまま写した。他の二人も多分そうしただろう。周揚にやむを得なかったのだと説明したが、気にしないようだった」

「周揚報告中の人道主義と疎外に関する大部分の観点は、私の観点である。しかし彼の考えに沿って書いたところもある。周揚は私の観点に完全には同意せず、私を行き過ぎだと感じていた。

「この時、周揚は過去のように、助手の起草した初稿に真剣に手を入れ自ら内容を加える、という風ではなく、やや大まかだった。私は周揚は老いたとはっきり感じた」

だとすれば、「タカ派」の非難は、基本的には邪推であったとしても、そう思わせる事実も多少はあったことになる。顧驤は周揚があとで王若水に手を入れさせたことを知らなかったのだろう。

王元化は、起草の経過と内容について、もう少しくわしく書いている。

周揚は三人に問題についてそれぞれ準備させ、順番に話すよう指定した。王元化は主に認識論面の問題を話した。彼は、「実践論」と「矛盾論」は毛沢東哲学思想の基礎で、彼の他のあらゆる理論を貫いていると指摘し、とくに感性から理性への問題を提起した。認識の過程を、感性から理性へと概括することはもちろん正しい。だが感性から理性への間に「知性」の段階もあることを無視すべきではない（中国語の哲学用語について、調べる余裕がないが、カント哲学などの、日本語では「悟性」と訳されているものに近いようである）。知性も感性的認識と異なる抽象的思惟だが、この抽象的思惟には理性である抽象的知識とは截然と異なる性質がある。……感性・知性・理性はドイツの古典哲学者カント・ヘーゲルのいい方であるだけでなく、マルクスのいい方でもある。マルクスが「政治経済学批判序言」において提起した「抽象から具体への上昇」は、感性・知性・理性という認識の過程を、具体的に解明したもので、さらにこれが唯一の科学的方法であるといっている。王元化はさらに彼が七九年に『学習月刊』に発表した最初の文章は「抽象から具体への上昇」について行った解明だということ、二年後にまた

『上海文学』に「知性的分析方法について」を発表して、その形而上学的性質を解明し合わせて文革中の「要害をつかむ」を例証にしたことにも触れた。それも〈精神汚染一掃〉の中で、毛沢東の向こうを張ったものだとして批判された。王若水が語ったのは人道主義・人間性論・疎外の問題だった。顧驤も彼のいくつかの見方を語った。これを周揚秘書の丁春陽が整理して記録稿にし、それぞれの部分の筆者がそれに手を入れたものを基礎に、周揚が文章にまとめた上でもう一度討論した。

この種の文章のできあがるまでの過程がわかる。ほぼ想像できる範囲だといえばそのとおりだが、ここまで固有名詞入りで、くわしく書いたものはやはり珍しい。

「討論の中で、王若水は人道主義・疎外問題について考えを展開し、この問題が文章の中心になるのを望んでいた。周揚は知性の問題にいたく興味を持ち、この問題は重要だと考えて、私（王元化）に書き込めといった。「この問題では、私はもう文章を発表したことがある、もし書き込むと貴方が私の観点をくり返すものになってしまって、まずいでしょう」と言ったが、周揚は、「それはかまわない。君は文章の中に私が君のあの文章の論点に賛成だと書いてもいい」と言う。しかたなくできるだけ異なった角度から書いたが、これには骨が折れた」。

「討論の中で、周揚のいくつかの見解に、私は大いに共感した。彼は、中国は民主革命の段階で理論的準備が足りなかった、と言った。ロシアの民主革命には、ベリンスキー・チェルヌインェフスキー・ドブロリュウボフがおり、プレハーノフなどの理論家がいたが、中国革命はこういう理論家を欠いていた。われわれはともすると実践だけを重視して理論を軽視し、「やりながら学ぶ」「学ぶより先にやってみる」「やることがそれを学ぶこと」等々と強調した。（この）周揚の意見は時弊を突いている。われわれは従来理論に対して功利的態度をとり、……学術を道具とし、学術を使って学術以外の目的を達成しようとし、学術がそれ自身の独立したかたちを承認しようとしなかった。この理論軽視の伝統がずっと今日まで続き、中国革命に多くの問題をもたらした」。

こう書いた後に、王元化は、興味あるというにはあまりにもばかげた、こういうものと闘わねばならなかった当事者に同情したくなるような話に触れている。

「噂によるとこの文章が後に問題となったのは、おもにこの点にあった。当時ある〝理論権威〟が中央に向かって、周揚は自分の位置をわきまえず、あろうことか自分を党の外、さらには党の上にさえ置き、中国は民主主義革命から社会主義建設に至るまで、されには一一期三中全会の後にさえ、理論的準備を欠いていたなどと言っている。一一期三中全会の文献は最良のマルクス主義理論ではないとでもいうのか、と進言した。それでこの点がこの文章についての主要問題となった」（ここまで一七日渡し）

本題にもどる。人道主義・疎外に関する第四章にかかる前、顧驤は、これについては胡喬木が違う見方をしている、と周揚に注意を喚起した、と書いている。

「私は胡喬木の内部での談話が伝達されたことがあるのを憶えていた。大意は、人道主義は修正主義の理論的基礎で、国外反動勢力の理論的武器だ、というもので、強く印象に残った。しかし周揚同志はそれに反対で、『違った意見があれば討論すればいい』と言った。「彼の言葉は、もちろん正しかった。〈文革〉後の数年間、人間性・人道主義の問題は、すでに理論界の話題の焦点の一つになっていて、発表された文章も、おそらく数百篇になっていただろう。全国的な学術討論会も開かれていた。……私はこれが原因で政治事件となり、運動とは呼ばない全国的運動を引き起こすなどということがあろうとは、夢にも思わなかった。私だけではない。……周揚同志にしても、九年間獄中生活を送った後、この希望の春に言論・文章が原因で攻撃され災難に遭おうとは、想像がつかなかっただろう。……学術上の〈左〉の観点は怖くはない。しかし学術上の〈左〉の観点がいったん権力と結びつくと、それは非常に恐ろしい」

また、周揚報告を、彼の権威を利用して王若水が自分の意見を持ち込んだものだ、という非難も意識してか、王元化はこう書いている。

「討論の中で、周揚は私たちに、人道主義・疎外について王若水のいい方には、少し偏ったところがある、と言った。彼はマルクス主義には人道主義がなければならないが、人道主義はマルクス主義に代替することはできないと言った。彼はわれわれの社会では自分の力で疎外の問題を解決できると考えていた。私は定稿を作るとき周揚の意見にしたがって、王若水の書いた部分を四、五百字削った」

定稿ができあがったのは、周揚が報告する前日、三月六日の夜になった。周揚本人が目を通して、最後の手入れをし、三月七日の未明にやっと慌ただしく印刷された。

報告会は三月七日中央党校の講堂で開幕した。中央党校校長の王震、中央書記処書記兼中宣部長鄧力群も出席した。王元化と王若水は、前夜から当日の早朝まで校正をして、原稿はぎりぎりにとどけた。そのため事前の審査はできなかったが、鄧力群は安心したらしく、「先ず話しなさい」と言った（王若水）。

「報告が終わると、満場熱烈な拍手に包まれた。この会で最も歓迎された報告だった。王震は周揚の前に行って、こう言った。『いい報告でした。一つ教えていただきたいことがあるんだが、〈イーホワ＝異化〉とは、どう書くんですかな』」（王若水）

王若水は、前夜定稿の作成に未明までかかり、疲れたのでこの会には出席しなかった、と書いているので、この部分は伝聞によると思われるが、王震の言葉などは、王元化も周揚から直接聞いた話としてほぼ同じ話を書いており、事実と見ていいだろう。

三　批判の流れ

「当時は私も喜んで、翌日には上海に帰った。帰った後、事情は急転直下した。後になって聞いたところでは、三月九日に閉会することになっていた会が突然延長され、三月一〇日に胡喬木が郁文・夏衍・王若水を伴って周揚の家を訪ね、意見を提出、以後次第にエスカレートして、精神汚染一掃運動がまき起こった」（王元化）

一〇日以後の経過を、くわしく述べているのは王若水である。周揚側の当事者であることによるある程度の偏りがある可能性は否定できないが、その点に注意しながら、できるだけ客観的な事実を中心に整理すると、次のようなことだった。

三月一〇日、私は事前に受けとっていた通知にしたがって、周揚の家に行った。胡喬木が私たちもいっしょに、周揚に対する彼の意見について話したい、というのだった。行ったのは他に中宣部副部長の郁文・賀敬之それに文連副主席の夏衍だった。

胡喬木は「人道主義の問題について、周揚同志の文章はなかなか周到に書けている」と切り出し、自分も人道主義に賛成で、熱烈な人道主義者のつもりだと言った。それからこの問題については抽象化した論が多く、社会主義運動の実践と離れている、と言い、王若水の「人道主義を弁護する」「人間はマルクス主義の出発点である」の二篇と彼の文芸作品のいくつかを批判した。「ただ彼の語調は厳しくはなかった。周揚に対しては終始遠慮深くて正面から批判はせず、少し『不十分』だとだけ言った」。大部分は「ブルジョア人道主義」への批判だったが、それは周揚報告にもあることで、「私は二人に実質的に違いがあるとは聴きとれなかった」。

周揚は「疎外」論についての胡喬木の意見をただしたが、胡喬木はそれには直接答えず、一二回党大会で提起された「物質文明・精神文明をともに重視する」スローガンや、当時全国的に展開させようとしていた「雷鋒に学ぶ運動」こそ「人類史上、世界史上空前の人道主義の強調」だと言い、それらに触れていないのは、重大な欠陥で、哲学者と民衆を隔てることになると言った。

周揚が、社会主義社会における疎外現象を指摘したのは、改革の必要を説明し、改革を疎外克服の重要手段とするためだ、とキーポイントを指摘したが、胡喬木は改革ということには一言も触れず、周揚が面と向かってただしたのに、返答を避けた。

最後に胡喬木は周揚に言った。

「もう一度ご苦労願って、講話を修正し、文章中で触れなかったところ、あるいははっきり述べなかったところを、いっそもっとはっきり書きなおして、単行本で出されては……」

周揚がそれを断ち切って言った。

「私はやはり《人民日報》に渡して発表させます」。胡喬木は周揚のこれ程断固とした態度は予想していなかったようで、「それはかまいません。……新聞に発表するのだったら、前にはっきり説明を加えたら」としか言えなかった。「門を出て別れるとき、胡喬木は周揚に九〇度のお辞儀をした」

「人道主義」「疎外論」についての周揚・王若水と胡喬木の「理論的」違いについては、問題が詳しくなりすぎるし、注（3）前掲の拙論に概略は述べたので、ここでは省略する。ただ、今度回想類をまとめて読んだ感想としては、彼らの違いは、「理論的」違いというよりは、「中華人民共和国」という「社会主義」国が、文革という「浩劫（大災厄）」を生んでしまったという現実を重視し、なぜそうなったかの原因を探ることにその「改革」の道を探ろうとしている周揚等と、それが「社会主義」を名のる現体制の否定につながることを怖れ、アプリオリに資本主義と社会主義の違いを前提して、何よりも先ず現体制の擁護を重視する胡喬木等との、「立場」あるいはスタンスの違いであり、胡喬木の周揚批判は、周揚等のそれに対する批判意識が先行して、批判の「論理」は後から作られたもの、という印象が強い。私は従来、「論争」を単純に「政治的」次元に還元して、その「理論」が客観的に持つ性格自体を軽視することに反対して来たし、その考えは今でも変わらないが、王若水が語るこの問題が「エスカレート」した過程を聴くと、その私にしてなおかつこう考えざるを得ない面がある。

胡喬木の意見を聞いた後、王若水はそれでもホッとした、と書いている。胡の話が予想より穏和だったこともあったし、彼が抽象的人道主義あるいはブルジョア人道主義を批判すべきだというのは、周揚にしても彼にしても受け容れられることだった。「私は胡喬木が疎外の概念を批判することを怖れていたが、彼はそれには一言も触れなかった」。それで王若水は、《人民日報》にもどると、総編集の秦川に、胡喬木の観点と周揚の観点には、大きな違いはない、と報告した。

これに前後して秦川は鄧力群に電話をして、《人民日報》に周揚の報告を載せるつもりだと告げ、鄧の意見を求めた。鄧はよくわからないからと、胡喬木に指示を求めるように言った。「今、私たちは胡喬木の意見はわかった、と考えた」と王若水は書いている。

しかし、当日の午後、胡喬木はその日の午後、秦川に電話で疎外について補足する意見を言ってきた。秦川の記録によるとこういうものだった。

「疎外の問題について私は言い忘れた。マルクスが初期にいった疎外と晩年にいったものとは必ずしも同じではないと思う。もし（社会主義）社会に非人道的現象があるからといって、資本主義社会の非人道的現象とごっちゃにするなら、問題を混乱させる。一方は基本的でない、さらには不法な現象であり、もう一方は基本的な現象である」

胡喬木がこういう電話をよこしていたことは、王若水は後になって知ったが、「それなら、周揚が胡喬木に質問した時、どうして答えなかったのか。『言い忘れた』というのは逃げ口上だろう、と思った」と王は書き、その後に、この電話の内容に論理的批判を加えているが、ここでは省略する。

翌日（というのは三月一一日のことだろう）、周揚が秘書を通じて、彼の文章はいつ載るか、と問い合わせてきた。王若水が、胡喬木が修正意見を出しているが、周揚はどう考えているか、と聞くと、秘書は周揚に確かめた上で、もとのまま発表するという考えだ、と伝えてきた。王は困って、一三日の記念大会での胡耀邦の演説が一四日の新聞に載る、その後にした方がいいだろう、もう何日か待って欲しい、と答えた。

一〇・一一の両日には報告会は開かれなかったが、裏での動きは活発だったらしい。一二日には北京大の哲学系主任黄楠森等四人が「周揚と異なった観点」の発表をしたが、みな周揚の名は出さず、相違点を明示することもしなかったので、うっかり聞いていたものは、これが周揚批判だとは気づかなかったろう、という。王若水は、黄楠森の報告は、「疎外」の概念を「矛盾」一般と同一視したものと批判している。後の話になるが、とにかく彼らの論文は、四月六日の《人民日報》に一面近くを使って肯定すべき文章として発表・宣伝され、さらにこれらが周揚批判だという噂も伝わって、注目を浴びた。

四　周・胡の激論、「精神汚染」一掃決議、その後

周揚の講演は、三月一六日の《人民日報》に発表された。当時《人民日報》社長の胡績偉は香港出張中で、周揚の文章をどう処理するかの責任は、秦川と王若水が負っていた。筆者の周揚が、もとのまま載せろという以上、編集部も修正しなければダメだと言い張る必要はない、というのが二人の相談の結果だった。一つの文章で何もかも語るわけに行かない、胡喬木もこれにどんな誤りがあるかはいわず、「不十分」なところがある、と言っているだけなのだ

から、それらについては将来別に文章を載せることもできる。題名を見ても、周揚が党中央を代表して理論問題に結論的意見を発表したわけではないし、別の者が反対の意見を出すことを妨げるものではないこともわかるはずだ。それを示すために、異なった意見の四人の講演要旨を、同時に載せればいい。秦川も王若水も、この処理は妥当なものだ、胡喬木に再度指示を求める必要はないと考えたという。「当然、私たちも危険を冒すのは覚悟していた」

こうして、周揚の講演稿は、三月一六日の《人民日報》に載った。果然、それが大問題となった。

その午前中に、鄧力群が秦川に電話してきて、続いて彼が呼び出された。胡喬木がはっきり周揚講話は《人民日報》に発表してはならない、と言ったのに、なぜ従わなかったか、これは重大な誤りだ、秦川にも重要な責任があるが、主たる責任は君が負わねばならない、君は直接喬木の三月一日の談話を聴いているのだから、この点ははっきり知っているはずだ、というのだった。

王は、発表前に胡喬木の指示を再確認しなかったのは誤りだった、ということは認めたが、「発表してはならない」と言ったことはまったく知らない、と言った。鄧力群は、胡が三月八日のうちに中宣部に電話でこの点をはっきりいっている、と言い、やがて中宣部から《人民日報》にその電話記録稿をとどけて来た。それは以下のようなものだった。

「周揚同志の講話は、処理が難しい。問題が少なくなく、言葉を少し加えたり削ったりして解決できるものではない。……全体の意見が、疎外にせよ、人道主義にせよ、この種の宣伝自体が抽象的である。この文章には分析がない。……具体的現象を離れて語ったり討論したりすれば、わが社会主義社会には人道がないと暗示することになる。……いかなる時期においても人道主義を論ずるには、すべて何を支持し、何に反対するか、目的がある。この文章の目的はどこにあるか。……当面の社会現象にまったく触れず、あるいは触れても一面的だったり、ほんの少し語るだけで、分析を加えないなら、人にどんな印象を与えるか。わが党の一二回大会が精神文明建設を強調したのは、まさに人道主義を強調したものだ。どうしてそれに触れもしないのか」

「電話の調子は一〇日の話と明らかに違い、語調は極めて厳しかった。……一〇日の話は、婉曲すぎ、遠まわしに過ぎて、周揚の文章に対して意見はないのだと私に誤解させたのだ。胡喬木が周揚の文章にはそもそも修正できる可能性がないと考えていたのなら、どうして彼は周揚に手を入れろなどと言ったのか。……胡喬木が周揚の文章のどんな誤りがあるか言えないのに、周揚が人道主義を説く動機をさえ疑っていることは、私を驚かせた」（王若水）。

三月二五日、中宣部で会議が開かれ、鄧力群が、人道主義の問題は、学術問題・理論問題だから、このように異なった意見の論争、相互の批判を含めて、討論するのはいいことだ。感情で処理したり、勝手に相手に政治的結論を下したりしてはならない、けっして緊張した空気を作りだしてはならない、と述べて、人びとを安心させたが、実際にどうしたかは、翌日明らかになった。

三月二六日、中宣部で会議が開かれ、周揚・秦川・王若水が通知を受けて参加した。この会議は胡喬木同志が議長をつとめた。《人民日報》が誤りを犯した問題で、中宣部は報告書を中央に出し、処分についての意見を提出した。この報告はすでに中央の同意を得ているが、さらに三人の同志の意見を聞きたい、と胡喬木は述べた。

続いて鄧力群がこの報告を読み上げた。その中では周揚・秦川を批判していたが、重点は王若水を批判することにあった。王若水は周揚の文章を発表したことに主要な責任を負わねばならないし、周揚の文章の人道主義と疎外の部分の起草に参加したことにも責任を負わねばならない。彼は周揚の威信を利用して、自分の観点を権威ある観点に変えようと企てた。（この後王若水の「近数年来の」人道主義や社会主義における疎外を論じた仕事を批判した後）「さらに注意すべきことは、一部の人びとがこれらの観点を利用し拡張して、完全にマルクス主義に反する多くの怪論を発表し、実際上、当面のブルジョア自由主義思潮の核心の一つになっていることである。文芸界にも超階級的観点を宣伝するものがおり、階級闘争に反対する作品が、何篇も発表されている。彼らは抽象的人道主義の観点を用いて、わが社会主義社会を反人道的だと攻撃している」。これによって、《報告》は最後に王若水を《人民日報》から異動させる、と提起していた。

《報告》の周揚に対する批判の部分は次のとおりだった。

「周揚同志は自分の地位も顧みず、喬木同志と胡耀邦同志が彼に修正した上で発表するよう意見を出した後において、この講話の発表が影響を生む可能性を真剣に考慮せず、自分の言に反して、修正しなかった。筆者の主観的願望の如何に関わらず、その客観的効果は、必然的に思想界に混乱を引き起こすものである。周揚同志がこのような重大な関係がある問題に慎重でなく、無責任な態度をとったことについて、彼が認識し、正しい態度を示すよう希望する」

王若水は、「前日の会議の前にすでにこの《報告》はできていた、それでも鄧力群はああいうことを言った。それは鄧と胡の意見が違っていたことを意味しない。鄧力群が中宣部で行うことが、胡喬木と事前に協議していないことはあり得ない。鄧の前日の言葉は新聞発表向け、胡の今の言葉は内部向けなのだ」と書いている。

「周揚は激していた、胡喬木と争いになった。三月一〇日の喬木同志の談話は彼の文章を《人民日報》に発表してはならないとは言っていない、逆に同意したのだ、どうして発表したらそれが大きな誤りになるのか、と周揚は言った。胡喬木は、自分は周揚の文章を発表してよいと言ったことはない、と言った」

周揚：「それは違う。中央の責任ある同志が、昨日はこう言い、明日はまたああ言うというのはあってはならない」

胡喬木：「そんなことはあり得ない」

周揚：「君は忘れたのだろう。大勢の同志が喬木の話は始終変わる、と言ってる」

胡喬木：「君は手紙であらかじめ目を通して指摘してくれと言い、私も意見を出した」

周揚：「君は発表してはいけないとは言わなかった」

このやりとりの細部については、別に秦川の回想にもとづいて少し違ったことを書いている資料もある。(6)王若水と秦川のどちらの記憶がより正確かは決めがたいが、どちらにせよ、これに近いやりとりがあったことはたしかであろう。このクラスの幹部のこの種の対立が、具体的描写を交えて語られるようになったのは、ごく近年のことである。

ともかく、問題は言ったか言わなかったかにしぼられた。王若水は、彼が当時メモした記録を読み上げた。表現に多少違いがあるが、基本点は、前に王若水が語っているものと大差はない。これに対して、胡喬木は、「君の記憶は忠実だ、私があぁ言ったのは、礼儀を重視しようとしたからだ」と言い、さらにこう続けた。「ここには大きな闘争がある。階級闘争・プロレタリア独裁を承認するかしないかだ。もし承認しないのなら、われわれは同意できない（王若水が口を挟んで、周揚は文章でその点に触れていると言った）言ってはいる、だが重点はここにない。……」

この後の細かいやりとりは省略する。鄧力群は、書記処でも会議で討論する、その時には三人にも列席してもらい、意見を聴取すると言ったが、それきり何も音沙汰なかった。

王若水は、《人民日報》を懲罰しようと言う胡喬木・鄧力群の計画は、書記処ではすんなり進まなかった。「そこで彼らは書記処を迂回して、鄧力群が直接上部に、現在イデオロギーに対する指導が軟弱で、文化界の情況はめちゃくちゃだ、と報告した。これは効果があった」と書いている。

この年一〇月一二期二中全会が開かれ、「精神汚染」一掃が正式に党の方針となる。一〇月末、胡喬木と鄧力群が《人民日報》社に来て、社長胡績偉の辞表を受理し、王若水の副総編集の職務を免ずる、という中央の決定を伝えた。

一一月六日の《人民日報》は、周揚の談話を掲載した。彼はマルクス逝去百年の記念に「軽率に、慎重を欠いて、欠点・誤りのあるあの文章を発表した。これは深刻な教訓である」と述べていた。

翌八四年一月三日、胡喬木は場所も同じ中央党校の講堂で、人道主義と疎外について講演した。「このことは、周揚があの時講じたのは、無いものとし、胡喬木の講じたのが正統的マルクス主義の観点だ、と暗示するものだった」（王若水）

王元化はどうなったか。彼の語るところによると、「精神汚染」一掃が始まると、劉という姓の「老同志」が中央紀律委員会から派遣されてきた。王元化は頚椎を痛めて入院中だったが、劉は病院に来て、先に見てきたような彼の語る経緯を聴くと「それが彼が聴いていた情況とは大きく違っており、紀律検査の範囲に属すものではなく、彼の仕事と関係ないことがわかったため、はじめの極めて厳しい態度が一度にゆるんだ」つまり彼には何の処分も問題にもならなかったのである。そればかりか、「精神汚染」一掃が鳴り物入りで展開された当時にあって、王元化は上海市宣伝部長として、上海市委員会に「精神汚染」について、過去の運動の方式をくり返すことはせず、一人一人に態度を表明することも求めないことを提起した。この意見は市委員会のメンバーの賛成を得、上海市委員会の機関紙《解放日報》もすでに組んであった二面にわたる「態度表明」の文章の発表をやめた。

当時から「精神汚染」一掃という運動には、上海のような重要都市を含めて、かなり強力な疑問ないし反対があったことがわかる。

周揚自身は、この経過に最後まで納得していなかったらしい。彼の娘の周密によると、「事件」の後、彼の精神は刺激に耐えきれず、身体は急激に衰え、顔も憔悴し、動作も遅くなって、周密に対して一度ならず、「毎朝起きると、とっても疲れてるのを感ずる、ほんとうに疲れた。私は長く生きすぎたのだろうか」と言ったという(7)。

八四年末から八五年年頭にかけて開かれた、作家協会第四次代表大会では、入院中の周揚のメッセージが熱烈な拍手で迎えられ、彼に対して、三五六名連名の「周揚同志への慰問の手紙」が送られた。この中に、数カ月前に展開された「人道主義」「疎外」論争における彼の態度と、彼がこの問題で味わった苦汁に対する支持と同情が含まれていたことは疑いない。「精神汚染」一掃運動は、胡耀邦がブレーキをかけたこともあって、やがて収束する。八七年一一月の一三回大会で胡喬木と鄧力群もそれぞれ中央顧問委員会委員（胡は同常務委員）に退く。その後この年の暮れから翌年にかけての学生運動の高まりの中で、胡耀邦が退き（主たる理由が「ブルジョア自由化との闘争が不十分だった」という点にあったことは、後に明らかとなる）、さらに八九年六月の「六四天安門事件」で趙紫陽が解任されて、「ブルジョア自由化」批判がまた強まり、それがまた九二年春の鄧小平の「南巡談話」によって修正されるなどの曲折があったことは周知のとおりである。そして周揚は、八九年七月三一日、「六四」の一カ月余の後、終始激動の焦点に身を置いた生涯を閉じた。

以上、主として周揚の側に立った資料によるものであることは承知の上である。胡喬木についても、またいろいろな回想が書かれている。それらから窺われる彼の違った面の検討は、別の機会に譲るしかない。

注

（1）僅かにそれに類するものとしては、次の文章がある。

○趙浩生（インタビュー）「周揚笑談歴史功過」原載『七〇年代』七八年九月号。のち『新文学史料』第二輯（七九年二月）

（2）主なものを挙げておく。最初に本稿に直接関わるもの四篇を挙げ、続いてその他のものを発表順に並べた。

顧驤「此情可待成追憶——我与晩年周揚師」『南方文壇』（南寧）九八・四（未見）。『中国現代・当代文学研究』（『複印報刊資料』九八年九月　中国人民大学書報資料中心）転載のテキストによる。後掲『憶周揚』にも収める。

王若水「周揚対馬克思主義的最後探索」（九七年三月脱稿、七月修正）『憶周揚』所収。

王元化「為周揚起草文章始末」『憶周揚』所収。

王蒙・袁鷹主編『憶周揚』九八年四月　内蒙古人民出版社

馬立誠・凌志軍「周揚的人道主義悲歌」『複印報刊資料』九九年三期　中国人民大学書報資料中心）に転載。『呼喊』九九・

一　広州出版社の巻五「民主的声音」第二章「周揚の死」から途中の合計約半ページ分と、末尾の約七ページ分を削除したもの。

朱微明（訪問記）「周揚談彭柏山」『新文学史料一九八四：三』

蔡清富（整理）「周揚関于現代文学的一次談話」『新文学史料』九〇年一期

銭小恵「周揚伯伯為我父親写序」『新文学史料』九〇年一期

華済時編「周揚著訳簡目」『新文学史料』九〇年一期

露菲「文壇風雨露――回憶周揚同志片断」『新文学史料』九三年二期。

李輝「揺蕩的秋千――関于周揚的随想」『李輝文集』第四巻、および『憶周揚』所収

李輝『滄桑看雲』一九九七年　上海遠東出版社（『収穫』九四年一期－九五年六期

龔育之「幾番風雨憶周揚」『百年潮』九七年三期連載。後『李輝文集』第一巻（蒼桑看雲）一九九八年　花城出版社　所収）

李輝「是是非非説周揚」（九七年六月の「後記」あり）『李輝文集』第四巻（往事蒼老）九八年　花城出版社所収）

常念斯「老泪縦横憶喬木」『読書』九五年一二月

張景超「周揚〝文革〟落難現象之反思」『佳木斯大学社会科学報』九八・三（未見）。『中国現代・当代文学研究』（『複印報刊資料』九八年九月　中国人民大学書報資料中心）転載。

黎之『文壇風雲禄』九九年一月　河南人民出版社

栄天嶼「雖不同生亦当共死――蘇霊揚与周揚」『百年潮』九九年四月号（総一六期）

徐宗勉「回憶周揚爲『鄧拓文集』写序」『百年潮』九九年一二期

（3）「あらためて」というのは、この問題については以前にも書いたことがあるからである。（「最近の中国の思想状況――〈人道主義〉〈疎外〉を中心に」『季刊　科学と思想』五三号　八四年七月　新日本出版社）。本書Ⅱ－4。当時わからなかった事実が明らかになった今日から見ると、目がとどいていなかったところは多々あるが、論争内容の大筋については、最近の資料に照らしても、その記述に根本的な訂正を要するところはないと思われるので、本稿ではなるべく重複を避けて、周辺の

事情・経過を中心に述べる。
（4）この文章の存在を知ったのは、桜美林大学大学院の留学生、田浩君の教示による。コピーまでとって提供してくれた同君に感謝する。
（5）「疎外」の中国語は「異化」。日本でも知られている用語だが、この文中ではすべて「疎外」に統一する。
（6）注（2）前掲の『呼喊』では、その場にいた秦川の回憶として次のように書いている。秦川のどういう文章か、あるいは直接口頭で聞いた話か、など、出処は明らかにしていない）。
《報告》は印刷物として、出席者に配られ、全員が読み始める。
「周揚は早く読み終えた。彼の顔色が好くなく、立って何か言おうとしたが、また坐ったのに私は気づいた」「だが数分後、周揚はついに我慢しきれず、手に持った報告を胡喬木の前に投げだし、大声で非難した、『このやり方はフェアじゃない（不正派）、フェアじゃない、このやり方はフェアじゃない』」
胡喬木は突然の大声にびっくりしたが、もっと大きな声で反問した。
「何を言う、中央がフェアじゃないと言うのか」
周揚はますます怒って「君らのこれはフェアじゃない」
胡喬木：「君のこれは反中央だ」
周揚：「レッテルを貼るな。私は胡喬木という具体的な中央委員に反対してるだけだ」
胡喬木：「君のこれは反中央政治局だ」
周揚：「私は胡喬木という具体的な政治局委員に反対しているだけだ」
（7）注（2）前掲《呼喊》三九五ページ。

#「疎外論」「人道主義論」後日談から

##――周揚論ノート・X――

「X」などと書いたのは、べつに気どったわけではない。紀要への寄稿を約束したものの、この夏から秋にかけては、少し誇張して言えばそれこそ「分読み」のような生活をしていて、今日までそのために集中する時間がとれず、何度目かの「デッドライン」も過ぎてしまった。苦しまぎれに前号に書いたことの補足から始め、いつ書けるかわからない周揚論のためのノートの一部とでもいうものを書きつけて何とか最低限の義務を果たすことにしたい、つまりこれから「周揚論ノート」のようなものをぽつぽつ書きためて、それをまとめることができれば、その一部にはなるだろう、そのどの辺に位置するかもわからないという意味での「X」だとご理解願いたい。

一　張光年の回想

前号では、八三年三月、マルクスの死後百年を記念して周揚が行った講演「マルクス主義のいくつかの問題に関する検討（関于対馬克思主義幾個問題探討）」が書かれた経過、その内容、それが事後に胡喬木の反対に遭い、激しい対立になったこと、それらも一つの契機になって、この年の一〇月、中国共産党の一二期二中全会で「精神汚染」一掃が正式に党の方針になり、その中で周揚も一一月、「軽率に、慎重を欠いて、欠点・誤りのあるあの文章を発表した」という自己批判談話を出さざるを得ないところに追い込まれたこと、その他を書いた。その後の周揚の心境についても、彼の娘周密の語った話を紹介しておいた。

その後、彼の心境、周囲の人びとの受け取り方、彼らのとった態度などについて、目にとまった資料も断片的ではあるがいくらかある。それらによって前稿を補足することから始めたい。

まず張光年は、周揚の「自己批判談話」が発表された経緯とその後の周揚について、李輝のインタビューを受け、こう語っている。(1) 張は一九一三年生まれ、「反右派闘争」当時『文芸報』編集部にいるなど、周揚とも関係の深かった人物。一二回、一三回党大会で「顧問委員会」のメンバーになっているから、周揚の「疎外論」講演当時は顧問で、実務からは退いていたはずである。

李：概括的に周揚についての印象を話していただけますか？

張：彼については、一が別れて二になる(2)で考えねばならない。まず彼は忠実なプロレタリア革命家で、社会主義文化事業に開拓的な重大な貢献をした。が誤りも少なくなかった、主に『左』の誤りだ。……当時の状況の下で、特に文化戦線の第一線で仕事をしていた人にとっては、こういった誤りは避け難かった。……彼は個性にも欠点あるいは弱点もあった。人に心を開いて話すことができず、そういうことはごく少なかった。彼が憂悶から病気になり死に至ったのも、この致命的な弱点と関係がある。なぜこう言うのかと言えば、蘇霊揚（周揚夫人）が生前――彼女が病気になる前に私にこう話したことがある。周揚は人道主義論が禍となって、落ち着かない心理になっていた。彼は（胡）喬木の提案を聞き入れて、新華社記者のインタビューを受け、誤りを承認する考えを表明した。（ついでにちょっと言っておこう。当時私は中央顧問委員会に出て、喬木に会った。彼は気がかりな様子で、『この件はどう結末をつけたものだろう、私はあれこれ考えて、周揚同志が新華社記者のインタビューを受けて簡単に態度を表明するという方法を思いついたんだが』と言った。私はいい方法ではないと思ったが、いいとも悪いとも言わなかった。しかしこのやり方が深刻な結果を生むとは思わなかった。談話が新聞に載ると、彼はひどく後悔した。毎日ぼんやり机の前に坐って、窓越しに向かいの屋根の瓦をじっと見たまま、何を考えているのかもわからず、問いかけても何も言わなかった。何日かぼんやり坐ったまま、おかしくなって、それ以後ずっと治らなかった、と言うんだ。私はそれを聞いてこう思った。もし他の人間が何か大きな鬱憤があっても、人を訪ねて話したり、不満をぶちまけたり、あるいはさんざん泣くなどして、ああいう病気になることはないだろうに、とね。それからまた連想した、周揚は一九六五年に肺癌をやって、大手術を受け、肺を半分切って肋骨も二本取った。あれは毛主席の二度の批示が下達された後、文芸整風の後[3]で、私が順義県で「四清」[4]に参加していた時だった。私は珍しく北京にもどったが、周揚が手術をしたと聞いて、阜外（阜成門外の略称、北京市街の北西寄り）の病院に見舞いに行った。彼はベッドで苦しがっていた。傷口が痛んで、『痛くて何も考えられない』と言っていた。……私は文革後に癌になって命拾いしたので、周揚がなぜ癌を避けられなかったかがわかる。毛主席は、彼が夏（衍）・田（漢）・陽（翰笙）の『三条漢子（三人男）[5]』といろいろなつながりがあって、手をつけられないことを批判していた。それのあの二つの批示だ。彼の心における毛主席の重みは大きかった、批判はあの強さだ、彼は考えても納得が行かないが、考えないわけには行かない。考えれば考えるほどわからないが整風には参加しないわけには行かない。普段でも自分から人にうち明ける話ができないのだから、整風になればなおさらできない。長いことそうしていればたまって癌にならないわけがない。

周揚はどうしてこんな変な性格というか個性になってしまったのだろう（私は性格の『疎外』だと冗談を言ったことがある）。表面では楽しそうに話していても、内心は孤独で気は重い。二言三言でははっきり言えないし、私もある線までしか理解できない。これは彼が文芸の指導工作を長年担当していたことと大いに関係があると思う。『階級闘争を要とする』年代で、党内闘争はもともと残酷で絶え間がない、しかも文芸界はさらに敏感で面倒な地帯だ。周揚は、これらの闘争をどう指導するか、どうやって自分と闘いまた人とも闘うか、自分も危ない中でどう我が身を守りまた自分の気を奮い立たせるか、自分が重要だと思う仕事をどう進めるか、これには強い自制が必要だ。けっして気軽にしゃべることはできない、けっして自由主義になってはいけない、けっして人の話の種になってはいけない、けっして敵に利用されて党の事業を害してはいけない……（点線原文）もともと性格上の弱点を持っている、その上長年こういう心境で暮らしていれば、病気にならないわけがない。性格だってねじ曲げられずにはいられない、周揚の死は、一つの悲劇だ。

心理的ストレスが癌の直接の原因になると決め込んでいるようなところは、少し気になるが、そう思うほど周揚の心労が大きく、特に胡喬木との対立から自己批判に追い込まれたことの打撃が強かった様子を見聞きしての感想と考えれば、「自己批判」後の周揚の心境を語る資料としては軽視できない談話というべきだろう。未整理のまま引用したのは、時間に追われてということもあるが、将来まとめて考えるためのノートとして、発言を原型に近い形で残したいという動機もある。ご了承願いたい。

二　龔育之の回想

次は龔育之（一九二九－　）である。湖南湘潭の人というから、毛沢東の同郷の後輩にあたる。哲学者、八二年から（八〇年からとする資料もある）中央文献研究室副主任、八八年から九三年（？）中宣部副部長、八一年六月の一一期六中全会で採択された「建国以来の党の若干の歴史問題に関する決議」（略称「歴史決議」）の注釈本の主編の一人でもある。彼は周揚の「人道主義・疎外論」講演について、こう書いている。(6)

「私は、正しいか正しくないかにかかわらず、また完全には正しくないにせよ、これは彼が過去の文芸批判と理論批判中に存在したいくつかの重大問題に対して試みた一つの総括であり、その中には彼が第三次文代大会や一九六三年の哲学社会科学部会で人道主義を批判したことに対する反省が含まれていると思った。彼は特にこう述べた。『文化大革命以前の一七年、われわれは人道主義と人間性問題の研究、及び文芸作品に関する評価について回り道をした』『私が過去に発表したこの面に関する文章や講話は、観点が正しくないもの、あるいは完全には正しくないものが幾つかあった』」

「彼のこの報告は、彼の六三年の『戦闘任務』報告中にあった疎外に関する観点と関わって論争を引き起こし、批判を受けた。ある日、私は彼の家に見舞いに行った。彼は彼が書いた状況説明の手紙が受取人の手元にとどいたかどうかを気にしていた。彼は、どうして自分が四つの基本原則の堅持に反対だというような印象を与えたのだかわからないと言った。彼は興奮を抑えられず、涙を浮かべて、私は一生党にしたがって革命を追求し、無数の苦難と曲折を経験して来た。四つの基本原則の堅持に反対するわけがないではないか。私はただ過去の歴史の教訓にもとづいて異なった意見を軽々しく四つの基本原則に反対するものと言ってはならないということに注意すべきだと考えるだけだ。私は四つの基本原則に反対するなんてできない」

興味深いのは、続けて当時の胡喬木についてこう書いていることである。

「胡喬木同志も中央党校の講堂で、『人道主義と疎外の問題に関して』と題する報告を行った。喬木は文章の中で理論界がこの重大問題について討論を展開することを希望すると述べ、『私の講話の基本観点に反対の同志も、論争に参加してくれることを心から歓迎する』と書いていた。私は喬木同志に周揚同志と話してみるよう提案したことがあった。喬木は、彼も機会を作って周揚と落ちついて詳しく話してみたいのだが、なかなかその機会がない、と言った。また彼は落ちついて静かに話しさえすれば周揚と好い話し合いができると信ずる、とも言った。彼は私に短詩を一首見せてくれた。詩の前に短い手紙がつけてあり、『周揚同志、最近小詩を一首書きましたので、謹んで奉呈します。好き春節を。霊揚同志にもよろしく。胡喬木　一月二六日』とあった。詩は二節からなっていた。

誰がお前を鞘から逃げ出させ、誰がお前に
私の良友の指を傷つけさせたのか?
血は彼の手から流れ、また
私の心からも流れた、同時に。

許されよ!　だが鋭利なことは過失ではない。
傷口は必ずふさがり、友情は保たれるに違いない。
雨後の陽光は大地を照らし
より美しくするだろう、抱擁する一対の戦士を。

喬木は、第一節は作者の剣への問いかけであり、第二節は剣の答えだ、と説明してくれた。
「一九八八年、上海の理論界が内部の小範囲に送っている雑誌に、人道主義と疎外の問題を論ずる文章を発表した。喬木の文章中の多くの点に賛成していたが、喬木同志の批判は問題を過度に政治化した、としていた。この雑誌の編集者が喬木同志の意見を知りたがっていたので、私が喬木に取り次いだ。喬木は私に、もうこの文章を読んだ、筆者の観点に同意する、たしかに過度に政治化した。証拠は、それ以後異なった意見の文章が新聞雑誌に発表され討論するということがなくなったことだ、と言った。やはり異なった意見の討論があった方がいい」
中宣部副部長といった経歴のなせるわざか、龔育之の文章は、皮肉に読めば両方を立てて、対立面を小さく見せようという配慮が働いているようにも見えるが、書かれている事実や、喬木の詩は、たしかなものと見ていいだろう。

三　韋君宜の回想

三人目は、韋君宜である。[9]女性。一九一七年生まれ、湖北建始の人、北京生まれ。天津の南開中学から精華大学に学ぶ。三五年、一二・九すなわち内戦停止・一致抗日を求める学生運動に参加。盧溝橋事変後大学を中退して湖北地区で共産党の地下活動に参加、三九年延安に行って『中国青年』を編集、以後北平陥落後まで、場所は変わったが、ずっと同誌を編集した。五四年作家協会に移り『文芸学習』主編、「反右派闘争」で「右派」となることは免れたが、同誌は停刊、自身は華北省の農村に下放して「労働鍛錬」に従事した。五九年初北京に帰り、『人民文学』副主編となり、六〇年以後作家出版社、人民文学出版社等で編集長・副社長・社長をつとめた。八六年離休（定年による退職、建国以前からの幹部は「離休」、以後の幹部は「退休」と呼ぶ。待遇に違いがある）。以後脳出血等の病気を経験しながら、数十篇の散文・雑文を書き、最近の『思痛録』[10]は、延安当時の「搶救運動」[11]も含む中国共産党が作り出した少なからぬ「冤罪」事件を、「批判」する側にいた自分の体験に対する反省をこめて克明に語った回想録として、高い評価を受けているという。もちろん一方には、「今さら何を」という反発もあるらしい。

韋君宜は『思痛録』の一六節を「記周揚」として、建国後の彼の役割全体を振り返っているが、本稿のテーマに関わる部分だけを見ることにする。

文革終了後、周揚が公開の場で自己批判し、かつて自分が誤って批判した人びとに直接謝罪の言葉を述べたことで、「人びとはすっかり楽になり、周揚に同情し、ほんとうの言葉を語る周揚に諒解を与えた。彼も文芸界で、自分の意見で幹部の任免など、仕事を始めた。私たちはまた何かあると周揚を訪ねるようになった」[12]

しかし、皆が無邪気に、気持ちのままに言いたいほんとうのことを言えた時間がまだそんなに長くなっていない中に、人道主義問題に関する論争が始まった——別の人が文章を書いた、語ってもいいのだと考えたのだ。周揚も一篇発表したが、その文章が批判された。しかも批判に反対する文章は掲載を許されなかった。にわかに、緊張する癖のついていたわれわれはまた緊張し、またつぎつぎに態度表明(13)をしなければならなかった。

「私たちのある同志は言った、『私は二、三日前に周揚のこの文章を読んだ時には、正しいと思った。今日は批判を読んで、初めて誤りがどこにあるのかわかった』。こういう調子がこの頃人びとが人前で態度表明をするときの常態だった。たまたまこの年の春節、私は周揚の家に年始に行った。李さん（誰を指すか不詳）が同乗していたが、彼は私に尋ねた、『もし誰かが周揚の人道主義の文章のことを話に出したら、どういう態度をとります?』私は言った、『私は社長だから、逃げるしかないわね、これは哲学問題だから、私にはわかりません、とだけ言うわ。鋭い人なら、それで私の態度がわかるでしょう』」

「周揚の家に着くと、果たせるかなしばらくして彼がこの問題を持ち出した。重苦しい表情で、『あの文章が指導部にこんなに重大視されようとは思いもかけなかった』と言い、それから『あなた方の態度はどうかね』と尋ねた。ちょうど他に二人のお客がいた。私は考えるまでもなく、すぐ用意しておいたとおり、『哲学はわかりません』の一言で曖昧にした。その時は、こういう時に彼の家に来たのだから、同情して慰問に来た以外にはあり得ないじゃないか、態度はこれで明らかで、これ以上いう必要はない、と思っていた」

ところが、彼女はこの年の冬、広東で周揚に会った黄秋耘(14)が北京に来ての話で、周揚が黄秋耘に「韋君宜という人は、是非の区別ができない人だね」と言っていたということを聞く。

「この話に私はショックを受けた。彼はどうして私を、是非の区別ができないと考えたのだろう。自分では是非はあれではっきり区別されていると思っていた。彼がそう見ているとは思いがけなかった、私は辛かった」

間もなく周揚は病気で入院し、彼女は彼を見舞うこともできず、会う機会を失う。

「私は自分が周揚に言った言葉を思い返した。あの『哲学はわかりません』という言葉を考えれば考えるほど恥ずかしくて汗が出るのを抑えられなかった。私は間違っていたのがわかった、完全に間違いだった。自分では過去長年にわたって自分の考えを持たず、周揚に従って歩むという欠点はもう改めたつもりだった、が実は改まっていなかったのだ。私はあの是非を分かたず、是非の前に敢然と身を挺することのできない古い私のままだったのだ。私は是非の区別ができないのだろうか。頭の中に是非の区別はなかったのだろうか。あったはずだ。だが私はなぜ周揚の面前で、また他の客の面前で、高らかに答えなかったのだろうか。『私はあの批判に不同意です。貴方の意見に完全に同意します』と」

八三年つまり文革終了後五年を経ても、中国でいう「余悸」（残る不安、おびえ）が、こういう形で根強く残っていたことを物語る挿話である。「精神汚染」一掃のニュースが日本にも伝わってきた頃、ちょうど東京に滞在していた中国のある学者が、中国から帰国して来たばかりの日本人留学生に、「精神汚染」一掃なるものがどのように行われているか、雰囲気はどうか、といったことを、事細かに聞きただしている場に同席して、その熱心さを異常に感じたことがある。しかし、その後実情をいろいろ知るに従って、それを異常と感じた自分の方が、中国の思想状況にも、その背景にある共産党内の風向きの動向の持つ意味にも、無知であり鈍感であったのだ、と思い知らされた。

その状況は、その後幾つかの曲折を経、変化していることはたしかだが、変わっていない側面もまだある。一七年前の論争をめぐるさまざまなディテールにこだわるのを、無意味と思えない所以でもある。

注

（1）張光年「回憶周揚―与李輝対話録」王蒙・袁鷹主編『憶周揚』九八年四月内蒙古人民出版社。一五―一六ページ。『李輝文集』四巻「往事蒼老」九八年一月にも収める。

（2）原文「一分為二」。事物を矛盾の統一体としてとらえる、ものの両面を見る必要をいう哲学用語。毛沢東がしばしば使い、文革前及び文革中には、事物の対立面・分裂を強調し、統一面も見る考え方（「二合而一」）を「修正主義」などとする根拠とされた。

（3）毛主席の二度の批示：毛沢東が、文芸分野の状況について、六三年一二月、六四年六月の二度にわたって「批語」の形で出した指示。それぞれ「関于文芸工作的批語」「対中宣部関于全国文連和各協会整風情況的報告的批語」の題名で、『建国以来毛沢東文稿』（以下『毛文稿』と略称）第一〇冊、第一一冊（ともに九六年八月中央文献出版社）。六三年のものには、「各種の芸術形式——演劇・演芸（原文曲芸）・音楽・美術・舞踏・映画・詩及び文学等々には、問題が少なくない、人数は多いが、社会主義改造は、多くの部門で、今に至るまで効果は微々たるものである。多くの部門は、今なお『死人』に統治されている」「多くの共産党員が熱心に封建主義や資本主義の芸術を提唱しながら、社会主義の芸術を提唱するのに不熱心である。これはなんと奇妙なことではないか」、後者には「これらの協会と彼らが握っている刊行物の大多数は（いくつか少数のものは好いそうだが）、一五年来、基本的に（すべてではない）党の政策を執行せず、役人・旦那風になって、労農兵に近づこうとせず、……最近数年では、なんと修正主義の瀬戸際に落ち込んでいる。真剣に改造しなければ、必ずや将来のある日、ハンガリーのペテーフィクラブのような団体に変わってしまうだろう」等の言葉があった。後者の「批語」の宛先には、周揚も入っていた。文芸界ではこれを受けて「整風運動」を展開した。なお、この二つの「批語」は、文革開始直後、周揚に対する名指しの批判が始まった中で初めて公表された。

（4）四清：六二年の中共八期十中全会で、毛沢東により「絶対に階級闘争を忘れるな（千万不要忘記階級闘争）」の方針が提起されたことによって起こった運動。当初は各職場、人民公社等における労働点数・帳簿・倉庫・財産の不正点検に重点をおくものだったが、次第に思想・政治運動の性格を強め、「文革」につながって行った。

（5）「二条漢子」：夏衍・田漢・陽翰笙を指す。魯迅が晩年の「徐懋庸に答え、併せて抗日統一戦線の問題について」の中に、周起応・田漢等「四条漢子」と会った時に云々という文言があり（夏衍・陽翰笙の名は出していなかったが）、それが特に文革中、周揚批判で始終引き合いに出された。それを使ったもの。なお張光年はこの少し後に、「毛主席は彼（周揚）の政治性が強くなく、昔からの友人に手をつけられないとしばしば批判していた」とも書いている。

（6）龔育之「幾番風雨憶周揚（度重なった風雨をめぐり周揚を憶う）」二〇節「一七年を総括する」『百年潮』九七年三期、百年潮雑誌社。前掲『憶周揚』にも収める。

（7）『戦闘任務』：周揚の報告「哲学者・社会科学者の戦闘的任務」を指す。この中での彼の「疎外」観については、本書Ⅱ－4「最近の中国の思想状況――『人道主義』『疎外』を中心に」で触れている。

（8）四つの基本原則：社会主義の道、人民民主独裁、共産党の指導、マルクス・レーニン主義と毛沢東思想を指す。七九年七月の中央理論工作会議で鄧小平が提起、文革後の思想的「動揺」、党への信頼の低下という情況の中で、歯止めを意図したもの。その後八三年の「精神汚染一掃」、八六年・八九年の「ブルジョア自由化」反対などでは、より徹底した政治改革・思想解放を求める流れを抑える武器の役割を果たした。

（9）以下、韋君宜の経歴は、『思痛録』所収の「韋君宜小伝」による。

（10）『思痛録』九八年北京十月文芸出版社。その後かなりの量を増補した天地図書有限公司版（香港、二〇〇〇年）も出ている。

（11）「搶救」運動：延安整風運動の中で始まった「幹部審査」が、やがて「搶救失足」運動と名を変えたもの。言葉としては「誤った道に足を踏み入れそうな者を救い出す」という意味だが、国民党特務追求からやがて証拠の薄弱な者やまったく証拠のない者にまで「特務」の嫌疑をかけ、自白を強要して、多数の人びとが「特務」とされ、自殺者も出した。比較的短期（早いところでは約一カ月余）で誤りが明らかとなった段階で、中央党校のある大会で毛沢東が自己批判して運動は収束した。詳しくは『思痛録』の第一節参照。事実上の責任者は康生だったとされる。周揚は、文革からの解放を、「搶救運動」からの解放を第一回、建国を第二回として、三度目の解放と呼んだ。

（12）『思痛録』一九一ページ以下。天地図書では一九七ページ以下。

（13）「態度表明」：原文「表態」（表明態度の省略形）。党・政府から新しい方針などが提起されると、それに対する「態度」（実質的には支持の態度）を表明することが求められる。当初は本心からの発言であった場合もあったろうが、さまざまな誤ったあるいは無理な方針が提起されることが重なる中で、一種の「忠誠宣言」に転化する場合が増えた。

（14）黄秋耘：新華社記者から文学界に転じ、「反右派闘争」当時、韋君宜主編の『文芸学習』副主編。

Ⅲ　回顧と感想

〈A　歴史を振り返る――若い世代と外国の研究者のために〉

戦後五〇年――中国現代文学研究をふり返る

【一九九五年度「中国現代文学研究者の集い」記録】

丸山です。この会はごく内輪の会で、気軽にお話をしていいと思ってお引き受けしたのですが、来てみたら、いきなり立派な部屋に通されてお茶など出されて、講師顔をしないといけないのかと困っております。柄にもないまねはできませんので、いつもの調子で話させていただきます。

一　敗戦直後の状況

戦後の中国現代文学研究の当事者だったと、今、紹介されましたが、いくら何でも当事者というのはかわいそうでありまして、私が中国語を始めたのが一九四八年ですから、敗戦直後は何もわかりませんでした。正直なところ、私は中国語を始めたときには、魯迅の名前も知らなかったのですから。後で振り返ったことや、その頃何となくうっすらと知っていたことを、記憶にも頼りながらお話をしてみたいと思います。

お手元の参考資料に、「敗戦直後（四五―四九）中国現代文学研究略年表」があります。これは、今日のテーマに関わる部分だけを抜いてみたものです。ご承知のように、戦前に出た雑誌『中国文学』が戦争中に停刊して、戦後に復刊します。そして、後で竹内好さんが帰ってきて、その復刊ぶりが怪しからんと強烈な覚書をたたきつけたために、そのショックで停刊したというふうに記憶していたのですが、今度調べてみたら、そうでもないようです。ちょっと時期的にズレがあって、終刊号には竹内さんの寄稿も載っています。とにかく、その辺から中国文学研究が復活してきたことになるわけです。

『中国文学』のバックナンバーが復刊された後、少し遅れて戦後版の『中国文学』も復刻されたのですが、全部拾うと大変なので、全部は拾いませんでした。あとは、他に気がついたものを少し拾ってみたわけです。

ついでに申しますと、戦後から文革までの、日本における中国現代文学研究の文献目録のようなものが何もないのです。戦前・戦中のものは飯田吉郎さんの、ほぼ完全に近い周到なお仕事があります。それから、文革後については、いろいろ漏れもあり不十分なところもありますが、阿部幸夫さんその他の方がおやりになったものが単行本になっています。その前に簡単な冊子で出た目録がありますので、一つの手掛かりにはなりますが、戦後のものについては、私の知る限り、まだどなたも作っていません。いざ、今日のテーマのようなことを調べてみようというとき、手軽に手掛かりになるものがないのです。この際、若い方がそういうことをやってくれないかという気がしています。

『中国文学』の復刊当時を見てみると、まず四五年中はほとんど雑誌が出ていません。これは一般の雑誌をみても、例えば、『世界』が創刊され、『中央公論』『改造』の復刊が、たしか四六年一月で、敗戦の翌年になって、ようやく雑誌が出始めます。ですから、四六年三月に『中国文学』復刊というのは、かなり立ち上がりが早かったといっていいでしょう。この頃の目立ったものに、佐野学の『毛沢東の文風論』があります。私は前に一通り目を通していたつもりが、あまり印象に残っていなかったので、今度見直してみたら、思いがけないところに変わった人が出ていました。『毛沢東の文風論』というのは、毛沢東の三風整頓の話で、毛沢東はマルクス主義でも、融通の利かない変なインターナショナリズムごりごりの教条主義とは違って、中国の実情をきちんとふまえたマルクス主義者であったということが書いてあります。その限りではもっともなのですが、この時点で彼がいっているのは、やはりまだ戦前の日本のマルクス主義、共産主義運動が、要するに天皇制打倒などということをやっていたから駄目だったという論理からのつながりとして、多少、自己弁護の感じのする文章です。そこに四六年四月に武田泰淳さんが帰ってくることになります。

武田泰淳氏が亡くなったときに、『海』に堀田善衛と開高健の対談が載っているのですが、そこで堀田善衛氏がこう言っています。「武田さんが引き揚げたのは四月ですが、引き揚げのとき印刷物及び書いたものを持ってはいけないという規則だったわけです。そのため、武田先生は相当膨大なものをぼくに預けていってね。（中略）武田さんの書いたノートみたいなものとか……。（中略）学問に関するノートとかですね。相当量でしたよ。それから武田さんの集めた戦後の中国文学の出版物、週刊誌や新聞や、単行本も含めて相当量でしたが、（中略）そういう武田さんの残していったもの、それからぼくの買い集めたもの、たとえばあの頃の日本ではガンサー・スタインの『Challenge of Red China』なんて本は輸入不可能だったはずです。それから中共関係の本、ぼくは主として英語関係ですがね。（中略）もう、どうとでもなりやがれと、布団袋のなかに全部つっ込んで、布団を一枚だけでまわりを包んで、LST（当時は上陸用舟艇と訳していましたが、戦車なども揚陸するための船でかなり大型）に持ち込んで、ぼくは帰ってきたんですよ。こうして持って帰ったぼくのもの及び武田さんの文献が、戦後の日本の中国研究の土台になったわけですね」。小野忍さんの『道標』（七九年二月、小沢書店）にも、「武田泰淳さんが集めたのを、堀田善衛さんが運んできた」と書いてあります。直接小野さんの口からも、「堀田善衛さんが持って帰ってきた本の中で、ショックを受けたものが四つあった。『霜葉紅似二月花』『腐蝕』、駱賓基の『北望園の春』、『霞村にいたとき』。それを読んで、中国文学がまるっきり変貌しているのにびっくりした。中国文学研究会もうかうかしておれないという印象だった」という話を何回か聞いたことがあります。

今日と似たような話を九月に中国社会文化学会でした時に見直してみたら、岡崎さんが書かれている中で、「敗戦の翌年に引き上げてきた友人が持ってきた本の中に」とあるのです。そうすると、武田泰淳氏が持ってきたことになるのかなと思っていました。そこで疑問に思って、あるところに書きましたが、そのままにしてありました。今回もう一遍調べ直してみると、堀田さんがこうはっきり書いているし、小野さんの書いたものも残っているということで、やっぱり初めの記憶が正しかったのかという気がしているのですが、まだやはり疑問が残るのです。

年表をご覧になると分かるとおり、堀田善衛さんが帰って来られたのは、四七年一月四日です。このとき、堀田善衛さんが丁玲の「霞村にいたとき」を持って帰ってきて、それを中国文学研究会の人たちが見たとすると、その翌月の『人間』に、丁玲の「霞村にいたとき」が載っているというのは、ちょっと早すぎるという気がするのです。それから、もう一つの疑問は、四六年九月号に載った一一月号（次々号）の予告に、最近の作品として、茅盾の「腐蝕」と「清明前後」「耶蘇の死」などがある。それから、郭沫若の「ソ連紀行」「屈原」云々とあって、そして、丁玲の「霞村にいたとき（いるころ）」が入っています。これを信用すれば、堀田さんが帰ってくる前にこういうものが何らかの形で手に入っていたらしい、という想定が成立します。武田泰淳氏が持ってきたのではないことは、当時の状況と堀田さんの証言からいっても確かで、あの頃、中国から来る人たちは、全く何も持って来られなかったというのが常識です。堀田善衛氏がなぜ持って来られたかというと、彼は半年ほど後に帰るわけですが、戦後、国民党の文化部の関係に留用されて、いろいろやっていた。いわば、国民党政府の嘱託のような肩書があったので、そういう本を持って来られたというふうに聞いています。が、堀田さんが持ってくる前に、ある程度入っていたのかとも思える形跡がある。どういういきさつか分かりませんが、今日はこれだけしか申し上げられません。

この頃のものを見てみると、武田泰淳氏が老舎の近作について書いたり、武田泰淳を囲んで他の人がいろいろ聞いていたり、鹿地亘に聞いたり、というものが多い。例えば、四六年七・八号の合併号に阿部知二、岡崎俊夫などが出ていますが、この座談会は「最近の中国文学をめぐって」となっていますけれども、ほとんどが武田泰淳氏が向こうで見てきたことを聞いているという内容のものです。そして、戦後最初、日本の読書界に中国の戦中の文学が紹介されたのが、「霞村にいたとき」だったと考えていました。四七年二月、『人間』という雑誌の二巻二号です。『人間』という雑誌は、鎌倉文庫という本屋から出ました。鎌倉文庫も、いかにもあの頃らしい本屋ですが、私の曖昧な記憶で言えば、要するに、久米正雄など鎌倉文士たちが戦争中にやることがないので、みんなで本を持ち寄って古本屋を開いたのです。そして、戦後にその事業を広げたのですが、つまり、これから日本は文化国家になるのだから、自分たち自身の出版社を持とうという話で、鎌倉文庫というものを作ったわけです。

例えば、『現代日本文学選』として、志賀直哉の『和解』その他を出しました。私も、それを通信販売で買って読んだ記憶があります。その鎌倉文庫から出ていたのが『人間』という文学雑誌です。戦前からの文学雑誌としては『新潮』が続いていましたが、たしか戦争中は統合で、文学雑誌は『新潮』だけになっていたと思います。四六年六月『文学界』が復刊しますが、うろ憶えの話で違っていたら申し訳ないけれども、『新潮』と並ぶ文学雑誌として四六年一月『世界』の創刊と同時で『人間』が創刊されました。創刊号は違っていましたが、安井曾太郎氏の裸婦のデッサンが表紙を飾ってなかなか斬新で、当時は紙も足りないので、多いときで六四ページぐらいのものです。初めのうちはもう少し厚いのですが、紙が手に入らなくなって六四ページの薄い雑誌になります。それでも、今からみるといろいろあって、「霞村にいたとき」と並んで、同じ号には、例えば、加藤周一さんの「ある晴れた日に」が連載されているように、当時の息吹が生き生きと伝わってくるものです。

四七年二月というと、私は旧制中学の三年だったと思うのですが、『人間』という雑誌を兄がとっていて、私もちょっと生意気な文学青年でもあったのでチラチラと見ていたのです。兄貴と「霞村にいたとき」を話題にしたのを覚えています。中身については、どういう印象を持ったかは覚えていませんが、これが、戦後の日本で、中国の戦争中の文学が翻訳された最初だと思い込んでいました。今まで何度かあちこちにそう書いてもいるのですが、今度調べ直したら違っていました。その少し前の四六年一〇月に、周而復の「地下道」が翻訳されているのです。これは、のちに菊地三郎氏の編訳の形で出た文庫本の『現代中国短編集』に収められています。創藝社から出ていた「近代文庫」という小さな文庫で、すぐ潰れてしまいました。私も持っていたはずですが、今度調べ直すとどこかへ行ってしまってありませんでした。中国で出ていた『文壇』という雑誌の二号からとったと書いてあり、『新日本文学』も戦後に発刊されて日も浅い五号というところに出ています。これが最初だったようです。

これも調べ直してみて意外に早いと思ったのは、毛沢東の『現段階における中国新文芸の方向』という題名で訳された「文芸講話」で、単行本で出ているのです。しかし、まともに中国の現代文学が内容まで問題にされた最初は、やはり岡崎さんのものだったといっていいと思うのです。今度見直してみたところ、『人間』に載ったときには、岡崎さんは解説は加えていなくて、言葉の「注」を幾つかつけています。それから、ページの一段にして一五〜一六行の短い作者紹介があるだけで、内容についてはありません。それが、少し後で単行本になります。短編集の『霞村にいたとき』の「夜」とか「新しい信念」などを加えて単行本で出ます。いまは、これとほぼ同じものが岩波文庫に入っていますから、お読みになった方が多いかと思いますが、その「あとがき」の中で、有名な文章を残しているわけです。

「戦争中の中国文学の様子は、戦争が終わるまで、われわれ専攻者にもほとんどわからなかった。重慶で作家が生活難で苦しんでいるという消息が伝わったりして、どこも同じだな、お互い苦しい真中だ、文学どころじゃないんだなと思った。ところが蓋をあけてみると、全然逆。中国文学には日本文学の場合のように、戦争によるブランクというものがなく、むしろ戦争から新しい栄養をとって、これまでにない成長をとげていたのである。（中略）私が最初に読んだのは、この中共地区の、しかも丁玲の小説であった。戦争の終わった翌年上海から引き揚げてきた友人がもたらした文学関係書の中に、丁玲の『霞村にいた時』（『我在霞村的時候』）という短編集があった。丁玲は、私にとっては、その昔訳して本にしたこともある親しみのある作家だから、心惹かれて早速よんでみた。七つの短編があって、いずれも山東省あたりとおぼしい、日本の侵攻に何度も荒された八路軍治下の民衆が大いなる苦難のもとに、喘ぎ、泣き、叫び、戦う姿と心を描いたもので、作者のあたたかい、するどい眼に異常な感動をおぼえた。中でも「霞村にいた時」「新しい信念」から受けた感動は、それまでの彼女の作品からさえ感じなかった戦慄的な感動であった。われわれの同胞によって傷つけられた肉体と魂のうめき、それがびりびりと電気のように私の胸をふるわせた。」（五一年一〇月、四季社）こう岡崎さんは書いておられます。

この読み方、受け止め方は、敗戦直後の中国文学研究の典型的なものだったのではないかと思います。ご承知のように、丸山真男さんが、この時期の思想状況というか精神状況について、「悔恨の共同体」という言葉を使っています。これは有名な言葉なので必要ないかと思いましたが、場合によると、ご存じないかもしれない若い方のために引用しますと、こういうことです。

「「配給された自由」を自発的なものに転化するためには、日本国家と同様に、自分たちも、知識人としての新しいスタートをきらねばならない、という彼らの決意の底には、将来の喜びと過去への悔恨とが——つまり解放感と自責感とが、わかち難くブレンドして流れていたのです。私は妙な言葉ですが仮にこれを「悔恨の共同体の形成」と名付けるのです。つまり戦争直後の知識人に共通して流れていた感情は、それぞれの立場に於ける、またそれぞれの領域に於ける「自己批判」です」（「近代日本の知識人」、『後衛の位置から』八二年九月、未来社。『丸山真男集』では第一〇巻所収。）。

とにかく、日本は上からの近代化に成功したように見えたけれども、その近代は、あの軍国主義を生み出し、大平洋戦争に突っ込んでいく近代であった。いわば日本の近代が失敗と破壊の近代であったのに対して、中国の近代はそれをくぐり抜けて、新しいものを生み出す近代だったという、ある種の驚きが一般的なものとしてあるわけです。

その有名な例として、竹内好さんの「中国の近代と日本の近代」、これも繰り返すまでもないと思いますが、つまり、中国では「すべて改良を阻むほど上からの伝統の圧力が強かった。だから、上からの近代化には失敗したけれども、それを本当の意味で下から覆す、本当の新しい力が生まれた。日本は簡単に上からの改革が失敗してしまったために、社会の本当の意味での近代化はできていない」と言っておられ、丸山さんも少し後の五二年に、有名な『日本政治思想史研究』の「あとがき」の中で、「カッコつきの近代化を経験した日本と、それが成功しなかった中国とにおいて、大衆的基盤での近代化という点では、まさに逆の対比が生まれつつある」と書かれています。この「大衆的基盤での」というところに、たしか原文では傍点がふってあると思いますが、これなどが、典型的なこの頃の受け止め方だったと思うのです。

これは今からみると、特に若い方には解りにくいかと思うのですが、やはり見ておいていいことではないかと思うのです。丸山さんが言われる「悔恨の共同体」に加えて、中国研究者の場合は、もう一つ、中国の変化についての驚きがありました。それは、一方では中国認識の誤りについての反省、そして、あの中国侵略をくい止めることもできなかった、反対することもできなかったということに対する罪の意識というものが合わさって、中国研究者の場合、より強烈なものになっていったと思うのです。

更に、そういう心理を強める要素として、一方では「新民主主義論」や「持久戦論」などが出てきます。この頃、私が読んだ「新民主主義論」はパンフレットで、『毛沢東選集』が出るのは、だいぶあとの五三〜五四年になります。初めのうちは、毛沢東のものは、だいたい中国研究所の翻訳したパンフレットなどによってしか見ることができなかったのです。今から見ると、当たり前とも思えることが書いてあります。しかし、軍国少年で育てられた私などは、日本が神国だとは本気で信じてはいなかったし、神風がそう都合よく吹いてくれるとは思えなかったけれども、それでも今に何かあるだろうという気持ちがあって、日本の敗戦という事態は、ほとんど現実的イメージの中になかったわけです。沖縄戦が始まった当時、私は中学一年生だったと思うのですけれども、私が「いくら何でも、今度は大丈夫だろうね」と家で言うと、母から「どうだろうね。日本は負けるかもしれないよ」という答が返ってきた。それが、日本が負けるかもしれないということをはっきり言葉で聞き、はっきり意識した最初だったという記憶があるのです。それでも負けるという思いは明確に持たなかった。もう少し後になって、空襲が激しくなってくるといろいろ違ってきますが、とにかく、そんな風に考えていた人間の目からみると、この「新民主主義論」、特に「持久戦論」の戦争の見通し、これだけきちんと分かっている人間がいた、あるいは、こういうものを見通す理論があったというのは、大変な驚きであったのは事実です。

その頃に、エドガー・スノーの『中国の赤い星』が出ます。これはすでに戦争中の外務省で内部資料としては翻訳されていたらしいのですが、市販されたものとしては最初でした。ここにおいでの皆さんで、特に若い方の大部分は、これを松岡洋子さんの訳でお読みになっていると思いますが、最初の訳は、宇佐見誠次郎さんという法政におられた経済学者と杉本俊郎さんという方の共訳です。上下に分かれているのですが、面白いことに上巻と下巻の出方が違うのです。上巻は市販されています。敗戦の翌年の四六年一二月に、永美書房という、今ではおそらく消えてなくなってしまっている本屋だと思いますが、一八〇円で出ています。ところが、下巻はここに持ってきましたが、奥付も出版社もなくて、表紙にただ東京中国文芸愛好会と印刷してある、そういう形になっています。つまり、出版ではなくて研究資料として出ているわけです。この頃はこういう出版の形態がよくあって、「活版を以て謄写に代う」という文字が裏表紙に印刷してあり、これは活版ではなくて謄写版刷りでごく部内だけで使うのだけれども、便宜上活版にしたのだという形になっている本が大分出ているのです。

あの頃、ソ連の大使館あたりが出していた文献の翻訳などは、だいたいそういう形で出ていました。これには二つの原因があったらしいのですが、一つは、上巻は出したものの、ＧＨＱ（占領軍総司令部）の方からの圧力があったと聞いています。ＧＨＱというとアメリカ軍というふうにわれわれは考えますが、制度的に言えば、占領軍には英・仏・

中・ソがみんな加わっているわけです。そして、極東委員会というものの下に対日理事会というのができていて、それがマッカーサー司令部の諮問機関になっていました。それで、日本での出版に対しては、国民政府の側から何かあるとクレームがついたと聞いています。エドガー・スノーなどが、完全な非合法出版ではないけれども公刊でもない、という風に出てくるあたりにも、当時の雰囲気があります。

それから、「文芸講話」ですが、先ほど申し上げたように、『毛沢東選集』版が出るのは、もう少し後になります。私は島田政雄さんの紹介などで、「文芸講話」が重要であるということだけは聞いていて、読みたいと思っていました。そこで、神田の内山書店で買ったのが『論文芸問題』という薄っぺらな、香港ドルにして〇・六ドルのものです。ところが、私はこれを四九年に一二〇円で買っています。四九年の一二〇円というと、もり蕎麦が一五円の時代です。その前の四八年には、もり蕎麦が一三円、ざる蕎麦が一七円でした。私は両方をとって三〇円で食べた記憶があるので憶えているのですが、もりの八倍になります。だから、今でいうと四〇〇〇円ぐらいになり、清水の舞台から飛び降りるような思いで買った覚えがあります。同じときに、香港で出た『小説』という雑誌の二号分があって、ちょうどその前に教養学部で中国問題講座をやったときに、講師として呼んだ島田さんが現物を持っていて見せてくれました。それも本当に欲しかったのですが、これも幾らだったか、とにかく高くて手がでなかった憶えがあります。

「文芸講話」の方は四九年に買ったのですが、非常に初歩的な書き込みがしてあります。四九年というのは、私が中国語を始めて二年目で、これぐらいのことは書き込まなくても分かっていそうだと思うのですが、やはり不勉強だったとみえて、随分初歩的な書き込みです。しかし、竹内さん所蔵の『郁達夫全集』が後に慶応に入り、それをコピーさせてもらったのを読んだとき、「難道」のところに、「まさか……ではあるまい」と書いてあったのを見て、私などは嬉しくなった憶えがあります。もっともそれは竹内さんが書かれたのか、それとも慶応の学生が書いたのかは考証しておりません。

二　二つの傾向

ところで、今から見て、中国現代文学研究には二つの傾向があったと思うのです。一つは、島田政雄さんに代表されるもので、これは『人間』が、いわゆる中共地区の文学にも関心を持っていて、島田さんのように中国の状況に詳しい人にいろいろ書かせているのですが、「この大会の『文芸大会師』に一点のわびしさを……」とありますが、この「大会師」という言葉は、四九年七月の第一回文連大会を指しています。国民党地区にいた人も延安にいた人も、日本占領下にいた人たちもみんなが集まって、文芸の大会師が行われたという紹介で、その報告集は『文学運動の大衆路線』という題で、島田さんたちの訳で出ています。そこに「一点の侘しさを加えるものがあるとすれば、作家蕭軍の脱落であろう」と書かれています。つまり、「自分の作家的知性を「人民」に対立させて、「孤高」にこもって革命に反対した」ために蕭軍が批判された、ということで、要するに、中国における評価をそのまま踏襲しているものです。

当時の島田さんのこの評価をどうこうという非難はあまりできないと思いますが、ただ、その頃から、それに対する違った一つの傾向もあったということは見ておくべきだと思うのです。それを書いたのが、『中国研究』九号です。『中国研究』という雑誌は中国研究所が出していた季刊雑誌だったと思います。文学プロパーの雑誌ではなくて、中国研究所ですから、当然、政治経済が中心ですが、この九号だけが文学特集だったのです。現物を持っていたのですが、これもどこかへ行ってしまって、今は記憶でお話しするので、間違いがあるかもしれませんが、（その後原本が出て来たので、以下は訂正を加えた叙述。）「霜葉紅似二月花」の紹介を竹内さん、巴金の「寒夜」を岡崎さん、黄谷柳の「蝦球伝」がさねとう・けいしゅうさん、柯藍の「紅旗呼啦啦的飄」が島田さん。このさねとうさんが、当時平仮名で書かれていて、私がさねとうさんの名前を知ったのは、これが最初だったと思います。

前の三つは作品のダイジェストで、それはあまりよく分からなかったのですが、岡崎さんの「寒夜」はよくできていて、非常に短い紹介ですけれども、かなりの部分を抄訳に当てて解説を加えています。他の人たちはどちらかというと、その作品を説明しているだけで、読んでいない者にとってはあまりよく分からない。ところが、岡崎さんは抄訳をたくさん使いながらその後をつなげていくので、原文の雰囲気が分かるわけです。これは一九五〇年か四九年ぐらいだと思いますが、そこで岡崎さんという人に敬意というか、親しみを持ったことがありました。

その同じ号に座談会が出ています。出席者は岡崎俊夫、小野忍、佐々木基一、島田政雄、竹内好、武田泰淳の各氏で、中国文学研究会の人たち（佐々木さんは『近代文学』の同人ですが）が島田政雄氏の意見を聞きながらいろいろ話し合うというようなものだったと思うのです。そのときに、当然、蕭軍問題が話題になって、島田さんは、『人間』に書いたと同じ観点から、こう言います「こんどの人民解放戦争の意義を人民的な立場で把握しないで、……一人のブルジョア・インテリゲンチャの立場から、歴史の動向に昏迷し、ブルジョア・ヒューマニズムの感覚で批判している。『八月の郷村』を書いた作家の持った反帝国主義、抗日戦争の民族意識がそのままでは役立たずつまり時代から遅れてしまったのです」。それに対して、佐々木基一さんでした。佐々木さんがこう言っています。「そういうことは革命の過程において多く起こってくることなんで、ロシアの十月革命のときだって真面目なインテリゲンチャの間に同じような混乱が起こっている。正しい方向がわかっていることと、周囲の具対的な人物と現実の中でそれがどのように実践されるかということの間には、いろいろ複雑な矛盾が起る。そういう矛盾は、革命の過程で起こってくるんで、その矛盾の中に身を置いた作家の真摯さの問題だろうという気がするんです。蕭軍は僕の勝手な予感では、批判されて立ち直ると思う。立直った蕭軍と批判者とがどちらが真に誠実であったか、という問題ものこると思う」、この言葉は強く印象に残っています。

それから、少し後に『人間』の四九年の二号に、「現代外国作家小辞典」が載ります。簡単な辞典風のもので、たしかアメリカ編が出て、次にソビエト・中国編が載るのです。ソビエトではファジェーエフとかシーモノフなどが出ていましたが、中国では、魯迅、郁達夫、郭沫若という人など、一五人から一六人の項目があったと思います。その中の周作人の項ですが、最初に彼の業績をざっと書いた後に、「戦争中も北京に踏みとどまって抗戦陣営に投じなかったため、戦後漢奸の罪に問われ現在服役中だが、新文学建設への功績は不滅である」とあります。これを誰が書かれたのか、実は分からないのです。多分、中国文学研究会の人が書いておられることは間違いないのですが、あの頃、松枝さんはこの時点では九州におられたと思うので、項目も多くないし、「新聞記者で筆の早い岡崎、お前書け」ということになって、岡崎さんが書かれたのかも知れません。いずれにせよ、この時点で「新文学建設への功績は不滅である」と書いたのは、後では駄目になったけれどもあの功績は功績として見ておけというよりも、何か特別の思い入れがあるという感じがします。当たり前のことだといえばそれまでですが、これなども、ちょっと注目されることだろうと思います。

もう一つは、島田・岡崎論争です。岡崎さんが一九五〇年に『読書新聞』に、丁玲の「桑乾河上」について書かれました。当時のどの雑誌だったか、簡単には調べられなかったのですが、島田さんが「桑乾河上」の中の人民大会の場面だけを、一種の短編として日本の雑誌に載せたのです。地主吊し上げの激しいところだけが出てくるわけです。それに対して、私の記憶では、岡崎さんは、丁玲もこんなものを書くのかと思って、ちょっとがっかりした。しかし、原文を読んでみたらそんなものではなかった。つまり、全体を読んでみれば土地改革の経過がちゃんと分かって、その中で位置づけられて、地主吊し上げが出てくるから、全体としては印象として非常に理解もでき、共感もできる。けれども、そこの中の人民大会の場面のところばかりを紹介したのでは、中国文学に対して日本の読者に誤った印象を与える、という趣旨のことを書かれたのです。

それに対して島田さんは、それはおかしい、私がそこだけを取り上げたのではなくて、中国の『人民文学』にそう載ったからだ、と言われた。つまり、『人民文学』という権威ある雑誌がそういう取り上げ方をしているのだから、それに不満を感ずる岡崎さんの感性の方に問題がある、という反論をされたのです。すると岡崎さんは、「中国の読者は、みんなが土地改革も革命も経験してきている。だから、その場面だけ、クライマックスだけを読んでも、それなりに共感したり感動したりするだろうけれども、日本の読者は全然違うところにいるので、そういうやり方は正しい翻訳の仕方ではない」と言われた、そういう論争がありました。

何故こういうことを改めて取り上げるかといいますと、文革以前の中国文学研究は、やはり中国での見解に大きく影響されていたことは否定できない事実であり、中国の枠組から、なかなか出られなかったということは事実です。にもかかわらず、言うべきところは言い、考えるべきことはきちんと考えていた人たちがいるということは見ておくべきだろうと思うのです。今までの中国現代文学史は、中国革命史の文学版だったという人がいましたが、それにはやはり賛成しがたい気持があるので、そういうことも、今回、改めて見ておきたいということです。終戦直後の空気としては、だいたいそういうことになるかと思います。

三　五〇年代前半の研究と翻訳

五〇年代前半に入ってくると、戦争に対する後悔と中国に対する罪の意識という要素に、新しい要素が加わってきます。この少し前から占領政策の転換があります。日本の民主化より、むしろ中国が革命で社会主義化してしまったから、いわゆる反共の防波堤、前線として、韓国、日本、台湾を位置づけるというアメリカの世界戦略から、日本の民主化よりも、むしろ旧勢力を温存してでも反共政策に重点を置くという傾向が強く出てきました。一方、そういうものに対応して、五〇年一月にコミンフォルム批判があり、この中で、「アメリカ帝国主義の全一的支配」が強調されます。この言葉は、今日では一面的であったと評価されていますが、当時の実感としては、かなり説得力があり、実感には合っていました。

例えば、五〇年五月に「全面講和と全占領軍の即時撤退」というスローガンが、学生のデモの中ではじめて掲げられます。ところが、この頃のデモにはＭＰのジープがぴったりくっついてくるのです。例えば、日比谷公園あたりから出かけると、学生のデモが四列から五列行きます。その頃のデモは今よりもはるかに人数が多くて、五〇年五月一六日のデモは、本郷だけで一千名参加したという規模のものです。だから、都内では数千人、あるいは一万人に近い学生のデモです。そういうデモに対して、ＭＰが自動小銃をかかえてぴったりくっついてくるということで、大変なプレッシャーがあるわけです。

そういうことを背景にして、この年はレッドパージがあちこちで行われ、総司令部の民間情報教育局、文化教育などを担当する部門の顧問であったイールズという博士が来て、「マルクス主義者、コミュニストは大学教師にふさわしくない」という演説をあちこちでして歩く「イールズ声明」というものがありました。そして朝鮮戦争が起こるわけです。当時われわれは、「朝鮮戦争は南側から仕掛けられた」という北側の言い分をそのまま信じていたというのが、正直なところです。そういうこともあって、その反動として、中国への憧れが強められたということが一つあります。

この年の学生デモには、五四運動記念のデモもありました。そのあと、五月一六日に「イールズ声明」反対の、全学連と都学連主催のデモがあったのですが、五四運動記念のデモは、留学生の団体、中国の留日学生同学会も主催に加わっているのです。あの頃、われわれは中国の実情を具体的には何も知らないでいて中国に憧れていたと思うのですが、それは日本人だけではなくて、日本に来ていた中国の留学生もそうだったということです。ある意味で、昔の中国を知っている中国の留学生にとって、新しい中国を擁護する、あるいはそれに期待をかける気持ちはそれだけ強かったのだろうと思います。

とにかく、そういう状況の中で、日本人がはじめてアメリカ軍を占領軍として意識するわけです。そこから、フランスのレジスタンス文学や中国の抗戦文学への共感が出てきます。つまり、同じ抗戦中の作品を読むにしても、終戦直後は、あの戦争で日本がどんなひどいことをしたかという角度で受け止めていたのに比べて、今度はむしろ日本軍に対する抗戦を描いた中国文学を、圧迫者、侵略者に対するレジスタンスとして捉えて、共感を込めて読む、という要素が出てきたと思うのです。例えばフランス文学では、ベルコールの『海の沈黙』とかエルガンの『人間の条件』などが岩波から出て広く読まれましたが、中国文学がそれと同じように、読まれるという状況がひと頃ありました。『四世同堂』もその一つですが、特に特徴的だったのが李広田の『引力』です。これは岩波新書ですが、あの頃の岩波新書にいくつか出ている中国文学のものに比べて、二廻りぐらい広い層にわたっているはずです。この頃に桧山久雄さんが『新日本文学』に書いた書評の中で、「李広田の『引力』について、私の友人たちが、つまり中国文学関係以外の友人たちが、あの作品は、いわゆる中国の人民文学とはだいぶ味が違うねと言っている」と書いていますが、そういう読み方もあって、非常に広く共感を呼んだ本でした。

多少前後しますが、五一年二月と五月に丁玲の「太陽は桑乾河を照らす」の翻訳が出ます。これは坂井徳三さんの訳ですが、この本もわりによく読まれました。

丁玲という人は、戦前に作家としての位置を確立していながら、戦争中に延安に行って人民作家としての思想改造、人間改造を成し遂げた代表と見られていました。例えば竹内好さんの『現代中国論』の中でも、「学生運動」「婦人運動」の項があり、その婦人運動の項目の代表に、丁玲が書かれています。丁玲というのは、当時としては現代文学をやる学生の流行で、これを卒論でやった人は非常に多く、筧久美子先生も丁玲だったはずです。小野忍さんが京都大学に集中講義に行き、東京に帰ってから京都のお土産話に、「島田さんという女の人が、丁玲をやっているよ」という話をされていた覚えがあります。箟先生だけを引き合いに出すと失礼かもしれないので、もう一人東京の方でも引き合いに出しておくと、竹田晃さんも卒論が丁玲で、私も丁玲でした。

少し雑談になるかもしれませんが、そのころの雰囲気を紹介しておきます。私が丁玲をやろうと思ったのは、私の関心は自己改造がどんなものかというところにあったので、つまり初期の小説から自己改造にどうつながるのかをやってみたいと思ったわけです。その頃は『丁玲選集』も何もなくて、東大では近現代関係の蔵書がぼつぼつ増えてきていたけれども、とても足りないので、倉石先生が、ご自身の現代文学の蔵書を全部研究室に出してくださっていました。今のように簡単に貼れるラベルもなく、紙を切って糊をつけて貼った「倉石」の判のついた本が並んでいましたが、そういうもので読んでいったわけです。

実は、私がちょうど卒論のとき、五二年五月のメーデー事件で捕まって小菅の拘置所にいたのですが、卒論を書かなければならないのに材料がない。すると倉石先生が、「研究室の本は大学のものだから、それに許可などというハンコを押されては困るけれども、私のは私物だからいい」と差し入れを許可してくださったのです。それを兄が運んでくれて、ポツポツと読んでいきました。その頃、研究室の友達から寄せ書きが来ました。その中で、ある人が非常に印象的なことを書いています。「いま僕は、丁玲の『太陽は桑乾河を照らす』を読んでいます。君は丁玲の初期をやるという話ですが、アカデミックであり過ぎる。僕はこの作品を卒論に取り上げることを君に勧めます。カワイ」。この「カワイ」というのが、実は、竹内実さんです。

というのは、この頃私は面会禁止になっていたので、面会する時には許可が要りました。倉石先生も一度暑い最中に、ちゃんとネクタイをして麻の背広で面会に来て下さって恐縮しましたが、それと前後して、竹内実さんが来てくださったことがあるのです。そして、入ってくるなり、「今日は、はじめは竹内さんがくるつもりだったけれども、急に都合が悪くなったので、カワイ、お前が行ってこいというので」と言われたのです。ひょっと見たら、面会許可証の方に「カワイコウジ」という名前が出ています。だから、許可証は「カワイコウジ」の名前でとってあるけれども竹内さんが来られて、「きょうはカワイの名で来ているから、そのつもりで応対しろ」というサインを最初に送ってくれたのです。そのことが二人の間にあったので、寄せ書きにも「カワイ」としてあったわけです。竹内実さんらしいといえば、そうかもしれませんが、やはり丁玲の初期をやるのはアカデミックであり過ぎるので、「太陽は桑乾河を照らす」をやりなさいというアドバイスをするような空気のある時代でした。

そこにショックを与えたのが、竹内好さんの『現代中国論』です。これについては伊藤虎丸さんがよく書かれているので繰り返しませんが、経済学者でもあり思想史家でもある内田義彦さんの『日本資本主義の思想像』という、非常に興味深い論文集があります。その中で、「ウェーバー現象」という言葉を使われています。これは、ウェーバーはある意味で、鋭いマルクス主義批判をした人だが、マルクス主義者でも、ウェーバーと聞いただけで身構えて毛を逆立てる人がいる。しかし、一方ではマルクス主義者の中には、ウェーバーの問題提起も取り入れなければいけない、ウェーバーのものも取り入れられるという考え方をする人もいる、そう二つに分かれるという現象がある。それを仮にウェーバー現象と名付ける、と書いているわけです。そこで私は、竹内さんの場合も似ているという気がしたので、ひそかに「竹内好現象」という言葉を使っています。

竹内論を詳しくやっている時間はありませんが、関連して興味あるものとしては、五二年七月にジャック・ベルデンの『中国は世界を揺るがす』というルポルタージュが出ています。竹内さんは、「日本人の著作の及び難いことを嘆かせるものに、ベルデンの『中国は世界を揺るがす』という本がある。私は、もし中国に関する本を一部だけ挙げるとなれば、この本をすすめることにしたい」と高く評価しておられます。そして「戦後の内戦時代に書かれたものだが（中略）さらに深く歴史に参入することで、今日の中国を理解する根本の鍵をつかんでいる。（中略）ベルデンの先輩にあたるスノウの『中国の赤い星』も、今日、古典的名著だが、ベルデンの方が思想的深みがある」とまで言っているのです。竹内さんはこの何年か後にスメドレーの『偉大なる道』が出ると、「自分は、今までスノウの『赤い星』と、ベルデンの『中国は世界を揺るがす』を中国を知る最良の文献として紹介していたけれども、そこに新しく一つ『偉大なる道』を加えるべきだ」とも言われています。

文学の面からいうと、ベルデンの『世界は中国を揺るがす』は、第四章の「ある政府の誕生」という章に「ある乞食作家」という節があり、これが趙樹理の紹介なのです。趙樹理について系統的な知識が日本に入ってきたのは、これが最初ではないかと思います。それから、「遊撃地区に入る」という章で「婦人デー」という節があります。そこでは、「白毛女」がどういうふうに上演され、どういうふうにやっているかという話があり、人民大会の場面で、地主をみんなが吊るし上げる場面になると、観客が一斉に立ち上がって「殺！殺！」といって、石を投げる者もいるという場面が書かれています。

ここで、魯迅関係のことを振り返っておくと、魯迅の翻訳が戦後最初に出るのが東西出版社の『魯迅作品集』で、一巻、二巻、三巻と出す予定でした。一巻が増田渉さんの訳で『阿Q正伝』他、これが私が最初に読んだ翻訳です。二巻が『朝花夕拾』で松枝茂夫先生の訳、三巻は随筆集で鹿地亘さんの訳で出すはずだったのですが、これも当時は占領軍の関係で出せなかったと聞いています。そして、五三年二月になって岩波新書で竹内さんのもの『魯迅評論集』が出ます。これは、今、岩波文庫に入っていることはご存じのとおりです。この『魯迅評論集』と五三年五月の『魯迅作品集』によって、一気に読まれるようになります。これは一般の人たちが広く読めるような形に戦後翻訳された、最初のものです。特に、『魯迅作品集』は非常に売れたので、その印税を基にして、竹内さんが読者組織としての「魯迅友の会」を作られたことがありました。竹内さん自身は、「これが売れたので、あわよくばもう一つと『続』を出したけれども、こちらは売れなかった」とも書いておられます。

この『魯迅作品集』によって、「野草」の全訳が出ました。これで「野草」が初めて、というと語弊があって、『大魯迅全集』には「野草」の全訳が載っているのですが、『大魯迅全集』というのは訳にいろいろ問題があり、時期が時期でもあって、それほど読まれていないのです。中野重治のように、それを読んですぐれた評論を書いた人もいましたが、戦後は竹内さんのこの二冊によって初めて一般の読書界に広がったのです。

そういう空気の中で、最初の現代中国文学関係の選集として出たのが、河出の一六巻本の『現代中国文学全集』になります。ただし、これは今からみると、随分編集が雑というか乱暴というか、例えば一六巻のうち三巻が「四世同堂」で、二巻が「蝦球物語」で占められています。そして魯迅が一巻、郭沫若が一巻という形のもので、バランスがとれていないのです。

ただ、ここで面白いのは『現代中国文学全集』の中に、沈従文の巻が一巻あります。国交回復前の五四年だったか、初めての学術代表団（安倍能成元文部大臣が団長）の文学・語学の代表として倉石先生が中国へ行かれます。そして、向こうでは作家協会で座談会を開かれ、日本における中国現代文学研究や翻訳の紹介をして、『現代中国文学全集』というのが出た、こういう編成になっているということを言われたわけです。すると、作家協会の人が、どうして沈従文に一巻割いたのか、「他没有代表性！」と言ったというのです。倉石さんが帰ってきて、研究室で「作家協会でこう言われまして」とニヤニヤしながら話をされました。われわれもそれを聞いて、「へへへ」と言っていました。中国ではそうなるかもしれないけれども、日本で出すなら沈従文一巻がなければ、という感じはあったわけです。ただ、そういうときに使われる訳は、全部松枝先生の訳だったということは確かです。逆にいうと、本格的にちゃんと沈従文をやっている人は、戦前から松枝先生しかいなかったことが事実でもあるわけです。そういうことは、記憶に止めておいていいと思います。

その頃の一つの成果として出たのが、岩波の『魯迅選集』になります。この頃の読み方としては、民法学者の戒能通孝さんが、「最近魯迅の小説が僕にとって非常に面白いものになり出した。これは実に困ったことである。（中略）魯迅は中国を書いている。ところがその中国は我々の社会とは別なところに立っていたが、（中略）だが今では全くちがっている。（中略）評論の言葉も前には他人の言葉であった。だが今では自ら口にしたい言葉に変わっている。（中略）日本は魯迅の中国になってしまったのである」（『毎日新聞』五四年六月一七日夕刊）と言っておられます。同じようなことは、もちろんだいぶ言葉は違うけれども、武田泰淳氏も言っています。例えば、「然るに、日本文学者の「うしろめたさ」は、第二次大戦後、つまり日本がかつての実験にみごとに失敗し、東方土民の一種たるの運命を甘受せんとする今日、ますます複雑な様相を呈さねばならないのである。ヨーロッパ的芸術感性への焦りと、東方土民の未来が今や全く自己の運命と化した現状に対する身ぶるい、この二つの「うしろめたさ」に引き裂かれた分裂症状は、厳しさを加えている」（「中国の小説と日本の小説」、『文学』五〇年一〇月）といった具合です。「東方土民」というのは、武田泰淳氏流の一種の露悪的な表現だと思いますが、とにかく、日本はあの敗戦によってアジア諸民族と同じような境遇に落ち、非圧迫民族の心が解るようになったと考えられていたという時期があったということです。

竹内さんについて少し触れておくと、私は、『近代文学における中国と日本』の中で、「彼の中国論は、中国論自体であるより日本論であって、日本の近代主義批判が先にあり、その対極にあるものとして中国を想定する。ある場合には、それが現実の中国とのズレがあることは承知の上で『方法』として使われているけれども、時によると、いつの間にかそれが『方法』であることが忘れられて、一人歩きしはじめることもなくもない、微妙なところにある」と書きました。これは八六年に書いたものですが、その一〇年ぐらい前の七五年に書いた「問題としての一九三〇年代」の中でも、似たようなことを書きましたが、それはちょっと筆がすべって余計なことも書いてあるので、ここには引用しませんでした。私は、竹内さんの言っておられたことは、中国の方が近代化で日本を追い越したというような単純なことではないと思っていますが、竹内さんの論に、今からみればいろいろ再検討されるべき側面があることは事実でしょう。

ただ、一つ違う面も持っておられたということは見ておく必要があるだろうと思うのです。岩波の『選集』の「野草」の解説として書かれたものですが、『野草』によって代表される魯迅文学の一面は、先駆的詩人王国維の系列と、一九三〇年代の象徴詩の復活との間に橋をかけているのであって、このことは魯迅から今日の人民文学への展開が、単純な一本道ではなかったこと、また魯迅文学そのものが、けっして一面観で処理できないことを例証するものである」と言っておられます。竹内さんは、こういう面をきちんと見ておられた人です。

こぼれ話になるのですが、私が「厨川白村と魯迅」というテーマで、五三年一一月二一日の中国近代思想史研究会で話をしたことがあるのです。その中身に後で手を入れて、『魯迅研究』の二一号に「厨川白村と魯迅」という文章を書いたのですが、竹内さんが「なかなかよく勉強していてよろしい」というようなお誉めの言葉を下さいました。そして、「ところで、魯迅と厨川白村は、似ているところがあると思いますか」と言われたのです。私は、全然そういうふうに考えたことがなかったので、ちょっと詰まって、はて、どう考えたらいいのだろうと思ったわけです。あの頃、日本と中国はいろんなことで違いがあるということが強調されていた時期でしたし、外ならぬ竹内さんのご下問ですから、どうしてもそちらの方向に考えて、「本質的にはだいぶ違うのではないか」と言った憶えがあるのです。すると竹内さんが、「僕は案外似ていると思うんだけど。魯迅も結構ハイカラなところがあるしね」と言われるわけです。竹内さんというのは、そういう面のある人なのです。研究会などでも滅多に意見は言わないで、「いいじゃないですか。それやってください」と言われるだけです。書かれた文章と普段のしゃべることと、まるっきり感じが違う人でした。もっと親しく接しておられた都立大の方などには、別の感じ方があったかも知れませんが。

四　五〇年代後半から文革まで

五〇年代後半から文革までの期間になると、中国観も大分変わってきました。一番大きかったのは「反右派闘争」だったと思います。「反右派闘争」になると、丁玲、艾青、馮雪峰などが「右派」にされました。卒論でもやった丁玲でもあり、詩をやる人たちには、現代文学で艾青をやったという人が多かったのです。例えば、今、お茶の水大学にいる佐藤保君は古典詩の専家ですが、彼もたしか卒論は艾青だったはずです。馮雪峰というのは評論家ですから、卒論にはあまり取り上げられなかったけれども、わりに読まれていました。そういう人が「右派」とされたのは簡単にはのみ込めませんでした。どうも中国は何となくおかしいのではないかという感じが出てきました。また、五〇年代半ばぐらいまでのように、日本が非圧迫民族と同じになったなどと、簡単に考えられない状況が出てきたということがありました。つまり、中国との違いが、もう一度自覚されてくるわけです。

これもこぼれ話の類ですが、一九五〇年代の初めに、いわゆる日本共産党（の一部が、というべきかもしれませんが）が、極左冒険主義という路線をとりました。このときに、日本にいられなくなった人たちなど千名を超す人たちが密出国して中国に渡ります。その人たちが、五五年の六全協後に白山丸という船で帰国してくるわけです。白山丸というのは、戦後ある時期までは中国やソ連からの引き上げに使われていた船ですが、向こうに送られた人たちは、中国で幹部教育を受けているわけです。ところが、その人たちに実情をいろいろ聞いてみると、例えば、「中国の貧しさは、大変なものだ」というのです。ある歴史家が帰ってきて、「あれが社会主義とは到底思えない。強いていえば、軍事的封建的社会主義だ」と言ったことがあります。戦後、日本近代の資本主義をどうとらえるかという論争の中で「軍事的封建的帝国主義」という言葉が使われたのをもじったものですが、そういうことも、私にとっては、中国に対するある種の違った印象がだんだん増えてくる契機になっています。

その後、中ソ論争などいろいろなことがあり、文革に突っ込んでいくのはご承知のとおりですが、この頃にいろいろな翻訳が出ています。『中国現代文学選集』二〇巻。これは編集方針ではやや揺れがあったように思います。記録文学を考えようという試み、これ自体は理解できますが、そこに人民公社史のようなものや革命回想録がやや雑多に入ってきて、まとまりの点では少し難があったのではないかと思います。その一方では別の出版社から『青春の歌』が翻訳されたり、新日本出版社が『中国革命文学選』を出して、『紅岩』などが翻訳されます。『紅岩』は、中国文学の翻訳としては例外的に売れ、三万部を超えたと聞いた憶えがあります。ただ、中国をどう見るかについての全体像は失われたまま、一種の混迷の時期で、とにかく翻訳をしていくという感じだった気がします。

この時代の仕事で記憶しておくべきことは、竹内実さんが、蕭軍、丁玲、胡風その他、戦後に批判されてきた人たちの仕事を、『中国——同時代の知識人』に収められたことです。今からみれば竹内さんの仕事にも当たっていない面もあり、また、竹内さんの枠組は私と多少違うところもありますが、とにかく批判された人たちのことを丹念に辿るという仕事を続けておられたことは見ておくべきではないかと思います。

五　文革および文革後、そして中国現代文学研究の課題について

文革については、皆さんご承知なので省略してもいいかと思います。文革までに、私自身がどういう考え方をしていたかということは、大まかには新日本出版社から出した『「文革」の軌跡と中国研究』という政治思想関係のものを集めた論文集の「あとがき」に書きました。私の場合は、文革を経てポスト文革になったときは、かなりの期待を持ったことは事実です。これは王瑶氏も同じで、若いときに共産党に入党して抗日戦争中に籍が切れてしまい、その

ままになっていたと聞いていますが、七八年に「もう一遍入党しようかと思っている」という話をされたということを聞いたことがあります。その後、まもなくそういうことを言われなくなったということですが、七八年という時期は、やはりそういう感じのする時期でもあったわけです。

七八年より後に、蕭乾さんの夫人が日本に来られたときにお目にかかっていろいろ話を聞きました。すると、蕭乾夫人は、「蕭乾は、毛沢東の肖像は今も掲げていないし、肖像は嫌いだから掲げませんけれども、掲げるのであれば、あの人だと言っています」ということでした。ちょっと気を持たせた言い方をされたわけですが、「あの人」というのは鄧小平だと言われました。つまり、あの時期にはそういう認識がかなり広くわたっていたのでしょう。私自身もあの頃、中国共産党、あるいは政府に対して、文革を否定したことで、かなりの共感というか、期待を持っていました。

それがいろいろなことで認識の変化が起こってくるわけですが、文学に関していうと、これ以前から中国における様々な文学の評価に対して不満を持っていたことは事実です。例えば、五〇年代前半に『人民文学』に載った陳涌さんの「吶喊論」がありました。私が「吶喊」を扱う前だったと思いますが、こんなものがマルクス主義であれば、俺はマルクス主義でなくてもいいと思った憶えがあります。つまり、作家の主体が全然抜けてしまって、ただ何が書いてあるか、題材だけを扱っている感じがして不満でした。

ただ他方では、中国のそういう論は、政策的な配慮によって単純化されたり、極端になったりしてはいるけれども、彼らの内部にはもう少しまともなものがあるのだろうという考え方をしていました。だから文学者たちも、単なる外的強制によってではなくて、内的にそういうものを受け入れたり共感するものがあるに違いないと考えていたのです。だから、欧米の研究者が、政治の圧迫、党の圧迫ということだけで割り切ってくるのに対して、賛成しないと書いたこともあります。ただ、やはりその後の流れを見ていると、どうも作家や作品の屈折の度合いが、私などが考えていた以上に激しく、しかも外的な強制のウェイトが、想像するよりもはるかに大きいものだということが分かってきたということがあります。

例えば、「光明的尾巴」にしても、魯迅の「曲筆」(『吶喊』自序)に通じるような、作家自身でもそういうものをつけたくなる内面的な必然性もある、と考える傾向が強かったのですが、実際には、例えば、編集者の介入という形で、もっと露骨な非文学的なものがあるということがだんだん分かってくる。しかも、そういうものが精神生活の全面にわたって作家たちに重く覆いかぶさっていた、ということがわかってくる。それにつれて、私の考え方もだいぶ変わってくる、ということがありました。

文革後の状況については、皆さんご承知のとおりですし、私は、特に新時期文学というものについては、ある時期までは追いかけたのですが、だんだん追いかけきれなくなって、最近では、体力その他、集中力の衰えを感じることもあり、とてもそちらまで手が回らないようになっています。ちょっと今、引っ掛かることは、作家にせよ評論家にせよ、どうも中国の若い人たちには「進化論」的思い込みがあって、「中国が依然として一九世紀のところに止まっていた間に二〇世紀に入って、西側ではいろんなものが現れてきた。そういうものをわれわれは何も知らなかった」と言います。その驚きはもっともだと思うけれども、文学評論や文学作品の場合に、新しいものがすべていいと簡単に言えるかどうか。とにかく新しいものに追いつかなければならないという、「進化論」的な傾向があるような気がしています。これは多少は私の老化現象かもしれないのですが、あるいは精神的遺老化現象かもしれません。

その辺のことは、『野草』に書いた一編と、八八年に中国に行って、文学研究所でしゃべったものの翻訳が『文学評論』に載っているので、読んでくださった方も多いと思います。今度これを読み返してみて、本当に厭になってしまったのです。要するに、だいたい、この頃からあまり進歩していないのでしゃべることがないと思っていたら、「『文学史』断想」の中に、「『中国現代文学研究の視角・枠組みを考える』に書いたことを読み直すと、あまり変えることがない」、つまり進歩していないらしいということまで書いてあるのです。それと同じことを、もう一遍やっているということで、いよいよもって進歩がないと思ったのです。

とにかく、今から振り返って五〇年ということで、簡単に結論めいたものを格好をつけるために申しますと、中国の現代の歴史の中から生まれた現代文学の複雑さ、深さをどこまで捉えているのだろうかという思いが、依然としてあります。あるいは、今度は日本の研究に即していうと、四〇年、五〇年、六〇年代の現代文学研究が捉えたもの、提起したもの、もちろん当時のものとしては思い違いも見違いもあり、勇み足もあるけれども、本当に受け止め切っているのかという気がするわけです。例えば、武田泰淳が「中国の小説と日本の小説」の中で、中国の現代文学について、「阿Q的現実をはなれて、ヴァレリイ的知性に飛躍するチャンスは何人にもあたえられていなかった」と言ったのは、やはり今でも至言だと思うのです。

その例として挙げられるのが、穆木天です。何を言いたいか簡単に言っておくと、東大仏文の卒業生名簿の中から、目立ったものを拾ったものですが、一九二六年（大正一五年）の穆敬熙というのが穆木天です。穆木天は、東大仏文に留学している頃は、純粋詩ということを考えていました。だから、「胡適の罪状で最大に挙げるべきものは、詩を散文化したことだ」と言い、詩はあくまで詩でなければならないということを強調して、純粋詩を追求しようとしていた人です。ところが、卒業後帰国して間もなく、彼の故郷である東北地方が、日本によって蹂躙されることになります。すると、純粋詩などと言っていられなくなって、抗戦のときの「大衆詩」運動の先頭に立ちます。ところが戦後、今度は「反右派闘争」のとき右派とされ、文革のときに急死するわけです。たしか奥さんが先に文革でやられて、彼は「牛棚」の中に閉じ込められたまま、後で誰かが行ってみたら、そこで死んでいたという死に方をします。だから、穆木天というのは、まさに若き日にはヴァレリイ的知性に飛躍することを考えていたにもかかわらず、誰に強制されたわけでもない、強制されたとすれば、日本軍国主義の侵略が強制したわけですが、そういう道を辿って、悲劇的な生涯を辿ったわけです。

その前後の、同じ東大の仏文を出た人たちを見てみると、まさに絢爛たるものです。二五年卒が伊吹武彦、渡辺一夫。穆木天と同じ二六年卒が市原豊太、川口篤、小松清、杉捷夫。特に二八年になると、三好達治、中島健蔵、小林秀雄、今日出海、田辺貞之助と、ある時期のフランス文学の翻訳、研究界を代表する錚々たるメンバーがずらりと出てきます。まさに東大仏文の第一のピーク、あるいは、今まで最高のといっていいかもしれません、要するに黄金時代です。同じ時期に同じところで勉強し、同じようなことを考えながら、穆木天が後で辿った運命と、日本のフランス文学者たちが辿った道、彼らが挙げ得た業績とを考えてみると、やはり中国の文学者の置かれていた苛酷な境遇というものが分かると思うのです。そういうことを考えてみると、例えば武田泰淳氏の言葉の重みは、依然として生きているのではなかろうかと思うのです。

もう一つ、ちょっと違った話になりますが、例えば、竹内好氏がこう言っています。「松枝茂夫は私の友人であって、私などの及びもつかぬ学識をそなえた翻訳者であり、とくに周作人の紹介には精力的で、最大の協力者でありま す。ただ周作人の解釈について、かねて私とは意見の一致せぬ部分があって、私から見ると、彼の周作人像は、いささか好好爺に堕しているきらいがあります。(中略) 私の不満の最大のものは、戦闘的批評家の部分が脱けて、ディレッタントの部分が不当に拡大していることであります。周作人は、魯迅におとらず複雑な性格である。それを単純化しすぎた、というのが私の松枝に対する不満の要点であります」(「周作人から核実験まで」、『世界』六五年一月)。言い換えれば、周作人自身の中で、魯迅とは違った形で、ある政治性、あるいは政治との切っても切れない臍の緒のつながりというものを、松枝さんは取り上げきれていないのではないかという、仲間、友人としての批判だと思います。同様のことが、林語堂や徐志摩などの取り上げ方にもありはしないか、というのが、私が最近ひそかに考えていることです。

文革後、特に中国では反動として、あまりにも非政治、反政治の傾向がありますが、むしろ、そこに問題が生じてきているのではないかと思うのです。党・政府の政策が、過去のきちんとした批判をすることを禁じているから、逆に過去に対する反発が全部そちらの方にいくということがあるのだと思いますが、とにかく、今まで辿ってきた歴史のどこがどういう風に間違っていたのかという否定面をきちんと振り返り総括し、その中から何かを汲み出すという仕事が、中国では残念ながらやられていない。そして、日本の研究の中にも同様の問題があるのではなかろうかということです。

もちろん、新しいことをいろいろやられることには反対ではありません。是非やっていただきたい、私などの感覚では感じ取れないものを、どんどん明らかにしていただきたいと思うのですが、ただその場合も、できるならば、これは今まで無視されていたから取り上げるというだけではなく、その作家あるいは作品を、今なぜ取り上げるのか、自分はこの文学にこういう点で感動し、こういう面を評価するけれども、今までの日本の研究あるいは中国の研究では見えていなかったのではないか、というものがほしいと思うのです。そういうものがないとは決して申しませんが、今までにでき上がった中国文学研究の枠の中で、しかもまだまだ貧しい小さい枠の中で、今まで言われていないことを追うだけでは、あまりにも寂しいのではないか。これもやはり精神的遺老の杞憂かもしれませんが、そういうことが気になっています。

私としては、新しいことは体力的にもできませんし、だいたい知的活動ができる期間といえば、あと一〇年か、長くて一五年だろうと思うのです。ことによると、知的活動の前に肉体的活動の方がいかれてしまうかもしれません。とすると、やれることには限りがあるし、自分のやりたいことだけやろうという気になっています。それは何かというと、やはり、中華人民共和国の誕生とほぼ同時に中国研究を始めた人間とすれば、中華人民共和国、それが生み出した文学、あるいは、その中で生きてきた文学者・知識人がやってきたことは、いったい何だったのかということです。これを今となっては取るに足りないと済ますことは、文革後世代にはあり得ても、私はそれで済ますわけにはいかない、それをやっていきたいと考えています。

「戦後文学は虚妄だった」という意見が出てきたときに、本多秋五さんが『物語戦後文学史』の最後を、「批評家よ、戦後文学をその最低の鞍部で越えるな、それは誰の得にもならないだろう」と結びました。つまり、歴史的な状況の中で、認識に足りない点があるのは当然ですが、それをいくら言っても仕方がない。むしろ最低のところで批判するのではなくて、彼らが残した最高のところを超えるとすれば、どういう仕事があり得るか。それは、日本における研究の最高のところというだけではなくて、中国がマイナスの形にせよ残したものから何を汲み取るかということを含めて、私自身の戒めともして、本多さんの言葉を考えているということです。

大変まとまりのない話になりましたし、始終しゃべっていることで、新味がないとお感じではないかと思いますけれども、それぐらいしか能がない人間をスピーカーに選んだ主催者の責任だとお考えいただきたいと思います。どうも失礼しました。

参考資料1、敗戦直後（四五－四九）中国現代文学研究略年表

46・3　復刊の辞『中国文学』93
46・3　佐野学「毛沢東の文風論」『中国文学』93
46・4　武田泰淳帰国
46・5　特輯：五四運動（波多野乾一、増田渉、後藤基巳、胡秋原、魚返善雄）
46・6　武田泰淳「老舎の近作について」『中国文学』96
46・6　武田泰淳「中国の作家たち」『人間』1：6
46・6　毛沢東「魯迅論」（三八年）（波多野乾一訳、上海《文献》による）。

46・7　武田泰淳「才子佳人」『人間』1：7

46・7　竹内好帰国

46・7＋8　李長之「老舍と曹禺を送る」（増田渉訳、2・22上海大公報より）『中国文学』97

46・7＋8　鄭振鐸「周作人を惜しむ」『中国文学』97（赤間英夫訳、1・12《周報》より）『中国文学』97

46・7＋8　茅盾「八年来の文芸工作の成果と傾向」（飯塚朗訳、45・12・10　重慶無陽堂にて）『中国文学』97

46・7＋8　座談会「最近の中国文学をめぐって」（阿部知二、岡崎俊夫、奥野信太郎、実籐恵秀、武田泰淳、千田九一）『中国文学』

46・7＋8　E・スノー「魯迅小伝」『中国文学』97

46・9　鹿地亘氏に聴く中国の文学運動（座談会）『中国文学』98

46・9　飯塚朗「葉紫の死」（《文芸陣地》4：4の短文を読んで）『中国文学』98　46・9　文化消息「郁達夫の最期」（蕭乾→胡愈之の報道）『中国文学』98

46・9　斎藤秋男「道草の漢口」『中国文学』98

46・9　菊池租「上海作家座談会のことなど」（46・6初旬上海改造日報社主催、馬叙倫、郭沫若、田漢、剪伯賛、馮乃超、茅盾、葉聖陶、陳望道等の座談会傍聴の思い出。改造日報社＝中国第三方面軍に属し、在上海日僑日俘を対象とする日刊新聞等を発行）

46・9　「十一月号（百号）予告」（特輯・最近の作品＝茅盾、腐蝕、耶蘇の死、清明前後、見聞雑記。郭沫若：ソ連紀行。屈原。巴金：憩園、第四病室。老舍：四世同堂、東海巴山集。曹禺：ぜい変。艾蕪：幼年物語。豊子愷：教師日記。呉組旃：山洪。丁玲：霞村にいる頃。）

46・10　周而復「地下道」吉川操訳（《文壇》2号による）『新日本文学』5

46・　毛沢東『現段階における中国新文芸の方向』（千田九一訳、十月書房）

47・1　堀田善衛帰国（4日）

47・2　丁玲「霞村にいたとき」『人間』2：2　鎌倉文庫
47・2　増田渉「巴金の日本文学観」『朝日評論』（掲載氏名、号数は、『中国文学』十月座談会武田発言による）
47・5　坂井徳三「中共解放区の文化風景」『新日本文学』6
47・5　中野好夫「中国文学の世界性？」『新中国』（見『中国文学』10月座談会、武田発言）
47・6　座談会「？」『近代文学』（武田、千田、竹内出席、見『中国文学』10月座談会武田発言）
47・7　島田政雄「人民文学の発展」『新日本文学』8（世界文学の視野）
47・7　岡崎俊夫「？」（井上友一郎の小説批判）『新中国』（見『中国文学』10月座談会武田発言）
47・9　岡崎俊夫「スマトラにおける郁達夫」『中国文学』99
47・9　飯塚朗「抗戦中重慶演劇メモ」『中国文学』99
47・9　竹内好「魯迅と毛沢東」『新日本文学』9
47・10　座談会「東方文学における世界性と地方性」（小野、武田、岡崎、飯塚、竹内、千田、増田）『中国文学』100
47・10　菊池租「ファッショ細菌（夏衍）」『中国文学』100
47・10・28　中研編『中国の現代文化』
47・11　岡崎俊夫「ロオ・ピンチの小説」『中国文学』101
48・3　菊池租「夏　『離離草』について」『中国文学』104
48・4＋5　『中国文学』105（最終号）発行
48・6・21・23・25・28・30　謝冰心「中国文学を如何に鑑賞するか」（東大で講演、東方学会および、東大中国哲文学会主催『中国文学』105所載記事による）
49・2　「現代外国作家小辞典」㈡『人間』4：2（49・2）（郁、郭、謝、周作人、曹、沈、丁、巴、茅、落、林、老、魯）＊2
49・5　『思潮』（昭森社）魯迅特集
49・6　『桃源』（吉昌社）魯迅特集

49・8　島田政雄「中共地区の作家と作品」『人間』4・8
49・9　「中国研究」9号
49・10　島田政雄「中国文芸の新新段階」――中華全国文学芸術工作者代表大会から」『新日本文学』31
49・11　岡崎俊夫「巴金の深刻さ」（11・4記「憩園」について）『中国文学』101ぱいかる
49・11　イムリッヒ・ザルプスキー「カレル大学における郭沫若」（栗栖継訳）『新日本文学』32
49・12　内山完造「魯迅先生を偲ぶ」『新日本文学』33（魯迅先生が呼びかけている）
49・12　佐藤春夫「魯迅から学ぶもの」『新日本文学』33（魯迅先生が呼びかけている）
49・12　中野重治「魯迅先生の日に」『新日本文学』33（魯迅先生が呼びかけている）

日本における中国現代文学

一　一九二〇年代

中国の現代文学[1]に対する日本の文化界の関心が、本格的なものになってくるのは、一九二〇年代、とくに佐藤春夫・増田渉による魯迅の紹介以降だったといってよい。佐藤は三二年一月の雑誌『中央公論』に「故郷」の翻訳と「原作者に関する小記」を発表、ついで、彼の推挽によって増田渉の「魯迅伝」が『改造』の同年四月号、七月の『中央公論』に佐藤訳「孤独者」が載った。『中央公論』『改造』は、戦前の日本における代表的な総合雑誌で、文学についても、これに作品を発表できることは、第一線の作家として認められるに等しい権威を持っていた。魯迅の作品が、すでに詩人・作家として知られていた佐藤の手を通じてこれらの雑誌に掲載された意味は大きかった。これによって魯迅の名は、ようやく日本の文化界に知られるようになった。

もちろん、これ以前にも、中国現代文学（以下すべて現代文学と略称）が知られていなかったわけではない。一九二〇年、青木正児の「胡適を中心に渦いている文学革命[3]」は、まさに進行中だった文学革命を紹介して、胡適・魯迅・周作人等の仕事に触れ、魯迅について、「未来のある作家……支那小説家の未だ到らなかった境地に足を踏み入れている」と書いていた。

また中国在住の日本人を対象に出ていた新聞・雑誌類、たとえば、天津の『日支時論』（後『日華公論』と改題）には、一〇年代末すでに文学革命の紹介が見られたし、(4)とくに北京の日本語雑誌『北京週報』は、その一九号（二二・六・四）に魯迅「孔乙己」を周作人の訳で載せた（これが魯迅作品の日本語訳の最初である）のを始め、二〇年代前半、新文化運動の紹介に先駆的役割をはたした。(5)

しかし、中国現代文学に対する関心と研究は、その後順調に発展したわけではなかった。日本における中国文学研究は、長い歴史と伝統を持っていたが、それはほぼ古典文学研究に限られ、その目はなかなか現代文学には向かなかった。その理由はさまざまあげられるが、根本的には、中国を経済的市場ないし政治的・軍事的進出の対象としてしかとらえず、同時代の文化、中国人の内面に対する正当な関心を持たなかった日本社会全体の傾向があげられよう。中国の伝統文化への敬意はその傾向と矛盾せず、むしろそれと癒着し、それを補完した。

その中にあって、現代文学に対する関心を持ち、三〇年代につながる役割を果たした流れとして、東京外国語学校の教師及び卒業生の一部による中国語教科書革新の動きと、左翼文学による同時代の中国文学との交流・連帯を指摘することができる。前者の先駆となったのが、一九二〇年同校教授となってすぐ北京に留学した神谷衡平である。彼は二二年に帰国すると、従来の教科書を一新して、魯迅・胡適・謝冰心・周作人・李大釗など、「文学革命」期を代表する作家・思想家の文章を取り入れた教科書を編纂し、彼の門下生やその後の同校卒業生の中には、中国現代文学に興味を持つ者、あるいは中国語教育の中でこれを熱心に教える者などが少なからず出た。(6)

また、関東大震災後の反動期を過ぎてようやく高揚期を迎えた日本の左翼文学は、一九二六年以降の、国民革命・北伐、さらに二七年の四・一二クーデターによるその挫折という中国情勢に敏感に反応し、現地に赴いた文学者によってかなりの数の報告・旅行記が書かれ、また声明の転載、アピールの交換等が、三〇年代にかけてさかんに行われた。

しかし、前者はまだ中国語教育という枠を大きくは出ていないものであったし、後者も、創造社・太陽社への心情的支持と、その目を通しての評価という色彩が強く（例外的な理解を示した論者も二、三いたが）、中国現代文学の具体的内容に内在的理解を示すには至らなかった。何よりも、彼らは、この面での実りを結ぶ間もなく、やがて強まった弾圧によって三四年にはほぼ組織的運動としては解体せざるを得なかった。

それでも、現代中国が激動を通じて再生への兆候を見せ始めるのにつれて、現代中国の文学への関心も、徐々に広がった。二六年七月、『改造』は夏期増刊「現代支那号」を出し、胡適の評論、張資平・凌淑華・徐志摩・陶晶孫等の小説、丁西林・郭沫若・田漢等の戯曲等を載せた。また二七年一〇月、武者小路実篤編集の雑誌『大調和』に魯迅「故郷」の翻訳が掲載された。魯迅作品の翻訳が日本国内で発表された最初だが、訳者は不明である。両誌とも、作品選定の基準等は明らかでない。

これらの後、魯迅の「あひるの喜劇」「白光」「孔乙己」等の翻訳も出始め、三一年には「阿Q正伝」の翻訳が単行本で二冊発行された(7)。

二　佐藤春夫・増田渉の仕事

佐藤・増田の仕事は、これらの土壌の上に花開いたものだった。すでに一九一〇年代に詩人・作家として文壇に地位を占めていた佐藤は、中国の古典詩に早くから親しみ、古典文学中の女流詩人の訳詩集『車塵集』（一九二九）も出していたが、「故郷」を訳したのは、彼の愛する中国古来の詩情が完全に近代文学になっている、言い換えれば中国古来の文学の伝統が近代文学として更生しているところに惹かれたからだ、と戦後に書いている(8)。

佐藤のよき協力者であり、実質的に仕事をになったのが増田渉だった。東大在学中から佐藤に師事していた増田は三一年上海に渡り、約十カ月にわたって、直接魯迅から『朝花夕拾』『中国小説史略』『吶喊』『彷徨』の講解を受けた。彼が中国在留中から書いたのが「魯迅伝」である。魯迅から直接聞いたことを基礎に書き、できあがってから魯迅に目を通してもらったもの、という。書かれた時期から、魯迅の事跡も三一年までに限られているが、魯迅自身によるごく短い「自伝」二篇(9)を除けば、世界で最初に書かれた魯迅伝である。

こうして三五年には、佐藤・増田の訳による『魯迅選集』が岩波文庫の一冊に収められた。岩波書店が二七年に出版を開始したこの文庫は、戦前の日本においてもっとも信頼され影響力のあった文庫で、これに収められたことによって、魯迅の文学の存在が広く認められただけでなく、彼を生みだした背景にある中国現代文学にたいする関心も広がることになった。

魯迅の翻訳では、『大魯迅全集』全七巻(10)の刊行にも触れておかねばならない。改造社はすでに井上紅梅訳で「吶喊」「彷徨」の訳を『魯迅全集』の名で出していた(11)が、魯迅の死後、急遽この『全集』の出版に取りかかった。独特の個性を持ち、中国への関心を強めていた改造社社長山本実彦のリーダーシップによって実現した企画で、中国の三八年版『魯迅全集』に先んじた点でも(質においては比ぶべくもなかったが)、日本の侵略が全面戦争に転化した三七年八月の上海戦開始ぎりぎりに刊行が間に合った点でも、歴史的な出版であった。とくに、魯迅の雑感は、これによって初めて日本に本格的に紹介された。胡風が三巻にわたる『随筆・雑感集』の選にあたり、解説を書いているのが注目される。

四一年には、小田嶽夫『魯迅伝』(12)が出た。単行本としては、世界最初の魯迅伝だった。

三　中国文学研究会と竹内好

影響の広さでは、岩波文庫の『魯迅選集』には及ぶべくもなかったにせよ、日本の中国現代文学研究史上でそれに劣らぬ重要な意味をもったのが、三四年の中国文学研究会の成立である。

竹内好が、岡崎俊夫と武田泰淳を誘って発起し、四三年一月解散するまで、この三人を中心として運営されたが、日本における本格的な現代文学研究の基礎は増田渉・松枝茂夫・小野忍・飯塚朗等も含め、ほぼこの会のメンバーによって築かれたといってよい。

中国文学研究会の特色の一つは、発足当初から「中国」という呼称を使ったところに現れている。この頃まで日本で一般に使われていた「支那」という呼称は、魯迅も留学中「清」という国籍を嫌ってこれを用いたように、本来は蔑称ではなかったが、日清戦争の勝利以後、さらに日露戦争を経て国内に「大国」意識が強まるにつれて、この呼称に中国に対する蔑視が含まれるようになった。特に三一年の「満州事変」以後、日本の軍国主義化、中国侵略の深化によって、その傾向はいっそう激しくなりつつあった。その中で、「中国」という呼称を用いること自体、一つの態度を表明することであった。

竹内自身は戦後に振り返った中で、この会の出発の動機として、東大、京大の中国文学研究にも、プロレタリア科学研究所を中心とする左翼の中国研究にも不満だったことをあげている。(13) 三四年といえば、文学運動を含めてほとんどすべての左翼運動が弾圧され、理性的な文化運動自体が存在し難くなり始めていた時期であり、竹内ら自身が、その文学的立場を探りなおす必要に迫られていたのである。

とはいうものの、竹内好のことばは、必ずしも中国文学研究会のすべての側面を包含したものではなく、この会の持っていた性格の一面を鋭角的に表現したものと考えるべきであろう。(14) この会全体としては、特定の思想的立場に立つものでもなく、方法も特に一致するものを持ってはいなかった。ただ、概括的にいえば、「中国文化」の価値をアプリオリに前提とするのではなく、中国文学を同時代の人間が生み出した世界文学の一部として見よう、というのが、無言のうちに共有された姿勢だった。この会は、翌三五年三月から機関誌として『中国文学月報』(四〇年四月の第六〇号から『中国文学』と改題)を出し、四三年三月、九二号を「終刊号」として発行、解散した。この雑誌が何回か出した特集のテーマが「魯迅」（二〇号）「中国文学研究の方法の問題」（二三号）「作家論」（二八号）といったものだけでなく、「王国維記念」（二六号）「蔡元培」（六一号）「アメリカと中国」（六八号）「民国三〇年記念」（七七号）等があるところに、この会の独特の問題意識の一端が現れている。

中国文学研究会の仕事としては、雑誌『中国文学』のほか、『支那現代文学叢刊』『現代支那文学全集』『中国文学叢書』の刊行がある。

『支那現代文学叢刊』は、第一輯『春桃』（落華生）、第二輯「蚕（春蚕）」（茅盾）の二冊の短編（長編の一部を含む）集（三九年一〇・一二月　伊藤書店）。『現代支那文学全集』は、全一二巻の予定だったが、郭沫若、郁達夫、茅盾、蕭軍、巴金に各一巻を割いたほか、『女流作家集』『随筆集』『文芸論集』の八巻を刊行して、中絶した（四〇・一一―一〇月　東成社）。『中国文学叢書』は、前二者とやや性格が違い、劉鉄雲『老残遊記』、ハンバーグ『洪秀全の幻想』、徳齢『西太后に侍して』、劉半農『賽金花』など八部一〇冊を出した。（四一・九―生活社）。

三七年七月からの日中戦争と四一年一二月に始まった太平洋戦争は、中国文学研究会にも、当然大きな衝撃を与えた。会員で軍に召集される者も出た。他方、戦争が生みだした中国への関心が、中国現代文学の翻訳や紹介に有利な条件を作り出していたことも事実である。

彼らが、日中戦争に同調できないのは当然だったが、この戦争に批判的な発言をすることはすでに不可能な状況になっていた。現在、特に外国から見ると理解し難いかも知れないが、日中戦争には批判的であったが、それが太平洋戦争に拡大すると同時にこれを支持した、という型は、当時の日本の知識人に比較的広くあった例であり、中国文学研究会も、例外ではなかった(15)。

この種の態度がなぜ生まれたかは、日本近代思想史上重要な問題の一つだが、ここでそれに立ち入っている余裕はない。この研究会についてもう一つ指摘しておかねばならないことは、太平洋戦開戦時にこのような態度を取ったにもかかわらず、四二年一一月、日本政府が占領地の文学者たちを集めて開いた「大東亜文学者大会」に参加を求められた際、会としてはこれを公然と拒否したことである。[16]これについても詳しく述べる余裕はないが、当時の状況と、日本の精神的風土の中では、これは貴重な態度であった。

日本の中国現代文学研究にとっても、魯迅研究にとっても、歴史的な著作となった竹内好の『魯迅』[17]は、このような状況の中で生まれた。その深刻な影響力の故に「竹内魯迅」と呼ばれるようになったこの本の複雑で豊かな内容を語るには、独立の論文を必要とするが、筆者の独断に偏ることを恐れずにいえば、その最大の特徴は、近代の激動の中で、政治と切り離し難いかかわりを持ちつつ、それにもかかわらず、できあがった「思想」に依存せず、自立した精神を失わなかったところに、複雑に屈折した、それ故に強靱な魯迅の精神の特色を見出した点、そして、それを可能にした竹内自身のこれまた複雑に屈折した強靱な探求だった。ここでは、その逆説的で論争的な特徴の一端を示す言葉の一・二を引くにとどめるしかない。

「私は、魯迅の文学を本質的に功利主義と見ない。人生のため、民族のため、あるいは愛国のための文学と見ない。魯迅は、誠実な生活者であり、熱烈な民族主義者であり、また愛国者である。しかし彼は、それをもって彼の文学の支えとはしていない」

「この転換（二〇年代末から三〇年代初にかけての……丸山注）は、たとえば進化論から階級闘争、個人から社会、虚無から希望、その他さまざまな言葉でいい現されている。それらの言葉がいい現すようなものがなかったとは私は思わない。しかし、それらが何か決定的なもののように考えることには、私は不同意である。それは思想を人間から取り出すやり方である。思想を人間から取り出すやり方は、そのこと自体に不可はないのだが、そのための支えとして、それを行う人間の決意を見た上でなければ、当否の判断は下せない」

この本は文革終了後の中国でも読まれ、範囲は広いといえぬまでも、一部の研究者には、かなり深い影響を与えている。建国後半世紀に近い年月がたち、特に「文化大革命」という体験を経た彼らが、人間・思想・文学を考える時、竹内の魯迅観・人間観に共感するところがあるのであろう。

竹内のこの著作が発行された八カ月後、日本軍国主義は崩壊した。

敗戦までの日本における中国現代文学の評価、受け取り方を代表する文章を一、二あげておく。

「私の所謂、支那学者（ここでは支那の文学者の意…丸山注）との会合は、単なる好奇心ではない。我々の国の文藝壇のエタージュを、実に細細微々たる懸隔の釣合で成り立っている骨細工を、我々の意識の世界で、再び破壊し、公平に、懇親的に規め得る機縁を造るものであろうと思う。あまりに繊奇であり、あまりに磨かれすぎた関係を持ってぬきさしならないわが文壇よ。我々は、なお、揺籃期にあるわが支那文壇の気鋭の士の所謂、先覚者の受難のなかに、個々の使命を貫く感じつつある二三子によって、何ものかを鞭撻されないであろうか」

「文学の生まれる根元の場は、常に政治に取巻かれていなければならぬ。それは、文学の花を咲かせるための苛烈な自然条件である。ひよわな花は育たぬが、秀勁な花は長い生命を得る。私はそれを、現代中国文学と魯迅とにみる」

前者は日本の代表的な現代詩人の一人、金子光晴が一九二六年に書いた文章である。[18] 二六年の春、上海に二カ月ほど逗留した時の、田漢・郭沫若等との交情について述べたもの。谷崎潤一郎からの紹介状を持って行ったので、いたるところで厚遇された、と書いている。谷崎も二六年一月上海を訪れ、田漢・郭沫若らと交流して、中国の現状を憂える彼らの悩みに共感する文章を書いている。[19] 金子はこの後二八年三月と同年九月から二九年五月までの二回、上海で暮らした。三度目の時には魯迅や郁達夫とも親交を結んだ。金子がこの時描いた「上海名所百景」のうち二点は魯迅が買い、現在北京の魯迅博物館に保存されている。[20]

後者は竹内好『魯迅』中の文章。詩人と中国文学者、気質も方法も違う二人が、約二〇年を隔てて、中国現代文学の社会・政治との関わりの深さ、そこに生まれる骨の太さを重視し、日本文学の弱点を照らす鏡として評価しているところに、戦前戦中の日本における中国現代文学理解の顕著な傾向が現れている。

四　敗戦直後の翻訳と竹内好の中国論

戦後の日本で、最初に注目された中国現代文学の作品は、丁玲「霞村にいた時（我在霞村的時候）」だった。四七年、岡崎俊夫の訳で、戦後いち早く創刊された文学雑誌『人間』に掲載されたのである。[21]

後に単行本として出版された時の「訳者あとがき[22]」は、この作品を当時どのように受けとったかについて、戦後初めてこれらの作品を見てびっくりした、中国文学は、むしろ戦争から新しい栄養をとって、大きく成長していたという、続けてこう書いている。

「中でも『霞村にいた時』『新しい信念』から受けた感動は、それまでの彼女の作品からさえ感じなかった戦慄的な感動であった。我々の同胞によって傷つけられた肉体と魂のうめき、それがびりびりと電気のように私の胸をふるわせた。また『夜』はなんという美しい心象であろう。これだけ完成した短編は、私の知るかぎり、中国でもそうざらにはない」

まず日本軍が中国人民に加えた苦しみを具体的に知った衝撃、そのような苛酷な現実を生き抜き、さらに成長した中国文学の持つ内的な力に対する驚きと敬意、と概括することができるだろうが、これは実は当時の日本人、とりわけ知識人の相当部分に共通のものであった。

明治以後の日本は、上からの近代化に成功したように見えたが、その近代は、あの軍国主義を生み出し、中国侵略と太平洋戦争にひた走った近代であった。そして自分たちが身につけたはずの近代意識・近代的思想は、それに対してほとんど抵抗することができなかった。それは何故か。それが敗戦直後の数年間、日本知識人の相当部分をとらえた問いだった。政治学者丸山真男は、この時期のこのような精神状況を、「悔恨の共同体」と呼んだが[23]、「霞村にいた時」についての岡崎の言葉も、それを鮮やかに示している。

この精神をより鋭角的に論理化したのが、竹内好であった。彼は五〇年前後に発表した一連の評論において、日本近代の弱点を、中国の近代との対照において精力的に論じた。

中国では、あらゆる上からの改革を阻むほど反動が強かった。それが下からの革命を生み出すことになった。日本では、上からの近代化が簡単に成功したように見えたが、それがかえって真の近代化を妨げた。日本の文化は常に外の新しいものを受け入れることで「発展」し、古いものを中から新しくする力は生まれない。中国では反対に、外のものに対する抵抗が強いことが、その抵抗を打ち破る中からの力を育てた。そのような内発的な精神の代表として魯迅を見る。これが竹内の日本近代批判の軸だったといっていいだろう[24]。竹内がこれらを書いた時、中国革命の進展と、毛沢東及び中国共産党の存在を強く意識していたことは明らかである。

その後の半世紀の歴史を見れば、竹内の近代中国像が、中国像としては正確でなかったこと、少なくとも一面的であったことは否定できない。しかし、それが日本近代批判としては、急所を衝いており、「悔恨の共同体」の問題意識を、典型的に表現したものであったことは事実である。魯迅はその問題意識に答える人物として、日本の知識人の心を広く引きつけるようになった。

五　五〇年代前半

四〇年代後半における中国現代文学理解の主たる動機が、以上のように、中国侵略、特にそれに抵抗し得なかったことへの悔恨と、自己批判の意識であったとすれば、五〇年代前半には、それに新しい要素が加わった。それはアメリカ占領軍の占領政策への批判である。

敗戦後二、三年の占領軍の日本民主化政策は、知識人を含む日本人民の多数に歓迎されたが、四〇年代末、特に中華人民共和国の建国以後、政策の重点が、日本の民主化・旧勢力の解体よりも、アジアの「共産主義化」に対する防波堤としての日本の再編成、そのための旧勢力の温存と復活に移ったことは、民主化を歓迎した人々を当惑・反発させた。とりわけ朝鮮戦争と同時に始まった、占領軍による、マスメディアや一般企業からの「共産党員及びその同調者」の追放、大学当局と学生の強い反対運動によって阻止されはしたが、大学からのレッド・パージの要求は、わずか数年前に得たばかりの思想・言論の自由を奪うものにほかならなかった。これらによって、占領軍は、日本人民の自由と独立に対する抑圧者として意識された。初めて被圧迫民族の心を知った、というような言葉が語られたのも、この頃だった。

こうして、日本の侵略に苦しみ抵抗する中国人民を描いた抗戦期の中国文学が、侵略した側の一人として罪障感を持って読まれるだけでなく、フランスのレジスタンス文学とともに、共感を持って読まれるようになった。その代表的作品が、李広田『引力』である。(25) 日本占領下で教師をつとめる女主人公の努力と悩みを描いたこの作品は、必ずしも現代文学史を代表する作品ではないが、同じ時期に翻訳された作品に比して、はるかに広い読者層に受け入れられ、異例の版を重ねた。五〇年代半ばまでは、新中国への関心に支えられて、特に中国文学に関心を持たない層にまで読者が広がった時代であり、この頃までに翻訳された作品、たとえば丁玲『太陽は桑乾河を照らす』(26) や趙樹理『李家荘の変遷』(27) 等も、六、七〇年代に比べれば、比較的広く読まれたが、『引力』はそれらと比べても、はるかに広い層の共感を呼んだ。その理由としては、題材と筆致が日本の読者に受け入れられやすいものだったこと、「岩波新書」というすでに知名度も信頼度も高いシリーズに入れられたこと、などもあげられようが、もっとも底部に、先に述べた時代的特徴がはたらいていたことは疑いない。

この頃までに出たこの分野の選集としては、『現代中国文学全集』全一五巻と[28]『魯迅選集』全一三巻[29]がある。前者は一五巻のうち、老舎「四世同堂」に三巻、黄谷柳「蝦球伝」に二巻を割くなど、編集にやや安易でバランスを欠く点が見られるが、戦後最初の現代中国文学選集として、当時の空気を伝えている。またその中で、『沈従文篇』に一冊をあてたことは、一つの見識であった。後者は、魯迅の選集として、雑感は一部省略されているものの、三冊の小説集を始め、「野草」「朝花夕拾」「両地書」は全訳し、書簡・日記の一部も加えた、「全集」に近い内容だった。魯迅の翻訳は、戦後だけでもすでに何種類か出ていたが、この『選集』によって、魯迅に対する日本人の理解は飛躍的に広がり深まったといえる。

この頃までの日本人の、中国現代文学に対する接し方、評価を、もう少し概括的に見ておくと、一方で、建国後の文学いわゆる「人民文学」に対しては、政治的に過ぎる、人間の描き方が単純に過ぎる、等々の不満や批判が広く存在したことも事実である。その点で「人民文学」に拒絶反応を示した文学者もいたし、逆に、そうした不満をすべて思想的古さとして片づけるある種の人々もいた。文学批評家本多秋五は、岡崎俊夫を悼む文章で、右のような二種の人々の存在に触れた後、岡崎について「中国文学の中国における必然性を深く肯定し、日本文学の日本における必然性を深く肯定しているらしいことは確かだった[30]」と書いた。今日では、「人民文学」の中に、中国においても必ずしも文学者の内的「必然」から生まれたものではない要素、文学外的に押しつけられ、文学者たちが心ならずも妥協した側面が、想像以上に多かったことが知られている。しかし、そうした矛盾の幾分かを感じとりつつ、その矛盾をになう中国作家の中に、「後進的近代」を生きる文学者の営みを見て、そこから生まれるものに、世界文学に何かを加えるものがあるとしたら、それを見落とすまい、というのが、当時のすぐれた翻訳・研究者たちの態度だった。彼らの努力がなく、その「非文学性」の故に中国現代文学を笑殺・否定し、あるいは反対にそうした矛盾を感ずることなく、あるいは強いて目を閉ざして、中国の公式見解を祖述する人々しかいなかったとしたら、少なくとも日本人の中国文学理解のみならず、中国理解そのものが、もっと貧しいものになっていたに違いない。

六　五〇年代後半から六〇年代前半

五〇年代後半以降、中国現代文学に対する見方には、もう一度新たな側面が加わることになった。最初の要因は、五七年の「反右派闘争」だった。文学を含む現代中国の研究者は、「思想改造」を始めとする革命直後の改革を、ほぼ好意的にみていた。「思想改造」に何らかの強制が伴うことを無視したわけではなかったが、日本の「戦後改革」にせよ、占領軍の強制がなければ実現し難かったことを見てきた日本人としては、それはやむを得ぬものと思えた。従来の世界史上の革命の大量処刑にはまさるとする考えもあった。映画「武訓伝」批判、「紅楼夢研究」批判、胡適批判とうち続くキャンペーンも、情報不足もあり、理解し難い部分も持ちながら、それなりに根拠があると見なされていた。五五年の胡風批判では、彼を「反革命」とした結論は理解し難いものであり、特に私信を公表して証拠とした方法は承認し難いものだったが、それでも刑事事件とまでされたからには、公表されていない決定的な証拠もあるのだろう、という考え方があった。全体として、中国革命の栄光、毛沢東と中国共産党の思想的権威に、文学研究者の多くの思考も縛られていたことは、否定できない。

しかし、「反右派闘争」で「右派」とされたのが、文学では丁玲・馮雪峰・艾青等、戦後の日本でも比較的広く知られ、親しまれていた人々であったから、簡単に納得できるものではなかった。批判される側の反論・釈明が聞けないのも納得し難かったが、それ以上に、大量に発表された「右派」批判の文章の論理の荒さが、中国文学者の間に困惑と反発を生み、中国文学との間に多かれ少なかれ距離を感じさせるようになった。

中国文学に対する見方を変えさせたもう一つの原因は、日本内部から生まれた。五〇年代後半からの日本資本主義の復活は、日本社会にも文化にも、多くの変化を生み出しつつあった。その流れの中に含まれる「戦後改革」否定のトーンには抵抗を感じても、変化の現実は否定すべくもなかった。少なくとも、「被圧迫民族」の中に自分を含め、中国文学に直線的に共感するという態度が成り立たないことは、もはや明らかだった。さらに広くは、ソ連のスターリン批判・ハンガリー動乱等を始めとする世界史的激動があり、それはさらに六〇年代にはいって、中ソ論争、中国の核実験と続いた。現代文学研究者の認識も分化し、かつてのような共通の精神的前提はもはや成り立たなかった。研究者たちも、現代文学理解のための共通の枠組みを持とうとするよりも、それぞれの関心に従った多様な道を求める方向に進まざるを得なかった。

六〇年代初めに出た戦後二種目の選集『中国現代文学選集』全二〇巻[31]は、この時期の空気をよく示している。この種の選集の一般的な形である個人別の巻を減らし、時代別、ジャンル別の巻を増やし、特に『記録文学集』『詩・民謡集』『少数民族文学集・民話集』等を設けたところに新しい意図が窺えるが、『記録文学集』では「革命回想録」「人民公社史」等にかなりのウエイトが割かれるなど、積極的な批評眼よりは、評価を定め難いが重要なものかも知れぬ、という消極的な選択のあとを感じさせる。

同じく六〇年代に、翻訳された作品としては、周而復『上海の朝（上海的早晨）』、楊沫『青春の歌（青春的歌）』、梁斌『燃え上がる大地（紅旗賦）』等がある。また日本共産党によって設立された新日本出版社からは、『中国革命文学選』全一五冊[32]が出、羅広斌・楊益言『紅岩』が、中国現代文学としては異例の反響を呼んだのを始め、他の作品も、それまでの類書にほぼ数倍する発行部数を記録した。ただこの背景には、とくに六〇年代にはいってからのソ連が対米妥協の色を増したとする当時日本の一部にあった失望と批判、それに反比例した中国評価の高まりの影響があり、必ずしも、文学としての評価そのものを反映したものではなかった。

七　「文革」期

いわゆる「文化大革命」（以下「文革」）は、日本の中国現代文学研究がまさにこういう状況にあったところに始まった。

文革に先立って展開されていた一連の映画・演劇批判は、日本のマスコミでは「文芸整風」等と呼ばれ、注目の対象になっていたから、姚文元「新編歴史劇『海瑞罷官』を評す」発表後の新たな展開は、現代文学研究者にとっても、当然強い関心を持たざるを得ない問題だった。

一言でいえば、文革に対する当初の反応は当惑だった。そもそも、事実についての確実な情報が少なく、明確な判断は下し難かった。しかしその中でも、肯定的に見るものと否定的に見るものが生まれた。

肯定的評価の深部における動機となったのは、管理社会化を強める資本主義世界にも、ソ連・東欧の「社会主義」世界の閉塞状態にも失望し、それを打破する可能性を中国に期待する心理だった、といえるだろう。紅衛兵の幹部批判を、「社会主義」の宿痾である官僚主義・党専制に対する下からの批判とする解釈が、それを強めた。文学分野に限っていえば、文学界における文革が周揚批判から始まったと見えたことが、「反右派闘争」以来の中国文学の状況に不満・批判を持っていた人々に、従来の傾向が是正される可能性を感じさせた。

否定的評価を構成したのは、現実社会に対する批判の点では前者と共通するものを持ちながら、文革に先立って行われた中ソ論争における中国の論理に、原理主義的傾向を見出し、危惧を感じていた人々、「毛沢東思想」の絶対化と日本への押しつけに反対する人々等だった。この側から見れば、紅衛兵らの幹部批判も、下からの批判ではなく、むしろ毛絶対化を前提とした、一種の「異端狩り」であり、本質的には、むしろスターリンの粛清に近いものに思えた。周揚批判も、論理の質としては、「反右派闘争」の裏返しであり、むしろそのマイナス面の拡大再生産だった。

この見解の相違は、研究者の中にも、深刻な亀裂を生んだ。この亀裂は、見解の相違にとどまらず、政治的立場の対立、さらには人間的対立にまで拡大して、研究者の協同・対話の基盤を傷つけた。文学分野では、この傷は社会科学分野に比して軽かったが、それでもそれがほぼ回復するには、八〇年代後半までの時間を必要とした。

その後の経過に照らせば、文革に関しては、否定的見解が相対的に正確であったことは疑いない。肯定的見解を抱いていた人々も、七二年の林彪事件前後を境に支持の態度を弱め、七六年の「四人組」逮捕と、それに引き続いて、文革の悲惨な実態、その生んだ被害・悲劇が次第に明らかとされるにつれ、ごく少数の例外を除いて、その見解を放棄した。

しかし、文革に批判的態度をとった人々にとっても、それは自らの見解の正確さを確認して足りる問題ではなかった。明らかにされた文革の悲惨は、彼らの想像していた範囲を越えるものであり、それは、中国に対する彼らの視点・方法にも、多くの点で再検討を迫るものに他ならなかった。また、文革を生んだ論理・傾向は、文革で初めて生まれたものでなく、文学・芸術分野に限っていっても、「反右派闘争」から胡風批判、さらには映画「武訓伝」批判その他、建国後の文化・思想キャンペーン全体にさかのぼるものであることは、否定し難いものになった。それは文学史全体、ひいては中華人民共和国そのものの見なおしにつながるものだった。

この間のこの分野の仕事としては、『中国現代文学』全一二巻[33]がある。魯迅から「紅岩」に至る現代文学の主要作家・作品を一〇巻にまとめ、「短篇集」「散文・評論」を付した編集は、七〇年刊行にしては意外なほど「文革」の影を感じさせない。「評論・散文」巻に、「胡風意見書」の抄訳が収められたことを除けばさしたる特色がないともいえる。そこには、政治的評価の如何にかかわらず、作品としていいものはいい、とする態度と、それを「いい」と判断する尺度の、悪くいえば曖昧さ、よくいえば柔軟な多様性が示されていた。

文革は、一方で研究者に困惑と困難を与えたが、その間この分野の研究が、不毛だったわけではない。文革中に中国で提起された諸説、特に三〇年代文学や魯迅の晩年、建国後の文学などに関する特異な評価は、今から見ればほとんど学問的批判に耐えるものではないが、当時それらに対して批判的見解を提出するには、強い学問的・思想的緊張を必要とした。しかもそれを客観的・学問的批判として展開するには、以前からの評価・見解だけに頼ることはできず、文学史的事実の再調査、再発掘が必要だったし、文学史研究の視点・方法も、深化しなければならなかった。文革後、中国でも日本でも行われるようになった、現代中国文学研究の枠組みの全面的再検討に比べれば、それは範囲においても深さにおいてもまだ部分的であったが、この時期に、事実そのものの再検討、方法の反省が特に強く意識されたことの意味は大きく、文革後の研究の展開・発展を準備する役割を果たした、といえる。

八　多様化の時代――文革後

文革後における研究の状況をもっとも簡単に表すことばを探せば、多様化ということになるだろう。研究対象の範囲も広がったし、関心のあり方も、それに接近し分析する方法も、多様化した。それらについて、書名、論文名をあげて述べることは、不可能でもあり、かえって全体の状況を理解し難くするとも思われるので、以下いくつか特徴的といえる傾向について概括的に述べることにする(34)。

まず、魯迅研究については、人民文学出版社の八一年版『魯迅全集』の全訳をあげるべきだろう(35)。魯迅研究者を中心に現代文学研究者の協力によって成った仕事で、原本の注釈のほかにつけた訳注は、日本の魯迅研究の水準を示すものでもある。中国で日本語版訳注だけの中国語訳を出版する計画もあったが、経済的理由でまだ実現していない。魯迅の研究書も、十種を越えるものが出た。仙台時代を始め、魯迅に関する重要な新資料の発見もあった。新しい観点を提出したものとして、丸尾常喜の著書[36]をあげておく。「阿Q」の像が民間に広く伝えられている「鬼」すなわち亡霊のイメージと多くの点で重なることを論証し、魯迅における「鬼」の意味を考察した論考である。それが、従来の魯迅像を豊かにするにとどまるのか、あるいはそれに重要な訂正を迫るのかについては、著者自身もまだ意見を保留しているが、少なくとも今後魯迅を論ずる時、無視できない問題を提起したことは確かである。

文革までの日本における現代文学の研究は、やや魯迅に偏していたが、この偏りはかなり是正された。かつては魯迅以外の作家については専著は出ていなかったが、現在では周作人、茅盾、郁達夫、丁玲、老舍、蕭紅、趙樹理等についての専著が出、特に周作人については、中国人留学生の著書も出ている。日本占領下の周作人について書いた木山英雄の著書[37]は、克明な調査と周到な評価とで、高く評価されている。またかねて郁達夫研究に没頭していた鈴木正夫は、精力的な調査によって郁達夫を殺した人物も特定し、彼の最期の真相を明らかにした仕事を一冊にまとめた[38]。

専著が出るには至っていないが、文革まで重視されていなかった作家への関心が高まっているのは、中国と同じ傾向である。蕭乾・張愛玲など、文革前の日本ではほとんど名も知られていなかった作家についても研究が始まり、特に張愛玲は若い世代に好まれている。

やや性格が違うが、従来研究が少なかった、抗日戦中の国民党統治地区の文学ないし国民党側の文学、日本占領下の東北の文学の研究も進みつつある。まだ少数の専門家によって進められている現状だが、着実な成果をあげている。台湾文学は、文革後その重要さが再認識された分野だが、関東・関西の数人の研究者の努力により、翻訳にも研究にも成果がみられ、専門の研究会もでき、一般読書界の関心も引いている。これらは、単に従来十分でなかった知識が加えられたというだけにとどまらず、従来の現代文学研究の枠組み・方法に、多かれ少なかれ反省と修正を迫る点で、重要な意味を認められている。

戦前から愛好者が比較的多かったにもかかわらず、専著のなかった沈従文についても、最近小島久代の著作が出た[39]。

現代文学全般に関わる仕事として、『中国現代文学事典』[40]には、触れておいてよいだろう。五六年に中国文学研究会によって『中国新文学事典』[41]が作られ、小辞典ながら質の高さを評価されていたが、以来三〇年ぶりの現代文学事典である。人名はしぼり、雑誌・社団ほか事項を重視した点が特色だが、新作家が輩出したその後の状況からすると、文革以後に不足の感がするのは否めない。八六年に新時期作家一〇八人についての略歴と作品目録をまとめた小辞典も出た[42]が、すでにこれも不十分になっている。

若い世代の関心は、主に文革後の文学に向いている。この点については世代による相違も指摘し得るだろう。一般的にいって、中国現代文学研究の第二世代である、現在六〇歳前後以上の研究者は、多かれ少なかれ文革前の文学者との関わりもあるため、中国がなぜ、いかにして文革に至ったのか、その間文学者・芸術家は、さらに広げて知識人は、どう過ごしてきたのか、彼らの内面はどうだったのか、という問題を通り過ぎることができない。しかし五〇代前半以下の層は、文革開始以後あるいは文革終了後研究者となったため、中国の作家や作品も当初から鑑賞・研究の対象として割り切っているように見える。彼らは、同時代の文学である文革後の文学に身軽に立ち向かう。

この背景には、中国も中国の作家もずっと身近になったことがある。国交回復と、中国の「開放」政策により留学も容易になった。留学や旅行で、気軽に中国を訪れ、作家にインタビューできるようになった若い世代の学風が、もっぱら活字の上でのみ作家と接し、口の重い彼らの内面を想像してきた世代の研究と違ってくるのは、当然なのだろう。

こうして、若い世代は、「方法」への強い興味を示す。記号論・テクスト論・構造主義・フェミニズム等々、さまざまな方法を適用する試みがなされている。それは文革後の中国で、若い世代を中心に新しい「方法」への関心が高まるのと並行する現象である。ただ、現在のところ、それらはいずれもまだ試みにとどまり、現代中国文学の分析と理解に特に顕著な成果を揚げる方法を確立するには至っていないようである。

地味に翻訳を積み重ねてきたグループの仕事に、『季刊・現代中国小説』[43]がある。彼らの少なくとも半数は第二世代に属する人々だが、ワープロの発達に助けられ、訳者の訳したい作品を訳してワープロで打ち、それを持ち寄って製本する形で刊行して来たため、商業主義に煩わされずにすんだ。惰性に陥るのを避けるという当初の予定どおり、四〇号まで出して停刊した。

翻訳のシリーズには、ほかに『中国現代文学選集』(44)『発見と冒険の中国文学』(45)『新しい中国文学』(46)がある。

現代文学の翻訳は、単行本を含めて種類も刊行部数も多いとはいえないが、読者と理解者を、少しずつ広げつつある。社会現象としてある、文学全体への社会の興味の減退ということもあり、中国のイメージの変化もあって、五〇年代のような広さには比ぶべくもないが、それだけに、より実際に即した、作家・作品自体に対する評価に立っているものということができる。九四年度のノーベル文学賞を受賞した大江健三郎が、受賞記念講演において、韓国の金芝河と並べて、鄭義、莫言への共感を語ったのは、その代表的な例である。

関連分野についていえば、陳凱歌・張藝謀等新しい世代の監督の映画、「黄色い大地」「赤いコウリャン」等を始めとする最近の中国映画は、日本でも広く共感と衝撃を持って受け取られた。その範囲は、文学の影響の及ぶ範囲に、少なくとも数倍しているのではないか。やや質が違うが、「ワイルド・スワン」の例もあげておこう。この作品の発行部数は、一般書としても異例の三〇〇万部以上に達したといわれ、中国文学という枠をはるかに越える読者を獲得した。これは文学現象というより、もはや社会現象といえるものだが、中国文学研究の上でも、さまざまの問題を含んでいる。

最後に、この分野の研究組織について述べる。現代文学を中心とした研究会として、中国文芸研究会があり、雑誌『野草』(47)と月刊の「会報」を出している。また同人誌に近い性格のものに、『颷風』(48)、『咿唖』(49)があり、不定期だが、充実した内容を保っている。

中国当代文学研究会は、実質上「新時期」以後に重点をおいて、着実な研究を続け、月刊の会報を出している。その他、発行物を出していない研究グループも多い。

この分野の研究状況として、以前と違う条件は、日本の各大学に中国文学あるいは中国語の学科やコースが増え、現代文学研究者の多くが、ポストを得たことである。学会誌や各大学の紀要にこの分野の論文が掲載されることも多くなった。逆にいうと、かつては研究者たちが自力で組織する研究会が、この分野の研究を支え、研究状況はそれらの研究会の雑誌を見ていればほぼつかめたのだが、今ではそれでは足りなくなった。そのこと自体は決して悪いことではないが、逆にかつて研究者の間にあった連帯感や協力が弱まっていることも否定し難い。もちろん過度の連帯感は宗派性につながるし、いい意味での対立のない協力は、活力をそぐが、どこかに統一的契機を含まぬ多様化は、相互の対話も批判も生まず、ただの拡散に終わる。この分野の研究が、今後どれだけの実りを結ぶかは、各人の研究がどれだけ他者の研究と接点を持てるか、また日本におけるこの分野の研究が、全体としてどれだけ中国本国を含む外国に通ずることばを持てるか、にかかっているだろう。

付記

この論文は、先に東方学会の英文紀要『Acta Asiatica』七二号（一九九七年三月）「Studies in Contemporary Chinese Literature」特集のために書いた、「Contemporary Literature in Japan」の日本語版である。私の英語力は、この論文を最初から英語で書き下ろすには不十分なので、東方学会が依嘱された練達の翻訳者、Mr. Rolf W. Giebel に英訳をお願いした。本稿は、その日本語原稿をもとにしているが、英訳を検討する過程で、日本語の表現自体を変えた部分もあり、今回多少加筆した部分もあって、原稿そのままではない。したがって、この論文のオリジナル版はあくまでも『Acta Asiatica』所載のものであることをお断りしておく。

注

（1）ここでいう「現代文学」は、中華人民共和国で使用されていた、「近代」「現代」「当代」という区分には従っていない。その根拠を詳しく述べる余裕はないが、中国で「近代文学」と呼ばれる一八四〇年以降一九一〇年代半ばまでの文学は対象から除き、一九一〇年代半は、いわゆる「文学革命」以降を対象とする。また、中華人民共和国建国以後の文学も、それ以前の文学と本質的に違ったものとしてとくに別の用語を立てる必要もないと考え、現在までをすべて「現代文学」と呼ぶことにする。

（2）なお本稿と近い問題について、私はこれまで下記のような文章を書いている。重複する部分があることをお断りしておく。Studies of Modern Chinese Literature in Japan "MODERN CHINESE LITERATURE NEWSLETTER" ed. by Michael Gotz, Volume 2, No.2 Fall, 1976 Los Angeles.
Lu Xun in Japan "Lu Xun and His Legacy" ed. by Leo Ou-fan Lee, 1985 University of California Press.
「日本における魯迅」『近代文学における中国と日本』伊藤虎丸・祖父江昭二・丸山昇編、一九八六　汲古書院。

（3）『支那学』一－三号、一九二〇・九－一一　支那学会　京都。

（4）一九四五年八月以前の日本における中国現代文学研究に関する文献目録としては、飯田吉郎『現代中国文学研究目録』（一九五八初版　大安、九二増補版　汲古書院）がある。本稿も多くのものをこの目録に負うている。

（5）『北京週報』について詳細は、小嶋麗逸「『北京週報』と藤原鎌兄」（『アジア経済』一三巻一二号（一九七二）、小嶋麗逸編『革命揺籃記の北京』（一九七四、社会思想社）、飯倉照平「北京週報と順天時報」（竹内好・橋川文三編『近代中国と日本』上　一九七四、朝日新聞社）を参照。

（6）東京外国語学校および神谷衡平について、詳しくは藤井省三『東京外語支那語部』（一九九二　朝日新聞社）を参照。

（7）松浦珪三訳『阿Q正伝』支那プロレタリア小説集第一集、一九三一・九　白揚社。林守仁訳『支那小説集・阿Q正伝』国際プロレタリア叢書、一九三一・一〇　四六書院。

（8）佐藤春夫「魯迅の『故郷』や『孤独者』を訳したころ」増田・松枝・竹内編『魯迅案内』（一九五六　岩波書店）。
（9）「ロシア語訳『阿Q正伝』序及び著者自叙伝略」「自伝」、『魯迅全集』第七巻（八一　人民文学出版社）。
（10）『大魯迅全集』全七巻、訳者…井上紅梅・松枝茂夫・山上正義・増田渉・佐藤春夫・鹿地亘・日高清磨瑳・小田嶽夫、三七・二－八　改造社。
（11）井上紅梅訳『魯迅全集』三二・一一　改造社。
（12）小田嶽夫『魯迅伝』四一・三　筑摩書房。
（13）高橋和巳との対談「文学・反抗・革命」『竹内好対談集・状況的』七〇　合同出版。
（14）中国文学研究会について、さらに詳しくは、『復刻・中国文学』及びその「別冊」（七一・三　汲古書院）を参照。なお『中国文学』は、戦後短期間復刊したが、七一年にはこれは復刻されず、七七年一〇月、「別巻」として同書院から復刻された。
（15）「大東亜戦争と吾等の決意」『中国文学』八〇号（四二・一）、執筆は竹内好。
（16）竹内好「大東亜文学者大会について」『中国文学』八九号（四二・一一）。
（17）竹内好『魯迅』四四・一二　日本評論社　東洋思想叢書一八。戦後いくつかの版が出ているが、現在もっとも入手しやすいのは、未来社版（六一年刊）。（その後一九九四年に講談社文芸文庫版も出た）。『竹内好全集』では第一巻（八〇・九　筑摩書房）所収。なお、李心峰による中国語訳（八六・一一　浙江文芸出版社）がある。
（18）金子光晴「上海より」『日本詩人』一九二六・六。『金子光晴全集』第八巻（七六・一一　中央公論社）。
（19）谷崎潤一郎「上海交遊記」『女性』一九二六・五－六。
（20）北京魯迅博物館編『北京魯迅博物館蔵画選』八六・八　天津人民美術出版社、九頁。
（21）『人間』二一・二、四七・二、鎌倉文庫。なお、厳密にいえば、この四カ月前、周而復「地下道（地道戦）」が、自由を得た左翼文学者を中心にリベラルまでを加えて結成された新日本文学会の機関誌『新日本文学』六号（五六・一〇）に掲載されている。戦後翻訳された作品としては、これが最初である。しかし、これはあまり注目されなかった。

(22) 丁玲『霞村にいたとき』五一・一〇　四季社。収録作品は、引用中にあげられている三篇のほか、「県長の家庭（県長的家庭）」と、作者が五九年一一月に夫胡也頻について書いた「ある真実の人の一生」。
(23) 丸山真男「近代日本の知識人」『後衛の位置から』八二・九　未来社。
(24) 竹内のこの時期の主張を示す代表的なものとしては、『現代中国論』五一・九　河出書房（文庫）がある。『竹内好全集』では第四巻（八〇・一一　筑摩書房）所収。
(25) 李広田・岡崎俊夫訳『引力』五二・三　岩波書店。
(26) 丁玲・坂井徳三訳『太陽は桑乾河を照らす』上下　五一・二、五　ハト書房。
(27) 趙樹理・嶋田政雄、三好一訳『李家荘の変遷』五一・一〇　ハト書房。
(28) 『現代中国文学全集』全一五巻　五四―　河出書房。
(29) 『魯迅選集』一二巻　付『魯迅案内』一巻。増田・松枝・竹内編訳　岩波書店。なお、六四年に、『案内』を除き、本文を一三巻にした増補版が出ている。
(30) 本多秋五「美人の妹さん」『岡崎俊夫文集　天上人間』（非売品）六一・八。
(31) 小野・竹内・中野重治・松枝・増田編『中国現代文学選集』六二・二―六三・九　平凡社。
(32) 『中国革命文学選』一五巻　六四　新日本出版社。
(33) 『中国現代文学』一二巻　七〇・六―七一・一〇　河出書房新社。
(34) 文革終了後一〇年間の日本における翻訳・研究文献目録としては、阿部幸夫・松井博光編『中国現代文学研究の深化と現状――日本における中国文学（現代／当代）研究文献目録一九七七―一九八六』八八・二　東方書店がある。巻頭に、編者の阿部・松井両氏が、それぞれ「日本における中国現代文学研究」「日本における中国当代文学研究」を書いている。それ以後については、まだ文献目録は出ていない。
(35) 『魯迅全集』全二〇巻　八四・一一―八六・八　学習研究社。
(36) 丸尾常喜『魯迅――「人」「鬼」の葛藤』九三―一二　岩波書店。秦弓による中国語訳『「人」与「鬼」的糾葛――魯迅小説論析』九五・一二　人民文学出版社、がある。

(37) 木山英雄『北京苦住庵記——日中戦争時代の周作人』七八・三　筑摩書房。

(38) 鈴木正夫『スマトラの郁達夫——太平洋戦争と中国作家』九五・五　東方書店。

(39) 小島久代『沈従文——人と作品』九七・六　汲古書院。

(40) 丸山昇・伊藤虎丸・新村徹編『中国現代文学事典』八五・九　東京堂出版。

(41) 中国文学研究会編『中国新文学事典』五五・一一　河出書房（文庫）。

(42) 高嶋俊男・玉木瑞枝・辻田正雄『中国「新時期文学」の一〇八人』八六・一〇　中国文芸研究会。

(43) 『季刊・現代中国小説』—八六　自主刊行、蒼蒼社発売。九六年から第二期を刊行中。

(44) 『中国現代文学選集』十二巻　補巻一巻。徳間書店。

(45) 『発見と冒険の中国文学』全八巻　九一—九二　ＪＩＣＣ。

(46) 『新しい中国文学』全六巻　九三　早稲田大学出版部。

(47) 『野草』七〇・一〇創刊　現在六一号（九八・二）まで発行。

(48) 『飈風』七二・三創刊、現在三七号（九七・一二）まで発行。

(49) 『咿唖』七三創刊、現在二八号（九五・一二）まで発行。

（一九九六年二月初稿、九八年二月加筆）

日本の中国研究

――桜美林大学・北京大学共催「北京大学創立百周年記念日中関係国際シンポジウム」における報告――

一　「中国研究」ということばについて

私の報告は、李玉先生のご報告「中国的日本研究」に対応するものでありまして、題名も李玉先生の題名の「中国」と「日本」を入れ替えたものになっております。しかし、歴史上、中国にとって日本が持った意味と、日本にとって中国が持った意味との間には、大きい違いがあり、それを反映して、中国についての日本の研究は、中国における日本研究とは、違った特徴を持ちました。そして、その特徴にしたがって、中国についての日本の研究は、一言で「中国研究」とは言いにくい性格を持ちました。近代以降、日本語では、中国を研究する学問を指すのに、「漢学」「支那学」「中国研究」「中国学」といった四つ（あるいはそれ以上）の言葉が用いられてきたという事実によって、それが示されております。もちろん、これらの言葉は、常に全く違ったものを指し、違ったものとして理解されて来たというわけではありません。一般には同じようなものと理解されていた面もありますし、専門家の中でも、時により人によって、四つの言葉が指すものが重なることもありました。そしてその重なる部分の大きさも、いろいろでありました。しかし、またこの使い分けが、その研究者の時代・観点・方法等の違いを、時には微妙に、時にはきわめて鋭く反映することもありました。

周知のように、そもそも日本文化はその形成の初期から、中国の文化の圧倒的な影響を受けました。日本語を表現する文字が、中国の文字すなわち「漢字」とそれをもとに生まれた仮名から成り立っていること一つ見ても、その決定的な影響の跡は明らかであります。日本にとって、中国は多くの外国（国家という概念が明確なものになるのは、もっと後のことになるでしょうが、ここではその問題はおいて、言語や文化を異にする人びとが住む地域・社会といった程度の常識的意味で使っておきます）の一つではなく、ほとんど唯一の異世界でありました。特に重要なことは、圧倒的な高さを持つ文化の唯一の源だったということであります（中国以外のものとしては僅かに朝鮮半島が考えられますが、これには違った要素がからみますので、ここでは一応別問題とします。また、少なくとも近年まで、朝鮮半島から受け容れた独自の文化も、朝鮮半島を経由しただけで、源は中国だった、と考える傾向が日本に強かったことは、否定できません。）インド文化である仏教も、日本には中国経由で、漢訳仏典によって伝えられました。

このような歴史の中では、中国の社会制度や文化を外国のものとして意識するより、普遍的性格を持った、まず受け入れ、学び取るべきものと意識したのは、必然的でありました。儒教は中国の古代思想の一つであるよりも、そのまま日本にも通ずる「聖賢の教え」でありました。日本の文化は中国文化を学び取ることで形成され、それが日本の学問の主流をなしました。現在から客観的に見れば、かなり独自の日本的特色を具えていたと考えられる平安女流文学でさえ、「書は文選・文集」という清少納言の有名な言葉が示すように、程度の差はあれ中国の文学と深い関わりを持っていました。中国文化と異質な日本の文化の存在をはっきり自覚し、その自己主張と結びついて、中国文化をある程度相対化する態度が生まれてきたのは、部分的・萌芽的なものを別にすれば、江戸時代の「国学」まで時代を下らなければなりませんでした。

したがって、言い過ぎをおそれずに言えば、日本の学術・研究は、ある時期までほとんどが中国の学術・研究の学習と受容だったわけで、「日本の中国研究」という言葉を広くとれば、少なくともある時期までは日本文化史、日本学術史そのものと重なり、あるいは日本文化に対する中国文化の影響といった大きな問題と重なることになります。これは私の能力に余るばかりでなく、このシンポジウムの性格をかえって曖昧にすることにもなるでしょう。李玉先生が、「山海経」「漢書地理志」等から説き起こされたようにはできない理由がここにあります。

二　「漢学」「支那学」について

私は先に、「漢学」「支那学」「中国学」「中国研究」という四つの言葉について触れました。それはこれらの用語に「咬文嚼字」風にこだわるからではありません。「漢学」を除いてこれらはいずれも先行する学問への批判を意識して生まれたものであり、そのことが、それぞれの性格・特徴に正負両面での影響を与えました。したがって、それが先行者に対するどのような批判を意識して生まれてきたかを考えることは、それぞれの性格・特徴を考える上で欠かせない問題であり、また日本における広い意味での「中国研究」が持たされた独自の問題に関わることだと考えるからであります。

幸い、一九九五年が敗戦後五〇年にあたり、また敗戦後まもなく生まれた中国関係の各学会が、ここ二、三年の間に創立五〇周年を迎えたため、中国を対象にした研究が日本においてどのような歴史をたどってきたかを回顧し総括する試みが、それぞれの専門家により、さまざまな形でなされております。詳細はそれらに譲るしかありませんが、それらによりつつ、近代以降の日本における、中国を対象とする学問の特徴を、その目的・問題意識等を中心に概観してみよう、というのが、この報告のテーマであります。

日本語で「漢学」という場合、中国語における「漢学」とはその指す内容が違います。中国におけるそれが、漢代を中心にほぼ魏晋までの学問、特に訓詁を中心とする学問、あるいはとくに最近では、時代と学問分野を問わず中国に関する外国の研究すべてを指すのに対して、日本では江戸時代に「国学」が生まれ、また幕末に「蘭学」を始めとする「洋学」が流入してきたのに対して、それ以前の中国文化を主とする学問一般を指す言葉として定着したものとされています。とくに語学的には、一部の学者を除いて、中国の文言文および旧体詩を、外国語としてでなく、日本語の意味をそれに当てはめ、日本語になおしながら読むという、「訓読」俗に「漢文読み」と呼ばれる独特の読み方によるのがその特徴でありました。しかし訓読以上に「漢学」を特徴づけたものは、明治一〇年代半ばにそれが日本の近代学制の中にあらためて位置づけられた時、一つには明治初期の「洋化」政策の「行き過ぎ」を改め、また一つには当時高揚期を迎えつつあった自由民権運動への対策を必要としていた体制を儒教を軸とする思想・倫理面で支える役割を、むしろ自らすすんで担った、いわば「体制教学」という性格を強く持ったことでありました。この時期に重視された儒教が、むしろ江戸時代の体制教学であった宋学すなわち朱子学を中心とするものであったことも、注意しておかなければなりません。この点については、参考文献にあげた三浦論文が、「ごく簡略化して云うならば」と断りつつ「本邦の中国哲学」の立場を次の四つにまとめています。

（1）儒教を信奉し、今に生かそうとする体制的護教的立場。

（2）清朝考証学を継承し、科学的実証的に古文献を研究しようとする立場。

（3）西洋哲学を範と仰ぎ、そこから中国思想を解釈しようとする立場。

（4）中国（哲）学を近代的学問として確立させようとする立場。

そして三浦氏は「漢学」について、「（1）の立場が主流」であった、と述べています。もちろん個々の学者について見れば、「立場」の濃淡もあり、学問的に優れた業績を残した人が少なくないことはいうまでもありませんが、「漢学」全体としてみれば、上記の性格が強かったことは否定できないでありましょう。

このような「漢学」の傾向とその中心であった東京大学の学風に対する批判的視点と、ある種の対抗意識を持って生まれたのが、「支那学」でありました。一九〇六年に創設された京都大学文科大学を中心とするものであったため、「京都支那学」とも呼ばれました。

多士済々をもって知られる「京都支那学」の特徴を一言で表すのは至難の業でありますが、一面的になる危険を承知の上で敢て言えば、「漢学」の護教的・体制的性格への反発をバネとし、実践倫理の色彩の強い宋の朱子学・明の陽明学などよりもむしろ清朝考証学の「実事求是」に精神的範をとって、中国文献のより正確・客観的な理解を目指し、同時にまたフランスを始めとして欧米に起こってきた「シノロジー」をも強く意識したことなどをその特徴ということができるでありましょう。

三浦論文は、「支那学」について、先の四分類を適用するならば（2）と（4）すなわち「清朝考証学を継承し、科学的実証的に古文献を研究しようとする立場」と「中国（哲）学を近代的学問として確立させようとする立場」の二項に当てはまると述べています。また、戸川論文は、「支那学」の基礎を定めたともいえる、狩野直喜についての、高弟たちの回想を引いています。個人を通じてより具体的に「支那学」の特徴を語ったものとして、転引させていただきます。

「従来の所謂漢学にも属せず、又支那哲学派や東洋史学派にも属せず、さうかといって全然清朝風の考証学と同一にもあらず、それよりもはるかに広い内容を持ったもの。（小島祐馬）」

「あくまで中国の人の美しさおもしろさの線に沿って美しさおもしろさを理解されようとした。（中略）（それ）に反して中国を理解しようとする傾きに絶えず反対された、少なくとも不安を抱いておられた。（倉石武四郎）」

「先生の愛された文学は、先生の細かな咀嚼に堪え得るだけの緻密さを持つもの（中略）ことにその緻密さを外にはあらはにせずして、深くそれを内に蔵し、内に蔵する緻密によって、緊張した色沢を呈するもの、（中略）（その）原動力としては、作者の知的な教養を重視された。（吉川幸次郎）」

「本来経学者であり考証学者であった先生は、ただに宋明の理学を好まれなかったばかりでなく、思想的なものを総じて嫌はれ、同じく漢学であっても西漢の公羊学などは余り好まれなかった。（小島）」

「尤も先生の最も好まれる支那は清朝でありまして、ヤング・チャイナはお嫌いでした。（小島）」

最後の「ヤングチャイナはお嫌ひでした」という小島の言葉は、狩野という個人だけでなく、「支那学」全体が持ったある偏りを鮮やかに示しています。彼らの多くが、「ヤング・チャイナ」すなわち辛亥革命以後の中国、特に文学革命以後の新文化に関心や興味を示さなかった理由は複雑でありますが、学問的に一種の完成度を持っていた考証学の伝統を受け継いだために、東京の「漢学」に批判的になると同時に、中国の「新文化」の持った傾向と、荒削り・未熟さが受け入れにくかったこと、一時京都に亡命してきていた清朝の遺臣羅振玉・王国維等との親交が、心情的に現代中国に反発させた側面があったこと、「明治人」であった彼らには、「革命」はやはり受け入れがたいものであったこと、「辛亥革命」特に「文学革命」以降の中国に起こった、儒教を始めとする伝統文化への強い批判の流れに対して違和感とある種の喪失感を持ったこと、等があげられるでありましょう。

その点で、「支那学」にも「漢学」と共通の面があったことも否定できないでありましょう。とくに晩年の孫文による連ソ・容共政策の採用を見て、現代中国がいよいよ伝統文化を否定する歩みを決定的にしたと考え、むしろ儒教を中心とする中国文化の核心は日本に残った、それを維持し、むしろ中国に逆輸出すべきである、という転倒した使命感が、「漢学」の指導者であった、井上哲治郎、服部宇之吉の著述に見えることは、すでに戸川論文が指摘しておりますが、「支那学」にも、色合いと程度を異にしながらも、民国以後の中国の状況を、中国文化が失われんとしている状況ととらえ、それを愛惜し継承・維持したいとする姿勢が強く働いていたことは確かであります。

もちろん、「支那学」の中には、「ヤング・チャイナ」の動きに、敏感な反応を示した人びともありました。「支那学」の創始者たちよりやや若い世代になりますが、一九二〇年に創刊された雑誌『支那学』の創刊号から第三号までに連載された、青木正児の「胡適を中心に渦いている文学革命」は、まさに渦中にあった「文学革命」の状況を伝え、魯迅の名を最初に日本に知らせた文献であると同時に、まだ「阿Q正伝」も書いていなかった時期の魯迅を「未来のある作家」と評するなど、青木の眼識を示してもいる文献でもあります。ちなみにこの連載された『支那学』は青木から胡適に、また胡適を通して魯迅にも送られて、魯迅から青木にあてた礼状は『魯迅全集』に収められております。またさらに一〇年後になりますが、倉石武四郎（当時京都大学助教授）は、三〇年代初頭、大学の演習のテキストに魯迅の「吶喊」を使いましたが、これは戦前の国立大学で魯迅（そしておそらく中国現代文学が）が教材に取り上げられた最初でありました。戦後間もない五〇年に小島祐馬が著した『中国の革命思想』『中国共産党』は、一般向けの本でありましたが、当時としては先駆的なものでありました。この時期にいち早くこれらの著述が出せたと言うことは、「支那学」の違った側面を示すものでありましょう。

しかし、これらの先駆的業績にもかかわらず、敗戦以前の日本のアカデミズムにおいては、現代中国の研究が、正当な位置を与えられていなかったことは事実であり、それは「漢学」「支那学」を問わずそうでありました。これには、「研究」が時事的・ジャーナリスチックに流れることで学問的正確さを失うことを恐れるアカデミズム固有の態度によるものでもありましたが、さらに近代日本の国・社会全体を覆っていた風潮として、現代中国を経済的市場・軍事的進出の対象としてのみとらえ、その文化に対する正当な関心が育ちにくかったこと、外国語としての中国語の教育・研究も、「訓読」に比して重視されず、現代中国語は、貿易・軍事上の必要を満たすだけの道具と考える傾向が強く、もっぱら実務担当者の養成機関であった外国語学校・高等商業学校・陸海軍関係の学校に委ねられ、旧制高等学校・国立大学では無視あるいは軽視されていたことがあげられる、と考えます。

三　戦前・戦中の「中国研究」

以上のような歴史的条件の中で、日本では、「中国研究」とは、広い意味で「漢学」や「支那学」を含めた中国についての研究全体を指す言葉として使われる場合もありますが、狭い意味では、比較的最近まで先ず現代中国についての研究を指す言葉でありました。そしてその意味での「中国研究」は、先ずアカデミズム以外の人びとによって担われることになりました。

たとえば、代表的人物としては、橘樸（一八八一―一九四五）、中江丑吉（一八八九―一九四二）。彼の著作は中国古代思想に限られており、現代中国についての著作はありませんが、自身の体験と鈴江等との親交の中で、多くの知識と情報を持ち、鈴江にも影響を与えた、とされています）、鈴江言一（一八九四―一九四五）、尾崎秀実（一九〇一―四四）等があげられます。彼らはいずれも、ジャーナリストあるいは市井の思想家として、中国に長く生活（もっとも短かった尾崎でも六年、他の三人はほぼ三〇年前後）する中で、激動する現代中国・中国革命への関心を強め、独自の中国観を深めた人物であります。彼らの個々については、ここで詳しく述べている余裕もありませんし、主要著作も刊行されており、研究書も多いのでそれらに譲ることにいたします。ただ共通の特徴としていえることは、彼らの中国論が、複雑な個性的性格を持ち、単純な評価がしにくいことでありましょう。彼らの中国論は、それぞれある時期において先駆的見解を示しながら、時代・情勢の変化につれてさまざまな変化を示しました。「方向転換」を示し、さらに後にはまたその「方向転換」を悔い、あるいは「国策」に沿うような言辞の中に微妙な表現で独自の中国認識と日本軍国主義への批判を潜ませました。それらの言動の中には、「偽装」と「本音」を区別しにくいものもありました。また彼らの仕事を経済的に支えたのも、あるいは「満鉄」であり、あるいは西園寺公望や曹汝霖であり、時には「関東軍」だった場合さえありました。彼らの思想や足跡のなかに、今日から見れば、理解しがたいもの、容認しがたいものを指摘することは、もちろん可能でありましょう。しかし、彼らの思想や研究にそのような複雑な陰を持たせたものは、しだいに中国侵略の歩みを早めていった日本現代史の中に生きつつ、彼らが持ち続けた日本と中国の運命と前途に対する深い憂慮と期待だったのであり、正負を含めて日本における中国研究の歩みを総括する上で、不可欠の一頁を占めるものだと考えます。

戦前戦中の中国研究の中で、重要な位置を占めたものに、南満州鉄道株式会社すなわち「満鉄」（とくに調査部）を始めとする研究調査機関がありました。

「満鉄」は、周知のように、日露戦争によって、東清鉄道の南半を始めとしてそれまでロシアが中国東北の南半に持っていた利権をロシアから受け継いだ日本が、一九〇六年に設立した会社で、資本金二億円の半額を政府が出資し、「満州」における「植民政策の中心点」（後藤新平：初代総裁）としようとした会社でありました。

「満鉄調査部」は、元来は後藤新平総裁によって一九〇七年に設置され、その後日本政府内部の「満州政策」の揺れや満鉄内部の主導権の変遷によって縮小や拡大を繰り返しながら、三九年松岡洋右総裁によって、傘下のすべての調査機関が統合されて「調査部」の名も復活したときには、二〇〇〇名の人員を擁する巨大機関に膨張しておりました。

「満鉄調査部」の仕事は、基本的には、「満州」における日本の植民地経営のための調査という性格を免れないものでありましたが、個々の調査・研究の性格は、担当者の質の違いなどによりまちまちであり、中には学術的価値を認められて、戦後に復刊されたものもあります。また三〇年代以降、国内における左翼運動が弾圧され、ほぼ解体した後、「転向」あるいは沈黙したマルクス主義者が、生活と仕事の場を「満州」に求める現象が起こりました。彼らのある者は、「農事合作社」運動にある種の社会主義的要素を求めて参加し、またある者は、東北さらには中国全体の社会科学的分析・研究の可能性を求めて、満鉄調査部に職を求めました。また満鉄の側も、必要とする大量の人員を満たすため、その経歴をある程度知りながら、もはや政治的力を失い危険性が減ったと判断した彼らを登用した側面もありました。この傾向は、四一年の「尾崎・ゾルゲ事件」の検挙以降、「在満日系共産主義運動」にたいする警戒を強めた陸軍憲兵隊により、「満鉄調査部」内の「左翼分子」の主要部分約三〇名が逮捕されたこと（「満鉄事件」）で壊滅し、やがて敗戦に至ります。

同様の現象は、「中国研究」を仕事とする研究機関、たとえば「東亜研究所」（三八年創立、総裁近衛文麿）その他にも多かれ少なかれ共通して見られたものでありました。

中国現代文学研究については、私は別に論文を書いておりますので、詳しくはそちらに譲り、ここでは簡単に触れるだけにいたします。日本の中国現代文学研究は、青木正児の文学革命紹介の後、個々の翻訳・紹介が断続的に続いた後、三〇年代にはいって佐藤春夫等による魯迅の翻訳などからようやく日本の読書界に知られ始めますが、一九三四年、竹内好等、東大の中国文学科（当時は「支那文学科」）・中国哲学科（同）の卒業生を中心として「中国文学研究会」が作られました。彼らは東大の「漢学」にも京大の「支那学」にも、さらに左翼の「プロレタリア科学研究所（二八年創立の「国際文化研究所」を解体して二九年創立、略称プロ科。なお周揚は、「国際文化研究所」の主催した英語講習会で受講したことがあり、胡風も、プロ科の芸術部会で、戦後、文芸評論家として活躍した平野謙・本多秋五等と親交を結びました）研究にも不満と批判を持ち、現代文学を中心に新しい視角から中国文学を見なおそうとしました。

この会も、中国侵略に公然と反対できないまでも批判的な見解を持ちながら、四一年の太平洋戦争開戦時にはこれを支持する声明を出し、しかしまた四二年日本の占領地域からの文学者を集めて開かれた「大東亜文学者大会」には、日本占領地区からの「中国代表」を、「中国文学の代表とは認められない」として参加を「辞退」するなど、曲折した歩みを残しますが、日本の中国現代文学研究の基礎は、主にこの会のメンバーによって築かれました。戦後に専門家に成長した者の大きな部分が、彼らの学生であったり、間接に影響を受けた者であることが、この会が果たした歴史的役割を示しています。

なお日中戦争には反対でありながら太平洋戦争開戦と同時に支持した、という例は、中国文学研究会だけでなく、当時日本の知識人のかなりの範囲に見られた現象でありました。その原因・意味については、多様な見解があり得ますが、近代日本において、中国を含むアジア対欧米という二つの勢力・二つの文化に対する日本人の矛盾を含んだ心理・対応を示す代表的な例の一つであることは確かであります。

四　戦後の「中国研究」（一九四五－七六）

四五年八月の敗戦まで、日本国民の多くは戦争の実際をほとんど知らされていませんでしたが、それが明らかにされるにつれ、日本国民の多くが懐いたのは、なぜあんな戦争を起こしたのか、ということであり、中でも以前に日本の軍国主義化に対して危惧や批判を持ちながら抵抗できなかった者にとっては、なぜ軍国主義化を阻止できなかったのか、なぜ多かれ少なかれ戦争に協力してしまったのか、という悔恨でありました。

とりわけ中国研究者においては、敗戦にほとんど引き続いて起こった中国革命の展開と勝利、中華人民共和国の成立という現実を見たとき、自らの中国認識の不足、中国が内に潜めていた可能性を認識できなかったことに対する悔恨がこれに重なりました。

戦後最初に民間の中国研究機関として活動を始めたのは、中国研究所（略称中研）でありました。この研究所はいち早く四六年一月に創立され、戦中に満鉄等の調査研究機関で仕事をしていた者、新聞記者、左翼運動体験者を主なメンバーとしていました。中研は、中国革命と「新中国」の「実情」を日本国民に紹介・宣伝することを主たる使命としました。中華人民共和国の状況・中国共産党の方針・毛沢東の思想などの情報は、外務省およびその外郭団体が

「内部資料」として集めていたのを別とすれば、五〇年代前半までは、中研によって紹介されたものが大きな比重を占めました。「新中国」についての知識と関心を高める上で中研が果たした役割は、小さくなかったといえましょう。

ただ、中研を代表とする当時の「親中国」的中国研究には、弱点もありました。国交もなく、人の交流もない、文献の入手も簡単ではない、という条件の中で、彼らの仕事は、ほとんど『人民日報』など、中国語でいう「官方」の情報によって、中国政府と中国共産党の公式見解を知り、それをそのまま肯定し、解釈し、伝えるという傾向のものになりがちでありました。

そういう傾向が生まれたのには、無理もない面もありました。当時はいうまでもなく日本は占領下にありました。アメリカ占領軍の占領政策は、中国革命の成功、朝鮮戦争などを経て、当初とっていた「民主化」政策から、日本を中ソに対する世界戦略の中に位置づけ、社会主義に対する防衛線の一部として強化する方向に転じました。

占領下においては、中国についての情報を伝えること自体に制約がありました。代表的な例だけあげますが、エドガー・スノウの『中国の赤い星』（中国訳「西行漫記」）の日本語訳は、上巻だけは普通に出版されましたが、下巻は研究団体の内部資料の形で出ました。連合国の一員であった国民党政府の意向が働いた、といわれています。日中友好協会の役員でもあった研究者が、『人民日報』を配布したという理由で、アメリカ軍の軍事裁判に問われ、沖縄で強制労働に従事させられた、という事件もありました。五二年に講和条約が発効した後は、このような直接の制約はなくなりましたが、日本政府は、台湾の国民党政府を中国を代表する政府と認める態度を変えず、中国本土についてはマスコミの直接の取材も不可能でした。こういう状況の中で、中研だけでなく、当時中国革命と中華人民共和国を支持する人びとの眼がおもに中国の成果の側面に向かい、それを伝えることに使命感を感じたのもある意味で当然だったことは認められます。また情報源が、他には少なかったことも事実でした。しかし、「反右派闘争」「大躍進」など、中国の矛盾や否定面が大きくなってくるにつれ、断片的には否定的現実を伝える情報も入り始め、これらの研究者の中にも、微妙な違いや分化が起こり始めますが、その後も同じ態度をとり続けた人びとも多く、否定的側面を正視する点で弱かったことは否定できません。彼らの相当部分が、戦争中満鉄その他、政府系機関で調査・研究に従事した過去を持っており、そのことが、主観的意図はとにかく客観的には中国侵略の一端を担ったという「贖罪」意識を生んでいたことが右に述べた傾向を強めたことも、指摘され得るでしょう。

アカデミズムにおける変化は、戦後まもなく、国立大学における「支那哲学科」「支那文学科」などの名称が、「中国哲学科」「中国文学科」に改められることから始まりましたが、やがて変化は教育・研究の内容に及びました。現代中国も、正式に教育・研究の対象に取り上げられるようになりました。現代中国語も、第二外国語として教えられるようになりました。

そのような変化も、当初は学部ではなく付属研究所が先行しましたし、大学による不均等もありました。中国語を正式の科目として認めた大学はまだ少数でありましたし、その少数の一つであった東京大学の教養学部（戦後の学制改革によって四九年創設。最初の二年ここに在学した後、各学部に進学する）でも、発足当初は第二外国語に中国語を選択し得る者は文学部中国文学科進学予定者に限るという条件が付けられている、という状況でした。つまり、法学部や経済学部に進学する者はもちろん、文学部の東洋史学科（中国史を含む）・中国哲学科進学を志望する者でさえ先ず独・仏語を学ぶべきで、中国語は二の次だ、という認識であったことを示しています。私立大学を含めても、現代中国研究を専門とする専任教員がいるところは数えるほどしかなかった、といってもけっして過言ではありません。大学や学科によっては、歴史学にせよ文学にせよ、卒業論文のテーマに、現代を選ぶことが許されなかったところも、珍しくありませんでした。文学でも、中国現代文学を専門とする専任教員がいたのは、東大、都立大、大阪市立大等、数校に過ぎませんでした。このような状況は五〇年代中頃からしだいに変化し、大学における中国語履修者、現代中国関係の講座も増え始めますが、それらが飛躍的に増加するのは、七二年の国交回復以後のことになります。

五〇年代末から六〇年代にかけて現れた新しい傾向は、アメリカの中国研究に対する関心が強まったことでありました。戦後のアメリカにおける現代中国研究が、人民共和国成立によって中国観・中国政策の再構成の必要を認識した、アメリカ政府の政策的必要と結びついていた面があることは、広く認められておりますが、その中でも、フェアバンク（漢字名費正清）等をはじめとする学者によって、客観的・学問的な研究が成果を上げておりました。これに注目する必要をいち早く指摘し、自身も中国共産党史の客観的研究を進めるとともに、米国におけるこの分野の代表的研究である、B・シュウォルツ（B.Schwartz）：*"Chinese Communism and the Rise of Mao"* 1951 の日本語訳を、六四年に出版した石川忠雄氏のおられた慶応義塾大学（通称慶応大学。なお、胡風は三〇年代の日本留学当時、この大学の英文科に学びました）は、その後すぐれた現代中国研究者を多く育て、現在では、日本における現代中国研究の中心的存在の一つになっております。アメリカの研究への注目という面では、反「アメリカ帝国主義」意識が強く、アメリカの中国研究の背景に米国政府の「対中国政策」があったという側面を過大に警戒する傾向の強かった「左派」が、遅れをとったことは否定できません。

また新しい分野として成立した国際関係論によっても、中国を中米関係等から見なおすことで、中国がより相対化して捉えられる視角・方法が開かれ、この分野からも、新しい研究者が多く生まれました。

五〇年代後半以降には、アジア経済研究所、国際問題研究所など、政府の外郭団体として作られた研究機関が、資料集、共同研究の組織と成果の公刊、専門家の育成等に成果を上げるようになりました。

アカデミズムにおける「漢学」「支那学」の別は、学問全体の発展の中で薄らぎ、相互に接近しつつありました。「中国学」という言葉は、そのような状況の中で、前近代をも含む中国を対象とする研究すべてを包括する言葉として使われ始めたものであります。とくに狭い意味での「中国研究者」すなわち現代中国研究者の中では、「漢学」「支那学」の別はほとんど無意味なものになっておりました。現代中国研究者にとっては、むしろ五〇年代中頃までは、

「漢学」「支那学」を含む、中国を対象とする伝統的な学問全体に対して自己主張をすることの方が切実な問題だった時期であり、それ以後は、ソ連におけるスターリン批判、東欧におけるポーランド・ハンガリー動乱、中国の「反右派闘争」、中ソ論争、といった激動に洗われる中国の動向を、（もちろん個人差はありましたが）情報不十分のまま見つめるしかなかった時期ということができるでしょう。

このような状況にあった日本の中国研究に、大きな衝撃を与えたのが、六〇年代半ばに始まった「文化大革命」でありました。文革に対する当初の反応は、当惑でありました。そもそも事実についての情報が少なく、判断は容易に下せませんでした。しかし、日毎に予想外の展開を見せた文革は、それまで中国と距離を置いて比較的冷静に中国を見ていた人びとはとにかく、中国が単なる研究対象であるだけでなく、個人の視角・研究方法、さらには世界観とより切実に結びついていた人びとにとって、それまでの一人一人の中国観、中国研究の方法を揺さぶるだけの力を持っていました。現代中国研究者のあいだに、文革の評価をめぐって、大きな亀裂が起こりました。

文革を肯定的に評価した人びとの心理的動機になった最大のものは、資本主義社会にもソ連・東欧の閉塞状態にも失望し、それを打破する可能性を中国に期待する心理だったといえるでありましょう。幹部や「学術権威」に対する紅衛兵の批判を、「社会主義」の宿弊である官僚主義・党専制に対する下からの批判とする解釈が、それを強めました。文学について言えば、文学界における文革が、周揚批判から始まったように見えたことが、「反右派闘争」以来の文学の状況に不満・批判を持っていた人びとに、従来の傾向が是正される可能性を感じさせた面もありました。またそうした問題以前に、すべて中国の公式見解に沿って事実を解釈しようという態度が、深く身についてしまっていた人びとがいたことも事実でありました。

否定的評価をとったのは、現実社会に対する批判の点では前者と共通するものを持ちながら、文革における「階級闘争」のあまりの強調に、かつては中国自身も批判したスターリンの「階級闘争激化論」に近いものを感じた人びと、文革に先立って起こった「中ソ論争」における中国の論理が、公式主義さらには「原理主義」的傾向を強めていると感じていた人びと、「毛沢東思想」の絶対化とその日本への「輸出」に反対する人びとなどでした。この側から見ると、紅衛兵等の幹部批判も、毛沢東を絶対化した上での「異端狩り」であり、周揚批判も論理の質においては、「反右派闘争」のそれと同じ、むしろその拡大であると思えました。

中国で、直接文革を体験された方には信じがたいことでありましょうが、現代中国研究者の中では、前者が多数でありました。

この見解の相違は、研究者の中に深刻な亀裂を生みました。亀裂は、時には政治的立場の対立・人間的対立にまで拡大して、研究者の共同・対話の基盤を傷つけました。この傷がほぼ修復されたのは、分野や地域による違いもありましたが、ほぼ一〇年以上たった後のことでありました。(文革当時についての叙述は、拙稿「日本における中国現代文学」九八年三月、本書ⅢA－2と重複する)

五　文革後の中国研究

文革終了後、中国研究をめぐる状況は根本的に変わりました。「改革・開放」政策の採用によって、おもに「官方」の情報に頼らざるを得ない、という状況がなくなりました。研究者の往来、相互の留学生の増加によって、個人レベルでの深い交流も可能になり、中国の人びとの考え方・感じ方を直接知ることができるようになりました。国交回復後、経済交流が飛躍的に盛んになるにつれ、企業内の調査・研究者の活動も活発になり、実務体験に裏付けられた興味深い発言も増えてきました。研究に直接に関わる状況ではありませんが、中国語学習人口の増加も目立っています。五〇年代前半は、ある面では中国に関する関心が最初のピークに達した時期でありますが、その頃でも、中国語学習人口はけっして多くありませんでした。当時と比べて、現在ではおそらく数百倍、あるいはそれ以上になっていると思われます。この増加はまだ安定したものではなく、その中の相当部分が、中国語を「還給老師了」(先生にお返しした。学校で習ったことを忘れてしまったという意味で使われる)ことになるかも知れませんし、また八九年の不幸な事件の翌年には、大学で中国語を履修する学生数が三割から五割減ったように、まだ脆弱な面を残していますが、中国に対する関心の高まりを示す意味でも、次世代の人材養成のもっとも基本的な条件の強化を示す意味でも、心強いことは確かであります。

中国研究のあり方も、大きく変化しつつあります。文革後に明らかにされた事実は、文革を肯定的に捉えた人びとの期待を完全に裏切るものであったのはもちろん、批判していた人びとの想像をも、はるかに越えたものでした。しかも、それらの問題は、文革で初めて起こったものではなく、それ以前に胚胎したものであることが、否定できないものになりました。それがどんなものであり、いつ頃から生じたか等については、もちろんさまざまな見解があり、現在でも一致しておりません。しかし、かつて現代中国を見る上で存在した、さまざまの枠組みは、いずれも何らかの見直しを必要とすると考えられています。

現在の研究状況の特徴をもっともよく表す言葉を求めるなら、それは「多様化」でありましょう。文革前の中国研究が、情報の量と質に制約されて、党と政府の政策、その基礎にある思想・理論に集中しがちであったのと異なり、政策に対してある程度独立性を持った、中国社会のさまざまな側面が、関心の対象になってきています。学問分野としても、かつて中心であった政治・経済・思想などのほかに、民族学・民俗学・文化人類学・社会人類学・等々新らしいアプローチが増えています。「現地調査」も、まだ制約はありますが、ある程度可能になりました。

今、大きく分ければ、日本の現代中国研究は二つの大きなテーマに向かって進んでいるといえるでしょう。第一は、中国は今後どういう道に進んで行くのか、どのような国になるのか、という問題であり、第二は、文革を含む四九年から七六年までの歴史上の諸問題、さらには国民党政府時代を含む中国現代史全体をどう把握し、どう位置づけるか、という問題であります。

現在のところ、研究者の多数の関心は、第一の問題に向かっているといえるでしょう。これが、今後の日中関係にとっても、アジア全体の前途にとっても、重要な意味を持っていることは明らかです。しかし、第二の問題も、第一の問題に正確な答えを得るためにも、避けることのできない問題であり、さらにこの二つの問題を統一し総合する視点が必要であることもたしかであります。

現在、さまざまの試みがなされていますが、研究者の多数の賛成を得られるに足りる新しい枠組みは、まだできておりません。しかし、これはある意味で喜ばしい現象だと、私は考えます。分析の枠組み・方法等ができあがったと錯覚したとたんに、研究の進歩が止まり、崩壊が始まることは、日中両国において、形は違ってもそれぞれ体験したところであります。日中両国のそれぞれにおいて、また両国間、さらには他の外国をも含めた直接交流の中で、「禁区」のない自由な討論が行われうる条件を大切にし、強めていきたいと願っております。

以上、専門をはみ出る部分が多い問題の報告を、無力をも顧みずお引き受けした私の無謀とのために、浅い分析にとどまり、また多くの点で独断や偏見、一面性の少なくない報告になったかと恐れますが、討論や懇談によって是正していただければ、嬉しく存じます。

参考文献：
（関係する文献を網羅的に挙げることは不可能だし、分野別・問題別に文献目録はいろいろ出ているので、「中国研究」の歴史・総括に関するもの、とくに本報告に関係の深いもの少数にとどめた）
戸川芳郎：「漢学シナ学の沿革とその問題点」（『理想』三九七号　一九六六・六　理想社）

野村浩一：『近代日本の中国認識——アジアへの航跡』八一・四　研文出版
山根幸夫：『大正時代における日本と中国のあいだ』九八・三　研文出版
中国研究所主催連続研究会報告：「二〇世紀における日本の中国研究」『中国研究月報』五九六号（九七・一〇）以降連載。のち報告が五篇と総括シンポジウム「二〇世紀の中国研究をどう生かすか」の記録を併せ、小島晋治・大里浩秋・並木頼寿編『20世紀の中国研究―その遺産をどう生かすか』（二〇〇一年、研文出版）として刊行。
三浦国雄：「中国研究この五〇年——哲学・思想」（『日本中国学会五〇年史』一九九八・一〇　日本中国学会）
興膳　宏：「中国研究この五〇年——文学」（『日本中国学会五〇年史』一九九八・一〇　日本中国学会）

「文学史」に関する二三の感想

――解放後発行された「中国文学史」をめぐって――

一　検討の対象

中国文学史の研究ないし中国文学史に関する著述はもちろん解放直後も行われていなかったわけではないが、これが文学界、学界の大きな課題としてとりあげられるようになったのは、周知のように「紅楼夢」問題を契機としている。郭沫若が、胡適はまだ学術界の「孔子」である。それをまだわれわれは打倒していない。それどころか、まだぶつかってみたことも稀だといってよい、と述べ、馮雪峯が、古典文学研究の中に、これ程ブルジョア思想が残っていることを、うかつにも私は知らなかった、と自己批判したように、この頃までは、いわゆる「古典文学」について、マルクス・レーニン主義の立場から、再検討することは、一部においてしか行われていなかった。つまり「紅楼夢論争」の時期になって、マルクス主義による「古典文学」研究の必要性があらためて認識され、そのための仕事が始まったと言ってよい。『光明日報』が「文学遺産」副刊を発刊したのもこのような動きの一つにほかならなかった。

それから五年経った現在、この動きは、どのような実を結んだだろうか。この間一九五六年秋に高等教育部のもとに、「中国文学史教科書編集委員会」が作られ、その成果として、北京大学の游国恩、王瑶、復旦大学の劉大傑、山東大学馮沅君、武漢大学劉綬松の各教授によって起草され、何回かの討議を経て「編集委員会」拡大会議を通過した

「中国文学史教学大綱」が、一九五七年八月、高等教育出版社から出版されている。また個人の著作も、紅楼夢論争の直前から発行され始めた李長之の「中国文学史略稿」をはじめ、一〇種類に近い中国文学通史が書かれ、その他作家別、時代別、或いはジャンル別の研究は、正に枚挙にいとまないと云ってよい。

それらのうち中国文学通史をまとめて批評せよというのが、私に与えられた課題であるが、これは生易しい仕事ではない。第一に「古典文学」に至って暗い私の任に耐える仕事ではない。極東書店から相談を受けられた倉石武四郎先生が私に白羽の矢を立てられたのには、このさい日頃余り古い方を勉強しない私に少し勉強させてやろうという親心が多分に含まれているらしいことを考慮に入れても、これらの文学史の一つ一つについて、細い点での学説の異同、それと従来の定説との比較、是非の判断などは、到底できる筈もない。またこれだけの量に上る文学史についてそれを行うことは、紙面の点だけから云っても不可能に近い。

わずかに私に出来そうなことは、いずれも「マルクス主義」「唯物弁証法」の立場に立つことを建前にしているこれらの著作の、文学乃至文学史というものに対する考え方、見方について、いくつかの感想を述べることである。方法論批判とまで徹底したことはできないにしても文学に対する真にマルクス主義的な、実りある対し方とはどういうことなのかについて、それなりに問題を持って来た私として、この点でならば、少しは述べることがあるのではないかと思う。その点を中心に、できるだけ内容に則して考えてみたい。

ここで取り上げるために私が読んだ文学史は以下の九種である。たとえば「中国詩史」「中国文学批評史」等のジャンル別文学史、或いは、個々の作家または時代に関する研究は、除外した。また香港発行のものも、ここでは取上げず、一応中国国内出版のもののみに限った。

☆李長之「中国文学史略稿」一・二・三巻。一九五四、六―一九五五、三、北京・五十年代出版社。北京師範大学での講義をもとにしたもので、宋の詞まで述べている。

☆林庚「中国文学簡史」上、一九五四、九、上海文芸連合出版社。著者には一九四七年刊の「中国文学史」があるが、これは北京大学での講義をもとに、新たに書き改めたもので、後記によれば、ソ連の「一一世紀より一七世紀までのロシア古代文学教学大綱」を参照したという。唐代の詞の勃興まで。なおこれは一九五七年一月、古典文学出版社から再刊されている。

☆陸侃如・馮沅君「中国文学史簡編」(修訂本)。一九五七、七、作家出版社。著者らには一九三二年一〇月開明書店発行の「中国文学史簡編」があり、解放後これに直ちに手を入れて「中国文学史稿」として山東大学『文史哲』に一八期にわたって連載したが、これはそれに更に手を入れたもの。開明版は古代から左連まで扱っていたが、今度のものは、五四直前までで終わっている。また開明版では、大体唐までを陸侃如、それ以後を馮沅君が主に書いたとしているが、これは執筆分担にはふれていない。付録として「関於編写中国文学史的一些問題」「関於中国文学史分期問題的商榷」の二編をつける。なお著者らには、されにこれを圧縮した「中国古典文学簡史」一九五七、七、香港生活、読書、新知三聯書店刊がある。

☆詹安泰、容庚、呉重翰「中国文学史(先秦両漢部分)」一九五七、八、高等教育出版社。中山大学での一学年用講義をまとめたもの。当時黄海章編著で、一年間に終わる「中国文学史」ができていたのをもとに討論し、書き改めたとしている。漢代まで。巻末に各章別に分けた「復習題」がついている。

☆劉大傑「中国文学発展史」上・中・下。一九五七、一二―五八、三、古典文学出版社。著者には先に上下二巻から成る同名の著作があり、それぞれ、一九四一年、四九年に中華書局から発行されている。解放後それを新たにマルクス・レーニン主義の立場から再検討しようとし、内容も増して四巻、上古から一九四九年にわたる文学史を計画したが、多忙のため十分に果たせず、字句上の訂正にとどまったと述べている。清末まで。

☆楊公驥「中国文学」(第一分冊)一九五七、一二、吉林人民出版社。東北師範大学での通信教授の講義録として作られたもの。戦国時代までを含むが、「楚辞」だけは病気のため、締切に間に合わなかったという。
☆譚丕模「中国文学史綱」上冊、一九五八、五、人民文学出版社。唐まで。
☆北京大学中文系文学専門化一九五五級集体編著「中国文学史」上・下。一九五八、九、五四直前まで。人民文学出版社。この本の最大の特色は何といっても、学生によって集団的に書かれたことであろう。「親愛なる党と偉大なる祖国に捧ぐ」という献辞からもうかがえるように、夏休み直前北京大学の党委員会から出された「学術躍進」のスローガンに答えて、学生たちが夏休みの諸種の計画を捨てて結集し、グループ毎に分担して書いたもので、九月五日までには全部を書き上げたという。阿英に晩清について援助をうけたほか、教授達に一応目を通してもらったというが、全体としては、従来の「ブルジョア学者」に対する不満が強く、それに代わるマルクス・レーニン主義的観点、また個人主義的研究態度に代わる集団主義の勝利をうたっている。たとえば短期間に仕上げたことについても、一九五六年に高等教育部が何人かの専門家に委託し、助手をつけ、十分な条件を与えてやったのに、まだできないではないか、これこそ学術研究は少数の天才によってのみ行われるものだという「神話」に対する反証だ、と誇っている。それだけに内容においても、過去の学説の「唯心主義的」観点への批判には、大きな力がそそがれている。
☆「中国文学史教学大綱」一九五七、八、高等教育出版社、高等教育部審定。この本の成立過程については前に述べた。範囲としては現代まで。

二　「人民性」とは?

およそ文学を研究しようとするもので一体文学史を学ぶとはどういうことなのか、そしてそれは何の役に立つことなのかについて、何らかの懐疑を持ったことのないものは、恐らくあるまい。少し大袈裟な云い方を敢てするならば、この懐疑にひるむことなく耐え、それに徹することによってのみ、過去の文学の自分に対する意味を再発見し、文学史を眺める視点を見出すことができるものだろうと思う。単なる知識ではなく、われわれを動かす力を持った文学史とは、そういうものなのであろう。しかし、そう考えて中国文学史を見る時、そのようなもののいかに少ないことかを歎きたくなるのは、必ずしも私のないものねだりではあるまい。そしてそのような中にいる私たちが、中国のマルクス主義の立場に立つ文学史に期待するのは、何よりもそのようなものにほかならないのだ。何故なら現実を解釈するだけの学問でない、現実を変革するための学問を主張したのが、マルクス主義であった筈だからである。

ところで先にあげた諸作が、文学史を見て行く視点、基準を見ると、細い点でのちがいはあるにせよ、結局最も大きいものは、人民性・現実主義ということに帰するように思われる。京都大学の『中国文学報』第四冊の書評で、このような人民性を持った文学の系譜という「道統論はあまり強調され」ず「いかなる古典文学にも、すぐれた性質があることを強調する」とされている林庚にしても、それは李長之に比して「あまり強調されない」のに過ぎず、彼の説の特色をなしている文学のにない手としての「士」の重視にしても、人民の声の代弁者としての「士」をとらえるのであり支配階級に属する作家によって作られた文学が、何故に人民性を持ち得たかについての説明として出て来たものである。ただ李長之などが、民主的・革命的な思想を持ち、同時に現実主義的な文学を「発揚」することこそ、中国文学史の重点であるとするのに対する、林庚にも見られるような力点のおき方の相違は、少し注目されてよい。

たとえば譚丕模は、「中国文学の発展過程における全現象の変動の因果関係を研究し、中国文学発展の法則性を明らかにすること」が中国文学史の目的である（三ページ）とし、それが結局において社会主義建設につくすという方向を見定める上に有効なのだという。もちろん彼にしても、その少し後には内容の人民性と、創作方法における現実主義が、作品を評価する基準であるとしてはいるが、一方で北大本（適切な呼び方ではないが、ちょっと他に簡単な略称もないので以下これを使う）が、あくまでも文学が「上部構造」であることを強調し、「ブルジョア学者は、社会的経済的基礎という、文学の決定的要素を見失ってしまうために、彼らの文学に対する解釈においては、文学自身の発展法則と継承関係が、不適当な地位、甚しい場合には絶対的な地位にまで誇張される」と述べているのを考え合わせれば、その間のニュアンスの相違は無視することができない。そしてこのような微妙なちがいが、具体的な作品の評価・分析に、どのような影を落しているかは、中国における今後の文学史研究の方向を見定める上にも、一度たどられる必要があると思われるが、それはやはり個々の著作について詳細に行われねばならぬことであり、ここではその余裕もないので、問題の存在を指摘するにとどめたい。

さて、そこでまず文学の人民性という点から、これらの諸作の問題点を考えてみることにしたい。

マルクス主義が、旧社会の打倒のための哲学であることから、文学においても社会批判、反逆精神を含んだものが重視されるのは当然のことであるが、それが民衆の中には固有のものであるとし、そこからひろく文学一般の中に民間文学の占める意義を強調するのは、とくに中国に著しい特徴のように思われる。たとえば北大本は「わが国の古典文学中の主な形式は、一つとして民間から生まれなかったものはない」、「歴代の成果のあった作家はすべて民間文学を真剣に学んだ」（三ページ）と述べている。この考え方の根拠となっているのが、あらゆる民族文化の中には、支配的な文化であるブルジョア文化とともに「たとえ未発達のものであっても、民主主義的・社会主義的文化の成分が存在する。何故ならばあらゆる民族には、すべて労働し、搾取される大衆がおり、彼らの生活条件が必然的に民主主義的・社会主義的なイデオロギーを生み出すからである」とする、レーニンの「二つの文化」に関する命題であり、さらにこれは、「文芸講話」の、人民の生活中にはもともと文学芸術が存在しているのであり、未加工のものではあっても、それこそが最も生き生きとした、最も豊かな、最も基本的なものであって、すべての文学の源泉である、とする、言葉によって裏づけられている。この考え方は無論それ自体としては全く正しく、非のうちどころはないと云ってよい。だが、古代神話や詩経はこういう考え方に沿って評価して行っても格別の問題は起こらないだろうが、屈原が民間の詩歌をくみ上げたという点でたたえられ、(北大、陸馮、譚丕模、李長之、教学大綱等。その他のものも多かれ少なかれ屈原が民歌を学んでいるとしている)司馬遷が史記執筆前に各地を旅行したことによって、民間文学、人民の言語を学んだという点がクローズ・アップされる(北大、劉大傑)という傾向には、疑問を感じないわけにはいかない。彼らが民歌を吸収し、民間の物語や言葉を学んだのが事実でないというのではない。そういうことの指摘が、文学史としてどれ程の意味を持つかということが云いたいのである。誤解を恐れずに云えば、民間文学を受け入れたこと自体には大して意味はないのだ。もし彼らが民間文学を学んだことによって初めてあれだけのすぐれた文学を生み出し得たのだとするなら、彼らが、民間文学のどのような点をどう受け入れたかの説明が必要である。それによってわれわれは民間文学の学び方の一つの模範を得ることができる。それを抜きにしてただ民間文学を受け入れたとだけ云うのでは、何も明らかにならない。ここにあるのは、レーニンや毛沢東によってオーソライズされた民間文学という一つの尺度を、屈原や司馬遷にあてはめて彼らを高く評価するというだけのことであり、またそれは逆に、屈原や司馬遷のように偉大な文学者にその尺度があてはまるのを示すことによって、その尺度の正しさを証明したことにするという態度でもあるのだ。つまり、彼らはここで民間文学を持ちあげていながら、それとまともに向き合っていない。どういう点で民間文学がすぐれているのか、それを受け入れるとはどういうことなのかをつきつめていないのだ。これをつきつめれば、こう云ってすましてはいられない筈だと私は思う。

これは単に民間文学に対する対し方だけでなく、民衆そのものへの対し方ともつながっている。たとえば、屈原の人民性の証拠の一つとして、彼の命日である端午節には、人民が皆ちまきを食べて彼を偲ぶというような説明が出て来る(陸・馮、詹安泰等、譚丕模、北大)。これなどは単なるひいきのひき倒しとして笑ってすましてよいのかも知れないが、私はここに何か民衆の健全さに対する信頼などというものでなく、民衆という言葉への物神崇拝めいたものすら感じてしまうのだ。たとえば魯迅が「随感録」などで執拗に問題にした、民衆をも含めて、中国人の持つ、思想や文学への不感症、ないし思想や文学を従来の自分達の持つものへ変質させてしまう受け取り方、堀田善衛氏が小説「鬼無鬼島」で追求した、思想も文化も、すべて何かどす黒く土俗化してしまう伝統の重みというようなもの、は、屈原と端午節のちまきとの関係とも、全く無関係なものではあるまい。このような問題、つまり民衆の持つ歪みが、これらの文学史家達には全く問題にならないのは何故だろうか。魯迅の初期には民衆への不信が抜けないという欠陥があったとする定説によってこれを片づけるとしたら論外である。民衆はいろいろ歪みを持っているが、本来は健全なものなのだ、ということをただくり返していても仕方がないのだ。現実に民衆に向き合い、これに働きかける立場に立つ限り、彼らが事実として持つ歪みは当然問題になるし、それを取り除いて本来持っている健全さを発展させるのだとしても、そのためにもその健全さと歪みとは、一つのものとしてそのからみ合いのしかたを問題にせねばならぬ筈だと思う。実践的立場に立つ筈のマルクス主義文学史家達が、これらのことに思いを及ぼさないのは、責められても仕方あるまい。

また「彼（屈原）は民間詩歌を文人詩に発展させた」と北大本は云い、同様の文章は譚丕模にもある。こういう言葉に対して、民間詩歌がそれほど立派なものなら、それが文人詩になることが、どうして「発展」なのか、という問を発することも、彼らが民間文学の弱点について、一度もふれていない限りにおいては、揚げ足とりではなく許されるのだ。詹安泰等が

「伝えられている『九歌』は屈原加工後の作品であるから、屈原自身の思想感情がにじんでいることは免れ難い。……どんなに彼が労働人民に接近し、どんなに大量に民間の創作を吸収していたにせよ、彼の美学観点と、労働人民の美学観点とには、どうしても一定の距離がある。従って『九歌』中の神には、すべて華やかな息吹きがあり、労働人民の生産事業と、表面的には結びつかないように見える。だが……自分達の創造した神が、美しい衣裳をまとい、複雑

な趣きを添えられることは、中に毒素が含まれていない限り、労働人民に拒絶されないばかりでなく、逆に労働人民の要求をより満足させられるのである。」（一三四ページ）と云っているのも、この間の論理的なギャップを埋めるための説明にほかならないのだ。問題は民間文学を「発展」させた作家の力が何か、ということである筈であり、それが明らかにされることによって、文学史は、今日の作家の民間文学との取り組み方に、何ものかを与えることができるのだ。いいかえれば、このような観点なしには文学史は過去の文学を「解釈」するだけの学問に終わり、「改革」の、即ち文学に即して云えば創造のための学問たり得ないのではないかと私は思う。

三 「人民性」と「芸術性」

民間文学の人民性と、それを「加工」した「文人詩」との関係を説明しようとした詹安泰らの言葉も、必ずしも十分のものとは云い難い。そしてここから新しい問題、マルクス主義文学理論、少なくとも中国のそれが、放置している問題が顔を出して来る。

それは、これがいわゆる「加工」の意義を専ら形式的・技術的完成にのみ求めていることである。つまりここでは作家の役割は、形式的・技術的にしかとらえられていないのだ。「ブルジョア学者」の形式主義を強く排撃している彼らとして、全く奇妙なことではあるが、このような技術主義・形式主義の亡霊が、意外に広い範囲にわたって生き残っていることを見逃すことはできない。それはたとえば次のような所に見出される。

「彼（屈原）の作品の成功は、高度の思想性によるばかりでなく、高度の芸術性にもよる。彼の豊かな幻想、はげしい感情、特異な言葉は、詩篇に濃いロマン主義の色彩を具えさせている。」（陸・馮、三六ページ）

煩雑さを避けるためと、紙面の節約のために、同様の例を多く引くことは避けたい。ここにあげた文章は、ただちにそのまま形式主義・技術主義ではないにしても、「芸術性」を「思想性」と切り離して、作家の幻想、感情、言葉といったものから説明するのは、それらの幻想力、感情等々が、作家の現実への対し方とどう結びついて出て来るものなのか、云いかえれば、それらの幻想力・感情等々を生み出し、支えているのが何かを問題にしないでいる限りは、作者の内面の構造と無関係な所から「芸術性」を説明する点で、形式・技術の完成だけから芸術性を評価する方法を、あまり出ていないと云って差支えないのである。この傾向は、「文芸講話」において毛沢東が「政治的標準」と「芸術的標準」を一応分けて説明していることなどとも関係があろう。だが「文芸講話」を細心に読めば、明らかなように、毛沢東はこの二つを決して分けたきりにしていない。その統一のさせ方はたしかに一般的でありすぎ、あのままでは一応統一されているにすぎない。問題は未解決のままに残されているのだ。そしてそれは毛沢東の罪でもない。むしろ毛沢東が未解決のままに残した問題をその後もつきつめることなく、ただそれを引用し、その上にあぐらをかいて来た文学者の事大主義と怠慢が責められねばならないのだ。そして、これと同様のことは、後に述べるエンゲルスのバルザック論との関係においても云えると私は思っている。

ここにとり上げた著作の多くが、楚辞についても、史記についても、まずその思想性を説明し、次にその芸術性を説明するという方法をとっているのも、単に叙述の順序としてそうなったというより、以上述べたような考え方と結びついているように思えてならない。

結局問題はこれらの古典文学の作品が、今日のわれわれに対して持つ意味をどうとらえるかということに帰着するだろう。そしてそれはそれらの作品が、今日でもわれわれを動かす魅力のもとをどう考えるかという問題にほかならない。

その点を考えるうえで問題にしてみたいのは史記の人物の描き方に関する評価である。これについては、大体一致して、司馬遷が支配階級のものばかりでなく、たとえば農民暴動の指導者である陳渉などを高く評価し、農民暴動の果たす役割を正しく指摘したことを強調している。たしかにそれはそれとして、とくにあの時代においては偉大なことだと思うが、史記が現在でもわれわれに魅力を感じさせるのは、そのような政治的見解が現在のわれわれのそれと一致するからではなく、武田泰淳氏以来云われているように、司馬遷の人間洞察の深さによることは動かし難い事実だと思う。陳渉らを高く評価したのは、むしろその結果であり、司馬遷は、支配階級の政治性によって低くされている陳渉らを、その政治性をはぎとった人間として評価することで引上げたのであり、支配階級と逆の立場からの、だが同じ次元の政治性によって引上げたのではないのだ。

史記を政治性の面から評価する見方は、たとえば北大本のように、司馬遷が、専政君主である劉邦の醜悪な本質、虚偽・狡猾・無頼等に対して仮借ない暴露を行ったというような見解にまでたどりつく。が、これにしても、劉邦に対する司馬遷の筆は、単なる政治的暴露というような域を遙かに越え、一個の徹底した政治的人間を浮彫りにしていることは否定し難く、またそこにこそ史記の魅力があることは今さら私がくり返すまでもあるまい。

政治性の面から古人を評価すれば、当然そこで彼らの「限界」が問題にされざるを得なくなる。たとえば屈原の階級的限界について、北大本などが述べているのがそれである。この「限界」という考え方については、すでに亀井勝一郎氏が「現代歴史家への疑問」(『現代史の課題』一九五七・中央公論社)で疑問を投げかけている。私は必ずしも亀井氏の論に全く賛成ではないが、とくに文学史の場合このような「限界」論が、大して意味を持たないことは確かであろう。問題は、そのような「限界」にもかかわらず、その作品が今日のわれわれに対して、「限界」のない人の作品にもます迫力を持って存在していることにあるのだ。マルクスの「経済学批判」序以来、マルクス主義文学芸術論の宿題になっているこの問題に対して、これらの文学史もまた答えていない。高橋義孝氏は、マルクス主義文学論は、従来この問題を解決せず、結局ある場合は作家の世界観の正しさを、ある場合はその作品のリアリスチックな力強さを表面に出すという二元論の使い分けによって、その内部にある理論的な矛盾、不完全さを暴露せずにいると批判しているが（『文学研究の諸問題』一九五八、新潮社）遺憾ながらこれらの文学史は、この批判に答え得るものではない。

結局作家の政治意識の面からでは作品を評価しきれないため、現実をありのままに反映するという新しい基準が持ち出されて来るというのが、高橋氏の意見であり、少なくとも現状では、その批判の正しさを相当程度まで認めざるを得ないと私は思うのだが、そのような二元論を生み出す契機の一つになっているのが、バルザックのリアリズムに関するエンゲルスの周知の命題である。そしてそれはレーニンの「ロシア革命の鏡としてのレフ・トルストイ」の中の、「もしもわれわれの前に真に偉大なる芸術家が立っているとするならば、たとえいくらかにもせよ、革命の本質的な面を彼は自己の諸作品の中に反映させているはずである」という言葉にうけつがれている。されにそれが、革命の本質的な側面を、エンゲルスの言葉で云えば「典型的情勢下における典型的人間」を、描いていることが、すぐれた作家・すぐれた作品であるための、必要な条件であるかのように理解され始めた時、マルクス主義文学論は、この二元論への坂道をまっしぐらに走り下り始めたのだ。だが、ここでも誤りの主要な責任はエンゲルスやレーニンにあったのではない。エンゲルスは、バルザックの偉大なリアリズムを指摘はしたが、そのリアリズムを支えているものが何かにはふれなかったのだ。政治家・経済学者・哲学者として、エンゲルスはバルザックを外から見、そのリアリズムを発見した。そこで文学者が真に創造の立場に立つなら、そのリアリズムを支えていたものが何か、をバルザックの内側から照らし出さねばならなかったのだ。それによってのみ、彼のリアリズムの摂取は可能だった。そのためには、エンゲルスが指摘した「彼の痛烈な敵対者であるサン・マリー修道院の共和主義者達」への「あからさまな感激」が、バルザックの内部で他の意識とどのような構造に結びついているのかが問題にされねばならない筈であった。つまりそこでバルザックの人間に対する見方が明らかにされ、そこにリアリズムをも含めて、彼の文学の人を動かす根本が求められるべきだったのではなかろうか。それが行われなかったために、社会の情勢が文学の中にどう「反映」

しているかに文学研究の大きな部分が占められ、文学研究・文学史は、文学のまわりをどうどうめぐりし始めたのである。

楚辞についても、史記についても、この点こそが問題にされねばならないのだ。すでに書かれている仕事に則して云えば、譚丕模が楚辞についていう「深い自我の表現の」内容、教学大綱が史記について「歴史を通じて自己の理想を述べようとした」「濃厚な感情と強烈な愛憎が作品の中に滲透している」とする、その理想・感情・愛憎の質・内容が、もっとつっこまれ、明らかにされる必要があるのだ。もちろん私はその理想・感情等々を、社会と切り離されたものとして扱えというのではない。それは個々の作家の経歴、環境等と関連づけつつ、人生に対する対し方の問題として扱われねばならないことは云うまでもない。

結局文学が人を打つのは作家のそういった人生への対し方、人間の見方が、どれだけの人とつながりを持ち得るものであるかによるのではあるまいか。林庚が文学のにない手として「士」を重視し、支配階級の下層にあって、被支配階級とのつながりを持っていた点に、彼らの文学の成立の根拠を見るのは、支配階級のものの書いた文学が、広く人民をも動かすという事実を説明するための苦肉の策と見られるが、これを一般的に云うことは『中国文学報』第四号に指摘されるように無理があろう。そのような苦肉の策に逃げてはいけないのだ。支配階級の作家であろうが、庶民出身の作家であろうが、その個々の人生・人間への対し方しか、文学の価値を決定するものはないのだから。

マルクス主義の立場からする文学史が、真に実りあるものとなるためには、まずこのような角度からする個々の作家研究がまだ決定的に不足している。その中でも文学史は一応なければならぬ。そういう要請にこたえるために書かれた文学史に対する批評としては、私の意見は酷かも知れぬ。また従来の全く史観ぬきの人名と書名の羅列にすぎない文学史にくらべれば、やはり中国文学史研究に新しい一歩を加えたものと云えることも確かであろう。だが、マルクス主義が、単にそれらのものに対するアンチテーゼであればよい時期はもはや過ぎたのだ。そしてそのためには、以上のような点についての自覚が不可欠であるにもかかわらず、これらの文学史が相変わらずの「体系」の上に不安なく眠っているのが不満なのである。マルクス主義文学論の不毛さからの脱出を願う一人としての感想に過ぎない。

魯迅と「宣言一つ」
――『壁下訳叢』における武者小路・有島との関係――

一　日本文学への関心

一九四三年九月に、武田泰淳氏は書いている。

「魯迅も周作人も日本留学生である。日本語を話し、日本文を綴った。しかし魯迅に対する日本文学の影響をと問えば、多くの魯迅研究者が小首をかしげるにちがいない。それ程影響らしい物が見当らぬのである。(1)」

また魯迅と日本文学との関係について語る人が、ほとんど例外なしに引用しているのは、周作人が「魯迅に関しての二」で述べている、

「日本文学に対しては当時は少しも注意せず、森鷗外・上田敏・長谷川二葉亭等、殆どその批評や訳文のみを重んじた。ただ夏目漱石作の俳諧小説「我輩は猫である」は有名で、予才は各巻が印刷されて出るとすぐ続けて読み、朝日新聞に連日掲載されていた小説「虞美人草」も熱心に読んだ。島崎藤村等の作品に至っては終始問題にしたことはなく、自然主義盛行時にも田山花袋の小説「蒲団」を読んだだけで、あまり興味は感じなかったらしい。予才が後に作った小説は漱石と作風は似ていないが、その嘲諷の中にある軽妙な筆致は漱石の影響を人分受けている……。(2)」という言葉であるが、これにしても、魯迅に対する日本文学の影響、あるいは魯迅の日本文学の受け入れ方の内容を明

らかにしているものとは言い難い。

武田泰淳氏は、先の文章の少し後の所でこう言っている。

「大正一一年に武者小路実篤『或る青年の夢』を、同一三年に厨川白村『苦悶の象徴』を、昭和元年に同じく『象牙の塔を出でて』を、同三年に鶴見祐輔『思想山水人物』を、同四年に板垣鷹穂の美術評論、片上伸の文芸評論をそれぞれ訳出した彼の努力は、静に作品を味わう楽しみよりは、激しい現実にせきたてられた感が深い。つき転ばされまいと両脚に力を入れ、表情などにかまっていられぬ形であった。昭和八年、[3] 周作人と共に『現代日本小説集』を出版したとはいえ、それ以後日本小説の主流とは次第に遠ざかって行ったと見てさしつかえない。かつては先進国日本の文芸に魅力をそえた現実の幕、感情の膜が、ようやくにして魯迅と日本文芸の間をさえぎりはじめたのであろう」

この評価はおおむね妥当であろう。「激しい現実にせき立てられた」「つき転ばされまいと両脚に力を入れ」等々という言葉の内容についてはもう少し説明が欲しいが、とにかくこれは魯迅と日本文学の関係について、一応の定式を作ったものと言ってよい。千田九一氏の「日本文学と魯迅との関係」[4] も、武者小路・白村等（特に前者）について、ややくわしく述べてあるが、大筋としては武田氏の定式の枠内にあるものと言ってよい。「晩年の魯迅は、日本の文学からはそっぽを向いた恰好である。」「日本文学一般に対しては、かれはいつも一種のズレを感じていた。」という意見も武田氏の定式と一致している。

私もこの定式を定式としては承認する。たしかに魯迅が一九三〇年前後を境として「共産主義者よりも共産主義者的」であるとされる境地に大きく接近して行った変化は、竹内好氏が執拗にくり返されている留保[5]を認めた上でも、やはり無視することはできまい。そしてこの頃から、彼の翻訳にも、ソ連のものが大きな比重を占めて来るようになるということから、その性格の一端がうかがわれるような変化が生まれている事実は、誰でも承認せざるを得ないであろう。ただ、私は日本文学と魯迅との関連を、この「変化」の生ずる前にのみあり、この「変化」によっていわば否定された性質のものとのみは考えない。結論を先に言えば、私はこういう日本文学の翻訳の中に、この「変化」を内側から促進した要因、あるいはこの「変化」に、魯迅独自の性格を強くきざみこんで行った要因の一つが見出されるのではないかと思うのだ。小説・雑感を含めた全創作に匹敵する量の翻訳を残している魯迅にとって、翻訳とは恐らく創作と同様、彼の内部に作用するものだったにちがいないのである。

『壁下訳叢』は、いうまでもなく一九二九年九月北新書局から出版された、文学に関する日本人の紹介・評論の翻訳集である。正確にいうと、日本人九人とケーベルとであるが、ケーベルにしても魯迅が訳したのは、深田康算・久保勉共訳本からであったし、かつて改造社から出た『現代日本文学全集』の中にも加えられているくらい、日本の文学・思想界にとけこんだ存在だったのであり、だからこそ魯迅がこの訳文集に加えたのだと考えられ、その点で他の九人との間に区別は考えられない。内容と魯迅が使った底本とは、附表（文末の附記参照）に示す通りであるが、この表でもわかる通り、翻訳、発表の時期は、一部を除いて、まだ調べがついていない。「小引」によれば、三、四年来の翻訳で、各種の定期刊行物に発表したものが三分の二を占めるという。またこの時までの訳稿は全部収めることを原則にしたものらしく、「内容にも選択は加えていない。もし紙上に発表したことのあるもので、ここにないものがあれば、それは私が原稿や印刷物をなくしたためである。」と述べている。(6)

二五篇のうちいくつかは、西洋文学の紹介である。もちろんそれらにしても、魯迅が数多く読んだ書物のうちから選んだことには、それなりの理由があったはずであり、従ってその影響も当然考えねばならないが、その点についてはさらに詳細な検討が必要なので、ここで述べる問題と関連する範囲でのみふれることにし、その他の大部分を占める、文学論に関する問題を中心にとりあげることにしたい。

附表に示されている通り、これらの論文は、一九二四年から一九二八年頃に至る時期に読まれ、翻訳されている。冒頭に収められている片山孤村の「思考の惰性」だけが、底本の入手年月日も、訳した日付も不明であるが、それを除くと一番先に訳したのは白村の「西班牙劇壇の将星」ということになる(7)。これを訳す直前、九月二二日から一〇月一〇日まで、やはり厨川白村の『苦悶の象徴』を訳し、翌二五年に「象牙の塔を出でて」を訳している。文学論の面から見ると、『壁下訳叢』の時期は、白村の文学論の影響というか、ないしは白村の文学論への共鳴というか、ともあれ白村との関係の相当顕著な時期から、「革命文学派」との激論が行われる時期までにあたっているわけである。従って「革命文学」派と激論した魯迅の思惟構造も、多かれ少なかれ、これらの論文と関係を持っていることが想像され、それらの影響と、その変化とを探ることは、特にこれに続いて、マルクス主義文学理論関係の翻訳が始まっているだけに、魯迅の重要ポイントの一つであるこの時期に、いわば裏側から光をあてるものとして、かなりの意味を持つのではないかと思われる(8)。

二　魯迅と武者小路

『壁下訳叢』の「小引」に魯迅は書いている。

「配列についていうと、前の三分の二――西洋文芸思潮を紹介する文章は除いて――の主張の文章はすべて比較的古い論拠に従っている。「新時代と文芸」という新題目のものも、やはりこの流れに属する。ここ一年中国で革命文学の呼び声に応じて立った多くの論文は、まだこの古い殻を食い破り得ないでいる。ひどいものになると、「文学は宣伝である」という梯子を踏んで観念論のとりでの中に這い込んでしまった。これらの論文をみることは、大いに反省の資となし得るだろう」

前の三分の二というのは、金子筑水の「新時代と文芸」までを指している。魯迅がここで「比較的古い論拠」といっているのは、以下の片上伸、青野季吉等のものと対照した意味であり、つまり、プロレタリア文学、中国でいえば革命文学の主張が起こる前の論拠ということである。

革命文学の論文が、まだこれらの論拠を克服し得ていない、という魯迅の主張は、この時期に魯迅が革命文学派に対して抱いていた批判の中心をなすものだった。すなわち、彼はこの当時、中国で新しいものを受け入れる時、最も悪いのは名前ばかり騒がれて、内容の正しい紹介と理解が十分にされないことだということをしばしば唱えている。彼がプレハーノフその他マルクス主義芸術論関係の文献を自ら訳したのが、こういう傾向に対する批判と是正の意図に発していることは、今さらくり返すまでもなく周知のことだが、「小引」のこの批判は、いわばその裏側をついたものである。新しいものを唱える場合、その内容のつかみ方が浅薄であるばかりでなく、それが対立する古いものの克服についても安易で、その相手を十分に知ることさえしていない。そのことへの批判である。

だが、魯迅がこれらの論文を訳したのが、「克服」さるべき古いものをよりよく知るためだった、とすることは、事実の半面しか見ないことになるだろう。この場合には魯迅とこれらの「古い論拠」の文学論との間には、もっと直接的な血のつながりがあるのだ。

これらの「古い論拠」の文学論の中心となっているのは、有島武郎と武者小路実篤のものである。『壁下訳叢』には、有島の方が前に収められているが、魯迅との関係において、比較的単純と思われる武者小路から先に検討して行くことにしたい(9)。

武者小路の『文学に志す人へ』は、「序」によれば、彼がそれまでに書いたもののうちから、文学に関係のあるものを、選んで出したもので、序文のほか四八篇から成っている。この本は一九二三年に版を改めて国民社から出ているが、(内容は三篇が加えられ、五篇が除かれて序が新たにされたほかは、順序にも変動はない)その序で武者小路はこう述べている。

一時日本には、自然主義が盛んだったように、プロレタリア文学が盛んだった。僕は両方に属していないので、両方から悪評された。従って僕も黙っていられないで、両方に対する自分の不満をのべた。

しかし、この本の文章は、直接自然主義派或いはプロレタリア文学派を批判するよりも、彼自身の文学論を原理的に述べ、それが結果としてこれらへの批判になっているといった性格が強い。魯迅の訳した四篇の中から二、三引用すると、次の様なものである。

すべて芸術は早わかりがする必要はない。しかしわかり出したら何処まで行っても、味わいつくされない味をもたなければならない。それには作者の人格の深さが必要になるのはいうまでもない。芸術家は自分の道をあるいて自分の作品の内に自然と人類とにたいする深き愛をそそぎこまなければならない。(すべて芸術品は)

すべての芸術に最も禁物は空虚な所のあることである。無駄なもののあることである。充実しきらないことである。本物許り充実している。充実していない芸術はすべて虚偽である。少なくも充実していない所だけは虚偽である。手品をつかっているのである。うまいまずいはあるけれども。(すべての芸術に)

文学はなぜ自分達にとって必要なのだ。或る人々には全く不必要なものだ。どんな文学だって、その文学を読まずには生きられないということはない。そんなことはいうまでもないことだ。文学は又娯楽とか時間潰しの為にも不必要なものだ。そう言うものの為には、もっと読者や見物に媚びるものがある。もっと誰にも面白く我を忘れさすものがある。……そして文学はそんなものではない。文学は実際いうと読者の要求で生まれたものではなく、作家の要求で生まれたものだ。……公衆に媚びるのが娯楽だが、文学は他の芸術と同じく、作家が自分の要求でかく。公衆がよく問題になっても、それはいかにせば公衆に気に入るかというのではなく、いかにせば公衆に自分の意志が伝わるかというのだ。(文学者の一生)

先ず第一に本心が大事である。噂やつけやき刃は面白くない。細工もやりようによっては面白いが内の生命がしなびていては困る。

自分は生命に満ちてないものは嫌いだ。（詩について）

大分引用が長くなったが、ここにはほとんど一つの主調が奏でられているといってよいであろう。作家自身の、借り物でない「自己」を作品の中に表現せよ、それをなし得た作品のみが、文学の名に価する。これは白樺派の第一義であった理念の、主張というよりむしろ謳歌だったと云った方が近い。

この理念の余りにも抽象的、観念的であることを批判するのは容易である。彼のいう「自己」の内容を説明した『自己の為』及びその他について[10]を見ても、この「自己」の内容は少しも規定されていないといっても誤りではない。またこの意見を「ブルジョア個人主義」であるとし、彼の「自己」が本質的にはブルジョア的なものであると批判することは可能だろうし、さらに自己の「階級性」をあいまいにする、まさにそのことのもつ「階級性」をここに見出すことも自由である。しかしここではそういうことは問題ではない。私が魯迅の翻訳を問題にするのは、そのような「ブルジョア個人主義」「階級性」の指摘によって、それらを否定し得たとし、その中からエネルギーを吸収することのできない硬化した発想と異質のものを魯迅に見出すからにほかならない。従ってここで問題なのは、武者小路のそういう「ブルジョア個人主義」の文学論を、魯迅は何故翻訳したか、そこから何かを牛かしてはいないか、ということである。

魯迅はこれより先一九一九年から二〇年にかけて、同じ武者小路の戯曲「或る青年の夢」を翻訳している。第一次世界大戦のさなか、それも中国の先進的な青年や知識人達の憤激をまき起こした対中国二十一カ条要求を行って、侵略的性格をあらわにしつつあった日本で書かれたこの反戦劇に、魯迅もかなり感動したらしい[11]。

しかし、この「文学に志す人へ」の翻訳と「或る青年の夢」の翻訳とには、直接強いつながりはないようである。

この翻訳の契機となっているのは、やはり「革命文学」の抬頭であり、その「革命の武器」としての文学の主張に対して、これらの訳がなされていると考えてよいのではないか。たとえば『壁下訳叢』に藤村の「浅草だより」の抄訳があるが、それらとくらべて見ると、「壁下訳叢」中の順序で言って、有島武郎以下に、急に、文学論、それも文学とはいかなるものかという原理的な問題に関するものが多くなっており、武者小路の場合は、四篇がすべてそうであるというのは、やはり特殊の理由が存在していたと見てよいのではないか。[12]「壁下訳叢」の諸篇を翻訳した時期は前述の通り不明だが、逆にこのことから、私は有島以下の分の多くが、「革命文学」の声が高くなり始めてからのものと推定してよいのではないかと思う。「革命文学」の理論の中で、魯迅が先ず抵抗を感じたのは、文学は「革命の武器」であるとする主張であった。そして彼はそれに対する抵抗を自分の力で行う一方、武者小路の中に一致するものを見出したのである。

武者小路のこれらの言葉から、先ず連想されるのは、「革命時代の文学」(一九二七)[13]の次の言葉であろう。

「しかし、この革命の地にいる文学者は、恐らく文学と革命とは大いに関係がある、たとえば、これで革命を宣伝、鼓吹、煽動、促進し、革命を完成させることができる、といいたがるでしょう。が、私は、こういう文章は無力だと思います。なぜならよい文芸作品は、従来大部分他人の命令を受けず、利害を顧みず、自然自然に心の中から流れ出たものです。もし先に題目をかかげて文章を書き出すのであれば、それは八股文とどこがちがうでしょう。文学としては価値はありません。まして人を感動させることができるかどうか、問題になりません」

今さら引用するまでもない程、知られているこの文章は、これだけをとってみれば、プロレタリア文学の提唱に対して、既成文壇の側からなされる反対の典型的なものともいえるものである。が、他の機会にも述べたことだが、[14]これが魯迅においては、次に続く「革命のためには、「革命人」が必要です。「革命文学」はあわてることはありません。革命人がものを書いてはじめて革命文学になるのです」という言葉に表れているように、独特の構造を持って作用し、

「自然自然に心の中から流れ出たもの」が、そのまま「革命文学」であり得るような「革命人」となることが、文学者と革命の結びつきの最も正しい姿として主張されるに至る。

武者小路のこれらの文章を魯迅が翻訳したのが、「革命時代の文学」の講演の前であったか後であったかは不明だが、いずれにしても、この翻訳は、魯迅の中で「革命時代の文学」におけるこの主張とつながる位置を占めていることは、疑えないように思われる。つまりここで、魯迅は武者小路の「自己に忠実な」文学という主張を、「自己」という言葉の内容を新たにすることによって、異なったエネルギーを持つものに転化したと言える。このことは、単に武者小路のみでなく、厨川白村等の受け入れ方についても言えることであるが、その場合、白村の文学観が、一方では他の目的に従属した文学の無意味さを強調しつつ、一方根本において文学は人生の批評でなければならぬ、という点をも強く押し出している点で、全体としても魯迅の文学観に近いものが明瞭に見られるのにくらべて、武者小路の「文学に志す人へ」が、ほとんど内容規定を含まぬ、抽象的・観念的な「自己」の謳歌であることを考えれば、そういうものを翻訳し、かえって新しい質の文学観を生み出す量となし得た魯迅は、やはりなみなみならぬ精神の持ち主だったと言わねばならないのではないか。武者小路のような文学論を、その「観念性」「階級性」のために、全体として排除することから出発したのが、少なくとも日本のマルクス主義文学論であり、中国の革命文学論であった。が、魯迅はそういう発想はとらなかった。武者小路の中のあるものに共感する自分を固執し、そのことによって逆に武者小路の中から、自分の「思想」へのエネルギーに転化し得るものを汲み取ったのである。革命文学論戦から左連に至る魯迅の歩みの独自性は、まさにその点にある。プレハーノフ、ルナチャルスキイ等の翻訳にしても、それを単に当時の中国の「革命文学派」を信用せず、「本家」のものを取り入れたのだとすることは、この魯迅の歩みの俗流的解釈にすぎない。

三　「宣言一つ」の中に何を見たか

有島の翻訳においても、武者小路と同様のことが、先ず目につく。

最初の「芸術を生む胎」は、芸術を生むものは、愛であることを唱えた評論である。有島は先ず冒頭に言う。

「芸術を生むものは愛である。その外に芸術を生む胎はない。真が芸術を生むと考える人がいる。然し真が生むものは真理である。真理即ち芸術とはなり得ない。真が生命を得て動く時、真は変じて愛となる」

その愛の生むものが芸術なのだ。

そして芸術の範囲はもっと広いものだ、「能動的に社会を対象として活動すべき分野は芸術にも広く大きく残されているのではないか」という、予想される非難に対して、こう回答している。

「私はその難者に答えていう。芸術家が愛によって自己の所有とした環境、言葉を換えていえば、自己の中に取り入れて自己の一部となし終わった環境以外の環境を対象として活動するのは、不遜な事であるばかりでなく、不遜であるよりも何よりも絶対に不可能の事である。自己以外の社会とは自己の所有に属しない環境の事である。芸術家が如何に非凡であり、天才的であっても、自己のしっかりと把持し尽さない環境を如何にして取扱う事が出来ようか。それを試みない《ママ》瞬間に芸術はその無謀に罰せられて斃れる外はない。

芸術家が社会を対象として創造を成就したと外面的に見える例はある。そういう例は有り余る程にある。然し綿密に考察するならば、その創造が価値ある創造である以上は、……その芸術家は必ず自己の中に摂取される環境を再現しているのだ。即ち自己を明らかに表現しているのだ。……真の芸術品は畢竟芸術家自身の自己表現の外であり得ない」

この文章は、「芸術は真から生まれねばならぬと主張する……自然主義」者などに向けられた批判だが、魯迅にとっては、むしろ武者小路の場合と同様、文学は革命の武器であり、文学者はもっと労働者の闘争を描け、とする主張に対する批判としての意味を持ったのであろう。

ただここで有島は、「自己」の表現を唱え、芸術のみならず人間の全精神活動の源泉として「愛」という絶対物を設定するという点では、武者小路と共通の立場にいるが、一方で二人の発想にはある種のちがいがある。それは武者小路の「自己」の謳歌が、「自己」に対する文字通り全面的な肯定と自信の上に立つ、ある意味では宗教的でさえある所から発しているのに対して、有島の主張が、「自己」の限界の認識の上に立ち、その外に出る可能性に対する絶望を媒介として発せられているということである。そして魯迅はこの点では明らかに、より有島に近かった。魯迅の革命文学派への不信にしても、先ず第一に大きな要素であったものは、かつて「芸術のための芸術」を唱え、ロマンチックな「個性の解放」を歌い上げた創造社が数年にしてにわかに「革命文学」を唱え始めた、その変化に対する不信であり、その底にはさらに、一般に人間の本質の変わり難さについての、抜き難い認識があった。それは日本留学中に見た、革命党員の人間的古さ、或いは辛亥革命の際のエセ開明紳士、或いは五四の「先駆者」達が五四退潮期に見せた変化等、彼が托した希望が、くり返し裏切られたことによって培われて来たのであったろう。原因はともあれ、魯迅の中には、新しい可能性を目ざして一気に飛躍するよりも、自己の現在にいる地点と自己の力を確認し、そこでなすべきことを、いささかもゆるがせにせぬことに、むしろ前進の保証を見出すという思想態度が養われて来ていたことは確かである。この魯迅が有島の中に感じたものは、今日我々が考える以上に親しいものだったのではないか。

事実魯迅は、第六巻までが新潮社から、以下が叢文閣から、一九一九年から二三年にかけて出版された、全一六巻からなる「有島武郎著作集」を、第四巻を除いて全部購入している。『魯迅日記』[15]を見ても、彼が個人の全集を買っているのは、厨川白村と有島武郎だけであり、この点からも、魯迅の有島への関心の強さが知られるように思う。このことは、さらに晩年になると大分異なり、漱石、チェーホフ、フロオベェル、その他多くの個人全集を買うようになるが、白村の場合、彼は単行本をほとんどもれなく買った上に全集も買っており、翻訳の量から見てもその関心はやはり特別なものがあったと考えてよく、少なくともこの頃までに彼が買った個人全集が、白村と有島だけだったことはやはり無視できない。特に有島武郎著作集の買い方を見ると、一九二六年四月から二七年一一月までに、第一～三、五、一〇～一六輯を買っているが、他は六、八、九輯が二九年一月六日に、七輯が同月二〇日に、いずれも侍桁から送られて来ている。それまでの分は買っていたのに、それから一年間をおいて、欠けている分だけは侍桁が送ってきたということからは、魯迅が有島の著作集を全部揃えるつもりで、特に欠けている分を探してもらうように人に頼んだのだという推測も、かなりの可能性をもってなり立つのではないか。

「芸術を生む胎」に続いて収められている「ルベックとイリーネのその後」「イプセンの仕事ぶり」は、いずれもイプセンに関するもので、前者の中には、芸術家は芸術家である前に人間でなければならぬのではないかという問が取り上げられており、魯迅の文学観とも微妙にからみ合うものではあろうが、その問題にはここでふれないことにする。この二篇はやはり基本的には、五四の時期からのイプセンへの関心につながるものであろう。

「芸術について思うこと」は、次の「宣言一つ」とともに、それぞれ雑誌『大観』『改造』の一九二二年一月号に発表された。前者は、表現派、未来派、立体派等、当時の新しい芸術的潮流について、その発生を、いわば精神史的に考察したもので、「在来のあらゆる規範に対する個性の扳逆」という点にその共通した特徴を見出す、とするものであるが、その最後に、「表現主義の勃興を私は更に他の一面から眺めることが出来るように思う」として、これといわゆる「第四階級」との関係について、意見を述べている。有島によれば、表現主義の芸術は在来芸術からできるだけ乖離しようとしている点で、現代の支配階級とはかけ離れた芸術であり、こういう芸術を生み出した芸術家自身は、その意識すると否とにかかわらず、来るべき時代を準備しているのではないか、という。こういう彼らのよって立つ根拠は、新興の第四階級にあるとしか考えられない。彼らの芸術は新興階級がやがて産出するであろう芸術の先駆である。だが一歩を進めて考えた時、これが将来の第四階級によって築かれる世界的な芸術の基礎になり得るかという点では疑問である。表現主義の芸術も、結局は第四階級自身が作った芸術でない以上、或る所まで行くと、全く異質な、第四階級自身の芸術の出現によって逆襲されるのではないか。これが「芸術について思うこと」に述べられた有島の主張であった。

この考えは「宣言一つ」においてさらに全面的に展開され、当時の日本文壇でも大きな論議をまき起こしたが、この問題についての魯迅の関心はなみなみならぬもので、恐らく「芸術について思うこと」の中でも、最後のこの部分に対する関心が、この文章を翻訳した最大の理由ではなかったかと思われる。この関心はさらに片上伸が「宣言一つ」に対して行った反論、「階級芸術の問題」を翻訳していることにも表れており、また後に述べるように、「壁下訳叢」の「小引」中で、特にこの論争にふれていることは、この訳文集が、何かまとまった問題についての論文をまとめて訳すという行き方を、他の点ではとっていないだけに、やはりこの問題に対する魯迅の関心を示すものと見なければならないだろう。

「私は第四階級以外の階級に生まれ、育ち、教育を受けた。だから私は第四階級に対しては無縁の衆生の一人である。私は新興階級者になることが絶対に出来ないから、ならして貰おうとも思わない。第四階級の為めに弁解し、立論し、運動する。そんな馬鹿げ切った虚偽も出来ない。今後私の生活が如何様に変わろうとも、私は結局在来の支配階級者の所産であるに相違ないことは、黒人種がいくら石鹸で洗い立てられても、黒人種なるを失わないのと同様であるだろう。従って私の仕事は第四階級者以外の人々に訴える仕事として始終する外はあるまい」

これが「宣言一つ」の結論的部分である。

この考えの底には、芸術のみでなく、思想一般について、第四階級以外の知識人によって生み出されたものが、果たして第四階級のものになり得るかという根本についての、ペシミズムが存在していた。この考えは、当時の彼の評論に、くり返し現れて来る。ロシアの民衆にしても、知識人の力がなくても、何時かは革命を起こすにちがいなかったのだ。インテリの運動はいくらかそれを早めたにすぎない。しかもそれを早めたことが、民衆にとって真によい事であったかどうかは疑問である。ロシア革命の結果、革命の実際の収穫は、真のプロレタリアートや農民によってではなく、むしろブルジョア文化の洗礼を受けた帰化的民衆によって収穫されているのではないか。もしブルジョアとプロレタリアとの間に、はじめから渡るべき橋が絶えていて、プロレタリアート自身の内発的な力が、今度の革命を惹き起こしていたのならば、その結果は、はるかに異なったものであったろう。クロポトキンやマルクスによって、第四階級に与えたと思われるものは、始めから第四階級が持っていたものにほかならなかった。彼らはいつかそれを発揮したにちがいないものだ。そしてそれが未熟のうちにクロポトキン等によって発揮させられたとすれば、それはむしろ彼らがより完全に発揮したであろうはずの、独自性と本能力とを、芽のうちにつみとることではなかったか。クロポトキンやマルクスにしても、その功績は、第四階級自身を動かしたことではなく、第四階級以外の階級者に対して、或る観念と覚醒とを与え、自分達の立場に対して観念の眼を閉じさせるという点にあるのだ。

「芸術について思うこと」「宣言一つ」「広津氏に答う」「片信」（最初の発表時の題は「雑信一束」）「想片」等、一九二二年前半に発表した多くの評論で、彼はこの立場をくり返して説き、一歩もゆずらなかった。

魯迅はこれらを、「有島武郎著作集第一五輯・芸術と生活」で読んだ。（これには右にあげたもののうち、「広津氏に答う」だけは収められていない）彼がこれをいつ読んだかはわからないが、この有島の立場と、魯迅の立場との間に共通性を見出すのは、困難ではないはずである。

すでに「吶喊」の時期において、魯迅が自分の呼びかけの対象にしたのは、当時彼に未来を背負う新しい力と思われた青年ではなく、彼と同世代までの成人であった。彼は青年に自分と共に旧中国を打倒することを呼びかけたのではなく、彼らが成長して来るまでに、彼らが自由に発展して行く上の障害を、旧世代の責任において取り除いておかねばならぬという、追いつめられた義務感すら抱いて、旧世代に呼びかけたのである[16]。この姿勢は、魯迅にとっては一貫したものだった。有名な「『墳』の後に記す」に書いている自分の古さの認識、自分は結局旧と新との中間にある鎖の一つの環にすぎず、用途はせいぜい旧陣営の内情にくわしいから、矛を向けかえてその死命を制するだけのことだ、そしてそれも光陰と共に消滅すべきものだ、後から来るものは、全く新しいものでなければならぬ、というところにそれはつながり、やがて階級対立の激化と、新興階級の勃興の可能性を見た後になると、自分はあくまでも変革される社会の側にあると考え、自分をも含めた古い文学の滅亡のあとに、全く異質な「平民文学」を予想している。このことについては他に書いたので重複は避けたいが[17]、とにかく、彼は自分を含めた既成文学者が、人民の立場に立つことの絶望的なまでの困難さを凝視することから、革命のための文学を唱えるものの安易さを批判した。彼はむしろあくまでも「人道主義」の立場からツァーリズムに鋭い批判をやめなかったトルストイや、革命によって自殺せねばならなかったロシアの同伴者作家たちのあり方に、文学者として主体的な革命との結びつきを見たのである。いいかえれば、来るべき革命の必然性を認めると、何はともあれその旗の下にはせ参ずることを当然とするあり方よりも、自分の位置と力を見定め、その場において最も有効と考える方法で、自分の力を尽すあり方の方が、革命とのより主体的且つ有効な結びつき方であることもあり得ることを、魯迅は見逃さなかったのだ。また魯迅自身、型に分けるとすれば、本質的に後者に属する人物であったとも言える。そしてこの立場から見れば、有島の「宣言一つ」は、当然相当強い共感を呼んだものであったろうし、かなり高い評価を与えられてよいものでもあった。

四　日本の場合

しかし、日本の社会主義者達は、この当時そういう見方をなし得なかった。先ず当時の代表的社会主義者堺利彦は、『前衛』二月号誌上に、「有島武郎氏の絶望の宣言」を発表し、片上伸も『改造』二月号に「階級芸術の問題」を発表して批判を加えた。

堺利彦は、ルソー、ヴォルテール、クロポトキン、マルクス等の思想の役割に対する有島の見解の誤りを批判することから始める。そして

「社会の事実関係が、先ず優秀な頭脳中に明晰に映写されて、それが政治上、経済上の理論となり学説となり、更にその理論学説が多数人の目を開いて一般の社会思想を生ずるという、事実と思想との関係が、有島氏には善く分っていないらしい」

といい、

「兎に角有島氏の態度は、中流階級者（若しくは上流階級者）として、知識階級者として、思想家として、人道者としての自分が新興労働階級と共に動くことが出来ないという絶望を痛感し、さらばといって、武者小路氏のように、自負的反抗の態度を取るには余りに温厚な君子人であり、又吉野氏等のように協調的説法をやるには余りに聡明で且つ清高であり、種々煩悶の結果、遂に一切の思想家を無理やりに道連れに誘って、上流階級の間に活動の範囲を制限し、おとなしく一種の逃避を試みたものと目すべきである」

と結論した。

また片上伸は、

「プロレタリアートは、自己の心の要求に呼応し得ない芸術を否定し排斥する。随って、この否定と排斥とを予想して、自己の立ち場を宣明し、ブルジョアジーの芸術であることを自から告白し、それの如何ともしがたきことを言い、その先天的な境遇に立てこもって何ものかに申しわけのないような心持ちでブルジョアジーに愬える芸術を作るほかはないというのも、たしかに時節柄一つの態度であり、覚悟であろう」

と、一応有島の立場を認めるかに見える言葉を用いながら、

「しかし、これだけで果して問題は片づいてしまったのであろうか。……人はよく有島氏のいうが如く、新生活打開の運動の興るに際して、自己の埒内に謹んで行儀よく納まっていることが出来るであろうか。さまでに冷静に、さまでに自己防衛の神経をのみ働かせていられるであろうか。さまでに「危険」を感じて一切の動揺、要求、主張、興奮を抑塞していられるであろうか。いかに「ブルジョアジーの生活に浸潤しきった人間である」にしても、そのために心の髄まで硬化していないかぎり、狐の如き怜悧な本能で自分を救おうとすることにのみ急でないかぎり、自分の心の興奮をまで、一定の埒内に謹ませて置けるものであろうか。人は各気質を異にするとはいうものの、この辺の有島氏の考えかたは、あまりに論理的、理智的であって、それ等の考察を自己の情感の底に温めていない憾みがある。少なくとも、進んで新生活に参ずる力なしとして、退いて旧生活を守ろうとする場合、新生活を否定しないものであるかぎり、そこに自己の心情の矛盾に対して、平かなり得ない心持ちの動くべきではないか」

と批判した。

この片上伸の批判について、臼井吉見氏はこう書いている。[18]

「ここには片上伸のおどろくべき思いすごし、もしくは誤解がある。文学における肉体の階級性ともいうべきものを固執せずにはいられない有島の焦燥、そこからくる、広津和郎のいう「窮屈な考え方」を世俗的な「自己防衛の神経」「狐の如き怜悧な本能」によるものとしか見ることのできなかった片上の理解の貧しさは決定的といって

よい。「さまでに危険を感じて一切の動揺、要求、主張、興奮を抑塞していられるであろうか」という疑問にいたっては、滑稽というほかはない。「抑塞」するどころか、有島は露骨なまでにそれをさらけ出しているのである。しかも、それは、自分の現在の生活についての「危険」の予感などとは、まったく無縁のものであることはいうまでもない」

しかし、ここには臼井氏の「思いすごし、もしくは誤解」もある。片上は必ずしも「宣言一つ」を、世俗的な「自己防衛の神経」「狐の如き怜悧な本能」とは見ていないのである。片上のいう「危険」とは、自分の現在の生活についての「危険の予想」ではなく、すぐこの後に、

「指導者を以て自から任ずべきでないということは、直ちにその新文化建設に没交渉無興味で、全く手出しをしてはならない、それは自他にとって危険であるということに落ち着くであろうか」（傍点引用者）

と言っていることでもわかるように、むしろ有島も言っている第四階級自身の運動を歪める「危険の予感」の方が大きいのだ。

片上の弱点は、臼井氏の批判したその点にはなく、別の点にある。彼には、先に私があげた革命への参与のしかたの後者のあり方は、全く理解できなかった。骨の髄まで、前の型に属する人物であった彼には「新生活を否定しないものであるかぎり」そこで自分に何ができようとできまいと、先ずそこに飛びこまずにはいられないはずだとしか考えられないのだ。彼は有島の中に「狐の如き怜悧な本能」を見たのではなく、有島の誠実さは彼にも疑いないものと思われたからこそ、「狐の如き怜悧な本能」を持つものとしてでなければ到底考えられぬものが、それと共存していることが彼の理解の埒外にあったのである。

たしかに、片上伸の文章の中に、有島の「宣言一つ」を、「世俗的な自己防衛の神経」としているような所が全くないといったら、それはうそになるだろう。だが、根本はそこにはない。それは先にのべた片上の人間把握の狭さか

ら、また啓蒙的発想の人物によくある、結論の「客観的役割」だけを問題にする心理とも結びついて出て来ているものだと私は思う。従ってその根本を抜きにして、この点だけを批判することは、批判として周到なものとはいえないだろう。

むしろこれらに対する反批判としては、有島自身の回答が最も本質的なものにふれていた。彼は「片信」で、堺利彦などの批判を見ると思想家と階級闘争の関係についての自分の言い分が奇矯に過ぎていたのを感ずる、と認めながら、こう言う。

「あの宣言なるものは僕一個の芸術家としての立場を決めるための宣言であって、それを凡ての他の人々にまであてはめて言おうとしているのではない。

ここで問題になるのは「立場に立つ」という言葉だ。立場に立つとは単に思いやりだけで労働者の立場に立っていればいいのか、それとも自分が労働者になるということなのか。……後者だとすると堺氏といえども労働者の立場に立っているとは僕には思われない。

かかる態度が直接に万が一にも労働階級の為めになることがあるかも知れない。中流階級に訴える僕の仕事が労働階級によって利用される結果になるかも知れない。然しそれは僕が甫《はじ》めから期待していたものではないので、結果が偶然にそうなったに過ぎないのだ。……それを自分の功績とすることは出来ない。その「することは出来ない」という覚悟を以て自分の態度にしたいものだと僕は思うのだ。ここが客観的に物を見る人（片上氏の如きはその一人だと思う）と、……僕自身の問題として見ようとする人との相違である」

社会主義者の側が、遂に受けとめ得なかったのは、この点にほかならなかった。彼らは有島が革命に参与するインテリゲンチァの主体の問題として提起したものを、最後まで、「知識階級と労働者階級」「思想と大衆運動」「指導者と大衆」の一般的問題として受けとめ、それに対する原則論を展開したにすぎなかった。

社会主義者の側が「宣言一つ」をむしろ一般的問題としてうけとめ、はげしくそれに反撥したのは、当時としてはそれなりの原因がなくもなかった。「宣言一つ」が出される前年の一九二一年は、日本労働運動史上、最もサンジカリズムの影響が強かった時期であり、マルクス主義によるこの克服が、日本社会主義運動にとって重要な課題となっていた時期であった。そしてこの克服を通じて、二二年日本共産党が結成されたのである。[19]従って「当時の労働者運動内におけるインテリ排撃のサンジカリズム的風潮をなにほどか反映していたにちがいない[20]」有島のこの論文に、克服しなければならない傾向を先ず見出したのには、無理もない面はあった。が、同時に、こういう受けとめ方に、その後日本のマルクス主義の内部に根強く存在した、且つ現在でも存在している一つの傾向、外部からの批判を、その表面的な「役割」においてとらえ、反駁することのみ急で、その発想の根本にまでさかのぼって、そこからエネルギーを自らのものとして吸収することをせぬ傾向をも、私は見ぬわけには行かないのだ。

さらにつっこんでいえば、有島が個人の主体のあり方の問題として提起したものを、一般化してとらえた堺、片上の発想は、日本マルクス主義にその後根強く存在する発想が、すでに明瞭に表れたものでもあった。すなわち、日本マルクス主義においては、松沢弘陽氏が指摘するように[21]、「予言された歴史の行程の現実への努力がそのまま道徳的価値とな」り、しかもその「価値」を「身を以て体現した実現態」が「現実の組織」であるととらえられ、「理論の党派性」とは、その「現実の組織」に対してその理論がどれ程忠実であり、どれ程好都合であるかによって評価されるという、強い傾向が存在する。それぞれの発想による理論が、多元的なコースで発揮し得るエネルギーの多寡によって評価するのでなく、一元的な組織からの直線的な距離によって、その「党派性」がはかられるのである。松沢氏の指摘は、「党」についてのものであるが、党成立以前の堺、片上においても、「予言された歴史の行程の実現への努力」のにない手である「第四階級」にどれほど「忠実」かによって、その理論を評価し、しかもその「忠実」さが全く単線的に考えられている点で、明らかに共通の傾向があるのである。

ところで魯迅はこの論争をどう受けとったかについて、もう少し検討を進めよう。当時の魯迅が堺利彦の批判などを読めたかどうかは不明である。恐らく読めなかったと考える方が事実に近いだろう。が、片上伸の「階級芸術の問題」を「宣言一つ」とともに訳した彼は、『壁下訳叢』の「小引」にこう書いている。

「片上伸教授は死後に非難が多かった人だが、私はその主張が強固で熱烈なのが好きである。ここに有島武郎との論争を少し入れておいた。もとの階級を固守するものと反対のものと両派の意見の所在を見ることができよう」

これはちょっと見ると、魯迅が片上を支持しているようにとれる文章だが、果たしてそうとって好いかどうか、私は疑問に思う。魯迅がある意味で片上伸を買っていたことは事実だろう。それはまた別の機会に問題にしたい。とにかく前半の文章は嘘ではないだろう。そして普通の場合なら、この前半の文章に続いて後半があれば、この論争に関しても片上伸の側を認めているととるのが自然かも知れない。だがこの場合前半と後半とはそういう風には結びついていないのではないか。魯迅がこの少し前まで「革命文学」派から、プチ・ブルの殻を脱ぎすてようとしない文学者として激しく攻撃されていたこと一つを考えてみても、魯迅がこういう言葉に有島批判を含ませるという様な言い方をするとは考えられない。また何よりも、この時期までの魯迅の立場と「宣言一つ」に見られる有島の立場との、前にも述べたような共通点から見て、魯迅が「宣言一つ」を、単に悪い意味で「もとの階級を固守するもの」ととったとは考えられない。

有島は「広津氏に答う」の中で、「何しろ私は私の実情から出発する」と述べた。これは、ブルジョア乃至知識階級の文学でも、それが純粋なものであれば、必ず第四階級の人にも理解される、という立場から「有島武郎氏の窮屈な考え方」を批判した、広津和郎に答えたもので、そういういわば純粋な芸術境に没頭し得る芸術家の存在は認めた上で、自分はそういう芸術家ではないという「実情から出発する」と言ったものである。従ってこれは直接には社会主義者の側からの批判に答えたものではないが、少し角度を変えれば、その批判に対する答にも共通するものでもあったのではないか。真に第四階級に密着した、第四階級になり切った芸術家がかりにあり得るにしても、今自分はそうでない以上、自分はそうでないという「実情から出発する」、これが有島の立場であった。つまり、歴史の流れがどうであろうと、自分は自分の主体がどういうものであるか、またそこで先ず何をなすべきか、を抜きにして、その流れに身を投ずるわけには行かない、というのである。この態度を固執することは、たとえば魯迅の次の言葉などと、共通した姿勢に支えられていたものだとさえ言えるのではないか。

それは魯迅が『壁下訳叢』の「小引」を書いてから、約一カ月の後に行った講演「今日の新文学の概観」中の言葉である。

「ある階級から他の階級へ移るのは、もちろんあり得ることです。しかし最も好いのは、意識がどんなものか、すっかりありのままに話して、大勢の人に見てもらい、敵か味方かはっきりさせることです。頭の中には旧いかすをたくさん残しているのに、わざとごまかして芝居のように自分の鼻を指さし、「我こそは無産階級だ」などといってはいけません」

こう見て来れば、魯迅は「宣言一つ」を、堺、片上らとは全く異質の発想においてとらえたのだと言える。彼にとっては、既存の何ものかに「忠実」であることによって、自己の主体をあいまいにしたままで「政治」なり、或いはそのにない手である「組織」なりに全てを従属させることは、むしろ自己の責任を放棄することにほかならなかった。「革命のため」の文学は無力だ、とする立場を固執したのも、文学が文学として意味を持ったものになり得るか否かを決定するのは、作家の主体のあり方以外にないことを固執したのであり、文学の存在の根拠を「政治」に委ねることの無責任さを見逃さなかったからにほかならなかった。他に目的を持った文学は無意味だ、とする、一見まさにブルジョア文学風の命題を固執することが、かえって作家の自己改造という側面の、世界プロレタリア文学でもユニークな形での強調を生み出し得た根拠はここにあったのである。

この作家の主体の固執こそ、日本のプロレタリア文学が、「宣言一つ」から汲み取り得なかったものにほかならない。「宣言一つ」の後四年を経て、青野季吉がレーニンの「何を為すべきか」をふまえた「自然成長と目的意識」を発表するに及んで、インテリゲンチァがプロレタリア文学運動に乗り出すことの意義はゆるがぬものとなったが、それは同時に、有島の提起したこの問題が、遂にこのまま忘れられて行く過程の始まりでもあった。やがてプロレタリア文学運動の理論的指導者となった蔵原惟人は、「芸術は階級闘争の強力なる武器である」という、ソ連共産党中央委員会決議を以て、芸術が無産階級解放の戦いに役立ち得るかという問に答える所から、その批評家としての第一歩を踏み出し、「その作品が与えられた社会においていかなる役割を演じているか、また演じ得るか」という点から、作品を評価すべきであると説いた。蔵原にしても、そこから社会において進歩的役割を果たし得る作品とはどういうものかという問題を提起し、やがて「前衛の観点」ということから、そのにない手である作家の主体の問題にぶつかるわけであるが、その問題に対する解答として到達したものが、結局作家は共産党員であれと要求するに等しい「ナップ芸術家の新しい任務」であったことは特徴的である。

私はかつて、この点と関連して蔵原のコースは魯迅のそれと逆の辿り方をしていると書いた[22]。が、この言い方はやや不正確だったようである。蔵原のそれが、結局作家の主体の正しさの保証を、「党」に加わっていることに求める結果に終わったのは、先にあげたような、日本マルクス主義の発想の典型的な例でもあり、また、「宣言一つ」の問題をネグレクトしたまま突き進んだ日本プロレタリア文学理論の、当然の論理的帰結でもあった。

これに対して魯迅のそれは、有島の投げかけた問題をまともに受けとめたものであった。ここには蔵原とコースが逆だったというだけではない。質的な相異を見るべきであろう。

魯迅にあっては、先の武者小路の文学論なども、いわばこうした有島の考え方の文脈とのつながりにおいてとらえられたものであった。そこに、「自己」に百パーセントの信頼をおき、この言葉を謳歌する武者小路との分岐点があり、また武者小路とのつながり方に関していえば、戦争中に至るまで武者小路との友誼を持ち続けた周作人が、「言志」と「載道」という分類を無限定に用いて怪しまなかったのに対して魯迅が、これと離れた地点に立った別れめの一つも、ここにあったといってよい。[23]

もちろん有島を全く魯迅と同じだったととらえることは、少し甘すぎることになるだろう。魯迅の強靭な精神が、自分が古いものであるという所で一種の「居直り」をすることによって、むしろ新しい場所に突き抜け得たのに対して、有島の「居直り」は、遂に一種の「ひ弱さ」を捨て切れなかった。「宣言一つ」がその持っていた可能性の何分の一をも発揮せずに終わってしまった原因の一部は、その意味では有島の側にも求められるのである。

しかし、一方で魯迅がこれから受け取ったものがなかったと考えることも、今日の立場でみた魯迅の像と有島の像とのちがいに引きずられて当時の二人の関係を過小に評価する誤りを犯すことになるのではないか。革命という「歴史の必然」を前にして、その必然の流れに自分をトータルに投げ込むという行き方に抵抗することによって、文学者ひいてはインテリゲンチァ一般がその流れに最も主体的に結びつく道を開いたのが、魯迅だったが、それを可能にした魯迅のこの抵抗＝居直りに、白村、武者小路、有島の文学論が果たした役割は、恐らく今日考えられるよりもはるかに大きいものがあったのではないか。魯迅が「摩羅詩力説」以来持っていた文学観に、これが加わり、それに支えられてはじめて、魯迅のこの抵抗もあり得たのだと言っても、それ程誇張ではないのではないか。

その意味では、堺利彦、片上伸のみならず、今日の日本の文学者にしても、「宣言一つ」の持つエネルギーを十分には汲みつくしていないように思える。たとえば、本多秋五氏は、

「宣言一つ」と、それにつづく幾つかのエッセイの思想は、自分はブルジョア階級の芸術家である。将来の文化を形づくるものは第四階級であって、ブルジョア階級の文化には未来がない、という思想である。[24]

と書き、臼井吉見氏も、次のように言う。

有島武郎の「宣言一つ」は大正一一年一月号の「改造」に発表された。来るべき時代の文化は、第四階級のものであることを信じている。それ以外の階級に生れ、育ち、教育を受けたものは、第四階級に対して無縁の衆生にすぎないという、インテリゲンチャの敗北を宣言したものであった(25)。

氏等がこういう評価を下したことも、有島が全体として持っていたひ弱さから見れば、無理からぬことことは思える。しかし、これでは「革命文学」をトータルに受け入れるのに対して、それをトータルに拒否或いは辞退するという、裏返しにしかならないのではないか。有島が問題にしたのは、「未来がない」とか「敗北」とかいうことよりも、むしろその前提に立って自分は何ができるか、何をすべきかという問題だったはずである。そして魯迅はまさしくこの問題をうけとめて、そこからエネルギーを引き出したのだった。

では、ここからかくも大きなエネルギーを汲み出し得た魯迅の精神の強靭さのもとは、一体何だったのか、という問題がここから始まる。そして当初この稿を起こした時の私の意図も、それを論ずることにあった。だがすでに与えられた紙数ははるかに超過してしまった。また魯迅の精神の強靭さは、決して常識的な意味での「幅の広さ」などというものではなく、それが一面における徹底的な非妥協性と結びついていたことを考えれば、その側面との関係をも明らかにしなければ、その実体は明らかにならないであろう。とすれば、そのためには機会を改めて論ずるほかあるまい。ここでは、魯迅と有島らとの間にこういう関係が存在しているという側面の指摘にとどめておくことにする。

（一九六〇・一〇・二七）

注

（1）「周作人と日本文芸」（方紀生編『周作人先生のこと』一九四四年、光風館。）なお雑誌『文学』一九五六年一〇月号所載の「魯迅研究文献目録」には、この書を一九四九年発行としているが、恐らく昭和一九年の九が引き起こした錯覚が、そのまま気づかれずに過ぎてしまった所から来た誤記と思われる。同目録作成者の一人として、ここで訂正しておきたい。なお引用は以下すべて新かなづかいにあらためた。

（2）一九二六年作。

（3）『現代日本小説集』は一九二三年発行である。これは恐らく武田氏が見た本が二三年と誤植されていたか、あるいは見誤りかによるものと思われる。

（4）『文学』一九五六年一〇月号、岩波書店。

（5）『魯迅』一九四四年、日本評論社、一三九ページ以下。
『魯迅』一九四八年、世界評論社、九三ページ以下等。

（6）現在『魯迅訳文集』（以下「訳文集」と略称）第一〇巻、訳叢補、一九五八、一二、人民文学出版社に収められているもののうち、時期的、内容的に見て『壁下訳叢』に収められ得ると思われるものを次にあげておく。

中沢臨川・生田長江「羅曼羅蘭的真勇主義」（一九二六年訳）

黒田辰男「関于綏蒙諾夫及其代表作『飢餓』」（一九二八年訳）

千葉亀雄「一九二八年世界文芸界概観」（一九二八・九年訳）

有島武郎「小児的睡相」（一九二六年訳）

蔵原惟人「訪革命後的托爾斯泰故郷記」（一九二八年訳）

しかしこれを見ればわかるように、これらはいずれも、その性格から見て、『壁下訳叢』の枠ぎりぎりのものであり、果たして魯迅が入れ落したものか、意識的に除いたものかは、にわかに決め難い。

（7）その前の「東西の自然詩観」も訳した時期は不明であるが、『十字街頭を行く』を入手してから「西班牙劇壇の将星」を訳すまで僅かに四日である点から見ても、恐らく「自然詩観」が先であることは考えられない。「西班牙劇壇の将星」の訳後記に、「小説月報第四巻にベナベンテの『熱情の花』がのっていたと記憶するので、『十字街頭を往く』の中からこの一篇を訳出し、読者の参考に供する。」と述べている所から見ても、この本からベナベンテについて述べているこの文章を見つけると、早速訳したのではないかと思われる。なおここで言及している「熱情の花」は一四巻一号に張聞天の訳でのったものである。

（8）革命文学論戦における魯迅の思惟構造についての私の考えは、「現代文学論―茅盾・魯迅・文学講話」（『世界文学講座・中国文学篇』所収。新潮社より刊行予定。）を参照願いたい。附記：この企画は変更になった。出版された形では「現代文学の問題」（吉川幸次郎編『中国文学論集』、六六年、新潮社　所収）、内容もこの稿執筆時のものをかなり書きなおしている。

（9）『壁下訳叢』の配列はどういう基準によったか不明である。かなりの程度まで合致するのが、原著の発行順と、原著の入手順であるが、ともにその枠からはみ出す部分があって定め難い。翻訳した順と考えるのも、現在翻訳年月日のわかっているものだけについてみても無理がある。決定は今後の研究にまつほかはないが、いずれの場合にしても、魯迅との内的関連を考える場合には、配列の順序にはこだわらないでよいと思われる。

（10）本多秋五『白樺派の文学』一九五四年、講談社四一ページによる。

（11）「『一個青年的夢』訳者序」「『一個青年的夢』訳者序二」（「訳文集」第二巻、一九五八年所収。）またこれを魯迅が訳すに至るまでの経過、及び武者小路と周作人の関係については、前掲「周作人先生のこと」及び松枝茂夫「白樺派と中国」（「世界」一九五七年二月号）参照。

（12）「新片町より」「後の新片町より」の二部合わせて約一二〇篇の随想からなる『浅草だより』の中で、魯迅が訳したのは二七篇で、その選択は、一篇残らず厳選を重ねて明確な理由があるものをとる、というものばかりではもちろんなく、恐らくかなり気まぐれなものも含まれていただろう。が、とにかく、この中で魯迅が選んだ筋道がうかがえるものについてみると、それは或る場合には人生論・芸術論であり、ある場合には社会批評である、という風に各方面にわたっており、それはいわば、特定の分野、問題に限らず、当時の魯迅が共感を覚えるもの、必要と考えるものを広く直接に受けとって来る、という性格のものだった。二、三の例をあげると、

「青年は老人の書を閉じて、先ず青年の書を読むべきである。」（青年の書）

「自から知らざるの人生ほど憐れむべきものはないと思う。蕉門の詩人許六は、其角を罵倒して、その句までも改作して見せた。彼は自己の改作した句が、到底其角に及ばないということすら知らなかった。」（憐れむべきもの）

「愛憎の念を壮んにしたい。愛することも足りなかった。憎むことも足りなかった。頑執し盲排することは湧き上って来るような壮んな愛憎の念からではない。あまり物事に淡白では、生活の豊富に成り得ようが無い。長く航海を続けて陸地に恋い焦るるものは、往々にして土を接吻するという。そこまで愛憎の念を持って行きたい。」(愛憎の念)

これらは、『壁下訳叢』以外の、たとえば白村やその他の翻訳の態度と異なる所はないと見てよい。

(13)「魯迅全集」第三巻、一九五六年、人民文学出版社、三一三ページ。
(14)「魯迅と厨川白村」(『魯迅研究』第二一号、一九五八年一二月。魯迅研究会。)及び注(8)参照。またこの点は拙著『魯迅——その文学と革命』(六五年、平凡社)でも述べた。
(15)一九五一年、上海出版公司。なお私は、一九五九年、人民文学出版社の活字本によった。
(16)拙稿「〝吶喊〟の時期における魯迅」特に第一章参照。(『魯迅研究』一七・一八・一九号一九五七年、魯迅研究会。)
(17)注(8)参照。
(18)『近代文学論争』上巻、一九五六年、筑摩書房、一五四ページ。
(19)信夫清三郎『大正デモクラシー史Ⅱ』一九五八年。日本評論新社。
(20)『現代日本文学論争史』上巻、平野謙氏解説。一九五七年、未来社。
(21)「マルクス主義における思想と集団」(『近代日本思想史講座』第五巻。一九六〇年。筑摩書房。)
(22)注(14)参照。
(23)「中国新文学的源流」一九三二年(邦訳は松枝茂夫訳、一九三九年、文求堂)
(24)注(10)参照、二五四ページ。
(25)注(18)参照。一五〇ページ。

〈附記〉　原載誌では末尾に底本と訳文原載誌の一覧表を附載したが当時は不詳のものが多く不十分なものであったし、今日ではそれを知る資料も様々な形で存在しているので、本書では削除した。

〈C　師を想う〉

倉石武四郎先生のこと

倉石武四郎先生は、東大中文での私の恩師である。ドイツ文学者の多い世界文学会の会員には、ドイツ語の倉石五郎氏の兄上といった方がわかりがいいかも知れない。

先生の学問のこと、日本の中国語教育に果たした役割のことなどには、ここでは触れない。ここで書きたいのは、先生の思い出の一つである。七月の懇親会で、椅子に座ってお喋りをしていた時、どんなきっかけでだったか、ちょっと話したら、それを是非『世界文学』にエッセイとして書け、という話になった。親しい友人の何人かには話したことのあることだが、私にとっては大切な記憶であり、倉石先生の一つの側面を示す挿話、あるいは戦後史の一こまとして、一度活字にしておきたいと思っていたことでもあるので、お引受けすることにした。

一九五二年、もう四五年前のことになる。世界文学会にも、それ以後の生まれの会員が多くなっているかも知れない。六月の末か七月初めだった。私は東大文学部四年生だったが（もっとも当時は四九年に新制大学が発足して間もなかったから、駒場と本郷を区別する意識が強く、普通は「文学部二年生」という言い方をしていた。起訴状に「被告人丸山昇は東京大学文学部第四学年に在学中の学生であって……」と書いてあったのに違和感を覚えた記憶がある）、そのころ荻窪警察署の留置場にいた。この年の「メーデー事件」で、六月一五日に逮捕されたのである。五二年といえば、前年秋サンフランシスコで調印された講和条約と日米安保条約が、その四月二八日に発効した年である。「占領」の終結、「独立」が騒ぎ立てられている一方で、ソ連・中国を除いた「片面講和」、米軍基地の継続等に対する批判も盛り上がっていた時期だった。メーデー事件について述べると長くなるので省略するが、皇居前広場（当時の左派の用語では人民広場）に入ったデモ隊と警官隊が衝突、拳銃も発砲されて、デモ側に死者二名、負傷者数百名、警官側にも相当数の負傷者を出し、「騒擾罪」適用が決定され、千数百名が逮捕、二百数十名が起訴された事件である。

私は七月五日に「騒擾・率先助勢」で起訴され、小菅の東京拘置所に移管された。起訴から移管まではそんなに日がなかったと記憶するから、あれは起訴前だったかも知れない。暑い日で、私はランニングシャツ一枚になって留置場の洗面所で洗濯をしていた。「接見禁止」になっていて、食料以外の文書・物品の受け渡しが禁止されていたから、たまっていた下着を洗濯させろと要求したのである。

何時頃だったか、看守が「丸山、面会だ」と呼び出しに来た。私は逮捕当時から氏名も黙秘し、「荻窪署5号」という名（?）がつけられていたが、自宅で「丸山昇」名義の逮捕状で逮捕されたのだから、氏名を黙秘したのには、抗議の意思表示以上の意味はない。調書などの署名は拒否していたが、日常の会話では、丸山と呼ばれれば返事をしていた。

接見禁止中だから、面会には検察官の同意を経て裁判官の許可がいる。誰だろう、と思いながら出て行くと、倉石先生が汗を拭き拭き立っておられた。たしか白い麻の背広にネクタイまでしておられたと思う。恐縮して、「こんな格好で失礼します」などといいながら面会室として使われている和室（だったと思うが、細部になると記憶が曖昧になっている）に入った。

先生が見せてくれた面会の許可書には、用件として、「教育実習のための打ち合わせ」というようなことが書いてあった。私は教員免許を国語と中国語で取るつもりで、教育実習は中国語とする手続きをしていた。科学的な中国語教育の確立と普及に熱心だった先生が、私が初めての中国語教育実習生になることを喜んでおられたことは知っていたが、逮捕と同時に、しばらくは保釈も無理だろうと覚悟を決めたから、教育実習のことはとうに諦めていた。私から見ればまず可能性がないことのためにわざわざ検察庁・裁判所に行って許可を取り、暑い中を来て下さったことには、ただ恐縮するほかなかった。

どんな話があったか、細かいことはほとんど憶えていないのだが、終わり近く先生がこういわれた。

「クワンレンがシーレンよりプーレンであるとは限らないのですから、適当にシュオホワの方もなさいますように」

先生は、学生に対してもきちんと敬語を使われる方だった。

突然中国語混じりでいわれたので一瞬戸惑った。「官人が市人より不仁であるとは限らないないのだから適当に説話の方も……」ということだろうと気がつくまでどのくらい経ったか、とにかくとっさには曖昧な返事しかできなかったし、そういわれた意味がはっきりわかったのは、監房に帰ってからだったように思う。

おそらく先生は検察官などに、学生のことだし、こちらも早く出してやりたいのだが、教科書どおりの黙秘を続けているので困る、というようなことをいわれ、何かしゃべった方が有利になる、と判断されて、「検察官も悪い人間ばかりではないのだから、適当に話せ」と勧めたかったのだろう。しかしそれをむき出しにいったのでは立ち会いの警官に聞かれ（弁護士以外の面会には、警官が立ち会う）、「先生もああいってたじゃないか」などと利用されてもいけない、肝心の所は中国語を入れて、と考えられたのに違いない。面会室には、「面会人心得」のようなものが貼ってあり、その中には「外国語を使ってはならない」とも書いてあったのだが、先生の人品からそんな文句はつけにくかったのか、どう見ても秘密の連絡などとは縁がなさそうなことは彼らにもわかっていたからか、警官も何も文句をいわなかった。

もちろん、倉石先生の判断は甘いと当時は思ったし、今考えてもあの時点で釈放の可能性はゼロだったと思う。あれだけの事件で、東大文学部のデモ隊の指揮者だった（警察・検察がそれをつかんでいることは取り調べの時の彼らのことばからもわかった）私は、まず起訴は免れなかったし、普通の事件と違って保釈もすぐには認められない、と考えねばならなかった。当時の状況と私の心境では、黙秘以外の選択はなかった。しかし、それとは別に、あるいはそうであればあるほど、倉石先生が何とか釈放をと努力して下さった厚意ととりわけ面会時の配慮は、身にしみてありがたかった。場違いながら、何となく「厚意謝するに余りあり、軍の掟に従いて」という「水師営の会見」の文句が頭に浮かんだ。その後もこの歌を聞くたびに、倉石先生の面会を思い出す。

結局私は起訴され、保釈請求も「証拠隠滅、逃亡の恐れ」という理由で、何度も却下された。この事件では、病人、未成年者、女性以外は、誰も保釈にならず、一一月二九日に私が保釈されたのが、普通の男性被告では最初だった。この時も公判に出た昼、裁判官に呼び出され、「先生も心配されているから、出てもあまり過激なことをするな」という意味のことを言われ、その日の夕方保釈を告げられた。

私は四年生だったから、この間、卒論を書かねばならなかった。出られなくて卒業できなければ、それはそれで仕方ないが、自分から諦めてしまうのは、敗北のようでいやだった。卒論のテーマには当時日本でも割に広く読まれていた女流作家の丁玲を選んでいたが、自分ではほとんど作品を持っていない（建国後の出版物はまだあまり入っていない頃だった）。一年上の心理学科に在学していた兄が、倉石先生に研究室の本の差し入れの許可をお願いに行ったら、差し入れると、本に「許可」といった判が押されてしまう、大学の本にそれはまずいから、といわれてご自身の蔵書を差し入れさせて下さった。お蔭で百枚ばかりの下書きを保釈までに書き終え、それを持って出てくることができた。提出期限の一二月二五日までにもう一度手を入れるつもりでいたが、差入れなどに世話になった親戚などに挨拶廻りをしてご馳走攻めに合い、こちらも若かったからいい気になって食べていたら、半年間粗食に馴らされていた大腸に来て、二週間寝込んでしまい、もともとできのよくなかった論文をそのまま出す始末になった。そんな論文でも、人には見せぬまま、処分もせずにとってあるのは、倉石先生の思い出に関わる記念でもあるからである。

先生には、その学恩にも個人としてかけた迷惑にもお返しも償いもせぬままだが、その後岸訪米だったか、佐藤訪米だったか、羽田にデモに行った学生のデモが警官と衝突した事件があった。それに倉石先生の子息が参加して、逮捕された。奥様がひどく心配しているのだが、丸山君でも来て、留置場や拘置所とはどんなものか話してやってくれると助かるのだがと先生がいわれていた、とM君が教えてくれた。そんなことなら、と早速M君同道でお宅に伺い、差入れにはどんなものが嬉しいとか、拘留生活にもそれなりに楽しみもあり、外で考えるほど四六時中何かに耐えているというものでもない、というようなとりとめのない話をし、私なりに奥様を励まして帰ってきた。ほんの一部をお返しできたかな、という気がした。

当時は自分が大学の教師にそれも倉石先生の何代か後の後任になるとは、まったく夢にも思わなかったのだが、そういう回り合わせになったとき、ひそかに考えたのは、同じような学生が出てきたときは、少なくとも倉石先生が私にして下さったのと同じことをその学生のためにしてやらねば、ということだった。幸か不幸か、世の中がすっかり平和になって、そういう学生は私の在職中には一人も出なかった。

ところでメーデー事件そのものは、一審に一八年かかったが、七〇年の一審判決で事件の前半は「騒擾罪」不成立になり、ほぼ半数が無罪になり、私もその時点で無罪が確定した。後半には「騒擾罪」が認められてほぼ半分の被告が有罪にされたが、控訴の結果、七二年の二審判決では、「騒擾罪」は全面的に不成立となり、個別の公務執行妨害などを問われていた一〇名前後の被告を除いてほとんど全員が無罪になった。

ところが、無罪が確定したとき、私はあらためて倉石先生にお礼のご挨拶に行くことをしなかった。もう四〇に近い歳になっていたのに、何と申しわけない失礼をしたものだろうと、今になって悔やまれる。倉石先生が亡くなったのは、七五年だった。

小野忍――人と仕事

和光大学人文学部紀要が、小野忍先生を追悼する特集を組むにあたって、先生の年譜及び著訳書論文目録に添えるべき一文を草せと命ぜられた。私は東大に新制の大学院が設置された際、最初の学生四人の一人として入学し、指導教官をお願いしたことで、制度上最初の弟子となったことになる。また和光大学創立の翌年から先生の下で五年間助教授を勤めたこともあり、この命令には従わないわけにはいかない。現代文学のみならず『アプトン・シンクレア評伝』、『左伝真偽考』といった欧米人の仕事から、『金瓶梅』、『西遊記』等の白話小説までをカヴァーしておられた先生の領域のうち、私がせめて何かをいえるのは現代文学の領域についてのみであり、その点でこうした一文を草する資格を備えていないことは十分わかってはいるのだが。

以下叙述をなるべく客観化するため、「先生」の呼称を避け、「氏」を用いる。

一　中国文学研究会の頃

氏は一九〇六年東京神田に生まれた。試みに中国文学研究会の主要同人の生年を見ると、増田渉（一九〇三）、目加田誠（一九〇四）[1]、松枝茂夫（一九〇五）、飯塚朗（一九〇七）竹内好（一九〇八）、岡崎俊夫（一九〇九）、武田泰淳（一九一二）となる。ちなみに中国作家を見ると、趙樹理、張天翼、李健吾、陳学昭等が同年、沈従文、馮雪峰が三つ上、巴金、丁玲、艾蕪、沙汀が二つ上、蕭軍が一つ下、欧陽山、黄谷柳が二つ下、といった具合である。もちろんこれらは氏の業績にとって、本質的には無関係なことだが、同時代のイメージを描く上で、何かの足しにはなるかも知れない。

中国文学への道を進まれるようになったきっかけは、残念ながら聞きもらした。自身を語った数少ない思い出の文章も、大学入学後のことしか述べていない。中国文学に関わるものとしてはわずかに、松山高校の学生だったころ、夏金畏・山田正文共訳『全訳金瓶梅』が出版され、本屋の平台に並んでいたのを手にとったが、装幀が俗悪なのがいやで買わなかった、とあるだけである。(2) しかし、金瓶梅という書名には少しでも予備知識のある男子学生であれば、多少の興味をそそられるのは自然なことで、特に中国文学に関心を持っていたという証拠にはならないかも知れない。装幀が俗悪なのがいやだった、ということで思い出すことがある。新島淳良氏と私とが愛新覚羅溥儀の『わが半生』を訳し、氏と野原四郎氏の監修で大安から出した。われわれの訳に相当のなたを振っていただいたもので、監修というより共訳に近い手間をかけてしまったものだったが、上巻のカバーには比較的おとなしい写真を使っていたのに、下巻のカバーは溥儀の似顔絵になり、しかもそれが配色が悪いため昔の紙芝居の黄金バットでも思わせるようなものになっていた。でき上った本を届けに来た大安のS氏に、氏は「ひどいことをするね」と一言いわれただけだったが、その表情は心底からイヤそうで、S氏が答えに窮していたものだった。いったいに本は大切にする人で、中国書を買い入れる時にも、荷造りいたみのないのを丹念に選んで買われた、とやはりS氏から聞いた。和光大学には、おかげできれいな本がはいることになったはずである。

東大の支那文学科在学中のこと、及び卒業後しばらくの間のことは、「中国文学と私」で、語られている。卒業後数年間は教科書の編集、翻訳、家庭教師などの「多角経営」で数年を過ごし、やがて冨山房に百科辞典の編集部員として入社、そこで中国文学の専門家として扱われるため「かくてまた中国文学の研究を始める羽目になりました」(3)

『アプトン・シンクレア評伝』はこの時期の仕事である。ただ「多角経営」時代、アメリカの雑誌『ニューマッセズ』で、スメドレーの中国通信を毎号読んでいた、というから、関心は持続していたのだろう。

氏と中国文学研究会の出会いは、一九三五年一月、郭沫若の講演会が、同会主催で開かれた時だった。冨山房の編集者だった氏は、その『国民百科辞典』に、「周易」の項を郭氏に執筆してもらう目的で行った。中国文学研究会の存在を知ったのは、この時が最初だった。(4) なおこの日の郭氏の思い出を書いたのが「ある日の郭沫若」である。そしてその年の五月ごろ、会の同人会か何かが開かれていた竹内好宅を訪れる。同じ百科辞典に「支那現代文学」という項目を入れることになり、松枝茂夫氏に依頼したが、松枝氏は自分には荷が勝ち過ぎるから、と増田渉氏を推薦した。当日竹内家で増田氏から原稿を受けとることになっていたのである。(5) この依頼に松枝氏を訪れたのが、氏と松枝氏が卒業後顔を合わせた最初だった。氏は「ぼくはあなたの一年後輩ですが……」と自己紹介したが、実際の学年はその逆だった。いかに氏が学校の授業をサボっていたか証拠歴然だといって、二人で大笑いをした。(6)

氏が訪れた日、竹内家には、増田、松枝、武田、竹内がいた。武田、竹内とはこの時が初対面だった。「泰淳さんはネズミ色のセルの着物に羽織を着て頭を五分刈りにしていた。……私がそこへ行ったとき、泰淳さんは警察につかまった話をしていた。……あとから考えると「謝冰瑩事件」の話をしていたのであったらしい。時代が時代であったから警察につかまった話には驚かなかったが、風貌から受けた第一印象は強烈だった」。(7)

文中「謝冰瑩事件」とは、一九三五年四月一四日、来日中の作家謝冰瑩と武田泰淳が目黒署に検挙された事件のこと。武田泰淳「謝冰瑩事件」(8) に詳しい。

氏の同会入会はいつか詳細は不明である。『中国文学月報』第一四号（一九三六年五月）の会員録にはすでに名が見えるが、それ以前の例会の出席者名には、私の見た限りでは見当たらない。「武田泰淳の追憶」で、氏は泰淳氏が当時言語研究部会を受持っていたことを書いている。『月報』七号（三五年九月）の会報に、武田、曹（欽源）両氏による言語研究部会設立の予告（一〇月開始）があり、同九号には「既に二回開催、いずれも十名内外の参加者あり」とある。氏がこれに参加していたかどうかはっきりしない。

氏が同会の活動に参加したことがはっきりたしかめられるのは、松枝茂夫氏を中心に始まった『浮生六記』の講読会からである。

「中国文学研究会で講読会が始まった。テキストは最初が『浮生六記』、次が『金瓶梅詞話』だった。松枝さんを講師にして、会は週に一度開かれた。泰淳さんはひたすら聞いているメンバー、私はたぶん話匣子（チャターボックス）のほうだったろう(9)」

いずれにせよ、松山高校時代、本屋の店先で手にとって見たのを除けば、これが氏と『金瓶梅詞話』との出会いであった。当時氏がこれらにどの程度深い興味を持ったのかはっきりしないが、約二年後、氏は金瓶梅の英訳 Bodley Head 版と Clement Egerton 訳、Routledge 版「Golden Lotus」の二種が出たというニュースを紹介し、

「このすぐれた社会小説が我国ではいたずらに『淫書』として喧伝されているのみで、まじめな意図を以て紹介されていないことはまことに遺憾である。

松枝さんの『紅楼夢』、村上知行さんの『三国志演義』など名作の名訳が遠からず上梓の運びになるとのことで……これを機会に『金瓶梅』なども邦訳されてほしいものである(10)」

と書いている。

しかし、この前後の氏の興味は、直接金瓶梅には向かず欧米人の著作を通じての、中国古代史と、新疆・西域の両面に、より強かったようである。

古代史への興味は、郭沫若に「周易」の執筆を依頼したのがきっかけで、その『中国古代社会研究』を読み、さらにそこから、中国やヨーロッパの中国古代史学者の著作を読んだ。カールグレン『左伝真偽考』は「その延長線上の

もの」と語っている[11]。おそらく伝統的漢学への反撥が、こういうものへの興味につながったのだろう。

新疆・西域については、欧米人の旅行記などを広く読み、この面での氏の蓄積は、同人間ですでに認められていたようである。増田渉氏は「雑書雑談[12]」で、この種の書二、三にふれた後、「新疆の現状に関するものは西欧人の旅行記などに比較的よいものがあるだろうと思う。この方は小野忍のハタケだ」と書いている。そしてこれを受けて、氏は、

「といわれても、ぼくは別にこの方面の専門家ではなく、昨年フレミングの『韃靼通信』や長江の『中国的西北角』を読んだ後、つい興味に駆られて二、三近刊の辺疆旅行記をあさり、ほやほやの新知識を友人に吹聴している中に、どうやらこの方面の専門家にされてしまい、そうなると一応精通しておく義務を感じ、なけなしの嚢中をはたいて、この数年来の新刊書を一通り集めたにすぎない」

と書いている[13]。

文中長江の『中国的西北角』の著者は姓を范という新聞記者、この本は、中国文学研究会では注目されたもののようで、前掲増田渉「雑書雑談」にも「長江の『中国的西北角』は面白いものだった。ぼくは松枝茂夫にそれの邦訳をすすめた。果然この邦訳が出るといろんな方面から評判を得た[14]」とある。

一九三八年氏はスヴェン・ヘディン『馬仲英の逃亡』の翻訳を出している。『アプトン・シンクレア評伝』に次ぐ二冊目の訳書である。

「これは地理学者で探検家のヘディンが、国民政府の依頼を受けて、一九三〇年代、中国の新疆省——いまの新疆ウイグル自治区で、自動車道路を敷設するための予備調査をしていたとき、馬仲英を首領とする回教徒軍の反乱にまきこまれて、馬仲英軍に軟禁される話を書いたものです。私は上海へ行く前の二、三年間、范長江という新聞記者の書いた『中国の西北角』などに興味をそそられたことから、中国人あるいは、ヨーロッパ人の書いた中国西

北辺疆紀行を読みあさっていました。『馬仲英の逃亡』はその産物です。私はまた深入りして、中国の西北辺疆から始まって、中央アジア・西アジアの過去と現在に興味が広がりました。むろん専門的に研究するつもりであったわけではなく、ノンフィクション文学への関心もあって、読んだものはおもに紀行と伝記です。ロバート・グレーヴズの『アラビアのロレンス』の伝記の翻訳はその産物でした[15]」

氏の「深入り」ぶりは、「西北旅行記の中から―新書解題の一」を見るとよくわかる。日中戦争開始によって中国への関心が強まったのにつれて、次第に流行して来た「西北もの」について、いいものとわるいもの、翻訳のよしあしなどを知りたいから紹介、解説せよという注文に答えて書いたものだが、中国人の著六種、欧米人のもの十余種にわたって、紹介・論評している。

これに先立って、氏は一九三七年一〇月、中国文学研究会同人に加わっている。同会は当時会員中に、中心となって会の運営・機関誌の編集に当たる同人を設けるという、一種の二重組織制をとっていた。竹内が北京に留学、武田・千田が応召、岡崎も三六年以来名古屋勤めで、松枝一人が東京に残るという状態を切り抜けるため、松枝の要請によって、編集に加わることになったものである[16]。四〇、四一、五三、五五、五六の各号に「編集後記」を書いている。このころ書いた短いものでは、「憎まれ口」が面白い。横文字で書かれた中国ものの翻訳がいろいろ出ているが、固有名詞の漢字復原に間違いが多すぎることを指摘したものだが、いろいろ誤りの例をあげた後、

以上のような間違いは……適当なハンドブックを見るなり、人にきくなりしさえすれば、直ちに解決のつくことである。それを支那語発音辞典や時事英語辞典などを唯一のたよりにして強引に暗中模索するからとんでもないことになってしまう。……誤記は大抵の場合、語学力の不足に起因するものではなくて、書かれた事柄に対する知識の不足或は欠如から生ずるものである。相当の基礎知識さえあれば、漢字をさぐりあてることも（中世の旅行記などのような特別な場合を除いて）大した困難ではない。今後支那関係書の翻訳はますます盛んになることであろうが、

一応の準備を整えた上でとりかかってもらいたいものである」

後年は、気心知れた者との座談の席では、人物やその仕事に対して、時に厳しい批評も口にされることがあったものの、公にされる文章では、めったに悪口は書かれなかった氏にしては、特定の人・仕事に対するものではないとはいえ、かなり手厳しいいい方である。当時三〇代前半、氏も若かったというべきか、あるいは氏をしてこう書かしめたほど、当時の「支那関係書」の翻訳がひどかった、ということだろうか。

この間、一九三七年四月、純子夫人と結婚されている。氏三一歳、夫人は一廻り下の同じ午年、数え年二〇歳の若妻であった。結婚当時は何も知らないで、本棚に並んでいる「中国」とは、日本の中国地方のことだと思っていた、と夫人の言である。ついでに、御家族のことを書いておくと、一九四一年に長男滋氏、四三年に長女桂子さん、四五年に次女比呂子さん、四七年に三女みち子さんをもうけられた。また四七年一一月、母堂を亡くされたことを、同人雑記に書いている。

二 「満鉄」、「民族研究所」敗戦へ

一九四〇年四月、冨山房を退社、同七月満鉄に入社した氏は、上海事務所勤務となって、上海に渡った。満鉄が「中国慣行調査」を始めることになって誘われたのである。

「私にそんな調査ができるという自信はむろんありませんでしたが、中国、それも上海へ行けるということが何より魅力で、大学の教員の口もあったが、それは辞退して、満鉄にはいりました」(17)

『満鉄調査月報』所載の、各地の生糸と絹織物に関する一通の報告が、その産物だった。

「私は好奇心が旺盛なほうで、新しい仕事を始めると、つい深入りしてしまうし、それに律気なところもあるの

で、月給泥棒もできない。そんなわけで、上海では会社の業務に身を入れすぎて、中国文学の研究は持続できなくなりました[18]」

文学関係の研究は中断していたので、『抗戦文芸』『文芸陣地』など、抗戦中の中国の代表的な雑誌も読まなかった、という。しかし、香港で復刊された『大衆生活』は茅盾の『腐蝕』が載っていたので買った、というから、興味は持続していたのだろう。四馬路（福州路）の本屋街へ行くと、日本では買えなかったような文学書がたくさんあったので、いくらか買った。竹内好訳の『倪煥之』は、竹内の依頼で氏が開明書店から直接買って送ったものによって成ったものである。

「せっかく上海へ行ったのだから、そこで中国の息吹きを感じながら、そういう現代文学を読めば、よりよく理解できたと思うのですが、すまじきものは宮仕えでした[19]」

氏が英語に強かったことは、これまで述べて来たところでもわかるが、英会話の能力をつけたのが、上海当時だった。一九七八年にハーヴァード大のハナン教授が来日された機会にお宅に招待され、私も陪席したことがあった。氏とハナン教授とはもっぱら英語、私たちは英語と中国語のチャンポンで話をした。言葉のことで話題になった時、ハナン教授が氏に、「あなたはどこで英語を勉強したのか」ときいたのに対し、氏は「上海で。生きるために必要だった」と答えていた。少なくとも会話に関するかぎり、氏は中国語より英語の方が楽だったようである。

上海に二年三カ月いた四二年一〇月、満鉄大連本社に転勤になった。この九月、伊藤武雄・鈴江言一等四四人が検挙される、いわゆる「満鉄事件」が起こり、それ以上の被害の拡大をくいとめるための人事異動だった。ここでは清水盛光氏の主宰する思想・文化関係の班で、中国のイスラム教の研究をやることになった。満鉄入り以前の西北辺疆への興味からの連続で、「私にとってむしろ自然でした[20]」という。大連の満鉄図書館にはその関係の文献が非常にたくさんあり、ヨーロッパ人のアジア紀行などおもなものは全部揃っていた。ここから関係文献を借り出して、要所要所を翻訳する、という生活が四三年秋まで続いた。またこのころ白系ロシア人の一家と親しくなった。氏のロシア語は、このころに身につけたもののようである。

四三年一〇月満鉄を退社、同一二月付で、東京に設立された文部省所管の民族研究所に移った。「月給は半分に減るが、私は二つ返事で承諾しました[21]」。上海から大連に移る時、夫人を長男とともに東京へ返し、単身赴任であったし、大連では食べ物にも困ったが、寒さにはもっと困ったという生活だったので、東京へ帰りたかったのだろう。

民族研究所では引続き中国イスラム教徒の研究に従事、一九四四年八、九月モンゴルへ、四五年八月「満州」へ、二度にわたってイスラム教徒の実態調査に派遣された。内モンゴルでは、張家口、フホホト、大同、包頭の四カ所で、回教寺院を中心としてコミニュティを形成している回教徒の生活を調査した。二回目の時は、渡満して二週間後に終戦となり、必死の思いで九月初め朝鮮を経て帰国した。戦後に発表した「中国における回教教団」が、その成果だった。「実態調査にもとづき、文献も渉猟して、自分としては力作のつもりでした[22]」。いわば国策色の強い研究所であった民族研究所が、戦後間もなく（一〇月）廃止になったため、文求堂が発行していた『東亜論叢』に発表したのである。

氏は、中国文学者の中で、社会科学者とも広いつき合いを持っておられた人だが、その多くは、満鉄・民族研究所時代の友人だったようである。のちに中国の文革をめぐって、日本の中国研究者が二分されるような状況が生まれた時、双方に知り合いの多い氏は、苦々しくも思い、心も痛められていた。

三　戦後の翻訳

民族研究所廃止ののち、氏は同じく文部省所管教育研究所員となって、中国教育史の研究に従事、四七年一一月には同研究所から文部省科学教育局に転ずるなど、文部省周辺に三年半籍を置いた。

「金瓶梅」の翻訳に着手したのが、この時期だった。一九四七年のことである。最初東方書局で第四冊まで出したが書店が倒産、つぎに三笠書房で第二冊まで出してこれも倒産、完訳が出たのが一九六〇年、翻訳開始から一三年を要したことになる。この間の経緯は、『『金瓶梅詞話』の翻訳を終えて」にくわしい。この間一九四九年三月、文部省を依願退官、五二年一二月、東大東洋文化研究所講師に就任、以後東大文学部、和光大学人文学部と、教師生活を続けることになる。文部省をやめた動機については、特に語っていない。わずかに東方書局倒産を語ったところで、「印税の支払いまでうちきられたのが痛かった。私自身はこの仕事のより順調な進行のために、勤めをやめたくらいだったから」[23]という。しかし、私が大学院博士課程在学中、一方で専任の教師をしていた私立の高校をやめたくなり、指導教官の氏に相談した時、できればじっくり腰を落ちつけて教師をしながら勉強した方がいいと思うが、人は時に何が何でもやめたくなることもあるもので、自分にも覚えがある、と賛成して下さったことがある。文部省を退いた時の心境だろうと、私は推測している。

一方、戦争末期に上海へ渡った武田泰淳が集めた現代文学関係の本が、堀田善衛の協力で日本に持ち帰られた[24]。「私は『腐蝕』を読んで、その新鮮さに感動して、これはダイジェストを書く必要もあってくり返し三度読みました。茅盾という作家は、文章が荒削りなのが一つの欠点でしたが、『腐蝕』や『霜葉は二月の花より紅』では、それがよほど洗練されてきた。そんな感じを受けまして、まず茅盾の文学を本気で勉強しはじめ、求められるままに中国の抗戦中の文学を紹介する文章を書いているうちに、私は中国現代文学の専門家とみなされるようになり、倉石武四郎さんから、東大でその講義をするようにという御下命があった。……いわゆる非常勤講師になったわけです[25]」

氏が茅盾の「腐蝕」を、上海時代に読んでいたことは、前述したが、茅盾、ひいては中国現代文学との本格的な出会いは、戦後のこの時期だったといっていいであろう。私自身、直接氏の口から、泰淳さんたちが持って来た「腐蝕」

と「霜葉」を読んで、ある種のショックを受け、本格的にやる気になった、という意味の話を聞いたことがある。岡崎俊夫氏も同じく泰淳氏らが持ち帰って来た丁玲の「霞村にいた時」を読んで、戦時中の日本文学の惨状にくらべ、中国文学があの戦争を通じて大きく成長したことに、強烈な衝撃をうけたことを書いているが(26)、この時期の中国文学者にとって、共通の体験というべきものだったのだろう。

また、私が大学院生だったころ、学生のコンパに出た氏が、たしか当時の学部学生の誰かが提出した、中国文学研究に必要な心構えといったような質問に対して、少し照れながら、誰かほれ込める作家か作品を見つけることですね、と答え、さらに言葉をついで、私の場合それは茅盾でした、金瓶梅ではありません、といわれた、という話を聞いたおぼえがある。

以後、茅盾については、「腐蝕」「子夜」を訳されたほか、論文や解説も多く、また古い論文にその後の資料にもとづいて、手を入れたことも、数回にのぼった。中国現代文学研究の面における氏の学問の特色については、私はすでに二カ所でふれているので(27)、ここでは省略させていただく。

茅盾の翻訳には他に、私と共訳ということになっている「香港陥落」(原題「劫後拾遺」)がある。これはたしか半分ぐらいまで氏の旧訳があり、それを参考にしながら私が新たに訳しなおし、氏が全面的に手を入れる、という形でできたものである。

ついでに『郭沫若自伝』のことにふれておこう。一九六〇年前後だったろう。氏から電話があり、平凡社が「東洋文庫」というシリーズを計画していて、『郭沫若自伝』をその中に入れようということになった、ついては共訳ということでやってみないか、という話だった。当時定職のなかった私に、仕事をさせてやろうということでもあったらしい。この時も「辛亥革命前後」(原題「反正前後」)には氏の旧訳があり、「香港陥落」の時と同様のやり方でやった。訳ができかけたころ、東洋文庫の企画が一時延期になったが、先に出ることになった『中国現代文学選集』の郭沫若・

郁達夫集の方に入れてもらえたのは、氏の思いやりだったのだろう。その後「東洋文庫」が正式に始まると、あらためて全訳することになり、六七年からほぼ毎年一冊のペースで訳した。共訳の方法はそれまでと同じで、私の方から下訳を一〇〇～二〇〇枚まとめて届けると、暫くして氏から付箋がついて戻って来る。そこをもう一度訳しなおして、届ける、といったのが標準的な形だったと思う。ただ最後の一～二冊は、氏が肝臓を悪くされたため、ざっと目を通されるのにとどめられた記憶がある。

他人の訳に手を入れるというのは、私自身の経験からいっても、自分で翻訳するのとそう変わらない、ある意味ではそれ以上に骨が折れることもあるものだが、失業中だった私に同情してか、氏は印税を二割しかとられず、八割を私に廻して下さった。それではあまり申しわけないから、といっても、「ま、いいでしょう」といわれる。「東洋文庫」に収められたころは、私ももう定職についていたのだが、最後までそのままだった。

「金瓶梅」に関する翻訳のできばえを云々する資格は私にはないが、少なくとも現代文学に関していえば、氏の翻訳は、かけ値なしに鮮やかだ、と私は思っている。とくに原文に忠実で、しかも日本語としてこなれている、というと当たり前のことになってしまうが、その当たり前のことができている翻訳はけっして多くない。氏の訳は、ケレン味のない、オーソドックスな訳なので目立たないが、原文と対照して読むと、いつも敬服させられる。氏自身も翻訳には自信を持っていたようで、何度かそういった言葉を聞いたことがある。

駱賓基は、氏が中国現代文学の中で、茅盾に次いで、あるいは茅盾と並んで愛好された作家だった。しかし、これについては、「北望園の春」の解説として書かれ、『道標』に収められた文章に見ることができるほか、なくなる四カ月前、一九三〇年代文学研究会の夏季合宿で話されたテープを起こしたものが、遺稿として掲載される予定と聞くので、それにゆずる。

茅盾・駱賓基が、いかにも氏好みであるのに比べると、趙樹理との関係はやや異質に見える。私のひそかに推測するところでは、これはそれまでの日本における趙樹理の翻訳・紹介に対する批判・不満が一つの動機になっていたのではないか、と思う。「人民作家」というとり上げ方は、それ自体誤ってはいないにせよ、彼の経歴や内面を十分たどることもなくそういわれる、といったことは、氏の文学観とも、研究方法とも抵触するものだったろう。

和光大学に移ってからは、一般教育委員長、人文学部長代理、人文学部長等の激務につき、いろいろ心労も多かったようである。身体つきに似合わず神経の細かった氏には、学内行政や管理職は向いていなかったようだ。会議の前など、気になって眠れない、とよく歎いておられた。それでもこのころ、「金瓶梅」も終わったし、現代文学史を本格的に書いてみたいといわれ、岩波の関戸エミ子さん、平凡社の永畑恭典氏、以前から氏の仕事の校正をよくしていた平田敏子さん、それに私を月に一回お宅に呼んで、五四から雑談風にしゃべり、それをもとにまとめたい、といい、スタートしたことがあった。雑談風に、といいながら、ちゃんとノートを作られた講義に近いもので、氏の意欲が感じられた。数回やったところで、氏が肝臓をいためたため中断してしまったのは、残念であった。なおこの時のノートを原稿にしたのが、『中国の現代文学』冒頭に収めた「中国現代文学の足跡」以下、巻末の初出一覧に「新稿」としてある三編である。

四　「金瓶梅」「西遊記」

『金瓶梅』という作品の翻訳の困難さ、それを克服された氏等の仕事の意義は、もはや定論となっており、私ごときが、なま半可な蛇足を加えるまでもない。松枝茂夫氏の一文を抄録するにとどめておく。

「倉石武四郎先生がこの訳業をたたえてロゼッタ・ストンの解読に擬せられた。当時私はずいぶんオーバーな表現だと思ったものだが、今思うと決してオーバーではない。……この小説に出て来る一六世紀の山東省の庶民の言葉、とくに潘金蓮をはじめとする海千山千のあばずれ女たちが、ポンポン口を突いてくり出す猥雑な言葉は、生なかな語学力ではとうてい手におえるしろものではない。小野さんたちはそれをみごとに征服して、今日望みうる最高の翻訳を完成された。よくぞここまでとただただ脱帽するほかはない(28)」

肝臓の病気から回復した氏が、新たに手がけたのが『西遊記』の翻訳だった。これはT氏がやることになっていたのが、多忙のためとうとうかかれず、多少の曲折の末に、氏にまわって来たもの、と聞いた。私などそれを聞いて、そんな大きな仕事をして、健康にさわらないかと心配したが、「当分終わらない仕事を持っていると、長生きできると思ってね」と笑っておられた。事実、これに関連していろいろ調べものをしたりするのが、楽しそうに見えた。やるとなると、いつものように本格的で、仏教関係の参考文献もずい分買い込まれたらしい。この仕事を通じて読んだ仏教関係の書籍について、いろいろ批判を聞いたこともある。翻訳は、主に夏、信州の八千穂村に建てられた山荘でやり、毎年岩波文庫一冊のペースで進む計画だったという。全一〇巻完結の予定が、三巻で中断してしまったのは、いかにも残念である。

以上ひと通り書き終わって、いたずらに氏の表面のみをたどった結果に終わり、かえって氏の人と業績を汚すことになりはせぬか、と恐れるばかりである。また比較的長く傍にいながら、もっと直接うかがっておくべきだった、と思うこと多く、いかに私が師について知らなかったか、あらためて思い知らされている。永年友人であられた諸先生を始め、各位の叱正をいただければ幸いである。

注

（1） 目加田誠氏は「昭和四年に一緒に卒業したのだが、……ずっと東京を離れて居り、小野さんたちの中国文学研究会にもはいって居らぬ」（「小野さんのこと」『東方学』第六二輯、一九八一年七月）といわれるか、一九三〇年四月五日の第五回例会に出席して「新帰朝談」を話されたほか、『中国文学月報』第三号（三五年五月）に寄稿されており、同号後記に「本会の会員」と紹介されている、また『中国文学月報』第三七号（一九三八年四月）の「後記」には、同氏を新たに同人に加えたむねの記載がある。

（2）「『金瓶梅』の邦訳・欧訳」以下すべて掲載誌等は著訳目録にゆずる。

（3）「中国文学と私」。

（4）同前。

（5）「武田泰淳の追憶」。

（6）松枝茂夫「小野さんを弔う辞」『東方学』第六二輯、一九八一年七月。

（7）「武田泰淳の追憶」。

（8）武田泰淳「謝冰瑩事件」『中国文学』一〇一号、（一九四七年一一月）『黄河海に入りて流る』（一九七一年一一月勁草書房）、『身心快楽・自伝』（一九七一年八月、創樹社）等所収。

（9）「武田泰淳の追憶」、なお『浮生六記』講読会は八号で一一月ごろから始める、と予言されたものが、一〇号では「来春早々開始」となり、一二号では「時局を顧慮して延期中」と、延び延びになっていたが、三六年四月四日にようやく開始となった。第一回の出席者七名（一三号）。以後ほぼ毎週開会、六月二四日まで一一回で完了した。毎回出席者、八名だった（一八号）。

『金瓶梅詞話』は、同じ一八号に秋から始める旨の予告があり、二二号に「一〇号早々始めます。尚この会は傍聴者的出席はお断りしたいと思います」とある。以後は、二四号に、三月中四回開会の通知があった後、二五号（三七年四月）に「金瓶梅は近く二〇回の終了とともに一応打ち切」る旨の予告がある。

（10）「新刊紹介」。

（11）「中国文学と私」。

（12）増田渉「雑書雑談」『中国文学』四〇号、一九三八年七月。
（13）同前への付記。
（14）原著一九三六年天津大公報館発行、松枝茂夫訳『中国の西北角』は一九三八年改造社発行。（小野忍「西北旅行記の中から」による）。近年、松枝氏が改訂し、新たな解説をつけた新版（一九八三年筑摩書房）が出ている。
（15）「中国文学と私」。
（16）前掲松枝茂夫「小野忍さんを弔う辞」。
（17）「中国文学と私」。
（18）同前。
（19）同前。
（20）同前。
（21）同前。
（22）同前。
（23）「『金瓶梅詞話』の翻訳を終えて」。
（24）「中国文学と私」ではつぎのようにいう。「戦時中に奥地で書かれた新作が、戦後上海で次々に出版され、それを当時上海にいた武田泰淳さんが集め、堀田善衛さんが運んで来た。トランクにいっぱいぶんの量だったそうです。」武田の帰国は四六年四月、堀田の帰国は四七年一月。国民党宣伝部に留用されていた堀田には、多少荷物を持って来ることが可能だった、ということか。
（25）「中国文学と私」。
（26）岡崎俊夫『霞村にいた時』訳者あとがき」。五一年一〇月、四季社。
（27）「弔辞」（「和光学園報」一九号、一九八一年一二月）及び「小野忍先生をいたむ」（「東方学」第六二輯、一九八一年七月）。後者本書Ⅲの三のCの3。

（28）松枝茂夫、「『道標』書評」『日中友好新聞』一九七九年六月一七日。また尾上兼英「小野忍先生の明代小説の翻訳」『東方学』第六二輯、一九八一年七月参照。

小野忍先生をいたむ

一九五一年、私が東京大学の文学部に進学したころ、小野先生は非常勤講師として現代文学を講じておられた。年譜で調べると、先生が東大に出講され始めて二年目のことになる。たしか茅盾の「霜葉は二月の花より紅なり」を論じておられたと記憶する。なんだ、小説のあらすじじゃないか、と思った、というのが、正直なところである。そのころ学生に人気のあった講義には、仏文の講師をしておられた中島健蔵氏の講義があり、大きな教室に、百名近い学生が集まっていたように思う。辰野隆先生の思い出や、小林秀雄等、人並みの文学青年だった私が、本の著者・訳者として名前だけ知っている人びとの逸話などをふんだんにまじえた中島氏の講義が、いかにも「文学的」に聞えたのにくらべて、小野先生の講義はあまりに地味だった。話し方も、中島氏は教壇に仁王立ちになり、時々ズボンが太ったお腹からズリ落ちそうになるのを引き上げ引き上げ、端から端へと歩きながら、ややベランメェを混えて早口にポンポンしゃべって行くのに、小野先生は、教卓の前に坐ったまま、俯きかげんに、終始はじらうような話し方で、作家の経歴を語り、作品の梗概をたどって行く。そのころ批評家として注目を浴び始めていた竹内好氏の文章のように、日本の近代や従来の学問・学者に対する痛烈な批判が出て来るわけでもない。それはあまりにも円満に見えて、もの足りなかった。

そんな感じ方が、青年客気のしからしむるところであり、自分の側の虫のいい安易さに大半の責任があったのだ、ということに気がついたのは、ずっと後になってのことだった。大体ふり返ってみると、あのころまで、私自身を含めて学生は現代文学の作品をほとんど読んでいないのである。翻訳は、戦前に少し出ていたとはいえ、それらは多くが当時すでに手に入れ難いものになっていたし、戦後のものでは、わずかに東西出版社版の『阿Q正伝』（増田渉訳）、『朝花夕拾』（松枝茂夫訳）があったくらいで、他はほとんど出ていない。資料で見なおすと、戦後の中国現代文学翻訳の草分けに近い、丁玲『霞村にいた時』（岡崎俊夫訳）、趙樹理『李家荘の変遷』（島田政雄・三好一訳）が出たのが、やっとこの年、一九五一年である。原書にしても、東大中文の研究室にも現代文学の蔵書はほとんどなく、倉石武四郎先生が学生の希望に応じて、ご自身の蔵書を研究室の書架に並べられたものが中心、という時代だった。新しい入荷も少なく、内山書店に一部だけ残っていた「彷徨」を七百円で買った。もりそば十三円、ざるそば十七円の時代の七百円である。香港から少部数来るものも、ひどく高かった記憶がある。「論文芸問題」という標題の毛沢東「文芸講話」が百二十円だったはずである。小野先生が論じられた「霜葉……」は戦後武田泰淳氏が上海から持って帰って来たもので、当時日本ではこの作品のテキストはそれ一冊しかなかったのではないだろうか。

そんなわけで、ほとんど作品を読んでいない学生を相手に、作家論・作品論をしようというのだから、小野先生もやりにくかったにちがいない。ある意味では日本文学以上に岩波文庫の赤帯に親しみ、どこまでほんとうにわかっていたかは別として、バルザックやスタンダールを、漱石・鷗外を読むのとさして変わらぬ感覚で読んでいる学生を相手にする中島健蔵氏のようにはいくわけがなかった。それだのに、私などは作家の経歴などというものは、岩波文庫赤帯の解説その他で、手軽に読めるもの、とでも思いこんでいたようなところがあった。先行する「研究」のほとんどない作家について、手に入る限りの作品や評論を集め、それを読破し、関連する断片的資料を駆使・総合して作家の経歴を明らかにして行くという作業の困難さ、それに要する労力の大きさなどは、私の理解の外にあった。

それでも、先生は倉石先生に比べて、何といっても近づき易かったし、武田泰淳氏の『風媒花』で有名になったように、よく学生にコーヒーを御馳走して下さったから、学生たちは、よく先生の周囲に集まった。ただ私自身は、先輩たちが「小野さん」などと親しげに呼んで、いろいろ質問したり、議論を持ちかけたりする光景を、多少の羨しさを感じながら、少し離れて見ている、といった具合だった。

そんな私だったが、新制大学院発足と同時に大学院生となり、先生に指導教官をお願いした関係で、先生の正式の弟子としては第一号ということになった。こちらが少しずつ大人になるにつれて、学生時代には見えなかった先生の一面が、だんだん見えて来るようにもなった。先生も、多少心を許して下さったのだろう、時々人物やその仕事に対して、実に厳しい批評の言葉をもらされ、こちらが思わずハッとする、といったことも経験するようになった。学生時代の眼には、円満でやさしいとしか見えていなかった先生が、実は鋭い批評眼とニセモノに対する強い嫌悪感の持ち主であることがわかるようになったのが、そのころである。そして、先生の仕事のあとを自分でも多少たどるようになってみると、あらためて先生の地味な仕事のたしかさを知らされることが多くなった。ある作家の作品について、さりげない解説と紹介がされているだけなのだが、いろいろ読みくらべてみると、先ずとりあげられている作品の選択がたしかなのに驚かされた。これはその作家の作品を広く渉猟する労力と、高い批評眼が揃わなければできないことだが、先生の仕事にはそれがあるのだ、ということを、くり返し感じさせられた。後年先生は、翻訳に値する作品を一篇見つけようと思ったら、数十篇は読まねば、ということをいわれたが、それは単に若いものへのハッパでなく、ご自身の体験に裏づけられていることが、先生の仕事をたどりなおすと、よくわかった。とくに一九六〇年代の初めごろから、私は中国と日本の条件のちがいを強く意識するようになり、それにつれて、戦前のように中国文学と日本文学との幸福な同時代意識はすでに持つわけにいかず、また五〇年代のように、中国革命への直接的な共感だけでもなく、むしろ、中国の当時の問題状況の復元と、その中に中国文学・思想を位置づけなおす、という視角が必要だ、と強く意識するようになっていた。そういう、何よりもたしかな事実を、という眼で見なおす時、小野先生の仕事は、もっとも安心して頼れる仕事の一つだった。

先生が東大で定年を迎え、新設の和光大学に移られた時、私も呼んでいただいて、五年間先生の下でつとめた。一般教育委員長、人文学部長などになられた先生の、管理職としての緻密さにも、知らなかった一面を見る思いだったが、先生の繊細な神経には、管理職は向かなかったようだ。会議の前日など、気になってよく眠れないことがある、と歎かれるのをよく聞いた。ちょうど六〇年代末の大学紛争期にさしかかっていた時で、学生部委員などに引っぱり出されていた私は、そっちの方で手いっぱいで、そんな先生のご苦労を気にしながら、何のお手伝いもできずにいた。

だから、十年ほど前に肝臓を悪くされたのを機会に、すべての役職を退かれた後の先生は、のびのびと楽しそうに見えた。「西遊記」という大ものに取組み始められた後も、むしろ仕事そのものを楽しんでおられる感じさえした。時々気のおけない連中と、食事をともにしながら雑談するのがお好きで、進んでよくそういう機会を作られ、お宅にもよく呼んで下さった。持病を持っていた私は、ずいぶんいたわってもいただいた。腎不全ということになってからは、具合が悪かったら無理せずに休め、もし和光に来るのが負担だったら、いつでもいいなさい、とたびたびいって下さった。そのくせ一方で、「自分でやめるというまでは来てもらいなさい。病人は先方から断られると淋しいものだ」といっておられたということを、伊藤虎丸さんから聞いて、その細かい思いやりがありがたかった。

あまりにも突然の急逝で、ショックだったし、納得し難い気持も残った。しかし、なくなる少し前にも、何もわからず何もできなくなって機械で生命だけを維持するようにはなりたくない、医学の進歩もよし悪しだね、とおっしゃったばかりだったから、最後まで現役でおられたことに、先生御自身は満足しておられるかも知れない。もし御自身も気づかぬ致命の病変が進行していて、それがあのような形で急に現れたのだとすれば、それがまったく急に来たことは、むしろ幸いだった、と思いたい。

心から先生のご冥福を祈る。

竹内好氏の魯迅像

『魯迅文集』によせて

魯迅の逝去四〇周年を迎え、竹内好氏の『魯迅文集』も第一巻が先月初めに出た。中国の魯迅展も来ている。魯迅をめぐって感ずること、考えることが多い。

名訳一日にして成らず

竹内氏の新訳は、文字どおりの新訳である。岩波版の『魯迅選集』の中でも、小説の部分は、よく練られていた部分だった。といっても、雑感の訳をおとしめる気持はまったくない。雑感の部分は初訳が多かったので、やむを得ない面もあった。名訳は一日にして成らず、誰かすぐれた訳者が一人で、しかも一度の訳で名訳を作り出すことができるかのように考えるのは、一種の天才待望論で、実際に即した考え方ではない。誤訳・悪訳を含めて、過去の訳者の仕事の意味を正確に見ていきたいと最近の私は考えるようになった。

竹内氏の新訳は、従来の訳の中でももっとも質の高かった小説の訳にさえ、全面的に手を入れている。解釈を改めたところもある。『狂人日記』の一二節、「真実の人間の得難さ」となっていた部分は、「まっとうな人間に顔向けできぬこのおれ」と改められている。この点は、従来増田渉訳だけが「本当の人間には顔向けできない」としていた部分だが、最近、増田説を正当とする丸尾常喜氏の丹念な文章が出ていた。六一年に増田訳が出た後の『魯迅作品集』等でも旧説を保持していた竹内氏が、今度の訳で改めたのには、丸尾論文の力もあったのだろう。丸尾氏の仕事が地味な篤実な学風のものだけに、その努力の一端がこういう形で生かされたことを、丸尾氏のためにも喜びたい。ついでに私自身のことをいえば、私は『魯迅——その文学と革命』(平凡社)の中では、何の疑問も持たずに、竹内訳と同じ解釈をしており、増田訳を見ても、考えを変えるには至らなかった。丸尾氏と直接意見の交換もし、その文章を読んでほぼ納得し、新日本文庫の訳では、丸尾説に従った。

竹内氏が十年来の力を注いだ新訳は、さすがと思わせるできで、魯迅の日本語訳として、ここ当分定本ともいうべき存在になるだろう。竹内氏のつぎの世代の一人として、こう認めることは、多少口惜しくもあるが、前に立つ峰が高いことは、やはり登山者の幸福というべきだろう。

日本語訳の一方の極

だが、竹内訳は、一つの頂点にちがいないが、それ以上に、一つの極というべきなのではないか、と私はかねて思っている。その一端は、訳は短くなるほど正確になる、という氏の言葉(『文学』四月号)に示されている。この態度は、新訳にとどまらず、氏自身が「非常に長ったらしい」といっている旧訳当時から、すでにはっきりした特色だった、といっていい。

魯迅のみならず、現代中国語の翻訳が全体として冗長であることは、私もまったく同感である。私自身の訳も含めて、訳であるよりも説明に堕していることが、その原因の一つだろう。他人のことはさておき、自分についていうと、私はかつてはそれを自分の日本語の語彙の貧困さのせいだと思っていたが、最近では、それもあるがむしろ中国語の語の意味が、正確に具体的につかめていないからだと思うようになった。ある語の意味の核心が本当につかめていないから、その周辺をどうどうめぐりすることになるのである。だから竹内氏の発言の意味も実によくわかるのだが、それを認めたうえで、なおかつ竹内訳の魯迅は、魯迅の原文より、歯切れがよくなっている、あえていえば、よくなりすぎている、という感じを、私は否定しがたい。魯迅の文章が持つベクトルの一方を、大きくきわ出たせたのが竹内訳だ、とでもいえばいいだろうか。竹内訳が、魯迅の日本語訳の一方の極だ、というのはその意味においてである。

自己運動でできた像

個々の誤訳ではない、翻訳全体についての批評は、別の翻訳をすることによってしかできない、とは小野忍氏の言葉で、私もそのとおりだと思っているから、このことについてはこれだけにする。できるかどうか、またいつになるかわからないが、私は私の訳を作るしかないだろう。しかし、竹内訳についての私のこの感じは、竹内氏の魯迅像を考える時、どうしても感じないではいられない私のそれとのズレにつながっているように思うのである。それはより正確には竹内訳ないし竹内氏の魯迅像そのものというより、それらが日本の精神的風土の中で自己運動してでき上ったもの、といった方がいいだろう。竹内氏の魯迅は、今後も私にとって登るべき高い峰であり続けるだろうが（私が最初の『魯迅』を出した時、ある人は私の本をほめる引合いに暗に竹内氏を指して、その書いたものは紙クズに等しいと書き、またある人は「竹内魯迅はもう古い、これからは丸山魯迅だ」などといった。私はこんなことをいう人びとにほめられることは、自分の本に何か大きな欠点があるからではないか、と本気で考えてみた。間もなく文革が起こり、それに対する考え方で私と立場を異にすると、二人とも私の書いたもののことを口にしなくなった）、それが自己運動して育った像には、首をかしげたくなることが多い。

たとえば魯迅の非妥協性がよく指摘される。魯迅が非妥協的であったことは事実だが、その非妥協的であるありかたは、日本のイメージとは少し違っているように思う。あえていえば、日本のそれは魯迅のそれを、丸山真男氏のいう「本質顕現論」的思考の色を濃く持った、ホンモノ・ニセモノ論的思考の枠に引寄せた傾きがないかと思う。魯迅は一九三〇年三月、左翼作家連盟（左連）の結成に参画し、常務委員にもなった。しかし同じ月の末に、ある作家にあてた手紙で、左連に参加して革命文学のお歴歴にも会ったが、どれもものの用に立ちそうもない、自分がふみ台に利用されるのはいとわないが、彼らには自分をふみ台に利用する能力さえなさそうだと書いていた手紙が七三年に新たに公表された。三〇年代も半ば近くなってからの、周揚らとの摩擦は今ではむしろ単純化されすぎるまでに周知のこととなったが、左連結成当時の魯迅の心境を直接語る資料としては、初めてのものである。そこで私が思うのだが、こう認識するが故に、それとの共同を拒否することと、共同する時それに大きな期待・希望を寄せるというのは、一つの行動様式の二つの面にすぎないが、それと、こういう認識を持ちつつ、あえてそれらとの共同の仕事に足を踏み出すという行動様式との差は、思想のあり方、質のちがいである。魯迅はたしかに毅然としていたけれどもその毅然としているありかたは、この言葉が日本で伴うイメージとはちがっている。それは自分を引きこもうとする悪・不正・偽瞞等等に抵抗する点でのそれではない。そこには、何ごとかをしない点でのそれか、何ごとかをするための、その障害を越える点でのそれか、というようなちがいがあるように思う。

権威化された枠を出る

最近の中国における魯迅の扱い方には、疑問をいだかせる点も多いが、魯迅の「権威」が高まった結果、別名と本名の照合を含めた詳細な人名索引をつけた新しい『魯迅日記』が出版されたり、未公表の写真多数を含む写真集が編集されたりしているのは、喜ばしいことだ。こういう仕事の結果は必ず「権威」化された枠をはみ出す魯迅を、人びとが自分の眼で発見することに役立つにちがいない。

日本でも、従来の魯迅像の枠を破った新しい豊かな魯迅像が、より広い範囲に広がった読者の眼によって作り出されて行くべき時期に来ている、といっていいだろう。竹内氏の仕事は、それ自体その動きを促進する力であると同時に、魯迅像の一つの極であり続けることによって、新たな魯迅像をめざそうとするものへの、大きな挑戦であり鞭撻である、と私は受けとっている。

（『図書新聞』昭和五一年一一月二〇日）

増田渉著『中国文学史研究』 —「文学革命」と前夜の人々—

今年大阪市立大を定年退職された増田渉氏が、これまで同大学の紀要その他の論文や、訳書の解説等として書かれたものの集成である。主に魯迅と文学革命を扱った部分と、梁啓超・厳復等、清末の主な文学者・思想家を論じた部分とからなる。すなわち副題に「『文学革命』と前夜の人々」とあるように、中国近代文学の草創期あるいは準備期を論じている。

従来、中国近・現代文学の研究には、魯迅等ごく一部に関するものを除いては、定説といえるものがないのが大きな弱点であった。もちろん、文学に関して、定説などというものをどこまで求められるかということ自体問題であろうが、少なくとも研究者や読者が、共通の前提として持っておくことのできる認識や観点がきわめて乏しく、何をやるにもイロハから調べねばならないという点で中国近・現代文学研究の分野のようなものも、そう多くはないのではないかと思う。

本書の各論文は、いずれも著者個人の見方を性急に提出するよりは、従来明らかになっている事実の整理を含めて、断片的な資料を広く収集・総合しつつ、文学者・思想家たちの経歴・思想・文学観等を浮かび上らせるという性格のものであるが、ここにとりあげられた人物の経歴その他、先ず安心して頼れる基礎を与えてくれた功績は大きく、その意味では、まさしく中国近・現代文学研究に、もっとも必要とされていた性格の仕事の一つがようやく現れたものと言える。個々の論文に添えられた参考資料その他の注記も、学術論文として当然といえばそれまでだが、詳細・丹念であり、あとから歩いて行くものにとっては、実にありがたい手がかりになるだろう。

ただ気のついたことの一つを述べれば、「前夜」の人々としてとりあげられている人物に「変法」＝改良派が多く、革命派の人物としては蔡元培が扱われているだけで、それも必ずしも革命派としての特色は明らかにされていない印象を受ける。この時期における革命・改良両派の、特に思想としての対立・抗争は、中国における「近代」的文学意識の成立過程とも不可分にからみ合っているものであるだけに、たとえば梁啓超の文学観の影響にしても、本書にあげられたような面だけでなく、魯迅のそれなどとの連続と断絶の両面をどう統一的に摑むかという課題が、かなり重要なものとして残るのではないかと思われる。

王国維の評価などともからんで、その辺の問題についての著者の見解が、個々の人物についての論の中に、もう少し展開されていて欲しかったと思うのだが、そのような問題を考えていくためにも、信頼のできる出発点を与えてくれたのが本書であることはたしかである。

▽Ｂ６四二八頁・六〇〇円・岩波書店＝千代田区神田一ツ橋二の三

（『日本読書新聞』一九六七年九月一一日）

高杉一郎著『極光のかげに』

ある種の問題を時代に先んじて予言した例は、必ずしも少なくないだろう。しかし、実際に現実となったものは、多くの場合、予言の枠を越えた広がりと深さとを持ち、予言そのものを色あせたものにする。問題の存在を指摘しただけでなく、それについての思いが、世の人びとがようやくその問題に気づいて論議し始めたその論議を先取りしているだけでなく、その深さにおいてむしろまさっている例というのは、稀といってもいいのではないだろうか。高杉一郎氏の『極光のかげに』は、そんな数少ない本の一つだと私は思う。

この小説が載った『人間』は毎月兄か私かのどちらかが必ず買っていたから、読んだはずだ。この本をめぐるさまざまの毀誉褒貶にも、いくらか関心を持ったおぼえがある。しかしこの本の新版を読んだ時、内容についてまったく記憶がよみがえらず初めて読むようであったことに驚かずにはいられなかった。一九五〇年の秋といえば、レッドパージ反対のストライキなどで私の周囲も激しく揺れ動いていたころだから、この小説は読まなかったのだろうか。あるいは当時ようやくマルクス主義に近づいていた十九歳の私は、固く心をよろってしかこの作品を読めなかったのかも知れない。

スターリン批判・中ソ対立を知り、ソルジェニツィンさえ読んでいる現在の読者は、不気味な政治部員を始め、ここに描かれたソ連の「暗黒」面が真実であることを疑うものはいまい。しかし、そうした「暗黒」への批判のどれだけが、この著者がマリヤ・アンドレーヴナに注いでいるような暖かい眼に支えられているだろうか。著者の眼は、国家の冷たさへの怒りによって民衆の暖かさを見失わない、というだけのものではない。むしろ民衆を、ひいては人間を見る眼の暖かさは、「国家」を代表する政治部員に注がれる眼の底にもあるのである。社会も国家も、所詮は人間が作り出すものだ。人間を見る眼が浅くて、どうして社会・国家を見る眼が深くなり得るか。この本はそう感じさせる。

社会主義の現実と未来に対する論議をしようとする者は、この本を少なくとも一度は熟読すべきではないか。私は強くそう思う。

（『新版極光のかげに』＝富山房百科文庫1・一九七七年刊）

（『図書新聞』一九七七年一二月一〇日）

初出一覧

Ⅰ　魯迅散論

1　問題としての一九三〇年代（藤井昇三編）『一九三〇年代中国の研究』七五・一一・二〇　アジア経済研究所。本論文はそれに加筆したもの。
中国訳に「論三十年代文学――従対〝左聯〟和魯迅的研究談起（閻桂生訳）『日本学者研究中国現代文学論文選粋』八七・七・七　吉林大学出版社所収　中国語訳を示すのは、中国の日本留学生や中国人研究者にも読んでもらう便宜のためである。以下中国訳は＊で示す。

2　初期左連と魯迅　原題は「上海における尾崎秀実の周辺」『尾崎秀実の中国研究』八三・一〇・三一　アジア経済研究所所収。本来は尾崎についての共同研究のために書いたものだが、左連の成立過程と魯迅の関係についての叙述が多いので、改題してここに収めた。

3　「傷逝」札記（三月記）「中哲文学会報」六号八一・六　東大中哲文学会

4　日本における魯迅『科学と思想』四一号・四二号　八一・七及び一〇　新日本出版社。のち加筆して『近代文学における中国と日本』（伊藤虎丸・祖父江昭二と共編）八五・一〇　汲古書院所収。

5　魯迅の〝第三種人〟観――〝第三種人〟論争再評価をめぐって（八四・八稿）「東洋文化研究所紀要」九七　八五・三　東大東洋文化研究所
※魯迅的「第三種人」観（胡世梁訳）「雲南師範大学学報」（八六・二）
※魯迅的「第三種人」観（林天運訳）『日本学者中国文学研究訳叢』1（八六・五）

6　一九三三・三四年の短評集『偽自由書』『准風月談』『花辺文学』について。『魯迅全集7巻』解説（八四・五・六　学習研究社）
魯迅と瞿秋白『魯迅全集7巻』解説　同右
「『花辺文学』について」について（八五・一一記）『魯迅全集7巻』解説　同右。

7　●「答徐懋庸並関于抗日統一戦線問題」手稿の周辺――魯迅の晩年と馮雪峰をめぐって『中国―社会と文化』8（九三・七・六　中国社会文化学会）
＊孫歌訳「由《答徐懋庸並関于抗日統一戦線問題》手稿引発的思考――談晩年魯迅与馮雪峰」「魯迅研究月報」九三・一一（一一・二〇）

8　施蟄存と魯迅の「論争」をめぐって――晩年の魯迅についてのノート・1『中国文学論叢』二〇号（九五・三・三一　桜美林大学）

9　魯迅と鹿地亘『桜美林大學　中国文学論叢』第二一号（九六・三・三一　桜美林大学）

10　魯迅の談話筆記「幾個重要問題」について（脱稿：九七・五・三一）『東方学会創立五〇周年記念東方学論集』（八二・一〇　東方学会）

Ⅱ　中華人民共和国と知識人

1　「建国後一七年」の文化思想政策と知識人　序説的覚え書　小谷一郎・佐治俊彦・丸山昇共編『転形期における中国知識人』（九九・一　汲古書院）

2　中国知識人の選択（五月稿）『日本中国学会報』四〇号　八八・一〇
※李梁訳「従蕭乾看中国知識分子的選択」。王嘉良・周健男『蕭乾評伝』（九〇・八　北京・国際文化出版公司）

3　建国前夜の文化界の一断面―「中国知識人の選択―蕭乾の場合」補遺（八九・一〇・一脱稿）『樋口進先生古希記念中国現代文学論集』（九〇・四　同刊行会）
※文潔若訳「建国前夕文化界的一個断面――従蕭乾看中国知識分子的選択・補遺」『新文学史料』九三：一

4　最近の中国の思想状況――「人道主義」「疎外」を中心に『科学と思想』五三（八四・七）

5　周揚と「人道主義」「疎外論」――「関于馬克思主義理論問題探討」（八三年）執筆グループの回想から――『中国文学論叢』第二五号。（二〇〇〇・三・三一　桜美林大学）

6　「疎外論」「人道主義論」後日談から――周揚論ノート・X――『中国文学論叢』第二六号（〇一・三・三〇　桜美林大学）

Ⅲ　回顧と感想

Ⅲ　A　歴史をふり返る――若い世代と外国の研究者のために

1　戦後五〇年――中国現代文学研究を振り返る　現代文学研究者の集い、シンポジウム報告九五・一〇・六。『野草』五七号（九六・二・一　中国文芸研究会）
＊呉俊訳：戦後五〇年――中国現代文学研究回顧『文芸理論研究』九八・三、同『東洋文論』九八・八　浙江人民出版社、所収。

2　日本における中国現代文学『中国文学論叢』二三号（九八・三、桜美林大学）」（「Acta Asiatica」東方学会原載英文論文「The Study on Contemporary Chinese Literature」の邦訳。

3　日本の中国研究――桜美林大學・北京大學共催「北京大學創立百周年記念日中関係国際シンポジウム」における報告――『中国文学論叢』第二四号（九九・三、桜美林大学）

Ⅲ　B　出発点を振り返る

1　「文学史」に関する二三の感想――解放後発行された「中国文学史」をめぐって。『書報』（五九・一〇　極東書店）

2　魯迅と「宣言一つ」――『壁下訳叢』における武者小路・有島との関係『中国文学研究』1（六一・四　中国文学の会）

Ⅲ　C　師を想う

1　倉石武四郎先生のこと『世界文学』第八六号（九七・五・三一　世界文学会）

2　小野忍―人と仕事『和光大学人文学部紀要』一六（八二・三・一〇　和光大学）
　小野忍先生をいたむ『東方学』六二　七・三一（小野忍先生追悼録）

3　竹内好氏の魯迅像――『魯迅文集』に寄せて『図書新聞』（六七・一一・二〇　図書新聞社）

4　増田渉著『中国文学史研究』『日本読書新聞』（九・一一）

5　高杉一郎『極光のかげに』『図書新聞』（七七・一二・一〇）

あとがき

この本は、私の著書としては十冊目である。これまでに出した九冊（うち一冊は子ども向きのもの）は程度の差はあれ一つのテーマについて書いた本だったが、この本は、その後に書いた論文・文章で、単行本には収められていないものを中心に古いものを加え、内容によってⅠからⅢまでに分けて、ⅢはさらにA・B・Cに分けてある。

余計なお世話といわれるのを覚悟で、読者の便宜のために、構成と内容の概略、またそれぞれに関わって思い出すこと、つけ足したいことなどを書いておきたい。

Ⅰは「魯迅散論」というとおり、魯迅について書いた文章を集めた。もちろん内的関連はあるが、個々の論文のテーマはさまざまで、執筆時期は、七五年から九六年にわたっている。

Ⅰ－1「問題としての三〇年代」は七五年の執筆、これだけが「文革」終了前（どこを終了の時点をとるかには、複数の見解があり得るが、ここでは実質的な終了時点として、七六年一〇月の「四人組逮捕」をとる。その後も曲折があったことは周知のとおりだが、文革について書かれた文章を読む時、執筆がこの前か後かを無視するわけには行かない。）に書いたもの。内容から言えば、『現代中国文学の理論と思想――文化大革命と中国文学覚え書き』（七四）に含まれるべきものだが、いわば同書に書き残したこと、その後理論的文学的に少しは深まったと感じたことを書いた。もちろん文革中に中国および日本で出た見解に対する批判の意図もあったが、少し落ち着いて自分の発想で書けたという点で、文革中に書いたもののうち、愛着のあるものの一つであるし、その後の仕事とつながるものでもあるので、冒頭に入れた。

ついでに言うと、文革中に書いたもので、単行本に収めていないものに、「周揚等による『歴史の歪曲』について――文化大革命と国防文学論戦Ⅲ」（『東洋文化』五六号、七六・三　東大東洋文化研究所）がある。文革中に「周揚一派」

批判の論拠の一つになった、五八年版『魯迅全集』注釈における「歴史の歪曲」の性格をどう捉えるか、について述べたもので、これも愛着のあるものだが、前掲書に収めた、『「文化大革命」と国防文学論戦』の副題を持つ二編の続きで、これだけこの本に収めてもわかり難いし、前の二編（とくにⅡ）でその骨組みの一部は述べてもいるので、割愛した。

Ⅰ－2「初期左連と魯迅」は「初出一覧」に書いたとおり、本来は尾崎秀実の共同研究のために書いたもので、原題も変えてある。ここに収めるのには躊躇もしたが、この時期について文革後出始めた史料を使って書いたものが私には他にないので、いわば過度期の記録として収めた。これ以後、より多くの回想録その他が出て、もっと詳しい事実が明らかになっているし、近藤龍哉・小谷一郎両氏の研究誌『左連研究』を始め、日本人研究者による優れた業績も出ている。

Ⅰ－3「傷逝札記」は、この中ではただ一つの作品論。やや孤立した印象を与えるかも知れないが、先行研究に納得しがたいものが多い作品なのでここに収めた。

Ⅰ－4「日本における魯迅」は、いわば日本の魯迅受容史。内容からいうと、ⅢのAに移すことも考えたが、やはり魯迅論の一種でもあり、竹内好についての叙述もかなりあって、「若い世代と外国の研究者のため」というより、魯迅論の一つとした方がいいと考えた。

一言つけ加えれば、魯迅の翻訳・研究史における佐藤春夫の役割を高く評価することは現在でも変わりないが、日中関係さらには昭和史全体の中での佐藤を考える時、日中戦争開始後間もなく、彼が郭沫若と郁達夫をモデルと明らかにわかる形で映画のシノプシス風の作品「アジアの子」を書いて、郁達夫の痛烈な批判を浴びたことがあったことを忘れることはできない。詳しくは祖父江昭二「日本文学における一九三〇年代」初出は『文学』七六・四。同氏『近代日本文学への探索』（九〇・五　未来社）所収、二〇四－二一三ページを参照されたい。

Ⅰ－5　「魯迅の「第三種人」観」は、三〇年代の魯迅に関する研究の一部。「第三種人論争」は、六〇年代初めから左連に対する再評価の必要に気づくきっかけとなった問題でもあるので、文革後の中国における再評価の動きには、関心があった。それらの研究の整理と、それらの多くが当時の「正しい」政治路線はどういうものであったか、という視点に止まりがちだったのに対して、路線論と切り離せないがそれだけでは済まない、たとえば当時の状況の中で生きていた人間魯迅の心の問題からも考える試みの一つである。

Ⅰ－6　「一九三三／四年の短評集……について」は論文というより解説だが、当時の魯迅の仕事の背景にあった言論・出版状況を語る史料でもあるので、ここに入れた。

Ⅰ－7　「「徐懋庸に答え……」手稿の周辺」は、いわゆる「国防文学論戦」を考える過程で、ずっと気にしていた問題（どの部分が馮雪峰の「下書き」で、どの部分が魯迅自身の文章か、その関係はどうかという問題）に、「手稿」が手に入ったことにより、ようやく手をつけることができた論文である。東大文学部における最終講義に手を入れたもので、最終講義としては話が細かくなりすぎた部分もあり、ふさわしくなかったか、という気もするが、やはりこれは東大定年になる前にまとめておきたかった問題であり、「路線」と個人の関係をどう考えるかなど、私なりの「方法」意識がある程度まとまって出せた、と思っている。

Ⅰ－8　「魯迅と施蟄存の「論争」をめぐって」近年の私の研究課題「晩年の魯迅」の一部分。「荘子」と「文選」を読めという施蟄存の言葉が発端として始まったため、今までは主として「古典」に対する態度をめぐる論争と捉えられていた問題だが、魯迅の側から見ればもう少し違った問題ではなかったか、また「青年必読書」における魯迅の言葉の中心も、中国の本を読むな、にではなく、外国の本を読め、にあったのではないかなど、近年の私の魯迅観の一端も書いたつもりである。

Ⅰ－9　「魯迅と鹿地亘」　Ⅰ－4「日本における魯迅」の補遺でもあり、併せて鹿地と魯迅の関係を語る史料を整理した。関連の文章としては、これに少し先立って書いた「反戦同盟」以前の鹿地亘――上海・香港・武漢」「鹿地亘・池田幸子在中国著訳及び関連中国側文献目録（初稿）」（ともに『日本人民反戦同盟資料　別巻』九五・一二　不二出版）があるが、資料的性格の強いものなので、ここには収めなかった。

Ｉ―10「魯迅の談話筆記「幾個重要問題」について」　『魯迅全集』未収の文章についての近年の資料の紹介とコメント。一部はＩ―７に書いたことと重複するが、これについては専門外の方からも時々質問されるので、独立した文章にしたもの。

Ⅱは、標題のとおり、建国後における知識人（中国語でいう「知識分子」、もっとも最近では知識分子という言葉はあまり使われなくなり、「専門家」ということが増えているということも聞いている。）をめぐる問題を論じた文章を集めたもの。

Ⅱ―１「「建国後一七年」の文化思想政策と知識人」は、副題の示すとおり、共同研究の成果をまとめた「序説」的文章。個人としては、当時書き始めていて後に単行本にした『「文化大革命」に到る道――思想政策と知識人群像』（〇一・一　岩波書店）の意図をまとめたようなものだが、同書は長すぎて読みにくいと思われる読者にも、最低限これだけは、という気持もあった。胡風や丁玲に関する叙述など、注としては長すぎるのも承知の上で、最近の中国ではこのくらいの事実も明らかになっていることを伝えたくて、敢えて縮めなかった。桜美林大の同僚で且つ先輩Ｉ先生に、「あんな面白くて長い注は読んだことがない」と言われたのが記憶に残っている。

Ⅱ―２、３　蕭乾に関する二編は、蕭乾という人物を日本にまともに紹介した最初の論文である点、多少誇ってもいいだろうと自負する文章である。

蕭乾という名との出会いは、実は古く四〇年代末にさかのぼる。中国語を学び始めてまだ一、二年にしかなっていない頃、当時東京ではただ一軒の中国書販売書店だった内山書店に行った。内山書店がまだ今の岩波本社のあたりにあった頃である。奥の棚に文化生活出版社版、巴金主編の『文学叢刊』が並んでいた。もちろんまだこの出版社の名も叢書の位置づけも知らなかったが、その中に蕭乾の名を見た。当時東北での蕭軍批判が日本でも話題になっていたので、似た名前が眼についたのである。蕭軍のものは読んでみたいと思っていたので、蕭乾とは蕭軍の別名では、などと見当違いのことを考え、手に取ってみたが、どうも違うらしい、と棚に返した。それだけの、「出会い」というのもおこがましいような経験だったが、その記憶が残っていたので、文革終了後四川版の『蕭乾選集』全四巻が出た時、とにかく買っておいた。少しまともな動機としては、従来の現代文学研究が、限られた作家の研究に偏り、いわば「点と線」に止まっているのを、「面」に広げなくてはと考えていたので、蕭乾あたりに手をつけてみようと思ったということもあった。

数編ある彼の自伝的作品や序文を読んでみると、中国知識人としては異色なその経歴に心を引かれた。さらに彼が文革中自殺を思ったが、文潔若夫人の「不、我們要活下去、活着要看這幇悪魔的滅亡！（いいえ、生きながらえましょう、生きてこの悪魔たちの滅亡を見てやりましょう）」という言葉で思いとどまった、という個所には強烈な印象を受けた。本文に見られるように、これは事実そのままではなく、この時点では彼の口はまだ十分に開放されていなかったのだが、詳しくは本文を見られたい。幸い文潔若夫人が日本育ちで、日本語も達者な方だったため、お送りした文章を蕭乾氏ご自身にも読んでいただくことができ、いろいろな助言や資料も頂戴した。考えると、私の蕭乾研究は、よくもこうさまざまの幸運に助けられたものだという感慨を禁じ得ない。

Ⅱ－4、5、6の三編は、八〇年代前半に文学・思想・言論界を揺るがした「人道主義」「疎外論」をめぐる論争に関わる文章。4はまだ公式見解とごく少数の情報があるだけの時期に、その概況を紹介したもの。5，6の二編に書いたような事実が明らかになった今日から見ると、浅いし甘いが、私自身の能力という問題を棚に上げていえば、中国文化界の表の動きと裏の動きの関係を知る一つの例にもなろうかと思い、4にも敢えて手を加えずに収めた。

Ⅲ－A　の三編には重複する部分も多いし、どれかを除くことも考えたが、それぞれ想定した読者が少しずつ違うこともあって、捨てるとなると惜しい部分もあり、思い切って三編とも収めた。

Ⅲ－Bの二編は、まだ二〇歳台で書いた、まさに「若書き」そのものだが、今でも若い人から読みたいなどと言われることも時々あるし、あの頃でなければ書けなかったと自分で懐かしむ気持ちもあるので、思い切って収めることにした。3－B－1「文学史について」は、発表後どんな批判を受けるかと半ば怖れていた時、たまたまお目にかかった西順蔵先生に「マルクス主義文学論批判がおもしろかった」と言われ、また『日本中国学会報』の学界展望で、無署名だが入矢義高先生と思われるコメントで、「本質的な問題をついている」と書いていただいて、東西の尊敬する学者にともかく褒められたと、嬉しかったのを憶えている。3－B－2「魯迅と「宣言一つ」」も、岩波の雑誌『文学』の連続座談会「大正文学史」が有島を扱った時に、本多秋五氏によって「中国文学からこういうことを言っている若い人がいる」と紹介されて、これまた尊敬する評論家が評価してくれた、と天にも上る気持だった。老人の昔話・自慢話と言われれば一言もないが、私としては若さ丸出しの、一面的な文章を、敢えて褒めて激励して下さった、今の私より若かった三氏の寛容さ、受容力の広さに感謝し、及ばずながら自分もかくありたいと思うばかりである。

Ⅲ－Cは、学問および生き方の面で師と仰ぐ五氏に関して書いたものを集めた。最後に挙げた高杉一郎氏を除く四氏はすべて鬼籍に入られた今、こういう形であらためて感謝を捧げたいと思ったのである。九〇歳代も後半に入られてなお矍鑠としておられ、時々私たちがお邪魔してお喋りするのを楽しみにしていて下さる高杉一郎氏を、ここに挙げるのは失礼かと、少しためらったが、そんなことを気になさる方でもないし、すでに書名も知らない若い人が増えている『極光のかげに』は、同じシベリア体験を書いた同氏の近年の著『スターリン体験』（九〇・八　岩波同時代ライブラリー）、『シベリアに眠る日本人』（九二・一　同ライブラリー）、『征きて還りし兵の記憶』（九六・二　岩波書店。〇二・六　岩波現代文庫）等とともに、もっと広く読まれて欲しい本なので短い書評を敢えてここに収めた。

「あとがき」のつもりが、思わず勝手な自作解題のようになったが、お許し願いたい。

こういう形で、今まで単行本に入っていなかったものを一冊にまとめたいと思ったのも、すでに老化のしるしだったかも知れないが、焦点が分散している論文集で、果たして読者がいるだろうかという不安もあり、汲古書院の坂本健彦元社長に相談したのは、たしか去年の秋頃だったろうか。学生時代からの友人でもある坂本氏は、快諾してくれただけでなく、むしろいろいろ激励もしてくれた上に、雑事の多い編集・校正その他に自ら身を入れて取り組んでくれた。彼の暖かい尽力と適度の督促がなければ、仕事の遅い私には、この本をまとめるのに、あと半年か一年はかかったろう。若い時の友人はありがたいものである。あらためて謝意を表したい。

丸山昇

二〇〇四年九月二〇日

著者紹介

丸山　昇（まるやまのぼる）

1931年東京生まれ。61年東京大学大学院博士課程単位修得退学。国学院大・和光大・東京大・桜美林大を経て、2002年定年退職。現在東京大・桜美林大名誉教授。

主要著訳書 :「魯迅――その文学と革命」（65年・平凡社）。「ある中国特派員」（76年・中央公論社。97年・田畑書店増訂版）。「上海物語」（87年・集英社、04年・講談社学術文庫）。「文化大革命に到る道」（01年・岩波書店）。「魯迅全集」（84－86年・学習研究社、共訳）

魯迅・文学・歴史

二〇〇四年一〇月一九日　発行

著　者　丸　山　　昇

発行者　石　坂　叡　志

整版印刷　富　士　リ　プ　ロ

発行所　汲　古　書　院

〒102-0072 東京都千代田区飯田橋二-五-四

電　話　〇三（三二六五）九七六四

FAX　〇三（三二二二）一八四五

ISBN4 - 7629 - 2729 - 5 C3097

索　　引

凡　　例

1．読みは原則として日本語の漢字音に従う。巴金、茅盾など原音になじみの多い読者には、抵抗があるだろうが、全部中国音では不便を感じる読者の方がやはり多いだろうし、使い分けるには境界をどうするかでかえって混乱が起きると判断した。
2．日本漢字音は、原則として漢音によった。ただし広く使用されている通音がある場合、それを使用した場合がある。日本人の人名については訓を含め通用しているものを使用した。
3．人名がついた事項は人名項目として採用した。(たとえば「スターリン批判」などはスターリンでとる)
4．新聞・雑誌名には「　」をつけた。
5．個々の書名・作品名はすべて索引にはとらなかった。あまりに量が多いことと、この本の性格上、書名・作品名から引く必要は相対的に少ないと考えたためである。

人名索引

事項索引